U0055689

林語堂作品精選 2

林語堂

—經典新版—

(下)

林語堂 著

京華煙雲 目錄

第二十七章

筵席散了以後，曾老太太說，她要去睡一個午覺，年事較長的幾位太太都跟著她到前進庭院裏去，其餘的賓客分散了去遊覽這邸宅的全部。懷玉說他和他的家眷因爲別處有約會，須早一些回去。就鶯鶯而論，這一場宴會多少是掃興的。雖然她的丈夫一番滔滔議論足以出一出鋒頭，但是她覺得自身沒有受著和一般正房妻子平等的待遇，婦女們也都生刺刺的歧視她。

送了懷玉一家到後門口，姚思安回來時，走到立夫身旁，出乎不意的對他說：「你回答得對的。再好沒有！」

「爸爸，你怎麼可以這樣說？」莫愁說，「最好休要去冒犯像懷玉那樣的人。」

姚思安笑笑說，「很好，我想立夫有了你，要比在我身邊太平得多了的。」

「聽他信口雌黃講什麼擁護我們的元首什麼什麼，你氣不氣？」立夫說。「幾百萬辦這樣，幾百萬辦那樣，好似政府便在他的掌握中！」

「這又何傷？」莫愁說，「讓他講他的，你聽你的。只當聽一齣滑稽戲就算了。」

「就是像這樣的官吏，正在破壞國家。說什麼顯耀共和國的光彩！」

莫愁瞧了立夫的情緒又緊張起來，感覺到好比正在控馭一匹千里馬，知道有時須把轡繩放一放鬆，讓牠舒一舒氣，所以她隨口換了話題說：「他這樣公開的誇耀姨太太，怕不是對待妻子的正當手段呢。」

「我就不願去居於他的妻子的地位，」珊姐說，「他得要有個人當面去對他說說老實話，把人家對於他的感想向他說一說才好。」

素雲此時離開了丈夫走到這面來。讓她丈夫和父親跟素同圍坐在一起，他們原來起勁地在談論曾夫人的腹痛毛病，莫愁瞧見素雲走近過來，趕緊拉拉立夫說：「他的妹妹來了，當心你的說話。」

「你瞧，是何等能幹的一個閨中良伴啊！」珊姐說，「早早就已像個樣兒了。」

「你不知道我哥哥的脾氣，」立夫的妹妹說，「他自己切身的事情倒不管帳，不相干的事情偏來得起勁兒。」

「這是楊繼盛的血氣，我知道，」莫愁說。

「我對於政治是沒有興趣的，」立夫說。

「我知道你是有的，而且比任何人更熱心，我知道的，」他的未婚妻說。

「我？絕不是！」

「立夫，」姚思安說，「我的女兒識得你的性情，比你自己還明白。你聽著她的話，不會吃虧。」

話題於是轉到立夫的前途上去。雖然他自己也說不定，但是他願意做一個記者，又想在結婚之後，出洋去留一次學。所吃虧的是他具有巧妙的表現天才，同時兼備著覺察周圍環境錯誤的敏感才能。或許立夫出於天性的不能容忍罪惡，而對於詐僞、假道學嫌惡尤甚。不過這樣的不容忍罪惡，結果只是益發比別人容易覺察罪惡。人們瞧見了臭蟲，把牠擠死了就感到滿足。罪惡的清除，該與此作同樣的觀感。

忽然來了一陣少女少男們的呼叫聲，其中有阿非的聲音；一隻金蟬形的大紙鳶正在向東北方天空竭力上升，但是孩子們給前庭花木和對面假山石遮住了，倒瞧不見。一霎時，只見紅玉緩緩地在樹林叢中獨個兒穿過，穿著一身米色軟綢短衫褲，宛是一個纖麗可愛的身段。時時立定下來賞覽一回花朵，然後再走，沒有覺察到有人在注視著她。她在對聯競賽中所顯的才能，給予各人很深的印象，姚思安也很感動，珊姐也知道了。

「紅玉是多麼聰明的一個姑娘呵！」珊姐讚歎著說。

「太聰明了，」姚思安率直地說。

「爲什麼你不去和別人一同放紙鳶呵？」珊姐高聲的喚問她。

「我正在散步，因爲覺得有些頭暈，」紅玉回答。的確，她看去很清癯，又有些氣喘。「那是因爲天氣的關係，」她接著說。「怎麼突然的一熱就這樣熱了。」

環兒自告奮勇的去陪她進來，但是她說她的身體還好，不過覺得有些氣喘。環兒扶她在附近的一條石凳上坐了下來。「這兒倒是很好的陰影，避開一些陽光的好，」環兒說。

紅玉的體質自小生來纖弱，容易感受風邪，而且在炎熱天氣暴露於日光稍久，馬上會中暑。因此她生來有一種趨避日光的習慣，這就養成了她白皙的膚色。她的體質，因爲吃太多藥，吃太多鬆脆特殊的東西，與讀太多小說，不啻受了暗傷。從十二歲起，她已就喝過虎骨木瓜酒，這種藥酒本來是給老年人喝了增強骨骼纖維的。

這天早晨，她起身得很早，就跟她父母到這花園裏來，在別人未到之前，和阿非很起勁的結伴遊覽了一番，使她感覺到說不出的欣快。可是那一頓午餐卻特別的晚，又經過了對聯競賽的興奮。用罷了午餐，她又勉強的跟上活潑的阿非和麗蓮，緊追著他們轉不過氣來的急步伐；待阿非要放風箏了，她也竭力勉強的參加，不防突然炎熱的天氣影響到了她的身體。

「那兒是哪幾位？」環兒問。

「木蘭、新亞和他們。」

「他們指的是誰？」

「阿非和其他的孩子以及曾氏姊妹。」

此時，大家瞧見了木蘭了，瞧見她正坐在一座小丘頂上，手裏還捏著一隻風箏，分明她想要在較高的起點擲起這風箏來，另一個人則在下面稍遠處絆住了那風箏線。

這舉動出於一位生了兩個孩子的母親是不可思議的。「咳，姊姊！」莫愁透口氣的說。

那風箏騰得較高一些了，木蘭縱身的跳躍起來，好似想再朝上送它上升的模樣。但那風箏搖擺了幾回又跌下來了。

一會兒木蘭不見了，卻是阿非捏了那風箏爬上了小丘來，後面麗蓮跟著，她是來襄助他奮鬥擲送這風箏的。

紅玉身體顫動了一下，又一陣咳嗽。「你感覺不舒服，我們還是到屋子裏去，」環兒說。

「不錯，我想我還是進屋子裏去的好，」紅玉說了，珊姐陪著她一塊兒進去了。

立夫說：「你的這位表妹的體質是那麼脆弱的。」

莫愁說：「她到了春天就不健康。去年春天，她臥病不起過了一個多月，可是，她總不肯休養。她愛讀小說，一讀便讀到深夜。小說讀得太多對小姑娘是有害無益的。但是更大的毛病還是她的對任何事都不肯馬虎，和一顆一意要勝人的心。這才是她的病根。你只聽人家講『戇有戇福』，卻沒聽人家講『乖有乖福』。在這個世界上，還是稍微糊塗一些的好；糊塗方是長生的祕訣。」

「你是和鄭板橋看法相同的？」立夫問她。

「正是，」莫愁回答他說。

鄭板橋是十八世紀的詩人兼書畫家，他說過一句著名的話：「聰明難，由聰明而轉入為糊塗更難。」

「所以你是已經轉入了的？」立夫說。

「對了。」

「我們去參加他們可好？」

莫愁和立夫到了放風箏的一群人所在地方的時候，瞧見所有的小孩子都在那裏，阿善、伯牙、阿滿和紅玉的弟弟，此外便是木蘭夫婦和曼妮在屋子裏邊。小樂照顧著阿善，非常快樂。莫愁問立夫說，在場的幾人中，誰是最快樂的一個，他認為是小樂。

「她現在年紀多大了？」立夫說。

「大約是二十歲，」莫愁說。

「這樣長成了的姑娘，還是那麼天真爛漫。」

「你怎麼知道她呢？」莫愁說著，神祕地笑了一笑；隨向木蘭那邊走來，說：「你在這裏鬧什麼玩意兒！我瞧見你放著風箏，姊姊，怕羞不怕羞？」

「瞧瞧我的鞋子，」木蘭拭拭額角回答說。「下泥山的時候幾乎挫碎了腳踝骨。這都是阿非的花樣兒。他不讓他姊夫安逸，一直吵到扭了他出來放風箏為止。」

「你可知道紅玉抱著小恙？」莫愁問她。

「是嗎？」木蘭回答說：「我們一點都不知道。她起初和我們一塊兒玩，也沒有留心她幾時離開了我們。」

風箏此時已高高地飛騰在空中，除了扯住它的線索以外，沒有其他需要做的事，因此就讓小樂牽住著。別人已進了屋子去了，只有麗蓮留在外邊和阿非及別的孩子們玩著。

木蘭說，自從酒席散了之後，阿非一直和麗蓮忙著來來去去，領她去看種種新式的東西，像新裝的電話等等，紅玉費力地跟他們在一起，他們在電話機旁圍著站立了好久，還喊出了許多想得到的號碼試打電話，接通了便把話筒掛了起來，大家哄笑那答話的人。

「這兩個倒是很親密的一對。麗蓮生得多麼活潑，他們愛好同樣的東西，一切新式東西——電話、攝影機、電影。麗蓮時常跟著父親上電影院。紅玉的情形便大不相同。」

「她只喜歡中國的東西。可是她比了麗蓮來得賢慧。」立夫說。

「賢慧上一百倍，」木蘭說。

「比了誰賢慧上一百倍？」莫愁正站在她背後這樣問。

「我們正在講麗蓮和紅玉，」木蘭低低地對她妹妹說。

「那豈不悲觀嗎？」立夫突然這樣說。

木蘭抬頭向他望望，問他說：「這是什麼意思？」

「這兩個。」

「你的意思是說這三個，」木蘭矯正他說。「我想不會有什麼嚴重的事態的，」她頓了一頓，這樣說。

莫愁此時走了上來，走在立夫的右邊，木蘭走在立夫的左邊，從這一段起，路面放寬了，三個人遂走進屋子，瞧見各位太太們。木蘭莫愁和愛蓮又進去瞧瞧紅玉，她睡在床上，她母親坐在她身邊，環兒也在那裏，伴她談話。

過了一會兒，木蘭告辭回家去了。環兒還和莫愁留在那裏，她現在雖是進了官立學校念書，還是把紅玉看作自己的妹妹。她看出紅玉的臉色還是很緊張興奮。她的頭頸靠在枕頭上，形容顯出異常的清瘦，雖然她的下頰生得那麼圓潤，合乎美麗小姑娘的典型，她的兩頰發著淡紅的虛光。

「現在覺得怎樣，四妹妹？」莫愁問著紅玉。她在表姊妹中輪著第四。

紅玉回答說：「我只覺得頭部沉重，看來我每年的春季病又復發了。人真好像花草和樹木。你們人人都是那麼健康和快樂。我想當你們的樹木結著一球一球果實的時候，我已是萎謝了的花瓣，飄浮在水面上去了。」

「這是什麼話，該是像你這樣年紀的小姑娘說的嗎？」莫愁說。

那很顯明，紅玉讀多了詩歌小說，以致養成一種近乎羅曼史的性情。莫愁坐著默默觀察這個纖巧的可憐蟲，深深地感動著，出乎衷腸的憐愛著她。她走前去把把她的脈息。

「四妹妹，鎭定一些，」莫愁說。「做姊姊的略微讀過幾本醫書，覺得你的病源是出於陽氣太旺而陰氣太衰。我們的體質內，需要陰陽二氣調和，相互保持平衡，始能獲享健康。陽火上升，致使你身體的下部形成太輕的現象，所以你時常覺得身體輕飄，有如浮游氣上。目前所需要的，厥在補益你的陰氣。據我看來，你倘能常啖珠粉，以常識留心食物，調整血液之循環，便能很快的恢復健康。人們的體質需要多量的穀類食物的營養來維持健康，不能過分的依賴藥物。多吃一些粥和蔬菜，很有益處。我們女人家的根氣，潛藏於內臟，男人家的根氣則較高而棲息於心肺肝三部。爲了這個緣故，所以女人家要多吃一些蔬菜，男人家多吃一些肉類，但是陰陽二氣不單爲物質的，亦爲精神的。男人家有男人家的工作，女人家有女人家的工作。多用腦力看書，亦是有害的。色色樣樣的事情都聚集到腦筋裏來了，就會缺少陰。地爲陰，就是女人。地是在下面的。我們女人不能擺脫領孩子、烹調洗滌的職務。即使女子生而穎慧，亦須稍微藏拙的好。讀讀歷史和詩固無妨，但是我們不能過於重視它，否則我們讀得越多，脫離日常生活越遠。當你身上不舒服的時候，我要勸你放棄讀小說的功課。拿些縫紉工作來做做，那是對婦女很有益的。」

紅玉默默地很專心的諦聽著莫愁的勸告，很受她的誠意的感動。莫愁又繼續說：「四妹妹，我還有一件事情要告訴你，效力比什麼藥石來得好的是處世取稍微疏鬆一些的態度。大凡一個人越是聰明，越不肯忍耐。我不是拍你的馬屁，我可以很公平的說你的才學比我們姊妹倆都好。但是就為了這個原因，你得自己留意你自己。你讀過許多才貌雙全的美女的故事，有幾個能得快樂以終？古語說『紅顏薄命』，但是我要說，禍害女人的不是紅顏而是聰明。到了後代子孫手裏，誰復能辨別是智是愚。在這個世界上，最好俯順物情，與世委蛇，不能過分認真。你假使能學著採取這個態度，我可以擔保你的毛病總會消除。」

紅玉的眼眶至此盛滿了淚珠。「好姊姊，謝謝你肯熱心的告訴我這許多事情。一向沒有人這樣忠實的勸告過我。」

莫愁伸手擱上紅玉的肩頭，又說：「常吃珠粉這種陰的元素，你的身體會復元起來。現在睡覺吧。」

說了這句話，莫愁走開去了。

紅玉竭力想要睡去，總是睡不熟，莫愁的一番話，好像一服鎮靜劑，她乃細細的體味她的一詞一句，覺得句句都含著很深的意思。接著她想到別人都來探望過她，只有阿非和麗蓮沒有，於是她一直醒著。她的思想從這樣轉到那樣，把一天的經歷都回想過來。乃體味著三國時代大將周瑜的名言，自己對自己說：「既生紅玉，何生麗蓮？」

她乃又想到歷史上著名的美人和她們的羅曼史——好如梅妃、馬勝珍、崔鶯鶯、林黛玉、魚玄機，和朱淑真，她們的一生中，大部分遇到一個愚拙的或是不能諒解的男子。阿非不是個愚拙的人。她又知道阿非是愛著她的，原來他們自小一塊兒玩著長大起來。可是她是一個早熟的姑娘，而阿非卻不是個早熟的青年。他也不能符合古代羅曼史中風流詩人的標準。假定她是個羅曼史中的佳人，他卻趕不上才子的資格。他連一個聯句也不會對。只是講講現代學校中交流的暗語。電話、電影和零碎的英語，他和麗蓮一樣，雜湊地來混在尋常口談中。這一切，都使她感到不快。

紅玉念書的那所教會學校，是以教授英文會話出名的，但是，她因爲國文程度太高了，心不在乎英語。英語的發音，往往令她覺得可笑，而她又對自己發音苟有錯誤，極爲敏感，致存著害怕發音的心理，所以她雖能很容易的誦讀並瞭解英語，卻從不能流利的說它。一個臉皮薄的人總學不好外國語言。在學校中，同學們彼此用英語「密司」一字來相呼，這也是她所反對的一點。她在想，用這樣的稱呼，豈非好像中國語言中沒有稱呼姑娘，與姑娘之間互相稱呼的名詞了。

阿非終於進來了，進來的時候已經很晚了。當曾氏一家回去時，他要送送木蘭和麗蓮的離別，不住的徘徊在門口。木蘭對他說：「你還是快一些進去瞧瞧四妹妹，她不舒服呢。」

又過了半個鐘頭，阿非始走進來。他站在房門口，叫道：「四妹妹，」裏邊沒有回音。紅玉靜靜地躺著，她的身體背向著他。他又叫了她幾聲，她動也不動。他輕輕地提著足跟躡了進去，揀近床口一張椅子坐了下來，默不作聲的守候著。紅玉盡是毫不動彈地躺著，但是沒有些微的鼾聲，所以一定不是睡熟了的。突然她的肩膀抽搐一下，阿非聽得那微弱的哽咽聲，他馬上走到她的床沿，叫她道：「妹妹，你怎麼了？」哽咽轉成了塞噎住的涕泣，身體一個急劇的轉動，把臉蛋兒藏在枕頭下面。他搭上她的肩膀，想把她反轉過來，說：「妹妹，原諒我，我不知道……」未待他說完，她抽身掙脫了他的手說：「休來碰我，我不是會和男孩子們混在一起玩的姑娘。」

「那麼我不來碰你，」阿非讓開了一些。「瞧，我便坐在這裏。但是你必須理睬我。方才我覺得你走開了，不知道你感覺不舒服，妹妹，請你原諒我。」

紅玉這才回轉過身來，回答他說：「自然嘍，你怎麼會知道呢？但是，別人比你早知道得多了。」

阿非不作聲，只是端著一臉熱愛與憂愁的神情，目不轉睛的注視著她，直瞧得紅玉羞暈起來，她本來想不去和他講話，但是他後來也不開口了，只是一臉充滿了悔恨與憂愁，她軟下心來，開口說：「二哥哥，你今天整天像發了狂一樣，我實在沒有精力趕上你了，累不累啊？」

紅玉這幾句話裏，包含著體貼他的意義，是很明顯的。阿非乃掏出一條手帕來授給她，紅玉接了，拭了拭眼淚，說：「你下次別去划船了，我擔心極了，那多危險啊！」

「危險？沒什麼可怕的。明天我和你一同去划船，你可以很安穩地坐著。我會替你慢慢地划過去。」

「謝謝你，你愛好這玩意兒是不是？『從下面看來，一切都不同。』」紅玉引用了麗蓮的話這樣說。

「不過這話是真的。從船上望出來，一切都不同。」

「不錯，還有『人們立在岸上，看去好像他們在塔裏』。你喜歡這個，是不是？」

「你真可惡，」阿非說。

「老實說，我是不配和你玩的。你爲什麼不能文文靜靜坐著，和成人一樣談談事情。好像立夫那樣？你知道我不愛劇烈的行動。自從那一次在什刹海瞧見了一個姑娘溺斃，見了水就怕起來……不過沒有關係，倘使沒有我在，自有人會伴著你玩，那個人恰好喜歡划船，喜歡放風箏，又喜歡打電話和運動。」

阿非又挨近她的身邊，做出要揿住她的嘴的手勢說道：「你再說這種話，我要封住你的嘴的！」

她遮住了自己的嘴，抵抗他來撳的手，他乃探手搔她的癢，說：「你敢?你敢？」紅玉這才乞饒了說：「二哥哥，這一次饒了我吧，下次我不敢了。」這一剎那間，他們恢復了天真的狀態，和小時一樣的玩著。瞧著紅玉因爲笑得厲害了，重重地咳著嗽，阿非放手了，但是紅玉說：「好，我要去告訴『密司』曾的。」

任紅玉怎樣發脾氣，阿非一向總是拿寬恕的態度對待她的，因爲他愛著她，拿美麗的表妹和遊伴眼光看待著她，佩服她的才能，憐惜她萎弱的體質。「一隻死鴨還剩著硬嘴巴，妹妹，你的脾氣不到估了贏面是不肯放鬆的。」

紅玉說：「那全是這個狹隘的脾氣與狹隘的嘴巴的不好。我告訴你，我們姊妹淘裏，我最佩服三姊姊。她爲人伶俐，又誠實，又堅定。」

「但是她不及二姊姊的寬容。我比較喜歡二姊姊，」阿非說。「三姊姊要責罵我的時候，神氣非常鎭定，不動一些聲色，我有些怕她。我從未怕過二姊姊，但是妹妹，你得改改你的脾氣。」在他看來，木蘭才是全美的，他願意紅玉也能敬愛她。

「我自己也知道，但是一個人的脾氣是改不掉的，」紅玉說。「三姊姊方才在這裏，給了我許多率直的勸告。」

「她怎樣說？」

「她告訴我處世要取寬容的態度。這真是一番真心話。幸虧她先向我勸告了一番話，否則我到現在還不會理睬你呢。」

「的確！那我得出去謝謝她，」阿非說。瞧她肯講情理了，心上好不歡喜，又想使她開懷，他說：「妹妹，人人都贊賞你的那條對聯。我真替你覺得榮幸。這一條對聯的確比別人做的都好，連二姊姊的都不及你。可是，我倒有一句比你的還要好，要是我當時在場，便可以發揮了。」

「讓我聽聽你的好聯句，」紅玉說。

「好，你聽著！……

妹妹，我愛你，你愛我。」

紅玉噗嗤的笑出來了。「不怕羞！」紅玉說。「聲韻平仄完全錯的。你進了新式學校，甚至連一句對句也不會作。要是在古代，你便不准入新房……我來講一個故事給你聽。據說宋朝詩人蘇東坡，有個妹妹嫁給了秦少遊，這位秦少游會講英文……」

「瞎說！」

「不要管他。且說到了那天新婚晚上，這個新娘要新郎對一個對聯，否則他不得進新房，得睡在外邊院子裏。那晚月色輝煌，所以她隨手關門把新郎關在門外，即景吟道：

閉門推出窗前月。

秦少游不能對出下聯來，便在月光下躑躅於中庭，搔頭苦思。新娘的哥哥瞧他這樣情景，興了憐憫之心。特地拿了一顆石子，嗒的投入安放於中庭的水甕中。」

「這是什麼道理？」阿非急急的問。

「他的意思在提醒他這麼一句：

抛石打破水底天。」

「好極了！」阿非嚷。

「且慢，秦少游還領悟不到這個暗示。你知道他後來是怎樣踏進房門的？」

「怎樣？」

「哼，他原來是個棒球健將，便拿了一根球棒，用力的擊打那房門，終於給他撞開了進去的。」

阿非的臉脹得通紅，「瞎說，宋朝時代的人不知道玩棒球的。」

「我可以發誓那是千真萬確的。他還會說英語。詩人的妹妹乃問他：『你的對句在哪裏？』他回答說：『吾愛，現在我們在學校裏不學習作聯句了。我們只學習玩棒球啊！』」

「你怎樣杜撰這麼一個故事出來專門和我開玩笑！」阿非說著，又動手搔她癢，搔癢是她最怕的，所以她馬上答允不再開玩笑了。

這時候，她的媽媽走進來，瞧著兩個很親暱的在一起談話，很感到欣快，紅玉告訴她說：「三姊姊勸我吃珠粉，」她母親說，「那倒是好的，可是我們能買得起麼？」

「那是不是用真珠磨的粉？一服要值多少錢？」阿非問。

他的舅母回答說：「那至少要一百五十元到二百元哩。」

阿非說：「假使能令四妹妹健康起來，價值的多少算什麼？我可以去告訴爸爸。」但是馮舅母說：「不用這麼性急，」所以他又坐了下來。

阿非瞧著他美麗的妹妹躺在床上，她的臉蛋兒生得這樣白皙，輪廓這麼秀麗，又融合著熱愛與興奮的紅光。一種青春的異樣情愫第一次襲擊了他，和向來他對她所感到的親愛，況味絕不相同。紅玉只瞧見他不管母親也在面前，卻盡是呆呆的注視著自己。

「你瘋了麼？你盡是瞧著我好似瞧什麼陌生人。」紅玉說。

「誰瘋了，」她表兄回答說，「我就只是望著你，你能不能永遠這樣安臥著給我瞧望？你的名字叫作紅玉，你的臉蛋真似一塊璧玉雕成，不過是又柔軟又溫熱的。吃過了珠粉之後，恐怕你的臉蛋又會變成夜明珠，暗夜中發起光來。」

聽了這一番話，紅玉禁不住紅霞滿面，嫣然的一笑，只說出了一個字：「你！」

紅玉的母親說：「瞧他這樣，他有時是任性一些，但是他的心地是好的。我瞧著你們兩個一塊兒長大起來，兩天做朋友，三天做冤家。現在你們年紀大了，大家都得懂事一些，紅玉，你尤其不能時常逞孩子脾氣；阿非，你也不能惹得她太厲害。她天性愛靜。讓她靜靜地躺著養幾天，我們可以慢慢兒替她醫治，她的身體就會復元的。」

第二十八章

懷玉的京寓，在蘇州胡同公使館街附近，以前是外國人的住宅，裝有電燈、抽水馬桶、電話種種的新式設備。天井四面的屋子，有周圍的通廊接連住，所以到了冬天，要從這面走到那面，不需要打露天穿過。東邊闢作書房，和北面的正屋毗連，正屋由懷玉妻子領了孩子住著。鶯鶯在西邊有她單獨的院子，她的後面與妻子正屋背後的天井，有一扇四鑲板綠漆門通連，她的天井中央，樹立有一架噴水泉。他們還是新遷入，懷玉在妻妾兩個房間裏置備了一式相等的傢俱。第二進正屋的東邊，是一間食堂，闔家老小就每天團聚，坐食其間。

寢室的問題倒比食堂的問題來得複雜。第二進中庭的北側屋子，是懷玉的書房和會客室，平常不大使用。那兒有一間小的寢室，爲從前屋主用作客間的，裝有衛生設備；但是懷玉從未在裏頭睡過一宵，通常他是每逢初一十五便與妻子同宿，其餘日子則睡在姨太太的房間裏，差不多是一種不成文的憲法。妻子房間裏同宿著孿生兄弟一對小孩子，所以懷玉說，他需要清靜的睡眠，懷玉這樣決定下來的分配方法，各人都感滿意。懷玉的妻子芳名雅琴，對於這樣對正房妻子表示尊重的意思，也感到滿足。當她起初聽到丈夫要娶鶯鶯回來的時候，預計未來愁苦的日子，準備萬事忍受的屈服下來，什麼事情她都可以屈服，只希望她能夠保持妻和孩子們母親的名分。

但是鶯鶯這一次從姚家宴會回來，心中很不愜意。這是她在親戚間第一回的交際，已使她深感到姨太太所處的地位。不單是妻子在筵席上坐的席次比她高，而且在宴會中自始至終，婦人們都跟妻子和她的孩子講話。對姨太太多少總是採冷淡的態度。木蘭姊妹倆雖還客氣，卻看得出是缺乏誠意的。等到鶯鶯試作對聯討了沒趣，連木蘭也不去和她講話，所以她竟完全被遺棄了，只剩下一個素雲可與搭搭訕。整個筵席只顯出是惹人討厭的人物。一個妓女始終是孤立，而且是個個人主義，不慣於家庭中所需要的複雜社交例俗。她決心此後便不去參加這樣的應酬。

這樣她回到家來，逕自走進自己的房間，上床躺了整個下午。懷玉問她可有什麼不愜意的地方，她也不回答，到了日暮時分，她說她要在自己的房間裏進晚餐。懷玉覺得還是讓她去含慍發作一回，自己平復的好。

傭人們聽得了二奶奶身體違和，大家都來侍候探望她，廚司還費力的替她做了幾碟特定的菜送進她的房間。

當懷玉在一月前回到北京來購買這所房屋的時候，他帶了一個牛家的梁姓老僕人，是一個三十五歲十分機伶的漢子，叫他作門房。這個姓梁的是在北京長大的，很知道所謂姨太太者在一個家庭中，所能佔有的勢力。他和其他僕人又知道東家的新姨太太，是一位紅妓女。他們現在有了兩個女東家要去奉承，而新的姨太太尤其來得重要，她們兩人中間不久就會在家庭中分握同等的權力。這個阿梁又第一個獻議，主張把電話延接到姨太太自己的房間裏，這個思想周密的主張，馬上引起了姨太太的讚賞。

女傭人中還有一種傾向，大家爭著要到鶯鶯屋裏服侍，鶯鶯便相中了阿梁的妻子。等到阿梁妻子進她房間服侍的時候，便對她說：「我看你是個乖巧伶俐的人，一定會識得我這一番選中你的意思。你們夫妻倆倘能忠心好好地服侍我，總叫你不會吃虧的。」阿梁夫妻還帶著一個小兒子，專門聽聽零星差遣，買買水果、香菸、雜貨等東西，他做事十分伶俐；還有一個車伕，他替鶯鶯開車的機會遠比大奶奶來得多，因為大奶奶是深居簡出的。鶯鶯又帶著一個貼身的丫鬟叫作野薇的，她服侍了她好多年了，因此她在家中禁不住露出驕傲的神氣。傭人中只有一個老媽子丁媽，還保持著對大奶奶的忠心。

所以那天下午，鶯鶯屋子裏充滿了騷擾忙碌的空氣。鶯鶯正被特殊周密的服侍著。野薇傳達著鶯鶯的命令，沒有一個人敢說半個不字。那個廚司平常是個驕傲的人物，現在親自來伺候在房門外邊，聽受野薇傳出來的命令。只有丁媽不到這邊來。

鶯鶯又去傳喚了阿梁來，他來了之後，站在寢室門口伺候著，鶯鶯又喚他進去，他乃怯生生地跨進門限走幾步。他瞧著鶯鶯躺在床上，被褥蓋住一半，低頭不敢仰視，卻是極端謹慎的注視著地板。

「老梁！」她說，「我有幾件事情要關照你。近來訪老爺的人一天一天多了。你知道在老爺現在的地位中，不能人人都接見，任憑什麼人來，先來告訴我，我會決定見不見。你自己呢，也須穿一身適合我們身分的制服。當客人來了，要有個人專司侍候香茗毛巾。這些事情我都交託給你。不論事情的大小，總要有個頭；否則有了什麼事情，你推給我，我推給你，事情就糟了。我們現在不能再像從前一樣的繼續下去了。」

「是的，奶奶，」阿梁回答說。「奶奶的話一些兒不錯。小的自己也想過。有了這麼許多傭人，這麼許多口，卻是沒有一個頭。奶奶說起要穿一套制服。昨天小的剛想買幾只花盆，嚕嗦得沒買成。丁媽不肯到大奶奶那邊去拿錢，小的就沒有辦法。」

「喔，我倒不知道壞到這般地步，」鶯鶯嚴厲的說。「倘使你聽我的吩咐，你想誰敢強一強不成？」

「不會不會，奶奶。小的什麼事情都聽奶奶的吩咐。小的在這裏只知道有一個女東家。」

鶯鶯笑笑說：「老梁你是懂得怎樣講話的。我希望做起來要和你說的話一樣。我時常要想用一個忠心的底下人。我是不會虧待下人的。」

「承奶奶看得起，便是無上榮幸，」阿梁回答說。「倘承奶奶肯差遣小的，便請奶奶吩咐一件事情下來試試老梁，瞧老梁可靠得住靠不住。」

「這意思是不是說我叫你去殺一個人，你就去殺他？」鶯鶯笑著說。

「不，這個小的不敢。」

「走上前來，」鶯鶯微笑著說。老梁小心翼翼的朝前跨了幾步又躊躇猶豫著，可是鶯鶯吩咐他走近自己的床邊。她從頭至足對他審察了一番說：「比方我下一個命令，把你提升做傭人的總管，你將怎樣的侍候我？」

像大將受了皇帝的聖旨，老梁倏地雙足跪下來，撲通撲通向女東家叩了幾個響頭說：「倘承奶奶這樣提拔小的，小的終生有了依賴。小的妻子和闔家無不圖報奶奶的恩典。」

「站起來，」鶯鶯說，「這事情，我會對老爺講，現在實際上也沒有特別的事情叫你去做。不過……」她招招手，要他過來一些，以便附耳低語，阿梁走得又逼近了些。不過他見了這副詭祕的神氣，倒有些毛骨悚然，鶯鶯低聲的說：「你知道的那個丁媽。她是這家的老傭人，越弄越不懂規矩起來。不過她是大奶奶的傭人，我不好樣樣去管她。」

怎樣的對付辦法，鶯鶯都在阿梁的耳際祕密的告訴了他。

晚餐後，懷玉又過來探望鶯鶯，順便問她，今天是十五，可否讓他到妻子房中過宿。「假使你覺得身體不舒服，我可以明天晚上去抵補今天的一宵的。」他說。

「你到她那邊去，」鶯鶯說。「我並不覺得怎樣不舒服，這樣的侍候也還好。今天晚上還是讓我稍微安靜些，休養一下的好。」

「你是不是發火怪我了？」懷玉躊躇了一下的問。

「不，不來怪你，你坐下來，我要對你說幾句話，你能不能聽我？」

「當然嘍，心肝。什麼話？你說呢！」

「當我初嫁到你家來，」鶯鶯說，「我希望你這一個家，是一個平靜、整飭的家，像其他的官府一樣。可是在這短短幾天裏，我已瞧出你家裏有著凌亂的景象。有幾個傭人聽這個女東家指揮，有幾個傭人聽那個女東家指揮，真的有什麼事情要做的時候，反而沒有人去做。聖人說，家齊而後國治，先齊了家，而後可以治國。每一個傭人的職務，需清楚地加以劃分，還要有一個具指揮能力的頭腦。」

「喔，是這樣的麼？」懷玉很信服地說。「你知道，雅琴不能治家，我們的家事雜亂了好久了。就叫你全權管理男女傭人好不好？」

「不行，你誤解了我的意思。我沒有時間來管傭人的事情。我希望的是要有一個負責督率指揮別的傭人的人，好像老梁那樣的人。不是這樣的話，你這方面對傭人下了這樣的命令，那方面另有別的命令，就不免無所適從。我想老梁倒是個好人。」

「聽從你怎樣撥派就是了，」懷玉說。到了明天早晨，他就下命令派老梁充家務總管，所有男女傭人一律聽他的命令，他同時管理購買日用品的銀錢出納。結果，唯有那妻子吃了小苦，每逢她要差遣傭人，往往沒有空，因此丁媽得自己去提水、煮茶，倘她奶奶不耐久候，還得親自出去購辦雜物。

這樣弄得丁媽又冒火，又摸不清頭腦。她和懷玉妻子一起住著已經六七年了；她幫著撫養孩子長大起來；又襄助奶奶克服了許多艱難事情，所以她很像奶奶自己的母親那樣。有了這一重關係，她在牛家宛然像全體傭人中最有權力的一個，而且奶奶也往往聽她的話。她帶著孩子們遊公園，每逢有什麼宴會，她幫著點菜。突然，這一種權力被人攘奪而去。另外又來了一個野薇，膽敢在公館裏昂視闊步，目無丁媽，抑且慢慢的差遣起她來。丁媽自然不服，屢次起了爭論。懷玉妻子到此境地，如墮五里霧中，簡直不知如何是好。

有一天，丁媽哭到奶奶的面前，鶯鶯也在那裏。原來丁媽要出去買什麼東西，一路走過門口的時候，口中喃喃在抱怨目前的事態，給老梁聽見了，追上去打了她一巴掌。

「奶奶，我不能再在這裏做下去了，」丁媽拭著眼淚說。「他們都看不得我。老梁和他的妻子，和野薇合夥拍二奶奶的馬屁。別的傭人瞧著老梁有了權力，又能在二奶奶面前說話，自然都想捧他，汽車伕情願替野薇在外邊跑腿，可是我有什麼事情便睬都不睬。你可明白我們現在變成了什麼了，真如俗語所說，一朝天子一朝臣哪！」

懷玉妻子傳喚老梁來解決這件爭端。可是他來的時候，不光是一個人，卻帶了他的妻子和野薇一齊來。

「奶奶，」老梁說：「公館裏有這麼許多底下人。自從老爺把家務委託了我，人人都聽命做他們分內的工作。只有丁媽仗著比我先來的歷史，不肯聽從指揮。每逢我對她說話，她甚至理也不理我，我們大家都是服侍老爺奶奶，爲什麼她獨要例外？」

「是不是做了傭人總管，就可以打人了？」丁媽哭著嚷著。但是不等她說第二句話，野薇接下去說：「你還是靜些的好，我倘把所有事情講出來，那就不好聽。」

「倘使要算帳，還是一下子算清了，一勞永逸，」老梁的妻子說。「喔，說來話長！我們倒不在乎她講我們這樣那樣，可是我們倒要報告報告她咒罵我們奶奶的話。」

「正是，我聽見她說二奶奶是野狐狸，」野薇說。

「蒼天在上，我沒有說過，」丁媽爭辯著說。

「休要賴，你說過的，廚子也聽見的，」野薇說。

「你倘使要辭歇，我們大家都可以跟你一同辭歇的。」老梁說。

鶯鶯此時默默地靜聽了半晌，便開口說：「你們都不對，丁媽是這裏的老傭人，你們應該讓她稍微隨意一些。丁媽，我不知道他們說你說過的話是不是真的。我是不是野狐狸，那全不干你的事。你真是漿糊膠瞎了老眼。我不管你們自己淘裏講什麼話，幹什麼事，只要不牽涉我在內，我統不管。」

轉過來對著懷玉妻子，她接著說：「姊姊，我們這件事情已經鬧得太大了，今天我也不願再追究丁媽，就讓這事情這樣了結算了。但是我們家裏可不能長此繼續的吵鬧下去。任憑哪一家，須得有個受人敬服的總管，倘若你們就派丁媽做了總管，我想不見得會受人敬服，個個傭人肯聽她指揮。既然這樣，倘使她還希望在這裏做的話，須得和別人和和氣氣，讓這家裏安靜一些，你看怎樣。」

懷玉妻子想不到她說這一席話，只得說：「你們大家都聽見二奶奶剛才說的話了。一個人也不要說什麼辭歇的話。你們大家都彼此和和氣氣過些太平日子。」

丁媽吃老梁打了，這樣也就白打了，東家也不派老梁向丁媽賠罪，倒還好像錯在丁媽，人人眼中還覺得這一回輕放了她。老梁的一黨這一回分明是勝利了。

妻妾兩方都把這經過告訴了懷玉之後，懷玉覺得鶯鶯這一次很能寬大爲懷，遂把丁媽重重罵了一頓，責她不應該多嘴，搬弄是非。從這一天以後，丁媽的日子真是格外的難過起來。老梁終日沒有好嘴臉給她看，只有冷笑與輕蔑。有時特地當晚餐時分差她出去購物，等她回來，其他的傭人老早把飯食收拾乾淨。丁媽肚皮裏真是怒不可遏，有一天老梁又打了她一個巴掌，還說：「去吧，趕快去告訴奶奶。爲什麼不去？那我們好大家辭歇給你看。」

丁媽又哭到她奶奶面前說：「我真不能再在這屋子裏過日子了。」她奶奶說：「丁媽，你不能走，孩子們都要你照顧的呢。」

「這是沒有辦法的，」丁媽堅決地說。「我寧願摔碎這一隻八塊錢一月的飯碗。寧願找一個三塊錢一個月的事情，而日子安寧一些。不過我也替你擔心，等我走了，你的日子就更加難過了。」說著，她拈起衣袖來拭著眼淚，她的奶奶陪著她一起哭起來，孩子們聽見丁媽要走了，也跟著哭了。

丁媽走了，梁媽馬上介紹了一個表姊妹來服侍大奶奶，致令大奶奶母子們時常覺得身旁環伺著深仇大敵，不敢當著這個新用的李媽面前說半句話。懷玉也益發和孩子們生疏起來，孩子們暗暗地恨著鶯鶯，母子間怨恨小老婆的暗中談論，加緊了團結。此等密談耳語，實際上變成了雅琴母子間尋找氣憤出路的愉快方法，留著永不遺忘的印象。孩子們漸漸的不只是畏懼而且懷恨起父親來，為了他怠慢自己的母親。所以等到父親和鶯鶯住到天津去的時候，真是樂不可支了。

鶯鶯到底是一個訓練有素、操縱男性的能手。她可以在身體不舒服的時候一樣的愉快活潑，取人歡悅，也可以在毫無疾病的時候裝出婉轉嬌柔、病容滿面的神氣。就在這種千變萬化的病態中，發揮她最有效用的手段。她可以在宴會中成為圓熟殷勤的貴婦人，與官員眷屬分庭抗禮，很自然的親暱款待；也可以換一換裝束，一變而為嬌憨羞怯、天真爛漫的小姑娘。男子固愛成熟婦人，亦愛天真少女，但後者較易於取悅一般男性，懷玉尤其如此。大體上，婦人與閨女在形式上的分別，大部分在髮型的不同；當她將頭髮盤起，穿了裙子和高跟鞋，便成為社交界中的尤物，當她梳了辮子，穿一身短衫褲平底鞋，住在家裏，便像個十八歲的小姑娘，不勝其嬌媚。

有一個晚上，當她正裝束成小姑娘的樣兒，躺在床上，紅馬甲袒開了胸襟，啖著生梨，面色看來像有著什麼心事。她懶洋洋地嚼著，好像要開口說什麼話卻不願意說出來的樣子。一手捏了半隻咬剩的生梨，伸出於床口上，不吃下去。

懷玉瞧著她那肥嫩姣白的手臂，撫摩時該多麼膩滑。她的髮辮偏垂於胸膛的一邊，正斜靠在軟綿綿的繡枕上。他又聞到她身上的芳香氣息，感覺到自身需要她，高過於世界上的一切，乃想向她表示一些愛的動作，但是她轉開身去說，「請你休要——」

「為了什麼事情呢？」懷玉拿開了她的梨子說。她把身子弓起來蜷得緊緊的躺著，仍是一言不發，她的眼睛霎閃著。她此時可謂已喪失了一切誇耀的獨立性，變成一個甜蜜的小孩兒，非常的安靜。

「你在想什麼？」懷玉又問她，摸不著頭腦。

「不過想想，沒有什麼，」她懶洋洋地回答。

「你在生我的氣嗎？是什麼呢？」

她坐起了些，當她說話的時候，看去完全跟懷玉在宴會中瞧見的鶯鶯判若兩人。用著軟軟地溫柔的浪聲，她說：「不是恨你，但是和恨你差不多。你沒有做過小老婆，不知道小老婆過的是怎樣的日子。那一天在姚家宴會席上，什麼敬重的禮儀都是款待著大老婆，沒有一樣是挨到小老婆身上的。而我一個人，被人看待得真好像一隻珍奇的畜生。大老婆幫著大老婆，真好似官官相護，現在我認識了自己的錯誤。總之，只有一夫一妻雙宿雙飛，才是最好的辦法。」

「你要我做什麼？」懷玉說。「無論怎樣，雅琴是我孩子的母親。你總不是要我去和她離婚吧。」

「我不是要你去和她離婚。頂上有天，人講良心！但是每個人都想在人前立得直，我不願再受人家的卑抑。你能不能聽我的話？」

「你說什麼就什麼。」

她的手指撥弄著短衫上的鈕扣，舒緩緩地看去不像急於要說什麼。只看見她的手在胸膛上遊移著，懷玉瞧她這樣舒緩而囁嚅著，伸手把她摟近了些。他男子的自尊獲得了滿足，對她說：「親愛的，你要什麼，我都可以做。我是這裏的一家之主，我只要使你能夠快活。」

這個當兒，鶯鶯知道是獲得勝利了，她抬起臉蛋對著他的臉說，「我要的事情是有的，但不知道你肯依不肯依？」

「講吧，講吧，我一定依你。」

她於是爬起身來，又叫他坐好了。「你且坐好在那裏，我沒有講完之前，你不要動。」她說完，然後用她那近乎專業的蓮花妙舌，混合著女性柔媚的姿態與堅定的決心，以能左右男子的那種鎮定而自然的調子一句一句說出來。

「老大，我所以揀中嫁給你，因爲我相信你是一個可託付終身的人。我們倆結合了，有著光明的前途。但是你知道現在我的地位很困難，爲了謀救濟我自身此後的卑辱痛苦，只有在三個條件下我可以和你同居，你能不能答允？」

懷玉呆了一呆說：「先讓我知道是什麼條件！」

「我要你答允。不要問，你答允了以後，我可以告訴你爲什麼道理。」

「好，你且講。」

鶯鶯乃開始說：「第一條，至少到外邊去，我要在外表上做你唯一的正房妻子。我不能再和那婦人一同出去，致受人歧視。第二條，在家裏，一切銀錢和傭僕必須歸我掌管。我每個月可以支付固定款項給雅琴作爲日常開支，你治家不能有兩個主腦，讓幾個傭人聽一個奶奶支配，另幾個聽另一個奶奶指揮。假使她不和我作對，我總能公平的對待她的。」

「那麼第三條呢？」

「且慢，讓我先講完了再插嘴。第三條，我要有一輛由我使用的汽車，一切聽我支配。這樣我們便可以到外邊去交際，那你馬上可以發現我對你有多少的效用。現在且回答我這三個條件，再來告訴你別的話。」

「我的好奶奶，」懷玉微笑的說：「我完全聽你的號令。這三個條件都是不難答允的。第一條當然容易，因爲她根本不到交際場中去露面。使用汽車是件小事情，我不想把你關在家裏。第二條講到掌管傭僕的事情，你早已在掌管，但是掌管銀錢，就是在管我，是不是？」

「不要怕，你依是不依？慢慢兒我再告訴你。」

「爲什麼你要求這一點？」

「沒什麼，這樣才叫我快活呀。」

「我就依你，但這是家庭政治，我依了你，有什麼報酬？」

「我會叫你快活。統統答應嗎？」

「全答應了，」懷玉說。

鶯鶯摟了懷玉長長的吻了一下，因爲她眼見現在手掌中，握住了一個男子，這男子現在是她意志的有力而順從的工具。

「你是一個聰明人，」她接著說。「老老實實，你將來一定會發現我鶯鶯是一個有用的人，而且爲了你去出力。自從我還是十六歲小姑娘的時候，我就渴望要嫁人。但是我所遇到的人，個個都是胖胖的老蠢漢，光有幾個錢，有些是專尋快樂的糊塗小夥子。假使我所需要的只在金錢與安適，我老早可以出嫁了。有的時候也遇到過漂亮少年。我曾經戀過一個少年，瘋狂的愛著他，那時我正十八歲，但是他害怕著什麼，不敢來娶我。他起先答允要來娶我的，可是答允之後，從此一去不回來，一句話也沒有。我猜想他一定是娶了妻子，而家中踞佔著的一定是隻雌老虎。我受了這個刺激，幾天不進飲食，不住的想念他，直到後來漸漸的冷淡下來。」

「此後，我變成了硬心腸的無情女人，就把身子放任給這一班肥胖的老蠢物，只要他們能付好酬勞，買些珠寶首飾給我，那時我不再想著嫁人的事。他們要我什麼，我都依從他們，只要付得出錢。你們男人家是奇怪的東西，一個姑娘越是不把他放在心上，他越是要追求。當我把愛情這種癡呆思想捨棄了之後，我覺得應付男人漸趨容易，而且越多男人來追求。」

「可是，話雖如此，一個妓女終要想到將來的歸宿。我有時在盤算，想等到積聚好了相當銀錢，要去嫁給一個油商，過過安逸的小家庭生活，一面領個小孩子。但是你知道結果是怎樣，原來同居了不久，因爲開支太大，我所積攢的都得仍從我手中消耗出去，我不能減低了開支再過從前一樣的寫意日子，倘若仍然維持這樣的開支，那非得借貸度日不可，還得從有錢的老蠢物那裏搜括了來度過端午與中秋節。後來遇到了你，我覺得還可以和你做些事情，總希望沒有揀錯了人。」

「現在我所提出的條件，都是爲你自己的利益著想，假使我們要謀出頭的話，我們非互相爲助，一同努力不可。要這樣，那麼家庭中必先免除一切煩惱。必先安內而後可以攘外，外面的勝利先靠內部的安定。其次，你知道我到你家裏來不光是想來享福。假使我要享福，那就不會有什麼條件出來。你也很知道所有官府升遷都賴婦人之手，或則姊妹或則妻妾。政治完全是一種社會交際造成的玩意兒。我很熟悉箇中巧妙，而且曾在枕上幫助過幾個人獲得任命。舉例來說，你獲得這個位置，是經由部長三姨太的第五兄弟出力的；我卻直接可去和這位三姨太會面。這就是我所追求的目的，想在社會交際場中幫助你，但是我不能既要做這樣的事情，又要在家裏管理傭僕們紛爭這些麻煩事情。對外則處姨太太的地位與人應酬，總有多少不便，我一定要先自提高身分。假使你一旦做了京兆尹或天津縣長，有錢有勢，那時享福的除了你自己的妻子孩子，還有誰！」

懷玉專注地聽著，深受感動。「出色！你什麼事情都想到家了。我的心肝，你是這樣的聰明可愛。我知道一定是我的鴻運來了。」

「但是還有第四個條件，仔細聽著！」鶯鶯用手指點點他說：「除了我以外，不許有第二個女人。」

「只要你在我身邊，我不會再需要第二個女人，」他堅定地說。

從這一天以後，鶯鶯時常坐了汽車和她丈夫一同出外，不讓妻子參加。她的名譽、她的社會經驗和交際手腕，使她到處受官員和他們的姨太太的歡迎，她們且很熱忱的想和她增進友誼。在家裏，她變成了一家的主腦，下人們都巴巴的向她巴結而疏遠了懷玉的妻子。懷玉妻子現在變成了家庭的買辦，光在指導烹飪等等家務，卻更須受命於鶯鶯。

過了幾天，素雲來訪會鶯鶯的時候，鶯鶯對她說：

「你府上應該裝一架電話才行，我沒有電話簡直不能在這裏過日子。有了電話，我們彼此通訊息要便利得多了。而且你有時真會錯過很好的打麻將機會呢。別人有了事情，馬上可以通電話給你，我們在晚上一同出去也便利得多了。」

「這還待你關照麼？」素雲回答說。「誰不想要有一架電話用用呢？但是我不像你，是一家的女東家。我是什麼事情都得先經家長允准的，我倘使提出裝電話這種意見，一定會被駁斥掉。你知道現在是那隻小狐狸精在當著一家的總軸呢。」鶯鶯知道她這一聲小狐狸精是指木蘭。「我多羨慕你！你是那麼自由，可以依著自己的心思和丈夫要到那裏便到那裏。你倘使到大家庭裏來住住，你才會知道它的況味呢。」她接著說。

「那麼你為什麼不搬了出來？」

「我也這樣想過，不過事情不是那麼簡單。老大和老三聯合在一起，等我走近了，她們講什麼話都縮嘴了。我在家裏頭除卻自己的貼身丫鬟，沒有一個可以說話的人。倒楣又嫁著了這樣一個呆笨的丈夫，他賺了錢給闔家用，卻還受人的責備，新亞遊蕩著過日子，一樣受人尊奉。我早已想到要分家產，搬出來像你一樣過小家庭生活，但是襟亞不敢開口，說這是辦不到的。」

「你不會自己去使他們分家？」

「公婆還在世，怎麼辦得到呢？」

「喔，你這老實人！放出手段來，使他們寧願分家讓你分居出去。」

「但你知道這是辦不到的。倘使辦得到，我何樂而不為。家有家規，你不懂得大家庭是怎麼一個樣子。」

「不錯，不過你倘使心上想做一件事情，就去做。問題只在你要的是什麼。你不能耽擱自己的青春，為了別人，不惜愁苦自身。」

「但願我能擁有像你這樣的勇氣。不過還有這樣一個拙笨的丈夫須先克服。」

「你是一個女人。假使你應付不了自己的丈夫，那你本人是個呆蟲。」鶯鶯逼緊了喉嚨低聲說，「且瞧瞧我在這裏怎樣做的。我已經獲得你哥哥的允許，給我控制家務的全權。你且瞧著此後，否則我便不叫鶯鶯。」

「我今天來就是為了我丈夫的事情。我知道仰仗你和我哥哥的力量，一定可以把我的寶貝丈夫提拔一下。假使不幸中之不幸，我們不能從大家庭脫離，也要替他在天津或別處謀一個職位，才能早早離開這個人間地獄。」

「不要擔心。我會替你想辦法。現在正有一個美國投資的煤油公司準備成立，美孚油品公司有一個到山西去調查藏油量的計劃。你的哥哥便可參加這個工作，或許可以替你的丈夫謀到一個職位。」

「可是他又不是工程師，」素雲說。「煤油的事情他能做些什麼呢？」

「喔，你這呆蟲！」鶯鶯笑起來了。「齷齪的工作才叫工程師去做呢。你想你的哥哥可知道什麼煤油不煤油麼？」

「好，只要能脫離那雌狐狸，什麼事情都願意去做。」素雲說。「你可瞧見那天向曼妮母親祝飲的時候，她怎樣侮辱我麼？那條厲害的長舌！不知何故，我有時竟想不出話來回答她。她知道怎樣來博取公婆的歡心，又浪費了家裏的錢來討好傭人。傭人們揩油作弊，她明知其事，一句話也不說。」

「在我看來，姚家姊妹倆都是不易對付的。那個妹妹也是厲害人。她是又文靜，又鎮定，但是我對她比對木蘭還要覺得畏怕。我瞧見她的時候，我覺得是這樣的……」

電話鈴響了。鶯鶯在她床邊拿起了話筒，說：「嘿嘍……陳家奶奶……喔，是你！……今天晚上……打麻將……好好，我會去的。」

放下了話筒，她說，「你瞧，多方便？那是陳家五少爺的奶奶約去打麻將的，今天晚上。你跟我們一塊兒來好了。」陳家五少爺是局長三姨太的第五兄弟。

「我不像你那樣自由。我得先向婆婆請示。」

「毛病就在這一點上。你只顧拿定主意的出來，否則便哭鬧。這樣，不久他們就會希望你早點離開家庭的。」

「但願我能有你那樣的勇氣，」素雲說。

「你會有的，」鶯鶯說。

素雲這一次回家，心中有了新的觀念，更具了爭取自由的較大決心。因此向她的婆婆請求當天晚上准許她到外邊去，誰知出乎意料，她婆婆倒是滿口允承，一點也沒有什麼留難。

自此，素雲屢屢和鶯鶯結伴出遊，有時與丈夫同去，有時獨個兒出門。素雲特別喜愛坐著鶯鶯的那輛汽車，就可以在夜深時分回家。曾家至今還用著馬車。素雲不敢要求他們買汽車，但提出了一個想裝架電話的提議。她有個很好的理由，懷玉家裏裝著一架，爲什麼他們不應該裝？可是曾文樸痛恨著電話，這是一個外國的新花樣，足以破壞家庭的寧靜。但是素雲的這個建議，倒獲得了木蘭的贊同，因爲姚家也有這麼一架，而曾文樸聽了木蘭的主張，即默無表示。結果，電話是裝好了，木蘭不斷地打出去和莫愁、阿非和她的爸爸通話，卻不和媽媽通話，因爲她媽媽自己不會接電話，須得請人居間代聽。素雲則忙著和鶯鶯通話，一次至少得談半小時以上，所以每次打來叫素雲聽電話的，傭人們都知道這是鶯鶯了。

不久，懷玉自己在這家新煤油機關裏謀得了一個位置，同時仍兼著原來的差使。他同時也替襟亞在那裏謀得一個職缺，月薪五百元再加上交際費六百元。這樣的進益殊見優渥，因此曾文樸讓襟亞跟著懷玉出門，到山西太原煤油調查局裏去供職。

丈夫不在家了，素雲出門的機會更多了，索性請准了要到天津娘家去住一程。她很感謝鶯鶯給她這個爭取自由的指導，又替她介紹了許多朋友，鶯鶯也時常到天津去住，但卻不肯寓居牛氏的家裏。牛氏老夫妻也不願意去管束像鶯鶯那樣的一個媳婦，而她宣稱說：「一切她丈夫的成功，完全是她一個人在社會活動的效果，所以她是個獨立的，不受管束的，她在那裏有著許多社交上的往還，所以住在旅館裏比較便於應酬。旅館裏可以天天的招待客人。」

這不是稀奇的事情。中國人家住在外國租界裏，往往租一所低廉的房屋，而在旅館開著房間浪費。人們也可以特地開了小房間打麻將；著作家開了小房間來避開家中孩子啼哭的煩囂以完成其著作；商業經紀人就在旅館裏開了房間設立事務所商談交易，而政客官僚們更可以開了房間商談祕密、收受賄賂，也有娼婦開了長房間接待旅客的。旅館中永遠是熱鬧而活躍的。你可以不分晝夜的在裏頭取得茶、餛飩、咖啡、吐司、中西大菜、鴉片、女人的供給。那抽水馬桶、洋瓷浴缸、雪白瓷磚浴間總是那麼美觀，熱水總是隨時都有供給。旅館不愧是外國租界中迷人生活的縮影。

素雲也經不起天津旅館生活的引誘。每天每晚，她總得來拜訪鶯鶯一次。銀錢在旅館裏像水一樣的淌出去，躍躍的打動著素雲的心。摩登有摩登的好處，在你的身邊有一架電話，睡在彈簧床墊裝著鏡子的床上，坐在雪白的沙發上，使用著永久不斷的冷熱水管，隨時使喚著等候好的侍役，都有說不盡的好處。自由是何等的可愛呵！

第二十九章

莫愁的婚期近了，這幾天，她正和姊姊商量著，在細細的安排她婚禮上的種種準備。依她的意思，要在北京大飯店舉行新式的結婚典禮，一方面在家裏，仍然老式的排場，而且還得坐頂花轎。

新娘的裝束，完全依照最新的式樣，頭戴雪白披紗，手捧鮮花，同時要立夫穿著西裝。紅玉和愛蓮做他們的女儐相，素同和阿非做他們的男儐相，阿滿做花童，麗蓮則擔任彈奏孟德爾頌的「婚禮進行曲」。

紅玉對於這場婚禮，好像和新娘本人同樣的興奮。她的丰采那一天顯得格外的光輝綽約，引起了許多人談論她和阿非。婚禮完畢以後，新夫婦在旅舍中闢了一套寢室，度其新婚第一夜。不久，新娘還得跟了丈夫上日本去，立夫就準備在日本留學。

立夫本來預備到英國去，但因爲姚夫人的身體一天比一天弱，經過商討之後，姊妹們一致主張莫愁不應離得太遠。每一次她提起了出洋，她的母親總要流淚的說：她在世的日子已經不久了。她的身體十分萎弱，處處動人哀憐，莫愁乃贊成到日本去的主張。

婚前，是莫愁負責侍候著母親，照顧她的飲食和湯藥。在晚上，另有一個女傭人同睡在房間裏作伴。有一次姚夫人聽得有一個巫術婆，精擅絕技，能夠呼召死去親人的鬼魂來談話，活靈活現，如與生人相對。乃乘了馬車特地去請教一番，回來的時候，只見她神色更見頹喪，慌忙到銀屏靈位前去燒香禱祝。

那巫術婆事前並不認識來請教的客人，亦不知任何底蘊，卻總能恰當地稱呼人家。姚夫人原打算和她的兒子迪人談談，卻來了個銀屏的鬼魂，開口笑著稱呼她「太太」。姚夫人見銀屏來了，便想中止談話，那知那巫娘早已著了魔，只顧滔滔不絕的講下去。她說話的神氣和她那寧波口音，酷似活生生的銀屏，姚夫人對此不覺毛骨悚然，銀屏要她好好照顧著她的兒子伯牙，因為他將來會成為偉大人物的。

「可憐可憐一個老婆子吧，」姚夫人用著懇求的口吻說：「我發誓不曾惡意虧待你。我只希望我的兒子能和你一同好好的過日子。」

「你放心好了，」銀屏的鬼魂說，「他和我在一塊兒。因為我一個人在這裏太寂寞，閻羅王見我可憐，允許我化成了一匹牝馬，帶他一同來的。」

「你可知道我還有幾年好活了？」

「那我不知道，太太，不過我聽見過家裏大概有一個人先要過世，那個人過世以後，便該挨著你太太了。」

姚夫人經過了這一番意外的刺激，簡直懊喪得暈倒過去，回家一連躺了幾個星期。從此以後，她的健康狀況便一天不如一天了。她請了尼姑替她誦經禮佛，又到名處廟宇裏去拈香。姚思安雖不相信這些舉動，也不阻止她。她的心倒是虔注於未來的第二個世界，不在現世，以致她的性情變得異常慈善又篤信著宗教。即便居住在王爺的花園裏，也不能使她稍見歡娛。

立夫預備到日本去留學的費用，是出自莫愁的嫁妝。實際上一切結婚的花費都是由姚家所負擔的。立夫的區區積蓄，只夠極小規模的婚禮，且他本人並不贊成他們所計劃的大規模婚禮，但木蘭卻和著別人的主張，認為只有大模大樣的熱鬧一場，才不虧待了妹妹。

莫愁倒是講實際的。大家討論嫁妝的時候，她說她不需要太多的東西，寧可折換現銀。她的父親適在此時現款不多，但是他允許給她一萬塊錢，再加結婚的費用，這一筆費用也得花上幾千塊。

「爸爸，怎麼使得？」木蘭說。「我的嫁妝值五萬塊錢哩。而且立夫和妹妹又都要出洋去留學好幾年呢。」

她父親回答說，「立夫是沒問題的，而莫愁比你節儉。你的妹妹用一千塊錢，比你用兩千塊錢還要來得實惠。多把錢給了你，真是糟蹋了呢。」

「這樣是不公平的！」木蘭說。

結果姚思安給了莫愁一萬五千塊現錢。加上他在蘇州的茶葉鋪，值五千元，和價值幾千元的嫁妝，再加上結婚費用，合算起來總共為三萬元。莫愁已經很滿足。她有了現銀，可以做價值兩倍於珠寶的事情。

立夫和他的母親現在住在馬大人胡同莫愁娘家的老宅裏，新房就設在莫愁姊妹倆幼時睡的那個房間，莫愁和立夫已經很熟悉了的，所以她和木蘭一同去佈置新房。那張新婚用的床是舊的。上面雕著花紋，經過全新的髹漆，四面豎著床柱，下面附有抽屜，頂部第三根欄杆已經有些寬鬆，木蘭還能記得自己幼時曾將它扭動迴轆的玩耍過。她逡巡留戀的站在床前，細審那床頭繪著的一對鴛鴦，回想幼時的印象。她記起她訂婚的那天晚上，莫愁已經沉熟的睡在另外一隻床上，她醒著在盤想，覺得莫愁將來是要比她自己幸福多了。現在她的預想果然實現了。

傅先生此時住在北京，因為新近接受了檢察廳的檢察官職務，這樣第一度脫離了自民國肇始以來校訂古書的天津隱居生活。傅先生夫婦兩人都為這場婚禮出力幫忙，傅先生且親自在婚儀中擔任職務。允應了立夫的請求，他送給新夫婦的禮物是一副對聯，用以懸掛於新房中留為紀念。

出乎不意的，莫愁卻對傅先生說：「傅伯伯，倘使你要寫對聯，請你寫下面的句子：

陰陽匹配，
鸞鳳和鳴。」

「爲什麼要寫這樣俗套的句子？」傅伯伯問她說。

「我要這樣寫，」莫愁說。「俗套雖是俗套，到底是好口彩，是不是？」

結了婚，莫愁新夫婦倆就在這屋裏住了一程，然後動身到日本去。這屋子是她自小長大的老家，不過，現在的環境是不同了，她現在是負責任的女主人了。每一塊磚瓦，每一步階梯，每一個轉角，無不是與她熟悉的。所與同居的，是她丈夫，是她婆婆和環兒，共同過著小家庭生活，實在太理想了。她的舅父、舅母現在住在西南院子裏，那兒，本來是姚思安的書齋。

自從那一天在花園裏經過一番懇談，紅玉對莫愁產生了成人般的深切情愛，嗣後也有過幾次議論「守拙晦隱」的真心談話。有一天，紅玉對她說：「談到耐性，我覺得立夫和我一樣的沒有耐性。他也有好勝的脾氣。他真是好福氣才有你這樣的人來指導他，三姊姊！」立夫本人也就逐漸和紅玉熟起來。

有一天，立夫對莫愁說了奇怪的話：「相傳只有金木水火土五行，其實應該有六行。紅玉便該屬於第六行，玉行。她從骨子裏像玉行，又清秀、又自重、又堅硬、又鬆脆。」

莫愁回答他說：「像了玉行，有其利也有其弊。玉類永不能玷污，性質堅硬但也鬆脆。最好的璧玉應該有柔和的光澤。你可瞧見她怎樣的不肯取悅於我的爸媽？」

立夫回答她說：「她寧願保持真實的本性，我倒贊同她。」確實的，受了立夫和莫愁的潛移默化，紅玉也漸漸的知道抑制自己，變成思慮深長、大人模樣的姑娘了。

最使馮舅母歡喜的，要算立夫對待她的態度，親密而不拘禮節。馮舅母是老式家庭中長大的女人，總是小心地留意著自己的行爲。當她和姑娘一同住著的時候，雖然彼此是極親熱的，也從不許有逾越禮節的地方。而現在和立夫家同居，情形卻更復迥然不同。那是一種難以言語表明，她所不能瞭解的新環境。立夫的行動，顯然無視著一切禮儀，但同時卻從無非禮的舉動，無論怎樣親熱，也沒有自輕自賤的舉動。

立夫的母親時常爲了她兒子的破壞歷來禮節而表示歉意，馮舅母總回答她說：「我毫未覺察有什麼破壞禮節的地方。優良的禮節和其他許多事情一樣，貴在精神方面，雖然立夫破壞了許多禮節，他到底不可算是行爲惡歹的無禮之人，他不過是個放任自然的人。所以兩個家庭能很和諧的同居著，彼此互相親善。」

相處久了，立夫的思想可謂已大大的受了岳父的影響，結果，同樣也成爲孔教的，尤其是孔教禮制教義的偶像搗毀者。姚思安又勸他讀《老子》和《莊子》，立夫讀了《老子》，感覺到其中有一節深深的打動他的心坎，那一節是：

故失道而後德，失德而後仁，失仁而後義，失義而後禮。失禮者，忠信之薄而亂之首也；前識也，道之華而愚之始也。是以大丈夫處其厚，不取其薄，居其實，不居其華，故去彼取此。

莫愁很快活地在家裏度她的蜜月，這種家庭生活的甜蜜況味，使她快樂得不願離開，但願能永久的這樣留居下去，開始掌理她所愛好的日常家務。她本人並不熱心遊歷，並無到日本或其他國家觀光的興趣。在他們新婚的第一個月中，立夫發現幾件使他大爲吃驚的事情，他一直跟女性共同居住，他的母親和妹妹，但是現在他第一次見到女性的或爲人妻的莫愁的儀容。

莫愁靜靜地鎮定地擔負起這主婦的責任來，這是她的家，沒有第二個人該來治理它。她在他看來，好像每當授明日菜單給廚子的時候，都含有不可言喻的樂趣，又親自去視察洗滌工作。每天清晨則摘了鮮花，佈置瓶飾，午餐準備好了，便去捧了針線盤揀日光充足的處所坐定了，做她的縫紉工作，種種家庭生活，無不引起她的興趣。這種情景，充分表示著靜穆和平的氣象，同時也表示著莫愁腦海中所盤旋的這個世界上的生活幸福。這個家庭，將爲美麗整潔的家庭。但於立夫這不過爲偶然的一回事。

爲了婚禮和出洋，立夫換了西裝，但卻引起了重大問題，這便是一時管理不周自己的衣服問題。他一向是孤立而慣於自己照顧自己的。現在，他弄不清楚自己的襯衫、領帶、鈕扣、手帕和襪子的擺放位置了；他覺得這簡直是毫無辦法的。他的衣裳只有由莫愁來管理，有的歸入衣箱，有的不歸入衣箱，時時還在變更位置。立夫有時爲了要找一雙襪子，會不耐煩起來，這時莫愁會微笑的說：「不要性急。」她乃親自去找出恰恰是他所要的那雙襪子。那襪子會使你嗅出很深的樟腦丸氣息。立夫從未瞧見過這樣的東西，可是他的這位年輕的妻子卻特別喜歡它，她隨處使用著樟腦丸——箱籠裏、衣櫥裏，做了小袋子，把它們懸掛安放於每一個角落。

立夫的皮鞋，更引起莫愁的興味。她還記著迪人爲了要赴英留學，而購買的那雙外國皮鞋，所以她知道品質最優良的皮鞋式樣應該是怎樣的。結婚之前，姊妹倆曾陪著立夫去買皮鞋，由她們來替立夫作主，該買哪一種式樣和何等質料。結了婚以後，莫愁對它又感到不滿意，因而又陪他上鋪子去，買了三雙英國皮鞋，花了一百二十五塊大洋鈿——一個驚人的數目。所以立夫對她說：「你的爸爸說你會講經濟，我不相信。」

在赴日航程中，莫愁年輕美麗又時髦，結交了許多朋友，立夫假使單獨出門是結交不到朋友的。有一次，他獨個兒坐在甲板椅子上，想到了下面的事情。

——他已經完全喪失了管理自己衣裳的能力。

——他已經知道了女人的衣裳應該用綢的包袱包起來，當她開了衣箱搜索的時候，沒有人可以去碰一碰。

——莫愁有很多這樣的素色綢包袱。

——所有衣衫都有樟腦丸的氣息。

——皮鞋看得出一個人的個性。

——咬指甲該視爲不良的習慣。

——搶在女人前面上車是無禮的行爲。

——這一切尊重女人的時髦習俗實在是男人家的妨礙。

想到最後，他相信這一切事物，無論如何是無關緊要的，又相信自己是愛著莫愁，可是不能瞭解女人。

後來立夫又發現了一件事情，莫愁就像是一團水母，黏貼著他，包圍著他，柔韌地溫和地適應著他的志願，構成保護他的外圍，抵禦外界的侵襲。莫愁的那一番無限的耐性、無限的適應性和無限的坦直無私性震驚著他，他的舒適與幸福，是她的唯一大事，他感覺到她已把自己的一切，整個貢獻於他與他的將來。

立夫本來居於山林田舍中，接近天然動物與貧苦農民，比住在市廛中，容易長成一個孤獨的獃子，也很可能養成反抗富裕階級的心理，現在，他發覺自己有了一個豐裕美麗的家庭，又來了一個保守切實的妻子，她盡職的給予他以安全與慰藉。他覺得自己已經受了賄賂，雖然他從未屈服於富裕的生活。因爲他的運氣時常是順利的，所以也並未怎樣的痛恨富裕階級，但他時常保持著自幼對它的輕蔑態度，這階級是他和他母親所從未隸屬的。這態度可以看他的輕蔑餐食姿態，看他的煩厭飯前洗手和梳髮的多事，看他的繼續當眾咬指甲的習慣，和其他莫愁想革除的種種怪僻行動，而得到證明。

「你的手別時常插入口袋裏啊，」她對他說。

那他會反問說，「爲什麼不可以呢？」

「那是不客氣又不雅觀的。」

「爲什麼呢？」

「沒有爲什麼，就只是不雅觀罷了。」

他還得爭辯說：「那麼，你便不能說服我不把手插入口袋內，除非你能舉出很充分的理由。你不能舉出理由，那你便是錯了，我是對的。」

話雖如此，他到底慢慢地革除了插入口袋裏的習慣，因爲她希望他改變，而他體貼著她的意思。莫愁呢，具有銳利的目光，有時堅持、有時軟化，但終能耐心地等候著適當的時機來進言。立夫的個性裏，具有反抗壓迫的敏感，而聰明的莫愁知道這個特性，向他勸戒所施的壓力，恰恰到不致引起他反抗的程度。因爲莫愁能耐著性兒的等待。每一次她軟化下來，同時也就知道他已經是屈服了的。越是了解他的個性，就越知道只要不冒犯他，最後就能達到任意指揮他的目的，這樣她就能慢慢依著自己的主意改造他的性格。

立夫現在用的是莫愁的嫁妝錢，可是他恰恰和莫愁的節儉相反地輕視著金錢。不過在新婚第一年中，莫愁從未使他感覺到他花的是她的錢，體認著兩人現在是結爲一體了。立夫終於覺得娶了一位富家女兒到底不是件壞事情。有一次，他對她說：「我假使換了襟亞，老早和素雲離婚了。」他的意思是在讚揚莫愁和素雲不同，他實在衷心的愛著她，不過明白的說穿，他覺得是不必要的廢話。因此她從未明白地聽到過讚譽，他也從未直接地說穿感激的謝意。

因爲她出眾的聰明，使他的生活過得非常舒適。立夫有時覺得自己不過是供人愚弄的呆子，雖說這呆子也是個與眾不同的呆子。她是個大人樣的而他還是個天真孩子氣的人物。因此他慢慢地接受了跟她同樣的見解，聽從了她的勸戒，輕蔑了自己的理論而尊重她的常識。他於是對她起了一種珍愛的心理，覺得她永遠是可靠而堅強有如衣食所資的大地。

不過，在他的心底，總忘不了自身是一個貧苦人家的兒子，他的自負，也就在這一點上，他是具有獨立的人格的。他懷恨著富人的禮貌，懷恨著像素雲所代表的社交婦人的虛僞價值，和懷玉所代表的政客的僞善與陰險。這種懷恨是永久不滅的。

兩人到了日本京都過了六個星期，接到了木蘭的來信，說母親病重垂危，已經不能清楚地講話。接著又收到了珊姐的第二封信，莫愁乃決意馬上動身回家，雖然她不願意離開立夫，不過這一遭回家，好像是她的天生職責，因爲她幾年來一直看護母親，每逢她臥病，她簡直不放心付託給珊姐、木蘭，或任何人，只有她自己來負起這責任。

這一來根本推翻了他們的計劃，她還不知幾時可以回到立夫那邊來。他說他自己會照顧自己，莫愁自然也相信他，但是他自己倒突然的體認出現在已養成了依賴這位新娘的習慣了。她說，假使她一時不能離家回到日本來，請他暑假期內回國來。

到了分手的時候，她忍不住流下了眼淚。臨別最後一句她所說的話是：「一切要自己當心，好好的留意飲食，不必一味的圖節省。任何時候需要銀錢，便寫信給我。」

回到家中，她瞧見母親已臨到危險的境地，形容憔悴得可憐，她母親只會指指自己的喉嚨和胸膛，一句話也說不出來。素同曾來診視過，替她細細的檢視過一番，但是他也說不出病根在哪裏，傭僕們同聲認爲她是受了鬼的侵襲，很可能是銀屏的鬼魂。迪人咒他母親的話現在應驗了。現在她無法容忍銀屏的孩子伯牙靠近他。她似乎害怕著他，雖然他是她唯一的孫兒。

大家都說他母親是個魔鬼，頗令這孩子受不了，因而他竭力的替他母親辯護。他早已知道自己是姚家的長孫，亦即爲這座王族花園的未來主人，同時也抱著將來成爲偉人的大志，那時他將爲母親雪恨，把母親的遺像掛入忠敏堂的中央。他心中懷恨著祖母。這些思想都使得這孩子時常流露嚴肅的態度。

兩個女兒都出嫁了，母親又害著病，現在，這花園變成了一個陰沉孤寂的所在。偌大一座花園，至少有十座可以用作住家的院子，卻沒有足以佔去半數的人。所以他們決定把老宅出租了，讓馮舅舅一家和立夫一家搬進花園來同居。莫愁因此肩負了雙倍的職務，一面照顧自己的母親，一面服侍她婆婆；不過她住的一間屋子比較接近母親。姚思安和阿非一同住在自省堂中。紅玉住的屋子是在莫愁前面，便於兩人隔著格子窗談話，這樣又增進了一層友誼。

在立夫暑假回國之前，莫愁生下了一個男孩子。大概因爲是第一胎，這孩子經過了二十個小時才生產下來。家中當初認爲莫愁的居家生產，會比進醫院來得便利，結果幾乎誤了事。木蘭當妹妹分娩的時候過來望她，瞧著她難產的痛苦，時時擔憂著她的精力耗竭。她馬上去煨了一壺高麗人參湯來補她的心神。所幸孩子產了下來，母子均安，不過莫愁的臉色蒼白如紙，躺臥了幾個星期才得復元，這時期都由木蘭看護著她。

立夫回家來瞧見姊妹兩人一同在他的房間裏。莫愁躺在床上，身邊貼臥著新生的孩子，以微笑歡迎她的丈夫。立夫彎下腰，當著木蘭的面吻著他的妻子。

「你還不知道妹妹經歷了什麼呢！」木蘭說。

不過莫愁現在是很快樂的了，抱了孩子擎給他瞧瞧說：「他是你的兒子。我生他時幾乎送掉一命呢。」她叫他在床口坐了下來，握住他的手，說：「我的身體像吃了一頓刑罰。可是這痛楚也是值得受的。我感覺到我的身心好似經過了洗滌，我的一切罪過都經這次可怕的痛苦赦免了。」

「你可曾犯過什麼罪？」木蘭笑著說。「她說還要再受一次這種苦呢。」

「我真的想再來一個小立夫，」莫愁告訴立夫說，她要把這孩子命名為「小夫」。

立夫卻不贊成，說：「這名字聽來好像是個清道夫或門役的名字。」

「我從未想到這一點，我只覺得它的意義是小立夫，那麼你想取什麼名字呢？」

木蘭插口說：「這個上聲的小字還是換了去聲的孝字，叫他『孝夫』吧。」

「孝夫嗎，這名字已經有人用過了。」

「那麼用個酷肖的『肖』字，它的意義就是兒子和父親相像，好不好呢？」

莫愁說：「這個字倒比較好，總之，要孝，也就是肖似父親。」

「『肖』和『孝』這兩個字大概是有連帶關係的，」立夫說。

此時，進來了一個四十多歲的女傭，端了一杯龍井茶。

莫愁對立夫說：「這是新來的陳媽。」

陳媽向立夫笑著說：「東家老爺，歡迎您回府。您真不知道奶奶生產是怎麼的經過呢。現在奶奶還得休養幾天，一切有我在這裏聽候使喚。」

陳媽離開了這屋子，莫愁說：「這是一個難得的婦人，禮貌又好，為人又和藹可親。你可不用吩咐她做這樣做那樣，她自會去整理得井井有條，自從她來了，這裏已整潔得多了。她向我講話，宛如我是她的親女兒一樣。」

莫愁乃接著講陳媽的故事：「她的經歷，直使我晚上想著怎樣也睡不著，現在我才知道做母親該是怎樣的。立夫，你時常誇讚著你的母親，可是現在又來了個偉大的母親了。」

「她在革命戰事中和她的兒子失散了，」莫愁接著說：「至今不知道他的下落，也不知道究竟是生是死。」

「我們當初雇用她的時候，她聲明任何事情都肯去做，只有一個條件，那便是每一個月須有一天假日。我問她為什麼緣故，她說是去尋她的兒子。所以我答允了她。她就到這裏工作，已經有了兩三個月了。她做得很好，就好像替她自己的家做事一樣。到了晚上，她還不住的做針線活，據說是替她失散的兒子縫製衣衫，雖然實際上她做了是送不到他那裏的。她給我看一大堆做好了的衣衫。她的積蓄統花用在這一方面。」

「她的兒子據說現在正當二十歲，是在北京東北昌黎縣境的鄉村中失散的，那時他還只十八歲。他是被革命軍拉伕拉去替他們搬行李的。我瞧見過她替他在十七歲時做的重實的短襖，又在他十八歲時候做了較大的一件，到了十九歲時又有更大的一件。她仔細的把它們包捆起來，過了相當時日，又必拿出來在日光下曝曬一番。她說她可以每年確切知道他目前長得多大了，又可以知道他的袖子該是怎樣長短。」

「現在她正在替他縫一件藍布的夏衣，以便一知道他居住的地方，馬上送去。而每月一次，她總得很早起身到我房裏來，臉上充滿了希望，說今天是她的假日，她將在這一天去尋找他。到了晚上便垂頭喪氣的回來，一大包的衣衫還拿在臂彎間。她到全城四面都去尋遍了，東城、西城、南城、北城，有時還出城去。」

「何以見得她兒子是在北京呢？」立夫問了。

「就只因為她沒有力量到別的地方去。大都總是先到南城去的，因為那兒兵士比較多些。

『假使他在那兒，就是幾千人的人叢中，我也可以馬上認他出來，』她說。她在革命以後在村中等候了一年。後來乃脫離了田舍說要到首都來，因爲軍隊是進過京城的。她四面走動著，拉住了年輕的士兵審視他們的臉，引得他們笑起來，問她要幹什麼。這樣的舉動看來總是無望的，但是我不敢對她說這句話，因爲我不願打消她的這股希望，這希望支撐著她。恐怕她活著永遠不會放棄這希望的。」

木蘭睜大了眼睛，眼眶裏充滿了淚水，立夫歎口氣說：「這就是戰爭，使夫妻母子分崩離析！」

「替這個兒子想想！」木蘭說。「有了這樣一個婦人做母親，結果喪失了她！不知道他是怎樣一個樣兒。」

「她從未講起過他，她也不願和任何人講，」莫愁說。

立夫說：「或許他不過是個可憐的呆蟲，只有在他的母親眼中看來才覺得可愛呵。」

「不對，我猜想他一定是個俊秀的孩子，你瞧他母親的臉龐是具有這樣高貴的特性的。」木蘭說。

「她可到廟宇裏去祈禱嗎？」立夫問。

「不曾去過，很稀奇的事情是她不相信佛教。她時常說：『虔信是在心上的。』你可以看得出她的這個主意。你從不能瞧見一個比她更整潔的女人，她的頭髮和衣衫總是那麼潔淨。她說，『皇天從不辜負老實人。』有時我簡直相信她最後終能尋得他，雖然已過了四個年頭。」

立夫乃說：「我們一定要好好的看待她，使她感覺到她現在便住在自己的家裏。」

「你可以慢慢的瞧，」莫愁說。「她將會像待自己的兒子一樣的待你，恰好像待我和待女兒一般。可是你只能冒充她的兒子，因爲這是皮肉與骨血的問題，是不能叨借或頂替的。兒子自是兒子。」

講得起勁，肖夫開始哭了，莫愁轉身過去授乳哺餵他，感覺到一種平靜而快樂的情緒。這時候這環境顯得那麼美麗、那麼自滿、那麼豐盈，但願它永遠如此。

那是一個甜蜜的夏季。立夫往往在黎明時分從嬌妻溫暖的芳澤旁邊爬起來，走入那涼爽的夏季花園晨氣中，有一種把這地球、把這生命納入懷抱中的感想。莫愁爲要哺餵小孩，也起身得很早，一面還得走過來探望探望自己的爸爸媽媽。她爸爸本來是早起身慣了的，是以翁婿兩人往往於早餐前一同在樹蔭下逍遙閒步，輕薄的單衫滿沾了草露。真是詩人陶淵明所說的：衣沾不足惜，但使願無違。

木蘭新亞和曼妮時常帶了孩子丫鬟清晨過來，就在花園中消磨整天。每當午餐時分，喝過了一碗綠豆棗子羹，這一夥人，包括珊姐、紅玉、阿非、環兒往往登臨環水台，長談消磨整個下半天。莫愁有了孩子和旁的家務羈絆，總得稍晚才能來加入他們，姚思安則進過午餐，必到自省室去休憩。

木蘭早已教她女兒阿滿開始寫讀。這孩子記憶單字的速度很快，暗香見了這種附圖的文字很感到興趣，也跟著自習起來。每當大家正在閒談得起勁時，暗香便拉了環兒到一邊來，請她教課，她學得非常快。

有的時候，曾夫人和桂姑也會過來，還帶著女兒。桂姑自從流產生了一場重病以後，身體反而發胖了。姚太太則時常的偃臥休息，入夜不能熟睡。又因爲至今不能說話，她常常在房裡的佛像前面默坐焚香禱祝。他們有一次去請了一個西藏僧侶來念經驅鬼，並無任何效果。她和往常一樣，仍舊能進飲食，而不住的咳嗽，不過失卻了發音的能力。有時她的嘴唇想努動，但是只能顫抖，做幾個表達不出意義的動作，卻是發不出音來。

木蘭推薦著陳媽，說她假使調過去服侍母親，一定很有用處。這在莫愁方面，實屬一種大大犧牲，不過她終究馬上聽了木蘭的主張，而母親的病況果真進步了不少，因爲陳媽懂得姚夫人的意思，可以和她溝通。嗣後，陳媽就變成姚夫人不可少的伴侶，只有當她出去搜尋失子的日子，由珊姐和莫愁來代替她的職務。

到了夏末秋初，立夫回到日本去繼續求學，但是莫愁留著侍候她母親。

第三十章

丈夫離開了以後，素雲很感到寂寞，又不能和婆婆和諧相處，因此盡她可能地留居在天津娘家。襟亞在月俸和交際費的一千一百元中，把六百元寄到北京的家裏。素雲屢次主張因爲這是她丈夫賺來的，應該屬於她，曾夫人不與她計較，當她不在家的時候，也就把這筆款子開張支票送去給她。等到她回到北京來，她時常到鶯鶯那邊去住上一兩夜，那兒她總是樂不可支的忙碌於打麻將。

曾文樸瞧了自己的媳婦和眾目昭彰的從前妓女混在一起，心上大不以爲然，又聽得說她們兩個在天津時常形影不離，心上殊悔恨當初替他兒子錯揀了配偶。

「你爲什麼不去制止她？」桂姑對他說。

「制止她出去，不過在家中多掀起些煩惱。這叫作江山易改，本性難移。」他說。

素雲總覺得自己對於家庭有極大的功績，因爲她替丈夫介紹到了一條出路。她對鶯鶯說：「假使我們不推薦他，恐怕至今他還是個內政部的小職員。」

「這還不過是第一步。」鶯鶯說。「袁大總統的六姨太可以幫我們較大的事情呢。」這位六姨太是著名的洪家的親戚，是總統面前得寵的人物。

素雲瞧著銀行家和退休軍官坐汽車風馳電掣，又住在豪奢的現代化住宅中，總要花費上幾十萬塊錢。她瞧見他們的妻子、姨太太、千金小姐，穿著摩登的晚禮服，穿梭般往來於戲院子、舞廳、旅館、夜總會中，想起自身應該屬於這等的身分。鶯鶯自從掌管了懷玉的銀行款項，她從事於公債和標金的投機事業，這投機事業她委託一個姓金的青年人經手，他是懷玉的至友。素雲聽慣了這些投資事業，所以她很熟悉許多公債的名目和利率。有一天，在電話裏鶯鶯得悉在一夜之間，獲得了九千塊錢的盈利。

「你爲什麼不來加入？」鶯鶯說。「你自己有錢，假使聽了我的話，很容易可以掙進四、五千塊錢。」

「假使虧蝕了又怎麼樣呢？」素雲問她。

「包你不會虧本，姓金的是交易所中消息最靈通的人。他還替六姨太經手買賣呢。」

「我手頭只有近萬塊錢，不敢拿來冒險，襟亞沒有一分錢積蓄，你知道他在家中又沒有用款的自由。」

「喔，你這呆蟲，」鶯鶯笑著說：「你說你要分出來獨住，這便是你的機會。我有個意見。你試把這一萬塊錢拿出來玩玩，假使賺了，這錢便是你的，假使虧了本，便告訴襟亞，叫他去問父親拿錢。假使他反對，那更好。那就乘機要求分家。這是自己手頭弄些錢的好機會，絕對沒有危險。」

這樣素雲也就動手參加這投機活動，到了第一個月底的結算結果，她賺了一千五百塊錢。

「哈！我們現在也和男人家一樣，能賺銀錢了。」素雲說。

「你到底不愧爲財神的女兒哩。」鶯鶯說。

因此那天晚上，她們就在鶯鶯開的那個旅舍房間裏舉行慶功宴。姓金的是個獨力自學、精明幹練的男子。他進大學讀了一年就脫離了學校生活。經驗磨練他成爲善於交際的人物，所以他能和任何人都談得投機。他善於說笑，會跳舞，熟悉全市各處路徑，又善於奉承女人。他抽捲菸，煙癮極大，身邊時常帶著五十支裝的菸罐，早晨開了封，不久就剩了半罐。

婦女們都喜歡他，叫他老金。他的雙腿看去永不疲乏，時常保持著煥發活潑的精神，他會替人準備宴會，保留房屋與安排郊外旅行。婦女們在晚間空閒得無聊了，都去叫老金來。只消打個電話去，無論夜多深，他隨時可以離開妻子趕來的。

「哈囉！吳將軍，有何貴幹？你要我馬上來？可以可以。」電話的另一頭總是知道把鶯鶯稱作吳將軍。

他一到，人人都覺得興奮，這一個晚上就很快樂的度過了。

在老金的前面，素雲像是換了一個人了，她的驕矜、她的社會地位、她的虛僞禮貌，都過去了。她對於家的煩悶，對於丈夫的懦弱呆鈍個性的嫌惡，一切都消滅了。她於是再度活潑起來，恢復了愛好詼諧的少婦風格，而這詼諧機會便在老金的伴侶中獲得了。老金有一次當眾對一個批評素雲驕傲的朋友說：「先生，你誤會她了。她是個最率直的女人，很容易使她快活的。此等社交婦人，你非到她們脫去莊嚴的外衣時是不易見其本性的。她們也是普通人。有時出了戲院，我把她帶回家，看她十分疲倦。她是我所認識的最孤零的一人。你不能因爲缺乏一些活躍的樂趣而輕鄙了她。你應該看她的本來面目，這就是到了晚上的一面。」

的確，素雲當著嬉戲伴侶的面前是赤裸著本性的。她恢復了天真孩子的面目，和娛樂的友伴玩著，就在這抓住久經喪失了的童年幸福的一刹那間，她發現了童年幸福的天然況味，往往當著真實快樂之際，會恢復她天真的本性。這一點，只有老金能理解她。

鶯鶯逼著懷玉要他答允不再結識第二個女人，卻不包括自己不結識第二個男人的意義在內。這一點不能說不公平，因爲懷玉往往會胡亂的濫答允人家的要求，她知道得很清楚，所以她的逼他答允包含著另一種意義，就是說她不能容忍明給她知道的結識另一婦人。因此這兩個女人便時常伴著老金上舞廳，上戲院，出入大菜館，這種種當然瞞不過曾文樸。在戲院和舞廳中，她們又時常遇到北京來做週末消遣的許多官員，也有穿了長袍的幾位軍官，都是幾個禿頭怪相的遺老，頭戴外國帽，手執枴杖，身穿中國長袍，此輩在一二十年前，都是重要的滿清官吏，他們的名字已漸漸被人所遺忘，不啻映現出另外一個老時代。

鶯鶯指給素雲看，低低的附耳告訴她，這個是前清御史吳大臣，那位是著名的前福建總督某某，素雲瞧了他們的形象，簡直不敢相信；總之，望過去是老幼雜遝的一般。

素雲跟了鶯鶯在外邊這樣的交際，覺得因爲沒有了孩子，才能這樣舒適。

她寫信給丈夫，說她自己生活很快活，老金是個好人，她還能在交易所中賺錢進來。這一來把襟亞嚇了一跳，他生怕發生什麼麻煩來，致使他鬱鬱寡歡了一整天。他的舅子懷玉和他一同住在太原，他對懷玉說：「我在這種沒有一家較好旅館、沒有戲院的荒蠻地方埋頭苦幹，辛苦的賺幾個錢，卻讓她去逍遙享福，還把我的辛苦錢拿到股票交易所中去冒險。」

「你不必擔心，」懷玉安慰他說：「這兩位奶奶是會自己照顧自己的。老金是我的老朋友，他是個君子人。」

「不是這麼講，我要去制止她，你知道，玉哥，我相信人們真有好星宿和壞星宿。交易所這種東西，只有你去做，因爲你時常運氣好，但是我可不是這樣好運氣的人。我覺得自從我出胎落地，就是帶著壞星宿的人，運氣從未跟我走過，我說這話不是有意說壞你的妹妹，你且瞧瞧我的婚姻。我從它獲得了什麼？瞧瞧我的新弟和木蘭一起的享樂生活。我的命中一定有惡宿星。你的妹妹倘定要繼續的投機，非把我翻倒不可。」

他的猜想果真猜中了。兩個月以後，他得悉他的妻子虧蝕了一萬塊錢，這筆款子結果由他母親借來彌補了，讓他必須將這消息告知他父親，還得想法怎樣歸還這筆款子。他越想越發火，馬上寫信回去，不能讓父親負擔這筆損失，他得馬上趕回來和她清算這一筆帳。

曾老太太在這年的九月十七日故世了，襟亞和素雲都得趕回北京來奔喪。老太太在一個早晨平靜地死去了，沒有一個人知道，她的腦袋斜靠在光滑的皮枕旁邊。

襟亞回來的時候顯得清瘦而黝黑得多了，穿著一套西裝，下面一條茶褐短褲，這是他和美國工程師作伴時做的，他太瘦的小腿穿了厚重的羊毛襪很不相稱。他的母親瞧見他這樣消瘦，換了副樣子，很感到憂慮，不過他說他的身體很健康，而且住慣了當地，已開始愛好山西的崇山峻嶺。他講著他的冒險工作，講他在一條山徑上從驢背翻下來，講他和工程師結伴的長程旅行，搭下篷帳來埋鍋煮飯，這些經驗在大體上是對他有益的；和自然界與農人接觸之後，給予他一種新的人生觀，是向來未曾有過的。他說工作還在繼續進行中，不過根據那位工程師的見解，恐怕可能發現的藏油量是極有限的。

弟兄倆分別了一年，久別重逢很覺得相親相愛。在祖母逝世的頭七那幾天中，損失一萬塊錢那件事情，大家擱起來不提，不過素雲早已在枕邊跟丈夫說過，襟亞殊不瞭解她爲什麼要從事於投機。自他遇見了山野的姑娘，腦海中深印著她們的天然美，她們挺秀的丰姿，她們的自立性和她們完全缺乏虛僞的態度，素雲的嬌啼乞憐，只不過引起了他的憎惡情緒。

「我關照過你，休要去投機，」他用了前所未有的堅定口氣對她說。「很好，你有你自己的錢，你自己賠了，應該你自己去彌補。」

他的口氣令素雲呆住了。「我的用意，」她說，「是在替你賺些錢，不幸卻虧本了，倒要我自己賠出來，你真塗黑了你的良心！」

「很好很好，你去和爸爸算帳。我沒有辦法。」

但是過了幾天，她到底把襟亞說得回心轉意，相信叫她獨負損失的責任是太不公平，又想到分家的時機已到，因為他是闔家男人家中唯一負有賺錢責任而無特權可享的一個。趁此機會而實行分家是很好的意思，所以他同意她向父親提出這主張。

祖母的逝世包括喪葬費用，使曾文樸乘機把家產做了一番統括的估計。但這時候，他患了一種奇異的萎弱病症「糖尿病」，一位前清御醫稱之為「衰渴症」，他時常覺得內部有似焚燒的樣子，不解的口渴和易於饑餓，但卻又胃口呆滯，皮膚一天一天的蒼白，茶水喝得越多，越覺得渴不可耐，白虎劑和人參湯也失了效用。又因為兩腿乏力，只能時常偃臥憩息於床榻之上，後來發現他尿中雜有沉澱物，醫生告訴他這是消渴重症，他的腎臟受了病害。

曾文樸是個讀書人，他還記得西漢的戀愛詩人司馬相如就患過這個出名的病症，患了這種病症而能痊癒的，十不得其一二。醫生告訴他要停止食用油膩的食物，又須與桂姑分床獨宿，所以他感到很懊喪。

有一個晚上，曾文樸橫靠於坐憩間的榻上，要和幾個兒子說幾句話，闔家也就圍繞到他面前。「襟亞、新亞，」他開場說：「你們的祖母已經死了，你們的父母也老了。謝謝祖宗保祐，我們這幾年來總算都很太平，我一生沒有幹過虧心事，他日不致愧見先人於地下。雖說我沒有怎樣大的資產傳給你們，也不致使你們他日有飢餓之虞，在錢莊中我們存著的現款不到十萬塊錢。這是我幾十年小心積聚的款子，你們的母親也有相當的助力。這款子的積聚，我從未搜括敲詐於人民，不過為職務上自然的收入，與前清別的官員比較，我也可算是腐敗的，但與現在這些民國官吏相較，我是足以自稱廉潔的了。」

這句牽涉現代官吏的輕蔑話，引起了各個小輩們的微笑。「現在除了現款以外，只有這座房屋，和一家綢莊，不過值一萬至一萬四千元，至於鄉間的田產，並無何等收入，卻因賦稅奇重。

我要你們明白這一切情形，開支非常浩大，這一次喪事早已花費了幾千塊錢。」他還要說下去，但是說得乏力了，停下來喘幾口氣。

素雲向襟亞使使眼色，襟亞遲疑了片刻，鼓起勇氣來說：「爸爸，我要告訴您幾件事情，請您不要發火。」

「是什麼？」他父親用官吏的口氣問他。

「原來兒子出門在外時，媳婦在天津證券交易所中虧蝕了一些錢。」

「什麼？」他父親怒吼地詰問。

這事情在木蘭夫妻倆還是第一次聽到，他們迅速地看向素雲，她低頭垂下了眼瞼。

「是她爲了做公債虧蝕的。」

「渾蛋！」他父親怒喝著說。「誰叫你去玩這種事情——買空賣空！你沒有別的較爭氣的事情做嗎？」他的官話腔調宛似一個知縣官，而襟亞感到自身好似受鞫訊的囚犯。一時陷入嚴重的沉默氣氛。

「多少？」父親最後發問。

「一萬塊，」襟亞說：「她原來打算安穩地賺幾個錢進來的。」

曾文樸隔著鬍髯發了一陣聽不清楚的急語。

轉向素雲，他接著說：「誰叫你去做投機，來替我們賺錢的？」

「爸爸，」素雲準備著決裂而放大了膽子說：「那不過是運氣不好。我在交易所裏有著訊息最靈通的顧問，這個人是替總統的六姨太經手做買賣的。」

「他的名字叫什麼？」

「他姓金。」

曾文樸聽了，猛的坐了起來，把旱煙管在床板上狠命的敲擊幾下道：「你這小笨蟲，我本來要對你講。現在我的兒子都在這裏，你們也得知道，你休要自欺欺人，認為我不知道你在天津與那個鶯鶯與姓金的幹的好事。人們早已笑我們家聲的腐敗。你在這裡自有好好的家，可是你不能安安穩穩的住在家裏，定要到外邊去飄蕩，和年輕的男人賣弄風情，引起許多笑柄，人家都在竊笑你丈夫和我們家。」

素雲的臉脹得煊紅，襟亞聽了又驚又怒，大聲問道：「爸爸，你講的是什麼？」

「你也應該知道這些。全城都在議論紛紛，你有什麼辦法？」

素雲至此仍想為她自己辯護，乃說：「爸爸，你一定聽信了閒言閒語，我沒有做錯什麼事。和男人家一同出去走走，在現在新式時代沒有什麼稀奇。」

「住嘴！」曾文樸喝道：「假使你不知羞恥，我知道羞恥。一切時髦女人都是王八！」

王八是官話中最嚴重的罵人語。這兩個字的本義是忘掉第八——恥是八種德行中的第八項——不過習慣用語中常指點「烏龜」，所以用作卑劣的凌辱語，前清官吏都用來指斥犯人和傭僕的。全家在發火的父親前面默坐在尷尬氣氛中，父親正在劇烈地喘氣。素雲吃了這樣的辱罵，羞慚地掩面大哭起來。桂姑上前扶著這抱痛的老人喘著氣走進裏間。一等到他走開，素雲馬上止住了哭，猛的站起來走出了房間。曾夫人坐著默默地發怒，襟亞心中的惱恨自然不在話下，他覺得在全家面前失卻了面子。

曾夫人咆哮地喝著丫鬟們走開了說：「吾兒，這事情和我們一家的體面有關。不論外邊的流言確與不確，都得消滅它。假使我早曉得牛家的女兒像這副樣子，決不替你找這個配偶。假使你的這個媳婦再不善自檢點，準會把你的老子送掉老命。」

襟亞突地像孩子一般開口號哭起來，一似他幾年來忍在肚裏的鬱氣，要在母親面前一朝趁著眼淚的潮水一齊傾瀉出來。瞧著兒子這樣傷心，母親也跟著流淚哭泣起來，一面撫拍著襟亞像撫慰孩子那樣的說：「你且住了哭。我知道你是爲難的。我會告訴你爸爸叫他付出錢來墊補你這筆虧本，倘使你願意住在家裏，你可以辭掉了職務。我們並不要你出這麼遠的路去替我們掙錢的。」

新亞和木蘭也上前來說幾句安慰的話。

新亞說：「哥哥，你可以請求爸爸拿出這筆錢來。」

木蘭說：「哥哥，你現在還是先到素雲那兒去，安慰安慰她，告訴她家裏的事情，沒有一件不可以商量解決的。一家人總是一家人。你自己也不必太把這件事情放在心上，只當它已經過去就是了。」

「人們是怎麼說她在天津的行爲的？」襟亞問她。

「我們不知道，」木蘭說。「爸爸一定從外邊聽來的。你現在還是到她那裏去。」

這樣襟亞走出了這間屋子，腦中充滿了矛盾的思索與感情。他瞧見素雲伏在床上哭泣，便上前去安慰她，但是她好歹不開口。

突然他的心緒上奔起一股怒潮，「我想你不用這樣的哭法，」他說。「替我想想怎樣？你在外邊怎樣的替我幹了這種好事？讓人家譏誚我！爸爸斥責你的一點也不錯。你是自欺欺人，又愚弄了我。瞧瞧你的嫂嫂弟媳婦，爲什麼她們都能安安頓頓住在家裏，你獨不能？」

受了怒氣的衝動，襟亞狠勁的離開了她，走出去和他兄弟談談家務。「我或許是一個愚笨的兄長，」他說。「但是今天的事情不全是你嫂嫂的過失。你們大家不和她說話，這才是爲什麼她要出去和鶯鶯交朋友。」

「哥哥，」木蘭說，「你這樣講不公平，沒人故意排擠她，二嫂嫂是特別難以討好的。」

「我所要說的是，」襟亞頓了一頓說，「她住在這家中永不會快活。老實講，她寧可分居出去一個兒獨住的。現在還有祖母的葬禮，之後我又要出門去。爸爸媽媽的年紀大了，你倘使同意的話，我們可以請求爸爸把家產分一分，我們可以分居出去，也省掉許多糾紛。」

新亞向木蘭望了一眼，木蘭說：「哪一對年輕夫妻不想分出去獨住。但是有父母在，不忍遠離。只要父母健在之日，沒有人願意拆散家庭。那是辦不到的。」

「但是，」襟亞接下去說：「現在有了投機虧本的事，叫你們來共同分擔這份損失是不對的。而且新亞，你自己爲什麼不去找些工作？現在我一個月賺了這許多錢，大家都在花用公共的錢，我倘把掙來的錢劃入公帳，素雲就感到不快，如果不劃入公帳，你們又覺得我自私。」

「這話不錯，」新亞回答說。「不過你不要這樣想，這些都是摩登的思想。我們以前從未發生過這樣的難題。哪裡做得出什麼區別？那不是都在家裏頭嗎？假使我們能上升，大家一同上升，假使我們損失，大家共同損失，但是我很知道二嫂嫂的爲人。至於論到木蘭和我，你盡自保管你自己掙的錢，我們只花用著爸爸的錢。」

談話沒有結論。正在對話間，小樂慌急的狂奔過來，嚷著說：「二少爺，二少爺，你在哪兒？二奶奶上吊了！」

大家奔過去，只見素雲躺在地板上，屋子裏慌亂成一團。在全家婦女面前下了面子，她立上一隻骨牌凳子，把頸套入一根繩帶，掛上床柱子，然後又把脚下的骨牌凳踢開了。那繩子斷了下來，因而跌倒在地板上。冷香聽見了傾跌聲，奔進去一瞧，大聲呼救起來。一個阿媽聽見了奔過去，瞧著她已經暈倒，但還氣息未絕。桂姑也奔了過來，但曾夫人和曼妮避著躲了起來。恐懼的戰慄著，後來發覺素雲還沒有死，曾夫人才和別人也走過來瞧她。眾人就把她抬上了床，過了二十分鐘，才見她開始呻吟，眼睛還是掩閉著，不管身邊變成了怎樣的環境。

錦兒告訴木蘭說：「那繩帶不是真的斷下來的，我瞧見它，那是鬆開了滑下來的。」

木蘭對她瞧一眼說：「你還是休要多嘴。她要是真的死了，我們還得給她娘家控告逼人自殺罪呢。」

不管這一次自殺是真是假，素雲獲得了部分的勝利。家產果真分了，但只是分派各房應得的名分，她還不能達到馬上分居的目的。每一房各自分得兩萬塊錢，和一些鄉間的田地；由曼妮代表彬亞的一房。曼妮的兒子居於長子長孫的地位，傳給那家綢莊，正好將來負擔他的教育費，桂姑的兩個女兒愛蓮、麗蓮，各自分得嫁妝五千塊。北京的住宅在父母在世時暫不分，約定將來出賣時由襟亞、新亞二人平分。其餘的款子，由父母自己保留以資養老。聽了曾夫人的懇求，曾文樸在總數內提出了一萬塊付給襟亞貼補了他的虧帳，這一來，意思就是由三房來平均分攤這筆損失。

每房都得花用他自己名下的款項，或拿來投資，但須聽從父母的勸告或先請示。木蘭很贊成這個分配方法，她和新亞乃開始很周詳的研討，怎樣來利用這筆款子。他們暗自在心中感謝素雲。

襟亞回家奔喪，本來請了一個月的假，但是爲了妻子，他住了五個星期，到第五個星期末了，他接到一個電報，說在太原的美國代表在質問，一個祖母的喪葬，爲什麼需要五個星期，所以他還是及早回去的好。

當他要動身的那一天，他對兄弟說：「銀錢現在由我自己保管著，她將來不再拿它來亂花了。此後我將每月給她四百塊錢，這數目應該夠用的了。爲什麼一個女人一個月要花到三百塊或四百塊，我真不明瞭。」

了嗎？」

「怎的花用不掉？打一夜麻將輸個五十塊錢沒有什麼稀奇，」新亞說。「這樣的辦法她同意

「無論她同意不同意，她應該知道滿足了。你想我會不會真個做牛馬卻讓她逍遙亂花錢？我自己每用一分錢都得算一算——你知道這是什麼緣故。我們不像你們兩個——她恨著我，我知道。喔，婚姻是個地獄，真是個地獄！」說罷，深深歎了一口氣。摸摸領帶，好像它便是一個地獄的標記。木蘭和新亞都替他難過。突然他對木蘭說：

「假使我有一個像你這樣的妻子，我當不至於這樣費心的工作，還要擔心著怎樣花用。至少我能從中獲得一些樂趣。現在我能獲得些什麼呢？」

「二哥哥，」木蘭說，「你現在應該明白，我爲什麼不能和她要好的理由了。以後我們會想辦法使她比從前安分的住在家裏，然而這也需要她的善意回應。當然，現在她還覺得有些羞恥，但不久就可以克服這種心理，至少我不會再提起過去的事。」

襟亞默坐諦聽著，但好似沒有聽見她的話。「假使……我……我……」他訥訥地自語。

「什麼？」木蘭問他。

「我已經看穿了她，」他嚷著說。「我看穿了所有富人家的女兒。假使，假使我——假使我——再有娶妻的機會，你知道我將娶怎樣的女人？」他好像在自言自語。「在山西省內，我瞧見過許多可愛的農村女兒，其中有一個只要我去娶她，她將樂不可支。」

「你不是在開玩笑吧？」新亞說。

「你不相信這話嗎？哼，三百塊錢一月，就是一百塊，就是五十塊，也足使一個貧苦農家的孩子快活得發瘋。她將很體貼的服侍我，又順從又滿足而終日的工作。像現在的生活不是生活，不過每天在吵架。」

「你不是想和她離婚吧?」木蘭追問。

「離婚?她隨時準備著,我也隨時準備著。感情決裂了,離不離婚有什麼分別呢?但是別讓她知道……你可知道我所要娶的是怎樣的姑娘?」聽他的語氣和調子,像是他早已自由而快樂了。「我要娶一個姑娘,她是從艱苦的環境中長大的。例如逃荒來的災民,一個從孩子時代被出賣做奴隸,度著飢寒生活的姑娘。接著又被出賣充作人家的妾,常被大婦所毆打的。接著第三……」襟亞停住了。

「接著,」木蘭替他接下去說,「接著,她出奔遁入寺院,上五台山削髮做尼姑,與塵世相隔絕,後來不期然遇見了一個青年,正和一個美國工程師在旅行,遂互相戀愛,結果乃還俗結婚。」

「沒錯!沒錯!」襟亞得意洋洋的嚷起來。「這樣的姑娘來做妻子有多好!我將像皇后一樣的待她!」

當他走時,他的最後幾句話是:「我真的很高興要走,或許在五台山上真有一個尼姑等著我,誰知道呢?」

暗香和阿滿站在旁邊,聽見這一番對話,而襟亞沒有注意到她。等襟亞走了,木蘭審視著暗香,審視得那麼長久,好像在把至今沒有關聯的思想逐一串聯起來,想出一個主意。最後,她微微笑著說:「暗香,你想不想上五台山去呢?」

暗香低頭,只顧用筷子餵阿滿吃飯。

木蘭費盡腦筋在盤算怎樣利用他們這筆款子的辦法。她的主意,要想拿這筆款子來替新亞找一個工作。她問新亞說:「你能夠做什麼工作呢?」

「一樣也不會做，狂想。」

「你喜歡做什麼？」

「我們不用這樣繞遠道。我是以做官爲目的被訓練起來的。現在我不願做官，所以旁的事情一樣也不會做。」

「新亞，」她說：「這一次請你要正正經經。我們把這筆款子擱在銀行裏，可得七釐利息，如此每年可得一千四百塊錢，這數目不能維持我們的生活，我們還得付房租。所以，根本之道還是要你去找一些工作來做。虧得我是一個商人的女兒，胸中倒有些平民化的主意，你願不願意聽聽呢？」

「當然願意。」

「好，那麼聽我說，我願意做個平民。不做官僚，沒有聲譽，沒有權力，只求做一個商人的妻子，資產恰夠維持生活而無大憂慮。這裡開家茶鋪子，別處開家布莊，再揀我們看來有出息的地方，開家美味小餐館。等到老人家去世了，我們可以出去住在一所簡單些的屋子裏，後面附一個小花園，那裡沒有人會看得眼紅。當你工作空閒時，我們便可以一同去划船。你知道我還沒有見過杭州。它的印象留在我腦海裏有如夢景，只聽得母親和紅玉時常講起它。杭州的砂鍋魚頭是久享盛名的。我們要在西湖邊上置一座房屋，我還可以學習繪畫。我們的孩子就讓他們在那裏成長，我可以親自教他們念書。這不能算對人生太過奢望，是不是？」

「狂想，這是奢望，你想我們可能有這樣的好福氣嗎？」

「真的，我對於你不曾有過分的要求。皇天福佑，阿彌陀佛！你或許會驚異，但是我確可以做一個平凡小商人的妻子。我可以替你煮十分美味的菜羹！」

「唔！那麼到底要開什麼店？」新亞問她。

「我爸爸開設著許多的鋪子。我們可以商請去盤他一家茶店或藥店下來。不論什麼店都可以做，就是一家扇子店，或著名的杭州剪刀店。什麼店都可以，就只是當鋪不行，我不能容忍這種鋪子。」

「假如你接受的遺產中有當鋪，你會怎麼做？」

「我將退回一切質押物，把它關閉起來。但是我喜歡一切別的鋪子，裡邊的人看起來都很忙碌。」

「那完全是你的空想，胡鬧。你是在富裕人家長大的，所以連一家小鋪子看起來也富有詩意。」

「那麼你一定能經營一家商店的，能不能？」

「當然可以，但是什麼店？」

「我們可以和我爸爸商量一下。」

當木蘭、新亞和姚思安會面談起來時，姚思安想了一想說：「假使你們願意的話，你們可以接管我在杭州開設的幾家鋪子中的任何一家。但是當著父母在世，你們總不能離開南下。何不入股華家嫂嫂的那家古玩店。那家店做得很好，去年他們賺了五千塊錢。」

「這個主意真是好！」木蘭說：「但是那鋪子是舅舅的股份。」

「我可以設法安排。」

「你想舅舅肯放棄他的股份嗎？」

姚思安很有把握的說：「爲了我的女兒和女婿，他一定肯的。」

「她也賣古書嗎？」

「大多數古玩店都有賣古書，但她的鋪子沒有。」

木蘭越想著這古玩店，越感覺到躍躍欲試。那是個很悠閒的工作，上門的主客很少，那些上門的人，他們的本身就像骨董一樣，上了門往往就徘徊不去，閒談一個下午。那兒她可以遇到許多畫家學者，倘使她加上古版書籍，更能遇到較多的文人來結交友誼。

這件事情經與馮舅舅商量之下，馮舅舅情願保留四分之一的股份，因爲這店是很賺錢的，其餘的四分之三，大家是一家人，便以一萬五千元的代價盤讓與新亞。新亞回家商談之下，曾文樸欣然同意了。因此馮舅舅便帶了他們去和華家嫂嫂談，華家嫂嫂聽到大富翁姚家的女兒來和她合股，真是感到無限光榮。

第一天新亞和木蘭剛到店裏，就碰到了一個姓齊的老畫家。他正在一張破舊的籐椅上瞌睡，鼾聲大作，他那肥大的肚皮起伏簸動著，鬍子也就跟著上下。木蘭只當他是一個老夥計，或者是華家嫂嫂的親戚，就低低的問她道：「那個是誰？」

「這位是大畫家——齊先生。」

齊先生實際上沒有睡熟，因爲他閉上眼睛卻在大聲說話。「啥，不要把我賣了。我不是店中的貨品。但是也可以出賣那麼一夜，只消黃酒二斤，醃肉一碟。」

木蘭發出低沉而悅耳的笑聲，輕輕地說：「齊先生，久仰。」

「是什麼聲音！是什麼聲音！」老畫家還是闔著眼睛這樣的說：「這個美麗的聲音，我要把它畫出來。」

他的眼瞼慢慢地張開。一瞧木蘭，慌忙起來找他的拖鞋。

不等華家嫂子把木蘭介紹給他，他便問道：「你是誰？」接著又說：「沒有關係，是誰都沒有關係！我正要找一個有著像你這般聲音的女子來畫呵！」

木蘭聽了快活得不得了，她說：「真的麼？你準備今天晚上出賣麼？我們很高興今天晚上請你喝兩斤酒。什麼地方我們都可以跟你去，只要你說出來，你說，正陽樓還是致美齋？」

木蘭說出了邀請的話以後，倒覺得有違慣例的，驟然親熱地和這位大畫家這樣的談話，未免很不相宜，有些窘態。不過卻正投了這位大畫家的胃口。這樣大家在店裏長談了一個下午之後，他們就在當晚會同華家嫂嫂連同齊大畫家，舉行了一個合股慶祝宴。新亞就這樣開始了他的經商生活。

第三十一章

舉行葬禮的那一天，曾文樸悲痛的哭了一場，他這一場痛哭，不是爲了形式，卻是從心底悲苦出來。爲了母親的逝世，爲了自已的病症，真是重重憂慮，更爲了素雲遺留在外邊的謗辱，以及她的企圖自殺種種，使他倍感抑鬱。而他的憂慮，又因爲目睹國家的紛擾，益復深進一層，感歎著大中國的世界，快要脫離了祖宗的基業而崩壞了。

素同時時來拜訪他們，不久前斷定曾文樸所患的是糖尿病，西藥有一種叫胰島素的可以治療。曾文樸從來不容許西藥入肚，除了金雞納霜例外，這藥丸已經很普遍的被社會所應用，而且有了中國名稱。女人的心理比較實際，她們沒有堅定不移的思想，所以曾夫人和桂姑都勸曾文樸試一試胰島素。

曾文樸聽了「糖尿病」這個名詞，先就它的字面意義笑起來了，後來木蘭把中國醫書翻了一遍，果然裏面也承認尿含有甜性的可能。於是他說：「當然我們也知道這些。」不過中醫書上雖介紹了許多治療方法，卻沒有什麼特效的。素同雖是專業西醫，卻是以朋友的身分介紹這治療法的。因爲他的竭力推薦，曾文樸最後聽從了，答應試一試。

不過他的高傲心未免大大地受了一次打擊。他的高傲心曾經屢次被許多事情挫折過。自從滿清推翻，他坐不牢那張官僚的太平交椅，幾乎成了無主的遺棄物。又強不過妻子的壓力，允許他的女兒進入教會學校學習英語。所謂英語，他對之一無所知，又極端輕視。他責怪著新式官立學校摧毀舊思想。是以稱新時代爲「無父無君無師無友之時代」——這三種權力：君、親、師，是人類生活秩序維繫之中心。他固無力考察他女兒在地理、物理、歷史各學科的進步與否，不過在國文方面的忽視，是一望而知的。她們從未握過毛筆，卻用自來水筆寫那可厭的搖搖擺擺的字。而現在當中醫束手無策的時候，素同卻對他說：西醫可以治癒他的病症。

素同穿著西裝，說中國話毫不文雅，而他解說病因時，若不引用許多怪異的外國化學名詞，簡直難以解釋。當他遇到難以說明的地方，往往說：「中國話沒有這樣的名詞。」不過曾文樸仍舊尊重他，因爲他是個莊重堅定的人物，能夠很明確的談論各種問題，只有中國文學不在其內。

而當時，中國正受著外國侵略的重重威逼。

當袁世凱潛圖恢復帝制的時候，他曾親就曾文樸徵求過意見，詢問他能不能加入政府。從事恢復帝制準備的「籌安會」正在進行組織，可是曾文樸倒能瞧出共和思想的力量，認識這一舉動的危險性，所以他藉口病體未經復元而避開了袁氏的活動。有一次，袁世凱舉行私人茶會時邀請他，他特地應邀去參加，藉以當面顯示病體的狀態。木蘭這一回跟了她的翁姑一同參加，才得乘機一睹袁氏面目，卻見他的形貌酷似自己的父親，不禁暗中吃了一驚；他的矮矮的背脊，他的眼瞼下的環紋，他的臉色所顯現的堅強自制力與飽滿的精神，無一不像。袁世凱親見曾文樸果真蒼白消瘦，才放過了他，這於曾氏好比卸脫了一副重擔。

袁世凱的統治，早已罩上了一重暗影，未曾有的恥辱壓上中國政府，就在那時，即著名的二十一條的提出。袁世凱因爲希冀日本對他恢復帝制的支持，遂貿然接受了下來。這二十一條不僅攫奪了中國的路礦權，甚至容許日本控制一部分中國領土，並得指派顧問於軍事、內政、財政、教育各機關。這樣一來，不啻於一轉眼間把中國降於受日本保護的地位。

當時，日本已經有一種「大東亞共榮圈」的主張，意思是亞洲商人擁有一個共同的市場，亞洲大陸將在日本刺刀的威脅之下，受日本財團、工業家等人控制。中國靠賺工資生活的人，將變成外國拜金主義的經濟奴隸。這些國家拋棄了亞洲文化的精華，沾染上了現代世界的兩大罪惡，商業的貪婪和傲慢的軍國主義。

經濟方面的種種束縛與未來惡果，還非曾文樸的見解一時所理解得到，不過他明白外國侵略的威脅與中華民族崩潰的危機，這些事情自一九一五年他就看得很清楚。第一次世界大戰爆發，日本在歐洲一片混亂之中，趁機自德國手中奪取青島，然後以武力佔領膠濟鐵路，藉此將勢力伸入山東心臟地帶。在「二十一條」之中，日本已經把山東清楚地標明出來，這是它想最快吞下的一塊肉。

曾文樸因爲原籍山東，這種種無不使他痛恨不堪。所以當他瞧著母親的葬禮，見她穿著全套前清大臣妻子的官服入殮，覺得舊時代已隨著她掩葬入棺木之內了。因此他痛哭了幾場，致數次暈厥，由桂姑和傭人們把他扶起來，扶入寢室，臥床呻吟了幾天。

三個月之間，他遵服著嚴格的喪禮，第一個星期，他甚至拒絕服藥。桂姑和曾夫人輪替服侍他，曼妮和木蘭則恐煩擾病人，僅坐於門窗口接應侍候差遣，並探聽病況。沒有人去叫素雲來加以服侍，她也置之不問。

這樣臥床不起，身心久經衰頹，曾文樸最後改變主意，經常使用胰島素了。素同的來訪，往往是曾文樸的一種安慰，嗣後他的胃口與健康漸漸地進步，後來他也會很起勁的談起這新時代的奇蹟，竟能挽救他的健康，從而他痛恨反對西洋文化的情緒便逐漸降低了。

經過了幾個月的治療，他的健康恢復到能夠走動的程度。到了春天，他決意移柩遷葬其亡母於原籍祖塋，她的墓穴在她自己生時早已築好了的。

因爲袁世凱的僭號稱帝計劃已經暴露，革命亦即隨之掀起，他便急於脫離這京城。蔡鍔將軍佯作在妓院中荒淫醉酒，擺脫了袁氏的監視，從北京逃亡出來，便在一九一五年十二月廿五日起義於雲南。袁世凱的垮台，使二十一條款也隨之失效。四處都有祕密結合的反對徒黨，就是北京本身也有不少。曾文樸目睹這種情形，乃決意先離開這鬥爭的集中點。次年夏天，袁世凱的洪憲帝制運動失敗了，隨即死亡。袁世凱最終是一個悲慘失望的人。

曾文樸從山東回來不久，爲了感謝素同九死一生的治療功效，他用著慣常的官派尊嚴對素同說：「承你治癒了我的重病，敢將小女許配與你。」

不過他卻沒有說出哪一個女兒，素同也不敢發問。

「曾家伯伯，」素同說，「倘能高攀尊府，真是不勝榮幸。」

素同猜想曾氏所說的一定是指愛蓮，他曾經瞧見過愛蓮，並和她攀談過，心中暗想這位千金倒是很好的配偶；幸運地，這配偶真就是她。

曾文樸瞧著素同在婚前帶著他的女兒結伴出遊，並不反對且十分歡喜。其他種種新式行爲與所謂自由，他也認爲毫無問題，他決定等一九一七年夏季，愛蓮從學校畢業之後，馬上舉行婚禮。

木蘭趁了愛蓮的結婚機會，和她丈夫同遊南方。這是她一直以來所期盼的旅行。素同的母親住在上海，又有些病，不能北來，所以素同決定將婚禮移到上海舉行。便由桂姑伴著她女兒南下，而曾文樸的健康到底還經不起長途旅行的震動，與婚事的煩絮，所以不曾南下。新亞自告奮勇替代父親的地位，木蘭就乘此機會去見一見上海和杭州的面目。

阿非聽見了他姊姊要到南方，說他也要一同去走一遭。這主意原來是由紅玉起意的，她想他們倘能一同到南方去走一遭，準是其味無窮。

表兄妹倆一同住在那座花園別墅裏，天天見面，花園的春景與他們兩下裏的春心，交織成瘋狂的愛。阿非的母親太熱中於救濟靈魂的事，又因蟄居室內太久，沒注意到這些事情；且她喪失了說話能力，單單表達自己的需要已很費力了。稀奇的是，她卻能和平常一樣的抽水煙，煙管中咯咯的奔流聲和吹脫煙灰聲，是她唯一所能發出來的聲音。沒有人能夠知道她腦中正在盤旋的是什麼，因爲她不會寫字。姚思安雖不滿意紅玉做爲媳婦，卻也很贊許她的伶俐和秀美。他又明白，阿非如匹配了另一個配偶，一定會把纖弱而性急的紅玉逼上死路。紅玉的父母自然贊成這件婚姻，因爲阿非是姚氏家產的繼承人。所以，這一對青年享有相當大的自由。

前年年底，紅玉曾經臥病兩個月，這一來使得阿非對她倍感憐惜，從那時起，紅玉又中止了學校生活。因此旁人猜疑她或許染上了肺病。疾病的糾纏，使她的心理起了異樣的不安，使她急切的抓緊人生，拚命的追求幸福。又使她妒羨著健康，興悲於落葉。她請求阿非去替她收集那些最美麗的秋葉，拿來夾入書本，安置於床頭的書桌上。她又養成了一種很厲害的潔癖；她自己身上和居室中，不許稍染塵埃。那變態的恐懼心理使她見了花朵上帶進屋子的一蟲一蝨，都會產生恐懼。她要求母親，把服侍她的丫鬟都換上新衣，她的母親都由著她，一切都依從了她。這一個春天，她覺得身體好多了，卻起了一個要去拜訪她童年時期居住的老家的念頭。去一次杭州，和阿非一同泛舟湖上，這才實現了她的幸福之夢。

恰巧阿非的學校也放假了，遂獲許和姊姊與紅玉一同南下一次。素同早一星期先去佈置婚事，他的妹妹素貞因爲學期尚未終了，便留著等候與曾氏姊妹同行，原來曾氏姊妹和她是同學。莫愁覺得這一次沒有南下的必要，所以推說小孩子太幼小，經不起熱天的旅途勞頓，而且立夫假期中要回家了，所以她沒有去。

這一群歡樂的摩登青年在六月底離開北京。麗蓮以及其他人都默認紅玉和阿非是遲早會訂婚的，讓他們兩個自管自的與人分隔著，而紅玉一路上格外顯得活潑而興奮。獨有木蘭卻來陪伴紅玉，和她住同一個車廂。紅玉嫌惡那藍鋼車上的西餐，阿非乃忙碌的跳進跳出去替她叫份炒飯。她還差他打開她的衣箱替她拿東西，而他也樂於做此等親密的服務。

「你替四妹妹服務得真好，」木蘭對他說，「你真是個女兒家的好伴侶，倒像大哥的脾氣，不過他卻是注重荒唐的一面了。這一個早晨，瞧見你抹過了三四次窗框子了，慢慢地我想你一定會拿了掃帚替她掃地的。」

阿非微笑的自承說：「事實上我早已做了。」

紅玉嘁嘁嘴，叫他快住嘴。

木蘭實際上是個效能很低的監護人，因為阿非大部分時間都待在她們的車廂中。紅玉已顯出很像樣的主婦模樣來。就是當著木蘭的面，她也一樣的侃侃而談，一若沒有人在身旁那樣，瞧著阿非的紅色領結鬆亂了，還會動手替他整理一下，抬頭對他露出一個得意的微笑；把領結打好之後，她的那隻纖細白皙的手臂，乘勢在他胸膛上擱一回。

「你們兩個人現在還時常吵架嗎？」木蘭問他。

阿非說：「她要什麼我都依了，還吵什麼呢？」

「不怕羞的！」紅玉說。接著她對木蘭說：「每次要不是我認了輸，他總是無惡不作的鬧下去。他自己還不知道哩！」

「說得好！」阿非說，「每遭爭論她總是佔了贏面，還說是屈服的！」

「我可曾對你說過真正毒辣的話嗎？」紅玉問他。

阿非承認說：「沒有，妹妹。」

他的姊姊乃說：「這樣很好，我只希望你們兩個人永遠快樂地住在一起。」

到了晚上，木蘭和她睡在一間房裏，紅玉乃得乘機把她的心事和盤托出，說穿她和阿非的愛情。她本來生怕木蘭或許會利用她的勢力在父親面前偏護麗蓮，現在她才覺得木蘭是願意幫助她的。

紅玉已經十八歲，而阿非已經十九歲了，但是姚家還沒有提起過婚事，紅玉想來，心上真是時而快活，時而憂悶。在這種情形之下，紅玉總覺得納悶，她當然不能自己開口提醒阿非父母這種難以置信的疏忽。但總是沒有一些暗示流露出來。

紅玉沉浸於甜蜜的戀情中，和一般的年輕姑娘一樣，自有其對未來幸福的憧憬。阿非現在長成了高大的美少年，家道富裕，身無惡習，又能真純的向她示愛，她又和他住在附近。一個姑娘戀著一個少年，又能同時被愛著，像這樣理想的完美境界，是很少姑娘能達到的，這一點上，紅玉可謂是幸運兒了。可是爲什麼姚思安和姚夫人竟沒有隻字片言提及這件婚事來。他們喜不喜歡她？或則他們已默認了她。

紅玉是個有才幹的女子，同時也是個任性的少女。她把滿腔的愛灌注在阿非身上，一面又依她自己的嬌媚與才幹，絕不爲了較遠的目的而取悅於人。她太年輕、太自負、太獨立，所以不願使用任何詭計。不論在阿非的父親或母親面前，她仍然是副天真的本來面目。她不願意佯裝歡喜的喜歡一個她所不喜歡的人，而她卻不喜歡阿非的母親。她雖喜歡她的姑父，但恰巧爲了避免給人猜疑諂媚未來的公公，她特地在他面前表示孤介獨立的態度。

愛情在她看來，是純粹內發的真誠的事，完全和年長者所認爲機詐的內容不同。她戀著阿非是灌注全身熱情的，有時她在年事較長的人面前也會太露骨的表顯出來。至於取悅他父母的手腕上，可以說沒有用到一半的工夫，更由於尚未公開談起婚事的緣故，未免心上脫不了說不出的煩悶。

「我自己也不知道，爲什麼那樣怕失去他，」紅玉有一次對木蘭自白說：「每次我們一起玩著，氣氛很愉快，但我腦海中總覺得這是不真實的，這樣的幸福，是不會長久的。」

「這是因爲你過於深情的緣故，」木蘭說，「愛是一種永久不滅的創傷，永遠不能療治的。女子愛上了一個人，便喪失了一部分靈魂。於是她四處去尋找這一部分喪失的靈魂，因爲她自己知道非找到這一部分靈魂，否則便不完整，也就不能安定下來。直要等到她和所愛的人結合起來了，才能恢復她完整的軀體；但是到了愛人離開的時候，她又將喪失那一部分靈魂，因爲他走的時候，又帶走了那一部分，於是她又將不安起來，直至重新尋獲爲止。」

木蘭說得非常誠懇，紅玉覺得她是在指點什麼事，不光是籠統的講解戀愛哲理。她住嘴了，在這靜默的一刹那，睡在上鋪的紅玉極想看看木蘭在這時臉龐上所流露的是怎樣的神情。

「假使一個女子遇不到愛人，或是她的愛人死了，那該怎麼辦呢？」她最後發問了。

「誰能知道這些精神上的事情？」木蘭回答說。「或許她自身的那一部分永不回來了，也變了鬼。陰陽兩個世界，看來不是彼此聯絡的。但倘使活著的愛人另外結了婚，陰和陽的調和又恢復轉來了，於是這永久的創傷，亦獲得了補償而痊癒了。但卻永遠不會和原先一樣了。」

莫愁從未向紅玉講過像這樣的戀愛經驗，或許是講不出；不過紅玉也沒有從別的姑娘那裏聽到過這樣的話。

木蘭接著講起素丹的事情。她現在離了婚，住在北京，便靠那筆離婚贍養費度日。她拒絕參加她哥哥的婚禮，獨自孤零零的生活著，也不願與外界往來。

「不過他們在結婚之前是很相愛的，」紅玉說。

木蘭斷然地說：「喔，不，不是，那不是真的愛情。」

這話把紅玉說得納悶起來，她在一陣混亂的思緒中，想到自身，又想到她的表姊，不由睡著了。

婚禮結束之後，新人離去了。木蘭在上海買了數雙絲襪之後，便和新亞、阿非、紅玉、麗蓮母女倆上杭州去，這一段路程乘火車不過四小時。他們在湖濱的老莊園消磨了快樂的五天。這莊園鄰近岳王廟，一面對著大路，一面臨湖，因此一部分建築便伸入這靜悄悄的湖角，同時也佔領了一部分湖面當作池塘。

杭州城引起了木蘭說不盡的興趣。它沒有北京那樣的壯麗氣概，但充滿著柔媚秀雅的調子。因爲它是一個湖濱的城市，四面圍抱著青山，擁戴著廟宇與古塔。看了北京再到杭州，有如一頓飽餐之後，進一杯龍井清茶。

在北京的美景中，木蘭總深喜西直門外的高亮橋和什刹海，它的鄉村景色，使人想起江南。現在身歷杭州，已是親臨江南景色中，處處呈現江南柔媚的特色。慈禧太后浪費了國帑所建造的頤和園裏有一個昆明湖，只可算是模仿西湖的縮影，而現在來到了真正的西湖。頤和園中的昆明湖，已是那麼富麗精美，但是比起西湖本身，真似影子與實物，木偶人與活美女。

西湖常被人稱爲西子湖，西子爲古代有名的美女西施，她的艷名不獨狂噪古今，連聖人孟子也屢屢稱道，他所形容的西施是一個易變的南方典型的女人，天氣晴朗則恰悅，陰雨而蹙顰；而蹙顰的姿態，尤爲美麗動人；西子湖恰與此情景相同，當它滿罩著濃霧時，不啻加倍了誘人的魔力。滿披茂柳的奇妙島嶼，飄浮於灰色的霧幕之中，不知道是山嶺上升觸及雲際呢，還是雲層下降以掩披山坡的。

木蘭現在覺得一個人每長大一歲，會增長一年的智識。杭州除了它的天然美之外，同時亦爲古來詩人與美人的滙集處，它的歷史傳統比北京還悠久，因爲它是南宋的京城，還在蒙古族建築北京城之先。它的傳統在文學方面比政治方面的更爲深切。它的兩條長堤是由唐宋兩大詩人白居易、蘇東坡所倡議構築的，這兩條長堤的名稱也就襲用了這兩大詩人的名字。過去一千餘年，許多詩人、名妓曾經在這裏居住、生活，最後埋葬於此，因而他們的故居與墳墓隨處可見。木蘭決意等翁姑去世，可以分居出來的時候，便舉家搬遷到美靜的杭州。它將實現她和平簡樸的鄉村生活夢。

木蘭對她爸爸的店鋪很感興趣，他們用了幾個上午的時間和那些店鋪經理一個個長談，經理們自然竭誠招待他們。其餘的時間便在詩意的悠境中閒蕩過去了。到了晚上，湖面布滿了白霧，他們駕了輕舟在徐徐的清風中傾聽別的年輕伴侶們的歌聲。

一個下午，他們到月下老人廟去，月下老人是締結姻緣的神，青年們大都到這裏來求籤，那籤訣上載著預斷婚姻的俚俗詩句。桂姑瞧了好玩，也替麗蓮求了一檔，瞧那籤訣時，上面寫著四句道：

花蕊枝頭拱接春　爭妍白李與芳鄰
看他蜂蝶忙終日　釀蜜為誰苦一身

新亞說：「沒有人會相信這些事情的，這都是和尚們搗的鬼弄幾個錢的。」

但是紅玉卻替阿非也求一檔，那籤訣是：

點畫愛眉閨閣中　牡丹台上樂融融
莫將真假來相混　芳馥一過總是空

紅玉皺皺眉頭把這籤訣扯碎了，對阿非說：「你來求一檔。」

「爲什麼呢？」阿非回答說：「爲什麼要花幾個銅錢去養成和尙們莽撞的機會呢？」所以他不願意求籤。

不過木蘭心中倒忍不住在盤算這個「芳」字的意義和它的啓示，使她想到暗香身上去。這個夜晚在湖上，紅玉心中殊覺怏怏不樂。不過阿非、新亞仍和平常一樣的起勁。麗蓮和她母親也不曾當它一回事。紅玉說她在遠遠裏瞧見一條船，載著一對青年男女，只聽見他們起勁的密談，卻突然消失在霧氣之中，痕跡全無。相傳明末有一對愛人，共同投入湖心，每當月夜，人們往往瞧見這一條幻景的小船載著這一對男女出來賞月。這一對男女是這般年輕，他們總是穿著明代服裝；那男子穿著淡藍長袍，戴一頂黑色士冠，那女子頭戴首飾，身上總穿一件紫色袍子。有時她會吹笛，因爲根據傳說，她原來是個妓女。

沒有人瞧見過，只有紅玉。

他們正在杭州時，接到立夫拍來的一個電報。立夫剛從日本回來，卻滯留在上海。新亞拍了個回電去，叫立夫來加入他們，但是立夫回電說他急於回去瞧瞧自己的家。所以他們請他在上海等一等，等他們從杭州趕回上海後一同北上。到了第五天，他們回到了上海。

立夫與他們在車站會面，他的形貌看去清瘦了一些，不過神色是健康的。當天晚上，他們替他在茶館裏舉行了一個接風宴。

木蘭問他說：「你在學些什麼？講給大家聽聽。」

「喔，是關於細胞的，研究它們怎樣生長，也有研究些蟲子的，」立夫這樣說。他沒有說他研究的是生物學，他不像其他留學生，總愛張揚自己所學。接著他問起：「張勳的叛亂，結局怎麼樣了？」

「我們不知道，我們光在報紙上讀著它的消息。家裏頭一定很受驚動。據說南和園街給一把火燒掉了。」新亞說。

「我今天在報紙讀到，那事情已經平定了，基督將軍的軍隊已經佔了天壇。」

結果倒是立夫對於北京的近況比別人來得清楚。辮帥張勳果真鬧了一場叛逆大亂，他把孩皇帝重新扶上帝位，實行復辟，前後鬧了十天。立夫知道這些事情，又知道袁世凱死了，實權握在段祺瑞手中，復辟叛亂失敗之後，即爲親日的安福系益趨得勢的時機。他談起政治比談論他的生物學更來得起勁。

七月中乘火車回北京的路程是炎熱的。他們又決定到了山東，在曾府老家休息幾天，乘機去拜訪那著名的泰山。立夫、阿非、紅玉，都還沒有見過泰山的面目。木蘭喜歡登山巔觀日出，所以他們決定隔夜在山巔留宿一夜。他們在午前十時抵達泰安，等候轎伕，休息了兩小時，吃過了午餐，馬上就坐轎登山。

中國各山的路徑，要算泰山最爲快適，路面寬廣，層級整齊，毫無險峻之勢。政府和私人的貢獻，把它的石鋪路面維護得很完整。兩千年來，皇帝不斷地前來致祭；各代詩人爲之歌詠，巖石上留著不少名人的手跡；歷史上記載著許多有關它的故事，遊客們的口頭傳說，更從而潤飾之，世世相傳。從第一天門起，附近「孔子攀登之所」，穿過半山的第二天門，以達山頂的南天門，一路建有路標和便利遊客的休息處所。

他們一共乘坐了七頂轎子，另有兩個轎伕，專門替他們背負過夜用的被褥。那天是個陰天，使得登山的人們尤其是轎伕們，覺得輕鬆愉快不少。巨大的圓石，經過歷代湍流漂洗，顯得光滑晶瑩，凌亂地雜陳於道旁的溪谷間，半身伏浸水中，半身浮探水面，狀如巨大的水牛和河馬。

木蘭從未這樣愉快地結伴登過泰山，這座山便是幼時和新亞一同爭論過，後來攀過的泰山。立夫是第一遭來登臨，木蘭看得出他臉上有著欣娛興奮的神色。

過了一所尼庵，那景色越變越奇異，越變越有趣，青杉並立於路側，奇怪的巖石，有著各色各樣的形態，有如蹲伏的野獸一般，高踞於遙遠的山峰上。經過水簾洞的時候，瞧見那飛奔的瀑布從高處急流而下，宛如一幅銀色的簾幕，水花飄濕了經過的遊人。到了駐馬崖，轎伕們停下來休息，新亞、立夫、木蘭遂跨出轎子踱著閒步，回顧那適才上山的那條盤繞曲徑。溪流那麼富於誘惑力，阿非忍不住脫去了鞋襪踏入水中，男人們學了他的樣，一個個跟著下了水，木蘭、麗蓮、紅玉和桂姑則閒散漫步於岸邊。

「跨下來，」阿非向她們呼嚷。

赤足下水這回事，紅玉是不作此想的，可是麗蓮回頭來望望母親，問她好不好下水。

「下去吧，」木蘭說著，她自己也想下水去。

「假使你做個榜樣，我就可以下去。」麗蓮說。

「下來吧，狂想家。水很清涼哩。」新亞說。

木蘭笑著，揀一塊大圓石坐下來，卸去了鞋襪，露出一雙白嫩的天足，輕輕地踏入水中。

「木蘭，你真發瘋了，」桂姑含笑地說。

「那是很好很有趣的，」木蘭說，「要是你不是纏足的，我要拖你一同下水了呢。」

麗蓮跟著加入了他們。新亞過來領了木蘭踏入較淺的小川中，木蘭帶笑的跛行著，幾乎翻了一跤，新亞急急把她一把拖住了，引得岸上快活的轎伕一陣大笑。立夫捲起了褲腳管，坐在小河中的大石凳上靜觀著。他感覺很不自在，因為在那個時代，還沒有摩登到姑娘群趨海水浴場的日子。有一個轎伕喊著道：「洗個澡吧，小姐們！只有你們城裏姑娘見了水會怕呢。」

「立夫，」木蘭說，「你應該趕快拍個電報給莫愁，叫她來加入我們，這樣，我們可以在這裏玩它一個星期了。」立夫聽了，只是微笑。

這樣鬧了一陣，轎伕們催他們趕快上路了，否則落日前怕趕不到山頂。新亞覺得，木蘭花了太長時間來風乾她的腳。立夫爬上了岸，瞧著她雪白的腳踝骨，光滑的、纖小的，她一點也沒有想掩藏的意思，反而抬起頭來低低地對立夫說：「扶我起來！」立夫敵不過任性且美麗的大姨子的魅力，果真依了她的話。木蘭的天真，甚至會使粗魯的舉動產生美感，他真覺得不可思議，但卻很合乎他的信念。

紅玉站定了瞧著他們，回想起木蘭說過有關愛情的話。

「你太太多大年紀了？她看來還那麼年輕！」有一個轎伕這樣問立夫。

「她不是我的妻子，是我的親戚，」立夫回答說。

木蘭聽見了這幾句話，第一次感覺到有些羞暈。

於是他們上了轎，繼續向山上去。一霎時又穿過杉洞，那實際是杉木的林叢，因爲兩面枝葉的繁茂，構成了一張蔽天的大幕，真像山洞一般。相傳嘉靖皇帝在此手植杉木二萬二千株，以致構成如此大林叢。木蘭願意在此多留戀些時候，可是時間已經太晚了。

過了第二天門，他們行到了「三福」，這名稱的由來據轎伕解釋：是經過了險峻的上升，從這裏起有三里長的坦途，這自然使得爬山的遊客快樂，享這三里的好福。從這一點朝上走，前面的景致更壯麗的展開，山崖較高處的松林在風中搖擺，有如遠海鳴濤，過了十八曲，南天門便映進他們的眼簾。那南天門立於幾乎垂直的峭壁之上，有如一座寶塔，中央闢有門闕，砌有石級可登。轎子行經這異常陡峭的石階，必須斜著抬行，前面的轎伕走在右邊，後面的轎伕走在左邊。

到了南天門之後，各人跨下了轎子，沿著天門街一路走上玉皇寺，這裏是全山最高的頂點，他們就駐宿在那裏來過此一宵。一個十七八歲的年輕道士出來迎接他們，新亞便定下了七人的晚餐。他們大家站在石砌中庭的石露台上，這庭院圍繞著從地面突出的一塊巖石上，那巖石可算是全山最高的一點。當大家走進大廳去等候晚餐時，立夫問新亞道：「你累了嗎？我們該去瞧瞧秦始皇的無字碑銘。」

「我現在只想著一樣東西，便是晚餐呢，」新亞說。

「走吧！距離這裏不過幾步路了，」立夫說。

「一起去吧！」木蘭也催促的說。「我們走過天門街的時候，我回頭瞧見再美也不過的落日晚景。」可是新亞因爲體格太胖，走了一程路，正在喘息不止，他說只願意坐下來休息。桂姑忙著督率傭僕們準備床褥，麗蓮和紅玉正幫著她。於是只有立夫、木蘭、阿非三個人走過去。

現在他們的身子已高於雲層。木蘭站在無字碑銘上的山峰頂，一手攬住弟弟的肩膀，披肩的秀髮給山風吹散了，看去疑似山神。遠處灰色的團塊是山峰，青的紫的片層是山谷。頃刻變化的色彩光波掠過大地。向西一望，木蘭瞧見那朱紅的雲海，閃耀著金銀線條。那好像夕陽映照上老翁頭角的模樣。立夫從石級上走了下來，立在陰暗的四方石碑座腳上，這方石碑有二十來尺高，經過了兩千年，披滿了乾燥棕色的苔蘚。他抬頭一望，瞧見木蘭秀美的側影，在多彩融合的天空襯托下，顯出說不盡的美麗姿態。

「你看見了嗎?立夫，」木蘭指著西天的雲彩問他說。

「我看見了，」立夫回答。

說著木蘭也走了下來，到這石碑的腳下。這是建築萬里長城的秦始皇的碑石。秦始皇統一中國登上帝位之後，東行巡狩，致祭於泰山。這種祭禮，當初是皇帝的特權。這塊碑石爲什麼沒有刻字，沒有人確切知道。有人說是因爲他驟然得了病，這塊碑石樹立了起來，還沒銘刻文字上去，就死了。另有一個似是而非的解釋，則說當初的刻工因爲憎惡他的暴虐，不願替暴君永留紀念，所以刻的字跡很淺，經過時代的剝蝕，慢慢的湮滅下去了。

木蘭走近石碑，立夫還站著細看那掩滿苔蘚的石碑，冥想著出神了。她伸手去剝下些乾燥泥苔來，立夫慌忙說：「不要！」

「這石碑是多麼巨大啊！」木蘭說完後，一陣沉默。

「又這麼老了，」木蘭又說了一句，立夫沒有接上話，又是一陣寂靜。

於是木蘭也安靜下來。三個人坐到鄰近一塊石板上去，各自無言，和石碑一樣的一無聲息，恰如他們也變成了無字石碑。

終於，立夫打破了沉寂。「這個無字碑，其實已經說了夠多的話了，」他說。

木蘭捕捉到立夫夢幻似的眼神。他在這無字碑上讀出了長城建築者的動業和他的皇朝的急速滅亡，以及綿亙幾世紀的歷史之跡——那十二皇朝的起伏始末——不啻是一張完備的歷史圖表。那靜寂巖石的陰影，在這夕陽山景中突入他和她的心頭——是一個時間的嚴峻挑戰者。

「你可記得，」立夫說，「秦始皇因爲怕死，差了五百個童男童女到東海去求長生不死之藥？而現在倒是這巖石比他長壽得多了。」

木蘭謎樣的說：「巖石的所以長生，因爲它沒有人間的熱情。」

暗陰迅速地掩蓋了他們。金黃的雲海現在變成了灰色的黑影，普被了大地；流動的雲團，經過整日旅程的疲勞，就在他們面前趨歸山谷，來度此一宵，留著較高的山峰探出於雲氣之上，有如夜海中的島嶼，可見自然界也是日出而作，日入而息的。那是和平的秩序，卻隱含恐怖的氣氛。

五分鐘前，木蘭的心還是亢奮地激動著，現在她鎮靜下來，卻異常的頹喪起來，外表的興奮沉入了深鬱的腹底，眼前的景色，幾乎不是她能領會得到的。懶懶地拖著疲乏的腿，跨上了石級，她想到生和死，想到情感的生命與無情感的巖石的生命。她意識到這不過是永續時間內掠過的一瞬，不過對於她，是值得紀念的一瞬。這或許即是一種純粹的哲理，或許也是過去、現在、未來、自我與無我之間的一個純粹的幻影。這個幻影也是無言的，多辯的哲學家要表明這一瞬的意義，也將茫然若失。於是此一瞬者，無以名之，名之曰「經驗」。

但是夜對於人，並不總是平靜的，有如對於巖石、植物，與對於沒有理想的動物一樣。這個一九一七年七月十六日的晚上，是木蘭特別興奮的一晚。他們的晚餐是四碟菜：炒蛋、蕪菁羹、藕片和香菇豆腐湯，配上薄粥和饃饃。路途的辛苦和山間清新的空氣，使得大家覺得饑餓異常，四碟食物被吃得盤底朝天。但那遠寺的鐘聲，使得這一頓晚餐別具一番風味。晚餐後，各人喝一杯芳香銳烈的山茶。新亞和立夫談了一回日本的見聞之後，大家陸續就寢。

新亞熟睡了，發出很大的鼾聲，木蘭則半睡半醒，醒一回，睡一回。那刺激性很重的山茶使她的頭腦保持著清醒，腿和臟腑則已遊入夢鄉，自己也不清楚究竟是醒時的行動，還是夢境。她覺得，一半是夢，她好像企圖解開一個偌大的雲結，雲結是什麼，也是個不可思議的悶葫蘆，這個神祕的悶葫蘆也就是上帝。她正在和雲結奮鬥的時候，一陣山風吹開了她的寢室窗，把她吹醒了。但是新亞還在鼾睡著。

剛要睡去的時候，木蘭卻給什麼聲音吵醒了，她瞧見微淡的亮光已從窗片的罅隙裏透露進來。她推醒了新亞說，「已經天亮了！我們不能錯過看日出的機會啊！」

「管他日出不日出！」新亞說了，一個翻身又睡去了。

可是木蘭怎樣也睡不著了。她聽得灶間裏的喧擾聲，爐灶中薪火的燃燒聲，杓柄的擊撞水甕聲。於是她爬了起來，掂著腳尖走入隔室，瞧見桂姑和小姑娘們還熟睡著，就喚醒了她們。回到自己的房間，點了一盞油燈，開始梳理自己的髮髻，瞧瞧手錶，時間還只有二點五十分。梳妝好便坐著等候，等了一回，倒又覺得疲倦起來，可是廚房伕役已來敲他們的門了。

「少爺，奶奶，假如要趕著看日出，這時候就必須起來了。」

於是木蘭又推醒了新亞，開了門。一陣寒冷的空氣吹進來，聞得出完全和別處的空氣不同。她瞧見立夫早已穿好衣裳，立在庭院中向灶間望著。

「你這麼早，」木蘭招呼著他說。

「我已經起來一個鐘頭了。這裏很冷，我睡得不踏實。他們大家起來了沒有？我們得快一些了。」

木蘭回到房裏，披上了一條羊毛圍巾。這時，新亞剛爬出被窩。

「喔，日出呵！日出呵！」新亞沒精打采地說。

「我們就爲了看日出才到這兒來呢！」他的妻子說。

說話間，早餐已經準備好了。「大半夜出門，得先吃一些熱的東西，」伕役說。木蘭吩咐拿些熱酒來，遂和大家喝了幾杯，但立夫是涓滴不飲的。大家喝飽了熱粥，增強了暖氣，遂向朝陽峰走去。紅玉有些咳嗽，阿非拿絨被單替她裹住了，一路保護著她。

那時東海的太平線上只露出一線白光。接著一片淡淡的桃紅色透入了白光，於是周圍的山頂有些可以瞧出來了。在北面，他們瞧見一條曲折的白帶，據說這是向海奔流的江水。

可是那些雲層毫無動靜，接著，天際間淡紅色漸次深化而變成了金黃色，那雲層好像接到了約定的信號，一齊從隔夜的睡眠中驚醒，伸腰呵欠的模樣。上層雲先行出動，當它們開始行動的時候，下層雲呈現出半透明的淡紫色，這些雲陣一齊向東行去，自相堆積而化成天際的金碧宮殿。山頂以下至此顯得更趨明晰了，而地面上，本來沒有雲層掩蓋的，此時還躺在黑暗的睡眠中，再過了一刻鐘模樣，一條細的閃光金線開始升出了海平面。又過了幾分鐘，兩條耀眼的光條射入天際，預告太陽的來臨，於是金光閃爍，雲色爲之一新，遠遠的海面，一長條的輝映殆遍。此時山風漸強。突然間，強烈深玫瑰紅的一片弓形切片躍現於海平面上，觀賞者乃齊聲不約而同的喝嚷：「太陽啊！」來歡迎這意氣洋洋的堂堂出現。

「現在它升起一半了。」

「瞧那波光鱗鱗的海面呀！」

「喔，它整個升出水面了！」

不錯，一霎眼間，一個明耀旭紅的大圓盤一躍的躍上了海平面，觀賞者的臉龐都給映耀得發出光來。木蘭瞧瞧腕上的手錶，恰恰是四點一刻。

「瞧！」紅玉說，「那雲氣啊！」

環抱著無數山峰的雲，已經受著了曉光的指觸，宛如服從了太陽的命令，感應著山風的威力，開始蠕動了。一開始蠕動便沿著山谷，怪像一條巨大的白龍，生動地舞踴而下，山谷次第遼廣的展開。大地覺醒了。

他們在這晨光中站立了半小時。

「我覺得冷了，」麗蓮說。

紅玉說：「我現在倒正好。」遂把身上披著的絨被單卸下來交給麗蓮，阿非幫著裹住了麗蓮的肩。

木蘭興奮地說：「這次我們瞧見大地的睡和醒了。這樣辛苦來一趟也值得的，是不是？」

「不錯，這是值得的，」新亞回答說。「但是我覺得還要去睡一回，我的腿現在還有些僵硬的哩。」

他們正緩步走回去時，另一群遊客剛走過來想瞧日出，知道來得太晚，已經錯過了機會，真是大失所望。清晨的氣息異樣地幽靜，除了他們的腳步聲和晨風飄拂衣裙的聲音以外，一點聲息也沒有。

「多麼幽靜呵，連一聲鳥鳴也聽不見，」木蘭說。

「我們登臨在這麼高巍的地位上，鳥兒還睡在下面的山谷裏呢，」立夫說了，接著又加上幾句道：「可惜這一次莫愁沒有瞧見這景色。她瞧見了準會十分快活哩。」

他們回來的時候又順道去瞧了瞧唐代的摩崖碑，那是文字就鐫刻在巨大山崖石上的碑誌。然後回到寄宿的寺院裏。那幾個在南天門過宿的轎伕，早已等候好在那裏，希望他們早些動身，這樣他們下了山還可以接到當天的生意。

休息了一小時又進了食，他們動身下山。行到山腳，大概需要一小時半的路程。新亞是個胖子，坐了一頂轎子，紅玉和桂姑也各坐了轎下山，但大多數人都願意步行，各人執了一根手杖來支撐自己的腳步，立夫說的話不錯，等他們下行走了一程路，果真漸漸聽到山谷裏囀弄的鳥鳴聲了。

木蘭和立夫走在一起，一路閒談著。不僅因爲立夫剛才回國，他們自有說不盡的話，又因爲他們的體重都很輕，步伐也輕快，時常要停下等候後面的同伴。到了三福，新亞下了轎，和他們走了一程，由木蘭上轎從第二天門坐到了「下馬隘」。到了那裏，她又下了轎和立夫走著，他們的步子仍是特別快速，馬上把別的同伴們遠遠地抛在背後。

這時候，兩個人是單獨的一對，木蘭的心緒真是怡悅暢快極了。此後從未有第二次像這樣和立夫一路講著走著，在麗陽中下山時的甜美。她的心理，一方面深愛著妹妹，一方面信任立夫的人格，同時她珍愛這難得和他單獨結伴同行的機會，所以沒有提出等待後面別人同行的提議。當他們走到「杉洞」的時候，覺得這陰涼樹蔭的可喜，就駐足下來憩息一下，一面正乘此等候後面的同伴。

立夫搬了一個殘樹幹過來，木蘭鋪了一幅手帕在上面，揀一株根盤上坐了下來。她真感覺說不出的快活，心上要想幾句話說說。最後她想出了幾句話了，說：「這樣的遊歷比起去遊圓明園遺址好多了，是不是？」

「喔，不錯，我們曾約過要一同去遊那廢園的，」立夫說。

「你還記得的麼！」木蘭笑笑說著。

「我還記得哩，」他回答說。

「生命是不可思議的，是不是？」木蘭扶手支頤沉思地說。

這是一個無法回答的問題。「你的意思是什麼？」他發問。

「唔，那真是稀奇，……我從未想到會有今天這樣快活的遊歷，但是我們現在這裏……這許多樹木。」她抬起頭來又四面望望。「我真不知道，日出使得大地這樣的生動，它滌蕩了人的肺腑，使得人熱愛眾生。而你的回家，一切都是意料之外的。」

立夫站定了，睨視著木蘭坐著和他講話，也好像在自言自語，她的聲音是低低的柔和的，那纖美的調子與森林的微風融合起來，那微風飄著她的髮絲，拂上她的額角，她輕輕的用手指掠開，但那風兒又把它吹轉前來，還帶上杉林的香氣。

「你不會把日出也當作意外的事吧？」立夫說。「那是每天日常的事。」

「我當它是意外，」木蘭回答說，「日出是意外的……就是你的回國也是意外的……你還記得……我們在山中曾經三度相逢……第一次，我們彼此都還是孩子……現在我們姊妹倆做了母親，你也是父親了，而我的母親變成了啞子。」

立夫乃問起木蘭的母親和她的妹妹，以及她的孩子。她乃把她母親的奇妙病情講給他聽。說話間，紅玉的轎子行近了過來，後面跟著阿非和別的步行的一群；木蘭乃懶洋洋地站了起來，有些戀惜；這光景是多麼美麗卻又如此短促，然這短促的一瞬，也總是完美的了。

大家瞧見了木蘭，也進樹蔭裏休息一下，新亞和桂姑也接著加入了他們。大家休息了一會兒，再度出發，一小時內回到了上山時的起點，這次的旅行那麼愉快，大家回抵了山麓，都嫌它太快了。

當晚，他們便搭火車踏上回北京的征途。

這一次遊歷，在木蘭腦海中留下一個永久的印象。那使她體認只要和立夫在一起，就能使她永遠快樂而感到滿足。他們在山上一同觀賞過日落和日出，這情景和她在平地時所經歷的迥然不同。立夫無言的站立於秦皇無字碑的身影，在曉光中的共步，「杉洞」中短時間的談話，充滿了精神上的意義。她不知道這意義是怎樣的意義，也沒有言語可以形容，但是她知道經過了這些美樂的片時瞬息，她比從前更清楚的瞭解人生了。

第三十二章

立夫抵達北京的時候，莫愁穿了一身潔白的衣衫正等候在車站上。她是那麼年輕、活潑、美麗，一手攙著兩歲的孩子，一手揚起了向立夫和其他的人招呼。闊別已久後的重逢，並沒有使她的喜悅溢於言表，僅無言地緊緊握了他的手。但這已充分告訴他，他是被迎接到堅確不移的愛的家庭中來了。他的妹妹也在那裏，告訴他，她已經轉學到了國立北京大學，那大學自從「新文化運動」以來，已實行男女同校了。

立夫一到了家，便先去看他的母親，他的母親還是很清健，沒有多大變動。接著便去看臥病中的岳母。這位老太太坐著抽水煙，她自己的口雖說不出話，水煙管倒潺潺的作響著。或許是天的慈悲憐憫著她，她的心竅已經是昏鈍了，她的注意力只能集中於少數身體上的需要，此外她幾乎無憂無慮，亦不再焦躁不安了。除了她的病之外，這個家有了珊姐和莫愁的管理，倒是個平安的家庭。姚思安一向很誠懇的待他，翁婿倆見了面有說不完的話，直談到老媽子來關照立夫去洗澡的時候，原來莫愁把洗澡水一切都準備好了。

立夫回到他自己的廂屋，瞧見自己的房間又清涼又安靜，與屋外光輝明朗的盛夏天氣，宛然別是一個世界。他的衣箱早經搬到了天井裏在曝曬衣衫。他的兒子站著用了銳利疑惑的眼光細細的睨審著他，瞧了好些時才走上前來。這孩子剛洗過了澡，立夫瞧得出他的軀體臉龐沒有一點汙穢的痕跡。

他的書籍很整齊的排列在書桌上，不過旁邊也有幾本英文書翻開著，幾冊文學革命運動的刊物《新青年》是經過手指翻熟了的，還有幾本北京大學學生出版的《新潮》雜誌。

「咦，你在念英文嗎？」他對他的妻子說。

「我在和環兒一起念英文。」她說，「我現在很閒。我也到大學裏去聽陳教授和林教授的講學。你知道他們兩個人對於文學革命運動是辯論得非常激烈的。……現在你的洗澡水快要涼了，你最好趕快去洗。」

立夫就到浴室裏去洗澡。

「立夫，你要不要聽一段新聞？」莫愁在門外對他這樣說。

「什麼新聞？」立夫從裏面問。

「很有趣的新聞呢。」

「什麼有趣的新聞呢？」

「你記不記得曼妮有一個丫鬟叫作小樂的？你曾說過，她完全是天真爛漫的。可是你不知道，去年她因爲愛上了一個男僕，生了一個孩子，現在她就索性嫁給他了。」

莫愁聽到立夫在裏邊笑著。「我仍要說，她是天真爛漫的。」他說。

他已經洗完了澡，並且走出來了。

「剛才我和你父親談到了你母親的病。」他說，「我向他提議一種驚嚇的方法，這方法也許可以醫治她的病，使她因突然吃了一驚而喊叫起來，因而把病治好。但是這種驚嚇必須是和緩的，否則她吃了這樣的驚嚇，反而會加重病情。」

「我們現在不知道怎麼辦才好。」莫愁懷疑似的說。

立夫隨手拿起一冊《新青年》來。

「當我在日本留學的時候，這本雜誌我是每期都看的。」他這樣說。

「這雜誌曾風行全國。」莫愁說，「當我們讀著這本刊物裏的通訊，並聽著教授們在課堂裏彼此攻擊的話時，覺得非常有趣。」

北京大學現在是文學革命的中心，這種革命是主張以白話文代替文言文。當時的人們在初次讀著白話文的時候，就像看見一個鄉下新郎跑到新娘的閨房裏去搶親，在一般旁觀者看起來是非常奇怪，無禮貌，太可怕，太率直和太好玩。當那鄉下新郎正在搶親的時候，他先用他帶泥的靴子在地毯上踩踏一番，再把它抖開來，使新娘絆倒而尖叫。現在拿古雅的文言文改成了白話文，也不免有些像粗魯的新郎搶新娘那樣。那個時候，在一班粗魯的「侵略者」當中，有一個文人叫作陳獨秀，他是這一夥裏的領袖，他並且使用強暴的手段去對待那「女郎」，同時還有一個「侵略者」，那善於使用他褻瀆的言辭，以取悅於一班站在外面的革命群眾。

蔡元培校長是一個溫和有禮的年長君子，他的舉止十分文雅，似乎不能傷害一隻蒼蠅，但他卻憑著他的容忍和自由的政策，使他的大學變成了兩個自由爭論團體的中心。那時候北京大學是非常活躍的，因爲它主張自由。柯南·道爾和華特·史考特等著作的翻譯者林琴南，是那時古典派的領袖。還有一位年老的哲學家和才子辜鴻銘，他對於東方文化是竭誠贊成的，他是另一位古典的領袖。林氏曾經寫了一封很長的信給陳獨秀，稱白話文爲「販夫走卒」的文字，並且也把文學革命比之於洪水猛獸。

那時的新文學運動有了四個領袖，就是：陳獨秀、錢玄同、胡適和劉半農。錢玄同戴著一副很大的眼鏡，他生平有一種特別的脾氣，就是怕女人和狗；他對於林琴南的那封長信寫了一個答覆，稱古典派爲「桐城謬種」和「選學妖孽」。胡適是一個剛從美國回來的青年教授，他在談話和寫作的時候，是用西方人那種「端莊和溫文有禮」的學者態度的；他說這並不是一種革命，而是進化之中的一個步驟。他對於這種運動的特殊貢獻，就是拿西方最新的學術思想去贊助那種運動。陳獨秀和錢玄同從前曾在日本留學過，他們不大講究禮貌；他們對文學革命的貢獻，特別在於能用嚴厲的痛斥和直率的謾罵當作進攻的武器，這樣一來，就使一班老派的人大受震動，使新派的青年覺得興高采烈，因此造成了文學界的騷動。

舊中國真的被震動了。革命自然會對民眾造成驚嚇。光是對於文言文的攻擊，還覺得不夠，接著他們去攻擊詩詞方面的一切束縛，同時也攻擊貞操和守寡、大家庭制度、「雙重的道德標準」、祭祖和孔教等。這樣就引起了一陣極大的震動。文學革命運動的某領袖曾在一個寡婦再嫁的婚宴上大聲演說，主張她有再嫁的權利，並稱孔教為「吃人教」。一班思想激烈的青年，聽了他的話覺得非常高興。那時中國的文學界和思想界中輸入了好幾種很有用處的舶來品，同時還附帶輸入了一些零星的貨品——例如留學生回國之後，就熱烈的談著西洋文化是怎樣優美和怎樣可取。那時的新中國不但有了一種希望的權利，同時也有了許多希望的成分。因為一班文學革命者要提倡新的運動，就介紹了艾美．羅威爾(Amy Lowell)的白話詩和無韻詩，此外還介紹了山額夫人的節制生育，以及「民主」、「平民」文學、易卜生、王爾德和杜威等的著作。甚至還有人提倡自由戀愛、男女同學、離婚，以及稍微落後一些的對於纏腳、納妾和扶乩等的攻擊。

「新派裏的人不善於辯論，而老派的人簡直不會辯論。」這是立夫所下的一個結論。

姚家裏的人對於文學革命運動的意見，多少是有分歧的。原來當時一般人所要打倒的偶像不免太多了，而所牽涉的問題也不免太複雜了。在姚家裏，姚思安是主張文字改革，而反對推翻家庭制度，但他又贊成寡婦再婚。珊姐守寡已久，聽了這話，不免很詼諧的這樣說：「如果有人要娶我，那我就願意再嫁。」

莫愁是主張單一的道德標準的，她是贊成《少奶奶的扇子》，而完全反對《傀儡家庭》的，並且也很武斷的反對自由白話詩，至少是反對當時所謂文人所寫的白話詩。紅玉對於一班文學革命者所提倡的一切是完全反對的，尤其反對男女同學。木蘭是贊成文字改革的，但她所贊成的是《紅樓夢》那種典雅語體文，而不是那些「販夫走卒」所說的白話文；這是因爲她非常欽佩林琴南的作品，並且愛讀他的古文。她又贊成孔子，而反對易卜生，贊成男女同學、納妾和祭祖，而反對纏腳。

阿非是崇拜那些新領袖的，如同一般的中國新青年那樣。他是反對孔子，而贊成自由戀愛、節制生育和玩網球的。

曾文樸的思想不免保守，他稱那些文學革命者爲野蠻人，爲「忘八」，爲不學無術者，但他們卻大膽的談論著他們所不瞭解的題目，特別是孔教（這話也是對的）。曾文樸對於那些說話時夾雜外國話的政治革命者，也加以同樣的指斥。他甚至把林琴南請到他家裏去談談，這件事使木蘭覺得非常高興。

曼妮在家中是不被允許閱讀《新青年》的，當她聽到他們在院子裏所討論的那些問題，特別是節制生育，不免吃了一驚。

陳獨秀教授是共產黨的領袖，他既有善於寫小冊子的那種鋒利的文筆，同時也具有一個激烈的革命家的熱誠。他具有一種關於直線的進步理論，這種理論是他在雜誌裏所提倡的。時間的前進是不能阻止的。每個十年期和每個世代，都是繼續不斷的前進的，我們要問，在一八九八年，誰是中國知識界的前驅？難道不是康有爲和梁啓超嗎？然而在文學革命的時代，那曾經做過前進的改進者的康有爲，卻成了一個失去了人們信仰的保皇黨，他的名字是同一九一七年的復辟運動有關的。我們還要問，在一八八〇年，誰是偉大的西洋思想和文學的翻譯者和介紹者？難道不是林琴南和嚴復嗎？但現在嚴復已經抽上了鴉片，而林琴南不過成了一件有趣的骨董。未來的一代，必須要在前一代的改造者和前驅者的屍體上，開闢一條新的途徑。康梁和林嚴的時代已經過去了，雖然他們在當時曾有過極大的貢獻。

陳獨秀在他的論文裏曾寫過一段話，大意是這樣的：「同樣的，我們現在這班前驅者在將來也要落伍，並且要被十年後的青年所拋棄。但我們仍然很高興替那些後來的人開闢途徑。」

在那十年當中，在一般青年的眼中，簡直不能想像那些勇敢激進派的領袖會在幾年之後落伍；他們也不能想像出有什麼人能比他們更激進？然而還不到十年，一般中國青年的腦筋就充滿了一些更新的觀念，於是易卜生的思想、白話詩，和自由的改造論，就如同他們以前所排斥的那班「知識階級」一樣的空洞，而不合時宜了。在他們之中，只有陳獨秀一人醉心於共產主義，並且成了托洛斯基派的信徒，後來在監牢中長期受苦。

立夫的本性是激進的，他覺得這個激進的中國和他以前所拋棄的那個中國，是根本不同的。但他自己並不捲入爭論的漩渦中，因爲一方面他是一個個人主義者，而不願意傾心於任何的派別。他還有一種脾氣，就是要在衆人都表示同意的時候獨倡異議。他的腦筋是太清楚了，太富於批評性，而不願意接受錢玄同對於中國古文的排斥，這並不是不喜歡錢氏的爲人，原來錢氏是很天真的，而又像孩子那樣的膽怯，因此他對於任何新的東西，就能表示出無限的希望。有一位留學生對錢氏說，杜斯妥也夫斯基比《紅樓夢》的作者更偉大，錢氏就深信不疑。錢氏也不免帶著一些精神病的傾向，這一類人往往能變成才子的。錢氏雖然沒有同他的妻子離異，但卻獨自住在大學宿舍裏，在談話的時候時常臉紅，但在平時他卻有一種孩子般的憨笑。立夫對錢氏並不崇拜，但他喜歡他。

立夫的激進思想往往被木蘭和莫愁所束縛住。他們夫婦二人時常坐在燈光下，談論著緊要的問題。他們所得的唯一實際的結果，就是他們應當多讀一些英文，因爲英文是走到新世界去的一張「通行證」。以前立夫在日本所學的英語是非常生硬的，他雖然能閱讀英文，但是英語會話的能力很差，表達能力還不及他妹妹的一半，雖然他的妹妹從沒有留學過。

還有莫愁的常識對於立夫也很有影響。

「爲什麼反對男女同學呢？」立夫問莫愁說。

「因爲女人不應該受男子那樣的教育；因爲女人具有一種不同的人生旨趣。」莫愁答。

莫愁有一種習慣，她喜歡引證事例，而不大喜歡歸納出一個論點來。當立夫同她談論關於「自由戀愛」這個問題時，莫愁僅僅說了這一句話：「你看素丹好了！」這樣一來，在莫愁方面就認爲問題是解決了。

但是立夫在情感方面卻受了木蘭喜愛傳統的心理的影響，正如同他在批評新東西的時候受了莫愁的常識的影響那樣。現在木蘭仍是病態似的傾向於林琴南——她在幼年時代所崇拜過的一位老作家。因爲她忠於這位老作家，所以當她批評文學革命者的時候，往往不免有些嚴厲。這一種感情上的忠誠，也是立夫所同具的，因爲他知道文學上的美之意義。林氏是一個留著白鬚的老人，說著一口帶著福州腔的糟糕北京話，他的聲音是柔和且低沉的。當他在曾家談話的時候，他並不對那些問題有所辯論。他不過覺得很高興，並且很舒服，因爲曾家好像是一個失敗主張者的堡壘，在那邊什麼事情都不用辯論，只有體會了解。在這裏面有一種沉默的尊嚴能影響一個人的決斷，因此木蘭和立夫甚至覺得，如果他們心裏懷著異議，那就不免是褻瀆的。

只有姚思安一人獨倡異議，並且在他的談話中使立夫覺得改造是必要的。

「你是否贊成他們所提倡的一切兒戲的東西？」立夫這樣問，「他們甚至反對祭祖。他們要剷除一切舊東西。他們甚至於指摘『賢妻良母』爲阻止婦女人格發展的一種思想！」

「讓他們這樣做吧。」姚思安說，「如果他們是對的，那麼他們就能做一些好的事情；如果他們是錯誤的，那麼他們對於那『道』也不能有什麼妨礙。事實上他們是時常錯誤的，這種個人主義就是一個例子。不過你不要著急。讓他們來努力奮鬥吧。如果一件事是錯誤的，那麼過了片刻，他們就會感到厭倦。你忘了《莊子》裏有一句話？沒有人是對的，也沒有人是錯的。只有一件事是對的，那就是『道』，然而沒有人懂得『道』究竟是什麼。這『道』是隨時改變的，也是隨時回復的。」

在說話的時候，姚思安的眼睛發著光，他似乎深知永恆的真理。這樣的哲學，立夫在大學的課堂裏也不曾聽見過，他所聽到的倒是很實在的。

「譬如說，那個文學革命，」姚思安繼續說，「有許多人認爲是對的。爲什麼呢？因爲這其中也有說得對的地方。任何運動，到了成熟的時期才能發展起來，並能說幾句使許多人印象深刻的話。許多人都覺得這個古舊的中國必須拋棄，否則他們就無法進步。一般人民都希望改變，這個你是無能爲力的，同時也不能加以阻止。固然他們的言語中不免有過分的地方，但一般人卻不能指出那錯誤是在什麼地方，因此他們就繼續如此。一種虛僞是不能在法庭靠著辯論去把它清除的，它像一幅色彩很差的圖畫那樣，會自己褪色的。現在你也希望這個古老的中國能改變，你且看看中國現在情形怎樣，這個政府及一切軍閥和政客們的情形又究竟怎樣！」

這樣一提，就引起了立夫心裏的一種過激主義的火焰。他不再想到他的親人，以及使他得到舒適生活的一種制度，他心裏忽然想起形形色色的奇怪軍閥和政客，這些人是集新舊文化之間最壞的成分所產生的一種醜惡混合物。在這個世界上，沒有一種比那奔走京津之間找職位的官僚更覺得奇怪的人物，然而這班人卻稱呼自己爲中國的統治階級。如果說在那批激進的青年群中，不免包含許多奇怪的傢伙，那麼年老的一代便是更奇怪的傢伙了。

民國這一代謀私利的文武官僚，利用國家的崩潰，已自肥其私囊。看看他們的嘴臉！滿堆著圓團團的肥肉，顯現出他們的情慾和貪心，再加上了他們倦乏的眼睛，憂鬱的面容，和日本式的鬍髭，無非是要顯示他們的時髦和威嚴。這一般人物，在曾文樸那樣的老官僚看起來也覺得痛心。難怪立夫看了，心裏更覺憤慨。

再看看他們的腳，他們雖然穿著時髦的皮鞋，但因爲把腳趾軋得很痛，所以他們往往只能費力緩慢地跛行，而不是走著。他們也不知道怎樣拿外國手杖，只得謹慎的把它掛在手指上，彷彿拿了一串鮮魚那樣，深恐弄髒了他們的緞袍。當他們在公眾集會前拍照時，他們的舉止是很可笑的。他們往往戴著禮帽和單領圈；有些舊軍閥往往穿著光輝的制服，然因爲不能搔著他手臂上面的癢處，就開口大罵；在拍完照之後，他就馬上把硬領解開，把大禮帽拿下，露出一個巨大的光頭。

但在他們之中也有幾個漂亮的年輕人，他們大概是日本留學生和親日的安福系政客。在表面上看起來，這班人似乎是樂觀的，並且下了極大的決心要拯救他們的國家。他們的頭髮梳得很光滑，從中間對分。在日本留學生當中，百分之九十是研究政治的；然而那些舊軍閥卻是什麼都不研究的，有幾個甚至於不能親自寫軍事手諭！他們都是敬孔的，在感情上是孝敬母親的，並且喜歡吃魚翅這一類的好東西。他們大都是抽鴉片，或曾經抽過鴉片的。他們這一些人，其實是很不完備的，而且是失敗的，但他們卻裝模作樣，拿著西式的手杖行走，似乎威風十足的。他們對舊文化一無所知，對新文化也缺乏現代社會意識，他們不過是興趣盎然地在初創的民主國家中渾水摸魚。

其中最可注意的一個軍閥是狗肉將軍張宗昌，他接待外國領事的時候，嘴裏含著一支黑雪茄，膝上坐著一個俄國姨太太。他身高八尺六寸，並且在褲袋裏放著大批鈔票。有一次，他竟在不同的日子裏委派了兩個官員，去擔任同一個縣的縣長，後來這兩個官員都來向狗肉將軍哭訴，但他只對他們這樣說：「這種小事，你們自己去解決吧。」不過像他這樣的人，也有自己的公平原則，如果他搶了別人的妻子，一定會賞給那丈夫一個官位。

還有一個姓楊的軍閥，當他在夜裏經過省城的門口時，他會向哨兵罵一聲：「你媽的！」從不說出口令來。從此他手下的軍官就開始有樣學樣，「你媽的！」這句罵人的話，就成了一個很可靠的口令了。

是的，文學革命運動的領袖們是對的，這個舊中國非推翻不可。至於立夫個人的立場是這樣的：在尊孔的軍閥、政客和反孔的新領袖之間，立夫是同情後者的。只不過，擁有這樣的支持者，對孔子而言不免有些難堪了。

立夫回國以後，看見中國是這樣騷擾不寧，而且由於內戰的緣故，又呈現四分五裂的現象。袁世凱的失敗和死亡，給了一般小軍閥更多的競爭機會。那個碩大的民主國家因了它自己的重量而跌倒了，並且實際上已經落入那些割據各省的軍閥手中。然而這些戰爭是一般民眾所不瞭解的，那些地位高一些的軍閥打起仗來，往往歷時較久，而那些四川小軍閥開起仗來，範圍較小且歷時較短。在四川有幾個軍閥甚至擁有皇宮般的私邸。他們又大量向民眾徵稅，而稅的數額也逐漸加重；此外他們又巧立名目，花樣繁多，爲的是要多得一些進款，去養活那些日益增多的軍隊。同時在四川方面又發生了饑荒和水災，似乎天也在懲罰人們。在湖北、湖南、江西、福建和廣東等省，都接連發生內戰，而且軍閥之間往往隨時拆夥，同另一批人結合起來，這樣的變化是時常發生的，使一般民眾莫名其究竟。如果北京政府的命令不合他們的脾胃，就有幾省的軍閥會向政府宣佈獨立。在北洋軍閥之間，已發生了一種裂痕：一方面有以國務總理段祺瑞爲領袖的

「安福系」，另一方面有以臨時大總統馮國璋爲首領的直系。

最近由辮大帥張勳所發動的復辟，使北京附近發生了第一次戰爭。因了張勳軍隊的失敗，新的軍閥就向北京方面長驅直入。現在南城的天橋方面，已眾集著各路的軍隊，而且那次大政變的餘波也影響到立夫家。

當立夫回到家的那一天，他們都已忘了陳媽。

第二天早晨，立夫問：「那一個奇妙的陳媽，爲什麼不在我們家裏幫傭呢？」

「你沒看到她在母親房裏嗎？」莫愁回答說。

「是的，我看見她了，但她爲什麼在那邊呢？」立夫問。

「現在她在服侍母親。這幾天她覺得心裏很不安，但我們卻竭力把她留在這裏。她說她的兒子已經回來了，我就問她怎麼知道的，她就告訴我說，她是的確知道的。自從各路的新軍隊到了天橋那邊之後，陳媽往往在下午或晚上空著的時候向我請假，到外邊去走動。你知道母親是隨時需要照料的，所以我們不能時常讓陳媽出去。然而她在晚上九點以後把母親的床鋪安排好了出去，一直要過了午夜才回來。在出去的時候，她把衣服穿得整齊一些，同時也自言自語，似乎覺得今晚她一定能找回她的兒子。她的手臂裏往往挾著一個藍包袱，裏面有一套新衣裳，一雙白布襪和一雙新的鞋子。她又請我寫了十幾張尋人的招貼，以便拿去貼在外面的街頭上。我就順從了她的意思，把那些招貼寫好，但我心裏卻明白這樣的辦法是何等的沒有希望。她根本不知道中國是一個怎樣大的國家！」

「你不該讓她這樣做。」立夫說，「如果她找不回她兒子，她是要發瘋的。」

「你不妨想辦法阻止她，」莫愁說，「我實在不知道該怎麼做。前天她曾到我房裏來，說她要離開我們了。我聽了她的話，就對她說：『你不能這樣，因爲少爺今天回來了。』但你知道嗎？她的臉龐發了光，並且對你母親說：『孔太太，如果我的兒子回來了，他一定像你的少爺那樣高了。』」

「我覺得昨天她對我的舉動有點奇怪。她握了我的手，對我定睛的看了一些時候，並且微笑著。我不知道她心裏究竟想些什麼，不過當她看著我的時候，她的神態是非常奇怪的。」

「她可能也在街上拉過很多年輕人這樣看著。不過你要知道，在許多事情上，她對待別人是十分體貼的。」

「我們一定要幫她的忙，也許替她在日報上登一個廣告。」

「我們甚至不知道她兒子究竟是死是活呢。」

「他叫什麼名字？」

「他叫陳三。想想不知有多少人都叫『陳三』！」

「那麼，你在招貼上究竟替她寫什麼話？」

「我寫上陳三的姓名、年齡、籍貫，以及失蹤的時期；也說起他母親在焦急的找他；最後則寫上他母親的通訊處。我倒希望那些兵士別接近北京，這樣，她就能永遠保有希望，且依著這個希望過活。」

立夫似乎覺得很煩惱，幾乎發起怒來。正在這時候，陳媽走進來了，他看見她的衣衫很整潔，頭髮梳得很平順，她的手臂挾著一個大衣包，面容上顯示出一種消極的決心和堅定的力量。

「少爺、少奶奶，現在我要離開你們了。」她說，「這正是我的機會呢。我已整整等待了七年。現在他也許正在等我。所以我必須到軍隊裏去找他，看看他在不在那邊。要是我找到了他，你們若肯讓他在這個院子裏做事，那麼我們母子倆就會馬上回來。要是我找不到他，那我就向你們倆說一聲再會了。不過，我無法把我替他所做的衣服全都帶著，所以我把它們留一些在你們這裏。」

當陳媽說這話的時候，她說得很從容，而且很清楚，好像她心裏有一樁極大的心事。

「但是你不能這樣就走了。」立夫說，「你且留在這裏，我們會替你去找他的。」

她搖搖頭，很堅決地說：「我一定要去找他。我知道他是在這一帶，因爲兵士們全都回來了。」

「你身邊帶了多少錢？」

那個老媽子輕輕的摸著她的襯衣口袋，說她帶著兩張五元鈔票和兩個銀幣。

立夫和莫愁看了看彼此，接著莫愁就進去拿了五塊錢給她。但陳媽不肯接受，說是她不願意白白的拿錢。

「我們不會勉強留你在這裡的。」立夫說，「但是你要知道，你在這裡是受歡迎的，如果願意的話，你隨時可以回來。要是你找到了你的兒子，你可以把他帶回這裏來，替我們做事。」

接著陳媽說了一聲再會，邁開她纏足的小腳走了出去。莫愁把她送到門口，叮囑在路上當心自己，並盡可能的趕快回來。

陳媽走了之後，當晚不曾回來，第二夜也不曾回來，再過了一夜仍舊沒有回來，因此立夫就說，他必須出去找她。在一天下午，他就到南城去，這南城是他幼年很熟悉的所在，他到了那邊之後，覺得北京城真是廣大，並且也看見了以前他所從屬的，現在卻已脫離的那種偉大的平民生活。他繼續走著，直到他的雙腿疲乏了才停下來。他穿過許多胡同小巷和街道，還停下來看孩子們在空地上遊戲，同時又想起他兒時的生活。他又到那邊的遊藝場和天橋去，看人們在露天演戲。後來也到茶館裏去，看見無數的人在那邊尋樂；也看見祖父們領著孫子，母親們抱著孩子邊走邊哺乳；同時他也看見幾個衣服穿著講究的青年男女，但大多數人都是穿著各種深淺不同的藍布衣褲的下層階級的男女。此外，無論在什麼地方都能見到穿灰色制服的士兵。他在這許多人當中去尋找陳媽，覺得是徒勞無功的，因此他就在一家著名的茶館裏坐下，並且同一個跑堂的談話，問他有沒有見過一個在尋找兒子的中年婦女。

「你指的是那個發瘋的女人嗎？」那堂倌說。「她時常從這兒經過，也常在街上拉住年輕人定睛的看著。」

「她沒有發瘋，她不過是在找她的兒子。」

「沒有發瘋嗎？她的兒子在前清被軍隊拉去當兵，到了現在，她還在尋找他，她這樣的尋找像是海底撈針，是完全沒用的。如果她兒子還活著的話，也許是在天津、上海、廣州或四川。這樣的尋找，有什麼意思呢？」那堂倌把毛巾甩上了他的肩頭，那姿勢顯示他已說完了話，且頗覺滿意。

立夫付了茶錢，跳上一輛人力車回來了。

「當然我不能找到她！」他這樣簡單的對莫愁說。

陳媽的失蹤使立夫感到很不安，雖然她服侍他僅僅一個夏天，但她的印象已深留在立夫的腦中，並且使他想起戰事，以及戰事對母親們、妻子們和兒子們的影響。

幾星期之後，莫愁坐在北窗的陰涼處做針線活，同時立夫躺在床上休息，他的旁邊睡著一個孩子。莫愁對立夫說：

「我想知道現在她在什麼地方。」

「誰？」他不知道莫愁所指的究竟是「他」，還是「她」，就這樣問。

「我是指陳媽。難道她就這樣失蹤了嗎？」

「我打算在報上登一個尋人啓事。」

「為什麼你不把這件事用故事體裁寫出來呢？」

「對啊！對啊！」立夫喊著說，一面馬上從床上跳起。而跳的時候，舉動不免太孟浪了一些，竟把那孩子弄醒了。

「你說對了，但是你卻把孩子吵醒了。」莫愁抗議著說，說的時候就過去抱起那孩子，輕輕的拍著他，使他再度入睡。

「你知道我從沒有寫過一篇故事……」莫愁舉起一隻手指放在她的嘴唇前，意思是叫他把聲音放輕一些。接著立夫就輕聲的繼續說：「我從沒有寫過一篇故事，但是在寫的時候，我卻打算用陳媽和陳三的真姓名，以及他們村子的名字。誰知道呢？也許她兒子還活著，並且碰巧讀到這篇故事——如果他是識字的。」

「這實在是一個故事——並且出於你的手筆。」莫愁說。但是她說起「手筆」這兩個字的時候，女人的第六感讓她隱約覺得不該說出這兩個字，因為筆墨如同舌頭那樣，是一種危險的利器，往往不利於它的主人。

「我要盡我的力去寫這篇故事，並且要讚美一位好母親。我這篇故事的題目就叫作『母親』。」他想了一下繼續說：「我寫這篇故事的時候，要不要用白話文寫？你知道我從來沒有用白話寫過文章。」

「當然。」莫愁回答說，「故事往往是用白話寫的。不過不要用那種現代的、奇怪的、一般作家們以為平民所說的白話。」

立夫在以前僅僅寫過文言文，所以當他用白話寫文章的時候，覺得這是一種奇異的經驗。在那炎熱的夏天，他整整用了兩天工夫把這個故事寫完了。當他在寫的時候，莫愁心裏起了奇異的感覺，她一面看著他的毛筆，一面看著另一張桌子上所放著的顯微鏡，心中若有所思。她覺得研究昆蟲比動筆安全得多。她又覺得他的神情改變了，變得更加興奮且情緒緊繃。在平時，他費了一小時工夫在顯微鏡下研究昆蟲之後，他的神色往往很鎮靜，但又微微帶著一些憂鬱和疲乏之感。

莫愁走到他的書桌旁，讀著他已寫好的部分。一邊又向他提議，叫他修正了幾處。她說：「陳媽不是這樣說的。」立夫聽了她的話，就改了幾個字，再繼續把這個故事寫下去。

當他把這故事寫完以後，立刻將它送到一家北京的日報館去發表。這篇故事就在那家報紙的文藝副刊上登出來，並且引起了一陣騷動。一班革命的批評家就稱讚這篇東西是「民主化的文學」的第一次成功，而一般年老的人就稱讚這篇東西是對於母愛的讚美，並且也能發揚孝道。還有一個大學教授替這篇東西寫了一篇評論，並且把它同唐朝的幾篇冗長的敍事詩一起列在「反戰文學」裏，他還仿效白居易和杜甫，作了一首唐體的古詩。

但是立夫卻慨歎著說，「爲什麼他們沒有看出來，我這篇東西不是我別出心裁的創作，而是一個真實的故事。但是人們的談話中卻表示出這不是一個真實的故事，好像陳媽這個人並不存在這個世上。這樣的誤解，難道沒有人能想辦法糾正它嗎？」

其實立夫在描寫他沒見過的那個鄉下孩子陳三時，不免運用了一些想像，並且也把他個人的母子關係運用上去。他用了一種生動活潑且使人難忘的方式，去描寫陳媽的兒子是怎樣被軍隊拉去的，他又用了幾句很適當的簡潔的話，去描寫那母親怎樣在她的茅屋裏，一年四季的期待著她兒子回來的那種心理。上述的那位教授就根據立夫所寫的四季情景，把它寫成了兩首情感熱烈的詩，大意是說：

當春天的花又回到村子來，她還是坐在她家門口縫紉。
當夏天的花結了果實的時候，她就向遠處的山望著。
但她的兒子沒有回來。
秋天的葉子飄落到她空蕩蕩的茅舍裏，不住地在泥地上翻動著。
冬日的殘陽顫抖地照射在牆上，在除夕夜她預備了兩個人的飯菜……
一直坐待到天明。但她的兒子依舊沒有回來。

「這些詩是沒有意思的！」立夫說。

在這篇故事末了，立夫敍述了他在天橋一班群眾之間徘徊後的感想。他看見了數千百名兵士——那都是與家人離散的兒子，聚集在那兒爲的是要得到暫時的娛樂。這些人在外表上看起來豈不都是相似的嗎？在這一大群的兵士之間，一切個人的特點完全消失了。如果陳三的母親能了解，她兒子不過是數百萬名被戰事拉去而離開了母親的兒子中的一個，那麼她在心理上也許能改變許多。「但陳三的母親不能看到這一點，所以就自顧自的出去，並且失蹤了。」立夫這樣的結束了他的那篇故事。

木蘭對立夫說，應該將最後那嚴苛的論點緩和下來。但立夫的寫作已經出了名。雜誌編輯就來請他寫文章，希望他能再寫一篇這樣好的故事。

這樣，立夫的科學研究就受了影響。他雖在北京師範大學教生物學，但他卻不可避免的被拉入到作家的團體裏去，因此他就偶然發表幾篇文章，但這樣一來，莫愁卻有好幾個晚上擔著心事，不能入睡。

但這些日子，對於姚家的人卻覺得很高興，因為他們的院子裏聚集了一群親戚朋友，大多數是年輕的，喜愛文學的，而且摩登的。他們閒談著各種時事，並議論著當時文學界中轟動一時的各派作者。

姚氏姊妹在北京已很出名了，她們的綽號叫作「四嬋娟」，稱號來自清朝洪昇所著描寫四個美人的劇本。現在所謂「四嬋娟」，大概是指珊姐、木蘭、莫愁和紅玉，但也有人主張把曼妮的名字列入，以替代珊姐，至於這綽號最初是什麼人發明的，沒有人知道，也許是那個剛從英國留學回來的青年詩人巴固。這個青年詩人像一顆彗星那樣的突然衝入北京的文藝界，他在任何團體裏都處於顯著的地位；他具有一種溫和的態度，和從外國學得的才能。無論到什麼地方去，他似乎能夠喚出一種青年富於情感的精神，並能使每個同他接近的女子都想像自己是他的情人。他像戲劇一般描寫立夫、新亞、阿非和他自己，並稱他們為「四聲猿」。「四聲猿」為明朝徐渭的雜劇名，分為四部短劇，其中一部名為「雌木蘭」。

加入這個團體的有好些人，而木蘭是他們中間的一個中堅分子。一九一八年春，他們時常在這個院子裏聚會，有時也組織遠足會，到西山或郊外的地方像長城和明陵等處去遊玩。凡參加者，每人須繳納會費一元。這個團體雖然沒有固定的計劃和組織，但約每兩三星期聚會一次。珊姐往往被舉為這個團體的財務和庶務，而環兒乃是她們中間的秘書。這個團體裏除了姚氏四姊妹——包含紅玉——外，還有曼妮、環兒、愛蓮、麗蓮和素丹，後來懷玉的同父異母妹妹黛雲也加入了，有時桂姑也同著她的兩個女兒來參加集會。那些年長的太太們如曾太太、桂姑、傅太太和華嫂子等，也偶然組織她們自己的聚會。

在男團員之中，有新亞、襟亞、立夫、巴固和阿非，此外還有年長的姚思安、傅先生、畫家齊先生，以及作家林琴南等。這最後兩位是木蘭所介紹的。他們這班上了年紀的人，生活上是十分自由自在的，他們也喜歡參加青年人的團體，並時常和青年們一起在春天賞花。

這個團體既有年老的林琴南，也有年輕的巴固，這是一件需要說明的事。因爲林氏是反對整個現代化運動的，而巴固卻是新文學運動者的知己朋友。木蘭和立夫對這位年老的文學家和他的詩人般的生活是非常欽佩的；而林氏個人因爲有了一個像木蘭那樣年輕而美麗的崇拜者，心裏也著實高興。但是在他們中間，巴固是自成一派的。立夫是一個個人主義者，他不喜同一般革命的領袖接近，因爲他不願意參加那些口裏喊著易卜生、杜斯妥也夫斯基，和顯克微支（Sienkiewiez）的一群。他雖然認識他們，但卻避而遠之。

在當年的北京，有了許多團體，如留法同學會、留英美同學會，每個團體都辦了一個週刊，它們都很活躍，而且彼此攻擊。偶然有什麼問題發生，這些週刊上就會引起非常活躍的討論。他們都是主張自由急進的，並準備批評北京政府和舊中國。巴固所加入的一個團體裏的團員，大多數曾在英美留過學，他們寫起論文來，往往故意炫耀他們的學問，並對當時的政府，保持一種傳統性的「妥協」態度。他們的故人都譏諷他們爲英國的「紳士」。他們的教授風度，保守不激烈的急進思想，以及親近政府的傾向，都引起立夫極大的反感，因而疏遠他們。

立夫曾預言：「在將來，這些人都會到政府裏去做官。」——這個預言終於應驗了。原來他們那種以教授之姿去顯示學問的方法，無非是他們要到政府裏去當總長或參事的拋磚石。這種用意可以從他們的一種傾向之中看出來，因爲他們對於當時一般執政者的所作所爲，往往加以輕估、理解和解釋，而且他們所解釋的往往根據統治階級的觀點，例如他們對於當時政府所賴以生存的那筆日本借款，就採取這一種應付的態度。但立夫卻喜歡同另一個團體的作家們接觸，其中大多數團員從沒有留學過，他們最大的興趣就是對這些「紳士們」加以諷刺。

但在留英美的同學當中，巴固卻是截然不同的。他雖是一個傑出的作家，卻具有一顆孩子那樣的正直的心──原來他不懂得這些不同派別和彼此仇視的意義。他甚至於稱讚被他們團體識爲落伍的林琴南，他用同樣的態度去結交作家、政治家和青年女子──特別是那些美麗動人的女子。

他和素丹結合這件事，就可以顯示他的這種態度。素丹是一個離過婚的女子，她靠著贍養費生活，現在還患著肺病。巴固聽人說起這樣一個不抱希望的可憐離婚女子，就決定爲她的生活帶來一些安慰。接著他就冒昧的去拜訪她，並且和她談起戀愛。他詩人般的想像力，使這個可憐女子化身爲古代受皇后嫉妒，被打入冷宮的薄命紅顏。他雖能同許多被他吸引的美麗女子談戀愛，但他卻決定與素丹在一起。

素丹因爲不善於投資，已經損失了大部分的金錢，後來她決定開兩家煤炭店，因爲她聽人說這是一門好生意。巴固初聽這個消息，以爲她是在和自己開玩笑，後來他自外地旅行歸來，竟發現她真的開了一家出售煤球和炭的鋪子，心裡頓覺非常不安，並馬上向她求婚，目的是要把這位可憐的美人從煙煤之中解救出來。他自己也深受感動，爲此寫了一首題爲「美人和煤球」的熱情詩文。巴固因了同素丹戀愛，才認得了木蘭和姚氏姊妹。

襟亞往往不帶著妻子而獨自一人參與聚會，他也喜歡在這個團體裏廝混。去年他從山西回來，因爲那邊的油業已經沒有前途，而且油業管理處也已解散，他數年來的經驗，給了他更多的自信和鎮靜，現在他已能公開的藐視素雲了。他們夫婦之間已經有了一種默契，準備各走各的路。暗香時常參加那個院子裏的聚會，並且經過木蘭多次的慫恿，襟亞現在已能很親密的同暗香談話，而暗香對於這種局面則是用半開玩笑、半認真的態度去應付的，她心裏很明白他們都厭惡素雲，因此她對於襟亞，從沒有使他失望。

在幾個未婚女子中，紅玉是最美麗的一個，老詩人林琴南和青年詩人巴固都對她十分注意，而在林琴南的指導下，紅玉開始認真學起舊詩來。她住在這個院子裏，時常受著眾人的激勵，就開始寫一種近於明代體裁的詩歌，這同時也影響了巴固。紅玉的母親不贊成她這樣用心寫詩，因爲她似乎有肺病的傾向，在她狂歡了一天之後，往往會在床上休息七八天。不過在她看起來，那個院子以及這裏面的人，特別是阿非，似乎都是爲了要使她得到一種極完備的、但難以持久的快樂而生存的。

當一班青年男女環繞在桌子旁邊歡聚時，他們往往對於戀愛和政治問題談得很熱烈，而且彼此戲謔。姚思安看著院子裏那些青年人的一幕幕羅曼史，抱持著一種容忍的態度，原來他一生的最後責任，便是看到阿非結婚。他對於紅玉的健康頗爲擔心，並且懷疑當他閉眼歸天之後，紅玉究竟能不能留在人間繼續做他的媳婦。因此他對於他兒子同紅玉訂婚，並不採取任何具體的步驟，但也沒有加以阻擋。姚思安是在等待事情按照「道」的指示而自然演變。

第三十三章

在晚春的某一天，華嫂子介紹了一個非常美麗的旗人女子到姚家來當女傭。這少女的名字叫寶芬。當人們問起她的父母住在哪裏的時候，她就覺得很躊躇，只說他們住在西城那邊。不知道她究竟是因爲不好意思或其他原因，在態度上總不免帶著一些神祕性。華嫂子是和她同來的，她說有一個旗人的朋友把她介紹到她的鋪子裏來，她也說起寶芬的出身是很好的，但現在因爲環境的關係，不得不出來替人家幫傭。

寶芬站在姚思安、阿非和他的姊妹們面前，她的細長睫毛遮蓋了她的一雙美麗的眼睛。她的衣著顯然是高等旗人家庭所穿的；她也像其他旗人的少女那樣梳著辮子，厚重且黑的髮辮垂在微微有些彎曲的背上；她所穿的長旗袍，剪裁也非常時髦，不像老式那樣直桶桶的。她的腳上穿著軟底的黑色緞鞋，那一雙腳是天然未纏足的，所以當她站著的時候，顯得十分自然。她的容貌是如此出色，所以令看見她的人都不敢相信，像她這樣美貌的少女竟願意做一個女傭。她的美使人們覺得她應當有享受尊嚴和榮譽的一種權利，但現在她的這種企圖未免太不相稱了。這一點，以及她的諱言身世，使人們越覺她的神祕。她這個人又似乎沉默有禮，舉止也很動人。當她開口講話時，說著一口非常自然而又文雅的官話，那只有受過教育的旗人才能說出來的。

莫愁看見了她，輕輕的對珊姐說：「像這樣一個美貌少女，我是不敢同她一起出去的。因爲別人看見了她，一定會把她當作少奶奶；無論少奶奶怎樣打扮，總是要被她比下去的。」珊姐一聽了這話，不覺吐著舌頭呆住了。同時阿非也定睛的注意著她，他的上下顎骨似乎被膠著而張不開來。

姚思安初次看見寶芬的時候，不覺吃了一驚，並且深覺不安，好像寶芬是一個誘惑者，如同道教故事裏所說的，是魔界所差來，特別要在他老年的時候來引誘他。當珊姐、莫愁、華嫂子同那個旗人少女談話的時候，姚思安心裏不覺百感交集。他的第一種感想是，雇用像寶芬這樣的女子當作粗工的使女，實在是不相配的，但是當作房裏細作的女傭，還可勉強通融。但問題是怎麼安排她呢？派到誰的院子裏去？要她來服侍他自己？還是專門服侍和他同住的阿非？還是服侍他的病妻或莫愁？他又想起寶芬的父母為什麼不把這樣一個美貌的女兒出嫁呢？還有華嫂子的心裏不知有什麼念頭？她這一次把寶芬介紹進來，是否含有什麼陰謀？如果寶芬真的受了家庭環境的關係，不得不出來幫傭，但是像她這樣的女子，勢必會替她自己和男人招來是非。這一類女子就是作家們所說的「天生尤物」，她的力量足以破壞家庭，改變人們的命運。他又想起迪人這兒子如果現在還活著，一定會戀上寶芬。他已經活到六十歲了，但從沒有見過一個女人像這個旗人少女那樣的動人，接著他就在腦海中回想起他在幼年時代所戀愛過的幾個女子。是的，有一個女子足以同這個旗人少女相比，那就是他渴望與她結婚，卻沒有成功的那個女子。他覺得很稀奇，因為像他這樣年紀的人，還會注意一個美麗的女子。

寶芬站著，用一種溫柔的語調同珊姐談話，但她話很少，並時常蹙額，似乎不安於她的地位。她唯一的缺點，就是雙肩略為向前低垂，但是以她的美貌，雖有這種缺點，還是和諧與美麗的。

「在這個院子裏，總是能夠多用一個傭人的。」華嫂子這麼說，「像她這樣的女子，無論在哪一個家庭裏，都會使那裏增添幾分美麗的。」

姚思安的腦海裏充滿了雜亂的思想和回憶，所以他沒怎麼聽到她所說的話。

「姚老伯，我說她無論到哪一戶雇用她的人家，都會使其生色不少的。」華嫂子說。

「為什麼她的父母沒有把她嫁出去呢？」他說。

「唉，現在這個時候要在旗人當中找好的配偶，是不太容易的。而且她的家庭現在沒落了，否則他們就不會打發這樣一個女兒到外面來賺錢。」

「她實在太⋯太文雅了，不適合當使女。我們不敢⋯⋯也不能雇用她。」他說，說的時候竟有些口吃。

「您不是認真的吧？」華嫂子微笑著說，「如果她不是這樣出色，您想我會費許多麻煩把她帶到你們這裏來嗎？您知道我不是介紹所的老闆。您也許記得，您所住的這個旗人花園，也是我替您找的。我有沒有做錯什麼事？現在我又替您找來這一個美貌的旗人少女。您實在應當謝謝我。姚老伯，誰像您這樣有運氣呢？至於說她太好以致無法在您家當傭人，那是沒道理的。固然，像她這樣的女孩子對於一個平常人家是不相配的，而且她的父母也不會允許的，但是當他們聽說我要把她介紹到這個院子裏來，他們就覺得很高興。說實話，在清朝，這樣的女子是能被選入宮的，」接著，她就轉過頭去對那個少女說：「寶芬你看，你在這裏就像在皇宮裏一樣，這裏的老爺和小姐們都是這樣的可人。」

姚思安對於雇用這個旗人少女一事，還不及他購買那個旗人的庭園那麼容易下決定。一個庭園不過就是一個庭園，而一個美麗的少女則是暗藏著種種後果的女人。美色曾經毀滅了一整個帝國。

但是家裏上上下下的女人全都被寶芬給迷住了，她們一股勁兒地想把她留下來，姚思安只好答應了。

那時紅玉正病倒在床上，聽見她母親和莫愁告訴她，新來了一個絕美的旗人婢女，就要求見見她。寶芬來到了她的臥室，按照旗人的禮儀，一隻膝蓋微微彎一下，向她行了一個曲膝禮。紅玉問她父母是誰，能不能讀書寫字，甚至還開了她一些玩笑。

「爲什麼像你這樣的姑娘還不出嫁呢？你爲什麼要出來幫傭呢？」

「承您過獎，無任感激！」寶芬打著她文雅的官話回答，「但是沒法子啊！誰像您這麼好福氣，小姐？」

在寶芬退下去之後，紅玉就把因爲知道有人比她還美而一時興起的嫉妒心拋諸腦後。她想：「究竟我是一個小姐，而她是一個婢女。」她自己也不大瞭解，她爲什麼那麼放心阿非對她的愛。

如果姚思安對於華嫂子的用意有任何懷疑，也在不久之後就煙消雲散了。他們覺得最好是讓寶芬去服侍姚太太。幾乎不敢置信的是，寶芬立刻換上工作服，很謙卑的去忙她派到的各樣工作。她急於討好人，害怕得罪人，吩咐什麼就做什麼，而且一直穿著平底軟鞋，輕快的往來於廚房和太太的臥室之間。她確實擔任起女傭的工作了。

雇用了這樣一個新使女，使珊姐覺得興奮莫名，禁不住就打了電話給木蘭，而木蘭就同暗香在一天下午過來了，並且直接就往她母親的臥室走。珊姐介紹那個新使女給她，同時告訴那使女說：「這是我們家的二小姐。」

「你叫什麼名字？」木蘭問。

「寶芬。」

「你們旗人很喜歡用『寶』這個字。」木蘭發表了意見。

「不一定，」寶芬回答，「寶玉和寶釵都是漢人。現在我們在民國之下，五族共和了，漢人和旗人沒什麼差別，有差別嗎？少奶奶。」

木蘭不覺呆住了。寶芬不但能說文言，使用像「五族共和」這樣的成語，還能拿《紅樓夢》裏的人物來舉例。

「你讀過《紅樓夢》嗎？」木蘭問。

「誰沒有讀過！」寶芬帶著柔和的笑回答，「你們這個院子裏的人也都在扮演這些人物呢！」說到這裏，她突然打住，然後說：「少奶奶，請原諒我的魯莽。」寶芬不知道爲什麼與木蘭才見面，就敢與她無分尊卑的交談。

「那麼，你能讀書寫字嗎？」

「略識之無。」木蘭知道這只是客氣話。如果她能使用像「略識之無」這樣的成語，她當然識得許多字。寶芬繼續說：「你知道我們旗人家庭都不曾做過事。青年男子以前光會騎馬、射箭和放鷹，而青年女子則只會嗑瓜子、打牌和閒談聊天。所以旗人的少女縱然不學習讀書寫字，也可以從戲院和那些沒完沒了的閒聊當中學到許多東西。他們可以天南地北地聊到使自己成爲淵博的學者。」

木蘭著了迷，除了曼妮之外，她從沒有見過一個少女像寶芬那樣動人；其實她比曼妮更加多才多藝。只是她也有些困惑，她想，這件事簡直難以置信。

之後，木蘭和寶芬談得多了，發現她也懂得古文和詩詞。木蘭想到她的弟弟阿非。忽然間，她記起紅玉在西湖月下老人祠求來的那首籤詩，上面有一行是：

芳馥一過總是空

奇了，寶芬的名字恰巧有芬芳的意思呢！

木蘭曾經幾次回娘家來與寶芬談話。從談話裏可以得知寶芬很熟悉旗人的上等社會，而木蘭也很喜歡聽她談論旗人的家庭生活。不過當她談論的時候，她往往會突然打住不說下去了，這件事不免令人覺得更加神祕。

木蘭因爲很喜歡與寶芬作伴，就和她父親說：暗香現在生了病，她需要人手暫時幫忙，可否借用寶芬幾天。雖然寶芬也喜歡木蘭，但她似乎不願意到木蘭家裏去，不過木蘭既有這樣的要求，她就不能不去。

在這以後，家裏發生了一件奇怪的事情。自從寶芬到了那院子幫傭以後，阿非開始常到他母親的臥室裏去看他的母親。現在寶芬被木蘭借了去，幾天之間，阿非就常到木蘭的家裏去看她。木蘭察覺到這件事的危險性，就坦白的勸他不要同這個新使女太親密。

「你知道你同四妹等於已經訂了婚。」她對她的弟弟說。

「我注意寶芬，正如同你注意她一樣。」阿非替自己辯護著說。

「但你是一個男孩子呢！」木蘭申辯著說。

當暗香的病稍稍痊癒的時候，木蘭還想把寶芬留在她的屋子裏，但寶芬卻說：「我很感激你，因爲你待我這樣客氣，我很願意終身服侍你。但是我覺得我不能不回去。」

「爲什麼你不能這樣？我們是能做朋友的。」

「我不能這樣！」

寶芬這樣的態度，在木蘭看來是不可理解的。難道她對阿非產生了愛意？

「你知道，我的弟弟已經和他的表妹訂了婚。」木蘭說。

寶芬聽了這話，馬上就猜到木蘭的用意，她的臉立刻就沉下去，並且這樣說，「少奶奶，你弄錯了。我到這裏來是替你們幫傭的，我沒有高攀的意思。」

「那麼，你爲什麼不能留在我這裏呢？」

「我不能。」她簡單的說。這話木蘭實在無法理解。

幾天之後，寶芬就回到姚太太的院子裏來，木蘭是和她同來的。她把她送回到她母親的屋裏以後，就折到右面莫愁的院子裏來。她對她妹妹說，寶芬堅持著要回到這裏來。她也告訴她妹妹說，她已經看出阿非對於這個使女的注意。

「你在這裏有沒有見到什麼奇怪的行動？」木蘭問。

「沒有什麼特別的。」莫愁回答說，「只是阿非常到母親屋裡走動了。這是很自然的，年輕人都喜歡看標致的女子，但寶芬似乎是一個規矩的女子，並且故意避開他。她不是下賤的。」

「但是紅玉怎樣呢？」

「她是時常睡在床上的。阿非也常進去看她。你知道像他們這樣年紀是覺得不方便的，因此除了她房裏有人之外，他是不便單獨進去的。」

「你覺得他們是不是該訂婚了？」木蘭又問，「這樣就能解決這個問題，而紅玉的身體也會覺得好一些。我們必須趕快去和爸爸談起這件事。」

她們姊妹兩人就到紅玉的院子裏去。這些日子，紅玉比從前消瘦得多了；她的那個玲瓏的臉龐，從前是稍微圓的，現在卻覺得更加瘦了，同時她的腕骨和指骨也在一層薄薄的皮底下顯露出來。木蘭見了這種情形，覺得很擔憂，但是表面上卻沒有說出來，深恐紅玉聽了，增加自憐的感覺。

紅玉的丫鬟婉環把她扶起來，用枕頭塡在她的背後，使她靠著。當她坐得安舒一些的時候，她就說：「二姊，你來得正好。你最好常來，否則你就不能多看見你的小妹了。」當她說這句話的時候，她的眼眶裏已經含著淚水，她就拿出絹帕來把它揩了。

「你在胡說。」木蘭說，「我正在和三妹談起，我們應當趕快吃你的喜酒。」

「假如我的身體沒有進展，這樣的安排有什麼用？一個新郎如果看到他的新房裏擺滿了許多藥罐，他的心裏還能快樂嗎？」

「你將有一個人來照顧你、伺候你，並且為你拖地板，」木蘭說。

「二姊，一個人已經病得這樣，你還同她開玩笑！」紅玉微笑著說。在平時，紅玉至少會添上這樣一句話：「等我好了之後，我要同你算帳！」但是現在她卻不說這樣的話了。

她心裏很感激木蘭，並且認為木蘭是最能瞭解她的，因為她懂得戀愛，這是紅玉和他們同遊杭州的時候所發現的。

在桌上的花瓶旁邊放著幾張紙，上面寫著細秀的字跡，當木蘭看見那些字跡的時候，紅玉想趕緊把那些紙張拿開。

「不要讀那上面的字句，」紅玉喊著說。

但是那些紙放得太遠，紅玉搆不著，而木蘭卻已經搶到了。木蘭就把那些紙藏在背後，並且問她說：「這上面究竟寫著什麼話？」

「只是兩首詩。」紅玉回答說，「如果你讀了這些詩，我是要生氣的。」

「我要看看你的詩已經進步到怎樣的地步。」

婉環插嘴說：「昨天晚上小姐在燈下寫著這些詩。我曾勸她不要這樣勞心，但她不肯聽。」

木蘭不能約束她的好奇心，就這樣說：「請你讓我讀讀這兩首詩，在我們中間什麼都不打緊的。」接著她就讀了那些詩。紅玉因為羞愧，不覺紅起臉來，她就把她的臉掉過去。那時莫愁也過來同讀那些詩。這兩首詩，第一首說起她的頭髮已脫落了許多。第二首的題目叫作「閨怨」——同時也附帶提起他們到杭州去的那次旅行。

「這些詩寫得很不差。」木蘭說。

「妹妹，」莫愁說，「我告訴你，最好不要寫什麼詩，這對你的身體是不好的，但是你不肯聽我的話。」

「這並不是什麼詩。」紅玉說，「我不過覺得有一些話要說，所以不得不說。我不過是在寂寞和不能對人訴說的時候，把這些話寫在紙上罷了。」

「如果你沒有把它寫出來，你決不會想到寫詩的。」莫愁這樣說，「詩是情感的一種表示。但是你越要發洩它，那情感就越來越多了。」

「莫愁說得很對。」木蘭說，「如果我生在古代，我就當用姊妹的資格來責打你。但是現在時代不同了，而我自己也許會寫這樣的詩，你應當知道治療寫『閨怨』這種詩的最好方法，便是結婚，在結婚之後，你就會寫另一種詩了。」

紅玉聽了這些話，不覺兩頰緋紅，她替自己辯護說：「無論閨怨不閨怨，我實在是沒有意思寫詩的。因爲剛才我看見我的頭髮掉在枕頭上，我就起來寫了幾行，不覺信筆所至，忘了我的所以然，我必須請姊姊們原諒我。」

在紅玉的話中含有一種新的語調。她究竟是因爲生病或因爲愛情，而使她自己比從前溫柔和退讓了？是否爲了她覺得現在這一件心事有仰賴木蘭的必要？

木蘭走出那個臥室，就對莫愁說：「你有沒有覺得紅玉已經有了一些改變？平時在辯論的時候，她往往喜歡佔上風，但現在她已完全不同了。」

「我也感到這一點。」

她們聽了婉環輕聲的向她們喊著說：「少奶奶，我想和你們說幾句話。」

木蘭和莫愁就突然停下來，並且著急的問：「婉環，什麼事？」

「是這一件事，」婉環說，「我日夜伺候我的小姐，對於她的事情比誰都清楚。她睡得不好，並且胃口很壞。現在二少爺也少來看她，因爲他們都長大了。有一天，當他進來看她的時候，她輕輕的責罵了他幾句。你知道我的小姐的壞處就在她的舌頭上，她曾經說過，泉水在山裏是清潔的，但是流到山谷裏就混濁了。我不知道這句話的意思，但這話是和那個新來的旗人使女有關係的，所以二少爺聽了這句話就紅了臉，並且很不高興地走開了。那時太太也在那邊，但這卻沒有什麼用……後來她在床上哭了很久，我遞給了她五、六塊絹帕。那天晚上，我勸她吃些東西，但她卻什麼也不吃的睡了。你們知道小姐的脾氣……我的意思，你們兩位姊姊應當告訴二少爺，叫他在她病時稍微體諒她一些，否則她的病要更厲害了……她每餐只吃小半碗飯，她只不過把它碰了一下，就說已經飽了……我懇求你們救救小姐的命。」

婉環的眼睛潤濕了，莫愁交代她回去，並且對她說：「你去對你小姐輕輕的說，我們要去找爸爸談她的婚事。」

她們姊妹二人在那個自省室裏找到了她們的父親，而木蘭就同他談起阿非訂婚的事。

「四妹的身體現在不大好，你是知道的。現在正是他們應當訂婚的時候。」木蘭這樣說。

姚思安聽了這句話，只是沉默著，心中像是在思考，並且看著遠處。他的兩個女兒看著他，不敢再說什麼。接著他就說：「你們還有這種沖喜的思想？但你們知道這件事在曼妮方面是沒有用處的，是不是？我們不妨等她病好一些的時候再談。」

「如果我們替她訂了婚，紅玉妹妹的身體也許能進步一些，」木蘭說。

「最好等一等，」他心不在焉的說，「等她身體好了一些，我們就可以替他們訂婚了。」

她無目的的在一叢高大的樹下走著，忽然間她看見離她不遠，阿非孤單的站在忠敏堂的西北角上，他的兩眼似乎在看一些什麼東西。當她向阿非看著的時候，他就繞著那角落走過去，忽然不見了。她的好奇心不免被引起了，她就沿著樹蔭走上去，並在北牆角轉了彎，在那邊有一個鋪著磚頭的場地，上面放著許多盆花，離開這裏大約一百碼，有一個花房，花房前面放著幾排空花盆。她看見寶芬站在那邊，同阿非很興奮的談著話。此外她沒有看見別的人。於是紅玉就躲在一棵矮樹後面，她看到寶芬想要離開那邊，但阿非卻設法阻止她。後來寶芬就停下來，而阿非就單獨的走開了。那時紅玉就偷偷的退去，恐怕被人發現她在偷窺他們而覺得羞愧，同時她也覺得害臊，不願意看見他們兩人。她踱到了那條在一個轉角上向西叉開的路上，那轉角通到了保農公司的亭子背後，那時她的淚水朦朧了她的視線，使她看不見路，連跌了幾次。她在亭子上坐了好些工夫，才認出她自己坐在什麼地方。她又想到，當她回來的時候經過自省室，她的一雙發腫的眼也許會被人看見，也許會碰到阿非，因此她就在那邊待了一下，並重新沿著樹下的那條路，走回她自己的院子裏去。

現在阿非已經看見寶芬在那座花房面前單獨的走著。他就向她仔細看著，他對於她的行動不免覺得莫名其妙。她雖然獨自一人站在那邊，但她並沒有看著那邊的花，她好像是依照一個中心點，用腳步量著地皮走來走去。她往往走了四五步，然後停下來，拿她的一隻手指放在她的唇上，似乎是在想什麼，又好像是自言自語的，接著她就走回到出發點去。當她往來躑躅的時候，似乎是在數她的腳步。阿非看見這種舉動，覺得很感興趣，他就偷偷的沿著場邊，向她走過去。當他走得很近的時候，他就喊著她的名字。寶芬聽見他的聲音，不覺吃了一驚，並且抬起頭來，看見他離她大概有三十步。在這個尷尬的時候，她對阿非擠出一個不自然的微笑。

「我有沒有驚動你？你在做什麼？」當阿非走近的時候，對她這樣說。

「我在賞花呢。」寶芬回答說。

「但是這裏沒有花，那些花是在那個花房裏，但你沒有看著它們。」

「你怎麼知道的？」

「我老遠就看見你了。」

寶芬覺得阿非是在窺看她，所以就說：「我是在地上找一枚髮簪，」接著她又說：「你為什麼走到這裏來呢？我不過是在整天服侍之餘，稍微偷一些閒到這裏來散散步。」

「我也是到這裏來散步的。」阿非說，「你為什麼要費事找一枚小小的髮簪呢？要不要我幫你找？」

「不要緊，」寶芬說，說的時候她就準備回去，而他卻設法阻止她。

「寶芬，」他喊著說，「我從沒有機會單獨和你在一起。妹妹，我……」

寶芬看了他一下，就這樣說，「放穩重一些，如果給人家看見了，不知道他們要說些什麼話。」

但阿非還是堅持著他的意思，所以她說：「請你走開，讓我一個人在這裏，這樣，我就很感激了。」

於是阿非就聽了她的話，並且走開了。但他們沒發現外面有人在窺看他們。

當阿非回到房間裏的時候，他父親告訴他，紅玉曾來看他。

「你可以過去看看她。」他父親說。

當阿非到紅玉的院子裏去看她的時候，她竟拒絕見他。她並且差婉環去告訴他說，小姐覺得身體太累，不願意被驚動。

「請你告訴你的小姐，說我一聽見她到過我的院子裏來看我，就馬上過來看她。」他這樣說。

說完他就鬱鬱的走開了，並且不明白為什麼他竟遭了兩個少女的拒絕：一個是他所愛的，一個是他所羨慕的。

「為什麼世界上有女子？她們是世界上不可思議的生物，」他這樣默想著。他的父親也看出他的面容上帶著失望的神情，但是沒有說什麼。

阿非沒有告訴任何人，說他曾看見寶芬站在花房附近，一來：因為他對於她的行動沒有懷疑，二來：因為他不能把他們兩人單獨會面這件事告訴別人。他只不過希望她能再到外面去走動，並且在同一個地點再會見她。

第二天，婉環就過來對莫愁說：「三少奶奶，你應當過去同我的小姐好好兒的談一下。昨天晚上她在吃了晚飯之後，單獨的出去散步，回來的時候她的兩眼已經紅腫了。過了一會兒，少爺就過來，但她卻不願意見他。我就問她究竟碰見了什麼，但她不願意回答我。他們兩個人必定吵了嘴，因為當她在床上躺了半小時之後，她就吩咐我拉開一隻抽屜，把她的詩稿拿給她，接著她又叫我把一隻銅盆拿過去，她就把那詩稿丟在銅盆裏，擦了一根火柴把它燒了。在燒著的時候，她就倒在床上痛哭，把她的頭掉過去。三少奶奶，當我看見這樣的情形，我能說什麼話呢？我看了她這種情形，心裏實在難過。今天早晨她醒得很早，並且有一些咳嗽。我向痰盂裏看了一下，看見痰裏帶著一些血塊。我就去請小姐的太太過來，她就同著老爺進來，他們看見這情形，就替她買了一些藥來。但是藥有什麼用呢？我不能把昨天晚上的事情告訴他們。其實這件事完全是二少爺攬出來的，年輕人真是靠不住……我恨他！」

當婉環這樣憤慨的說著的時候，莫愁就對她說：「你忘了你的身分。你並不知道二少爺是否同昨天晚上的事有關係。」

「少奶奶，我冒犯了你。但是我知道我是說得對的。這都是爲了那個旗人丫頭。」

「你對你的小姐這樣忠心，我很贊成。但是我們應當替她做些什麼呢？」莫愁問。

「這事我只能跟少奶奶和二少奶奶說穿。你可否回老爺去說，請他趕快替他們訂婚？」

紅玉吐血的消息在那個院子裏著實引起了一陣驚動，因此全園子裏的人都過來看她，甚至於那個病著的姚太太也由寶芬扶著過來。人人的眼睛都集中在阿非和紅玉的身上。但婉環卻站在紅玉的床旁，用一雙怨恨的眼睛瞪著寶芬和阿非。阿非在這些長輩面前，不能向紅玉表達情感，也不能多說話。

紅玉謝謝眾人，說他們這樣客氣的來探望她。她又覺得這樣勞動她的姑母是很抱歉的。同時她的父母也謝了姚太太，並且催她回去。當他們將要離開這個院子的時候，婉環就向眾人說了一句使人驚動的話：

「老爺，太太，我謝謝你們的勞駕！」

她還沒有把這句話說完，喉嚨忽然哽住了，她就突然的哭起來，當她哭的時候，她就說起現在已經是秋天了。說了這句話，她就停頓一下，還引證一句俗語：「恁怕你怎麼有錢有財，總不及心裏如意。」

姚思安看到這個使女如此替她的主人著急擔憂，很受感動。他覺得這兩句話比她女兒們一番靈巧的說法更有成效。當他離開那個院子時，他這樣說：「我會使你們人人心裏如意。」

婉環聽了這句話，不覺破涕爲笑，並且把客人送到門口。

三天之後，姚家的花園裏舉行了一次聚會。巴固已經安排好，請一個美國少婦杜南輝小姐來參加他們的聚會，並且隨意看看那個園子，同時也可會會他的朋友辜鴻銘。

杜小姐是一位研究園藝學的學者，也懂得一些繪畫，當她在遊歷世界的時候到了北京，就決定住在那邊。她在那城裏已經住上一年多了；她已在城裏租了一幢很大的中國房子，裏面有許多空著的院子；她也雇用了一個中國廚子和一個中國教師，並已在中國知識界結交了許多朋友。當她在家裏的時候，她也偶爾穿著中國的服裝。

北京的生活和藝術家完全把她吸引住了。她像多數住在北京的外國僑民一樣，而不像住在上海的那些外國僑民，她是很聰明的，而且是非常斯文的。原來北京能夠吸引住一般藝術家，而上海只能吸引一些追逐金錢的人。一天，她在木蘭和新亞的那家骨董鋪子裏遇見了他們，就同他們認識，木蘭就允諾要請她到家裏吃飯。當然，她也很被巴固吸引，因爲巴固說著一口純粹的英語。北京的知識界差不多都知道巴固這個人，因爲，他是什麼地方都去的。木蘭只能說幾句短短的英語，而杜小姐只能說幾句中國話。當有人把杜小姐介紹給木蘭的時候，木蘭因爲她的名字好玩不覺笑了起來；但杜小姐卻不以爲意，並且對於木蘭的那種隨性的態度很感興趣。

杜南輝小姐在北京住了一年之後，還沒有機會去會見那個老哲學家辜鴻銘。在北京的一般外國僑民早已聽見辜氏的名氣，並且也時常談論著他，因此杜小姐就請巴固安排了一次聚會，使他們可以彼此會見。在平時，辜氏是討厭一般年輕人的，因爲他認爲他們已經失了舊中國優美的禮貌。在另一方面，辜氏倒也喜歡把普通的青年人請到他的家裏去，如果他們是保守的，並且以身爲中國人而感到驕傲，他就會教導他們，並且願意同他們談話。

當巴固請辜氏來參加這個聚會時，他爲了兩個原因就答應了：因爲這一次的聚會有「四美人」參加在內，其中更有處女守寡的曼妮。在他看來，曼妮這個人好像是從古代舊小說裏走出來的一個活靈活現的角色。原來辜氏對於一班美貌少女是特別鍾愛的，並且也特別同她們親近。當巴固邀請辜氏的時候，他就用詩人的方式，把曼妮說得天花亂墜，所以辜氏就以爲能看見這樣的美人，實在是一種罕有的權利。巴固就打電話給木蘭，請她在那天晚上一定要把曼妮請來，她就答應了。第二個原因，巴固曾經告訴辜氏，說她們姊妹是守舊派的人，而紅玉又能仿照明朝傳奇的體裁寫短劇本。

巴固對於木蘭和莫愁也用詩人的方式形容她們，並且這樣的告訴了老辜：「木蘭的眼睛長一些，而莫愁的眼睛圓一些。木蘭是像一條溪流那樣的活潑，而莫愁卻如同一個池塘那樣的靜止，木蘭好像是外國的烈酒，而莫愁卻似中國的黃酒。木蘭的情感激發，如同秋林的一天，而莫愁卻像夏天的早晨，能夠撫慰和增加人們的力量。木蘭的精神時常向高處飛去，而莫愁的精神是安靜的，並且像春天的大地那樣堅實。」

紅玉覺得她必須盡力設法去參加這樣一種非常的聚會，因爲她願意看見那個美國少婦和那年老的辜先生。她在前一天和當天的上半天完全休息，在那天中午時分，她略微進了一些飯，接著就小睡了一下。當她起身之後，把她自己打扮好，預備去參加聚會的時候，她似乎十分興奮愉快。當她梳著頭髮，塗上胭脂的時候，她有說有笑的非常高興，這種態度是她所少有的，因此婉環看見了，心裏覺得十分安慰。

「現在我覺得很好，」她說，「今晚有一個很出名的哲學家要來參加我們的聚會。我等待這樣的機會已經好久了。而且那個美國少婦也來參加。唉，我從來沒有覺得精神這麼好！」

木蘭、曼妮和新亞等都進來探望紅玉，看見她這樣高興，都覺得很稀奇。她對於自己的打扮是非常完美的，所以除了她的兩頰稍微顯出一些蒼白之外，任何人都看不出她是個病人。

當他們聽說巴固和素丹同著那位老哲學家辜氏進來的時候，他們都出去到外面的那座旋水壇喚茶。杜小姐因爲學會了東方人的舒泰習慣，那時還沒有到。姚思安、珊姐、阿非、新亞、暗香，和其餘的人都來了，只有桂姑沒有到。桂姑因爲在早些時期曾經服侍過曾文樸的病，她的面容上就加了幾條皺紋，並且稍微失了一些青春的活潑態度。至於她的女兒麗蓮也沒有到。

那天晚上，曼妮把她的髮團梳得很鬆，衣袖也比較大一些，所以看上去是舊式的。但她的面容倒是非常年輕，因此雖是一種舊式打扮，看上去倒也另有一種風姿。她從沒有聽過辜氏的名氣，她完全是爲了木蘭的邀請而來參加這個聚會的，不過木蘭對於她，也著實用了一番聰明的勸導。當人們把她介紹給客人的時候，她拱著手，深深的鞠了一個躬，不覺紅起臉來——她的這種禮貌，正像滿清時代的女人那樣。

「這位是曾先生的大媳婦，木蘭的妯娌。」巴固這樣介紹說。

現在辜先生雖然擁護舊文化，並且也贊成女人應該同男人隔開——這裏面也包含纏腳——但他卻喜歡同一般少女隨便談話，並且相信這是他的權利。第一因爲他是一個男子，第二因爲他是一個老年人。他對於曼妮鞠躬的姿態，不覺嘴裏微笑，心裏默許。

「今年你芳齡多少了？」他問。

曼妮的臉又紅了起來，並且握著她兒子的手，好像要把他當作一種護身的東西，接著她就露出了一排光潤的牙齒微笑著說：「我是生在戌年。」後來她就退回到那些少女群裏去，並且用一種高興的態度看著那個老年人的辮子。這位老先生和曼妮同樣是骨董。

「你只有二十歲嗎？我想這是不可能的。」他這樣說。

曼妮不覺微笑著說：「我比你所說的要大上一輪。託你的福，我已經三十二歲了。」

「這是她兒子，已經十五歲了。」木蘭說。阿善就過去，向那老客人深深的鞠了一個躬。

「這似乎是不可思議的！」辜鴻銘說：「但是我相信你的話。現在這時代的女人沒有這樣一種動人的風姿，你知道她怎麼使她永保年輕嗎？因爲她終日坐在屋子裏，並且是纏腳的。你們這些少婦如果常常到外面去，像現代女學生那樣的玩網球，那麼，當你們到了三十歲的時候，你們就老了。」

聽了這一番宏論的人都笑起來了。於是，那班年輕人就對他說：「再和我們多講一些吧。」那時阿非和紅玉一同坐著，當那老年人繼續說笑話，使眾人都覺得高興的時候，他們就相對微笑。但是這個老年人所說的話不完全都是詼諧，因爲在這裏面也含有一些教訓。

莘先生覺得很高興，因爲他是和一班願意聽他講話的人在講話，他的談鋒也越來越流利了。木蘭就想起這個老先生以前曾經在一家電影院裏站起來，開過外國女人的玩笑。她想替婦女的解放運動說幾句話，但是她因爲敬愛這個老年人，就把她的話嚥了回去。這一位老先生雖是廈門人，但是當他打著官話的時候，卻很少有誤讀的音，原來他是一個能說各種方言的人。他在以前也替納妾做過一番著名的辯護。他的大意是這樣的：你們曾經看見一把茶壺有四個茶杯，但是，從沒有看見一個茶杯有四把茶壺的。但現在他不再談納妾制度了，他在談論纏足在體態上和道德上的優點。他說起纏足怎樣能增加女人的風韻，並能改進她的身段。他也說起纏足是禮貌和約束的一個標記。

「第一件能使女人得到尊嚴和文雅的東西，便是女人白皙柔嫩的肌膚。要獲得這種肉體上的高貴，唯一的方法就是要使你們的舉止文靜。你們也可以獲得一種精神上的高貴，如果你們肯少在公眾的地方拋頭露面。一個女人如果把一雙腳解放，並且用一雙蒲扇似的腳走路，那麼，她就失去了女性所有體態和道德上的特點。外國女人故意束腰而顯出她們的曲線，但是這種舉動對於消化是很有妨害的。一個女人纏了足有什麼害處呢？照我看來是毫無害處的。因爲，纏足對於身體上的重要功能毫無妨礙。所以我要問你們，你們願意在腿部受槍傷呢，還是要在肚皮上受槍傷？還有，我覺得纏足對於一個人的姿勢也很有關係！你們曾見過哪一個纏足的女人，走起路來不是很莊嚴且挺直的嗎？外國女人束著腰，故意要使她們的臀部突出，但是纏了足，由於它對姿勢的影響，也能使臀部很自然的突出，因爲纏足女人走路的重心，是集中在腳跟到臀部的一段上，所以血脈就在這方面流動著去滋養它們。」

那些少婦，特別是曼妮，聽了這一番話，羞得要死。但是紅玉卻聽得出神。

「我有沒有侮辱你們？」辜先生繼續說著：「當你們在天津和上海的外國鋪子的櫥窗裏看見了許多束腰和胸罩陳列著，你們才應該感到更加難爲情呢。因爲這樣一來，女人身體就不再有什麼祕密了，因爲她從頭到腳完全被這種所謂西洋文化剝削了。所以我要告訴你們，你們盡可以纏足，但卻不要纏腰，因爲腰部對於生產是很有關係的，所以你們切不可去妨礙它。」

現在杜小姐也到了。她是穿了一襲中國服來的，所以大家看了覺得很稀奇。暗香見了，不覺癡笑著，後來木蘭告訴她這樣是要失禮的，她就停止了。在杜小姐還沒到來之前，巴固早已同眾人說起她是怎樣一個聰明和有趣的少婦，如果杜小姐能夠瘦一些，那麼，在中國人的眼光裏，她是很完美的；但是按照西方人的標準，她長得並不怎樣高大。她穿了一身中國衣裳，這對於她所要會的那個老哲學家，實在是一個有意義的舉動。

姚思安站起來同杜小姐握手，杜小姐也伸出手來同他握著，接著她就過去同辜先生握手。

「久仰，」杜小姐用著一種外國腔說著這兩個字。說的時候，她的音調幾乎全是對的。

「你也說中國話嗎？」辜先生用英語對她這樣說，「我能夠會見你，實在覺得很高興。」

「我只能說幾個字。」杜小姐說。接著她就轉過頭去，因爲認得木蘭、巴固和素丹，所以就同他們一一握手。無論她做什麼事，她的舉動在中國人的團體裏終不免覺得略微快一些，就因了這一點，以及她是這個團體裏唯一的外國人，因此眾人的注意力都集中在她身上。巴固請木蘭把杜小姐介紹給大家，木蘭便用中國話跟杜小姐談話。當她把杜小姐介紹給紅玉時，木蘭說紅玉是她的表妹，還加了兩個英文字：「most clever」，一方面又譏笑她自己的英語。

木蘭把巴固請過去，對他說：「請你把紅玉的事情告訴杜小姐。」巴固走過來，並且對杜小姐說：「這一位小姐是能夠寫詩和戲劇的。」

「噢！你是不是巴固所談起的那一位？」杜小姐這樣問。接著她就坐到紅玉這方面，紅玉雖然懂得英文，但除了講幾個單字外，不肯再說更多的英語。杜小姐注意著曼妮，彷彿是看著中國古畫上的美女那樣。

「不要讓我打斷了你們的談話。」杜小姐用英語同辜先生說。

「我們正在談論纏足對於體態上和道德上的優點。」

「多麼有趣啊！」杜小姐說。

「也許你不喜歡這樣的談論。」

「辜先生，我不必對你所說的都同意，但是我對於你所說的任何話，都很有興趣。」

正在這時候，素丹輕聲的對木蘭耳朵裏說了幾句話，而木蘭聽了之後，就把這幾句話傳到新亞的耳朵裏，而新亞就向大眾高聲的宣佈：「現在我要向諸位報告一個喜訊，我們的朋友巴固和素丹快要結婚了！」

這個消息引起了一陣極大的興奮，人人都向這一對快要結婚的男女道喜，那一天素丹也顯得特別高興，那是她平時所少有的。她在過去的經歷，使她不免在面容上露出一種孤獨和厭倦的神情，然而這種神情倒能增加她的嬌媚，以前她說話的時候不免有氣無力且音調含糊，現在她說起話來倒是興高采烈，如同她在學校時代那樣。她在前額上留著一些瀏海，使她在笑的時候流露出一種少女的神態，同時她還有一雙流動而帶光彩的眼睛。不過她卻像孩子般的任性，而且善變。她雖然已經結過婚，今天卻穿了一條長褲，沒有束上裙子，像一個少女的模樣。她的肩上又披著一幅北京女人在刮風沙時在車上遮蓋面孔用的紫色紗巾。

那時白日已漸漸縮短，他們的晚飯就吃得早一些，以便在飯後還有時間可以遊園。杜小姐對於這個花園很感興趣，所以巴固就提議在飯前先在這個園子裏走一走。杜小姐也請紅玉一同走著，因此阿非和素丹都加入了他們的團體。

過了一會兒，紅玉說她必須休息一下，所以阿非就和她一起停下來，其他人則繼續往前走。他們走到暗香齋南面的梅園裏，這個院子離紅玉的住所只有一小段路，在那邊有製作得很巧妙的假山，在假山的南面有一座小橋橫跨在池塘上，紅玉就在那座橋上逗留了一下，看著池裏游著的黑色和紅色的金魚。

現在這橋上只有紅玉和阿非兩人，阿非對她說：「妹妹，那天晚上我來看你，爲什麼你不願意見我？」

紅玉僅僅瞄了他一眼，並且只說了這兩個字：「冤家！」停了一下，她又說：「你自己心裏明白。」

「老實說，我實在不知道什麼緣故，而現在我還是不知道。」

阿非懷疑紅玉是否看到他和寶芬在一起。他本想要把他所看見寶芬的舉動都告訴紅玉，但是後來他又想，這樣也許不妥當，後來他又想，他應當替自己解釋，當紅玉來看他的時候而他不在的原因。

「妹妹，聽我解釋……」他開始這樣說。

「不用解釋。」紅玉說，這樣就把他的話打斷了。

「妹妹，你知道我們不久就要訂婚，所以我們不該吵架。」阿非用著一種溫柔的音調向她懇求著說。

她不知道爲什麼緣故，當她在他面前時，她往往要說出比她原來想說的更令人討厭的話，但是當她事後回到臥室裏想起他的時候，她又不免覺得後悔了。這也許是因爲男人的頭腦比較簡單，也許是女人本能地想壓制她所愛的男人，也許是女人要測驗她是否能掌握她的情人。所以她現在只這樣說：「你回去找他們吧，我要回房裏休息一下。」

「你會來吃晚飯嗎？」阿非問。

「是的，我會來的。」

「要不要我來陪你？」

「不，我自己會去的。」

他看著她從邊門裏進去，接著他就悶悶不樂的獨自走回去。

當紅玉回到了自己房裏之後，她馬上懊悔她自己的舉動，因爲她待阿非是這樣的不客氣。

當紅玉回到旋水壇時，那班遊園的人已經離開這裏到忠敏堂去了。在她轉過頭來的時候，她聽見阿非的聲音，並且也在自省室裏看見環兒的臉。接著她又聽見那個美國少婦的聲音。

當紅玉準備離開這裏去加入他們的時候，她聽見阿非在說著幾句關於訂婚的話，她就躲在一座假山後偷聽。原來阿非是在告訴她們，說巴固已經決定和素丹結婚，因爲他不願意看見她賣煤球。但阿非說話的聲音很低，所以紅玉只能聽見他們談話的片段。

「男人總是這樣的。」紅玉聽見阿非這樣說，「他們對於他們所愛的女子，什麼事都願意做，而我個人也願意這樣做。」

「我聽說她害著癆病呢。」環兒說。

「癆病是什麼？」那個美國女人問。

「就是肺結核。」阿非用英語很嚴重的說。

「像這樣的女子，你願意娶她嗎？」

「我願意的。男人總是這樣的……那是爲了憐惜她……並且願意終身照顧她……她是動人的，但是非常任性。」

紅玉在聽著這些談話的時候，因爲太關心她自己的心事，所以她沒有察覺這些談話是關於素丹的。她聽了這些話之後，彷彿聽見了她自己的心臟在跳動，並且覺得這裏面包含著羞愧、後悔、戀愛、抱憾、仇恨、傲慢和犧牲。這一切混合在一起，使她覺得頭暈目眩。那一隊遊園的人正打算離開這裏，紅玉看見他們走出來，就趕緊躲起來；那時她的兩條腿在發抖了，下意識地攀住了一塊突出的磐石以支撐住她的身體。

當那班人走得遠一些的時候，她也就輕輕的回到那座壇方面來，並且癱軟在一張椅子上，她的兩頰因爲發怒和羞愧，紅一陣白一陣的。她覺得她的自尊受了傷害，而她的戀愛也受了創傷。他愛她，可是……真正……他這麼說……但他會娶她且照顧他，只是因爲憐憫她……他愛上寶芬了嗎？……她該怎麼做呢？

她覺得她必須去參加那個宴會，也必須看看阿非。

大家都入坐在等著她。當她看著阿非的時候，她笑著對他說：「阿非，我很希望看見你。我本來想我已經失去了你。」她的兩頰帶著一抹桃紅，她的雙眼發著光，而阿非因爲知道她已經原諒了他，也覺得很高興。

今天的宴席預備了酒。當廚司一道道上菜時，紅玉總是盯著阿非看。辜先生正在談著戀愛和端莊穩重。他也說起一件事情，就是一個少女自己出去尋男人，是一件不道德和敗壞風俗的事。現在的女子是毫無禮貌可言了，因爲講禮貌的少女是沒有得到丈夫的機會，而一般男子也往往選擇那些敢於賣弄風姿的少女。一個優秀的少女寧願羞死，而不願自己出去找男人。

紅玉對於這一番話並沒有留心聽，因爲她的腦筋太混亂，不能清楚的聽哪一個談話；不過她好像覺得辜先生談的正是她自己，並且似乎當眾指摘她。

「阿非，你在想什麼？」她突然這樣問他，同時又向他微笑，接著又這樣說：「你過來，我要舉杯祝福你！」

當阿非舉起杯子乾了那杯酒的時候，他的兩個姊姊不覺面面相覷。

「你是有病在身的，」莫愁對紅玉這樣說。

「我很好。」紅玉說，接著她就咳嗽起來，並且哽住了。酒從她口中噴出，混著鮮血。

木蘭立刻站起來，硬要勸紅玉馬上回去休息。

「我什麼時候有這麼快樂過？你爲什麼一定要我離開這裏呢？」紅玉這樣問。

但是他們卻把她扶起來。莫愁和木蘭也起來幫著她走。紅玉轉頭對阿非說：「你不來嗎？」阿非聽了這話馬上站起。眾人都不明白紅玉的突發舉動，因爲她並沒有喝多少酒。

紅玉到了她自己院子的天井時，她說：「三姊，現在你可以回去了，二姊也可以回去了。我想單獨和阿非說話。」

木蘭就問阿非說：「你們又吵架了嗎？」

「沒有，我們很好呢，」紅玉急著回答說，「我只不過要和他說話。」

木蘭就在阿非的耳朵旁輕聲的說，叫他待紅玉小心些，並且還說，她們在路上等他。

阿非對這一切十分困惑，他無法了解究竟發生了什麼事。當他單獨和紅玉在一起的時候，紅玉說：「我希望你現在把心裏所有的一切都告訴我。」

紅玉的這句話完全出他的意料之外，所以他不覺呆了一下。他在黑暗中仔細看著紅玉的臉，並把她拉到自己懷裏對她說：「當然，妹妹。你知道我的心。這顆心我早已交給你了。」

「我所要知道的，就是這一點。」她說。

「我們很快就要訂婚了。」阿非說。

「是的。」

他們兩人牽著手，走進她的房間裏。阿非對她說：「你一定要好好的躺下來休息，我會叫婉環進來陪你。你今天晚上有點奇怪。」

「不，我一點也不奇怪，我只是愛你。我從沒有像現在這樣愛你。」

他走近她身邊熱情的吻著她，而她也准他這樣做。他也覺得以前從沒有這樣快樂。過了一會兒，他就出去把婉環喚進來，留在她的房間裏，然後起身告別。紅玉一雙眼睛一直注視著他，直到看不見他的影子，接著她的表情就突然變了。她沉默的坐了很久，一動也不動，簡直像一塊磐石。之後她的態度就逐漸的鬆懈一些，而婉環也看見她的面容表現出一種安詳的神氣。突然之間，她就歇斯底里的笑起來，並且接連的笑了幾次，直到她流下淚來。

「不要這樣嚇人。」婉環說，「你在笑什麼？」

「現在我一切都明白了。」紅玉說，說的時候還是笑著。

「明白什麼呢？」

「我早應該知道的。」

「你和他吵架了嗎？」

「不……不！」紅玉說。「你過來，我把這件事告訴你，」她輕聲的繼續說著，「你知不知道阿非是愛我的？不久前他是這樣說的。」

婉環現在明白她的女主人發笑的緣故，她也很高興。

「他是一個好男孩，是不是？是不是？」紅玉說。

她走到梳妝台前，在鏡子裏看著自己的身影。

「你是相信命運的，是不是？」紅玉問。

「是的，可以您爲什麼問這個呢？」那使女問。

紅玉沒有回答這個問題，僅僅坐在梳妝台前開始打扮自己。現在她安靜下來了，並且對婉環說：「現在我不需要你，你可以回去了。我要安靜一下。」

婉環就問她是否要再回到宴會席上去同賓客們見面。

「也許要去。你隨意待多久就待多久，因爲我母親需要你。」紅玉說。

婉環就走出那個房間，讓紅玉坐在梳妝台前重新畫她的眉毛。

過了一小時，婉環回到她女主人的房間裏來，發現她已不在房裏。婉環發現她的女主人已經換了一雙新鞋，並且看見一支眉筆放在梳妝台上。因此她想她女主人必定已經出去參加那個宴會。於是她就坐下來，做著一些針線活，心想今天晚上她的女主人是何等的奇怪。

至於婉環在那個房間裏究竟坐了多久，她自己並不清楚；也許有一小時那麼久。現在她想到那個宴會必定已經結束了，因此她就到那個搭蓋在天井的廚房裏去，特爲她的女主人燒一些雲南茶，以便她的女主人吃了一頓豐盛的飯菜之後，可以幫助消化。不久，她把茶燒好了，並且將茶壺裝在茶壺套裏保溫。接著又把那院子的路燈扭亮了。當她回到房裏的時候，她聽見外面有人講話的聲音，她就自言自語地說著：如果她的女主人因爲這樣晚回來而把自己累著了，那麼她至少要病個五、六天。

婉環因爲聽見人聲，就趕緊出去，碰見珊姐、木蘭、莫愁、曼妮和阿非等站在門口。

「你們小姐怎樣了？」莫愁問。

「難道她沒有和你們在一起嗎？」婉環喊起來說。

「沒有，我不是把她交給你了嗎？」阿非問。

他們進了屋裏，一時議論紛紛。

「剛才她是很高興的。」婉環說，「她還吩咐我回去。我就聽了她的話回去，因爲他們正在預備筵席，缺少人手幫忙。當我離開她的時候，我還看見她笑著，坐在梳妝台前畫眉。後來我也知道她曾經換了一雙鞋。所以我猜想她是打算回到你們那裏去參加宴會的。」

木蘭聽了這一番話，心中突然有一種恐懼襲來，同時阿非也有同樣的感覺，所以他立刻從前門衝出去，向外面高聲喊著：「紅玉，紅玉，你在哪兒？」沒多久後，他走回來，眼裏有一種極度不安的神情。「她不在外面。」他喊著說。「她究竟到哪裏去了呢？」接著他發狂似的從黑暗中奔過去，到他的舅父舅母那裏去打聽紅玉究竟有沒有到那邊去過。紅玉的雙親和她的兩個弟弟聽見這個消息，馬上同阿非一起過來。

她究竟到哪裏去了？木蘭知道事情不妙。她翻開紅玉的被頭，但沒有發現什麼。她看見梳妝台上放著一支毛筆和一隻白銅墨水匣。於是她就把鋼筆套拿下來，看見筆頭上還是潤濕的。後來她又在枱子上翻一些文稿，希望能從中發現一些訊息。她把桌子的抽屜打開，看見裏面放著一個紙包，上面寫著「交婉環收」等字樣。

「我找到一些東西了，」她說。屋子裏其餘的人看見這個紙包，也都過來看著。他們把紙包打開，看見裏面是一個珠寶盒，盒裏放著幾只玉耳環和一枚美麗的別針。

「這裏也有一些東西。」阿非喊起來，從抽屜裏拿出一張紙來。

這張紙上染了血跡，而紙上的字跡是用一隻顫抖的手所寫成的，在紙張的末尾，簽著紅玉的名字，是寫的人咬破了一個指頭用鮮血塗上的，所以這兩個字，差不多有兩吋大。那整張紙上，幾乎染滿了血跡和淚痕，甚至把幾個字也弄糊了。

馮舅舅把那張紙奪過來讀著，讀的時候，他的手不停地顫抖。這封信是用文言體寫給她的雙親的：

父母親大人膝下，敬稟者：不孝女自幼蒙受撫養，以至長大成人。今以種種原因，不能圖報於萬一，心殊抱疚。又承姑父姑母疼愛，以親女相待，使女得享受種種安適，心甚感激。不幸女因身患痼疾，臥床經年，日與藥物為伍，累人已極。女雖繼續生活，服侍左右，但恐如此偷生，不免與某君前途有所妨害。嗟乎！生死有命，非人力所能變更。女幼讀詩書，而仍不能跳出情海，殊覺抱愧。女前在杭州月下老人祠中求得籤詩之後，心目已啟，對於情海之糾紛，忽然大悟。宇宙雖大，但仍不允藐小如女者得以逃避！女所受之痛苦已不少，生離死別，均不可逃，祈大人勿以女為念。夫父母既以清白之身授女，而女亦願以清白還諸　父母。姑父姑母待女極為優渥，敬祈　代為致謝。岱岑二弟，應努力向上，以冀不負雙親之期望。不孝女罪孽深重，今生不能報答，唯有在來世結草銜環耳。敬請

福安

不孝女紅玉泣稟

馮舅舅一看到他女兒用血簽的名，立刻就想到這一定是她的遺書了。他草草看過一遍，頓足對他的妻子說：「不好了！」悲痛之淚不覺直流。他的妻子聽見了這消息，號咷大哭起來。阿非發呆似的坐著，以手掩面，不覺哭出聲來。曼妮緊緊抱著她兒子，另一手握著木蘭。

「快！我們必須趕快去找她！」馮舅舅在受了震驚後稍稍回復理智，立刻說，「你離開她多久了？」

「當我走到你們這邊來吃晚飯的時候，離現在差不多有兩小時了。」婉環回答說。

現在屋子外面的人也聽見裏面哭喊的聲音，因此立夫和他的母親、妹妹都到這個院子裏來，而寶芬也過來打聽一下消息，然後回去告訴姚思安夫婦倆。

有人猜想，紅玉也許跳入池塘淹死了。

她也許會上吊自盡。但這件事是不可理解的，因爲上吊一定在自己的房裏，而不會到別的地方去。所以他們就趕快的下結論，認定紅玉必是跳入池塘裏了，所以當男子們和僕役分別到各院子裏去尋找的時候，姚思安、馮舅舅、新亞和立夫等就一直往池塘邊走去。

在房裏聚集的許多女人當中，只有莫愁最鎭靜且還能思考。在衆人見了紅玉的血書而驚駭不已的時候，已經忘了紅玉留給婉環的那個紙包。那張包首飾匣子的紙已落在地上，莫愁看見紙上寫著幾個字，就把它拾了起來。原來在這張紙的背面寫著短短的幾行字，它是這樣說的：

請告訴阿非，依月下老人之籤語行事。余願其婚姻美滿。

紅玉

她們猜想這幾行字比遺書先寫，因爲這上面沒有血跡。

在外面有僕役們點著火炬，循著池塘在尋找，這火光驚動了樹上的鳥，並且在池裏映出火炬的影子。池水在蒼白的月光下非常寧靜，並且在它深綠色的懷抱裏藏著一個祕密。在池旁邊的人都壓低了聲音說話，每個人心裏都充滿著心事。只有僕役過池的聲音，受驚的烏鴉的叫聲，以及貓頭鷹的可怕嗚叫，打破了當時濃重的沉寂。

立夫輕輕把那副掛在亭子裏的木刻對聯指給新亞看。這對聯上刻著紅玉所撰的一副聯語：

曲水抱山山抱水
閑人觀伶伶觀人

不久姚思安就吩咐把這副對聯拿掉，說是這上面的話不免太悲慘了。

那個池在靠近壇的地方深有五、六尺，而靠近暗香齋的地方深十二到十五尺。也許紅玉是在暗香齋那一面跳到池裏去的，所以在晚上打撈是不可能的。那時候有幾個男僕在池的淺處涉水過去，但是在這樣的深夜，打撈工作是非常困難的。人們都以爲如果她在兩小時前跳下去的話，那麼救援是無望的，所以他們決定等待到天亮。因此他們就坐在池邊，希望能從那些到後院裏去尋找的僕人那裏，得到一些消息。不久，那班僕役回來，回報他們沒有發現什麼，於是馮舅舅就提議他們應當回去休息，並且也謝謝眾人。

當曼妮、木蘭和新亞回到他們自己家裏去時，已是半夜了，但依然沒有確切的消息。新亞曾提議留在姚府過夜，但是他們擔心曼妮膽小，只好先回去。婉環哭得很傷心，被人們強迫著扶到馮舅舅和馮舅母的院子裏去休息，但是在那天晚上，那個院子裏沒有一個人睡得著。

在黎明前，馮舅舅就走出去尋找他的女兒。經過了那座蜃樓塔，他在晨曦的陽光下，看見靠近暗香齋的那個池塘上面，浮著一件發光的黑色東西。他越看越覺得這黑色的東西像一隻女人的鞋子。他就走過去，發現的確是一隻皮鞋。他馬上跑回去告訴他的妻子，而婉環告訴他，紅玉所換上的那雙鞋子，的確是用外國皮製的。這樣看起來，紅玉似乎跳在靠近暗香齋那一面的池塘裏。按照情理推測起來，紅玉似乎是從西面的邊門進去，到了那個暗香齋。那天晚上那個屋子裏是沒有人的，她也許從走廊上面二尺高的矮牆窗子裏跳出去的。馮舅舅看到這種情形，不覺悲傷的哭起來，一面哭一面說著他那可憐的女兒，自從幼年時在什剎海看了那個溺死的少女之後，就一直怕水。

他們打算在屍體未腐爛之前打撈起來，現在他們認定紅玉一定是死了，他們就在外面雇了幾個人在池塘裏打撈。在打撈的時候，他們請女人家走開，不讓她們看見，只留著紅玉的母親和幾個年老的僕人。阿非也不敢站在外面看，只站在自省室裏等。昨天下午，紅玉正是在那個轉角聽著阿非、環兒和那美國少婦談話的。

當人們把紅玉的屍體撈起來的時候，阿非趕緊移開他的視線。他現在不能看她。因爲在她自盡之前，雖煞費苦心把自己打扮成一個整齊而美麗的少女，而現在她的屍體卻是滿身滿面的泥汙，她那條梳得很講究的辮子飽吸著泥水，一滴滴的滴回到那個池裏去！

第三十四章

第二天早晨，木蘭和她丈夫、曼妮、桂姑和麗蓮，都過來探望紅玉的母親，那時她正哭得像一個淚人兒一般。她們安慰了她一番，說是紅玉生前曾過著一種愉快的生活，所以做父母的心裏應該覺得安慰；她們又說起紅玉生前的病確是很厲害，而且一切事情都由天定。她們沒有把紅玉和阿非戀愛的事，或紅玉所寫的遺書告訴她的母親。那些婦女自然都談論著紅玉的長處和她長時期的肺病，她們越說越多，同時哭得越厲害。所以當木蘭走到莫愁的院子裏來看她的時候，她的兩眼已經哭得紅腫了。

「我猜想昨天必定另外發生了一些事。」木蘭說，「當紅玉進來參加宴會的時候，她一定已經下了決心。你記得她進來時的神情是怎樣的。」

「照阿非所說的，」莫愁說，「當他離開她的時候，她是很高興的。」

「那是因為她知道這是他們最後一次會面。」立夫說，「就因為這緣故，我要特別問阿非，叫他告訴我那事件的經過。」

「我想起了一些事，」環兒說，「在吃晚飯前，那美國女人同阿非和我在阿非的院子裏談話，那時你已經走了，當我們出來的時候，我似乎看見有一個人躲在假山後面，也許是在偷聽我們的談話。我猜想這人就是紅玉。」

「那麼，昨天你們究竟談些什麼？」立夫問。

「我們談著素丹的訂婚，我們說起她害了肺病。阿非並且說，巴固之所以娶她，完全是爲了可憐她的緣故，四妹也許聽了我們的談話，以爲阿非是在談論她。」

其餘的人都靜默著，心裏想著這件事。過了一會兒，莫愁說：「你知道，昨天當她進來參加宴會的時候，她真的好像心不在焉。你看她望著阿非微笑的腔調，簡直旁若無人。這種巧合是何等不幸啊！照我看來，四妹的死是由於幾個原因：一部分是天意，一部分是人事。第一是爲了素丹恰巧在這時候和巴固訂婚，而且她也是害肺病的；第二是因爲她的一生中情感性的羅曼史太多了；第三因她相信杭州月下老人祠裏的籤詩！」

正在那時，華嫂子也帶著一種驚惶的神氣進來，因爲她也聽見了這個噩耗。

「紅玉在字條上所寫著的『依月下老人之籤語行事』，究竟是什麼意思？」立夫問。

「這是一個問題呢。」木蘭聽了之後說，「我不敢說，她的用意是什麼。」

華嫂子聽見他們提起在杭州月下老人祠裏求籤詩這件事，不免覺得很稀奇。接著就有人告訴她，那是紅玉同麗蓮在杭州遊西湖的時候所求的那條籤詩。

「其實所謂月下老人，不過是一種有趣的稗史。」木蘭說，「但是紅玉不免太當真了。你固然不能說世界上有命運，同時你也不能說世界上沒有命運。但是她卻相信命運，所以這命運對她就成爲事實了，這件事促成了她的死。但是這件事似乎是不容易實現的。我可以在你們面前說，她真的愛阿非，而且她的死無非要使阿非快樂。她遺言裏最後的一句話，就是願他婚姻美滿。」

「依我看來，」麗蓮說，「她是被那些和尚害死的。那天下午我們去看西湖的時候，她求得了那條籤詩，讀了非常著急。如果你們相信和尚，那你就被和尚所管束了。」

聽麗蓮的口氣，她對於她的已故情敵仍不免帶著一些餘恨。在紅玉去世之前，麗蓮已認清阿非是要同紅玉訂婚的事實，但她終究不能喜歡紅玉。麗蓮的父親曾文樸曾經同他的女兒談起一件婚事，但她卻像多數摩登少女那樣，對於她父母所提出的婚事總不免要加以拒絕，這件事使她的父親深感不快。她並且要挾她的母親桂姑出來阻止這件婚事。

木蘭曾經讀過「芳馥一過總是空」這個籤詩，並且認爲這詩所指的也許是暗香或寶芬。也許是後者，因爲暗香比阿非大上幾歲，是大不相配的。到現在，這個籤詩裏的話是應驗了；不過在這個籤詩上並沒有說起在紅玉的「總是空」之後，究竟要遇到什麼事情；它也沒有說誰家的女子要嫁給阿非。至於紅玉所說的那話：「依月下老人之籤語行事」，自然可以依照各人的意思去隨便解釋的。木蘭對於這件事，心裏時常有一個寶芬的印象存在著，但她在麗蓮面前卻不願意多說話。她不過派人去對阿非說，他們想見他。

阿非來了，樣子活像一個鬼，或者像一個被鬼所作弄的人。他甚至沒有向桂姑和賓客們打招呼。那些婦女們都來安慰他，桂姑說：「不要太悲傷了，人死不能復生。」

「爸爸在做什麼？」木蘭問。

「他和舅舅和舅母在暗香齋裏。他們在替紅玉穿衣。」

說完了這句話，阿非突然站起，走到前面的院子裏去，他看見婉環一面哭著，一面替他們找紅玉的衣飾。

「我要問你，紅玉是怎樣死的？」阿非問。

婉環帶著憤怒和悲哀，仰起頭來看著阿非。

「我怎麼知道呢？」她問答說。

「你應該知道的。我的四妹是怎樣死的？」

「你沒有讀她的遺書嗎？」婉環答，一邊還是繼續做她的工作。他站著向那沒禮貌的使女端詳了一番，覺得她在許多方面有些像她已故的女主人。當她雙手抱著她女主人生前的衣服，準備拿到暗香齋裏去的時候，阿非就阻止她說：「婉環，我的心已經碎了，請你可憐我吧。我不過是要知道她爲什麼要尋短見？」

婉環轉過頭來，用一種憐憫的語調對他說：「你們男人很奇怪，當一個女子愛上一個男子的時候，他就迫她去死；等到她死了以後，他就爲她流淚了。但這有什麼用呢？已死的人難道還能復活嗎？」

「婉環，你對我不公平。」他哭著說，「我已經肝腸寸斷，不能夠思考了。我究竟做錯了什麼？這並不是我的錯，是不是？」

婉環豎起了眉毛對阿非說：「當你們兩個要好的時候，你對她是很不差的。接著，你就使她日夜的流淚。那一天她憤憤的回來，把她的詩稿燒了，我就知道她不願意留在世上了。照我看來，她似乎在前世欠了你一筆淚債，現在她已經償了這筆債，淚已經流乾了。現在你還打算做什麼呢？」

「我不知道她曾經焚了她的詩稿，她爲什麼要這樣？」

婉環見阿非這樣可憐，對於他的厭惡已減少了一些。她對他說：「她希望你婚姻美滿。你怎麼還不明白她是爲你死的。」

阿非撲倒在紅玉的床上，放聲痛哭起來，而婉環就離開他走開了。

後來，木蘭和桂姑過來，把阿非從紅玉的床上扶起來，把他扶到莫愁的院子裏去休息。

「是我害了她！是我害了她！」他說。

立夫就把他從環兒那所聽到的，關於紅玉之死的理由告訴了阿非。這個理由似乎是可信的。但是阿非卻坐著發呆，而且神經有些錯亂，似乎不能思考。

華嫂子就提議她們去看姚太太，而桂姑和木蘭聽了這話就過去看她，這是正當的禮貌。她們到了姚太太的臥室裏，看見寶芬靜默的坐在她女主人的床邊。她們又看見姚太太滿面病容，並且在她發皺的面容上顯示出一種害怕的神情。

「昨天晚上，老太太一夜都睡不著。」寶芬說，「半夜裏，她要起來念經，念了以後就坐了幾小時，不願回床上睡。」

在這以後，姚太太有一些改變。當她無法說話的時候，沒有人能明白她的心思。幸而她的聽覺是健全的，所以人們還能同她談話，但是同她談話的人必須在她點頭之前，猜想她心裏所要說的是什麼。如果她舉起了三隻指頭，寶芬就會在心裏起疑問；太太心裏所要的究竟是三塊錢，或三十塊錢，或三百零三塊錢。但是寶芬很聰明，她能很快明白她的心意，這樣一來，她在服侍她的時候就覺得容易得多。有時候當太太的身體覺得好一些，她就會吩咐寶芬念書給她聽，但她所讀的大概是限於佛教因果、天祐善人和治病等等故事。社會上有許多這種勸人信佛、戒殺放生，或關乎菩薩顯靈的佛教小冊子，而這些小冊子有的是一般居士們自己出錢印刷和發行的。姚太太最喜歡聽的，特別是目蓮救母這故事，因爲以前她在杭州的時候，曾經在舞台上看過這齣戲。

紅玉的死，使她在健康上發生了重大的改變。她心裏似乎在害怕，晚上常失眠，所以她的健康就越來越糟了。因爲紅玉是個少女，所以家裏人只替她做了三個七期。當姚太太聽見和尚敲鐘鼓，誦經懺的聲音，她就出來望了一下，心裏不免有些害怕。但她卻喜歡尼姑到她的院子裏來念經。

銀屏和迪人的兒子伯牙，一向不住在他祖母的院子裏的。但是撫養伯牙的珊姐，現在卻時常到老太太的院子裏來。那時伯牙已經是個九歲的孩子，而且長得很高。一天他到他祖母的房裏來找珊姐，無意中被他的祖母看見了，他祖母見了他，突然就喊叫起來，並且用兩手掩臉，全身冒著冷汗。

屋子裏的人都覺得很奇怪，因爲那時姚太太是在嗚咽著，並且說出這樣的話來：「你是來討我的命的！」她說這句話的時候，聲音非常清晰。

珊姐馬上吩咐那孩子出去，而他聽了這話就出去，心裏非常難過，不知如何是好。

「太太現在能說話了，」寶芬喊起來說。太太所受的驚嚇來得這麼突然，所以珊姐和莫愁都沒有想到她們的母親已經恢復了說話的能力。接著她們就走到床邊去，聽見她在喃喃的說：「啊！請你們可憐我，我是受不了的！」

「媽媽，你能說話了！」莫愁流著快樂的淚這樣說，「你能說話了！」

「什麼？」她母親問。

「現在你能說話了！」

伯牙雖然走到外面，但他卻站在那邊聽著。接著他就探首進來，對珊姐說：「祖母的病好了嗎？」

姚太太對於伯牙向來抱著一種厭惡的態度，所以在珊姐還沒有回答他之前，姚太太就說：「叫他趕快出去！他是來要我的命的！」

珊姐就對那孩子喝了一聲，而他就偷偷的走開了。

園子裏的人聽見姚太太突然恢復了說話的能力，都覺得非常稀奇。這一種情緒，遮蓋了人們對於紅玉的死的注意。但是姚太太恢復說話能力這件事，僅僅是迴光返照罷了。當木蘭從電話裏聽到了這個消息之後，立刻趕到她母親的院子裏來，並且看見她父親和姍姐都在她母親的臥室裏。

「沒有用的，」她母親說，「我的日子快完了。你們最好替我預備後事，替我多在廟裏燒些香，使我可以平安的歸天。」

「您在想什麼，這些都是您的幻想。」木蘭說。

「不，這是真的，我自己知道。銀屛的鬼魂曾經告訴我說，只要家裏有一個人死了，下一個就要輪到我了。現在紅玉已經死了，所以不久就要輪到我了。」

「爸爸，」木蘭說，「四妹已被害死在和尙手裏，難道還不夠嗎？難道我們還要再讓母親受同樣的命運嗎？」

「如果她能相信我們，」她父親這樣簡短的說。

在以後幾天內，姚太太的病越來越嚴重了。阿非因爲身心俱疲，也生起病來。他聽了他垂死的母親的吩咐，就搬到他母親的屋子外室裏去住，並且由寶芬服侍他。當阿非的身體稍微好一些的時候，他還是住在這個房間裏。他又時常到他母親的臥室裏去探望，所以他在他母親去世以前的幾天，是時常同寶芬在一起的。

寶芬因爲專心服侍她主母的病，沒有工夫回到自己的家裏去，她父親曾經到華嫂子的鋪子裏去，並且聽見了所發生的一切事。有一天，她家裏打發了一個人到姚家的園子裏來看寶芬。

「請他進來，」阿非說，「我從沒見過你家裏的人。」

「他不過是一個傭人。」寶芬說。

「那麼你家裏也有傭人的嗎？」阿非說。「我知道你的出身是很好的。」

寶芬覺得不好意思，就沉默不言，接著她就出去看那當差的。過了一會，她就進來了。說是她母親因爲家裏有要緊的事，要她回去一下。

「那麼你可以坐我們的車回去。」阿非說。

「不，這是不對的。你想別的傭人會說什麼話？我在兩小時以內就會回來的。」

寶芬回去以後，看見了她的父母和她的一個叔叔。

「現在你住在姚家的園子裏已經有三、四個月了。」她父親這樣說，「你得了什麼消息沒有？」寶芬的父親是個很斯文的中年旗人。

「爸爸，沒有得到什麼消息，」寶芬回答說，「我對於這件事，還不能出什麼力。」

「為什麼？」

「我是時刻要服侍主母的。現在她的內姪女死了，而主母也病得很厲害，誰還有心思顧到這種事情？」

「你沒有把那個地段找出來嗎？」

「有一次，我吃了晚飯出去，不料被少爺看見了，我就支吾其辭的把這事遮蓋了。在這以後，我就不敢再出去了。」

「你別把這件事搞砸了，」她父親繼續說著，「而且你也絕不能啓人疑竇。那少爺懷疑你了嗎？」

「我想他是不會的。因為阿非是一個很隨便的孩子。當他在空場上看見我的時候，他就問我在做什麼。我告訴他，我在找一件掉了的東西。他就說要幫我尋找，後來我請他走開了。」

「誰是阿非？」

「他是姚家的少爺。」

「那麼，你為什麼這樣稱呼他？」

「他吩咐我這樣稱呼他。他說主僕間的分別是可笑的。他又說……」寶芬頓住了，並且紅了臉。她不知道她為什麼要臉紅，也不知道為什麼說了那麼多關於阿非的話而沒提到他的家人。但她卻覺得她話說得太多了。

「你不妨多用些時間，對於這件事小心進行。」她父親說，「你知道這件事是能使我們一家發財的。」

寶芬蹙著眉說：「爸爸，你吩咐我做一件很困難的事。我很怕……若不是爲了你們，我是永遠不願意這樣做的。」

忽然之間，寶芬用她的手遮住了臉，並且哭起來說：「我不能這樣做！我不能這樣做！姚家的人待我們這樣好，而我們倒像是在做賊。」

寶芬的父母很鍾愛他們的獨生女，但是當她父親聽見了她的話，就對她這樣說：「事情並不像你所說的那樣可怕。那地下的財寶不是他們的。他們雖然買下了這個園子，但並沒有買地下的寶物。否則我們就不會讓你到姚家去幫傭，我猜想那地下的寶物，也許會像那園子一樣的值錢。」

在這裏，我們應當說明寶芬的祖先，曾經在那支跟在滿清開國皇帝進關來的旗人軍隊裏，當過一個武官。因爲他在戰績上立了一點功勳，朝廷就賜他一個世襲的品級。但他的品級到了十八世紀中葉就取消了；幸而那一家是富有的，並且世世代代在朝廷裏擔任重要官職。到了滿清覆亡以後，他們這一家的財產很快的耗竭了；因爲他們雖然不做官，但仍保持著他們所過慣的生活標準。在辛亥革命那一年，寶芬僅僅十一歲，但她是早熟的，並且從小就感覺到他們的家道中落。他們雖然還雇用幾個傭人，但他們所以這樣做，無非是虛張場面，這就所謂的「外強中乾」。這件事，寶芬是很明白的。

有一次，寶芬的父親在華嫂子的鋪子裏買了一堆舊文稿，這些是華嫂子在收進骨董的時候附帶買進來的。這堆舊文稿是屬於姚家園子的舊主人某王爺的。寶芬的父親後來改用漢人的姓，因此他姓童，是個讀書人，對於旗人的家庭史很感興趣，但是因爲家道中落，無力購買值錢的古玩，只好出了兩塊錢，把那一堆文稿買了去。這裏面包含著許多罕見的卷帙，其中也有一部詩稿和遊記，都是未曾出版過的。一天晚上，寶芬的父親在翻閱那些舊稿的時候，無意中發現那王爺的祖父的一本舊日記，裏面記著當時英法聯軍焚劫北京的情形，並特別把頤和園和它的藏書樓在一八五九年被焚的情形記得很詳細。當英法聯軍搶劫北京城的時候，一些富有之家大概都把財物埋藏在地下，因此那王爺就在那本日記上記著他埋藏財物的地點。很顯然的，那王爺不久之後就去世了，或者同他的家屬一同出亡，而從沒有回來。因爲不久以後，他的日記就不再繼續了。這許多埋藏在地下的財物，有許多連家裏的親戚也不知道，所以事過境遷以後，就不免被家裏的人所遺忘，還有這件事是發生在那個王爺官運亨通，而自己建造那園子以後的幾年當中，所以照人們的猜想，他所埋藏的財物一定是很值錢的。有幾座王爺花園以後被人翻造時，曾經聽聞有財物被工人們掘出來的事情。

現在，寶芬聽她父親說，那姚家雖然買了園子，但並沒有買下地下的財物，她說：「但是父親，這園子現在是他們的了；無論怎樣，總不是我們的園子。」

她的叔叔就說：「寶芬，我們要你做的，只是要你幫我們把那個藏寶的地點勘察出來。其餘的事，你可以讓我們去辦。」

「現在別擔心那些，」寶芬的母親說，「我只希望你的工作不太辛苦。以前你從沒做過那些事。」

「這是沒有什麼的，」那女兒回答，「那邊的工作很容易，家裏的人也都很好。我想你們應當看看他們的女兒。」

「我聽華嫂子告訴我說，那個紅玉小姐已經和少爺訂過婚。」

「是的，」寶芬躊躇著說，「我聽見他們這樣說。」

「她爲什麼投水自盡呢？」

「我不知道。」

接著寶芬就辭別了自己的父母，馬上回到姚家的園子裏來。

在紅玉出喪後不久，姚太太的病狀變得非常嚴重，人們都猜想她已不久人世了。很稀奇的，當她恢復了說話能力後，她只喜歡說她故鄉的方言。這種方言寶芬聽不懂，她感到十分困惑和煩惱，難以理解她主母的心意。姚太太也開始回憶她過去時代的事情，也談起她少女時代的家庭生活和杭州的歷史。阿非很喜歡聽這些回憶，並且也懂得杭州的方言，所以遇到寶芬聽不懂的時候，他就自動替她解釋。因此在那個悲傷的時候，也有青年人的愉快精神存在著。

婉環現在服侍著紅玉的母親，她自從經過了莫愁和環兒的勸解之後——說是紅玉的死是出於她偷聽和誤解阿非和那個美國女人的談話——對於阿非才開始諒解起來。

一天，當姚太太躺在床上的時候，她看見阿非和寶芬站在一起，就突然問寶芬說：「你的父母把你許配給人家了嗎？」

寶芬低下頭，並且回答太太說：「沒有。」

「我怕不能長久活在這個世界上。」姚太太說，「在我生前最後的日子，你辛辛苦苦的來服侍我。你知道人們都說我恨銀屏，並反對我的兒子去娶一個使女。其實不是這樣的，而我現在要證明給他們看。」

寶芬滿面通紅，默不作聲。

「你不要害臊，」姚太太說，「姻緣是天定的。我看你們兩人是被命運扯在一起的，並且處得很好。你且把你家裏的情形對我說一下。」

「我們是窮人！」寶芬說，說了這句話，就不再說下去。

這樣的談話，使這兩個年輕人感覺他們之間有了一種關係，而這關係是他們自己所要竭力否認的。寶芬開始對阿非莊重起來，而且也很害臊，不再有從前那種隨便的態度，而她也不允許阿非來幫她做些雜務。在另一方面，當寶芬對阿非說話的時候，態度上已比從前溫和多了，這一點是不能掩飾的。別的使女們也看得出來，現在寶芬已比從前更注意她的衣著，而阿非也不再待她像一個使女那樣，也不願意她來服侍他。在這種情形下，寶芬是覺得無可抵抗的。有時阿非更在無意中把她同已故的紅玉比較，覺得紅玉是不如寶芬的。例如寶芬從沒有和他吵過嘴，她的身體很強健沒有病態。接著他又立刻覺得，他這樣虧待已故的情人，未免是罪過。

寶芬的心裏引起了幾種掙扎：第一是她對於她父母派她到這個園子裏的使命置之度外。另一種比較重要的掙扎，是由於心理上的一種自然要求，要在她愛人面前顯示出一個在戀愛中少女的自尊。他們的戀愛已經到了某一種程度，使她願意把關於自己的家庭情形祕密的告訴他。

「怎麼你們家裏雇了傭人，你自己還要出來幫傭呢？」阿非問。

「你知道以前我從沒有幫過傭。」那少女答。

「那麼，現在爲什麼要這樣？」

「這問題，以後我會回答你的。」那旗人使女說，「但是請你不要把我的話告訴別人。」

這樣，他們中間的祕密就在親密上增加了一種滋味。

他們配合的可能性，不但姚太太和他們自己是感覺到的，同時連別人也有這樣的感覺。木蘭、立夫和莫愁曾研究過紅玉遺言的意義，並且斷定紅玉死的時候，她在心裏不免想起寶芬。婉環對阿非不忠於紅玉表示不贊成，更可以使他們知道當時紅玉心目中所想的絕不會是別人。木蘭又想到如果把寶芬配給她弟弟，那是比紅玉更適合的；而且寶芬是舊式官家出身的，所以也比那個多少含有輕浮性的、摩登的麗蓮好得多。麗蓮的母親桂姑雖然對於這件事有興趣，但是因爲紅玉死了不久，未便立刻就說起把麗蓮配給阿非。

不久之後，姚太太的病狀突然沉重起來，並且又失了說話的能力，但是神志還是清楚的。在最後三天內，她無法進食，所以寶芬就讓她喝一杯人參湯，她雖然喝了一些，但卻把吃下去的吐出來。家裏的人看見這情形，已經替她預備後事了。

在她去世前的那天下午，當她醒過來的時候，她看見珊姐、莫愁、阿非和寶芬等都在她的房裏。她就張開了眼睛做手勢，表示她要說話，但又不能說。寶芬和別人就走近去看她。姚太太握了阿非的手，一方面又有氣無力的伸過手去，想去握寶芬的手。寶芬不敢動。莫愁懂得她母親的意思，就代她去握寶芬的手。於是姚太太就把阿非和寶芬的手放在一起，同時她的嘴唇似乎在動著，但是說不出話來。接著她的頭就往後一沉，從此失去了知覺，兩小時以後，她就去世了。

珊姐和莫愁看到她們母親臨死前的一種表示，就去告訴她們的父親和親戚。

姚思安聽到了這個消息，又顯示了非常迅速的行動，甚至於使他的兒女們覺得驚奇。他似乎已在自省室經過一番默想，並且預先料到那將要發生的事。那時他已經擬好一個完備的計劃。他必然已經贊成寶芬，否則就不會吩咐阿非到他母親的房裏去。他曾經告訴他們，說是這門親事同紅玉和他亡妻的遺志都是暗合的，並且覺得寶芬是能夠做一個極好的媳婦；至於寶芬本人也值得這樣的提拔，因爲，她曾在主母的病榻旁服侍了許多日子。總而言之，這件親事可以說是「天作之合」。

姚思安就派人去把華嫂子叫了來。他把目前的情形說給她聽，請她替阿非和寶芬作媒。

「你打算什麼時候辦這件親事？」華嫂嫂問。

「馬上就辦！」姚思安說。

姚思安就向華嫂子解釋，這是他對於家庭的最後本分，並且要親眼看見他的小兒子好好的完婚；如果他們現在不結婚，那麼阿非一定要等到三年孝服完了之後才可結婚。阿非在今年夏天已經畢了業，所以姚思安正在想法把他的兒子和媳婦在婚後馬上送到英國去留學，也許要在三年之後才能回國。

按照中國人的風俗，在終「七」之前趕快完婚是合乎禮節的。這樣一來，姚太太在出喪的時候，就有一個兒子和一個媳婦送喪了。不過在舉行婚禮的時候，儀式要十分簡單，而且只有在結婚那一天，他們才可以不穿孝服，到了第二天，新郎和新婦仍須穿上孝服。

因爲這緣故，男女兩家就馬上舉行文定禮，而姚思安發現寶芬的父親是前清的一個大官；但這件事在姚思安並不覺得怎樣稀奇。他知道現在他們已經家道中落了，並且他也從不猜想他們是另有目的的。他不過相信這件親事是出於華嫂子的一種擺布，因爲她是熟悉世故人情，並且善於交際的。在文定那一天，姚思安就對華嫂子說：「以前你把這個旗人的花園賣給了我，現在你又替我找了一個好媳婦。我對於寶芬是滿意的。多謝你的玉成！」

寶芬的父母對於這件事是非常稱心的，但又不免有些驚奇。他們覺得能得到這個園子的小主人做女婿，當然比在那個園子發掘寶藏妥當得多，因爲這種發掘裏面包含著許多可能的糾紛，如果不幸而失敗，那麼他們就要被人訴之於法，而且得了惡名。當寶芬回到自己家裏準備婚事的時候，她就請求她父母和叔叔放棄他們原定的計劃，「如果地底下真的埋藏著寶物，現在我也無須去偷盜。」她說。她母親聽了這句話，就對她說：「偷偷去發掘寶物，究竟不如找一個好女婿來得妥當。」

但阿非既是一個極其隨便的人，而且又極愛寶芬，所以在婚後不久，寶芬就決定告訴她的丈夫，說是他們的園子裏藏著許多寶物。寶芬雖然答應她父母不把她本人到園子裏來幫傭的原來目的顯露出來，但是她卻祕密的對阿非說穿了。阿非聽到了這個消息，不免覺得稀奇，但他肚裏卻明白。

「如果你在這個園子裏發現了那些寶物，那麼你們家裏的人怎麼樣呢？」他問。

「我不知道。我家裏的人不過叫我到這個園子裏來勘察這個藏寶的所在地。後來見你們家裏的人待我很客氣，我就覺得我不能這樣做，因此就把這件事擱下來。」

她所怕的是，阿非也許要把這個祕密說出去，或者在園子裏有什麼舉動；但是出乎她意料之外的，他卻覺得很高興，並且對她說：「這件事好妙！否則我永遠沒有同你會面的機會。其實，他們已失去了另一件寶貝。」

寶芬聽了這句話，覺得不懂，就問他說：「你這話是什麼意思？」

「我是在說你。他們既沒有找到地下的寶藏，同時卻把他們最愛的一個寶貝遺失了，而且落到我的手裏。」

寶芬覺得很高興，就吻了阿非一下。

「那麼，我可否讓爸爸知道？」阿非問。

「不，你一定不可以這樣做！」她說，「你知道，這件事對我們一家是怪不好意思的。」

但是他們還是不能抵抗寶物的誘惑，因此阿非就向寶芬說：「那麼我們應當怎樣辦？」

「那兒有一塊大的圓石板，」寶芬說，「你可以聲明，你要用這塊石板當作天井裏一張石桌上的枱面，並且叫他們把這塊石板從地上掘起來。這樣，我們就可以乘此機會看看這塊大石底下有沒有財寶。」

一天，阿非偶然叫了兩個園丁，和他一同出去，把那塊直徑三尺的大石掘起來。當他們把那塊大石扛起來的時候，他們看見石底下埋著兩只甕。

「這是什麼？」阿非問，他說這話的時候，故意裝作像園丁們一樣的驚奇。

「那一定是以前有人在這裏埋藏寶物。」一個園丁說。

「把那兩只甕拿起來看一看。」阿非吩咐他們說。

那兩只甕是空的，不過其中一只裏面放著一片很老的綢子和幾塊泥團，很顯然的，這個甕裏的寶物早已被人發掘了。也許是被園子的舊主人或園裏的傭人所發掘了。

阿非和寶芬看見了這兩個空甕，不覺極其失望，但是寶芬仍舊站著，並注視著那埋藏小甕的地窟的底。

「你看！」她說，「這裏面好像有些東西！」

他們都向著那地穴窺看，並看見在黃土裏夾著三顆珠子，像黃豆那樣大小，珠身是圓而發光的。那兩個園丁就跳到地穴裏去拾取那幾顆珠子，同時又用鏟子翻著泥土往下找。

「這裏還有一顆珠子。」其中一個園丁說。

最後他們發現了五顆同樣大的珠子，它們本來是連在一起，而後來漏落在地上的，寶芬就拿了這些珠子，當作她自己的所有物。

接著他們就把這個故事告訴了姚思安。現在他明白華嫂子爲什麼派寶芬到他園子裏來幫傭的緣故了；但他卻假裝不知道，僅僅說：「你的運氣不好，因爲在你們之前已經有人發掘它了，否則你們也許能找著全部的寶藏。」

「但是阿非，」他繼續說著，「難道一件財寶對於你還不夠嗎？現在你已娶了一個新娘，這對於任何人都是夠幸福的。」

姚思安就向寶芬微笑著，而她也笑著謝謝他。這就是這整個冒險事件的一個結束。

這一次，阿非和寶芬匆促的完婚，僅僅是姚思安所預想離開家庭計劃的一部分。在他們結婚的那晚，他就向家裏的人做一次奇怪的演說。他用一種憂鬱且鎮靜的聲音說話。他在演說的時候，先稱呼了那一對新郎新娘、他的舅子、舅嫂和他的兩個女兒，接著就說了這一番話。

「澤安、蘋兒、阿非、寶芬和我的女兒們！近年以來，我們家裏不斷發生變故。現在你們的母親已經去世，而阿非和寶芬已結了婚，所以我對於這個家庭的責任已經結束了。當你們母親去世的時候，我並不流淚，你們也許奇怪我這種態度。但是如果你們讀了《莊子》，你們就會明白了。生死榮枯是自然的定律，禍福乃是各人品性的自然結果，非人力所能左右。所以，生離死別固然是人世間的慘事，但我卻希望你們能承受，承認它們是『道』的一部分。現在你們都已長大成人了，對於人生也得要採取一種成人的態度，如果你們能在生命的自然進化中去觀察人生，那麼你們對於我所要宣佈的一件事，就不至於太擔憂了。」

「阿非，我看見你能同寶芬結合，心裏著實覺得安慰。你當記得寶芬在你亡母生前曾經忠心服侍，所以在她嫁你以前，她已經以媳婦資格完成了她的本分。現在我打算送你們兩人到英國去留學。寶芬，你的責任是照顧我的兒子，因爲我把他交託在你手裏。我現在既把我兒子的命運交託給你，也等於把我一家的命運交託給你，這是我對於任何女子所能給予的最大榮譽了。我對你很信任，我的心也覺得很安慰。」

「當我告訴你們，我要離開家的時候，我希望沒有人流淚。當你們母親的喪事完畢，和阿非同寶芬動身赴英之後，我就馬上要離開你們。請你們不要感情用事！因爲在這個世界上，沒有一個父親不會離開他的子女的，在十年之後，我會再回來看你們——如果，那時我還活著。在我出去以後，不要來尋找我，因爲將來我是要回來的。」

「你們也許知道，有好些人已經離開他們的家去做隱士。人們生在這個世界上，只有兩種人生觀：一種是『入世』，一種是『出世』。請你們不要對這兩個名詞感到害怕。我曾和你們及你們的母親在一起生活，也看見你們一一長大成人，並且都有了滿意的婚配。而我個人也過著一種快樂的生活，也盡了我爲人的責任。現在我打算休息一下。請你們不要以爲我是打算去成仙。這些事在我對你們解釋的時候，你們也許不明白。現在我打算出去，並且要發現我自己；去發現自己就是去發現『道』；同時去發現『道』，就等於發現自己；因爲你們知道，『去發現自己』，便是去尋找『快樂』。我自己還不曾發現那個『道』，但我已經發現了造物的法則，並且以後還要多多明白。」

「紅玉已經以她自己的方式得到了一種瞭解。你們務必好好地懷念她。阿非，你應當記得，她之所以尋死，是爲了要使你快樂。除了『道』以外，什麼人曾經吩咐過，一切事情會這樣演變？」

姚思安說到這一點，紅玉的母親和阿非大受感動，同時女人群裏已經發出一種啜泣的聲音，但是姚思安還是繼續說著：

「當阿非在外面留學期間，莫愁和木蘭可以會同你們的舅父共同處理家裏的財產。至於詳細的辦法，以後我會告訴你們的。」

「你打算到什麼地方去？」姚思安的舅子在他說完了話的時候問。

「這個我可不能告訴你。不過我知道，你們會快樂的，而我也會快樂。」

馮舅母是這群裏年齡最大的一個女人，她就想阻止姚思安脫離家庭，並且請他留在這裏。她對他說：「你盡可以在家裏過著完全安靜和隱退的生活，即使你要修道也是很可能的。」

「不，這是不可能的。」他說，「一個人住在家裏，就免不了要想起他的家庭。這些事我是不能向你解釋的。」

木蘭和莫愁都了解她們的父親，既然他這樣清楚地把他的動機說出來，那麼，她們就沒有機會去阻止他了。他計劃這件事似乎有好幾年了。

木蘭自從她母親去世，父親離家以後，在她的生活史裏就完成了一章。她父親離開家庭是在他生前，而不是在他死後。這樣，她們母親的喪事對她們就加倍的淒涼，同時阿非和寶芬的出國也覺得加倍困難，阿非和寶芬曾經幾次要求暫緩他們的行期，使他們的老父親可以在家裏多留一些時候。但是姚思安是很堅決的，他又說明了他的哲學，給他們以一種遠大的眼光。

姚思安還立了一份遺囑。在遺囑上，他指定阿非是姚家的繼承者。同迪人的兒子伯牙分享姚家的財產。在伯牙尚未成年之前，應指定珊姐做他的代理人，但是，阿非仍是一家之主。在阿非留學期間，木蘭和莫愁代表他去同他們的舅父合作，共同料理他們的財產。在姚思安離開家之後，每個女兒都得了現款一萬元。這些現款，她們可以存著，也可以隨意取出。

木蘭想起了她從前的一種理想，就是在杭州開一家鋪子。對於這件事，姚思安在臨走之前也替她安排好了，這樣，木蘭就得把那筆現款還給她父親，並且還拿出她的一部分珠寶出賣，把所得將近兩萬元的利潤去盤杭州的那家茶葉店。因此木蘭在杭州就有了一家茶葉店，而莫愁也已在蘇州得了一家鋪子，那是她的陪嫁的一部分。

在阿非出國的前一天，他就同著寶芬預備一些黃酒、水果和鮮花，帶到紅玉墳上去祭她。這個墳是在他們鄉間別墅的後面，靠近那座玉泉山。

他們也帶著婉環同去，婉環自從經過環兒的一番解釋，並且也有人告訴她，說這次婚事是合乎她已故主人的遺志，因此她就對於當前的新局面妥協下來了。一天，婉環告訴阿非說，如果紅玉在最後一個晚上沒有告訴她說：阿非是愛著她的，那麼她本人就永遠不能饒恕他了。

飾。

秋天裏某一天，他們三人出了西直門，向玉泉山走去。阿非和寶芬都是衣著樸素，毫無裝飾。

一見紅玉的墳，阿非就情不自禁的哭起來，而婉環和寶芬因了他哭得這樣傷心，也陪著他淌了許多眼淚。他跪在墳前，而寶芬則跪在他的旁邊。那時婉環在墓碑前的一個石凳上佈置了一些水果和鮮花，她把一壺酒遞給了阿非，然後自己跪在他們的後面。

阿非把那壺酒澆在地上，口裏誦著寶芬幫他寫成的那篇祭文：

維年月日，表兄阿非，謹以黃酒、生果、鮮花之奠，祭於亡妹紅玉之靈前。嗟乎紅玉，曩昔吾妹初來吾家，含羞答答，態度嫻靜，此中情景，至今猶能憶及。迨後吾等同園戲嬉，忽而愛，忽而瞋，時均在髫齡，耳鬢廝磨，兩小無猜；又復同桌共讀，吾妹天資穎悟，對兄多所指示——此中歲月，何等美滿！不幸曩日同遊三海，有一採蓮之女傾覆溺水，吾妹目擊此情，驚駭欲絕，孰料此不幸事件，竟成吾妹之凶兆！不旋踵間，吾儕均已長成，而移居園中。每當春秋佳日，相偕共遊園中，偶爾興之所至，又復放風箏、捕蟋蟀，幽靜愉快，無以復加。而於冬日之晚，則常諦聆吾妹暢論詩歌與情愛。又憶當日同遊西湖時，盪舟湖中，唱和為樂，兄期吾儕同生此世，妹亦同此感想，且許以終身。不幸吾妹臥病床第。兄以無緣相見，竟至引起誤會，肇斯慘禍，兄心碎矣！今妹已離兄而去。然妹於永別之前，對兄仍能憐愛，且屈加原宥，願兄婚事美滿。回憶遺書，血淚斑斑，此情此景，孰能相忘？嗚呼紅玉，魂其有知，伏維尚饗！

阿非悲感交集，不覺昏厥倒地。寶芬和婉環就過去安慰他，勸他節哀。過了一會兒，她們就把他扶起來。他是如此無力，所以寶芬就在夕陽西下以前，趕緊催他回去，免得他在秋天的黃昏裏受寒。

第二天，他們夫婦倆就出發前往英國了。寶芬的父母都過來給他們送行。當阿非想起他這一次同他老父親的離別也許是永遠的，他的喉間就因了感情作用而抽噎起來。

在阿非出國以後，姚思安就削髮改裝，正式向哭泣的家人辭別，並且不准他們送行。最後他又說，他會在十年之後再回來看他們。於是他就拿起一根古老的楞杖，走出家門，慢慢的走去，漸漸消失了蹤影。

卷之三

秋之歌

故萬物一也，是其所美者為神奇，其所惡者為臭腐；臭腐化為神奇，神奇復化為臭腐。

——莊子，知北遊

第三十五章

在紅玉去世前幾天，姚家接到一封信，信封上寫著寄「靜宜園主」這幾個字，字跡是用端正的小楷寫的。這封信是從安慶寄來的，據寫信的人說，他是陳媽失蹤的兒子陳三，因為他在當地的報紙上，讀到一段關於他本人的消息，所以他就寫這封信來。那時候的北京是知識文化的中心，所以在北京的刊物或日報文藝副刊上所發表的文章，往往被各地的報紙所轉載。

陳三的信寫得很短。但這封信裏附著一封寫給他母親的信，大約有一千多字，敘述他本人被軍隊拉去以後，所經過的大概情形。他描寫他怎樣從軍隊裏逃出來，怎樣服侍許多主人，怎樣自修，怎樣加入警署，並說到現在他在安慶當一名員警，每月餉銀八元。他在信裏請求姚家主人，如果他的母親已回來了，請把這封信讀給他的母親聽。他又說，他打算辭去員警的工作，到北平來尋找他的母親——如果他能籌得必要的旅費三十元。

當莫愁和立夫讀到這封信的時候，大家都很驚奇。立夫因為他在報紙上所發表的那篇「母親」得到了如此的結果，覺得非常高興，立刻電匯四十塊錢給在安慶的陳三。此後他們就熱烈地等待著陳三的回來，因為他們急於要知道，陳媽的兒子現在是怎樣了。

「看，他寫著這樣端正的小楷。」環兒說：「不知道他怎樣學得這麼一副本領！在這個時候我很少見到有人能寫這樣的小楷。」

自從科舉廢止以後，能夠寫這樣小楷的人是很少很少的。原來要寫這樣的小楷，需要非常的耐心，並且應注意筆畫先後的次序，而且心地要非常鎮靜，方才能夠寫得出來。很稀奇的，在警署裏面倒很提倡寫這種小楷，並且凡能在平常和每月的報告裏，寫得端正楷書的人，升起級來就比較容易一些。

「然而他只賺八塊錢一月的餉銀，並且據我的猜想，有一部分是拖欠的。」立夫說，「政府機關裏的書記，每月賺四五十元的薪水，還不能寫出如此端正的小楷，說到陳三的文字，也是簡單而明白的，只不過在運用成語的時候，稍微有些小錯。」

陳三在姚太太去世後幾天到了北京，那時全家的人都忙於喪事。當他見到姚思安的時候，他就立刻跪下去，謝謝姚思安照顧他母親的恩惠。姚思安立刻攙他起來，叫他坐下，但他不敢坐，依舊站著。

陳三是一個身材魁梧，肌膚黝黑，額角廣闊，嘴和下巴都生得很端正的人。他穿著的一套制服，是用員警的制服改做的，但是鈕子已經換過，肩章也已除去，他的頭上沒有戴帽子，頭髮剪得很短，因為他買不起帽子，同時也不能戴員警的帽子，當他站著的時候，軀體是挺直的，兩個肩膀是廣闊而結實。從他兩眼的神氣和面貌看起來，他是很像他母親的。說著一口發音清晰的漢口話。

「你的母親是一個偉大的女性。」姚思安說，「為什麼你從沒有寫信給她，也不曾帶一個口信給她？」

陳三壓抑著自己的情感，說道：「我曾經寫信給她，但是我的信從沒有寄到她手裏。到了革命剛剛過去之後，我從湖北寄了另一封信給她，結果這封信被退回來了，信封上批明我的母親已離開這地方，並且不知去向。那時我很想回來探望她，但我沒有盤費，當我發現我寄出去的信都退回來了，我就猜想我的母親已經去世。」

「我們願意幫你去尋找你的母親，你暫時住在這裏吧。」姚思安說。

陳三是一個沉默寡言的人，他即便思念母親，也不會在臉上流露出激動的情緒。後來姚思安領他到立夫的院子裏去，在那裏，立夫、莫愁和環兒都等著要看他。

「你且把你經過的情形告訴我吧，」莫愁說。

「少奶奶，說來話長呢。」他說，「當我在軍隊裏的時候，我肩膀上揹過一百多斤重的東西。那時我很年輕，每天要步行一百里光景的路。……我曾生過病，後來又好了。……我的兩腿發過腫，並且有一個時期我沒有東西吃，我以爲要死在路旁了，幸而有一個慈悲的太太給我一些東西吃，又給我住宿，就救了我的性命。……當我身體好了之後，就到漢口去拉洋車。後來我很幸運，碰到一個主人叫我去拉他的包車。幾個月之後，這位主人離開了漢口，結果我就換了幾個主人。最後我決定自立謀生，就到員警署裏去當一名員警。」

「你結婚了嗎？」

「沒有，像我這樣的窮人是沒有工夫去想到結婚的。」他回答說。接著他就這樣問：「你有沒有留著我母親的照片？」莫愁就回答說：「很抱歉，我們沒有留著她的照片。」他聽了這句話，覺得很失望，默不作聲。莫愁是很謹慎的，她不想把陳三的母親替他做好的幾件衣服拿出來給陳三看，深怕他看了後覺得太傷心，但是環兒卻主動跑到後房裏，把一個藍布包袱捧了出來，交給陳三說：「這裏面是你母親替你縫製的幾件衣服。」

環兒說這句話的時候，她的聲音是顫抖的。陳三發呆似的站著，他看見這樣一位穿著端正的姑娘和他站得那樣近，覺得有些不好意思。環兒替他解開那包袱的結，並且替他打開來，一面看著陳三的臉，就走開一些。他看見了他母親替他縫製的那些衣服（其實這件事他早已在報紙上讀到了），就像孩子般的啼哭起來，他的眼淚濕透了他的衣服。立夫和莫愁看了這情形，大受感動。過了一會，莫愁就對他說：「你的母親時常想把這些衣服寄給你，但她不知道往哪裏送去。所以你應當好好的把那些衣服留起來。」

陳三止住了眼淚說：「我永遠捨不得穿這些衣服，我會把它們好好收藏起來。」他們聽到從隔壁傳來的哭泣聲。那時環兒又不見了。莫愁看著立夫的臉，覺得很稀奇，接著他們就談著別的事情。

「你願不願意在我們這裏工作？」立夫問。「我們准你請假到外面去尋你的母親。但是你必須找到一個工作地點，我知道你是不願意當一個僕人的。」

「如果我能留在我母親曾經工作過的地方，那我就什麼事情都願意做。」陳三說，「如果你能給我一些工作做，那我非常感激。我的母親也許會回來的。」

立夫就問他識字的程度怎樣，原來他打算給他一些書記的工作。但是陳三自己卻提議要當一名守衛，因爲他說他的槍法好，曾在員警隊裏得過一次獎。雖然姚家不需要守衛，但姚思安還是答應了下來。

陳三就趁這個機會到他的故鄉去看看。回來以後，他告訴他們說，一年之前，他的母親曾經回去過，後來她又離開了。陳三在白天沒有什麼事做，但他是一個很願意工作的人，所以他會主動來問莫愁：有什麼雜務要交給他做。立夫就給他看幾本書，有時並且把文稿交給他抄，但告訴他說，在抄的時候不必像繡花那樣的仔細認真。

陳三從沒有找到他母親，結果他就變成一個很沉默、嚴肅的人。他不但不願意穿他母親替他縫製的衣服，也不願意穿和他母親所製的衣服料子相同的藍布衣服，並且終身如此。他買了一個高價的皮枕頭，這枕頭大概有二尺長，是抽大煙的人在出門時藏鴉片槍，一面又當著枕頭用的；他在這枕頭裏藏著幾件衣服，並且在睡覺的時候枕在這上面。夜晚，當他不守夜班而有空閒時間時，他鞭策自己熟讀立夫借給他的幾本書。他就在他母親縫製衣服時所點過的那盞燈下讀著。他這樣做，好像是故意要懲罰他自己似的。那盞他母親用過的燈，是環兒給他的。陳三在他所住的一個小房間的門口，掛著一軸二尺長的中堂，兩旁有一副對聯，是他自己用端正的楷書寫成的。這副對聯的句子是從一首著名的詩中抄下來的：

樹欲靜而風不止
子欲養而親不在

陳三焚香敬書

有時陳三也想到把那個衣包還給他的姑娘，後來才知道她就是立夫的妹妹。當他在莫愁的院子裏碰到環兒的時候，她似乎願意和他講話，但他卻竭力避開了。莫愁曾對立夫說，當他把陳媽尋子的故事在報上發表以後，環兒就比以前安靜得多，她拒絕母親為她談婚事，雖然她已二十二歲，過了舊時代女子結婚的年齡了。她似乎常帶著一種沉思的憂鬱表情。很顯然的，她在見到陳三之前，對於陳媽這個神祕的兒子早已冥想著了；現在她見到了他，覺得並不失望。

在另一方面，陳三對於任何丫鬟都沒有任何調情的舉動，他像是厭惡著女性。後來，莫愁聽說陳三在漢口當僕役的時候，曾經有一個使女追求他，他爲避免麻煩起見，就辭去了職務。

在次年春天，暗香覺得性子很急，時常要發怒，並很憂鬱。這一種心理上的改變以及其他種種的表情，都逃不過木蘭敏銳的眼光。

暗香的地位，比一個平常的使女高一些。桂姑和曾太太都知道襟亞曾經一度注意暗香。因爲素雲現在不再和襟亞同居，所以曾家只好同意對於這種局面無法表示異議。因爲這總比襟亞在外面和別的女子胡鬧要好得多。

現在暗香因爲同富家的女孩子往來，已學會了富家女子的一切舉動。現在她總覺得快樂和滿足，而襟亞也覺得這女子是標致的。她的衣著也相當講究，但不敢像她女主人那樣講究，因爲依一般的習慣，丫頭升起來做偏房，雖可以模仿女主人的衣著，但不應該穿得太講究，以致和女主人競爭。在這時候穿高跟鞋，雖是女人的一種特權，但是北方的女傭人卻沒有穿過這種鞋子。

暗香時常穿著一件長袖的短衣，以便遮掩她左手臂上被以前的主母用烙鐵烙上的一個印痕。由於木蘭的影響力，家裏的人都像姊妹般的對待暗香。但她仍舊是一個丫頭，並且從不作他想。她所受過的艱苦訓練和經驗，使她對於人生持一種比較溫柔的態度，並且非常膽怯。當她對於一種新環境慢慢適應了以後，她就開始接受人類中的一種正當的禮貌——她是用一種感激的心理去接受的，同時又想到這好像不是她分所當受的。但她對於這種社會地位的提高是覺得很愉快的，所以她一面願意討別人的好，一面更願意叫自己滿足。其實她從沒有學會高等社會的繁複禮節。她平常總是坐在末位，現在她已升到末座的第二位，所以覺得非常高興。

襟亞對於暗香的注意，使她特別覺得高興。自從襟亞回來之後，木蘭曾經幾次問他有沒有找到他的「山地姑娘」。當他和妻子素雲逐漸疏遠以後，他就越發喜歡同新亞和木蘭接近，並且把他的生活改成了他們的方式。一天，木蘭輕輕地對他說，暗香與他所希望的妻子標準似乎很接近，他聽了這句話，就慎重其事地接受了這個指示，並且漸漸注意起暗香來，結果他發現暗香的性情是很單純的，正和他妻子的性情相反。那時的暗香，早已過了結婚的年齡，並且早已應當嫁出去了——這個問題，是她自己和她的女主人所時常關心的。

到後來，襟亞和暗香之間的關係已是十分公開了，錦兒就開始譏笑暗香，說她將要做「山地姑娘」。

一天，桂姑對木蘭說：「我看見襟亞跟我們的暗香很要好。」

木蘭不置可否，她只這樣問：「婆婆知道嗎？」

「前天，太太曾和我談起這件事，」桂姑說，「你知道太太說什麼呢？她說：『可憐的襟亞！從前我們不應當替他辦成那件婚事，也沒有一個人好好的去服侍他。如果他知道這點，他應當趕緊另娶，暗香看上去像是一個知足的樸素的女孩子。娶了這樣一個女子，比到外面去討不認識的女子要好得多。』原來她老人家對於這件事是很贊成的。」

「那麼，公公怎樣呢？」

「他還不知道呢。」

「那麼，素雲又怎樣呢？事情似乎是很複雜的。」木蘭說。

「嗄，」桂姑說，「俗語說：『男大當婚，女大當嫁』。照我的意思，這件事既然已經開了一個頭，那就應當把它做成才好。暗香是一個很好的女子，並且是很能幫夫的。與其讓別人把她討了去，還不如我們自己把她討過來。我所以說這句話，不是為了我自己曾經做過一個丫頭。但是，難道丫頭不也是一個人嗎？我願意同老爺談起這件事。如果暗香不應當嫁給一個少爺，那麼我就不應當嫁給他了。再有，襟亞還沒有兒子，所以這件事和老爺談起來是談得通的。如果老爺贊成這件事，那麼素雲就不得不服從了。誰叫她沒生育呢？但這件事不應當讓素雲知道，我們應當保守祕密才好。」

這件事在暗香意外找到了自己的雙親之後，越發複雜起來了。原來暗香是在六歲的時候失蹤的，她在幼年時曾受了許多苦，因此就把關於她父母的一切情形遺忘了，她甚至於忘了她自己的姓。一天，她同木蘭到了南城的遊藝場裏去，在路上經過一個地方，這使她突然想起她幼年時的情形。原來這地方是古代運糧河的一個岸灘，上面架著一座石橋。她看見了老樹椏枝長長地垂在岸灘上，樹的影子落在一個黑而帶紅的門上。暗香看見這情形，就突然叫洋車伕停住，她就從車子上下來，向四周看了一下，於是她的心裏就回憶著關於她幼年時玩過的那塊場地的印象。她確實相信在她的幼年時代，她曾經在這一座石橋上玩過，她也認識橋上的石欄杆和石板。至於那些低垂著的椏枝的殘幹，以及門戶、石級和門楣上的泥牆等等，都是她所熟悉的。暗香因爲受著驚動而發著抖，她對木蘭說：「這是我的家！我曾經在這樹下和這座橋上玩過。我確實知道我所說的不會錯的。」

他們看著那門牌，上面寫著「舒寓」兩個字。

「是的，是的，」暗香叫喊著，「我父親姓舒。現在我記起來了！」

她想立刻衝進去，但是激動使她全身發顫，不敢進去。她就敲著那門，並且轉過頭去對木蘭說：「假使敲錯了門，那應當怎麼辦呢？」

接著來了一個年輕的僕人，把那扇門打開了，暗香立刻退後一些，並且向木蘭看著。

「請問府上是不是姓舒的？」木蘭問著說。

「是的，您要什麼？」那僕人把兩位女賓打量了一下，覺得她們的儀表還不差，就這樣問：「您兩位要見哪一位？」

「如果府上是姓舒的，我也許要見見舒老爺。」暗香膽怯地說。

「你可以不可以把我們的情形去告訴舒老爺？」木蘭問，「這一位是舒暗香小姐，她正在找尋她的父母。你好不好進去問問你們的主人，從前有沒有失落過一個名叫暗香的姑娘？」

那僕人就把門關上，暗香不得不抱著一顆忐忑不安的心在外面等著。

過了好一會兒，那扇門又打開了，裏面走出一個曲著背、鬍鬚很長、並戴著眼鏡的老公公。

他定睛看著那長成的少女，似乎不認識似的，同時那少女也不能認識他。

「你叫什麼名字？」他問著說。

「我叫暗香，您有沒有失去過一個名叫暗香的女孩子，那是二十年以前的事！」

「你現在有多大歲數了？」那老人問。

「二十五歲。」

那老年人沉思了一下，然後帶著深摯的感情說：「那麼你是我的暗香嗎？」

他躊躇了一下，然後伸出他抖動的雙臂把她擁住了。

「我的孩子啊！」那老年人說。接著他就轉過去向他的家人喊著，意思是要他們走出來。但這是不需要的，因爲早已有一隊青年男女從屋子裏跑出來，要看看一個老人怎樣和一個少女擁抱著哭泣。

「這是你哥哥，這是你嫂嫂。」那父親說，暗香好像對待陌生人那樣向他們鞠了一個躬。

「母親在哪裏？」暗香問。

「你的母親嗎，她在三年前去世了。」父親說。

木蘭和她的女兒阿滿站在門口，也被舒家的人請到裏邊去了。那老人領她們一同進去，一面依然握著他女兒的手，彷彿怕她重新失掉似的。

進了屋子以後，家裏的人就彼此交換消息，但是因爲他們離別得這樣久，所以談起話來好像陌生人那樣。木蘭感覺到這種情形，就立刻起身告別，並且對他們說：「我現在要帶著孩子一同回去了，在家裏盡有錦兒可以照顧孩子的。」

「那麼，我應當什麼時候回去呢？」暗香問。

「你一定希望能和親人好好聚聚，」木蘭很溫柔的說，「明天你能否回來，把一切經過的情形都告訴我？」

第二天暗香就回去，把一切情形告訴了木蘭。

「現在你願不願意再幫我們做事？」木蘭很焦急似的問。

「這個我可不知道。我的家對我似乎很陌生。我的哥哥和嫂嫂似乎不喜歡我回去。」

「如果你喜歡的話，你盡可以回去十天八天，看看家裏的情形怎樣。阿滿現是不大需要人照顧她了，我自己可以看著她。」

隔天，暗香就回去了，但是在十天之後她就回來了，並且說她願意繼續和她的女主人在一起。原來她的母親已去世，她的家已不再是她的了。她的哥哥是她家裏唯一的兒子，她的父親已經老了，所以家裏的事完全交給一個能幹而帶有惡意的嫂嫂去料理，而這位嫂嫂對於她的回去是覺得討厭的。

「她待我的父親也不好。」暗香說，「他原打算在那天晚上備一些酒席請我，但是嫂嫂說她沒辦法在這樣短的時間裏辦這件事。我的父親就堅持著至少在晚上備一些麵，她雖然聽從我父親的話去預備了，卻在廚房裏抱怨著。我父親暗地裏流著眼淚告訴我說，那個媳婦是不孝的。當我哥哥知道我還沒有出嫁，就覺得很煩惱；後來他說，我的出嫁也許要花他一些錢。」

「你們一家還過得去嗎？」木蘭問。

「我們有一些家產，但是因爲我的父親已老了，所以關於銀錢的事都由我的哥哥掌管。而且因爲我父親的眼睛已很模糊，不大看得清楚，所以他們想給他吃什麼就給他什麼。我們在這裏當丫頭所吃的東西，也比我家裏的主人所吃的要好一些。」

「你父親有沒有同你說起他對於你的盼望？」

「他要替我找一個好的配偶。」

「那麼你肯讓他這樣做嗎？」

「不，」暗香慎重其事地說。

「那麼，你怕不怕素雲？」

「有的時候，我想一個人能夠生活自立，倒比張開眼睛跳到地獄裏去好得多。但是如果二少奶奶肯待我好，情形也許兩樣。」

因此暗香仍繼續住在木蘭家裏。暗香的父親時常到木蘭家裏來看他的女兒，但是她的哥哥卻從沒有來過——他倒因爲能夠這樣容易地把她打發開去，覺得很高興呢。

兩個月之後，木蘭看出暗香時常神經過敏，並且覺得身體不舒服。木蘭就有些疑心起來，並且暗暗地向暗香說：「暗香，到底是什麼事？」

暗香的面容毫無神采，並且歎息著。

「你不妨告訴我，是不是襟亞？」

暗香用手遮著面孔，很怕羞的說：「少奶奶，救救我吧，我不敢拒絕他。」

「他有沒有說，他要娶你？」

暗香點著頭。

「那麼，他說些什麼呢？」

「他說二少奶奶不再和他同居，所以他覺得很寂寞。他說，如果我肯的話，他願意討我。我覺得很爲難，並且怕我父親把我嫁給別人。」

「那就可以了，如果他站在你這一邊，你就不用怕素雲了。太太和姨娘已經商量過了。二少奶奶沒有生過孩子。所以，只要太太們都贊成，公公自然答應的。」

暗香仰起頭來，臉上顯出十分安慰的樣子，她央求著說：「少奶奶，我的身體已是屬於他的了，事情是不能反悔的了，所以您一定要救我。如果他的父母不贊成，那我只好自盡了。」

「你不要怕，」木蘭說，「我已經同錢姨娘說過了。」

「那我一生一世都要感激您，但是現在請您幫我保守祕密，不要讓任何人知道，甚至於不讓錦兒知道。」

「你身上已經有了幾個月？」

「一兩個月了。」暗香說。說時又重新低下頭去。

「那我們得快些了。」木蘭說。

襟亞和暗香的戀愛以及和他妻子的疏遠，可以從他對於他舅老爺的態度上看出來。襟亞已回到北京了，在黃河水利局裏工作，但他已脫離了懷玉和他的一幫人，這件事使素雲很失望。後來懷玉碰到了一件突發事件，就失了他的差使。原來袁世凱的去世，使鶯鶯勾結袁氏第六夫人的努力完全失去效能。如果懷玉在帝制運動發動的時候不在山西當差，那麼他就不免要和那些加入帝制運動的人同歸於盡了。在袁氏去世之後，他就公開或祕密地指斥袁氏是一個有野心的老頭兒，不知道時代的潮流和「民主政治的力量」。在安福系得勢之後，懷玉就同交通總長曹汝霖勾結起來，在他的部裏當一個參事。那時正是安福系的極盛時代，懷玉兼了三四個差使，每月的進款合起來在一千五百元以上。

但是他的野心比這更大，他對於這樣的收入還覺得不滿。他覺得在這樣一個混亂的時代，握軍權的武人才是有真正的實力的。所以只有和一個軍閥勾結起來，才能升爲一省的督軍，才能操縱一省的行政權和經濟權。

就統治階級看來，中國各省仍是非常「富有」的。能夠直接統治一省的行政，比在北京政府裏當一個差使要好得多。普通人不大會知道，在一個像熱河那樣遼遠的省分做一個督軍，竟能積蓄起數千萬的家當。

因此懷玉和鶯鶯就在一個駐節天津的吳將軍身上大用功夫。那位將軍曾被鶯鶯的美麗所迷惑。有的人說，懷玉以前已經把鶯鶯送給吳將軍當姨太太，因爲這是一種傳統性的政治手段；可是有的人卻說，鶯鶯仍舊是懷玉的小老婆。但無論哪一種說法說得對，都沒有關係，反正鶯鶯已經公開做了吳將軍的姨太太，並且和吳將軍同車出入，又一連住在吳公館裏幾星期。但這種流言是帶著一種風流性的。而素雲同這件事也有關係，雖然不很明顯。

正在這時候，國內醞釀著一股政治風潮，那是由於反對安福系的「五四」運動而激發起來的。

安福系這個組織裏，包含著若干十分活躍的政客，他們是貪汙的、陰謀的、並且是專橫的，而他們的行爲也是令人生畏，但是手段倒幹練。他們在掌權短短兩年內，造成了中國歷史上令人痛恨的記錄，使人們一提起它的名字，就聯想到近代中國歷史上一件最腐化的事——如「西原借款」就是在這時候由王克敏財政總長簽訂的。王克敏也是一九三八年日本在北平成立的中華民國臨時政府的傀儡。

雖然這些借款的名義，是爲做正當的建設之用，如建設鐵路、開礦、賑災、防疫，或購買軍械，但當時的政府仍時常鬧窮，同時所謂機關、學校、大學，和國外的公使館等又都時常欠薪。原來每一種借款是一種藉口，目的是要成立一個新的「局」或「部」，以便留置許多位置給達官顯族的子孫、弟兄、子姪，以及一般附庸的寄生蟲——其中有許多人在幾個部裏兼了幾個差，並且可以不上班坐領乾薪。

但是「新文化運動」卻發生了效能。中國青年對於北京的統治階級，以及那抱著「做一日和尚撞一日鐘」的政府採取反抗的態度。這種統治階級和這種政府，實際上對於全國不能維持威權，對於政治的分裂和經濟的紛亂也毫無解決的辦法，而最壞的是對於國家不抱希望，對於他們自己沒有信心。

一九一九年五月四日，有三千名學生在北京街頭遊行，焚毀了曹汝霖的官邸，並且痛毆了另一個親日官吏，激成了一次全國的大罷工。要求改組內閣，並召回派赴凡爾賽和平會議的中國代表。這「五四運動」就是中國青年直接參加政治運動和復興國家的開始。

五四運動著重於要求日本歸還山東的問題，因爲日本在二次大戰期間奪取了青島。結果山東問題就因爲五四運動的關係，在凡爾賽和會中懸而不決，直到一九二一年的華盛頓會議才獲得解決。

在這之前，中國曾被英法兩國在一種祕密的條約中出賣，這個條約允許把山東交給日本，雖然中國是英法的「同盟國」，並在大戰時期派遣華工十萬人到法國去服務。此時安福系政府曾和日本政府簽訂過一個性質相同的協定，把山東讓給日本。一年以前，日本因爲西原借款的成立，就供給安福系的政府大批金錢，因此日本的外務省就要挾當時中國駐東京的公使章宗祥，要求中國政府允許日本在山東保持它的勢力。安福系政府因爲向日本借了一筆兩千萬元的借款，所以不得不同意這種要求，同時中國駐東京的公使就在這個條約上批了「樂於遵辦」四個字。當這個祕密在凡爾賽和會中被揭穿的時候，連中國代表團也覺得無話可說。

當這種賣國的消息從巴黎傳回中國的時候，全國上下對於安福系的幾個領袖異常憤怒，特別是曹汝霖、章宗祥，和另一位駐東京代表陸宗輿三人。

五月三日北京的報紙上刊登著一個消息，說是山東已經出賣給日本，並且安福系政府已經拍電給凡爾賽和會的中國代表團，叫他們承認把山東割讓給日本。那時北京的學生已打算在五月七日舉行一個大規模的示威運動，但當地的員警卻在竭力逮捕學生領袖。不久有一位姓錢的女學生被捕了，於是全體學生就決定改變日期，提前在第二天舉行示威運動。

那天下午一點，天安門前聚集著十三個大學的學生和其他學校的代表，他們手中舉著「打倒賣國賊！」「交還山東！」「廢除二十一條！」等等標語的旗幟，其中有一個姓謝的學生，抱著滿腔熱血跑到台上去，並在群眾面前咬破他的手指，用鮮血在一面白色的旗子上寫了這幾個字：「還我青島」。

這個示威運動卻變成了曹章兩個賣國賊出喪的儀仗，因爲在遊行的隊伍中，有一副白布條的輓聯，上面寫著：

賣國營私，曹氏子孫墓誌無言；
媚外訂約，章賊頭顱懸賞有價。

這一次遊行本來打算通過東交民巷，但在磋商以後，因爲得不到使館當局的允許，沒有成功。但是一般群眾就向著他們的目的地奮勇前進，一直擁到了曹汝霖的住所。那時曹汝霖正在和章宗祥討論中日進一步的議和條件，因爲那時章宗祥已被政府召回，擔任未來的外交總長。至於曹汝霖的房子則由衛隊嚴密保護，所有的門窗都已上鎖。但有幾個學生爬過外面的圍牆，同時曹氏有幾個衛隊因受一班學生愛國熱誠的鼓勵，都對學生表同情。後門打開了。曹氏已聽到了風聲而逃走了，但是章宗祥在匆忙之中沒有辦法，只好躲到庭院的一隻大木桶裏去，結果因爲他蓄著日式鬍鬚，被一班學生認出，拖出來痛打了一頓。那時的學生因爲沒有找到爲首的賣國賊，覺得很失望，就把曹氏的門窗和客室的器具一概毀壞，然後縱火把那所住宅燒了。

那時的教育總長就是和立夫很要好的傅先生。內閣的政權雖落在安福系的手裏，但是該系卻把教育部這個位置騰出來，交給本系以外的人，因爲教育部是各部裏面「最窮」的一部，而且是最不受人歡迎的。因爲教育部不但沒有錢可撈，而且學生的糾紛也最難應付。

在遊行隊伍解散之後，有三十二個學生被政府當局捕去了。當時謠傳，這些學生已被槍斃，同時北京大學也被解散了。其實這些學生不過被政府當局拘捕起來，教育部和大學方面雖和政府當局磋商，要釋放這些學生，但是沒有成功，因此傅先生就聯合十四所大學校長同時提出辭職，要求政府釋放被捕學生，政府當局覺得沒有辦法，就把這些學生釋放了。

這種事件的發展，在學生方面可說是得到了完全的勝利，接著這個愛國運動很快地傳播開去，而且各重要城市的商會也來參加這種愛國運動，結果就釀成了全國的大罷工。在六月十日那一天，曹章陸三人同時被政府免職，接著在六月二十八日，中國派往凡爾賽和會的代表團，也退出了會議。

曹汝霖逃走後，住在六國飯店裏，而懷玉就到那邊去看他。原來曹汝霖和其他賣國賊因爲看見舉國上下都在痛恨他們，知道形勢不對，就決定避到天津日租界裏去，而懷玉也因爲另有目的，就跟著同去。不久，素雲和鶯鶯也跟著懷玉到了天津。襟亞問他的妻子爲什麼要到天津去，她回答他說：「關你什麼事？」

在素雲離開北京以後，有一天，她同父異母的妹妹黛雲來看木蘭。黛雲已是一個十七歲的少女，她和她的父母同住在北京。有一件事情很稀奇，就是黛雲的父親牛思道，到了六十歲的年齡，忽然拋棄他的老妻，拿了大部分的財產，到黛雲的母親福娘那邊去住了。

黛雲這個孩子是一個極端激進的女學生，很能代表那時的新派青年。那時一般腐化官僚的子女，往往不是學他們父母的腐化樣子去生活，就是成爲一個反叛者，並且毫不妥協地斥責他們父母的生活方式。黛雲受了新的愛國熱誠的鼓動，就徹底和堅決地指摘一切舊式的官僚生活和家庭生活。她認爲家庭的聯繫是一種「封建式」的思想，所以當她談論她的父母、異母的姊妹、嫂嫂，和異母的哥哥懷玉的時候，是用一種非常坦白的態度的。她是忠於她父親的，認爲他是一個心地簡單的人，但她對於他財產的來源是不贊成的，並且承認在革命勢力得勢以後，他是一個應當被槍決的腐化官僚。她說話時，聲音非常粗糙，不像一個女性，她的頭髮剪得很短，身上穿著一件白色的短襖和一條剛到膝蓋的短裙，這是當時女學生的一種普通裝束。木蘭聽了黛雲的這一番話，好像聽了一個不大能夠相信的家庭故事那樣。

「啊，」黛雲說，「當我的哥哥聽說章宗祥被我們這些學生痛打了一番以後，就趕緊躲起來。他把家裏的門反鎖，不敢出去。第二天早晨，曹汝霖打電話給他，叫他去六國飯店看他，他就剃了他的鬍鬚，把自己化裝了一下，然後出去。你知道，因爲曹、章兩人都是蓄了日本式的『仁丹』鬍鬚，章宗祥也是因爲這樣才被痛打的。懷玉爲了怕這緣故而被人誤認，就趕緊把自己的鬍鬚剃了。當懷玉回到家裏的時候，他告訴我的嫂嫂說，他們也許會有危險呢。」

「哪一位嫂嫂，是懷玉的結髮或姨太太？」木蘭問。

「當然是我的嫂嫂。我稱呼那姨太太叫鶯鶯。我的哥哥因爲我參加了學生的示威運動，就把我痛罵了一番，當他罵我的時候，他是非常的躁急和口吃。他說，他雖然不曾聽到那些學生還要做什麼，但他們家應當爲安全的緣故搬到六國飯店裏去住。你知道，當他激動的時候，他說話時的口吃樣子很像我的父親，他的上下兩片很厚的嘴唇動起來，很像一條吸水的魚（**我家是厚嘴唇的，包括我自己**）。當他訥訥然說不出話來而口沫飛濺的時候，我卻冷靜地坐在那邊微笑著，於是他就轉過身來，對我說：『咳，你們這些不喜歡讀書、不尊重政府的男女學生啊！』我就回答他說：『當然我們是不能尊敬一個賣國的政府的。你難道贊成我們把山東賣給日本嗎？』我本來打算和他理論一下，但他卻向我說：『你們懂得什麼政治？』我就回答說：『至少我知道出賣自已的國家是一件錯誤的事。只有黑良心的人才贊成把山東賣給日本。』他聽了這話，越發對我發起怒來，並且說：『你們這些無恥的女學生，在街頭上像娼妓那樣的同男孩子混在一起遊行。』我就反駁他說：『你以爲一個女孩子爲了愛國的緣故，在街上遊行是一件可恥的事嗎？但是你該明白，我不是從天津的一家窰子裏出身的。』我說了這句話之後，你當然可以想像得到鶯鶯的臉變成了怎樣一副樣子，那時候，我的嫂嫂張著一對很大的眼睛對我看著。」

「你敢說這句話啊？」木蘭問。

「我怕什麼呢？他對我沒有辦法。我不要他的錢，我也不想做一個有錢的女人。我盡可以替自己謀生計。我從來不把鶯鶯放在心裏；我因爲不願意叫她嫂嫂，光叫她名字，其實怕我的，還是她呢。」

「你對於鶯鶯和吳將軍的事知道些什麼呢？這件事不是真的？」木蘭問。

「嘿，」黛雲回答說，「他們說我們是共產黨，實行共妻共夫。其實我的哥哥和吳將軍才是共產黨，因爲他們正在共著一個女人。我不必替他們保守祕密，因爲平津一帶的人都知道這件事。他把鶯鶯送給吳將軍做姨太太，並且在吳將軍不要她的時候，趕緊把她要回來。並且鶯鶯反爲這件事誇口。一天，懷玉在他妻子和我面前曾說起，有一位朋友問起那件事，你想鶯鶯說些什麼話呢？她說：『讓他們去說罷，反正他們是在妒忌呢。有許多交際花想得到吳將軍的青睞，但都沒有成功。』說起來也許你不相信，其實懷玉和鶯鶯曾被吳將軍請去一同吃飯，在吃完飯以後，我的哥哥就推說有要緊的事，微笑著走開了，讓鶯鶯在吳將軍公館裏打麻將，一連住上七八天。這就是這件祕密事情的開始。」

「你相信素雲也同這件事有關嗎？」木蘭問，「你我之間很可以說實話，你不妨把這件事告訴我。但是我對於伯伯的名譽，一定設法保全。」

「這個我可不知道。」黛雲說，「但我知道她們兩人在天津是什麼地方都去的！」

「你的嫂嫂住在本城嗎？」

「是的，她住在這裏照顧她的子女，沒有人會傷害她的。」

木蘭對於牛家裏邊這種革命的思想，感覺非常有趣，所以她就請黛雲多到她家裏來看她。

那時候中國的情況恰巧是這樣的。我們不能斷定，究竟是老一輩的，還是年輕一輩的行爲更覺紊亂。但我們可以說，一切事情在這個時候必須重新評價。原來一般舊的人物是頑固而腐化的，但青年人是富於革命性而舉動放縱的。老一輩對於中國和他們自己卻失去了希望，而年輕一輩對於將來倒抱著極大的熱誠。如果青年連希望的權利和熱誠都沒有，誰還能有這種權利和熱誠呢？年輕一輩的既然把一切事情都推翻了，他們在舉動方面好像是粗魯和不講究禮貌的，固然，他們是不大講究禮貌的，但是他們卻有熱血和純潔的心。

「五四運動」不過是國家多事之秋所發生的許多學生運動的開始。那些冷血的、上了年紀的、在政府裏任事的人的舉動，要是引起熱血青年的憤怒，就會有學生示威活動。老一輩的人時常埋怨，現在的青年是拋開書本不讀的，同時年輕一輩卻埋怨，老年人是不能統治國家的。因了這緣故，老一輩和年輕一輩之間的衝突就日益加劇，同時老一輩憤世嫉俗的態度，往往引起年輕一輩的反叛。後來國民黨因能運用這般青年的愛國心和熱誠所產生的力量，終於在一九二七年發動了國民革命，推翻了北京政府。

還有，木蘭的一生和本書中其餘幾位角色的生活，也因爲學生運動而改變了。

當然，關於鶯鶯這件可恥的事，木蘭是要同她妹妹莫愁和立夫等談起的。有時黛雲也過來和他們談起這件事。

「你的哥哥爲什麼做這種事情？」立夫問黛雲，「他很過得去呢。」

「他？」黛雲說——說的時候帶著一種藐視的口吻。「這種舊官僚，除非能掙一百萬家產，是永遠不會滿足的。在這種時代，穿長衫的文人必須仰仗於掛皮帶的武人。懷玉要想得到更大的財產，就不得不做一個軍閥的『舅爺』。」這個「舅爺」的名稱是帶有一種藐視的性質——意思是說一個人把他的姊妹或老婆送給一個軍閥，以做爲自己的進身之階。

「你既然能寫，爲什麼不把這件事揭穿呢？」黛雲問。

「你要小心，」莫愁對立夫說。

「我不怕，」立夫說，「全國的人都在反對安福系呢！」

「但是你要知道許多安福系的人仍在當權，而且懷玉同我們還有一些親戚關係。」他的妻子說。

「你的封建思想太深了，」黛雲說，「他也是我同父異母的哥哥呢。」

「你真不介意嗎？」立夫問。

「介意？我願意提供你一切資料。」

木蘭仰起頭來向他們看了一眼，但不說話。

「從原則上講，這些舊官僚的祕密是應當徹底揭穿的。」莫愁說，「但是爲了親戚關係，你也應當留些餘地。在發表這個祕密的時候，你不可以用你自己的真實姓名。你爲什麼不把這個責任推在別人身上呢？」

「這些舊官僚，除非有人想辦法叫他們停止，否則他們是不會停止的。」立夫說。

「你既然是一位生物學家，爲什麼不專心研究你的昆蟲和顯微鏡呢？」他的妻子問。

「我的昆蟲嗎？」立夫回答說，「我只知道兩種寄生蟲：一種是已經做了軍閥的『舅爺』的人，一種是希望做軍閥『舅爺』而沒有成功的人。這兩種就是我所要研究的寄生蟲，也就是剷除去我們中國的寄生蟲。」

「立夫，」木蘭說，「你不免是少見多怪，天知道這種寄生蟲是到處都有的。你知不知道，有一位曾經提倡東西文化而得過法國獎章的大人物，他所以平步青雲，是因爲他送了一個姨太太給袁世凱？」

「但是這件事是不同的，」立夫回答說，「他不曾把自己的姨太太送給袁世凱，而只買了一個袁世凱所鍾愛的妓女去送給他。所以這位偉人和懷玉比較起來並不怎樣無恥。」

莫愁覺得她不能用任何方法去阻止立夫的行動，就同立夫定了一種妥協的辦法。她叫立夫用一個筆名，只把真實姓名告訴刊物的編者，至於對懷玉、鶯鶯和吳將軍的名字，亦當設法隱去，如把鶯鶯改名爲「燕燕」，把「懷玉」改爲「卞寶」或「卞石」。

立夫親自寫了這篇故事，給陳三去謄清。他摹仿著小說的文體，把鶯鶯描寫得艷若天人。他在這篇文章之中沒有暗示出到底是小說還是實事。但在描寫的時候，他卻著重鶯鶯這個角色，使人很容易認出她來。他在字裏行間有好幾次提到懷玉的「仁丹」鬍鬚，並且清楚地暗示著懷玉是曹汝霖的一個下屬。

這篇文章刊登在北京的某日報上，有一部分讀者讀了這篇文章，就猜著燕燕也許就是鶯鶯，另有一部分讀者則確實知道這事。

說也奇怪，當鶯鶯拿了這篇文章給吳將軍看的時候，吳將軍大笑。鶯鶯說：「這篇文章真討厭！」但是吳將軍卻說：「但卻很稱讚你的美麗呢。」原來吳將軍因這篇文章把他描寫成一個「風流人物」，能在這樣的年紀向少女求愛，心中不免暗暗得意，他就對鶯鶯說：「我讀了這篇東西以後，並沒發覺其中有什麼可以反對的地方，這不過是一篇故事罷了。」

懷玉在這篇文章發表以後覺得很煩惱。但他又想到要公開向報館交涉，也很不方便，因爲如果這樣，就等於公開承認自己就是這篇文字裏的「卞寶」。後來他就決定寫一封信給他在北京的一位同事，請他調查一下，並且要求那家報館道歉，或至少在報上登一個啓事，說這不過是一篇純粹的小說，並不影射現代的任何人。但是他那位同事對於此事卻一笑置之，並沒有認真替他辦理。他的同事曾到報館裏去問編者，寫那篇文字的人到底是誰。那位編輯恰巧是立夫和傅先生的朋友，因此拒絕回答他的問題。他說，如果懷玉承認他就是「卞寶」，他盡可以在法庭裏控訴那個寫文章的人以毀謗的罪名。懷玉因爲怕這件事引起大眾更大的注意，自然不願這樣做。那位編輯有傅先生做後台，傅先生雖然已辭去教育部長的職務，但仍有一些具影響力的朋友。懷玉心裏雖然非常煩惱，但也沒有辦法，他猜想他的同父異母妹妹黛雲也許和這件事有關。幾個月以後，懷玉發現了誰是這篇文字的作者，就立誓要向他報復。

這個時候，北京方面成立了許多「通訊社」，他們是無所事事，只向政府機關坐領津貼——或者可說這是一種有組織的賄賂制度——但是政府裏面的領袖卻喜歡和這些機關聯絡感情。每一筆日本借款的成功，使北京的經濟界得到了雨露般的滋潤，同時也使這些通訊社得了好處。有的通訊社甚至於向兩個政府領津貼。這個時候，有一個通訊社是屬於安福系的敵人的。他們看了立夫的這篇文字，覺得有機會去向曹章一黨敲一筆很大的竹槓，於是他們就發表一篇相同的文字，把懷玉和鶯鶯的真實姓名都寫出來，但是對於吳將軍僅說是某將軍。懷玉在事前就聽到這個消息，因爲這件事已成爲人們酒後茶餘的話題。懷玉的朋友就想法去賄賂那家通訊社，但是結果還是失敗了。

第二天，北京許多報紙都發表了這篇故事。在這篇故事裏，懷玉的妹妹素雲曾經三次被指爲做了不名譽的勾當。那位吳將軍讀到了這篇文字，真的發起怒來，同時又有人慝慫他用手段去對付，但是這種舉動非但無益，反而會把事情擴大了。因此他們就想了一個辦法，一方面可向對方報復，一方面可保持吳將軍的「面子」。但是吳將軍不能直接請段祺瑞去辦，因爲吳將軍是屬於「奉系」的，而且那時「奉系」和「直系」的軍人正想聯合起來去對付「皖系」的軍人。後來他寫了一封信給北京的員警廳吳廳長，請他把那家通訊社封閉。吳廳長因爲是安福系的一分子，就立刻照辦，把那家通訊社封閉了。但這件事在實際上並沒有損害，因爲它立刻換了一個名字，另外成立了一家通訊社。唯一的結果是：北京城裏的人多了一種新鮮的話題，同時鶯鶯這件事就成了一件全國皆知的醜聞。

素雲被牽涉在這件醜事裏，後來就發生了直接的影響。因爲據黛雲說，她的父親讀了這段文字之後，非常生氣。

「當他讀著這段新聞的時候，他的臉色發青。他和我母親是同住在一間房裏的。那時我們剛吃完早飯，在他還沒有讀到這個新聞之前，我們已讀到了，所以當他讀這段新聞的時候，我們已經知道他讀的是什麼。我說：『爸爸，我也在別種報紙上讀到一個相同的故事。』但是他不願意讀這段故事，只不過口裏歎息，把那張報紙丟開了。他說：『你看你哥哥和姊姊做的是什麼事！這對我們家是何等丟臉！我知道這是鶯鶯所做的好事，不是懷玉所幹的。』他看見我微笑著，就對我定睛看著。他說：『你這小黑炭，你笑什麼？』我說：『父親，你也得想想我們自己，我的哥哥替賣國賊曹汝霖做事，也不是體面的呢！』他就問：『你怎麼知道曹汝霖是賣國賊呢？』我說：『如果全國都叫他賣國賊，那麼，他當然是一個賣國賊了。』我的父親很嚴肅的向我看了一下，但是不說什麼話。我想要同他說些笑話，就對他說：『你的子女並不都是壞的。如果我做了個軍閥的姨太太，你贊成嗎？』他覺得很稀奇，向我看了一下，並且說：『不，爲什麼呢？』我就回答說：『我不過是說說笑話罷了。你時常說我的哥哥和姊姊都像他們的母親，是不是？』他說：『是的，他們都像那個老太婆，同我是沒有關係的。』原來我那父親是不喜歡懷玉和素雲的母親的，接著他就責罵他的老妻，而我的母親和我就靜靜坐著聽他毀謗我的異母。當時我的親媽聽了這一番話，心中也暗暗覺得高興。」

這件風流事件，對於襟亞的關係比較密切，並且直接影響到曾家的名譽。

「那篇故事是誰寫的？」襟亞跑來問新亞和木蘭。

「誰知道呢？」新亞說，但是木蘭卻不作聲。暗香已知道是誰寫的，但她沒有說什麼話。

「我想這是立夫寫的，」新亞說。

「你為什麼這樣想？」木蘭問。

「我不過這樣猜想，因為立夫時常恨懷玉。」

「你說這篇文章真是立夫寫的，但這裏面卻不曾提到二嫂嫂呢，」木蘭說。

「不要怕，」襟亞說：「從此以後，我和素雲是沒有關係了。現在我正打算在日報上登一個啓事，斷絕我和她的關係。」

他向暗香看了一下，而暗香也仰起頭來向他回看一下，臉上露著一種不能隱藏的勝利的感覺。但是新亞說：「二哥，你若要採取這個步驟，必須先徵求爸爸的同意。我們都盡力瞞著他，不讓他知道這件事。我們不知道他聽見了這件事之後會做出什麼舉動，他現在病得這樣厲害呢！」

「這件事很難，」木蘭說，「如果他知道這件事和我們一家的名譽有關，他也許會把素雲完全拋棄，如同你所要做的。在另一方面，他的身體是這樣虛弱，如果我們因為這件事而使他感覺煩惱，那就不免要把他的性命送掉了。但是如果我們不讓他知道，而讓他自己去發現，他一定會責備我們，因爲這件事和我們一家的名譽有關。」

「這一步遲早要走的，」襟亞說，「如果我不把這個女人拋棄，那麼，她會把我拖累得更慘。當我回到辦公署的時候，還有什麼面目去見我的同事呢？我一定要跟她離婚，把暗香娶過來，讓她做一個正室。」

暗香聽見了這段話，就出了那個房間。木蘭覺得這件事不能延擱太久。

「暗香也是一個好人家的女兒。」木蘭說，「你若要娶她，必須好好的把她娶過來。照我的意思，你應當和婆婆、桂姑等商量一下。」

襟亞就到他母親那邊，並且說，他要娶暗香做正室，和素雲離婚。曾太太已經知道了素雲的醜事，同時也猜想在暗香身上已出了什麼事，雖然木蘭不曾把這件事告訴她。曾太太又想，她能在這時候使曾家免掉兩件出醜的事，於是她就和桂姑決定，把這些事情告訴她們的老爺。

曾文樸因爲身體有病，時常躺在床上休息。奇怪的是，那身體素來軟弱的曾太太，倒能在她老年的時候比她的丈夫更健康，桂姑在旁很想玉成這件好事，就暗示著說，襟亞還沒有兒子呢！曾文樸聽了這些話，似乎有意要討論這個問題。

當曾太太和襟亞一起進去看曾文樸的時候，她就開口說：「我們的老二太吃虧了，因爲沒有人照顧他的生活；還有，我們的二媳婦還不曾替他生個孩子。」

「那麼，你有什麼意見呢？」曾文樸問。

「木蘭有一個丫頭名叫暗香。」他的老妻說，「我們從小就看她長大，覺得她是一個很合適的女孩子，她臉上沒有什麼『怪相』。她若嫁給我們襟亞，一定是個好妻子。現在襟亞已同意了。」

襟亞自己不作聲，他讓婦女們替他說話。

「那麼，就把她娶過來！」曾文樸說，「但是素雲答應了嗎？」

「爸爸，」襟亞說，「如我娶了暗香，我是要把她當作正室的。她並非只是一個使女，她已找到她的父母，而且她的一家也過得好好的。……我要和素雲離婚！」

「爲什麼？」那父親問：「如果牛家不答應，那又怎麼辦呢？」

「他們一定會答應！」

「爲什麼？你能說出什麼理由？」

襟亞看了他母親一眼，他母親就說：「我們不願意把這件事告訴你。如果現在我們把這件事告訴了你，請你不要煩惱。你不必想素雲是我們自己的人，你應當想這件事辦了之後，對於我們一家的名譽是有益處的。」

「究竟是什麼事？」那父親問。

「我們試著不讓你知道這件事，但這是沒有用的。現在我們覺得越早把那個女人離了，對於我們一家和我們的兒子就越有好處。現在牛家不能反對這件事了，因爲這事已經上了報。」

曾文樸聽了這些話，面色忽然轉變，太陽穴上的血管已經暴起，他說：「我知道的，那就是素雲同那妓女往來的事。報紙上是怎樣登的？」

襟亞儘量輕描淡寫地把報上刊登的故事告訴了他。那父親就要求親自讀那張報紙，而襟亞就交給了他。當那父親戴上眼鏡讀著那段報紙的時候，心裏非常憤恨，雙手顫抖著。

「牛家的娼婦！」他喊起來說，「我們真倒楣，爲什麼一個清白人家被牛家這樣玷污了！……當然把她離了！就在日報上登一個啓事！不必去理牛家。」過了一會兒，他又說：「襟亞，你最好說你同她已有幾年沒有關係。不妨說一年、兩年，或三年。你不妨說，我們和牛家已經幾年沒有往來。你應當趕快把你自己和你雙親的名譽洗乾淨，不，再等一下！那個啓事可用我的名義去登。快拿紙筆墨硯來。」

這樣，那父親就在他老妻和桂姑面前，口授了一篇登報的啓事，宣佈他兒子和素雲永遠離異。接著他又想了一想，口授了一封信稿寄給素雲的父親牛思道，開頭他就承認自己採取了這個步驟，不免有些冒瀆，但同時又說，他不願意使曾家清白的名譽被別人玷污。末了，他還請求牛家原諒。

曾文樸的怒氣平息了，他就喘著氣躺著，覺得很乏力。

「襟亞，」他對兒子說，「我們因爲辦了這件錯誤的婚事，使你受苦不少，但是我們沒有想到，這件婚事竟會壞到這個地步。現在我們要替你辦好一件滿意的事。快把暗香領到這裏來，讓我瞧瞧。現在我們切不可一誤再誤。」

雪華在外室裏聽著，聽到了談話的一切。當她聽到了關於暗香的談話時，她就出去向暗香道賀，並且把她領過來，去見她們的主人。

暗香進來，後面跟著木蘭和新亞。她向曾文樸鞠了一個躬。當曾文樸看著她的時候，她就低著頭，站著不動。

「你會縫紉和煮菜嗎？」曾文樸問。

「會，老爺。」暗香說。

「你能讀能寫嗎？」

暗香紅著臉，沉默無言。

「她讀過《百家姓》，並且能寫一切果品和菜蔬的名目。」木蘭說。

「你能好好的服侍我的兒子，並照顧他的飲食嗎？」

暗香對於這樣的問題覺得不好意思回答，她的頭越垂越低了，但是曾文樸卻以爲這種羞澀和謙虛，乃是一個少女對於這種問題的一個最好的答案。曾文樸把那低著頭的少女的臉看了一下，就簡單地說：「我同意了！」

「趕快跪下去，向你的老爺叩頭吧。」桂姑說。

暗香就照樣跪下去，並且叩了三個頭。

「你也得向太太叩頭呢。」桂姑又說。

於是暗香又跪下去，向襟亞的母親叩頭，接著桂姑就把她領到外邊去。

第二天，那個啓事就在日報上登出來，同時曾家就派了一個媒人去同暗香的父親說話，說是新郎的父親病得厲害，願意趕快辦完這件婚事，最好是下星期。暗香的哥嫂聽得暗香要嫁給曾家正式做媳婦，他們的態度就改變了，對她非常客氣，並且願意幫她的忙，討她的好。

襟亞和暗香非常高興，就在第二天去看木蘭，謝謝她玉成其事的好意。這件喜事使暗香心花怒放，顯得更加美麗。

「是啊，」木蘭說，「現在你是我的嫂嫂了。你必須叫我木蘭。」

「我怎麼敢這樣稱呼你呢？」暗香說，「既然你的年紀比我大，讓我稱你爲姊姊吧。」

「但是我必得稱你爲二嫂嫂。」

「不要這樣，」新亞說，「你們不妨像姊妹那樣彼此稱呼名字。」

「我稱她姊姊，她可以叫我名字。」暗香說，「這件事說來真奇怪，當我在山東第一次看見你的時候，我願意稱你爲長輩。我的人生多麼奇特啊！別人的人生像河水那樣順著流，而我的人生卻如『九龍瀑布』，又跳躍又轉彎，改變實在太快了，太出於我的意料之外。」

「吉人自有天相！」木蘭說，「我有一個提議，現在你是一個少奶奶了，你不必再穿那種長袖的短襖去遮掩你手臂上的傷痕。那個傷痕正可以使你想到你的好運，而使你更加快樂。」

但是暗香依舊穿著那種長袖的短衣，而襟亞卻很愛她，並且爲了她從前所吃的苦，特別的待她好，因此她手臂上的傷痕，在他看來倒是她以前艱苦生活的一種象徵，他時常親吻她的傷痕。他喜歡在他心裏保有這種寶貴的祕密，只有他能看見和撫摸這個印記。

在另一方面，暗香也時常能撫平襟亞額上的皺紋。這些皺紋是他前幾年不愉快的婚姻生活所造成的，而現在暗香憑著她的愛情幻術，使這種皺紋漸漸消失得無影無蹤。

第三十六章

曾文樸在報上刊登了那則啓事後，就接到了牛思道的信，信裏的措辭比曾文樸所預料的要和緩一些。倘使牛思道仍是有勢力的，曾家是不敢採取這種強硬手段的，現在牛思道雖已失勢，但是曾文樸在登了那則啓事之後，心中仍不免有所不安，深恐因此引起了素雲一家的爲難或不愉快。現在曾文樸覺得很詫異，同時很安慰，因爲牛思道寫來的信裏，說他的不爭氣的女兒使兩家受了辱，所以她是應當受罰的。但是牛思道又說，他也許能私下辦成功兩家之間的離婚，無須在報紙上登啓事，因爲登了啓事之後，就使他失了面子。曾文樸收到了這封信，對於信內措辭的和平，覺得十分滿意，所以他就口授了一封很客氣的覆信，說是如果不是爲了素雲的事情在報紙上早已發表，而使他有洗清名譽的必要，他也不至於在報上登那則啓事。末了，他又表示他的抱歉，並請求牛家的原諒。

過了幾天，懷玉寄來一封措辭比較激烈的信，並附了一張從天津報紙上剪下來的啓事，這啓事是素雲送去登的。她說，自從她嫁到曾家之後，就不被她的公婆喜歡，因爲她無法生育，同時她也受夫家的虐待，她平時所用的錢，都是她自己的私蓄，所以她覺得最好的辦法就是提出離婚。看了這個啓事的口氣，好像是她自己不願和丈夫同居，這樣，她在公眾面前就保持了曾家和牛家之間面子上的平衡。

事實上，素雲對於曾家所登的那則啓事，覺得非常憤恨，因她認爲這種啓事等於是一種公開的侮辱。但鶯鶯卻勸她用一種不同的心理去看這件事。鶯鶯告訴她說，現在的女人並不因爲和丈夫離婚而失了面子。她又說，如果一個女人單單爲了保全她在社會上的地位而去和丈夫好好的同居，那是沒有意義的。在她辦好了正式離婚手續以後，她就能得到更大的自由了。因此素雲就聽了她的話，在報紙上登了一則相對的啓事。

懷玉在寫給曾家的一封信裏，開頭就替他的妹妹辯護，說是對於一種不負責的抱著某種成見的報紙上所登的新聞，是不能置信的。至於他妹妹的行爲是無可指摘的，而且，從各方面看來，她的夫家對於這種捏造的謠言，應當鄭重處置，不該貿然相信。現在曾家不但沒有拒絕這種無價值的謠言，反而在這時候宣佈離婚，那就等於助長這種謠言了。懷玉又說，在這個道德混亂的世界上，是沒有公道可言的，所以人們不免顛倒黑白。他說他不想多替自己辯護。他覺得人類的性情是卑鄙的，但他卻不希望人類投井下石。他願意和平地把羞辱吞在肚裏，因爲他覺得問心無愧，可以質諸天神。到了事情大白之後，他覺得曾家一定會反對那種謠言，到那時他們還是後會有期。

這封信使曾文樸越加發怒，但他對於這封信卻置之不覆。

從此素雲就和她哥哥那一幫人物來往，至於鶯鶯，她已和一個姓金的股票經紀人同居多年，雖然他們沒有正式結婚。後來懷玉成了吳將軍的親信祕書，並且很得寵，這位將軍的一切行動，他都有過問的餘地。不久，懷玉就帶了鶯鶯和他的妹妹素雲，同著吳將軍一起到了東三省，並且住在那邊，至一九二四年奉軍進關的時候，方始回到天津。

事實上，懷玉已拋棄了他的結髮妻子和他的五個孩子。黛雲對於她的嫂嫂非常同情，勸她母親把她們接過來住在一起。牛思道後來鍾愛他的幾個孫子，從那時候起，他們才開始享受正常的快樂童年生活。兩年後，牛老太太因爲被她丈夫拋棄，住在天津的一條陋巷裏，弄得窮困不堪，就暗自服了「來沙爾」消毒藥水自殺了。那時懷玉和素雲都在東三省，所以來送喪的人，只有牛思道、懷玉的結髮妻子和她的幾個孫子。從前在北京烜赫一時，而且極有權力的馬祖婆，就在如此黯淡淒涼的景況下，結束了她的一生。

曾文樸因了素雲的醜事，以及那接踵而來的離婚，不覺心神大受震動。接著他又接到懷玉那封無禮的信，他就一連幾天咒罵素雲和她的哥哥，因此他的老妻就提議叫他寫一封信給懷玉，好發洩他胸中的氣悶，不至於坐在家裏發脾氣。不料曾文樸的病體忽然轉劇，一天早晨，他竟突然中風。這樣一來，家裏的人都把那封信忘得乾乾淨淨了。等到曾文樸的健康稍微恢復以後，家裏的人就在他病榻前聚集了少數親戚，替襟亞和暗香舉行了婚禮。這個時候，新郎和新娘先向雙方的父母行鞠躬禮，然後彼此相對鞠躬。其他的禮節和宴會，都在外面的廳堂上舉行。這次婚禮，比以前簡單得多，因爲這是襟亞第二次結婚，稱爲「續弦」。

在吃喜酒的時候，曾太太是眾人中最快樂的一個。她好像覺得她兒子第二次的結婚，可以補救她以前的一件錯事。事實上，曾太太是這一次酒席上的主要角色，不過她像曾文樸一樣，也已是上了年紀的人了，但她仍舊穿得很整齊，打扮得同一個五十歲的婦人那樣，不過她的頭髮已經有四分之三是白了的。那一天她是酒筵席上一個小巧而美麗的老婦人。

她覺得最快樂的一件事，就是現在她已有了三個她所喜歡的媳婦，而且這三個媳婦在家庭裏相處和睦，這對一個家庭是十分重要的。在吃完了喜酒之後，桂姑就在女賓席上說：「我從來沒有見過一個像曾家那樣的人家，這一家所討的三位媳婦，都像一匹馬引了幾匹馬進來，三媳婦是大媳婦介紹進來的，而二媳婦是三媳婦帶進來的。」

筵席上的人聽了這幾句話，不覺鬨堂大笑起來，而暗香的嫂嫂這時彷彿有些拘束，而且有些不慣，只是吃吃地笑著。

「是的，」曼妮說：「如果沒有我，木蘭也許要飛去了，由於我的捷足卻把她抓住了。」

「不，」曾太太說，「你別把功勞全歸在你身上，木蘭原是你的公公所看中的。」

「但沒有人能否認暗香是我所發現的。」木蘭很得意的說。

「既然這樣，」曾太太很高興的說，「你們幾個媳婦應當彼此以姊妹相待。我有一個意思，老三和老大從小就以姊妹相稱，現在你們三人不妨彼此結爲姊妹。曼妮年紀最大，應當算是老大，木蘭是老二，暗香年紀最輕，算是老三，雖然她是二媳婦。你們彼此之間不必再以妯娌相稱了。」

這樣一種提議，因爲是從婆婆方面提出的，當然不會受到反對。因此桂姑就站起來，親爲賓客敬酒，預祝這三位媳婦彼此結爲姊妹，並盼望她們終身和睦安好。

那一天，曾太太微微有些醺醉了。

木蘭對女性友誼的需求，至此獲得滿足了。只有錦兒因爲暗香突然升格，不免稍稍有些醋意，但她卻能安慰自己，說是每個人的命運在他出世時已經註定了。

曾文樸在這件婚事完成以後，僅僅隔了兩個月就去世了。原來他的糖尿病轉劇起來，身體越來越虛弱，只能有氣無力地躺在床上喘息。

在他去世以前，他召集了子女和媳婦到他病榻前來，並勸告他們說：

「我自料不能久於人世了。在我去世之後，你們務須和睦同居，服從你們的母親，像現在一樣。至於傭人可以減少一些，年紀大一些的丫頭可以遣嫁出去。不要按照從前的奢侈標準去過活。我死了以後，你們應當替我辦一件正當的合宜的喪事，但不要奢侈。在你們母親活著的時候，你們應該盡力保留這幢房子，但以後不妨把它出賣。」

「時代已大大的改變了，你們都得各自雇用傭役，但這許多傭人的工資每月要在百元以上。你們切不可忘記『男主外，女主內』的原則。沒有分工和合作，一家是不能興旺的。曼妮，你是大媳婦，應當替這一家做個榜樣；但是木蘭，你是她們中間最能幹的，你應當幫助各人擔當這個責任。愛蓮，你嫁得不壞，你這件婚事使我可以無須擔心。麗蓮，你是相信婚姻自由，願意自已選擇丈夫的，但我要勸告你：你不要像現在的許多女子那樣做錯了事，去和那外表漂亮而心地愚笨的青年戀愛，或者因為擇夫苛刻，而至於終身不嫁。你應當聽你母親的話，讓我們老年人替你選擇，這樣，你就不至於後悔了。……現在是困難的時代，而國家又值多事之秋，所以你們這班子女應當十分謹慎，不要使自己投入糾紛裏面。在這十年的民國統治之下，國內所發生的內戰倒比清朝一朝更多。說不定將來還有更多的禍呢……」

他還想說下去，但是因為身體太乏力了，就停下來。過了一會兒，他僅僅說了這一句：「你們應當事事謹慎！」

接著，他就把他的孫子孫女叫了進來，並替阿善和阿通祝福，接著又替孫女阿滿祝福，隨後他就往後一仰，伸出他的兩指，彷彿在說，在這許多年之中，他只得了兩個孫子。這對於這位行將去世的老年人，是一種不大充分的安慰。桂姑就跪下去，湊在曾文樸的耳朵裏，輕輕地說了一句話，說是暗香已有了喜。那老年人聽了這話，就含笑去世了。

曾文樸之所以會這樣快的逝世，推測起來，有兩個原因。據桂姑的意思，素雲的醜事，不免提早了他老人家的逝世，因為他收到了懷玉的信以後，第三天早晨就中風，而在他中風之前，人們曾看見他把這段新聞連讀幾次。另一種理由是，襟亞第二次婚事的完成，使他覺得非常滿意，在其極滿意之後，也就死而無憾了。

曾文樸的喪事是非常熱鬧的。家裏的人替這喪事準備得很周到，並且發了很長的訃聞，因爲他的子孫出於至誠的緣故，不管他的遺囑怎樣，就替他這樣辦了，以保全他們父親的體面。曾文樸這個人是公正而誠實的，他的律己以嚴，舉止行動都很文雅。他雖當過次長，也任過副督辦和別的差使，但一生不過積蓄了十幾萬元，這很可以證明他的廉潔，和民國時代的一般小官吏不同，因爲他們能夠在六個月內撈到這個數目。還有，他的子女覺得他在晚年很悲慘，他犧牲了他的一生，去謀家庭的幸福。在他去世後，全國各地的老同事紛紛寫信來弔慰，同時他所隸屬的山東同鄉會也爲這件事大忙特忙。他們把官僚式的舊木器和禮品完全搬出來，去準備他的喪事。他在入殮時，戴著滿清官吏的紅翎帽，掛上朝珠，佩著腰帶，穿著朝靴和官服。

這時木蘭正在居喪之中，因她的母親和公公在一年內相繼去世了，但是自然界對於一個人總有一種報酬的定律，並且使生和死得了平均分配。原來木蘭違反了舊時儒教的規矩，在她公公去世的那個月就有了身孕，第二年就生了一個孩子，這是暗香生了她第一個孩子以後的第五個月。

幾百年前，有一個專講空論的儒教徒在他的日記上記著一件事：他一面是在認過，一面是在自責，說是「昨夜他同老婆敦倫一次」，那時他正在居喪時期。現代的中國社會已經不注重這些小節了。但曾太太是一位儒教徒，她覺得她的媳婦在居喪期間接連生育孩子，心中暗自慚愧。進一步說，暗香所生的那個孩子，是在她婚後七個月就養出來的，雖然他生出來的時候身體很瘦小，但沒有人能公開替她斷定。不過一戶人家突然添了兩個孫男孫女，暗香所生的是一個男孩，木蘭所生的是一個女孩，人丁興旺是家族繁衍的象徵，所以曾太太雖然抱著一種儒教徒的心理，但她內心裏依然是高興的。

說到姚家，自從紅玉和姚太太相繼去世以後，姚思安也入山修道，於是靜宜園已經很少有年輕人聚集。原來從前由一班愛好自由的青年所組織的各種團體，現在已不再存在；他們所組織的無名俱樂部，已被它的會員忘得乾乾淨淨了。在這個園子裏，老年人過世或離開，年輕人已經散開，或各自婚嫁了。姚氏姊妹對於這種情形，覺得非常淒涼，並覺得她們應當負起一些責任。

現在紅玉已經死了，阿非和寶芬已經結了婚，並且到國外去留學；巴固和素丹也結了婚，同時姚家姊妹因爲在居喪期內，也很少去探望他們；她們不過自己組織一些團體的活動罷了，老年的作家林琴南已到南方去了。杜南輝小姐有時仍去拜訪她們。有時那姓齊的畫家也偶然把華嫂子在店鋪裏的事告訴她們，因爲齊先生是一個喜空閒和愛花卉的人。那時曼妮在胸前生了一個瘡癤，而她對於中醫西醫都不願意去看，幸而有木蘭的一個姑姑把一個土方介紹給她，她就依法服用，不久就把瘡癤治癒了。

立夫開始在報章上寫更多關於現代政治的文章。除了他所寫的一篇很長的、很有意思的題名叫作「科學與道教」的論文以外——這篇論文是根據他岳父的一篇得意文章而演繹出來的——其餘的文章都是和現代問題有關的。杜南輝答應把這篇論文譯成英文，但她從沒有把它譯完。

這篇文章裏所提及的是一種科學性的神祕論，他所根據的是他從生物學的研究中所得到的生命的神祕觀。他又寫了一篇題目叫作「樹木的感覺」的短論，把一般人對於「科學」和「意識」的觀念修正了一下，並且把它發揚光大，使它包含了一切生物和植物對於環境的感覺，例如螞蟻在暴風未來之前就能預先感覺到。立夫認爲有意識的生活，並不是人類所特有的。他又把「言語」的解釋擴大開來，認爲是任何感覺之一種表示，所以他就相信花是能「微笑」的，秋天的生命是能「歎息」的。他又說，當一個人把一棵樹的椏枝砍去，或剝去了它的樹皮時，它就會感覺「痛苦」的。那棵樹覺得砍去了它的一枝椏枝，對它無異是一種「傷害」，剝去了它的皮，就等於是一種「侮辱」、「倒楣」或「被打了一巴掌」。樹木是能聽、能看、能觸、能嗅、能吃、能消化、能排泄，它和人類的一切舉動雖然不同，但在生物學的作用上都是同樣有效的。樹木也能感覺光、聲、暖氣和空氣等的作用，並能根據它能否得到陽光和水分，而表示出它的「快樂」或「不快樂」。這是和立夫所根據的莊子的道家神祕主義相符的。接著他就減低了人類的自大心理，並且以爲「感覺」、「情緒」、「意識」和「文字」等等並不是人類所專有的。這是一篇簡短的文章，卻是可以引伸開來，成爲一篇詳細的哲學論文；但是立夫沒有這樣做。

這篇論文裏所提倡的是一種科學性的汎神。討論關於莊子的道說：它是「在螻蟻……在梯稗……在瓦甓……在屎溺……」。立夫對他的妻子說：在一個孩子生下的第一天，母親的乳房就會分泌出一種黃色的防腐液體，以便保護那嬰孩。對於這種神祕的事實，立夫說：「你可以稱它是神、是道，或路。但是這種事實，是在一個母親的胸部裏。你不要以爲這種神祕在人類才有。原來在低級的生物裏，也含有一種完備的適應本能。微菌能夠利用化學的知識，這種知識是最進步的化學家所認爲困難的，但是微生物卻能簡單地、完備地、而且毫無錯誤地去利用它，蠶能產生最優美的絲，人類只能把它賣了換取金錢。蜘蛛能產生出防雨水和防氣候的結實的膠質；螢火蟲能產生出最有效的光線，這就是莊子所說的『道在螻蟻』這句話的意思。」

莫愁因爲她丈夫時常講起科學上的名詞，所以也知道染色體、內分泌和酵素等等名詞。至於立夫的科學根據，是能在他對於政治的態度中反映出來的。他的熟悉科學知識，使他對於西洋非常讚美，因此他的科學見解是很進步的。這種觀點，可以從他對於段政府和安福系官僚的不耐煩態度裏顯示出來的。

木蘭時常來拜訪他們，並且和他們討論商業上的問題，如一般的減縮政策，現款的調整問題，水災對於受災區茶葉和藥物的影響等。莫愁對於商業，比她的父親更投入，她時常在節期宴請店員，以便聯絡感情，這是她父親所不大知道的。立夫也提議把一些著名的中國補藥裝在瓶裏，像西洋的專賣藥品那樣到外省去推銷；但是木蘭卻反對這種主張，認爲這樣變更推銷方法，未免近於滑稽，原來一般人民習於看藥草的原貌，他們不願意購買一種不容易認出來的，經過化合作用的藥丸。如果把中國的藥草化成了西藥的方式，那麼一般顧客在買人參的時候，就不再能看出人參的紋路、顏色和樣式了。如果他們提倡把人參的精華提鍊出來去賣給一般顧客，那麼第一步就得要調動藥鋪裏的職員，而採用大規模的廣告方法，把一般顧客的心理改變過來，同時把老式的招牌和木截條打倒，使藥鋪裏不再有香氣和研磨的聲音。為什麼他們要急於販售茶葉和藥物呢？立夫對於這個題目並不感興趣，所以他就放棄這個意見，不再加以討論。其實所討論的，不過是他的一種想法罷了。

由於黛雲時常去拜訪他們，這個小團體就時常談論現代的政治。立夫的親叔父聽見立夫現在的境遇很好，就寫信問他要錢，並且派一個兒子到北京去讀書，要立夫替他出教育費。現在莫愁的母親去世、父親又離家，立夫在姚家的院子裏變得不太像是一個「外戚」，他的堂弟到了北京以後，就住在這院子的一個房間裏。

這個小團體對於學生運動是很活躍的。原來中國的一般青年，在精神上都是反對政治上破產的北京政府。一般人都承認有第三次革命的必要，為了可以掃除那些軍閥，而使中國得到一個真正現代化的政府。國民黨替中國的建設提出了一種完備的計劃，因而吸引了許多富於政治意識的大學生。

北京大學仍是過激思想的中心，所以很受政府的嫉視。有幾個教授乃是國民黨的黨員，更有一兩位教授被人們認為是共產黨。從日報和刊物上可以看出他們在心理上有一種顯著的改變，就是從一種不固定的改良主義和一種醉心於西洋的熱誠，漸漸轉變到一種對於社會和政治問題特別熱烈的討論。一般人對於外國名詞的採用，日漸增多，同時人們所表示的思想也越發傾向於過激方面。一般年輕富有活力的學生，都加入了國民黨或共產黨。他們公然以挑戰的姿態批評政府的行爲，同時政府也感覺到自己的弱點和公衆輿論的力量，對於這些批評只好置之不顧。只有幾個官吏偶然在畢業典禮的演說中略微提起一下，把不認同政府行動的學生，稱爲「共產黨」或「蘇聯的爪牙」。他們也指斥國民黨黨員是「過激黨」或是「危險分子」。

立夫、木蘭、黛雲、環兒、立夫的堂弟，以及莫愁等等，多少被捲入政治的漩渦中。但是當新亞和他們在一起的時候，就以他落後的詼諧議論，在他們熱烈的討論上澆冷水，同時莫愁也要附和新亞，去阻止他們的討論，所以他們被稱爲「保守派」。莫愁時常這樣說：「這樣的議論有什麼好處呢？」環兒是一個皮膚黝黑而態度沉靜的少女，但她卻能抓住時代的政治意識，她所發表的新思想往往出乎他們的意料之外。

立夫的同事和朋友開始常到立夫的家裏來坐，有時他們就在這個院子裏舉行會議，這是一個具有政治意識的小團體，它的性質不但和紅玉去世以前院子裏聚集的那個小團體不同，同時也與巴固和素丹等所提倡的那個藝術家和美育家的俱樂部不同。這時陳三已經被立夫升爲家庭祕書，管理他家裏的一切帳務，同時也兼守園的職務，因爲他每晚睡覺前，總要在園子裏巡邏一周。現在他也常在會議中露臉，並且爲會場做記錄。

環兒因爲屢次遭受陳三的拒絕，就引起一種反感，時常和陳三做劇烈的辯論，並且對於任何問題都提出一種相反的見解。她的母親原先想把她出嫁的，但是立夫卻告訴她說：「你對於環兒是不能這樣的，因爲現在這時候一個女孩子雖然過了二十歲，也沒有急於出嫁的必要。」過了一些時候，立夫注意到環兒和陳三之間已有一種態度上的改變，他們開始在許多問題上表示同意；環兒對於陳三所提出的意見不再獨持異議，同時他也願意贊成她所提出的。在表面上，陳三似乎仍是沉默的，對於一切戀愛事件好像不感興趣似的，其實他已漸漸地對環兒表示尊敬。事情是這樣的：

一天，環兒拿了一本書給他看，並且問他爲什麼這樣沉默。

「各人的境遇是不同的，」他這樣簡單地回答她。

「我明白，」環兒說，「如果是我，我也會有這樣的感覺。你知道我們對於你的母親都是很看得起的。」

陳三從沒有和任何人談起他母親的事，他只是沉默著。

「當你母親在這裏的時候，她的行動非常自由，好像在她自己家裏一樣。現在我們希望你也能這樣。」環兒繼續說著。

她低下頭來，因爲她突然說了幾句違反她自己的意志而充滿著感情的話。

「謝謝您，小姐，我也要謝謝您的哥哥和您的母親。」陳三說，「請您不要介意我的孤僻脾氣。我是過慣孤獨了的，因爲自從我被拉到軍隊裏去，和我的母親分離以後，我是舉目無親，獨自過著淒苦的生活。當然，我對於世界的看法是和你們不同的。」

「你知道，」環兒說，「你的母親是和你不同的。她雖然是孤獨的，但她同我們家裏的人都能說話，她待我很好，好像待她自己的孩子一樣。」

陳三對於這一段談話很感興趣，他就問環兒，當他母親在這裏幫傭的時候，她所做的是什麼工作，她的生活是怎麼樣的。環兒就告訴他，他母親怎樣照顧她的嫂嫂和她的母親。不過說話的時候不免誇張了一些，並且說她本人和他的母親談起話來怎樣投機，無論在白天或晚上。「你也可以這樣做，你也可以像你母親那樣在這裏覺得很自然；」她繼續說著，「如果你有什麼東西要修補，你盡可以把它們帶到這裏來，我們的女傭可以替你效勞的。」

「我怎麼敢呢?我不過是一個雇員，我不能擺架子。」

「這要看你怎麼解釋『禮貌』兩個字。」那少女回答說，「你知道當我把你母親留下的那個衣包交給你的時候，你並沒有謝謝我。」

他看著她，想起當他第一次看見這個穿著整齊的少女把那個衣包遞給他的時候，她的眼睛有些朦朧，她的聲音有些顫抖了。所以在陳三看起來，環兒對於他母親的要好是很實在的。

「你將來打算做什麼？」她突然地問。

「我不過是一名守衛，如果沒有人提拔我，我能做什麼呢？」他這樣說。

「我知道你是個孝子。」她用一副鄭重的臉色這樣說。「你一生的志願就是回報你母親的恩。但是一個兒子報答他父母最好的方法，便是做一個好人，並且在社會上提高地位，榮宗耀祖，光耀門楣。如果你遠離了人類的社會，並且時常鬱鬱不樂，你就不能做到這一步了。」

當陳三拿了那本書回到自己的房間裏來的時候，他開始認真思索那個少女對他所說的話。因爲他是一名守衛，覺得不能和主人的妹子發生關係。但是他在小團體的非正式會議中，聽見人們在討論政治問題的時候，也有人隨便地討論到對於婚姻的意見。多數人的思想都以爲婚姻的儀式是表面的，是不需要的，因爲兩性的結合是根據戀愛的。環兒並且表示意見，說是結婚證書在訴訟的時候才用得到，在平時是用不著的。「這話並不新奇，」立夫說，「你也許記得那個名畫家鄭板橋怎樣嫁女兒的一個故事。一天，在吃了晚飯以後，他帶了他女兒出外散步，到了鄰村的一個朋友家裏去聊天。他在那朋友家裏就對他女兒說：『這是我朋友的兒子，你不妨住在這裏過夜並且做一個好媳婦。』說了這兩句話，他就拿了枴杖走回自己的家裏去。」

「一切婚姻儀式都是封建的，」黛雲說。

立夫因爲替他妹妹辦了一件很奇特的事，所以有部分人認爲立夫是「共產黨」，或至少是一個含有危險思想的過激派。

一天午後，立夫很早就請他妹妹和他一起出去遊西山，並且說，今天的天氣很好，他要出去散步。他又吩咐陳三伴著他們同去，他們走到了山頂上叢林中的一個廟宇裏，就在那邊休息，一直到太陽下山的時候。接著他們就在山頂上散步。那時正是四月下旬，在傍晚的時候，天上的雲彩依然很美，他們停在一條深林的小徑路口，立夫就對他們說：「環兒，陳三，我希望你們結爲夫妻！我們決意拋棄一切儀式。這裏的樹木、飛鳥、浮雲和我自己，都可以做你們的證人。你們趕快跑到松林深處去相互擁抱接吻吧，這樣，你們就能完成一對青年男女從來不曾有過的最莊嚴和最美麗的結婚儀式。我早已替你們在那個廟裏租好了一個房間。」

「哥哥！」環兒說，說的時候她的眼睛張得很大，凝視著她哥哥。

「照我所說的去做吧！」立夫說。

「那麼，母親會怎麼說呢？」

「我想你是新派的人，」立夫說，「你說過，你不相信婚姻儀式，現在你且照我所說的去做吧。我知道你們倆是彼此相愛的。」

環兒因爲從小受了她哥哥的影響很深，就照他的話去做。

陳三對於這件事覺得完全出於意料之外，一時不覺手忙腳亂，說不出話來。他只一再喃喃地自語：「我不配……」但是他也不敢違背他主人的吩咐。立夫就抓住了他的手去握著他妹妹的手，並且說：「現在我願你們倆得到幸福！」

環兒有些害羞地讓陳三握著她的手，一直走到深林裏的一條小路上去。立夫就在路口站著，看他們一同進去，一直穿過了小徑，並且看見他們倆的影子反映在夜色朦朧的天空裏。他們倆就在一個很大的天幕下站立著；立夫看見陳三止了步，伸出他的雙臂去擁抱環兒，並向她低著的臉上親了一下。立夫覺得如果她能仰起她的臉對著陳三的臉，那麼這場婚禮就如同他想像中的那樣完備了。

這種婚禮同立夫道家自然主義也是合得起來的。這種自然主義是主張否定文化，回歸樸素，和排除禮節的，並且已推行到一種多少有些荒謬、但仍舊合邏輯的限度。

當陳三和環兒一同回來的時候，他們已找不到立夫。

「哥哥，」環兒喊著，「你在哪兒？」

「少爺，」陳三喊著。

立夫已經走開了。當他們回到那座廟宇的後院時，他們就聽到寺裏大鐘的聲音。後來他們知道立夫曾經給了寺裏的侍者一些錢，叫他在他走出大門的時候，趕緊打起鐘來。因此陳三就同環兒在山頂上的那座廟裏，度過他們結婚的第一夜。

立夫僅在事前把這個計劃告訴了莫愁，但是沒有告訴他母親。那天晚上，當他很晚回到家，卻沒有帶著他的妹妹一起回來，才把這件事告訴了他驚奇的母親。

第二天早晨，那一對「新郎」和「新娘」就一同回來。當他們走到大門口的時候，就聽見一陣爆竹的聲音，向他們表示祝賀。他們兩人的表情好像有些莫名其妙，似乎被人做了一番惡作劇。立夫和莫愁看見他們進來，就出去迎接，並且把他們領到他母親的客廳裏，那位母親就接受了他們的鞠躬禮。母親堅持派一個傭人出去買幾丈紅緞，把紅緞結成了花彩，一部分掛在環兒的房門上，一部分則掛在母親的房門上。

這次的婚禮是非常奇特的，因此家裏的傭人就把這件事告訴了外面的人，結果這件事就登載在北京一家日報上，被一般讀者當作酒後茶餘的最好的閒聊話題。從前找到陳媽兒子這件事是嚴守祕密的，只有少數朋友才知道，但是現在這件事就和他的非常婚禮同時被談論起來了。

因了這緣故，立夫就成了一個極端過激派，並且有幾個人稱他爲共產黨。原來這種婚姻是一種突然的改革，只有在激烈派對於「新」的接受比現代西方還急進的一個中國裏才是可能的。錢玄同教授甚至於主張廢姓，認為姓是一種時代的錯誤，因為姓的裏面帶著家族中的一種有害的記憶，而把「個人」淹沒了。因此他就廢除他的姓，稱自己為「疑古玄同」。

阿非和寶芬在一九二四年秋從英國回來，他們在畢業後曾在巴黎住上一年，寶芬就趁這機會學習繪畫。他們還沒有孩子，但是寶芬卻希望得到一個。在阿非和寶芬回來之後，姚家兄弟和姊妹之間就有了一次大團聚。阿非在兩個姊夫之間，對於新亞比較接近，因為新亞從小就和阿非做朋友，而且比較隨便。但是立夫和阿非談話的時候，喜歡說得很抽象，而且富於書生的氣息。他們到了北京後的第二天，寶芬就和她丈夫一起去看她的父母，並且住在他們家裏三天。接著他們兩人去探望紅玉的墳，他們看見墳周圍所種的小柏樹長得很好，覺得很高興。

現在立夫是住在莫愁前面的一間曾經給紅玉住過的房間裏，他把它當作讀書室和實驗室。莫愁對於立夫利用紅玉的房間，不免含有一種迷信的心理，覺得這房間是「不吉利」的；但是立夫卻不接受她的意見，而她終於也聽從了立夫的主張，因為他的書室和她的房間很接近，倒是很方便的。她順從了她的丈夫，並鼓勵他去買價值很高的參考書和設備，因此在北京城裏，私人方面所有關於生物學和其他有關科學的參考書，要算立夫是首屈一指了。

莫愁在這時候又生了一個兒子，她並且禁止家裏的傭人和孩子在立夫工作的時候走進他的實驗室裏去。每天上午十一點鐘，她親自端著一杯牛奶和幾片餅乾，送到立夫的讀書室裏去，把它放在他的桌上，放好之後，她就悄悄地退了出來。當他在晚上工作的時候，莫愁就不能真正地入睡，因為她具有一部分女人所有的特性，就是在睡覺的時候，還能聽見很輕微的聲音，因此立夫就說，她是能「在睡覺的時候聽見他的聲音的」。

莫愁希望立夫能用他的全副精神去研究「昆蟲」。有時立夫曾在實驗室裏埋頭工作到幾星期之久。接著他對於時事問題的興趣又重新濃厚起來。莫愁覺得她參加立夫的政黨，倒比自己站在團體後面更能引導立夫。莫愁也同時出席正式的會議。她對於她的丈夫，心裏不免懷著一些隱憂和恐懼，這是她不能告訴她丈夫的。

阿非回來後不久，就到立夫的書房裏來同他談天。這個書房裏有一張沒有漆過的桌子，上面亂堆著許多試管、顯微鏡，和亂塗著的紙片，以及許多半開半闔的書本。

「請你把這一次戰事的真相告訴我吧，」阿非說。

「哪一次戰事？是北京方面的戰事呢，東南方面的戰事呢，南方的戰事呢，還是華中或華西的戰事呢？現在的戰事非常之多。」立夫回答說。

「我指的是現在北方的戰事。」

「喔，那些不過是感情用事罷了。」立夫說。

「你所謂『感情用事』是什麼意思？」

「他們是在爲北京的這個屍體作戰呢。原來北京還是中央政府的所在地，凡是能夠管理北京的人，當他去世以後，就可以在他報喪訃聞的官銜上，另外加上四個字或八個字。當然，他們在北京也可以得到一些額外的收入，但此外卻沒有什麼益處了。所以這種戰爭的動機，大致是爲了人們要在他們的報喪訃聞上多加幾個頭銜，使那些死人在他的棺木中知道他已有了許多頭銜，因而覺得更高興一些罷了。」

「但是誰在攻擊誰呢？」

「如果我把詳細的情形告訴你，那你就會被弄糊塗了。」立夫說，說的時候拿了四件東西做比方：兩把鉗子、一支鉛筆和一片吸水紙。他在解釋的時候，好像教授在課堂裏說教似的，他說：「現在我們用這四件東西來代表四個武人的派別，並且把第二把鉗子看作是從第一把鉗子裏分化出來的。我們且稱這四件東西爲甲、乙、丙、丁。甲是指那支鉛筆，它代表奉派；乙是指第一把鉗子，它代表直系；丙是指吸水紙，它代表皖系；丁是指第二把鉗子，它代表基督將軍這一派。自從你離開北京後的四五年內，他們四個派別之間時常發生戰事。」

「第一，甲和乙聯合起來去打丙：第二，甲和乙既戰勝了丙，他們中間就起了紛爭：第三，當甲和乙第二次交戰時，丁就脫離了乙：第四，丁和甲聯合起來去打乙，同時還有丙在贊助。我怕這一次丁是要勝利的，因此在短時期內，甲就要和它現在的敵人乙聯合起來，去打敗它現在的同盟者了。」

「所以安福系因爲失勢而下台，後來又因爲段氏的上台而重新得勢。政府方面曾下過通緝安福系的命令，但是一兩年後就取消了。現在基督將軍馮玉祥剛回到北京，所以吳佩孚的地位就非常困難，他既然要在前面抵敵奉系的軍隊，又須在後面防禦基督將軍。」

「你相信基督將軍嗎？」

「是，他的軍隊從不勒索人民，他們買東西都是付錢的。馮玉祥原是奉命去打奉軍的，但他出發很慢，並在出發時吩咐他的軍隊沿途造路，以便乘機趕回，促成那次戲劇性的倒戈。他包圍了總統的住宅，同時，內閣也辭了職，除了安福系的王克敏，因他已脫逃，躲起來了。」

立夫所描寫的那次戰爭的結果，便是直系軍人的失敗，同時有一部分奉軍回到北京，在長城以南擴張勢力。這時統治著山東的，是銜著大雪茄、擁著俄國老婆的狗肉將軍。

在立夫沒有加入國民黨之前，國民黨的創辦人孫中山先生在一九二四年十二月三十一日到了北京，北京的民眾，特別是大學中學的學生和教授，都對他表示熱烈的歡迎。不幸孫先生在幾個月後就死在北京的一家醫院裏，那時他的夫人也陪在他的病榻旁邊。在孫先生去世以後，一般民眾怎樣替他悲哀，實在是難以形容的。現在中國的國父已經死了，舉國對他所表示的哀悼情緒，只有他在一九一一年革命成功後，回到中國時民眾對他表示的歡迎情緒，才能相比。在出喪的時候，孫夫人穿了喪服跟在靈柩後面，而全國人民因了這位偉大領袖的去世，就同她一起哀悼。當孫先生的靈柩在街上緩緩地經過時，在旁邊觀喪的老年人和青年人都流下傷心之淚。爲了這個緣故，北京政府對於國民黨深得民心的一種力量就感覺恐懼。立夫因孫先生的去世受了很深的感動，就加入了國民黨。

在這次喪事後兩個月，上海方面就發生了「五卅」事件，那時有幾個國民黨的煽動者在上海被英國巡捕所槍殺，結果引起了全國的憤怒，因此整個國民黨的政治力量，以及學生團體和勞工團體都來參加這次運動。學生們就到各城的街市上去宣傳罷工，並且舉行遊行演講，藉以喚醒一般民眾。所有的學校都停課參加遊行，舉行會議並在街市上貼標語和演講。立夫和他團體裏的人都參加這些活動，同時立夫的實驗室就變成了一間宣傳室，他的書桌上高高地堆著一大批作爲招貼之用的紙張。甚至連莫愁也感染了這次運動的熱情。陳三和環兒出去向街市上的人民公開演說，而立夫則騎著自由車去應付各項瑣事。莫愁自己雖不曾擔任什麼重要工作，但她卻在各種小事情上幫他們忙。

北京大學的教授和一般作家分成了兩個相對的團體。他們所辯論的問題，是民眾運動是否必要，是否能喚醒民眾。當時「文學革命運動」的幾位領袖已經落伍，並且成爲反動人物。以前他們雖也偶爾去喚醒民眾，但是現在卻怕同民眾站在一起了。除了共產黨的陳教授，這班教授大致是怕民眾，而且對他們表示厭惡的。

他們辦了一個週刊，那是這班「君子人」的機關報，目的是要公開地去譏諷那種運動。這一班「君子人」大多數是英美各大學的留學生，他們仍然相信統治階級，並信他們的知識是高人一等的；同時他們也相信祕密外交。他們對於民眾本來是不信任的，並且相信如果把國事交託給他們，一切事體就能辦得很好。但他們超人的知識並沒有使青年人所提倡的遊行運動受到影響，並且這種知識雖然認爲可以救中國脫離軍閥和帝國主義者，但這班領袖自己也不知道怎樣去著手實行。他們中間有一位用一種譏諷的口吻描寫學生們的喊口號、貼標語，並且說，這班青年學生把標語貼在牆上之後，他們的情感就可以發洩出來，同時他們的熱誠也就煙消雲散了。還有一位作家是著名的「科學家」，他的爲人誠懇，但他卻喜歡和軍閥往來。他在一篇論文上寫著這樣的話：「感化一百名的人力車伕，還不如感化一個坐人力車的人來得有價值。」他發表了這幾句話以後，不免使他自己惹了一陣風波。但是他卻願意受民眾公開的否決，這可以顯示出他的智力是高人一等，不是一般民眾所能領會的。但是這件事使立夫非常憤怒，他就寫了一篇反駁的文章，去攻擊那位「科學家」。立夫在憤怒時所寫的文章，往往不加考慮，他不過隨心所欲地把自己要說的寫下來。因此民眾讀了這篇文字，認爲當時的兩種最著名的刊物之間是在鬧什麼宿怨。

立夫親自聽到一些事情，使他覺得非常憤慨。原來有一個敵派刊物的作家，在天津的一家報紙上撰登一篇社論，他認爲這是對於安福系政府的一種大膽批評。但在一次宴會的時候，這位作家的朋友就對他說，你對於政府既做如此激烈的攻擊，那你就很有做官的願望。那位作家聽了這句話不覺微笑了一下，他認爲這是他朋友對於他的一種好意。

立夫對莫愁說：「這些作家簡直就是娼妓！他們登台做官以後，一定和別人沒有兩樣，現在他們在提倡什麼言論自由和出版自由了，但是等到他們得勢以後，首先壓迫言論自由和出版自由的就是他們。」

「你爲什麼這樣激烈的反對他們？」莫愁問。

「因爲他們寫文章完全是把它作爲一種進身之階。這就是《論語》上所說『學而優則仕』的意思。他們認爲在一個軍閥的家裏喝酒，是一件榮幸的事，無論這軍閥是誰。他們時常在政府門口奔走鑽營，就像那位『科學家』一樣，他爲什麼不專心去研究他的科學呢？」

「那麼，你爲什麼不在你的實驗室裏研究你的科學呢？」莫愁問，目的是在譏諷他。

「那是不同的，」立夫說，「我不是爲詐取錢財而寫文章。我覺得民眾是必須喚醒的。」

後來立夫又寫了一篇題目叫「文藝家的娼妓」的文章，字裏行間清楚地暗示著他所要指出的幾個人物。莫愁起先沒有看見這篇文章，在發表以後才讀到它。她很替這篇文章表示憂慮。

「你不要這樣顯露鋒芒，」她對他說，「你這樣做，是要被人們作爲一種攻擊的目標，你這樣和人家結怨是沒有好處的。這樣得罪人有什麼意思？」

「我不過替龔定盦所寫的那篇批評假仁假義的文章，做一種歷史性的注解罷了。」立夫替他自己辯護說。

「那同歷史性是差得很遠呢，任何人都能看得出來。」他的妻子反駁他說。

這是他們夫婦之間最難協調的一點，立夫自以爲很能接受他妻子的意見，但是當他決定要做一件事的時候，他往往會完全不顧他妻子的意見。莫愁對於丈夫個人的志趣以及他腦海中所幻想的事情，往往樂意表示屈服，但是對於這一類動輒得咎的文字卻絲毫不肯屈服。現在她對於她丈夫所應當寫的和不應當寫的文字，已看得很清楚，而且有堅定的主見。原來她一生有一種確定的宗旨，一面是謀家庭和她兩個孩子的幸福，一面是保全立夫，使他不至於傷害自己。

如果沒有學生們熱烈的政治運動和全國民眾的偉大覺悟，那麼一九二六年至一九二七年的國民革命運動也許是不可能的。但是要促成這次革命的成功，免不了要流一次血，而國內的青年也就不得不付出重大的代價。這件事使得木蘭的家庭裏發生一個慘劇，並且完全改變了她的一生。

暗香是木蘭家裏最後的女傭或丫頭，因爲在後來幾年裏，他們家裏的傭人是按月雇用，並且是按月給薪的。在暗香被升爲少奶奶之後，木蘭只得另外雇了一個阿媽去照顧她的孩子。木蘭最小的女孩阿梅，現在不過五歲，她的兒子阿通現在已十二歲了，因爲他是一個男孩，就時常到外面去玩。阿滿是她最大的女孩，現在是十五歲了，她面貌很像她美麗的母親。

阿滿從小就是一個有思想的女孩；當她在遊戲的時候，只要她母親喊她一聲，她就會放下遊戲而跑到母親那邊去。在暗香出嫁以後，阿滿就本能似的去照顧她的妹妹。原來做一個「大姊」，不但是在文字上寫著，同時也暗示著這個大姊對於家裏的弟妹負有一種責任。現在阿滿在一所中學裏修業，她的裝束如同一般女學生一樣，她也是一班的班長。在無意中，木蘭使阿滿受著她本人在年幼時所受的那種訓練。阿滿覺得，照顧小孩是能滿足她母性的本能的，同時也覺得對於女孩子比對於她的兄弟更容易親近。因此阿滿在放學回家以後，自動地去照顧她的妹妹。此外她也自動地幫助她母親做些別的事情。有時她母親倒要吩咐她過去和她弟弟遊戲，但是過了一會兒，她又回到房裏來了。原來女孩子總是女孩子，她有女孩子的習性。有時木蘭對於她的兒子似乎稍存偏心，但她卻沒有縱容她兒子去威嚇女傭或家裏的姊妹，這和她母親當年寵溺迪人是不同的。

阿滿是一個很快樂的孩子。她對母親是非常佩服的。她又同曼妮很親熱，並愛聽曼妮述說她母親幼年的經歷，特別是她在拳匪時代所遭遇的經過。最稀奇的一件事，就是阿滿在她祖父出喪的時候，還不過是一個九歲的女孩，但她已能仿效一般成年婦女的調子去哭她的祖父，使大家都覺得很稀奇。這顯示出女人是天生要從公眾的痛哭中去得到安慰，而這種公眾的痛哭是能使一個女人覺得她是同一個比她自己更大的社會發生關係。

在「五卅」事件的示威運動中，阿滿和曼妮的兒子阿善都以學生資格去參加。黛雲所組織的一個團體，更打算在街市上演一幕短劇，描述英國警察在上海槍殺中國人的情形，這自然比標語的力量更大。最能引起群眾憤怒情緒的，就是警官發出「射殺」命令，自逃跑的示威者背後開槍射殺。阿滿這孩子對於這些事是很熟悉的，同時她也熟悉「恢復關稅自主」和「取消治外法權」等標語。她原想參加這次的演劇，但是她的母親卻吩咐她不要參加。不過那個劇團曾在姚家院子的空場上排練過，所以阿滿和她母親都去看過。在排練的時候，扮演群眾的一群女學生發生了一個問題，就是當巡捕向她們開槍，有許多學生被打死的時候，她們應當怎樣哭。

「你們哭的時候，必須要真哭。」阿滿向一位演員說。

「那要怎樣哭呢？」那個女學生問。

「在你們上台之前，不妨先在院子裏摘一些蔥隨身帶著。」阿滿說。

這是一個很聰明的建議，每個人聽了這句話都笑起來了，而她的母親也覺得很得意。

不過這樣的表演對於政府正是一件討厭的事。原來一班參加遊行的學生和工人，曾在街市上和一班員警有過幾次衝突，於是員警就拘捕學生，結果就有更多的學生結隊向當局去要求釋放。那年十一月，有幾千名群眾舉行一次國民革命的大遊行。他們要求安福系政府裏的人員辭職，並宣佈召集國民黨所提倡的國民大會。接著他們就去搗亂安福系領袖的莊宅，其中有幾個領袖像王克敏和梁鴻志等人，後來分別爲日本在北京及南京的傀儡政權首領。這班遊行的群眾曾幾次要求推翻安福系的政府，他們所以這樣做，因有基督將軍的部下袒護他們，這班部下同情國民黨，他們的軍隊就駐紮在北京附近。這時段氏正在北京執政，但他的左近就有一群革命群眾。

第二年三月發生了一件國際事件，那就是日本的軍艦和基督將軍的兵士互相砲擊。那時其他軍閥正在設法團結，以便對付基督將軍，把他逐出北京。這是立夫在兩年前對阿非預言過的。那時奉系的兵艦打算去攻擊馮氏駐津的軍隊，因此馮氏就在大沽安置水雷，把這個口子封鎖起來。後來有幾艘日本軍艦向大沽砲台轟擊，那砲台也發砲回擊。北京的代表八國聯軍立場的外交團，就向馮氏下一道「哀的美敦書」（最後通牒），限他在四十四小時內，也就是三月十八日中午，取消大沽口的封鎖，否則「有關係各國的海軍就要向他採取必要的步驟」。這簡直是列強爲袒護奉軍的緣故，以外交方式來干涉這事件。日本要求中國政府道歉，罷免砲台司令並賠償損失五萬元。

在三月十七日那一天，段執政的衛隊和民眾的請願代表團起了衝突，結果有幾個人爲刺刀所刺傷。段氏和安福系的領袖似乎很憤怒，決定給這班青年的擾亂者一個教訓。

第二天，天安門前面有一個很大的集會，參加的人有中學大學的代表及工商團體的代表，他們手中都高舉著白色的旗幟，在空中飄揚，他們所要求的是關稅自主，所反對的是外交團所提出的最後通牒。在台上坐著幾個加入國民黨的教員。

阿滿在吃了早飯後就到學校裏去，那時她剛洗好了她的手帕，她把幾塊乾淨手帕放在自己的袋裏就出去了，這是她每天的常規。過了片刻，木蘭接了阿滿從學校裏打來的一個電話，說是她的學校也預備參加今天上午的遊行，因此她回家吃中飯也許要比平日遲一些。

「你要當心啊，」木蘭在電話中對女兒說。

「不會有什麼事，」阿滿說，「我們的校長說，幾個領袖已經同衛戍司令說妥了，叫他保護我們。……再見。」

這幾句話好像還在木蘭的耳朵裏響著。她女兒的聲音顯然是很高興、很愉快的。

在十二點一刻，立夫打了一個電話給木蘭，問她說：「阿滿有沒有參加今天的遊行？」

「有啊，你爲什麼這樣問？」

經過了片刻的沉默，於是立夫又說：「沒有什麼！」接著木蘭就聽見電話掛斷的聲音。

立夫最後從私人方面得到一個消息，說是段氏今天的態度很堅決，結果一定不利於遊行。也有人看見武裝的衛隊走進了內閣公署。原來他們知道參加遊行的人要在這個公署裏向政府提出要求的。

立夫就同陳三趕緊出了屋子：立夫乘了人力車，陳三騎著自由車。他吩咐陳三趕快跑到前面去尋找阿滿，意思是要把她從群眾裏面拉出來；至於立夫自己呢，他想趁這機會去同幾個領袖說幾句話。立夫到了天安門外，發現大會已經解散，決議已經通過，遊行的隊伍已經到了哈德門大街，向著內閣公署前進。他在牌樓地方才趕上了遊行的隊伍，但是隊伍裏爲首的幾個人已經到了內閣公署。參加遊行的人和觀眾不下數千人之多，把那條街塞得水泄不通。立夫就從人力車上下來，沿著一條寬闊的泥土做的人行道向前衝去。

他到了內閣公署的門口，就從站在院子外面的數千名學生的隊伍裏衝去。接著他就聽到一陣尖銳的槍聲。在發了槍以後，學生們就尖聲的喊起來向著外面的門直衝。那時埋伏在屋子角落裏的段氏的衛隊就衝了出來，他們佩了槍刺和大刀，全副武裝，把大門關起來，一面向著那些想往外逃避的學生亂砍亂刺。接著又起了一陣槍聲，於是那班學生就被他們一網打盡，並且斷絕了退路。這時屠殺的情形，簡直等於一個修羅場。

立夫看見許多青年男女被刀砍傷，躺在地上被人踐踏。他又看見一個身材高大而強壯的衛隊敞開了他的衣衫，手裏握著一條七尺長的鋒利的鐵鞭任意地揮著，得意似地狂笑著。鐵鞭是中國舊式武器，是一串有節的鋼刃，每一段有六、七寸長，兵器總長有六、七尺。當這條鐵鞭揮動的時候，簡直可以把人的鼻、額和手，或手上的皮膚削去。但是一班群眾因爲有兵士在後面用刺刀刺他們，驅逐他們，因此他們仍舊向著那一條必死的門盡力衝去。

那時立夫被人群推動著，沿著群眾隊伍的外邊往前衝去。他看見一個衛隊在他面前揮著一條很重的鐵鞭，他就將生死置之度外，一直向著那條毀滅的路衝去。不料那條鐵鞭，竟很笨重地在他右腳踝上碰了一下，他以為他的腿一定被那鐵鞭削去了，但結果是他的腳踝受傷了，他就踐著地上的屍首拐著過去。那些衛隊現在已覺得疲乏了，所以他們對於群眾的毆打也打得輕一些。只有那個揮鐵鞭的人，倒因為群眾少了，覺得沒有用武之地，他的氣力似乎不會疲乏的；他一面把打傷的人一個一個地從地上拾起來放在旁邊，一面還發出同鐵鞭的響聲相應和的聲音。

在衝進了內閣公署的三百個人當中，有四十八人是當場被殺的，受傷的人幾乎有兩百個，只有五十人因為擠在群眾裏面，被別人的身體所保護，得以安然無恙。

在大門外面，立夫瘸著走了幾步路就跌倒了，但是跌倒以後又起來走了幾步。他看見許多受傷的男女學生躺在他的周圍。這條哈德門大街上擠滿了許多驚駭的觀眾。也有許多人力車把許多受傷的青年男女載了去，他們的臉上仍舊流著血。那些白色的旗子，在不久前曾驕傲地在空中飄揚著，現在就倒在路上，被人們踐踏，染滿了泥汙和鮮血。

立夫覺得腿部起了一片劇痛，就向腿部看了一下，結果發現右腿依舊存在，但有一股鮮血流出來，浸透了他的袍子、鞋子和襪子。他就叫了一輛人力車，回到自己的家裏去。

陳三因為跑在立夫面前，已經到了院子門口，但他不能進去。有人告訴他，阿滿學校的一隊是排在前面，也許已經跑到裏面去，他聽見了槍聲，並看見學生被衛隊痛打，他又重新騎上自由車，趕到木蘭的家裏去，把經過的事情告訴她；原來她的家和內閣公署只隔了一條路。木蘭家裏已經預備好午餐，只等阿滿回來，但是因為阿滿還沒有回來，木蘭就趁這機會餵阿梅吃飯。當陳三進來的時候，木蘭看見陳三臉上有異樣的表情，不覺吃了一驚，竟把手裏的碗掉了，但是陳三還沒有開口說話呢。

「發生什麼事了？」新亞這樣問。

「那些人向學生開槍！我同立夫兄進去找阿滿，但是我進不去！」

「她在什麼地方？」木蘭問。

「我不知道，因爲情形很混亂。學生們打算從門裏衝出去……我不是要嚇你們，但是我的確聽見裏面有尖銳的喊叫聲……」陳三說。

「那麼，你趕緊和我們一塊兒出去。」新亞喊著說，「立夫在哪裏？」

他們立刻乘了人力車出來，盼望在路上看見阿滿走回來。當他們到了屠殺的場所，看見這地方彷彿是一個廢棄的戰場。有幾家膽小的店鋪已經關了店門，不敢出來。至於政府的衛隊，因已完成了一件光榮的工作，已全數撤退了。只有幾個學生的家屬到裏面去查看屍體。有一個素和新亞認識的美國教授也在裏面找他的學生。

「這樣的屠殺，在美國任何城市裏是會立刻引起革命的。」那美國教授說。

新亞和木蘭沒有工夫去聽他的話，也沒有工夫和他談話。他們立刻走到屍體中間去尋找。他們發現這裏面有十五個女性的屍體和三十多個男性屍體；有的躺在地上，有的斜依在牆上，形狀是奇奇怪怪的。新亞看見一個屍體坐在另一個屍體上面，他的眼睛好像向著新亞凝視，新亞看見了，就把頭轉過去；接著他又看見一個受傷者在兩個屍體當中蠕動著，他覺得很害怕。

木蘭把女性的屍體一個個地看了之後，發覺這裏面沒有阿滿，心裏就抱了一線希望，以爲阿滿也許不在其內。

後來木蘭又看見在一個土壇附近的場地轉彎處，停放著兩具新的棺材。那些當局者似乎很有思想，甚至於替一班被槍殺的人預備一些棺材，但他們僅僅預備了兩具。當木蘭走近這地方的時候，她發現阿滿的屍體躺在一口棺材裏。木蘭放聲哭起來，撲倒在棺材上。

新亞俯身下去，用手撫摸他女兒的臉和手，發覺它們還有一些暖氣。她大概是在棺材旁邊被槍殺的，並且剛剛被人放到棺材裏去。那女孩子的嘴角上流著一些鮮血。新亞就扶起那屍體，把它放在自己的膝蓋上。木蘭看見了，又很傷心地哭起來說：「我的孩子啊！」

「還有希望麼？」木蘭摸著那女孩的手，覺得還是溫熱的，就這樣問。

新亞就撐開女孩的眼皮，她的眼睛雖然睜開，但是停著不動。他又解開那孩子的衣服，發現她的頸部有子彈的傷痕，她的內衣被鮮血染紅了。那位美國教授跑過來看他們，但是沒有說什麼，他只俯下頭去看那女孩的眼珠，並且聽聽她的心臟，接著他就搖著頭走開了。木蘭坐在地上哭喊著：「我的孩子啊！我的孩子啊！」她的臉親著她孩子的臉，不願意離開。

阿滿學校的校長也來看他們，想要對他們說幾句安慰的話，但是沒有用處。他學校裏的學生，除了阿滿外，還有一個也被槍殺了。但是這個校長卻不知道究竟有多少人受了傷，在他看來，阿滿是該校隊伍裏最小的一個，所以排在該隊的前面；她是最初被槍殺的學生中的一人。

木蘭還是不願意離開，還是緊緊地擁抱著她孩子的屍體。

新亞站起來叫陳三去叫人力車，把他們載回家裏去。新亞雙目無神，但是到了這時候，他只得扶起那孩子的屍體，同時那校長和陳三就把木蘭扶起來。他們就這樣回去了。

到了家裏，莫愁、環兒和珊姐都趕來看木蘭，並且告訴她說，立夫已經回到家裏，不過腳踝受了傷，不能行走，只得躺在床上，請一位大夫來診治。

這樣，一件大規模屠殺手無寸鐵的愛國青年的非常事件，不久就激起了全國的憤怒，所以在三十三天後，段氏的安福系政府就倒台了。到了四月二十日，段氏就提出辭職，安福系的政客都躲到天津的日租界，謀求保全他們的性命。但在安福系統治的最後一些日子，卻留給革命中國一件難以接受的事。在一九三七到一九三八年，他們又在日本刺刀的支持下重新統治北京。

阿滿不過是一個少女，在一種殘酷的屠殺之下，做了一個無意義的犧牲品，但在三個月以後所激發起來的那次革命運動裏，竟有許多愛國青年願意犧牲他們的性命，實現一個重新振作的新

第三十七章

木蘭因為愛女的死受了慘痛打擊後，就變得非常沉默，對於什麼問話都不願意回答。她不喜歡講話，但也不哭。阿滿的棺材停放在祠堂裏，曼妮知道木蘭的心境不佳，曾特地過來安慰她，曼妮的兒子阿善那天不曾參加遊行。因他在稅務專校讀書，而那個學校對於學生的管束比純粹由中國人自辦的大學，要嚴謹一些。在阿滿死後，她學校裏的同學和學生團體的幾個代表曾到木蘭家裏來安慰她，但她沒有出去見他們。

那天晚上，木蘭經過新亞和曾太太的苦勸之後，僅僅喝了一些湯充饑，並且很早就休息。在午夜，她丈夫和傭人都聽見她啜泣的聲音。

第二天，木蘭沒有起床。她丈夫聽見她在睡夢中斷斷續續地說話，並發現她有寒熱。有時她把眼睛張開，向四周望了一下，接著又闔上了。

木蘭從幼年時代起，運氣一向都是很好的。她對於她母親的死所感覺的痛苦，沒有莫愁那樣的深刻，也許是因為木蘭的出嫁比她妹妹早一些。還有當她母親生病的時候，一直是她妹妹服侍的，因此她們之間的感情也比較親密一些。只是她們父親的雲遊，使木蘭所受的打擊比較深刻。可是現在木蘭卻第一次感覺到深刻的憂傷。她對於一班殺害阿滿的人並不感覺痛恨，她所感覺到的是她愛女的死，這是她所唯一關心的，其餘的事是沒有什麼關係的。

這時候，在木蘭的腦海裏時常憧憬著她幼年時代以及後來若干年中生活的全部，有許多瑣碎的然而含有意義的動作，很快地而無秩序地在她腦中反映出來。她記得她曾在花園裏採過花，曼妮告訴她怎樣用鳳仙花的花瓣染紅她的指甲。她又在曼妮的天井裏煮過花生羹，那時曼妮在鞋上繡花。新亞進來的時候，她就請他吃花生羹，他吃了之後覺得很高興。她看見拐賣的女人，也看見暗香和她在一個小房間裏；她也記得她怎樣踏上運河裏的一隻小船。這個印象在木蘭的腦中是非常生動的。那時曾太太和她的三個孩子坐在船頭上，後來曾文樸穿著短衫和短襪，手裏握著水煙筒出來迎接她。她也能想見新亞的笑容，以及曾文樸手裏用手巾包著的幾片甲骨。

後來木蘭的腦筋忽而從甲骨轉到幼年時代所搜集的玉和琥珀的動物，同時她也想到在她們逃難之前，她和她父親之間有一番關於收藏古物的談話，以及關於好運和厄運的教訓。

原來在逃難時，這些玉製的動物曾經埋在地裏，如果一個沒有運氣的人發現了它們，那麼這些動物就會變成小鳥，並且飛去了。但現在這些玉製的動物並沒有飛掉，仍舊由她保存。

在這些珍藏品之中，有一隻雕琢得很講究的作蹲伏姿態的狗，是木蘭所喜愛的。此外的珍品有一隻綠色的豬和象，還有兩隻猴子，一隻猴子在另一隻猴子的耳朵上捉蝨子，另一隻猴子的眼睛閉著，嘴巴張著，頭斜著，顯示出不耐煩的樣子。這裏所表現出來的是一隻猴子永遠在抓弄另一隻猴子的耳朵，而另一隻猴子則覺得很受累。

是的，它們永遠活下去的，永遠不老，永遠不死。昨天阿滿曾經把它們玩弄了一下，但是現在阿滿到哪裏去了？阿滿死了嗎？木蘭覺得當前的環境很黑暗。接著她就在眼前的一片黑暗中，隱約地看見那乾枯的帶著棕黃色的青苔，她也想起她是在看著一塊巨大的無字碑。這個碑就是秦皇碑，是她同立夫在泰山上面所看到的。她也想起為什麼立夫在那個時候那麼沉默。她想從這塊古碑上抓起一些青苔，但是立夫卻叫她不要這樣。

當夕陽西下的時候，她就和立夫站在無字碑的面前沉默著，這種印象時常回到她的腦海裏來。他們倆曾經談起永生和存在的道理，她告訴他說，那塊石碑所以能夠保存幾個朝代之久，那是因爲它是沒有血肉之慾的。在這個宇宙裏，一方面固然有了具有情慾的生活，同時也有一種沒有情慾的生活。接著大地就轉動了，他們就轉過來向大地革命，他們看見太陽慢慢地升起來，但是他們還是站在石碑的面前。

接著她就和立夫站在山上洋杉樹的叢林中。這是何等寶貴的一剎那！立夫用他的腳踢著她所坐的一根殘幹，後來深林中忽然來了一陣風，把她額上的頭髮吹亂了，她就用手掠開。這種用手掠頭髮的姿態，對於她實在含有若干的意義，但是究竟是什麼意義呢，她卻說不出來。她曾告訴立夫，她三次在山上碰見了他是何等巧合。

新亞聽見木蘭在睡夢中講過幾句話：「我們現在走到了山谷！我們現在走到了山谷！」過了片刻，新亞又聽見她說：「我的甲骨，我的甲骨！」

新亞以爲她是在說夢話，但她的眼睛是張開的，並且清楚地說：「把我的甲骨給我！」她的丈夫就走近她，怕她神經錯亂了。

「你要什麼呢？」他問。

「我的甲骨。它們在外面的櫃子裏，我好久沒有玩它們了。」

新亞很擔憂，但他仍舊到房間外面去，把她出嫁時所帶來的那些甲骨拿來給她。

木蘭拿起了一塊甲骨說：「這些甲骨是很古老的，已經有四千年了，在我們出世以前很久很久。」

「是的，」他傻傻地說。

「我從沒有研究它們，」她悲哀似地說，「你願不願意答應我去研究它們！」

「是的，妹妹，如果這樣能讓你高興的話。」

「你知道，這些甲骨是能使你想起幾千年前曾經生活過的帝王的。」

「你餓不餓？」

「不，我不餓。你知道這些帝王的確是有過的，他們曾經活在這個世界上，曾經娶過親，後來就死了。」

新亞又怕她的神經錯亂了，他又看見她的眼裏流著淚。

「我的玉雕動物在哪裏？」她說，說的時候向新亞茫然看著。

新亞就再過去，拿了她的全部珍藏品到她的床前，她就凝神地注視著它們，並且一個個地把玩了它們。

那天下午，她持續地發熱。他們給她一顆黑藥丸，叫她吞下去，使她可以安靜一下；另外又讓她吃一些藥湯，使她可以涼涼肝，開開脾胃，後來她在那天晚上睡得很沉。

立夫因爲腳踝受了傷，只好在床上休息一星期多，不能走動，但他的妻子莫愁卻在下午出來探望木蘭。

第二天早晨，莫愁又去探望木蘭，並發現她在那天晚上睡得很好，她的寒熱已退了，但她不肯多說話。她仍舊說著很久以前的事，不喜歡講眼前的事。有人問她，應當在什麼時候替阿滿落葬，她只簡單地回答了這一句：「等到一切手續辦完了。」

「但是學生團體急於知道她落葬的日期，並且準備派幾百個代表替阿滿送喪。」莫愁說。

到了這時候，木蘭才提高聲音說：「他們要使我死了的女兒做一個英雄嗎？不，阿滿是我的，我不要外人來替她送喪……。妹妹，你應當從我這次的經驗學得教訓。當你的孩子長大以後，你決不可讓他們參加任何群衆運動。你儘管把他們算是你的，看緊他們。」

莫愁又說：「今天報紙上說：全體內閣已經提出辭職，並且承認對於這次死傷事件的責任，南方的國民黨已來電報，要求通緝段祺瑞，把他訴諸公審。」

但是木蘭對於這一切都不感興趣。她似乎對於一切事物的價值有了一種新評價。那天她仍照常起來，並且像平常那樣照顧她的孩子。當她替阿滿的喪事做一些準備的時候，她心中有一種異常的鎮靜和嚴肅。沒有人再看見她流淚哭泣，但她的憂鬱卻比流淚更覺深刻，因爲她像皇后那樣地忍住悲痛。

她對於她的珍藏品和甲骨的興趣不是片刻的，因爲她把這一切東西堆滿在她臥室的桌子上。這些東西對於她仍含有一種精神上的意義，因爲它們能使她想起她幼年時代的某種快樂，同時也能使她想起時間和永久性。在她看起來，時間和永久性似乎是二而一的，因爲這些東西能夠象徵不朽的生命。那些甲骨是能代表四千年前的帝王和皇后，也能代表皇太子的生和他們的死，以及遠古時代的戰爭、死亡和祭祀。還有這些甲骨有許多是放在神殿裏的，但是在她看來，它們是不含宗教性的，也沒有歷史性，它們是哲學性和神祕性的。

在阿滿簡單的喪禮剛過了幾天，木蘭就對新亞說了幾句驚奇的話：

「現在我不要再住在北京了。」

他以爲在阿滿去世以後，木蘭對於北京這個城市觸景傷情。還有在喪事完成後的第一個星期裏，新亞時常看見木蘭在早晨和下午，獨自走到一個房間裏去歇了一歇；他以爲她所以這樣做，是可以好好一個人放聲痛哭，不給別人看見，也不被別人所擾亂。因此他就對木蘭說：「妹妹，我知道你受不了這個打擊，但是日子久了，你會覺得好一些的。」

「不，」她回答說，「我要安靜，這個世界是太混亂了。任何地方都有戰事，現在這戰事是臨近北京了，我希望單獨同你和孩子們住在一起。我也不願意再讓孩子們離開我的眼睛，我會親自教他們讀書的。我們可否搬到別的地方去住——到杭州去——在那邊，我們可以在西湖旁邊組織一個簡單的家庭。」

她說這話的時候，聲音是很急切的。

「但是母親和家人都在北京，而我們這幢房子也在北京。」新亞說，「你且等一下吧，讓我們見機行事！」

「我只喜歡過著安靜的生活。」她重複著說，「有沒有什麼地方，是可以讓我們單獨生活的呢？」

「這件事我們以後再談吧，看看能怎麼辦。」他說。

當立夫腳踝的傷勢好了一些而稍稍能走動的時候，他就過來探望木蘭。很幸運的，他的踝傷很快地就醫好了，也沒有發生其他問題。他腳上只傷了幾塊小骨和腳踵的一部分，但是從此以後，他走起路來總是有些瘸的。現在他是靠著一根手杖走到木蘭的家裏來。木蘭看見了，就很憂鬱地望著他，有好些時候沒有說出話來。接著她就勉強她自己說話。她先用一種感激的態度謝謝立夫，因爲立夫曾在那一個恐怖的日子裏，設法去尋找阿滿，並且想把她救出來，但是立夫聽了木蘭的感激話，並不稱讚自己的功勞，他只不過這樣說：他很抱歉，因他不能在阿滿出喪那一天親來送喪。

他仍舊覺得很痛苦，並且還是感情用事的，接著他就喊起來：「你們知不知道，還有六個學生因爲傷重不治已經死了！我所不能瞭解的，是一部分人對於這個慘案的態度！」

他手裏帶著一份最近出版的週刊，他就把那份週刊給他們看，並且說：「你們能不能想像得到，那班『君子人』竟把這件事的責任放在幾個學生領袖的肩上！這篇論文的著者說：大學教授和學生領袖是沒有權利去犧牲青年學生的生命的，他說這班教授和學生領袖如果事前已知道了政府的態度和可能的行動，而並不設法去阻止他們的學生參加遊行，那麼，他們的被殺就應該由這班教授和學生領袖去負責；如果他們對政府的態度茫然無知，那麼他們辦事就未免太不老練了。他又暗示著說，有幾個學生領袖簡直是共產黨。這幾句話，在政府所下拘捕大會領袖的命令裏，是寫得清清楚楚的。他們簡直就是政府的腹語專家！當然，政府也有錯的，這位作家說。他的意思是說：政府並不是謀害者，它不過是『也是有錯的』！這是一種何等公正、何等冷靜、何等不偏袒的說法！我知道當時北京的衛戍司令鹿鍾麟曾經告訴學生領袖說，他們是可以安全的，鹿鍾麟個人並不知道段祺瑞衛隊的意向究竟怎樣。政府的這種行動簡直是一種祕密的圈套和埋伏。那班學生領袖怎麼能知道他們是在領導一班學生到一條死亡的路上去？可歎的是，這位作家到現在還在說這樣的話，並且希望減輕政府的過錯，那是何等下流啊！」

立夫越說越激動，他的臉色已經紅到發赤了。

「立夫，」木蘭說，「你在說話方面應當小心一些。現在情形已經變成這個樣子：一個因愛國而死的人，往往被人們稱為一個愚妄者。」

但是立夫回答說：「我還有一些事要告訴你們。幾天以前，九所國立大學校長召開了一次會議，要為這個慘案草擬一個宣言發表。你們想這件事的結果怎樣？原來在九個校長之中就有四個不贊成發表宣言，稱政府應對這次慘案負責。他們自己是政客，他們為了這個宣言的措辭，曾持續討論了兩小時，目的是在想出一種方式，一方面不至於妨礙對於政府的感情，一方面又能運用『殘忍的衛隊』或『凶惡的武器』等名詞，以顯示出他們自己也是多少受了驚嚇。他們的措辭是這樣婉轉和平，政府讀了之後一定覺得很高興。他們用了『在一方面……在另一方面……』這些辭句，他們以為這是很平衡的，並富於理性和公正的觀點，其實他們是保全他們的飯碗的！」

木蘭很替立夫擔憂。

「北京也不是你所應當居住的地方，是不是？」木蘭說，「假使你一直在這裏住下去，你的感情就會越發憤激，因爲你有這樣激烈的同事。」

「我已經寫了一篇關於那些大學校長的論文投到報館裏去，這就是我對於上述的那位作家的答案。」

「你已經把那篇論文寄出去了嗎？」木蘭驚呼，「那麼，我妹妹贊成嗎？」

「她不知道我已經把那篇文字寄出去了。」

「立夫，你應當管束自己，」新亞說，「現在的時局很不好，你還是謹慎一些吧。」

「你看不出這件事就是安福系最後一次的公開行動？」立夫說。「現在全國已受了震動，這個政府已經死了。這一次的屠殺，簡直就是它的自殺。」

「你怎麼知道一個新政府會比舊的好呢？」木蘭很愁悶地問。

立夫沒有答覆，他只走到靠窗的桌子那邊去。他看見那張桌子上陳列著許多甲骨和玉雕的動物。木蘭的視線跟隨著他的身影。

「立夫，」她說，「我有一句鄭重的話對你說。你去看那些動物吧，它們比你的一切著作和政治議論更有意義，它們能給你平安呢。」

立夫拿了幾塊甲骨放在手裏，開始看上面刻畫的痕跡。半分鐘後，他的臉色轉變了，呈現一種異樣的愉悅。

「你曾說過你要到西藏去看看。」木蘭說，說的時候眼睛望著他。

「我從不知道這件事。」新亞插嘴說。

「他說這句話，是在我第一次和他會面的時候。」木蘭說，「不過那是好久以前的事了，是不是？」

「後來怎麼樣？」立夫問，問的時候他微笑地把幾塊甲骨放回桌上去。

「那麼你為什麼不對這些甲骨做一番研究呢？這些甲骨正需要有人在研究以後寫出大批的文字來。我知道你是喜歡這些甲骨的，我也請新亞去研究它們，你且把你的政治放下吧。」木蘭說。

立夫就離開了桌子，繞回到自己的座位上，並且靜靜地和他們談論了一下，接著他就拿著枴杖，一瘸一瘸地走開了。

現在的北京，已陷入一種無政府狀態。奉直聯軍向北京的進迫是越來越近了。那時基督將軍的軍隊仍在統治北京。在段祺瑞統治之下的安福系政府，就趁這個機會密謀反抗馮軍，去歡迎奉直聯軍。不幸這種陰謀事前已被馮軍發現，於是衞戍司令鹿鐘麟就改變態度，去包圍段祺瑞的官邸，結果段祺瑞和安福系人物就逃到東交民巷去。當奉軍迫近北京的時候，鹿鐘麟已把軍隊撤退到北京郊外，藉以避免衝突。那時安福系分子重新出來活動，但是直系的領袖吳佩孚卻發了一個通電，主張就地拘捕安福系分子，並且把段祺瑞監視起來。安福系分子在失望之餘，就設法去討好奉系，並遣派代表到天津去迎接「張少帥」。但張學良不願意會見那些代表。安福系分子因為遭了兩方面的拒絕，自知政治生命快要完結，因此段祺瑞就在那年四月二十日通電辭職。

那時北京的局勢非常離奇，因為政府裏沒有一個領袖。「民國政府的總統」曹錕，曾被馮玉祥拘禁若干時日，現在也通電辭職，但他卻忘記在兩年以前已經「辭職」一次了。在這種情形下，段祺瑞上台後就替自己想了一個「執政」的名義，以代替「總統」。現在段祺瑞既已辭職，北京政府裏就沒有總統，也沒有執政了。

奉軍在四月十八日進了北京城。這些軍隊是由狗肉將軍統率的，這位將軍曾做過山東省督軍，現在他的勢力已擴展到北京了。他到了北京之後，他的軍隊就用一種不值錢的「軍用票」去買東西，結果引起了民間的擾亂。原來一張軍用票票面上雖然寫著一元，實際上還不值五分錢，但是他們拿了這張票子去買一包紙煙，卻要求店員找回他九角七分。在這種情形下，那些店鋪只好關門，而商業也就因此停頓下來。民間的房屋也有許多被軍士所佔領，因此女人、小孩，和年紀大的人只得逃到郊外去住。

狗肉將軍有一個外號，叫作「三不知」：他不知道自己有多少兵、有多少錢、有多少老婆。他的身材很魁梧，口裏銜著一支又大又黑的雪茄，他說話的時候時常帶著一種下流的咒罵。但他卻具有一個樸素的鄉下人的單純的心，他的身邊往往帶著大批的鈔票，並且隨意發給那些生活困難的人們——無論是一個俄國女人，或一個中國農夫，他喜歡直接爽快的交易，並且喜歡用他所懂得的簡單語言；他對於他母親是孝順的。如果有任何文雅的官吏在說話時，用了他不能瞭解的字句，他就會咒罵他，並且喊著說：「你在講什麼？咱們不懂。」他喜歡打麻將，而且他在打牌的時候自己定下規則。這一條不能改變的規則，就是他必須贏錢。如果他吊了一張「索子」，這張「索子」就可以吃「餅」；如果他吊了一張「餅」，這「餅」就可以吃「索子」。他的部下對於他這種規則都表示同意，因爲他們在麻將台上雖然輸了，但實際上倒能討得將軍的歡喜，所以仍舊是不蝕本的。他有一種爽脆和粗魯的詼諧，並且時常高聲地喊起來說：「這是索子吃餅！」不過這種事情並不是狗肉將軍所獨有的。因爲當曹錕總統打麻將的時候，他往往會整夜的一個人作莊，一直打到天亮，這件事在交際界裏稱作「曹錕的連莊」。

狗肉將軍所以到北京來，目的是要「消滅共產黨」。但是他並不知道什麼叫作共產主義。他只知道共產主義就是「共產共妻」。

「我贊成共妻，卻不贊成共產，」他宣稱著說，「一件東西既然是我的，怎麼能變成你的呢？你只可以拿你自己的，現在一件東西既然是我的，而你卻過來把它拿了去；只要你能夠把它拿去，這就是你的了；如果我能夠把你的東西拿去，這東西就成爲我的了。但是我們對於女人，必須待她們很公道。老實說，你不能在一個晚上同許多妻子睡在一起，那麼爲什麼不讓這些女人去同別人睡覺呢？」

他個人是按照他的宣言去實行的。

但是狗肉將軍的任務是在消滅共產黨。他恨這班共產黨，因爲他們不尊敬長官，也不孝順他們的母親，還有一件事是他所不樂意的，就是他們讓好人家的女孩子到公園裏去閒逛。他在本能上覺得，只要她們一進了公園，便會變成「壞貨」。他在他所統治的山東省，曾下令禁止過這件事。

他到了北京後，一方面要消滅共產黨，一方面要維持公眾道德，並且使人民尊敬孔子。他的反共政策的一部分，就是禁止少女進公園，並且不准她們剪髮，原來在他看起來，剪髮和共產主義是意義相同的。

他把原有安福系的員警廳長免了職，並派了自己夾袋中的人物——一個愚蠢的姓李的——去繼任廳長。他消滅共產黨的方法是採用「殺雞儆猴」的方式，就是拘捕少數共產黨的領袖去警告其餘的領袖。

這時國民黨的領袖已逃到南方去加入國民政府，而那時國民黨政府正打算北伐。那時北方有兩個報館主筆：一個姓邵、一個姓林，他們持續在社論上發表評論政府的言論，因此他們就被戴上了共產黨的帽子，而被員警拘捕了去。邵氏是在晚上十一點被捕的，而在當晚一點鐘不經審問就槍斃了；而林氏也遭遇同樣的命運。這樣一來，北京知識界顯然都害怕起來了。當時還流傳著一種謠言，說是政府正在設計捕拘北京城裏思想激烈的大學教授、作家，一經拘捕，就有被槍決的危險。

一天，黛雲過來告訴莫愁，說是她看見一張名單，上面寫著五十二個激烈的教員和作家的姓名；她又說，她同父異母的哥哥懷玉已經回來了。她是來勸告立夫，叫他小心一些，雖然照謠言所傳，他的名字並不在名單上。大多數人因爲自己的名字已經被列在名單上，就相繼離開北京，或者搬到東交民巷法國或德國的醫院裏去住，他們認爲這是中國員警的權力所不及的安全區。至於另一個相反的團體中的作家——就是被人們稱爲「君子人」的——卻被當局認爲穩健分子。所以除了一兩個例外，他們的名字是不在名單上的。

莫愁聽見立夫的名字不在名單上，心裏好像放下一塊石頭。自從立夫發表了那篇關於大學校長的論文後，莫愁就時常和他辯論，並且要他答應在沒有得到她的同意之前，不准發表文章。事實上，他在前一個月不曾寫過什麼文章。

但她又懇求他當心自己。她說：「沒有人知道所傳的名單是不是確實。它是隨時可以改變或增加的。你也許會被拘捕，並且不經審問就被槍殺了，你也沒有機會替你自己辯護。」

「但我不是一個共產黨。」立夫回答說。

「他們可以任意把你槍決，不一定爲了你是共產黨。他們不喜歡你，那就夠得上罪名了。在這個世界上，你還盼望什麼公道呢？如果你不管你自己的性命，也得替我和孩子著想。」

「我知道，我知道！」立夫說，他顯然因了莫愁的強迫他而覺得煩惱。「我是能當心自己的。」他接著說。

莫愁到立夫的實驗室裏去替他整理他的筆記，和已經發表或未曾發表的文稿。他的書架上並沒有關於共產黨的書籍，但有幾部可疑的書，如孫中山先生的「建國方略」、國民黨的宣言和黨員證等等。此外還有一本會議的記錄簿，是由幾個人記錄的，但大部分是出於陳三的手筆。在許多文稿中，莫愁發現了幾篇關於現代問題的論文，也看見一篇關於祭祖的文章，她就故意把這篇文章，放在他的幾篇關於科學的論文中。那天晚上，立夫看見莫愁整夜替他整理文稿，那時她已有了六個月的身孕，當她坐在一張很低的凳子上，彎著身子替他整理文稿的時候，她的呼吸已經很急促了。他覺得一個懷孕的妻子替他做這種工作，心裏很過意不去，同時也很尊敬她。

「你打算怎樣去處理這些文稿呢？」他問。

「爲了慎重起見，我打算把它們搬出這屋子。」她說。

「你不能燒了我的文稿。」

「我不打算把它們燒去，但我卻打算把那幾部書和黨員證燒了。你知道一個國民黨黨員就會被當局當作一個激烈派，而有被槍決的危險。」

「你說槍決嗎？槍決嗎？但是他們不能把全北京的人都槍決的。他們怎麼能把全城裏剪髮的女子都槍決呢？邵氏和林氏的被槍決，不過是對於其他人的一種警告罷了。」

雖然如此，莫愁仍然把國民黨的書籍、黨員證，以及記錄簿等等完全焚毀了，此外還有放在環兒房間裏的幾部書也遭到同樣的命運。至於立夫的論文，她不過把它們包在一起，另外放在別的地方。

第二天早晨，木蘭到他們的家裏來，和她的妹妹談論當時的局勢。原來木蘭也聽見有人談起那個名單以及懷玉回來的消息。她答應把立夫的那包論文拿開，放在華嫂子的骨董鋪裏，她並且提議，叫立夫暫時離開北京，等到局勢平靜了一些再回來。她說這話的時候，恰是上午十一點鐘。當姊妹倆正在和立夫談話時，陳三趕緊跑進來說：「員警來了！」

姊妹倆的臉色突然轉白了。

「趕緊從後面出去吧。」莫愁喊著說。

「有什麼用呢？」立夫鎮靜地說，「後門顯然是被包圍了。」

有四個員警進了那屋子，莫愁出去見他們，並且問：「你們要什麼？」

「少奶奶，我們是拿了拘捕孔立夫的拘票來的。」那警長說。

陳三就向前走去，手裏拿著槍。

「別做傻事，」立夫喊著說，接著他就問：「我犯了什麼罪？」

「我們不知道，這不關我們的事。你到員警廳裏就可以問他們，也可以回答他們的問題。」那警長說。

「你們不能抓他。」莫愁說，「他是一個安分守己的良民，他是一個科學家。」

「這些話你盡可以同警廳說明的。」那警長說。

突然間，他們聽見木蘭在內室裏哀哭著說：「你們不能抓他！你們不能！你們不能！」

「你願意安靜地自己去呢，還是要我們替你戴上手銬呢？」

「我不是一個囚犯，我當然願意和你們同去。」立夫說。

警長就吩咐手下的兩個員警，陪著立夫到員警廳裏去，而他自己和其餘兩名員警就留在立夫的房裏。

當木蘭聽見立夫被員警抓去的時候，她流著眼淚跑到門口來，後面跟著立夫的母親和他的妹妹。立夫對著哭成一團的女人看了一眼，接著就轉過頭去同陳三講話，叫他趕緊去見傅先生和畫家齊先生，因爲他們有許多有勢力的朋友。

莫愁只是呆呆地站在門口，她的兩眼一直望著她的丈夫，直到看不見爲止。憤怒在她心中澎湃，混雜著災難臨頭的感覺。但是當警長問起他的書房的時候，她卻能隨機應變地說：「跟我來吧。」她說的時候態度是鎭靜而謙和的。

她領員警到前院，並且走到實驗室裏去。

「你和孔先生是什麼關係？」警長問。

「他是我的丈夫。」她這樣答。

「他的職業是什麼？」警長又問。

「我已經告訴你了，他是一個科學家、一個生物學家，他研究樹木和昆蟲，對於政治完全沒有關係。他整天在他實驗室裏工作。」

陳三因爲曾經當過員警，知道員警的辦案的規矩，就跟著他們進了實驗室。那個警長對於這位丈夫被捕的妻子鎭靜的態度非常驚訝。她把他的顯微鏡、玻璃片和標本，以及她所知道毫無危險的文稿一起交給了警長。

她又把抽屜拉開來，指著說：「這裏面放著的都是他的作品，如果你們願意的話，不妨把它們帶去，我可以告訴你們，他是沒有罪的。」

「你們也不妨拿幾部書去向警廳報告，作爲你們的證據。」陳三說。

「你是什麼人？」警長問。

「我也當過員警。」陳三說。

「那你現在在這裏做什麼事？」另一個員警很親切地問。

「我現在是院子的守衛，孔先生究竟犯了什麼罪？」

「除了共產黨以外，還有什麼緣故呢？」

「我們既有這樣大的院子，爲什麼還贊成共產呢？」莫愁說。

「有人告發他。」那警長說，「我想孔先生一定有許多有勢力的朋友。這正是他所需要的呢。」那警長說這些話的時候，似乎已經心平氣和了。

那警長一面吩咐他的助手把一包論文和幾部書帶回去，一面對莫愁說：「少奶奶，驚擾了你，很抱歉，我不過是履行我的職務罷了。依我看，一個男人如果有了像你這樣一位太太，他大概是不會去做共產黨的。你必須請幾位有勢力的朋友替他說說情。再見吧！」

莫愁同陳三很有禮地把那警長送出門外，然後回到屋裏來。他們回來的時候，發現木蘭已經昏厥了。環兒和立夫的母親就用冷水毛巾抹她的額角，想要叫她醒轉來。木蘭的臉色發白，嘴唇也灰白得毫無血色。接著阿非、寶芬和馮太太都來看他們，以致屋子裏突然地嘈雜起來。

但是莫愁知道事情的輕重緩急，就對陳三說：「你趕快去見傅先生和傅太太，請他們趕快過來一下，我自己會打電話給華嫂子的。」

莫愁俯身下去看她的姊姊，並且說：「她因爲阿滿的死，已經傷心過度了。這幾天，她的臉色一直很蒼白。」她這樣說，表面上是要說出木蘭所以昏厥的緣故。

孔太太因爲怕莫愁過分勞頓，有流產的危險，就對莫愁說：「你要當心才好，不要太激動不安。」

「婆婆，我自己會當心的。」莫愁說。她相信一個母親在懷孕的時候，對於嬰孩是有心理上的影響的。因爲這緣故，她就絕不願看見稀奇古怪的東西或殘廢的人物，她做著很沉靜的針線工作，有時也讀名人傳記，心中的一思一念也往往是最高尙的思想。她也時常休息，好像嬰孩出世以前她已經同嬰孩一起生活了。

那天早晨，莫愁沒有流過一滴眼淚，那是種超乎尋常的克制。一方面她覺得在這種緊急時候，有立刻加以處置的必要。

華嫂子的鋪子是沒有電話的，但她可以用她對面一家成衣鋪的電話。因此莫愁就搖電話給那家成衣鋪，請他們去叫華嫂子馬上過來聽電話。華嫂子答應立刻去見齊先生，因爲齊先生所住的地方離她的鋪子只有十分鐘的路程。

後來寶芬進來對他們說：「我爸爸認識王士珍。阿非，你最好馬上去看我的爸爸，叫他立刻去同王先生接洽。」那時的王先生已是一個八十歲的老人，以前曾在滿清政府底下做過官，現在他正在想法聯絡各派的軍閥，使全國可以和平。那時北京政府裏面沒有一個主腦，他就被推爲臨時維持會的會長。

現在莫愁又轉身去看她的姊姊，環兒就問：「我們要不要叫新亞過來？」

「不要嚇他。」莫愁說，「姊姊最好休息一下。」

木蘭漸漸地恢復了意識，她也許已經聽見了他們的談話，但她還是沉默著。現在莫愁就俯下身子去同她姊姊說話，她張開了眼睛，看見她妹妹的臉在她上面，而且離得很近。

「現在你覺得怎麼樣？」莫愁問。

木蘭轉過頭去向四面看了一下，她看見屋子裏還有別人，就說：「我現在覺得好一些了。近來我的心臟很軟弱。」

「你必須好好的照顧你自己。」莫愁高聲的說，「這幾天你的臉色很蒼白。今天你到這裏來的時候，臉色已經很不好。」

木蘭以一雙非常溫柔的眼神瞧著她妹妹，接著就闔上了眼。

華嫂子馬上就打電話來，說是齊先生剛巧不在家裏，所以她就留下一個口信給他。當木蘭身體覺得好一些而能起床的時候，她就說她要在妹妹家裏吃飯，並叫環兒打電話給新亞，把立夫被捕的事告訴了他，並請他過來討論應付的方法。

接著新亞就過來，看見木蘭雙眼發腫，臉色仍舊很蒼白。不久華嫂子也來了，她對姊妹倆注視了一下，因爲她的眼睛很銳利，沒有一件事能夠逃過她的視線。華嫂子在心裏也很稱讚莫愁，因爲在如此緊急的時候，她還能不慌不忙，力持鎮靜。

當家裏的人都在吃午飯的時候，齊先生就步履笨重地走進來了，並且答應去看幾位朋友，請他們幫忙。但是在他所認識的朋友中，最有幫助的一位就是前任教育總長傅先生，他同立夫也是很好的朋友。那天下午，寶芬的父親來了，說是已經去見過王先生，王先生答應竭力替立夫設法，這樣看起來，事情是有希望的了。接著傅先生也來了，他說他已見過立夫和警長，並且確實知道立夫是沒有立即的危險的。但是一個嫌疑的共產黨被捕以後，往往交給警廳和軍事法庭去審理，後來傅先生又說，那位警長因爲覺得立夫有幾個有勢力的朋友，已對他有了很好的印象，他又知道一定有人在幕後控告立夫，但沒有正式的原告。

黛雲在那天下午六點鐘的時候過來，那時差不多要吃晚飯了。警廳方面又派人來，但是那警長卻沒有來。這次所派的是一個新的警官，他的身材很矮小，而且很醜陋，他的眼眶是很小的。這一次他的使命是拘捕陳三和環兒。

新亞就問那警官，叫他說出拘捕陳三和環兒的理由。

「我們是奉命來拘捕那一男一女，」那警官回答說，「如果他們是共產黨，那是要槍斃的；如果他們是良民，那當然是會釋放的。」

環兒的母親哭了起來：「我的運氣多麼不好啊！在一天當中，我的兩個孩子都被抓去了！要是他們抓去了不能釋放回來，那我也不要活了。」

新亞聽了這些話，就對她說了幾句安慰的話，那醜矮的警官看見了黛雲就說：「爲什麼這個屋子裏有這麼多剪髮的女人？難道這裏是共產黨的機關嗎？你最好也到警廳裏去，回答幾個問題。」

「什麼，你也要抓我嗎？」黛雲怒氣沖沖地喊著，「你們簡直是軍閥的走狗！」

「得啦！得啦！」那矮警官說，「那是你自找的，我也不能反對你的意思。」接著那矮警官就吩咐他的助手，叫他把這兩個剪髮的少女環兒和黛雲帶下去。

「你有沒有憑據？」新亞問。

「當然是有的。」那警官說，「你想我們沒有事幹，光是來拘捕良民的嗎？」

陳三所佩的一支手槍就交到那警官手裏，而他自願被捕。

這起突發事件，使整個局勢益形惡化，全家更憂愁了。寶芬的爸爸曾經說過：王先生說，只要在被審以後，立夫能交保就可以安全了，但是在這種混亂時代，無條件的開脫是沒有把握的；因此他們就決定當晚交保，把立夫釋出。此外他們也得告訴牛思道，說是黛雲也被捕了。

那天晚上十一點半以後，新亞和馮舅舅就陪著立夫回來了，因爲王先生已經寫了一封親筆信給員警廳長，要求警廳准許立夫三千元交保，暫時釋放出外。但是其餘三人卻不准交保，一方面是因爲王先生的信裏沒有提及他們，另一方面是因爲陳三的外貌很像一個共產黨，同時那兩個剪髮少女在外表上看起來也像共產黨。其餘員警廳裏的胡亂辦事行爲，就更不用說了。

那天晚上，全家都坐著等待消息。當立夫被釋放，同著新亞和馮舅舅回來的時候，第一個聽見立夫聲音的就是木蘭，她聽見了就立刻喊起來說：「他回來了！他回來了！」那一天莫愁還不曾流過一滴眼淚，但她一看見她丈夫的臉，就趕快過去握住了他的手，並且因爲太快活了，居然放聲哭起來了。立夫告訴他們說：「背後有人向新的員警廳長告發我。我猜想這人是懷玉。」

「那麼，環兒和陳三爲什麼被捕呢？」

「這使我想到，這件事一定是由於某人在和我們爲難，向我們報私仇。而且這件事和那個通緝名單是沒有關係的。在下午三點鐘的時候，警廳帶我到法庭裏去，審判官問我說：『我聽說你把你妹妹嫁給一個工人，是真的嗎？』我回答說：『確有其事，我把她嫁給一個員警。難道員警不是人嗎？』聽審的幾個員警聽了這句話，不覺笑了起來。那法官就說：『有人告你把妹妹嫁給一個工人，因而就猜想你是同情共產黨的。』我回答說：『庭上，如果我多了幾個姊妹，我就願意把她們嫁給您庭上的幾個員警。至少這班員警是自食其力的，我是贊成這樣的人的。難道這就是共產主義嗎？』幾個員警聽了這一番話，不覺又笑了起來。那法官就訓斥我說：『不要無禮，我們正打算把本城的共產黨消滅呢，你不必討我們的好。』接著我又被送到獄室裏去，直等到你們來了。」

「那麼，照我看來，環兒和陳三被捕也不會有什麼危險的。」馮舅舅說。

「我不認爲如此。」立夫回答說。

「還有別的罪名嗎？」莫愁問。

「在我受審以前，這個問題不是我所能回答的。有人控告我毀謗當局。只要開審，我是不怕的。我很幸運，因爲你們找了王先生來幫我的忙。」

「環兒和陳三怎麼樣了？」立夫的母親問。

「在我出獄的時候，我曾看見他們。他們和許多青年學生同關在一個獄室裏，環兒在流淚，我告訴她說：那矮警官所說的話是不確實的，同時他們所犯的案子也許是不嚴重的。我也對陳三說：他唯一的罪名是曾當過一名員警。」

家裏的人因爲立夫已經回來了，而且不久還有公開審問的可能，心裏都覺得很安慰，接著新亞就同著木蘭回去了。

第二天早晨，傅先生到員警廳裏去，要設法保釋環兒和陳三。那警長就告訴他說：他們的案子是不嚴重的，而且不會有危險，但是不准交保。

後來傅先生看見牛思道也在警廳裏，他是來保釋黛雲的。其實黛雲的被捕沒有證據，也沒有人告發她。

「你是不是這個女子的父親?」警長問牛思道說。

「是的。」

「那麼，她也是懷玉的姊妹嗎?」

「當然。」

「請您原諒我，我馬上就釋放她。但是你女兒真像一個共產黨。你最好教她在舉止行爲上齊整一些，否則叫我們分辨不出誰是好家庭出身的，而誰是壞家庭出身的。」

牛思道十分感謝他，並且道歉地說：「你知道新一代是不一樣的了，父母是不再有權去管束他們的子女了。我的孩子年幼無知，並且醉心時髦。」

黛雲聽見這話，不願意讓她父親爲了她的年幼無知而替她抱歉，她就向警長喊著說：「你所說的究竟是什麼意思?你所謂的好家庭莫非是指那些大官僚和壓迫民眾的人嗎?如果你因爲我是懷玉的妹妹就把我釋放了，那我是不願意出去的。」

那警長就微笑著，看著牛思道。

「她說話真像一個共產黨。」那警長說，「因爲你的面子，我現在把她放出去；但是你要知道，我們的牢獄裏都是這種年輕人呢。你把她送回家以後，最好叫她說話小心一些，否則她還要闖禍；到那時，再要我給你面子就很難了。」

「請你告訴我，是誰告發孔先生和他的妹妹?」黛雲問，「是不是我的哥哥牛懷玉?」

「這不關你的事!」那警官喊著說。

傅先生就向牛思道和黛雲告別，並且問那警長，立夫這個案子會不會在一個正式的法庭裏開審，那警官回答說：「不會。」

「這件案子什麼時候才開審呢？在開審的時候，我願意替立夫做辯護人。」傅先生說。

「總長，」那警長說，說的時候又站起來向傅先生深深地鞠了一躬，接著又說：「不要這樣為難我們吧，您知道我們當警官的，有時候有很多為難的職務要辦理，如果您總長在開審的時候來賞光，那麼我怎麼好坐在這個位置上呢？這個被告跟您有什麼關係？」

「他差不多是我的兒子呢。」傅先生說。

「我可以擔保他在受審的時候不會吃虧。您知道他已經得罪了許多人，也許寫過幾篇文章得罪了政府當局。我們正在研究關於這個案子的文件，並且我可以告訴您，我們是在設法使這個案子盡可能地提早開審。」

傅先生把這一切告訴了立夫家裏的人，立夫因為傅先生如此不辭煩勞地替他們奔走，向他表示由衷的感激。

第三十八章

四天以後，是五月一日，立夫被警廳傳去受審。審理這案子的，是一個祕密開審的軍事法庭，所以拒絕一切親屬觀審，但是傅先生卻一定要出庭。這一次案件的原告就是那個警長，他又仔細研究各項有關係的文件，並且擬就了一篇措辭非常審愼的報告，使這次案件不至於太嚴重；這是因爲馮舅舅和那位警長已經有過私人的接洽。在開庭的時候，立夫是第一個被審的，同時環兒和陳三卻在候審室裏等著。

那開審的審判官是一個身材矮小而瘦弱的人，但他穿的倒是軍服。傅先生就坐在他的旁邊。在經過初步的形式之後，那審判官就朗誦控訴立夫的罪狀：

「孔立夫，有人控告你寫文章反對政府，並且發表荒謬的言論誘惑民眾，同時你也同情一般的勞工。所以有人猜想你是一個共產黨，我研究了從你屋裏別處所找來的文件以後，覺得你的思想非常混亂：有時你替孔教辯護，有時你卻攻擊孔教。對於這些，我們還要一件件地細加研究。第一，我們要提起你在三月二十八日所發表的那篇指斥政府殘殺無辜學生的文章，你在這篇文章裏，並且冒瀆了你們教育界的幾位領袖。我知道你是一位大學教授！」

「是的，庭上。」立夫回答說，「我曾經指斥政府捕殺學生是不應該的，現在我還是要這樣說。」

「但是你似乎替那次遊行的領袖辯護。你知道他們是共產黨——國民黨——共產黨和國民黨都是一樣的東西。」

「庭上，」立夫說，「我不知道他們究竟是不是共產黨。但是我知道那班參加遊行的學生完全是爲了愛國，而我年僅十六歲的甥女也被槍殺了。那個時候我在現場，可以替這件事做證人的。但是，庭上，我並沒有寫文章反對現在這個政府，我所反對的是你們所要推翻的那個政府。吳佩孚將軍曾親自通電通緝段祺瑞和安福系，結果內閣就辭職了。可見得全國上下都在指斥這個屠殺事件，並不是我一個人呢。」

「你在你的文章裏曾經用過『貪官汙吏』這個名詞，你也用過『軍閥的把持』這種話。你明白，自從有民國以來，我們的國家是在多事之秋，而我們軍人是時常在設法恢復和平秩序。總長，這話你贊成嗎？」那審判官說這句話的時候，就向傅先生看看，一面又回過頭來吩咐勤務兵替傅先生倒茶。傅先生看到立夫是能替自己辯護的，只謙虛地點了點頭，沒有說什麼話。

「庭上，」立夫用一種文謅謅的語調對那審判官說，「有的官是清的，有的官是貪的；有的吏是汙的，有的吏是廉的，就算是在承平時代好政府之下，這種情形也是免不了的。我當然沒有說一切的官都是貪的，一切的吏都是汙的。當我說這句話的時候，並沒有公開地侮辱一切的官吏。」

那位審判官彷彿是一個舊式的文人穿錯了一件軍人的制服，樣子非常滑稽。他看著那被告，似乎喜歡那被告所說的多少帶些誇張性的回答，他就咳了一聲，接著就這樣說：

「你的思想似乎很含糊。我看你是一個很好的孔教徒，因爲你贊成祭祖，這件事是對你有利的；但是你在另一篇文章裏，又說到『樹木的感覺』，這有什麼意義呢？這裏有一篇你在幾年前所寫的關於這個題目的文章。你怎麼能夠一方面提倡祭祖，一方面又談起樹木的感覺呢？這簡直是十分矛盾！！」

立夫聽了這一番話，心中不覺暗暗發笑。他沒有料到那審判官會說出這樣的話來。那審判官這樣問：「現在你還抱持這種見解嗎？」

「是的。」

「我很替你可惜。如果你是一位聖人的門徒，你當然不能這樣的人獸不分，但如果你說樹木是有感覺的。那麼你就是一個共產黨了。我也讀過《孟子》，我知道人獸之間最大的區別，是在乎能辨別善惡。但是你卻說過動物和樹木都有『知覺』，那豈不是把人降到禽獸的地位嗎？你也曾說過，樹木和禽獸也是能『說話』。真像現代教科書上所說的：熊怎樣怎樣說，狐狸怎樣怎樣說。這一些都是可惡的共產黨的理論，目的是要叫人類像禽獸。」

「庭上，」立夫說，「如果您肯讓我有機會來解釋，那麼，我先要聲明這個解釋是要看我們怎樣解釋聖賢的話。孟子曾見齊宣王，並請他善待禽獸。歷史告訴我們，堯舜時代宮殿裏的音樂家曾經感動百獸，在朝廷上跳起舞來，原來聖賢人的德性已經感動了禽獸。如果禽獸沒有知覺，牠們怎麼能被聖賢的帝王和德性所感動呢？《周禮》這部書裏也曾提到對湖神和樹神獻祭這件事。」

這幾句話在那位審判官聽起來，不免有些含糊。老實說，那位審判官簡直還不明白《周禮》這部書的意義，因爲在五經之中，這是一部最難讀的書。傅先生看了這種情形，不覺微笑著，好像表示滿意的樣子。

「你最好把你的辯護局限於你自己所寫的文章方面。」那審判官說，接著他又很快的說了以下這一段話：

「現在我們所審理的是共產黨的理論，不是古代的經書。至於經書的解釋是個個不同的。你是否承認你是在提倡那種樹木和禽獸是一樣，以及人類如同禽獸，禽獸如同人類這一種理論？你要知道，這種理論是不免要擾亂人心的。」

「庭上，我是以一個科學家的資格說話的。」立夫回答說。「我不過說人類和禽獸都是有知覺的，但是這種知覺是不同的。」

「這樣，你就承認人類同禽獸是一樣的了！但是這一點是不重要的；這徒然顯出你的思想是怎樣混亂，而這種思想對於民眾又是怎樣有害。此外還有一種對你更嚴重的告發：據調查所得，你不經過婚姻儀式，在一個山頂上把你的妹妹嫁給一個普通的工人，這件事是真的嗎？」

「是真的。」

「這個工人叫什麼名字？」

「陳三。」

「他是做什麼的？」

「他曾在安慶當過員警。現在他是我家裏的祕書，同時也替我照管院子。」

「在他娶了你妹妹以後，是不是還在替你管院子？」

「不過是名義上的傭人。」

「這種舉動是最可怪的。」那審判官說，「你知不知道你在顛倒家庭的次序，並且不分主僕的名分，像一個共產黨那樣？你是和共產黨合夥的。」

「我相信人類是平等的。孟夫子說，聖賢和我們一樣，他們都是人。」

「當你妹妹許配給人時，誰是他們的證人？誰是他們的媒人？」

「只有我是他們的證人，此外無所謂媒人。」

「你這樣的舉動，是信仰共產黨所提倡的共產和共妻嗎？」

那位審判官似乎刻意想成立立夫的共產黨罪名。

「我沒有別的話要說。」立夫說。

這個時候，那審判官就傳別的犯人進來受審。接著陳三和環兒就出現在庭上。

「你叫什麼名字？」

「陳三。」

「這女子是什麼人？」

「她是我的妻子。」

「他是我妻子的哥哥。」

「孔立夫是不是你的舅子？」

「我認爲你們的婚姻是異乎尋常的。孔環兒，你是否承認陳三是你的丈夫？」

「我承認。」

「他在你哥哥家裏做些什麼事？」

「他是我們家裏的秘書兼出納，同時也管院子。」

「你怎麼可以讓你的丈夫當一名僕役，而你卻是主人的妹妹？你嫁給這樣一個平常的工人是否覺得可恥？」

「並不可恥，」環兒回答說，「他是靠他自己的勞力去生活的，這有什麼可恥？」

「你說話真像一個共產黨。你出嫁的時候是沒有媒人的。」

「我母親贊成這件事。我之所以嫁給他，是因爲他是一個孝子。」

「你這話怎麼講？」

「我的丈夫是陳媽失蹤的兒子，而陳媽曾在我們院子裏幫傭多年。她是一個偉大的母親，而他是一個偉大的兒子。」

「他說你是一個員警，」那審判官對陳三說，「你且告訴我，你是怎樣被孔家雇用的？」陳三就把他怎樣失去母親，母親怎樣找他，他怎樣讀立夫所寫的故事，怎樣決定回到北京來，回來以後並沒有找到他母親的種種情形，全都告訴了那審判官。他說到末了，不免情不自禁起來。那審判官聽了他的話，似乎受了感動，就對立夫說：「那篇關於陳媽的著名故事，是不是你所寫的？」

「是的，請你為了那位偉大的母親和那位孝子的緣故，對他客氣一些吧。」在這時候傅先生就插嘴說：「庭上，我可否把我所知道的說出來？」

「當然。」

「這位陳三是一個孝子。」傅先生說，「不幸他生在一個窮苦人家。我曾見過他的房間，他把他母親替他所製的幾件衣服當作枕頭睡著，並且立誓永遠不再穿藍布的衣裳。而且他這人也很盡責，很誠實。我也見過他房間門口所掛的那副對聯，上邊寫著兩句詩：

樹欲靜而風不止；
子欲養而親不在。

這樣的好兒子，是決不會做共產黨的。」

那審判官很用心的聽完這些話後，就站起來向陳三握手，並且說：「今天我很榮幸能夠碰見這樣一位孝子，現在你同你的妻子都可以走了。」

陳三同環兒就向那審判官深深地鞠了一個躬，謝謝他的美意，並且微笑著走開了。

接著那審判官就回到自己的座位上，他又扮著一副嚴肅的面孔說：「孔立夫，照你自己所承認的，你曾經提倡荒謬的言論去擾亂民心。還有你把妹妹嫁給一個僕人，沒有媒人，也不舉行婚禮，像野蠻人那樣，完全不知禮節。你的行爲就像一個共產黨，雖然你也許不是共產黨。現在這時代，人心已經擾亂得很厲害了，所以我們必須對會引起糾紛的可能事件加以禁止，我現在判你一年的監禁，但是因爲我見你看重祭祖和孝道，並且又想到傅先生對於你的關係，我願意把這個處罰減爲三個月的拘禁，但是你必須答應從此以後，不再宣傳荒謬的言論，也不再批評政府。」

立夫聽了這一番宣判的話，他的臉就沉下來了。傅先生站起來代爲懇求，請再把刑期減少，但是那個審判官卻很客氣地站起來說：「我很抱歉，但是我只能這樣辦。他得罪了好些人。如果您能開導他，以他這樣有知識有才能的人，對於社會國家當然是有貢獻的。」

傅先生懂得這是那位審判官早就決定的主見，因爲懷玉曾要求他給立夫一種處罰，因此他只好謝謝那位審判官的好意，而那位審判官就向傅先生鞠了一躬，退庭了。

現在庭上只剩下傅先生、環兒和陳三三個人，立夫就趁這機會請他妹妹轉告他妻子和母親，叫他們不要擔心。傅先生說，他還要進一步去設法使他可以早日釋放，並且說，關於立夫在拘禁期內的待遇是不必擔憂的。原來那些員警對於傅先生已有了極深的印象，並且知道那位罪犯曾經住在一個很大的旗人院子裏，所以很有禮貌的待他，希望可以多得一些賞賜。

孔家的人都聚在一起，等著立夫在受審後回到家裏來。但是當莫愁看見傅先生只同著陳三和環兒回來的時候，她的心好像往下一沉，環兒看見了她的母親，就倒在母親懷裏哭了。

「怎麼樣了？」她母親問。

「不要焦急，孔太太。」傅先生說，「事情並不如我們所想像的那樣壞。他是暫時被拘禁，不久就要釋放的。」

「要多久？」莫愁吃驚似地問。

「三個月，但是我們還要設法，使他早日釋放。」

「他為什麼被拘禁起來？」那時傅太太也到了，她這樣問。

「為了他的行動像共產黨。」

「這是很可笑的，」環兒說，「這些話我們在隔室的時候已經聽到了。這是為了立夫所寫的那篇『樹木的感覺』的文章，就因為這緣故，他就被斥為發表荒謬的言論。」

「我為你的丈夫向你恭賀。」傅先生對莫愁說，「他在庭上受審的時候，曾經用了很斯文的論調去同審判官辯論，並且還佔了上風呢。後來他又引證《周禮》裏的話，但那位審判官卻突然改換了他的主題！」

傅先生就這樣地敍述出立夫的受審和自己替他辯護的經過。

「這一切是沒有關係的。」傅先生總結著說，「那審判官從起初就決定找他的錯處。很顯然他是受了某人的委託，也許就是懷玉。幸而在立夫的論文裏有一篇辯護祭祖的文章，可以徹底證明立夫不是一個共產黨。因為沒有共產黨是能給祭祖辯護的。如果不是這樣，立夫也許要受到比這更嚴重的處罰。」

莫愁覺得很高興，因為她幸而把那篇關於祭祖的文章留在立夫的實驗室裏；但是在表面上，她不過這樣說：「傅伯伯，我想這大概是因為你親自出庭的緣故。婆婆和我們一家應當謝謝你的幫忙。」

「照我看起來，這兩方面都有關係。」傅先生說。

「這都是我們的不是，」莫愁說，「我們應當送一些禮物給那位審判官，我們起初以為一切事情已經同警廳說妥了。但是現在我覺得我們應當花一些小錢。」

傅先生答應再去設法。木蘭對於這句話很留心地聽著。

「我們現在所能做的，就是多花一些錢，使立夫可以舒服一些。」新亞說。

「我們已經在警廳方面花了五百塊錢。現在你覺得我們應當再花多少呢？在官廳方面有許多官員，我們都應當給他們一些好處。」馮舅舅說。

他伸出四個指頭，後來又伸出八個，靜靜地向莫愁說：「是四個呢，還是八個呢？」他指的是四百元或八百元。「如果我們所花的錢越多，立夫所得的舒服也越大。」他繼續說著。

「那些獄卒是容易對付的。」莫愁說，「我認爲緊要的，是給立夫一個好房間，一張好的床，一床乾淨的被頭，和好的飲食。但是，如果我們想要使他早一些得到釋放，那就不是幾百塊錢所能了事的。」

「現在花幾千元都算不了什麼了。」馮舅舅說。

「現在不是考慮錢的時候。」新亞說。

「寢具好辦，」寶芬說：「我那兒有十二條新的絲被和氈子從沒有用過。如果獄卒看見犯人有這樣好的被頭，他們就會好好的待他。還有，如果我們去探監，應當穿得很整齊，使立夫可以得些面子。不過這樣一來，那獄卒自然盼望我們多給他們一些好處，所以我們應當把那筆錢預先準備好。」

現在他們已從法庭方面得到了一種暫時的解決，覺得立夫的性命至少是安全的；因此立夫的一家對於這種局勢就覺得安心一些，開始討論怎樣去時常探望，怎樣使立夫在裏面過得舒適一些。但是木蘭在大家彼此討論的時候，卻始終保持沉默。

那天下午，新亞同著阿非和莫愁一起到獄中探望立夫，並且給了獄卒一些小費。第二天木蘭就來探望莫愁，並且把她拉到別的房間裏去談話，那時木蘭就從懷裏拿出七顆豆般大小的古珠來。原本它們是鑲在一支珠簪上的，但是木蘭卻把它們拆了，並且取下了七顆。

「妹妹，」木蘭說，「這裏有七顆珠子，我已經不大用得上它們。現在我還要同寶芬商量，因爲這七顆珠子和寶芬所找到的五顆大珠，恰巧能夠搭配起來。我打算把我的七顆和寶芬的五顆合起來配成十二顆，並且請寶芬的父母拿去送給王先生。這十二顆珠子的顏色和大小恰好能匹配，我記得……。誰知道在三個月的拘禁期完結以前，北京政權會落在誰的手裏？你看這事怎樣？」

莫愁看了看這些珠子，又看了看她姊姊，說不出話來。

「妹妹，有什麼別的問題嗎？」木蘭說，「我們必須盡力救他。」

「我是在想，寶芬會不會答應，或者我把那些珠子買回來。」莫愁說。

「沒有問題，」木蘭說。「阿非當然是願意的。在我們這個家庭裏，珠子對於我們有什麼用處呢？」

姊妹二人都流著淚。她們出去找阿非和寶芬，同他們談論這件事。阿非乾脆的說：「當然！」接著寶芬也說：「這個主意很好。如果我們失了一個人，珠子對於我們有什麼意思呢？我從沒有想到珠寶對於我們有這樣大的用處！」

她們倆的計劃就如願以償。他們兩家算是小康的，每個人都願意拿出自己的私蓄來，包括珊姐、曼妮和暗香。

那天下午，木蘭和莫愁就決定到獄裏去探望立夫，並且去看看他有沒有搬到一間好一些的獄室裏去。阿非也和她們同去，同時環兒也急於要看看她的哥哥；但是她的母親卻阻止她去，因爲她剛從監獄裏釋放出來。她們另外帶了一個枕頭去，同時也帶了一隻熱水瓶。此外莫愁更從立夫的書室裏拿了一部《生物學》去。她們先到典獄官的事務室裏和他商量，替立夫換一間好一些的獄室。

「他已經單獨搬到一間好的房間裏去了。」那典獄官說，說的時候對於那些貴婦們微笑著說：「也許過了幾天，我就能替你們好好的安排一下。但是我們還得要看有沒有空的房間。雖然不十分容易，但我總會盡我的力。」

「我知道這是不容易的。」阿非說，「但是如果你能替我們特別幫忙，我們是會很感激你們的。」

就常情而論，典獄官是不陪同探獄者的，但是他知道他們是住在大院王府的，有的是錢，所以就主動陪著他們去走動走動。當他們進去的時候，經過一間朝南的陽光很好的獄室，那房間還是空著。

「這間房間很好。」莫愁說。

「但是不久就有人要搬進去，」那典獄官說，「有個出身很好的罪犯要住到這裏面去。」

木蘭知道那典獄官是故意在出難題，使立夫家裏的人提出條件來談判。因此木蘭就對那典獄官說：「我們一家也不壞。」她說的時候，向著典獄官微笑著。

「這是可以商量的，」那典獄官說，「但是我必得和別人商量一下。」

他們就一起走到立夫所住的那間獄室，立夫看見了他們，大喜過望。他們看見他穿著平常的袍子，雖在獄裏關了一夜，但他的氣色還是一樣。木蘭轉過身去，看見那典獄官和另一個獄卒已經走開了，但那典獄官還是沿著走廊慢慢地走著。木蘭就趕緊追上去，他停下來並且轉過頭來。

「您忘了什麼東西嗎？」他這樣問。

「不，」木蘭說，「你知道，如果你能替我們的親戚安排那間有陽光的房間，那我們對於你一定是十分感激的。」

木蘭髮簪上的十顆珠子，已經有七顆交給了寶芬，還剩下三顆包在手帕裏，藏在她的口袋。現在木蘭決定把它們全部都花了。她急忙往她口袋裏摸索，趕緊掏出兩顆珠子來握在手中，並且塞到典獄官的手裏去。那典獄官看見他手裏放著兩顆珠子，就說：「不，我不能拿您的禮物，太太。我很願意幫您的忙。」

「請您拿了，不要推辭，您一定要允許我們對您表示一些謝意。」

「我願意盡力幫忙。」那典獄官堆著一副笑臉對木蘭說。

她又趕回到獄室那邊去，並對那位在獄室外邊注意她的獄卒打招呼，把她手裏所剩的最後一顆珠子塞到他的手裏去，但她似乎很淡漠地說：「那間房間很暗呢！」

「是的，這房間沒有光線。」那獄卒回答說，其實他的手裏早已握著那顆珠子了。

「你剛才在做什麼？」當木蘭回到獄室裏去的時候，阿非這樣問。

「我是去提醒那個典獄官，叫他注意替立夫換一間好的房間。」木蘭回答說。

立夫從莫愁那裏聽說，當他被捕的那一天，木蘭居然昏厥了。後來莫愁和阿非又告訴他關於木蘭送了珠子的事。莫愁並且這樣說：「二姊是拿出自己的七顆珠子來，同其餘的五顆配成一打，另外留著做一筆用處。」

「木蘭，」當木蘭走近時，立夫就這樣喊她，但是他喊了以後，有好些時候沒有說話，停了一下，立夫又說：「我很抱歉，給你們帶來這許多麻煩。請你們不要爲了我的緣故，這樣操勞和費神。」

「如果我們的姊姊失了丈夫，那珠子和寶貝有什麼用處呢？我們都在幫忙，並且是樂意的。」阿非說。

「如果你知道有多少人因爲你而操勞煩心，從此以後你就應當更加小心了。」莫愁說，「現在大家都在幫你的忙：珊姐從她的私房裏拿出了五十塊錢，舅舅拿出了一百塊錢，同時曼妮也拿出了一百塊錢。襟亞和暗香也覺得這次的禍水，他們一家應負一部分的責任，所以拿出來的錢也更多一些，但是我只拿了他們一百塊錢。至於寶芬，她曾犧牲五顆很大的珠子。」

「別提這些事。」阿非說，「其實二姊所幫的忙最多。」

立夫因爲家裏的人都這樣替他出力，不覺心中有些感動而眼淚汪汪了，他對眾人說了兩句話，說的時候他看著木蘭：「謝謝你們各位，我希望我不負你們的好意。」

正在這時候，獄卒進來說，他們已替立夫找到一間好一些的房間，並且向他們道賀，接著就很起勁地帶他們搬氈子、面盆，和其他零碎物件。忽然間，他們聽得在一間鄰近的獄室裏發出一陣狂號，那些女眷聽見以後，不覺害怕起來。

「老爺、太太，這同你們沒有關係。」那獄卒替他們開門，並帶著笑臉對他們說，接著他們看見了兩個年輕的、臉色灰白憔悴的青年，被獄卒們帶著，從走廊上走過去。

他們因受了哭聲的刺激，不免有些驚慌，但他們依舊沿著走廊，跟著那獄卒走過去，等到走到了他們所看見的那間空著的獄室，就走了進去，並且替立夫整理房間，鋪好床鋪。這個房間是面對著一條鋪著破磚的很狹小的空天井。莫愁就拿出二十塊錢來，交給獄卒，並且說：「你好好的服侍我們的主人。以後我們還會多賞賜你一些。」

那個獄卒微笑著向她表示感激，並且請她不要擔心。

他們就在那間新的獄室裏，討論那最混亂的北京政局。那時顏惠慶在設法組閣，並且還想代理行使已經辭職的大總統的職權。他受了吳佩孚下面的直系撐腰，但是張作霖下面的奉系卻對他表示反對。同時直系和奉系都分別委任北京的衛戍司令。現在他們已商定了一種妥協的辦法，結果吳佩孚方面的王懷慶就做了衛戍司令。

接著木蘭姊妹等聽見在獄室外面響起了一陣槍聲，然後就沉默了，他們都面面相覷，並且知道剛才被他們拉到外面去那臉色慘白的青年已被槍殺了。

木蘭姊妹倆到了典獄官的事務室裏去謝謝他的幫忙，接著就起身回家，再去商量進一步的辦法。王士珍因爲受了寶芬父親的請求，已寫了一封信給當地的軍事司令，但還沒有接到回信。那時的北京，實際上是處於一種無政府的狀態。因爲那時候中國政府的政權落在一班武人的手裏，所以一個內閣如果不曾得到軍人的同意，是組織不起來的。事實上，軍人是眞正的統治者，而文派的領袖不過是得到武人的許可以後去執行政治的。由王士珍所主持的維持會，仍在執行政權，但他是等著幾個軍閥同意以後，產生出一個政府來執行政權的。軍閥之間就信件往返，僕僕於京津京奉路上，目的是在商討一種妥協的條件。因了這個緣故，立夫能否得到自由，要看那種新組織的政府性質如何了。如果顏惠慶能促成一個內閣，那麼他的勢力就能及到擁護他的一班軍人，使他們准許立夫早日恢復自由。

這幾天，王士珍時常見到顏惠慶，同時傅先生對於顏惠慶也相當認識。但是事情是這樣的：吳佩孚雖然贊成顏惠慶做新內閣總理，但是奉系的軍人，包括狗肉將軍，卻反對顏氏，據傳說，奉直兩系將要同意組織一個混合內閣，但是顏惠慶自己的地位還沒有十分穩定，以致沒有工夫顧到像立夫那樣的案子。

那時北京大學的高教授也被當局拘去。他年輕美麗的妻子，就到奉軍司令部去替她丈夫求情。那位司令愛上了她，向她提出交換條件，不幸遭了她的拒絕，不久那位高教授就被槍決了。這一件事在北京的知識界不免引起了不少的恐慌。此外狗肉將軍據說已經被委爲長城以內奉直聯軍的總司令，所以在一兩天後，他就可以統治整個北京了。至於這位頭腦簡單、行事乾脆的封建軍閥，在上了台以後究竟要做些什麼，那是不容易猜測出來的。但是一般人能夠猜測到在狗肉將軍完全統治了北京以後，北京城裏的紀律和秩序一定要比維持會時代更差一些，正如同維持會時代的紀律和秩序比段政府時代差一些一樣。

木蘭現在焦急萬分，且十分恐懼。當她回到自己家中的時候，好像聽而不聞，視而不見，食而不知其味。接著她就在吃完晚飯以後，回到自己的臥室裏去，把服裝換了一下。

「你在做什麼？」新亞問。

「我要到我妹妹那裏去，我答應她把幾部關於甲骨文的書帶給立夫，所以我必須把它們帶去，先交給我妹妹。」

「什麼？難道你妹妹這樣晚了還要到監獄裏去探望嗎？」

「這沒有什麼，那些獄卒已經得了我們許多好處。」木蘭說。

「那麼，你也去嗎？爲什麼你打扮得這麼整齊？」

「我要陪我的妹妹一起去呢。」

「那麼，我也和你一同去。」

「不用麻煩了。阿非或陳三會和我們一起去的。」

「你別太激動了，你知道的。」新亞說。

木蘭照著鏡子，看見她自己的眼睛特別流動，水汪汪的，顯示出一種難以抑制的情感，她把頭髮掠好了就站起來，從書架上拿下了兩部殷墟文的研究。

「你想哪一部書是最配給立夫讀的？」木蘭問她的丈夫說。

「那麼你就選那部羅氏所寫的。這是關於這種研究最早出版的一部。」新亞說。

當木蘭到了她妹妹家裏的時候，莫愁感到很意外，問她說：「姊姊，你爲什麼這麼晚了還要出來？」

「我已帶來了一部我答應給立夫帶去的書。現在請你和我一同到獄中去探望他。」

「爲什麼這樣急呢？」莫愁問。

「我已答應今天下午替他帶去，但是我們卻被寶芬的親戚所耽擱了，所以沒有把它帶去，你知道我是不喜歡失約的。」

「這麼晚了，我們還能進監獄嗎？」

「我想我們能夠進去的，那些獄卒同我們都很熟了。」

「那麼，我們不妨派陳三去看立夫，並且帶一個口信去，說我們因爲有事被阻，不能在今天下午去看他。」

「我已經打扮好了。」木蘭堅持著說，「並且我願意去探望立夫，也許他有什麼需要我們幫忙的地方，還有我們也許可以從監獄裏探得什麼新消息。」

「那麼，等一下吧。我會和你一起去的。」莫愁說。

「你不必一起去。」孔太太說，「那監獄裏是那樣暗，那樣難走。假如你在黑暗裏跌了一跤，那怎麼辦呢？你要知道你已有了兩條性命，不光是一條生命呢。」

莫愁因了她婆婆的阻止就沒有去，但是陳三卻和木蘭同去。

到了監獄以後，陳三就把那包書交給獄卒，叫他帶給立夫。

「現在太晚了。」獄卒說，「典獄官已經回家了，如果我們把那包書遞進去，那是違反規定的。」

木蘭就把那包書打開來，交給獄卒看，並叫他知道這些書是沒有危險性的。

「我們是不准有私貨偷運到獄室裏去的。無論什麼東西要交進去，都必須先經過典獄官的手。」那獄卒說。

「我們可不可以看立夫幾分鐘?」木蘭問。

「這是不成的。」獄卒說。

「那麼我們明天再把這包書帶來吧。」木蘭說,「但是請你告訴孔先生,說是我們已經來過了。」

接著他們就轉身到牢獄的門口向那獄卒辭別。陳三本想跟著木蘭回家,但她認爲沒有必要,並且已跳上一輛人力車。那時她忽然湧起一種想單獨去看立夫的念頭,即便是短短五分鐘也好。從前她和立夫在杉樹叢林裏有過一次談話,使她的生命更加豐富有力;那時她正和立夫一起在泰山頂上看日落和日出的景象,這一件事對於她的生命是十分有意義的。如果她能在今天晚上在監獄裏看見立夫,和他談上片刻工夫,那是何等有意義。如果他不幸被槍決了,那麼她的一生將帶著何等悲哀的回憶!她心中有一種非要見到他而不能抑制的願望。所以她走了一段路以後,就從人力車上下來,重新走回監獄去。

「又是你?」那獄卒說,「你想要做什麼?」

「請讓我進去一下。」她說,「我是一個女人,是不能把他偷偷帶走的,我有要緊的話對他講。」

接著她就拿一張五元的鈔票塞在獄卒的手裏,那獄卒向四面望了一下,就對她說:「那麼,看一下吧!趕快進去,不要作聲,只可以談五分鐘。」

木蘭就跟著那獄卒穿過那個黑暗的廳,然後沿著燈光朦朧的走廊一道走去,她的心跳動得很急。她想:「如果他看見了我,他要怎樣想呢?我沒有任何藉口。」

當他們走到了立夫的房門口,那獄卒就向他的頭目打了個招呼,接著就陪同木蘭進到獄室裏去。

那時立夫正在一盞很小的豆油燈下看書。他看見木蘭進來，完全出乎意料之外。

木蘭對著立夫，覺得不好意思，並且很可憐似地對他看了一下。

「怎麼了，木蘭！發生什麼事？」立夫問。

木蘭向那獄卒看了一下，意思是叫立夫說話輕一些。

「我近來得了一些消息，要告訴你。」她開始說。

「坐下吧。」立夫說，接著就拿一個枕頭交給她當座墊。

「今天下午我們得到一些消息，但沒有工夫來看你。」她口吃似地說。

「什麼消息？」立夫問。

木蘭突然停住了。她覺得說不出話來，只是眼中流著淚，嘴唇發抖，接著她突然崩潰了，用手遮著自己的面孔，喊著說：「立夫啊！」

她不敢哭出聲來，因爲恐怕被那獄卒聽見。那看守和獄卒就靜靜地在門洞裏窺看他們。

立夫雖然俯身在她上面，但是不敢碰她，他不過彎下身體去對她說：「沒什麼值得難過的，我在這裏很好，而且十分舒服。」

木蘭伸出手去握住立夫的手，並且低低地用啜泣的聲音對他說：「我知道我不應該到這裏來，但是如果你不幸死了……我將……」

「究竟你有什麼消息告訴我？」

立夫很了解自己的這位大姨子，所以他聽了這些話，不能無動於衷，但他不過這樣柔和地對她說：「是不是莫愁叫你來的？」

木蘭揩著眼淚，克制著她的情緒，並且定神地靜思了一下。接著她抬起了她懇求的眼睛向他看著，並且說：「妹妹和我想在今天下午一起來看你，但是沒有機會來。我又想到那部關於甲骨文的書，並且特地和陳三一起來，想把那部書帶給你。但是監獄裏不准這樣晚替我們把東西帶給你，也不能讓陳三進來，因爲他是一個男人。我就告訴看守，我是一個女人，沒有什麼關係，因此他就讓我進來了。」她講這些話的時候，又用手做手勢，表明她曾經給那看守一些好處。

「王先生曾寫了一封信給奉軍司令，你認爲這封信有什麼效果嗎？」

「就是這樣一句話嗎？」

「他們說狗肉將軍在幾天以後就要做北京的最高長官，啊，立夫，你不知道——我著實替你擔憂呢。如果你碰到了什麼意外……」她說的時候，聲音幾乎聽不出來，她就向後倚到她的座位上去，她覺得她已經沒有氣力，意志力也完全喪失了。接著她就哭起來了。

獄卒前來敲門，木蘭就拿出另一張鈔票，到門口去授給那個獄卒說：「請你再讓我講五分鐘吧。」

立夫看見了她那雙柔和的眼睛，在朦朧的燈光下閃耀著，她橢圓形的臉既這樣溫柔，但又這樣含有英雄氣概。

「我覺得我不應該到這裏來的。」她說，「但是我沒有法子阻止我自己不來看你。你不覺得討厭嗎？」

「你說討厭？絕不！你已經幫了我這許多的忙。」立夫說，說的時候竭力壓制著自己的情感。接著他又說：「我必須謝謝你，因爲你捨棄了你的珠寶來救我的性命。」

他忽然受了一種感情的衝動，就俯下身去，握住了木蘭蒼白的手，輕輕地親了一下。

「你知道，我願意替你做更大的犧牲去救你的性命。到現在我沒有做錯什麼，是不是？」她誠懇地問。

「為什麼？……不過別人是要誤會的。」他回答說。

「立夫，我正打算離開北京。當你從這裏出去以後，你應當帶了家眷離開北京。從此以後，你應當埋頭研究你的學問。你要知道，你的性命對於我的妹妹——也對於我——的關係是何等重大。」

在這時候，那看守第二次敲門了，於是木蘭就站起來，伸手去握立夫的手，又向他說一聲再會。

她出了監獄的門，並且站了一下，心裏很是躊躇著，接著就向後邊走了一段路。這時她覺得大腿十分無力，她的心跳得厲害，突然發起抖來。她覺得身體支撐不住，就停下來靠住一根路燈的桿子，透了一口氣，有一個路過的人看見了她，就停下來對她細看，以為她是一個賣淫婦。木蘭覺得很惱怒，就負氣似地向前走去。她看見在她前面十碼路的地方，有一輛人力車已經點著燈，她就咬牙盡力地喊那部人力車。

「到司令部去！」她說，她的心跳越來越響了，她唯恐那車伕也能聽出她心跳的聲音。那時大學教授高氏的妻子已經替她的丈夫說過情；為什麼她不應該替立夫說情呢？然而她去說情的時候，她又應當怎樣替她自己自圓其說呢？她又想到如果莫愁知道了這件事，她又將怎樣呢？若不幸新亞也知道了，他又將怎樣呢？還有，她這樣替立夫說情，不知道結果又將怎樣？不過有一件事她是確實知道的，就是立夫必須立刻釋放出來，否則就太晚了。

她到了司令部，那邊的衞兵問她有什麼事。

「我要見司令。」她說。

「你是誰？」

「不用問，我要見他。」

那些衛兵面面相覷，並且笑著。他們就進去向那司令報告說：有一個從未見過的美麗太太要見司令，那司令就吩咐領她到屋子裏來見他。

木蘭走進那屋子，身體不免微微地發抖，額角上也出了一些冷汗，但她仍竭力鎮靜著。她知道她自已是美麗的，但是那司令會不會因爲她的美麗而聽她說情。還有，那位新司令會不會像那曾經槍決高教授的那位奉軍司令那樣，在舉動上沒有分寸。

那司令進來了，見到那位少婦的美麗，不覺驚爲天人。

「別來打擾。」他吩咐那些衛隊說。他們就出去，並且把門帶上。

木蘭就跪下，向他叩頭說：「總司令，求您准許一個可憐的女人向您懇請！」

那司令就笑起來說：「起來，一個像你那樣美麗的女人是不用下跪的。」

木蘭就抬起她的眼睛，並且站起來，那司令就指著一個座位叫她坐下。

「我是來爲一個被捕的人懇求您的。其實他是被誤抓的。他是一位大學教授，他的名字也不在名單上，是有一個仇人私下告了他。他又寫了一篇叫作『樹木的感覺』的文章，因此就被監禁了。」

那司令聽著木蘭用低沉悅耳的聲音，說著緩慢又清楚的京話，覺得非常動聽。

「什麼？爲了寫一篇關於樹木的文章就被捕嗎？」那司令高聲地問。

「是的。」木蘭微笑著說，「是爲了一篇叫作『樹木的感覺』的文章呢。但是那審判官卻斷定它是共產黨的理論。」

「怎麼會呢？」那司令以愉快的腔調說，「好，你告訴我，我一定幫你的忙。」

「是的。」木蘭說，「這個人這樣說……」

「等一下，這人是誰？」

「他的名字叫孔立夫，他現在是在第一監獄裏。」

「那麼，你是誰？」

「如果我不答覆您這個問題，您會生氣嗎？」

「嘿嘿，那似乎是一個祕密呢！」

木蘭鼓起了勇氣，對那司令說：「我可否向您討一個情？」

「當然，一個像你這樣好看的女人是沒有問題的。」

「請您把我來見您的這件事嚴守祕密吧！」

「你知道這屋子的門已經關了嗎？」那司令帶著一種哄哄的笑聲對她說。

「這不是好玩的，是不是？」木蘭說。

「你這話是什麼意思？」那司令問，他的臉色已經變了。

「您知道在一星期以前，有一個大學教授也被抓去了。他的太太就去向一位奉軍司令懇請，但那位司令不是一個君子，您知道這些奉軍是從關外來的，他就對那年輕的女人起了一種不良的念頭，後來因爲那女人不答應，她的丈夫就被槍決了。我知道您是不同的，正因爲這緣故，我才敢來求見您。人人都說吳佩孚將軍手下的軍官所受的教育是比較高明一些的。」木蘭這樣地侃侃而談。

那司令聽了這一個不相識的女人說了這一番非常的話，他的臉色漸漸地改過來了，於是木蘭就繼續說著：

「您知道，如果不是爲了吳佩孚將軍到北京來，腐化的安福系還在當權呢。請您看那些奉軍隨便使用那些不值錢的『奉票』買東西，簡直是強盜的行爲！」

木蘭的這一番話，就挑起了奉直兩系同時在北京委任的兩個同職的長官之間的嫉妒心。其實當木蘭看見那位司令吩咐手下的衛隊把門關起來的時候，不能說他是安著好心。但是這位司令是喜歡奉承的，所以當木蘭向他敘述另一位司令怎樣懷著「壞意」的時候，他就改變了他的心思，使他成爲一個「好人」。還有那個司令因爲恰巧抓到這個職使，心中非常得意，所以也就比較容易說話。接著他的獰笑就消失了，而換了一付莊嚴的面容。

「奇怪的少婦，我還不知道你的名字，你知道我到這裏來是爲保護老百姓的。」

「那麼，就請您保護他吧。能夠這樣，我們就十分感激您了，只要您寫一張手諭就夠了。」木蘭說，說時她又站起來再向他鞠躬。她很奇怪她自己有這樣的膽量。其實當她進來的時候，她完全抱著一種聽天由命的態度，並且也沒有想到她是否能夠走出這個司令部的門。但是現在，她的恐懼已完全消失了。

那位司令看見木蘭既這樣鎮靜，而說話又這樣親熱，心裏十分高興。

「沒有這麼快，如果你能使我相信他不是一個共產黨，那麼我就會釋放他了，否則我是不肯的。」

「那麼，我就告訴您，孔先生的敵人是我的一個親戚，其實也是孔先生的親戚，所以我認識他。他是投入奉系的，同時審判孔先生的那個審判官也是奉系的人。您能不能想像一個寫了一篇關於『樹木的感覺』文章的人，居然被稱爲共產黨。」

「這是沒有道理的，但是他爲什麼被判受監禁呢？」

「他寫著，樹木和動物是一樣有知覺的，所以，如果折了一個椏枝，那棵樹就覺得受了傷害；如果我們剝了樹木的皮，就像是打了那棵樹的臉一樣。」

「這跟共產黨是沒有關係的呀！」

「但是那位審判官說，立夫認爲樹木是有感覺的，那就等於把人類降低到動物和樹木的等級。您也相信樹木是有感覺的，是嗎？」

「我不知道。」

「這沒有什麼新奇。我們都知道古樹是能成爲神道的，所以沒有人敢去砍下它們，也有人看見在砍下的一棵樹幹裏面，甚至於流出血來。」

「是的，當然，當然！」那司令大聲地說，「連那泰山的石頭也是有神道的，它們當然是有知覺的。」

「那麼，您會把孔先生釋放嗎？請您就這樣辦吧，司令。」木蘭帶著動人的微笑這樣說。

那司令又再詳細地問了一下，木蘭就回答說：立夫是一個科學家，他的名字是不在名單上的，他的被捕完全出於一種私仇。

「那麼，你所說的那種私仇究竟是爲了什麼呢？」

「咳，這都是我們家庭裏的事。這位牛懷玉因爲牽涉在一件不名譽的事件中，而我的親戚孔先生把它揭發了。牛懷玉有個妹妹嫁在我們家，但是因爲孔先生的揭發，我們就不得不把牛懷玉的妹妹離了婚。後來牛懷玉就寫了一封信給我的公公，說是立誓要報復，現在這件事就是他幹的。」

那位司令向她美麗的、帶著微笑的臉上望了許久，接著他就說：「你使我做了一次好人。」接著他就向門外的衛隊呼喝了一聲，有一個衛隊進來。

「把我的紙筆拿來。」他吩咐著說。

木蘭站在司令的背後，她的口裏說出監獄的名字和地點，說出的時候，她心裏非常高興。她也向司令提議，請他在「釋放」兩個字的前面加上「立刻」兩個字。這樣，她幾乎是在吩咐著，而那位司令也居然聽從了。

木蘭從司令的手裏接到了那張字條，就想跪下去謝謝他，但那司令卻阻止了她。

「現在我可不可以向你討個情？」他說。

「我怎麼能拒絕您呢？」木蘭回答說。

「請你把你的名字告訴我。」

「我的名字叫姚木蘭。」

「今晚你贏了。我要恭賀你和那位孔先生。我希望你能明白，我是來保護良民的。」

「我會把這件事告訴每一個人。」木蘭說。

「這樣，就沒有什麼祕密了。」那司令笑著說。

「沒有祕密。」木蘭回答，說的時候臉上堆著一副感激的笑容。

她把那張字條放在自己的口袋裏，並且說：「這樣，我就告別了，非常謝謝您。」

「你這麼快就要走了嗎？」那司令抱怨似地說。

「是的，我要走了。」

那司令就陪著她到屋子的門口，並且吩咐衛隊很客氣地陪她到大門口，接著他就轉身回去，在無人的走廊裏自言自語地吼罵著。

木蘭到了門房間，就借用門房的電話打了一個電話出去。她因爲這次得了意外的勝利，覺得異常興奮，就搖了一個電話給她的妹妹。

「立夫就要被釋放了……我已替他拿到一張特赦的手諭……我是二姐呀……我在王司令的司令部……不用擔心了……現在我要直接到你那兒去。」

木蘭因爲太興奮了，覺得坐人力車太慢，就打電話雇了一部出租汽車，當那汽車來的時候，她想到她的丈夫，於是她改變計劃，叫那汽車先送她回到自己的家裏。

那時已經十點過一些了，新亞還沒有上床，但是在房裏非常焦急，幾乎想要出去找木蘭。一小時以前，他已經打電話給了莫愁，並且知道莫愁沒有到監獄去，而他的妻子卻同陳三一起去探獄；過了一會兒，陳三就獨自回來了。這樣，木蘭究竟到哪裏去了？他已經等了她三刻鐘。接著他就接到莫愁的電話，說是木蘭就要回到莫愁家裏去，也告訴他立夫就要被釋放了。現在新亞看見他妻子回來了，並且看見她在一種興奮的狀態中喊著：

「立夫自由了！」

「你到哪裏去了？」他問。

「我到王司令的司令部裏去，你看我手裏的這張手諭！」

「我以為你是到監獄裏去的。」

「但我們不准進去，我是和陳三一同去的……現在立夫要被釋放了，你覺得高興嗎？」

「當然，但是你怎麼能拿到這張手諭呢？」她丈夫問，一面仔細看著那手諭的筆跡。

「等我們到了妹妹家裏以後，我就會把一切經過告訴你。現在你來吧，那部汽車已經等在外面，妹妹也一定在等著我呢。我原本告訴她直接到她那邊去，後來我決定先回家來看你。」

當他們坐上汽車以後，新亞就問木蘭，不過問的時候並不怎樣熱烈，他這樣問：「你怎麼拿到這張特赦手諭的？」

「我自己去見司令的。」

「但是你怎麼讓那司令給你這張特赦證呢？」

「我同他直接辯論的。」

「有這樣容易嗎？」

「當然，你想我是一個怎樣的人？」

新亞沉默下來。

「我使立夫釋放出來，但是你卻連一句恭賀的話都沒有說，新亞，你是否覺得快樂？」

新亞停了一下，並且說：「你見司令的時候，怎樣介紹你自己？你說你是我的太太呢，還是別的？你怎麼會想出這個辦法呢？還有，你事前爲什麼沒有告訴我？我是很替你擔憂的，不知道你究竟到了哪裏去。」

「我沒有介紹自己，我沒有做錯什麼事。」

「這是很危險的呢，你知道。」

「我覺得我不能不做，新亞，當我離開監獄的時候，心中有一種不可抑制的衝動……我覺得以一個女人的資格，直接去懇求那司令對於立夫的釋放是有幫助的。他是屬於直系的，是反對懷玉的。因此我覺得這個猜想是對的。」

「你這小鬼靈精！」新亞說。他說這話，一半像贊成木蘭的話，一半帶一些奉承的意思。

那部汽車已經到了靜宜園的門口。那園子的門口點著門燈，並且有傭人在等著他們。他們看見陳三也在裏面。新亞就吩咐汽車夫在門外等一下。莫愁就在通過園子的那條走廊裏碰見他們。木蘭看見她，就把司令的那張手諭塞到她的手裏，並且說：「你看這裏蓋上了司令的圖章。」莫愁就在走廊的路燈下讀著那張手諭，眼裏含著快樂的眼淚，並且說：「二姊，你怎麼拿到這張手諭的呢？」接著莫愁就趕緊跑在他們前面進去，但是覺得很吃力，因爲她的身體已經很重了。她跑進那屋子的時候，就向屋裏的人喊著說：「立夫要釋放了！」

「請你告訴我們，你是怎樣拿到這張手諭的？」莫愁問她說。

「我在離開監獄以後，就想到高太太怎樣去見那位奉軍司令，並替她丈夫懇情的事……」

「你也想到了嗎？」新亞說，木蘭因爲在無意之中說了這句話，不免有些害臊。

「不過這件事給了我一個啓示。我就想起這位王司令也許比奉軍的司令更講道理一些。」

「我很佩服你的膽量。」珊姐說，「假使王司令不在那邊，你該怎麼辦呢？」

「好，讓我把整個經過告訴你們。我把自己裝作一個奇怪的不知名的女人，並且要求見那司令。結果我就被領到裏面去，接著那屋子的門就關了，而那司令就匿在鬍髭後面獰笑著，因此我就害怕起來。但我知道他是厭惡狗肉將軍所委任的另一個司令的，所以我就和他談到那司令怎樣把高教授槍斃了。我並且說，那另一位司令不是一個君子，因爲他貪圖高教授太太的美色。你或者已經想到那王司令的臉色轉變了。他換上了一副很嚴肅的、帶著威嚴的態度。他這種態度的轉變，就使我的膽量大增，我又稍微把吳佩孚的軍官稱讚了一下。後來我又看見王司令竭力使他的態度大方自然，所以我的恐懼心就完全消失了，同他談起話來也覺得更自然了。」

「我就直截地告訴他，立夫這個案子完全出於一種私仇，而且告發他的是我的一個親戚，也是立夫的一個親戚，所以我是認識他的。接著那司令就說：『我到北京來，無非是要保護一般良民的。』因此我就乘機進言，請他援救立夫。我不知道那司令是這樣容易對付的。接著，他又要我去說服他：立夫不是一個共產黨。我就告訴他，因爲警廳方面找到了立夫所寫的那篇叫作『樹木的感覺』的文章，認爲證據確鑿，就斷定他是共產黨。我知道那司令是迷信的，我就同他談到一些成爲神道的古樹，並且說當這些樹木被砍下來的時候，樹身裏含有血跡。這樣，我就使那司令相信樹木是有感覺的，他很贊成這句話，並且說：『樹木是有感覺的。它們甚至能成爲神道！』我就這樣地取得了那張特赦的手諭。」

屋子裏的人都很留心聽著她這一番談話。當她說完的時候，珊姐就跟著說：「就那麼容易啊？妹妹，你真是熟讀《戰國策》的。」

「這件事情的經過，的確像一篇《戰國策》。」阿非說：「而二姊往往能臨時想出聰明的念頭。」

「誰叫我的父母不把我生爲一個男孩子？」木蘭說。她說這話的時候，心裏有一種靜默的滿足。

「木蘭，我明天必須請你吃一頓飯，表達我們對你的謝意。」立夫的母親說。

新亞在聽木蘭敍述經過的情形時，起初不免覺得懷疑，到末了就引起了深刻的印象，並且也看見別人引起了深刻的印象，因此他就很得意地說：「木蘭是値得孔太太請她吃一頓的，還有立夫和莫愁二人也應該請她吃一頓。她這種舉動，就像是『入虎穴探虎子』一般。」木蘭用一種很安慰的表情向新亞看著，她彷彿覺得天上的幾朵烏雲已被大風吹開了。

「但是我們應當立刻讓立夫自己知道。我們能不能今晚就把他接出來？我們好不好打電話去？」木蘭說。

「我們得到了司令的這張手諭，無論在什麼時候都可以把他接出來。」新亞說。

「但是那典獄官已經回家去了，我們必得先去找那個典獄官。」

於是新亞、陳三和莫愁就在那黑暗的晚上出去探獄。莫愁本來想請她姊姊同去，但木蘭心裏有一種感覺，覺得她的舉動已經過了分，所以她就違反自己的心意，故意這樣說：「不了。新亞，當你進去探獄的時候，你應該讓我妹妹先進去，把這個釋放的消息告訴立夫。」

因此木蘭就和別人一起留在家裏，等待立夫回來。

立夫就在五月八日，在狗肉將軍被任命爲北京附近奉直聯軍司令之前兩天，晚上十二點鐘的時候，從監獄裏釋放出來，回到自己的家裏。他拘留在監獄裏，恰巧是八天。

第三十九章

在下一個月，木蘭不幸患了痢疾，幾乎把性命送掉了。這是她一生中最悲慘的一個時期。那過去兩個月的經驗，消耗了她不少的精力，因此她的消化不良，身體也瘦了許多。阿滿的慘死在她的心上留下一個深刻的創傷，在幾乎一年之中，她從沒有一次恢復過她愉快的精神。

她的家庭已完全改變了。只有一個人沒有變，那就是曼妮，不過她也老了一些。但是在木蘭看起來，她還是這樣美麗與和氣，她是木蘭從小就佩服的一個人。曼妮的乾兒子阿善現在已經大學畢業，且已在天津海關裏任事，他愛曼妮如同愛他的生母一樣，他學了她許多文雅的舉動，使他似乎和同時代的其他青年略微不同。

襟亞在立夫被捕的恐慌時代，因為恐怕他自己牽涉在內，就避到別的地方去，現在因為情形比較安定一些，也就回來了。愛蓮現在已經離了娘家，同她的丈夫住在北京。但有時候她也會回家來探望；現在已有了兩個孩子。她已替妹妹麗蓮介紹了一件親事，把她嫁給另外一個醫生，所以桂姑現在有兩個留學回來的西醫做女婿。桂姑的頭髮已經灰白了，但她卻覺得健壯一些；而且看見她的兩個女兒都嫁得很好，所以心裏沒有掛慮。現在雖然做了外祖母，但看上去年紀似乎太輕一些。以她的資格，雖有權利可以自由走動，但卻不十分走動，因她在年輕的時候已經有過一番艱苦的生活，現在說起話來仍舊很有精神，而且還時常說一些使後輩兒孫覺得高興的話。不過拿桂姑去同曾太太比較，那麼曾太太的年紀雖然大得多，但她倒覺得比較可愛。曾太太是年老而多病的，但她的身材還是小巧玲瓏，面上帶著一種聰明的樣子，顯示出她在年輕的時候是很美麗的。在她們兩人之間，有這樣的一種分別：曾太太仍是畫眉抹粉，喜歡打扮，而桂姑則自從曾文樸去世後，就不再打扮了。

除了曾太太之外，曾先生和木蘭的母親都已去世，而木蘭的父親雲遊四海，所以她覺得她在家庭中的責任是越發繁重了。現在阿非已到了中年，並且因爲娶了寶芬，已經有人照顧他了。他們夫婦倆自英國回來後，是很講維新的，他們特地替他們的孩子雇了一個新式的保母。

有人請立夫到上海去過一個暑假，因爲北京的時局很不安定，只要軍閥覺得不高興，他就有隨時被捕的危險。奉系在北京的勢力是越來越大了。

至於立夫要怎樣辦，那是很難說的。那時廣東的國民革命軍已開始動員北伐。黛雲、陳三和環兒已到南方去參加國民黨的工作。這種工作對於北伐運動是一種重要的元素。莫愁很堅持她的主張，認爲立夫應當停止他的政治活動，專心從事學術研究。她爲了要阻止立夫參加國民黨的北伐，著實費了一番心血，但她終於達到了目的。有時莫愁懷著一種磐石似的決心，她甚至不惜引起人家的不快，也要堅持她自己的觀點，而不顧別人的反感。她又決定她的丈夫不可再去參加政治，這是她唯一的決心。後來她又逐漸決定立夫和他的一家應當搬到南方去。

木蘭躺在她的床上，想想她自己，也想想和她自己最親密的人——新亞和她自己的兩個孩子。兩個孩子年紀還很小，但她的婆婆已經衰老而多病，所以，家裏的責任都放在她的肩上。她希望卸去這些責任，但又覺得不能。新亞對她的態度很冷淡，她也知道此中的緣故。她曾經瞞著新亞，沒把那天晚上到監獄裏去探望立夫的事告訴他；至於立夫這方面，也因爲怕引起人們的誤會，所以也沒有把這件事告訴莫愁。但是新亞卻在立夫被釋放後的酒筵席上，聽到木蘭爲援救立夫的緣故，甚至把幾顆珠子也犧牲了。他知道木蘭認爲珠寶沒有什麼了不得，雖然這些是稀世之寶，而且是她陪嫁的一部分。他又知道木蘭和立夫是很要好的朋友，所以她就不能不想盡方法去營救。還有，當立夫被拘的時期中，她的精神顯然是太緊張，太失了常態。他們中間的感情仍舊同先前一樣的好，只是他們內心似乎有一些未曾道破的事情。

進一步說，新亞的態度是有些改變了：他開始喜歡金錢，並且從事於幾種小營業。那一家骨董鋪替他賺了很多錢，此外他對於公債和別種投資也逐漸感到興趣。現在他已到了三十五六歲的年齡，並且逐漸養成一種擺架子和自滿的形態，又不喜歡別人去反對他。他幼年時代那種輕鬆活潑的心意，以及詩人般地藐視金錢和地位的心理，現在已完全消失了，他這種精神上的改變，多少已在他的形態上反映出來，這使木蘭看了覺得很痛苦。她在她丈夫的靈性中已發現了這幾種渣滓，所以不覺心寒起來。

曼妮在木蘭患病的時候曾經過來探望，不料發現木蘭和她丈夫之間的第一次口角。

「我還是想離開北京呢！」

「你爲什麼總是安定不下來呢？」新亞不客氣地問。

「我在阿滿死後就告訴過你，我打算離開北京。」

「你知道立夫是搬走了。」他說。木蘭聽了這句話，不覺把眼淚吞到肚子裏去。

曼妮就干涉說：「你得好好地待她，現在她的身體這樣虛弱。」

「新亞，」木蘭說，她說的時候仰起她的頭，好像是向他哀求似的：「你記得幾年前，我們曾經說過，要放棄我們這種公館生活，搬到鄉間去，像平民那樣地過著一種簡單的農村生活。我也曾說過，我願意親自燒飯洗衣，並且和你在一起。因爲我所要的是一種安靜的生活。我能不能有這樣的安靜生活呢？」

「但是我們怎麼能夠做到呢？」她丈夫回答說，「母親還活著，她又是這樣年老多病。我們怎麼能夠離開她呢？對於哥哥和曼妮，我們又當怎麼辦呢？這事完全出於你的感情衝動！」

「喔，新亞，我以爲你是能瞭解我的。」木蘭說，她因爲生了一場病，所以她的聲音非常軟弱低沉。

看見妻子生著病，又這樣低聲懇求他，新亞說：「好吧，我答應你。但是我們不能放著年老的母親不管啊！」

「新亞，」曼妮說，「我身爲大嫂，插嘴說幾句話，想必你是不介意的。你真是瞎了眼，你是世上最幸福的人，但是你自己卻不知道。你有這樣一位好太太，願意過著一種小家庭的生活，自己替你燒飯洗衣，替你教養孩子，這豈是現世所能修到的福氣？但你卻不覺得，也沒有對她表示感激。你簡直不瞭解女人的心理，你不知道阿滿的去世，對她是一種怎樣的打擊！」

新亞現在似乎受了感動，轉過頭去對他妻子說：「妹妹，原諒我吧。」

接著曼妮就對木蘭說：「新亞所說的話也有道理。我覺得從孝道上講，你們不應該離開婆婆，而讓她一個人留在北京。」

現在木蘭的身體已經好了許多，可以到外面走動了，因此阿非和寶芬就在本城的北京飯店裏設宴請她。但這種宴請卻有兩三種用意：一來是因爲阿非看見他的二姊面容憂鬱，身體瘦削，想藉此機會散散她的心，所以就趁她恢復健康的時候去請她一頓。二來是因爲立夫在假期中回到北京來，不久將把他的妻子和母親搬到蘇州去住。因爲在蘇州有一家茶號，可以使他們時常去享清福，並且房子也已經找到了。還有襟亞也回來了，所以他的一家也被邀請了去。在宴會那天，參加的人，在曾家方面有曾太太、桂姑、曼妮、曼妮的母親、阿善、新亞、木蘭、襟亞、暗香、素同、愛蓮、麗蓮，和她的丈夫北京協和醫院王大衞大夫；至於姚家和孔家方面，到的人有馮舅舅、馮舅母、紅玉的兩個弟弟、阿非、寶芬、珊姐、立夫、莫愁和伯牙。這簡直是一個家庭的大團聚。只有傅先生和傅太太和他們沒有親戚關係，但他們也在內。

他們這許多人被請到那家大飯店裏去參加宴會，並且說定在宴會之後參加跳舞。不過在這一大群人中間，只有七個人是能跳舞的，男人方面有襟亞、阿非、素同和王大衞，女人方面有寶芬、愛蓮和麗蓮，其餘的人只好圍著枱子看他們。愛蓮和麗蓮現在已嫁了兩位時髦的西醫，並且時常在說英語的團體中走動，因此她們的丈夫就用英文名字稱愛蓮爲「Eileen」，稱麗蓮爲「Lilian」。至於素同自己簽起名來，只簽上「Sutton」，而大衞則簽上「David」。

曼妮在一家西式的飯店裏吃飯，並且看現代的跳舞，這還是第一次呢，如果她的公公還活著，她就不會去參加宴會，但現在她的公公已去世了，所以她很想看一看現代的跳舞。現在她已是一個中年婦女，她自以爲和曾太太那樣，不至於墜入青年人所容易墜入的那種陷阱裏去。

因爲這次宴會是在一家西式的飯店裏舉行，而且阿非和寶芬都是講究維新的，因此他們就預先安排好，使丈夫和妻子分開坐。其實這是外國人最沒有意義和最不可饒恕的風俗，也許和外國人著重浪漫有關。木蘭對於這件事感到驚奇，但阿非卻說：「在這種地方，如果我們不這樣做，那麼人家就要笑我們了。」

進一步說，他們這些人既然坐在一張長而直的桌子上，所以他們彼此談起話來，不能像坐在一張圓桌上那樣自由。現在他們夫妻倆既分開來坐，因此每個男人就要對那坐在他隔壁卻不是他妻子的女人談話，這件事是很不尋常的。只有王大夫和少數幾個男子，對坐在他們旁邊的女人談話，而其餘的人卻沒有這麼做。至於其餘的女人，或是坐著不說話，或是看著別桌上的女人，或是越過她們旁邊的男人同別的女人說話，其實這是一件很不舒服的事。

立夫和傅先生坐在桌子的一端，傍著寶芬，而木蘭和莫愁則坐在桌子的另一端，傍著阿非。

曾太太和傅太太是面對面的坐在桌子的中央，新亞是坐在他母親和曼妮的中間，暗香坐在曼妮的對面，靠近阿非坐的那一面。桂姑是傍著她的女婿王大儒坐著。木蘭的身體仍覺軟弱，她的臉色還是慘白的，所以那次宴會雖然很熱鬧，但她卻沒有多說話。她也吸了一支煙，但是並不喜歡它。新亞想要跟曼妮說話，但她老是等著新亞說話，並且怕這種談話會引起誤會，所以沒有多回答他；因此他就轉身同他的母親說話，並且也和桌子對面的傅太太談談。

在這時代，中國的女人忽然放棄了短衣而改穿旗袍。木蘭和莫愁自然也跟著這種潮流而改裝。這天晚上，莫愁穿著一件白色寬大的旗袍，因為她已經有了七八個月的身孕。但是木蘭卻穿著一件桃紅色鑲著三條黑邊的旗袍，這使木蘭的姿態完全改變了，並且使她的丈夫也覺得她的模樣是完全不同的，因為她以前穿著短衣的時候，她身體上的曲線被她腰下的裙子遮擋了。現在她既穿了旗袍，她身段上的自然美就徹底地顯露出來了，這連她的丈夫看起來也是一種新的發現。

但是也有少數極端時髦的女人已經改穿一種僅僅遮住胸部，而完全顯露前胸和背部的服裝。那時曼妮已向木蘭借了一件旗袍穿上參加宴會，所以她的模樣也和她平時的模樣不同。不過那天晚上，她的注意力差不多完全集中在穿著時髦衣服的女人方面。有時她吃了一口菜，接著就仰起頭來斜看著那些女人，一忽兒又覺得不好意思地低下頭去，過了一下，又仰起頭來向她們看著。

正在這時候，一個身材高大而頭髮金黃的西洋女人，穿著一套非常輝煌的晚禮服，從他們的桌旁走過去。這時曼妮正拿著刀叉，在吃她割下來的一塊小肉片，剛要吃進去的時候，她看見那個西洋女子的背部完全赤裸著，在她桌子前方兩尺遠的地方走過去，她不覺看得出神，手裏一鬆，竟把那副刀叉從她手裏滑下去，跌到菜碟上，發出一種響亮的鏗鏘聲，她不覺吃了一驚，口裏不期然地發出一種像老鼠般的尖聲，接著就透了一口很不自然的氣。那個西洋女子就轉過頭來望了曼妮一眼，而曼妮向來怕看見外國人，突出她的一雙小鹿般的眼珠，很驚慌地看著那西洋女人。

在筵席當中，有幾對夫婦已經站起來走到大廳裏跳起舞來。傅太太因爲恰巧坐在曼妮的斜對面，所以就看見曼妮的嘴唇因爲驚奇的緣故而微微發顫；接著她又看見曼妮低下頭去，把眼睛完全望著放在她面前的一道菜上，似乎覺得向那班跳舞的人看著是不道德的。但是王大衛和素同在吃完了飯之後，也站起來去參加跳舞；在那個時候，曼妮方始覺得她可以向他們看一下了。麗蓮的身材苗條修長，跳起舞來也十分美麗。她舞畢回來，坐回自己座位上的時候，她的臉頰微微發紅，她看見曼妮微笑似地向她注視著。

阿非來邀寶芬跳舞，因此寶芬的座位暫時空著，立夫就向新亞打招呼，請他過去坐在那個空位上。在以前，立夫就一直同傅先生談著他南遷的計劃。當立夫初來參加宴會的時候，他就看見了新亞，並且覺得新亞對他很冷淡。現在立夫是第二次注意到這一點，因爲在立夫回來以後第一次同新亞會面時，他已覺察出新亞對他的態度有些改變了。但立夫打算離開北方，而且這一次宴會一半也是爲了他的緣故舉行的，所以，他以爲這一次新亞也許會對他多說幾句話。

立夫覺得最痛苦的，莫過於看見一個老朋友對他冷淡起來；或是碰到一個離別很久的老同學時，在他本人固然對他表現得十分熱情，但那位同學對他卻很冷淡。這彷彿看了一個美麗的風景，有的人覺得欣賞不止，歎爲奇觀，而他的伴侶卻淡然無動於衷。但是這樣的比喻，情形還有些不同，因爲那看到風景的人，還是可以在他心中保持一種欣賞的意識，而在友誼方面情形就不同了，因爲友誼的存在是雙方面的，如果一方面熱烈，一方面冷淡，那友誼就無從成立了。因爲這個緣故，立夫一看見寶芬的座位空著的時候，就馬上去請新亞過來同自己和傅先生談話。新亞接受了這個招呼就走過去，並且照舊和他們很自然的談話，因此立夫就覺得情形是改好一些了。那時木蘭的眼睛時常向這方面注意，一方面她是在注意別人的跳舞。

當寶芬跳完了舞，回來看見自己的座位已被別人佔了去，她就走到新亞空著的那個座位上坐下。過了一會兒，襟亞就邀請寶芬和他同舞。那天晚上，寶芬穿得非常整齊，並且是女人淘裏最年輕的一個。襟亞是穿著西裝，因爲近來他時常同留學生往來，而且他細長的身材和鋒頭很健的寶芬跳起舞來，是很巧妙的。

在這個舞廳裏跳舞的，有中國人、外國人、有年輕的和年老的，真是五光十色，目不暇給。許多外國人都和身材苗條的中國女人跳舞。很奇怪的，有好幾個崇奉孔教的舊官僚和銀行家，他們不但不反對跳舞，而且還醉心於此。有兩個穿著長袍的中國人也在跳舞，特別引起了觀眾的注意。其中有一個身材渾圓而肥胖過人的中國人，也在跳舞，但他的步法很不高明，他只不過是穿了平跟的鞋子，在地板上走來走去罷了，原來他的所謂跳舞，同走路是沒有分別的，只不過他的一隻手平伸著，另一隻手抱在那女人的腰部而已。

當襟亞舞近那個肥老頭兒的時候，他看見那老頭兒的舞伴，不覺吃了一驚。原來他已認出這個舞伴是他從前休了的妻素雲。但她已改變很多，雖然他們兩人的離異只不過七年。顯然的，她沒有看見襟亞，所以就繼續跳著舞，後來就消失在人群中了。

寶芬發現襟亞的步伐突然停止下來，就問襟亞說：「什麼事？」

「是她！」襟亞低聲的說，說的時候已恢復了他的舞步。

「誰呢？」

「我的前妻素雲。」

寶芬從沒有見過素雲，所以她很想看個究竟。襟亞這時候提議要離開舞池，但是寶芬卻問他說：「爲什麼？難道你怕嗎？」

「不，不過有些不好意思。」他說。

他們兩人就繼續舞著，寶芬並且請他向著那老頭兒和那女人方面舞去。寶芬就看見素雲的臉，當他們舞得更近的時候，她又看見素雲全身是用金剛鑽打扮的，並且穿著一襲很值錢的衣服。她雖然這樣打扮，但她給予人們的卻是一種饑渴的印象，因爲看上去她並不快樂，臉龐乾枯失潤，似乎永遠無法再幸福快樂起來。她的眼圈四周也露著很深的皺紋，她的兩頰慘白。當她在表示愉快的時候，她的一雙眼睛雖能發出一種尖銳的光芒，但她的一張朱紅小嘴卻是很滑稽的。

他們越舞越近了，現在素雲也看見了她的前夫。當她看見他的時候，她的眼睛不覺一亮；但這僅是一刹那間的事，他們並沒有招呼，後來素雲就大膽地旋過頭來，再向那個同襟亞舞著的時髦而美麗的女人看了一下。寶芬也向她回看了一下，並且看見素雲的胸前有一顆很大的金剛鑽，她的臉上有一種裝出來的微笑，那是最不動人的。她的這種微笑，使任何人都能想到快樂和她的臉是不相襯的。

寶芬就對襟亞低聲說著：「讓我們笑，盡量的笑，表示我們是很快樂的。」

但是他們不再能找到素雲，他們就回到自己的筵席上來，帶了一個驚人的消息向筵席上的人們報告。

「你確定嗎？」曾太太問。

「當然，」襟亞說，「我當然能夠認出素雲。她和一個肥胖的、穿著一件長袍的老頭兒在跳舞呢。」

這一個消息，在半分鐘內就傳遍了全桌，以致人人都伸長了脖子想要看看素雲。但他們的一桌，位置在一個很遠的角落裏，所以不能望見舞池。

「那麼，這個很胖的老頭兒是誰呢？」木蘭說。

沒有人知道，因此阿非就去問一個侍者，他說：「他就是吳將軍呢！」

「吳佩孚是不會跳舞的。」阿非說。

「不，這位吳將軍是奉系的人，他們剛到北京來，現在住在一家飯店裏。」

「那麼，同他一起跳舞的那個女人是誰呢？」木蘭問。

「誰知道，這是他的第五、第六，或第七位姨太太。」

「她是不是和那位將軍同居？」

「不，那位將軍是住在他的一個第三位半的姨太太的房裏，而那個和他同舞的姨太太卻住在隔壁的一間房裏。」

木蘭、莫愁和暗香都提起了她們的耳朵，留心靜聽著。

「你所說的第三位半姨太太究竟是什麼意思呢？」

「那第三位半姨太太是吳將軍很寵愛的一位，現在她正坐在舞池的另一面。她的樣子是很好看的。」

「爲什麼稱第三位半呢？」阿非又問。

「她本來是第四位姨太太，同時還是別人的姨太太，但她卻公開地和吳將軍同居。而且他們三個是常同桌吃飯的。」

「那麼，那個第三位半姨太太也能跳舞嗎？」木蘭問。

「她能跳的。」侍者回答。

「那麼爲什麼她今晚沒跳舞呢？」

「這個，我怎麼能知道呢？」

素雲和那老頭兒不再繼續跳舞了，雖然寶芬同愛蓮、麗蓮還故意地跳幾次舞，想要把他們看一個清楚。

在半小時後，他們看見那位將軍從很遠的一角裏起來，並且離開那個舞廳，後面還跟著素雲和另一個女人，他們猜想這女人就是鶯鶯。素雲在出去的時候，故意旋過頭來向他們這一方面看了一下，並且似乎已經看見了他們。

現在那些跳舞的人們已經出去了，所以他們談起話來就比以前自由得多，因爲無須謹防別人把他們的談話聽了去。莫愁就請阿非向那侍者多打聽一些關於那個吳將軍和幾個姨太太的消息，接著那個侍者就過來，並且很願意供給他們一些消息。那侍者去向別的侍者打聽消息，不久他就回來告訴他們說：那位吳將軍到北京來只有三天。他的第三位半姨太太是和他同室的。其實她就是那著名的鶯鶯，而這鶯鶯原先是牛先生的一個姨太太，後來由他送給那位吳將軍；現在他已做了吳將軍的心腹。至於那個身材瘦削的姨太太，就是那位牛先生的親妹。「怪不得牛先生在這位將軍手下的位置是那麼穩固，原來他們都是一家人呢！」那侍者總結著說。

「他們在這裏做些什麼呢？」阿非問。

「不過是爲尋快樂罷了。他們因爲販賣大煙，已經很有錢了。」那侍者說，「他們在天津的日租界開了一家最大的鴉片公司。他們已經賺了許多錢，並且還在天津開了幾家旅館，在那邊，老百姓可以在日本人和吳將軍的保護下公開地抽大煙。我的朋友有一個兄弟在天津的一家旅館裏當茶房，所以知道那裏的一切情形，我還要告訴你們一個笑話，原來那位將軍替他的每一位姨太太備了一輛私人汽車，她們就用這些汽車運『白麵』（**海洛因**），因爲由女人私帶這些東西是最妥當的。她們的汽車都有私人照會，而那些照會的號碼是天津的員警都能背得出來的，因此叫她們私運鴉片是最安全的。還有，這位第三位半姨太太的車牌號碼是『三〇三』；一天，有個惡作劇的人在這個號碼後面漆上幾筆，成爲303 1/2，這件事因此成爲全天津人的笑柄。此外，那個很瘦的姨太太還被人們稱爲『白麵皇后』。請你們聽我這兩句話：這種黑心錢流進來固然很快，流出去也一定很快。並且那個『白麵皇后』也不會有好結果……。但請你們不要把我這番話告訴別人。」

阿非給了他一張一元的鈔票，微笑著打發他退去。那天晚上，他們這一群人一直坐到晚上十一點鐘，才分別回家去。

不但莫愁主張她丈夫應當用心研究學術，同時立夫的母親和木蘭也贊成他不再加入政治，因為他這個人是不適合政治生活的。立夫受了這三個女人的包圍，不得不屈服下來，並且在一九二六年秋，也就是莫愁產後剛滿一個月，就搬到蘇州去住。他們住在蘇州的郊外，所住的是運糧河岸上的一幢獨棟的屋子，從此立夫就和他的書籍及儀器共同生活。不過兩者之間，他在書本上所用的工夫倒比用在儀器上的要多一些。

立夫在這個充滿著橋樑和運河的古城裏，埋頭於學術的研究。在這一方面，蘇州是一個最適宜的城市。蘇州人民對於傳統的生活和品茗及小吃等是非常講究的，因此他們就通過了一條法律，不准汽車進入蘇州城門。在一年以後，這個城裏的紳士甚至反對以蘇州做省城，情願把這個榮譽讓給鎮江，因為一個城市成了省城之後，就免不了要駐紮許多軍隊，並且時常會在附近一帶發生戰事。蘇州的居民喜歡一種清靜的生活，同時更喜歡清靜的去世。

在這個古老和不受驚擾的城市的一個清靜角落裏住下來的人們，也許是不至於發生任何事故的。但是立夫卻鞭策他自己去努力工作，同時他也時常發脾氣。這一點也是可以解釋的。原來他對於木蘭要他研究的那種甲骨文，是十分有興趣的。當他研究那些未經其他學者所闡釋的古代的象形和種種符號，比較它們的變化，並且一直研究到後一些的孔子時代的字體，他就覺得非常有趣。那種研究工作也是很重要的，因為甲骨文能代表中國最早的一種字體，同時對於中國文字和宗教儀器的歷史也很有幫助，而在另一方面則能使那些關於中國文字和宗教儀器的理論發生變化，一個研究古代文字的專家，如果不和這一方面的最新研究發生接觸，那麼他就要落伍了。在這方面，立夫有許多精闢的看法。

但是他苦悶，並不是由於他對於這種工作加以鄭重研究的緣故。在他看來，對於古代文字的研究是含有一種異常的情感性，這也是一種苦守的行爲和逃避其他情慾的方法。因爲在當時第一件引起他注意的事，就是國民黨對於軍閥的北伐。陳三和環兒以及黛雲等，現在都在國民黨的軍隊裏工作，而國民黨的軍隊因爲得了一班青年黨員在軍隊到達一個地方之前，先在那邊做宣傳工作，使民眾贊成革命並反抗軍閥，所以能在短時期內很容易地攫奪了許多城市。

環兒時常從前方寄信給她的哥哥，但這些信在一個月以後才能寄到，而且每次發信的地點都是不同的，因爲他們隨時都在向北方移動。在幾個月之後，國民革命軍已征服了數省，並且攻下了漢口。那時，上海和蘇州仍然由一個姓孫的老軍閥所統治，因此立夫的行動就很小心，因爲那時同情國民黨的人都有被捕的危險，在上海市方面，凡是在街上拿著一張國民黨傳單的人都被軍警拘捕了去，其實這種傳單是別人發給他們的。

當立夫收到環兒的來信時，他就很仔細地檢查那封信的信封，看看這上面有沒有被檢查或阻遲的痕跡。當環兒在信裏把國民革命軍的勝利，以及在出發路途中的快樂生活描寫得越發熱烈生動的時候，立夫讀了就越發感到不安。

進一步說，立夫的心目中時常有一個木蘭的影子，這影子時常擾亂著他，其實這是違反他自己的本意的。他時常覺得木蘭在等著他的工作完成。他憑著這種偉大的情感的推動力量，決定對古代文字的題目寫一部最透澈、最有權威的文獻。這種感情上的發洩，古代人稱它爲「斷堤止流」，而現在人卻稱它爲「昇華」。在第一年中，木蘭寫給她妹妹的信裏時常附帶向立夫問候，後來這個問候就漸漸地減少了。立夫也時常請他的妻子在寫信給木蘭的時候附帶問候她，但在木蘭寫來的回信當中，好像表示出木蘭對於這些問候並沒有注意到。

木蘭對立夫所說的這兩句話，時常盤旋在立夫的耳裏：「你務必對這個題目寫出一部最好和最卓越的文獻，即使需要數年工夫，也是值得的。」他想把木蘭的這兩句話和她的聲音從他腦海裏抹去，像木蘭從前在杉樹叢裏掠去她額上的亂髮那樣，但是這幾句話重複回到他的腦中來，彷彿那叢林裏的微風，把木蘭掠回去的頭髮重新吹回來那樣。

原來木蘭在立夫離開北京前一天，曾經對他說過這兩句話。因爲莫愁和立夫曾在離別以前同來看過木蘭，那時新亞恰巧不在家。莫愁有一種習慣，就是要在出門以前很早就把東西準備好，因此他們在出門以前就可以有一天工夫出外去尋快樂。因此木蘭就向他們建議，在他們動身以前，應當去看看好久沒有看過的北京的一個所在。

「什麼地方比什剎海更好呢？」木蘭問。

原來什剎海這地方是許多年以前木蘭和立夫同去看大水的地方，那時莫愁正留在家裏替立夫燙衣服。同時她們姊妹倆都還沒有訂婚。現在他們都到了什剎海那邊他們所到過的那一家館子裏去，並且坐在他們所坐過的那一個陽台上。很湊巧的，他們去的日子和他們從前去的日子也是差不多的，因此他們所看到的風景也是大致相同的。在一個遙遠的地方，他們仍能看到那個鼓樓和北海的鐘形塔。

在他們所說的話裏，並不含有深刻的意義，但這深刻的意義卻在他們的感覺之中。木蘭一向把她從前同立夫在一起時的情形，銘刻在她的記憶裏。她回想起二十年以前，當他們來到這個地方的時候，她的父親和紅玉也和他們在一起。但是現在她的父親到哪裏去了？他已離開他們六年，如果他還活著，那麼三年後就會回到北京了。她又想起紅玉的溺死，並且含淚悲傷地同她妹妹談起這件事。莫愁就想，她姊姊未免太感情用事了。木蘭又談起她希望搬到南方去住的一種願望，但是因爲她的婆婆又老又病，所以一時不能達到這個目的。

接著他們就談論立夫到了南方以後的研究計劃。就在這個時候，木蘭對立夫說了這幾句深刻在他記憶中的話。

立夫對於木蘭以前那種用了戲劇化的姿態去使他釋放的種種經過，僅僅用一種平常的方式去謝謝木蘭，但是後來他就越發感覺到木蘭這種冒險的意義。他又想起那天在獄中的一個晚上，木蘭在見到王司令以前，單獨對他所說的那一句話：「我願意爲你做更大的犧牲，去救你的性命。」如果那位司令像奉軍司令對待高夫人那樣去對待木蘭，結果將怎樣呢？木蘭會不會犧牲她的貞潔去救他的性命？他又想到木蘭這個女人，從來不受習俗思想的束縛，如果到了必要的時候，她也許會這樣犧牲！這個問題他不能在口頭上發問，只能留在他心靈的深處。這種對於愛的偉大考驗之回憶，總不能離開他的腦中；但是這種回憶後來卻變了質，使它成爲立夫從事學術研究的部分動力。

但是立夫和木蘭對於莫愁都很忠實。當他在工作的時候，如果心中忽然想起木蘭那雙發亮的眼睛和悅耳的聲音，他就覺得這是不應該的。但在他的心靈深處，他卻能把這些印象藏起來，那不是社會的制裁所能及的。

莫愁對這一切都是感覺得到的，但是無論對於她姊姊或對於她丈夫，她的舉止行爲所表示的仍是很大方的，使一切流言無由而入。她也從沒有表示一種妒忌的意思。她的姊姊在她自己訂婚以前對她所說的「妹妹，你是更有福的。」那句話的意義，現在就更加清楚了。但她很瞭解她的姊姊和她的丈夫，因此她對於他們兩人都很信任。爲了這緣故，當她收到她姊姊的來信時，她總是告訴立夫，她姊姊的近況怎樣。她們姊妹倆是按時通信的，但是比較起來，莫愁的通信要比木蘭多一些。

木蘭現在安靜地同她的丈夫和兩個孩子住在北京。那一直很忠心的錦兒和她的丈夫也仍在服侍他們。阿通現在已到學校去讀書了。現在這些學校是很安全了，因爲在三月的大屠殺以後，學生的遊行運動完全停止。而北京現在的當權者是狗肉將軍，所以無論是教員或學生的父兄都不願意引起糾紛。

木蘭現在用一種半滿足半由命的心理，回歸了平靜的生活。當然，她不再像從前那樣快樂，她現在也明白，在這個時候離開她年老多病的婆婆不但是不對的，而且是不可能的。北京這個城市，現在對她已經失去了吸引力，但她的屋子和她的院子都是她終生熟悉的，因此有一次，她曾經向新亞坦白地承認，如果叫她離開這些屋子和院子，到南方去另外組織一個新家庭，她會覺得很難過。

現在北京城裏捕人的事已經成爲過去了，所以木蘭就答應仍舊留在北方，同時，新亞也照從前的那種態度去對待她。她對於她的丈夫還覺得滿意，但她卻不贊成他過於顧慮金錢，她稱呼她丈夫的這種舉動爲「俗念」。他的本性是很溫和的，沒有什麼事情能夠使他覺得緊張。實際上，他是一個比立夫容易對付的丈夫。他的品性是圓滑的，而立夫的性情是方正的。還有，新亞是更實際，更富於客觀性，但他的志向卻不大，並且很愛他的妻子，待他的子女也是很好的。立夫認爲他自己是比較近代化，因爲他讓他的妻子在家務方面有更大的權柄，但他的高興往往不是很平衡的，他說話的時候是比較抽象的，而他也時常覺得他自己的工作比他的家庭更重要。還有，新亞時常同他的妻子一起出去，上鋪子去買東西，並且對他所購買的東西有一種愉快和幽默的興趣，這是立夫所沒有的。莫愁很明白她丈夫的脾氣，而且很能設法應付，當她丈夫發脾氣的時候，她總是沉默著；當她丈夫有些後悔，要表示屈服的時候，她就恢復了她原有的態度。但這並不是說，木蘭在她的丈夫方面所發生的問題，要比莫愁在她丈夫方面所發生的要少一些。這一點，我們以後是會看到的。立夫這個人雖是性情剛愎而躁急的，但是莫愁所遇到的複雜問題，也僅僅是勸他在文字上謹慎留意，免得因此而遭遇災禍。

現在木蘭對於她自己的身體開始有一種奇異的自憐感覺。當她在晚上洗澡的時候，她留神看著自己的雙臂和兩腿，自己也很讚賞。她也喜歡用外國的雪花膏和馥郁的香水，以及很講究的香皂。在她的內心裏，對於她自己的年輕和美麗暗自得意，同時她也懷恨，因爲這一種美是這樣容易消失的。木蘭的外表看上去仍是很年輕的，而且長著一張小巧玲瓏且很細嫩的臉。還有，她的秀髮完全沒有脫落，她也像其他的女人那樣，已不用束胸的方法而改用胸罩了。錦兒又從一個奶娘那兒得到了一些新鮮的母奶，所以在吃了早餐之後，她總會喝一小碗母奶，在晚上也是常喝的。據人們說，飲用母奶是能使皮膚滑嫩的。

但她知道身體的美是不能永久保存的。有的時候她想到自己是軟弱的，是愚笨的，並且因爲她有這個身體，往往成了衝動和情感的奴隸。她對於救了立夫性命這件事，從來不覺得懊悔，甚至於這件事使她很爲難，在她卻覺得沒有什麼要緊。但她知道她過去的舉動不免是衝動和愚笨的，但也是英雄的。一方面，她也想到自己是一個軟弱的女人，所以當她的情感強烈的時候，她就越發感覺到自己的軟弱，如果立夫不是她妹妹的丈夫，那麼她將對他做什麼?當她越發想到她自己是一個容易朽壞的人，她就越發稱讚那些無情感的和不朽的玉雕動物和琥珀動物。還有因爲她的肉體使她同時得到痛苦和快樂，因此她就放任自己去追求快樂，以便補償她所受的痛苦。爲了這個緣故，有時她對於新亞是非常熱情的。但是她的唯感主義卻時常含有一種幻想的成分，那是她所不能形容的。

只有錦兒知道她的祕密，她對於立夫的感情，和她對於自己身體的愛慕。

現在曼妮已經搬回靜心室裏去，這樣，這三個媳婦就能在一個鼎足式的院子裏住得很近，曼妮住在後面的院子裏；木蘭和暗香住在前面的院子裏。自從曾文樸去世以後，許多傭人都被辭退了，同時也有好幾個院子空著沒有人住。他們在房間裏放著的花瓶也比以前少。同時他們所有的小花壇也沒有人去照顧，以致長了許多野草。傭人減少了，宴會和交際也減少了，院子裏比以前更安靜了，這是木蘭所喜歡的。那時曾太太因爲肚子隱隱作痛，就躺在床上，她看見三個媳婦和兩個兒子很和睦地住在她的旁邊，倒覺得很高興。曾太太待木蘭不免有些偏心，因此木蘭對於她的婆婆比對於自己的母親更親近。

當曾太太生病的時候，曼妮是專門去照料她的，而曾經有過一個時期，暗香專門管理家務。但是暗香還不能行使她的威權，因爲她曾經和幾個年老一些的女傭同過等級。所以，在暗香這一方面，「誰知道怎樣服從，誰就知道怎樣命令」的原則是行不通的。她甚至於不能堅持自己的觀點去反對其餘兩個妯娌，結果她只能這樣說：「你們是對的！」

在襟亞看起來，暗香的本性似乎是非常溫柔，而且容易對付；但是在暗香看起來，襟亞這人似乎是非常慷慨，而且是體貼入微，她覺得很高興，因爲她又替襟亞生了一個女孩。她曾經請她的老父和她同住，因此他就住在她和木蘭的兩個院子之間的一個小院子裏，這個院子是從前方先生所住過的。那時的襟亞暫時沒有職業，因爲黃河水利委員會的款項已經用完，而這個委員會也就解散了。其實當時的政府時常在變動，一般當官職的人往往是五日京兆，不安於位；襟亞的命運，自然不能例外。但是襟亞因在營業方面非常謹慎，且已在公債方面有了很穩固的投資，所以在生活方面毫無問題。

曾太太身上的隱痛是逐漸加劇了，現在，她已經有兩位受過現代訓練的西醫素同和大衛做她的女婿，曾家的人就請他們來診治他們老岳母的病症。他們猜想曾太太所患的是一種腸癌，並主張把她送到醫院裏去調治。新亞和襟亞每天都來探望她，同時她的三個媳婦也輪流來陪她。她人生的態度使她在醫院裏就如同在家裏一樣，她不免要壓抑她的呻吟聲；也就是說，當她覺得很痛的時候，她只會輕聲地呻吟幾聲；當她微微感覺痛的時候，她就一些也不吟了。

在三個媳婦中，木蘭在病榻旁侍候的時間要算最多了，但是哭得最多的倒要算暗香；因為襟亞曾經祕密地對她說過，他母親的病是無法治好的，她的性命不過是遲早之間的事。有一次，曾太太看見暗香在流淚，就問她說：「你為什麼哭呢？難道我不是兒孫滿堂嗎？我現在已有了兩個兒子，三個好媳婦，兩個女婿，和七八個孫兒孫女呢。」

有一天，當曾太太的兒孫都在她房裏的時候，她就對他們說：「我已經活不了多久了，但是我也沒有什麼話要說。我有的是比多數人更幸福和快樂的一生。我所挑選的幾個媳婦都很不差。只有素雲時常讓我煩惱，但是現在事情已經過去了。這幢房子是你們父親當次長的時候買下來的，但是現在已經不適合我們的生活方式了，而且也不是我們現有的收入所能應付的了。其實我們不需要這樣大的房子。你們不妨把幾個大院子出租，或者把整幢屋子出售，把賣得的錢去買一些小的屋子，你們父親大約留給我兩萬塊錢，現在這筆款子存在銀行裏。在我去世以後，你們只能從這筆款子裏提出三千塊錢來，作為我的喪事費。我也願意給雪華五百塊錢，因為她服侍了我一生。現在我們不能用她了，但我們能幫她找一個好事情做，或者幫她做一些小買賣。至於其餘的傭人，當你們辭退他們的時候，應當每人多給三四十塊錢。對於這一件事，木蘭是可以作主的。你們知道誰的度量大，誰的福氣也大。在我去世後，你們應當把我葬在泰安你們父親的墳旁，桂姑，現在你也無須擔憂了，因為你的兩個女婿都肯好好照顧你。」

當曾太太看見她的兒孫們環繞著她的病榻時，她就含淚向他們很鍾愛地看了一下，幾天之後，一九二八年三月十一日，她就安靜地微笑似地去世了，那時她剛是五十九歲。

在現在這時候，要把她安葬在故鄉泰安，是一件不可能的事，因爲山東在過去幾年已被狗肉將軍所攪壞了，以致盜匪充斥，官吏無惡不作。在這種局面下，要一班正人君子在一個目不識丁的督軍之下做官，幾乎是一件不能想像的事。還有，他們所以不能回山東去安葬曾太太，原因在於膠濟鐵路已被日本海軍佔據了。

在華盛頓會議中，日本被迫把山東交還給中國，那時國民革命軍已在長江佔了勢力，正打算向北京進迫。那個軍隊在四月間已到達泰安，並在幾天以後佔領濟南，狗肉將軍和奉系軍隊已經退到德州。日本海軍因欲阻止它的前進，就藉口「護僑」而登陸，並且佔據了膠濟路。他們曾兩次轟炸曾家的本鄉泰安，並在濟南做過一次最殘忍的轟炸，結果，平民被炸死三千六百二十五人，財產的損失據官方估計，不下二千六百萬元，此外國民黨黨員被捕的和被監禁的共計九百一十八人，政治部裏的外交官蔡公時被挖眼、割鼻、割耳之後，與他的幾個屬員也被殺害了。這件事稱爲「濟南慘案」。日本這樣違反了九國公約，就使美國提出調停的辦法，但日本人卻反對這種調停。

這件事情發生以後，緊接著在六月四日，日本又轟炸奉天舊軍閥張作霖，結果，張作霖和他的幾個隨身軍官就被炸死了。

這種種不法的行爲，引起了中國人的憤怒和抵制運動，而蔡氏的遺妻就是這個運動的一個領袖。中日兩方對於這個慘案的交涉進行很久，一直到第二年春季日軍撤退，秩序才告恢復，曾太太的靈柩方能運到泰安，葬在她丈夫的墳旁。在轟炸的時候，曾家在泰安的房子幸而沒有波及，但已經離得很近，因此喚起了木蘭心中的政治關懷和一種新的反日心理。雖然曼妮和暗香以前從沒有想到究竟是親日，還是反日，但現在已決定了她們的態度。

在春天的時候，北京已在國民黨的統治之下。奉軍的「少帥」因了他父親的慘死，大受刺激，就加入了國民黨。他對於日軍的屢次恐嚇，卻置之不理。那時狗肉將軍已逃到大連去了，在那邊有許多安福系的政客，帶了他們的財產在做寓公。那時的中國，至少在名義上是統一了，在南京建立新都，並將「北京」改爲「北平」。

現在木蘭又重新提到了去杭州居住的問題。不過在他們遷移之前，他們必須先解決北京的房子問題。他們已宣佈他們院子裏的幾個大院子都要出租。但那時北京城裏卻有許多房子空著，因爲有許多官僚階級已經搬到南京去了。但是有一天，一個新官僚走到曾氏的院子裏來看屋子，並且說起如果可能的話，他願意把這幢房子買下來。他只答應出四萬元代價，但在那個時候，這種代價已是相當難得的了，因此曾氏兄弟就答應下來，並在出賣這幢房子之後，另外去租一幢比較小一些的。

桂姑打算和她的女兒愛蓮同住。木蘭說，她和她的家庭正打算搬到南方去居住，但是因爲靜宜園現在還空著一半，所以她主張曼妮和襟亞的家庭都搬進去住，並且隨他們的意思出一些名義上的租金。這樣這個院子裏就可以重新有一番熱鬧的氣象，並且這種辦法比租給外邊人更穩當一些。

他們對於木蘭的這種提議都接受了。那時阿非仍住在自省室裏，珊姐住在莫愁的院子裏，因爲姚太太院子後面現在是住著寶芬的父母。只是沒有人喜歡住在紅玉的院子裏，他們認爲這個院子是「不吉利的」。因此暗香和她的丈夫就搬到暗香齋裏去住。那時暗香很得意地歎著一口氣說：「什麼事情都是命中註定的，我常常覺得我是會住到這個屋子裏去的。」

這個院子裏的傭人大多數是新的，因爲寶芬有好幾個滿洲親戚沒有事做，她就把他們介紹進來幫傭。

伯牙已是一個二十歲的青年了，但他的態度是過分嚴肅的。珊姐對於他就像是母親，雖然他稱她爲姑母。現在他覺得他是姚家的長孫，所以他就決定在某一天把他母親銀屏的神位搬到忠敏堂裏去。他把他母親的一幀小照片放大，掛在廳堂中央他父親的照片旁邊。他又主張在祭祖時持續地點上大紅燭，並且時常去致敬她，一方面敬愛他這個受虐待的母親，一方面又痛恨他的祖母。他想她不過是一個發瘋的和啞巴的老婦人，是他所不常看見的。他曾經聽見有人告訴他，說他的母親變了一個「鬼」，向他的祖母顯靈使她變成啞巴。就因爲這個緣故，他就相信他母親的靈魂是時常存在的。

當他的祖母還活著的時候，他們家裏每年在她的忌日舉行一種紀念性的祭禮，這一方面是爲了要討好銀屏的靈魂，另一方面是希望姚太太能恢復說話的能力。現在將要舉行二十周年紀念忌辰了，而那時的伯牙也恰巧是二十歲，所以他希望舉行一種特別的儀式。他這種出於孝道的動機，很快地得了全家的贊同，他們並主張做一種熱鬧的籌備。他們已請了許多和尚，並且買了一頭小羊和大羊作爲祭品。他們還打算在晚上擺設筵席，下午六點鐘在廳堂裏點起蠟燭來。當和尚們念誦經懺的時候，他們一方面敲木魚，一方面擊打木鈴。

住在這個院子裏的兩家眷屬，全都出來參加這個儀式。華嫂子因爲是銀屏的知己朋友，也被邀請來參加，只有桂姑和她的兩個女兒沒有到。伯牙跪在他雙親的神位前叩頭，並且真的流下淚來。在祭廳上也掛著他祖母的照片，不過這並不是出於伯牙的本意，而是因爲阿非的堅持，才把它掛上去的。至於姚思安離家已經十年，並且出去之後消息全無，所以他們也把他的照片掛上，這無非顯示他們對於老祖父的一種孝意。

當僧侶們正在誦念「金剛經」的時候，寶芬的女兒跑進來向她母親喊著：「有一個老道士進來了！他張著一對很大的眼睛看著我。」

「你爲什麼這樣驚慌？」寶芬問，「他不過是道士裏面的一個。」

「不，他的模樣很奇怪。」那孩子說，「我問他是誰，他卻不作聲。」

「他向著這裏來了嗎？」

「我看見他到自省室裏去。那些傭人想要阻止他，但他只用他的一對大眼睛向他們看著，逕自進去了。媽，他有很長的鬍鬚，還有白又濃的眉毛，像一個無量壽佛呢。」

當他們點上蠟燭聚集的時候，那個老道士走進去，並且在和尚念經的時候，靜默地站在他們那邊。那時因爲人多，所以沒有人注意到他。在誦完經以後，那方丈就朝前走過去，並準備在天井裏燒紙錠。接著，別的和尚也跟著方丈一同走到天井裏去。那時，一班沒有出去的人就發現那個老道士站在那裏。他走到祭桌面前看著眾人，雙手合十，肅穆地站立著，口裏誦禱了幾句。那時家裏的人也都肅穆地一起站著，並且希望這個老道士替他們念一些經懺，但他們卻不知道他究竟能念什麼懺。

接著他就慢慢地轉過身來，把他的臉對著眾人，並且用一種安靜的微笑對他們說：「我回來了。」

木蘭在這個老道士還不曾轉過身來之前，已經覺得有些忐忑不寧，因爲她從那個老年人的背影看上去，已能認出像她父親的背影，因此她正在猜想這個老年人也許就是她的父親。等到他們看見了他的面目，他的白長鬍鬚，以及他的白而蓬鬆的眉毛，和他一雙有力的眼睛時，他們都不覺透了一口氣。

「這是爸爸呢！」木蘭喊起來說，說時她就走到她父親那邊去。

「這是祖父啊！」寶芬也喊著說。

阿非和珊姐都跟在木蘭後面走上前去，同時新亞和襟亞也走過去環繞著那個老道士。伯牙和那些在天井裏看燒紙錠的人聽見裏面起了一陣嘈雜的聲音，也都趕緊走進來看。

姚思安張開了他的嘴，在鬍鬚後面笑著，並且向眾人打招呼，這時候他的一對眼睛是非常柔和，而且似乎看得很遠。

木蘭、珊姐和阿非都不覺快樂得流下淚來。曼妮和暗香都被擠在後面不能走進來。當伯牙向前過去的時候，姚思安就撫著他的頭，並對他說：「我的孫子已經長得這樣高了！」寶芬就把她的兩個小女孩介紹給他；當她們看著那位奇怪的老祖父時，不覺微微發著抖。馮舅舅也走過來同他的姊夫講話，這兩個老頭兒彼此相對談話，尤其覺得親切。紅玉的兩個兄弟現在已經長成青年人的模樣，他們帶著一副驚奇的眼光走過來看著他們的大姑丈。

姚思安已看見在眾人後面站著華嫂子，他就過去用一種雄偉的聲音對她說：「你好啊！你們都在這裏！」接著他就轉過身去問他們說：「立夫和莫愁在哪裏？」

「他們搬到南方去了。」木蘭回答說。

「他們都好嗎？」

「他們都好！」木蘭說，「但是，您老人家怎麼樣呢？您看上去倒很強健的！您到過哪些地方？」

「我是什麼地方都到過的。」

後來當木蘭緊逼著他回答的時候，他就這樣說：「我在妙峰山住了一年，但後來恐怕你們要來找我，就到山西的五台山去，後來我又到華山去，在那裏住了三年。接著我就到四川的峨嵋山去……」

「啊，爸爸，」木蘭在她父親還沒有說完以前，就喊起來說：「你爲什麼不把我也一起帶了去啊?」

「我也到過立夫的本鄉,」姚思安坦然地說,「在那邊,我幾乎被傅先生和傅太太認出來,幸而我趕快躲開了……後來我也到南方去,並且到過天台山和普陀山。」

「好啊,你老人家是在遊山玩水呢!」木蘭很興奮地說,她說這話的時候稍許帶著一種妒忌的意思。「如果你能早一些讓我知道,那我一定跟你出去。」

「你怎麼可以跟我一同出去呢?」她父親回答說,「你們這班年輕人,出門少不得要坐船坐轎。但我是用兩條腿去爬登那一萬尺高的華山,後來我也徒步走到四川的峨嵋山,並且照樣地走回來。」

「祖父,你到普陀山去是不是從水面上走過去的?」寶芬的大女孩這樣問。

「我也許是這樣,也許不是這樣,」姚思安說,他說這話的時候,那副高尚的面容是非常嚴肅的,所以在那個女孩子看起來,彷彿是一個神祕的聖人。

「但是,」珊姐問著說,「在你所走過的深林裏有沒有老虎?在你所經過的荒僻地方有沒有強盜?在四川有沒有打仗?」

「當我經過華山的時候,我曾經碰到一頭老虎。」姚思安用一種沉默的微笑態度那樣說,「但是那頭老虎對我看著,我也對牠看著,接著牠就偷偷地走開了。我的孩子啊!我所以出外雲遊,一半是享受自然的風景,一半是要散散我的心。其實這兩件事是二而一的。也許你們不懂得這句話。但是你們明白,無論救國家或救社會,其基礎都在於鍛鍊自己的身體。你們必須要沒有財產,沒有顧慮,並且預備隨時隨地都可以死去。這樣,你們出外雲遊,就像一個從死裏活過來的人那樣勇敢,同時你們也會覺得每時每刻是天所賜給你們的禮物,並且會對它們表示你們的感激。當你們出門的時候,身邊不要帶什麼錢,這樣就沒有強盜來注意你們了。但是除非你們在事前訓練好你們的身體，你們的手，你們的腳，最要緊是你們的肚子，否則你們就不能空手去旅行。你們必須能吃任何的飲食，能夠隨時挨餓，也能睡在露天或室內，最後還要能忍受任何氣候。除非你們有了這樣的身體，否則你們是不能得救的。」

「但是你在旅行的時候，怎麼得到你的食物呢？」他們問。

「我是沿途行乞的，村子裏的人因爲看見我是一個老年人，都待我很客氣，在晚上，我能夠躺在一塊磐石上睡覺。當我進了廟宇之後，廟裏的人時常供給我食和住宿，因爲我身上帶著一張五台山的法牒。我隨身帶著藥草，並且隨時分送一些給那些招呼我住宿的寺院。我在四川的深林裏，看見那些長在老樹幹上的銀耳，這就是使我們賺了許多錢的一種植物。」

現在姚思安回來的消息已傳遍了整個屋子，所以那些老的和新的傭人都出來看看這位可敬的老年人。那時寶芬的父母也進來拜望他，並稱他爲一個「還俗的老道」。那位老年人的臉上已經帶著許多很深的皺紋，他的臉皮因爲飽經風霜，已經帶著一種古銅色。他雖是一個七十二歲的老者，但是走起路來，步履仍是非常健捷的，同時他說話的聲音仍是嘹亮悅耳，他的一雙眼睛依舊炯炯有光。他說他已經養成一種習慣，能在黑暗中辨別東西，因此他就能在黑夜裏很安全地爬山越嶺。

那天晚上雖是銀屏的二十周年忌辰，但是家裏的人都非常快樂，並且舉杯慶賀。這時姚思安仍舊穿著道袍，但他卻坐下來隨意吃著雞魚，好像不是一個修道者。

「你是不是一個『老道』？」寶芬的父親問。

「不，」姚思安答，「我是在行乞的，並且時常連蔬菜也吃不起。但是當人家拿雞肉給我吃的時候，我也不得不吃，這些東西是沒有多大關係的。」

當方丈進來的時候，他認出姚思安，並且對他說：「師兄，我不知道你就是這個院子的老主人！一禮拜以前，你是不是在我們西山廟宇裏住過的？」

「是的，我還要謝謝你們待我那樣好。」姚思安說：「那時我聽見你已被我的小輩請定，打算到這裏來誦經懺，所以我就一直等到今天才回到這裏來。」正因爲這個緣故，他們方始明白爲什麼他們的祖父在這樣一個適當的時候出現。馮舅舅想要把他的茶葉店和藥店的營業狀況向他報告，但是他老人家卻掉轉了頭，表示毫無興趣，接著他就去招呼他的孫女們。

「你不是我們的祖父呢。」寶芬的一個五歲女孩這樣說。她是一個聰明而頑皮的女孩子，她說這話的時候，還用她的小手指著那廳上的一面大照片說：「這才是我的祖父呢，你不過是一個仙人。」

「你的老祖父一直出門在外，現在才回來。」寶芬替她解釋著說。

他們就把立夫被捕和釋放的事情，以及後來怎樣搬到南方去避難的情形，都告訴了姚思安。後來他們又說起立夫被捕的一個原因，就是他把他的妹妹在一個山頂上不經儀式就嫁給了陳三。他聽了這一段話就坦白地說，他也贊成這樣的婚姻。

木蘭把父親回來的事情拍電給莫愁，所以第二天她就從蘇州方面接到一個回電說：她和她的丈夫不久要北上，探望她的父親。

木蘭和新亞已準備搬到杭州去住。他們的傢俱已經有一部分包紮好，現在他們暫時住在一個比較差的院子裏。木蘭心裏有一個問題急待解決，那就是她父親回來以後還沒有多久，她就要離開他了。其實她父親這一次回來，好像是從死裏復活那樣，所以要在這樣短促的時間內離開他，心中就覺得非常不忍。她本來是很愛父親，而且是崇拜他的，所以她覺得現在她還不能離開他。不過她很高興，因爲她有機會在她父親的晚年去服侍他，如果他能同意的話。因此她就走去看她的父親，並對他說了一大堆話：「父親，我們打算搬到杭州去住。你記不記得，當我幼時失蹤的時候，母親曾經有過這樣的一個夢？我是在你年老時扶持你過橋的一個人。你所要的是一個安靜的家庭，而這個恰是我們所計劃的。你知道住在這裏是太嘈雜了。杭州究竟是你的老家，在那裏有著名的廟宇，如果你願意的話，你盡可以在靈隱寺附近找一間房子住下。在那裏要謀一種安靜的隱居生活，是再好也沒有的。」

一個做父親的當然喜歡和他的兒子住在一起。但是木蘭卻說：「莫愁妹妹也住在南方，而且你也知道中國的古書上稱女婿爲半子，現在你有兩個半子，豈非等於一個兒子嗎？」

這件事不是阿非所能贊成的，因此姚思安就問阿非說：「那麼，你爲什麼不一起搬到南方去呢？」

但是阿非卻說：他不能這樣，因爲寶芬的父母和他們住在一起，而且他本人除了幫助料理店務之外，還要幫助他岳父辦理禁煙會裏的事務。

姚思安就答應同木蘭一起搬到南方去住，但是他卻這樣說：他願意暫時住在這個院子裏，直等到她在杭州把屋子租定了。他也打電報給莫愁，叫她暫時等一下，因他不久就要到南方去探望他們。但是不久莫愁卻單獨地回到北京來，因爲她急於要看看她的父親；因此木蘭就在北京多住一些時候，以便和莫愁同去。

莫愁是在一星期後回到北京的。她們姊妹倆已經闊別了兩年多，因此彼此會面的時候異常歡喜。姚思安在會見莫愁的時候，問了她許多關於立夫的問題；但是木蘭卻僅僅問了這樣一句話：「他的腿現在還瘸嗎？」莫愁對於這個問話，就簡單地回答她說：「是的，還有一些瘸！」

莫愁受到了家庭裏所有女眷的熱愛，她們都設宴歡迎她。有些人家所以請她吃飯，是含有兩種用意：一是歡迎莫愁回來，二是替木蘭餞行。曼妮的宴請最遲，是在她們離別的那天晚上。那天晚上阿善也來參加，並告訴她們，說是要禁止私運鴉片和其他貨物是一件非常困難的事，因爲背後有日本領事在庇護他們。他也把素雲的事告訴她們，說是素雲在日租界裏兼營許多事情，因此被人們稱爲「白麵皇后」。在談話之中，木蘭發現曼妮現在也抱著一種熱烈的反日態度；她覺得很稀奇，但後來就明白此中的原因了。

木蘭和她的妯娌曼妮及暗香依依不捨的告別之後，就和家人踏上了旅程，搬到南方去住；就是西湖的所在地杭州。他們和莫愁一起出門，並且先到蘇州住宿一下，木蘭覺得驚喜交集，因爲她所夢想已久的簡樸而安靜的鄉村生活快要實現了，她同時也高興能遠離都市生活和有錢階級的種種奢侈習慣。但她卻不知道這個鄉村生活的幻夢，將使她陷入從未有過的困境。

到了蘇州，他們停下去拜訪立夫的家庭，立夫和他的孩子都到車站上來迎接他們。新亞和立夫在見面的時候，彼此都很客氣，而立夫雖然有些跛，卻定要幫助新亞搬行李到馬車上去。木蘭發現立夫比在北京的時候稍微清瘦一些，而立夫看木蘭卻還是一樣地活潑富有生氣；不過拿蘇州人的眼光看她的衣服，她就不免穿得太多了一些。那時立夫穿著一襲舊棉袍，腳上所穿的也是舊式的鞋子，但他卻戴上一副眼鏡，看上去很像一位學者。他又說，自從他到了蘇州以後，從沒有穿過一次西裝。

他們雇了一條船沿著運糧河，很舒服地搖到西門外莫愁的家裏。在運糧河上的水路旅行，使木蘭和她孩子覺得非常有趣。現在他們經過了許多橋洞以後，就看見河道闊了起來，而兩岸也越發顯出鄉村的特色，莫愁的那所房子恰巧是在這一方面的河岸上。

立夫的母親和他的妹妹都站在屋子的後門口等著他們。現在環兒已經回來和她的母親同住，但她的丈夫卻仍在軍隊裏當一名隊長。木蘭和新亞已經把他們的笨重行李直接運到杭州去。他們隨身所攜帶的只不過幾件輕便的行李，預備到了蘇州住宿一宵，第二天再出門。

木蘭急於要看看立夫的書房，就要求在他們吃麵以前先去看看他的書房。蘇州的屋子裏房間很多，而立夫也是照他從前那樣，佔據了一整個的院子。他的書房是毫無裝飾的，但是光線倒是很好。在靠牆的一張很長的桌子上，放著一座兩尺高的西藏如來像。他的書架上也放著許多部舊的生物學書和裝著布套的中國舊書。這些中國書的背上都寫著書名，有的寫得很端正，是陳三所寫的；有的比較潦草，是立夫自己寫的，立夫因爲研究中國的古體字，所以不得不研究和這一門有關的鐘鼎文和石刻文。新亞並且看見他的書架上放著幾部叫作《西清古鑑》和《金石錄》的書，還有一大堆古代的石拓。在一個有許多抽屜的書櫥裏，放著立夫所搜集的許多神殿中的甲骨。還有在西藏如來佛像的旁邊，放著一塊很大的骨頭，這顯然是一種野獸的肩胛骨。在靠北的窗子，望出去能看見莫愁的院子，那兒放著一塊未曾漆過的舊木板，權充立夫的寫字枱，在這木板的旁邊，放著一張發亮的棕色籐椅。

木蘭說：「你就坐在這裏工作嗎？」

立夫點著頭說：「是的。」

木蘭又認出放在那枱子上的一隻裝菸灰的大口玻璃瓶，那是她在北京時在立夫的那間實驗室裏見過的。這是立夫理想中最好的菸灰缸，因爲這瓶使他能看見這裏面所堆積的菸灰，同時又不致被風吹飛，這一點尤其是莫愁所贊成的。立夫以爲這種菸灰缸是他所發明的，並且毫不花錢。

「你的稿子放在哪裏？」木蘭問，「我沒看見它們呢。」

「都收在我的一個抽屜裏。」立夫答。

立夫的妹妹進來了，請他們去吃麵。那時正是春天，所以麵裏拌著春雞的雞片。木蘭挾了一片雞肉，蘸在豆乳醬裏拿來就吃，他們對於蘇州人的吃法，馬上就習慣了。

「吃雞肉要算蘇州最好了，而燒雞汁湯要算我母親燒得最好。」立夫很得意地說。

「在家裏吃得最好最舒服，享口福最實惠的，要算是立夫了。」莫愁這樣說。

他們繼續談論著立夫的大作，並且問他什麼時候可以完卷。

「這是一部很厚的稿子，印起來是很花錢的。我不知道除了我妻子之外，還有什麼人會去讀它。」立夫說：「我恐怕這部稿子出版以後，在三年內還不能賣去兩百部！」

「你之所以這樣耽擱，是不是爲了這緣故？」木蘭問。

「不，」立夫說，「這部稿子裏還有幾點，我個人還沒有切實的把握。所以還得再去研究一下。你知道有幾個字是最難研究的，但又最有興趣的。你知不知道，這一種研究有時竟會把經書裏的一些原文推翻？在《大學》這部書裏有這樣一句話：『湯之盤銘曰：苟日新，日日新，又日新。』其實照現代人的研究，這個『盤銘』應該是這樣讀的：『兄名新，祖名新，父名新』，孔子的門生把這些銘文誤讀了，這當然是他們老師的錯誤。原來這個銘文比孔子的時代要早一千多年。」

「如果你的稿子裏這種思想太多了，那麼你就會被人稱爲一個共產黨。」環兒詼諧地說。

「是的，」立夫譏諷似地回答，「依我看來，在這世界上應該有一種關於共產黨的語言學，一種關於民主主義的語言學，還有一種關於法西斯主義的語言學。」因爲現在這個時候，民主主義、法西斯主義，和共產主義在一般知識階級中間已成了很通行的名詞。

以前，環兒是一個思想左傾的女子，但現在她對於過激主義卻不免稍覺厭倦，而且有些發牢騷。原來在國民革命軍推翻舊政府之後，國民黨就同共產黨分家，並開始壓迫共產黨。換句話說，國民黨是右傾的，而中國的青年卻是左傾的。木蘭聽得在政府反共的時候，黛雲曾被關在監牢裏，後來釋放了，現在躲在上海公共租界裏，和一個叫羅曼的男人同居著，他們沒有經過結婚的儀式。在這裏我們應當解釋一下，現在有許多左翼作家的筆名，好像是從英文譯過來的，例如

「巴金」這名字是從「巴枯寧」和「克魯泡特金」兩個名字裏脫胎的。「羅曼」這個名字，使人想起法國思想家羅曼．羅蘭。不過巴金和羅曼這些名字，畢竟要比素同和大衛等名字更含有革命性。

晚上，他們雇了一條很大的燈船去遊河，並且在月光底下吃著著名的船菜。那些燈船從前是一般官員和上京趕考的舉人所乘過的。現在因爲科舉早已廢止，這些船只可做遊湖的遊艇，同時也兼售著名的船菜，這條燈船使木蘭和新亞想起他們在拳匪時代逃難的情形。

那天晚上，月亮出來得特別早，他們就吩咐船伕把那條船緩緩地划出去，但並不划到熱鬧的萬年橋那邊去，只向那比較幽靜的和河道寬闊的鄉村方面划去。他們看見一片大地靜靜地躺在月光之下，在船上有一個船娘善於吹笛，那音韻是這樣的幽雅悅耳。吃完了船菜，木蘭主張把船上的燈火完全熄滅，以便在月光之下賞月。幾個男人就走到船頭上去，同婦女們一起，立夫就躺在船頭上一塊發亮的船板上，把腳擱在一條橫木上，木蘭因初次領略南方自然之美，所得的印象非常深刻，她就相信她打算搬到南方去住的主意是定得不錯的。

其實，蘇州附近的景色究竟及不上北京那樣偉大，但蘇州的空氣裏卻含有一種滋潤，同時它的鄉村又能展現迷人的柔和感。所以據人們說，蘇州所以出了許多美人，就是爲了這緣故。還有蘇州話裏所包含的柔性和水性，同蘇州附近的許多水道和稻田也是有關係的。那種柔軟悅耳的蘇州話，出於一個年輕的蘇州船娘口中，使木蘭聽了不覺陶醉。莫愁的幾個孩子，特別是那個小的，也能說一口蘇州話，在這些孩子中間，木蘭很喜歡老大肖夫。肖夫已經十四歲了，據立夫說，他已能認識八千個字，因爲他的父親曾用一種最新的科學識字法去教他識字。

當夜深的時候，船上的一批人越發覺得他們是沉浸在一種淡泊的月光和柔和的水聲之中。木蘭漸漸覺得疲乏起來，起初她僅僅靠在她的手臂上，後來就和孩子們躺在甲板上，而立夫卻躺在另一邊。但是莫愁因有新亞在一起，爲保持禮貌起見，照舊坐著。

有幾隻飛螢從岸上飛來，停在他們的衣服上。其中有一隻在木蘭的腿上慢慢爬上去，她的妹妹就伸手去拍死牠，木蘭就喊起來說：「你不可把牠弄死，你拍得太重了。」

木蘭坐起來，看著那隻被拍傷的飛螢，牠已經落在甲板上了。在一刹那之間，那飛螢身上的美麗青光就不見了。

「啊，你把牠弄死了！」木蘭懊惱似地喊著說。

「這算得什麼，牠不過是一隻飛螢。」莫愁答。

「但牠是這樣美麗呢！」木蘭這樣說。

「她時常這樣地把昆蟲拍死呢！」立夫插嘴道。

「一隻飛蟲，算得什麼呢？」莫愁抗議著說。

「妹妹，你是不應該的。」木蘭發愁似地說：「你爲什麼要害死一條生命呢？」

這件小事情就這樣過去了，但在這幾分鐘裏，木蘭似乎有些不高興，就不再躺下。接著立夫就同她們談到飛螢和火螢的分別，以及牠們身上所發的那種沒有熱氣的燐光的神祕，這種燐光是科學家所不能發明的。後來他又繼續談到動物學裏的一種電鰻，這種電鰻常能發出一種電來，去殺害牠的敵人。一班孩子們坐著聽了這一種談話，覺得非常有趣。

他們在那天晚上十一時方始回家，年幼的孩子們已在船上睡著了。第二天，新亞和木蘭就向立夫一家告別，動身到杭州去了。

第四十章

杭州是馬可孛羅時代南中國的首都，因此馬可孛羅就寫了一部光輝四射的關於中國故都的遊記。他把杭州描寫成一個偉大的商業中心，在那邊也有特別的場所可以供那些從印度和波斯來的商人經商；他又把那座城描寫成一個擁有九百座石橋的城池。他也把當時一般公主和貴族婦女在行獵回來後，在湖旁洗澡的一個地方告訴我們。他又說起杭州的居民是一種舉止文雅、文化程度很高的人民，但這種居民對於作戰的方法卻完全不熟悉，因此時常屈服於大汗的統治之下。一直到現在，杭州的居民還保持著他們的古樸狀態，同時杭州這城市已成為遊客們，特別是那些度蜜月的青年男女，常去的一個著名的所在。

木蘭和新亞就在城隍山上選了一幢房子住下，因為那邊特別安靜，同湖邊上那些時髦的莊子離得很遠，同時和街道倒很接近。他們從山上下來，走一百碼光景，就能到達那個城市的中心。但是木蘭所以選擇那幢房子，是因為在那邊她能望見杭州全城，前面的西湖，和後面的大江；並且在山上他們能望見西湖的大部分和它的幾條柳堤，以及來往於大江上的帆船和輪船，所以，在一方面他們能看見靜態，在另一方面他們能看見動態。木蘭最愛看從遠處駛來的那些帆船。在她的屋子左近，並沒有多少屋子，她所住的那幢房子已經很舊了，不過在前面和南面有許多空地，還有用小石子鋪成的街道和小巷，是曲折幽雅的，同時也是上下起伏的。在那座山的西面，有許多奇形怪狀的有孔洞的岩石，這些岩石上有海浪的痕跡。因此，我們可以猜測在史前時代，這地方大概是一個海，而那些岩石大概是被海水淹沒的。現在它們卻成爲一些奇特的形狀，而爲一般藝術家作爲寫生的對象。

木蘭的屋子裏有幾個院子造在高低不一的斜坡上，在那頂上的一個院子裏有一幢兩層樓的屋子，還有一個風景塔。這些房子像多數南方的房子那樣，都是用磚瓦築成的，並且塗上石灰，不過露出紅漆柱子和木椽。那幢房子是單獨建造的，只有右邊有另外一幢房子，在這幢房子的左首後面卻有許多古樹和竹子。房子旁邊的那座塔，同那些古樹後面的椏枝是能接觸的。當他們搬進去的時候，木蘭發現從前的房客對於那房子非常不小心，因爲牆頭已經弄得不像樣了，而走到那塔上去的那架梯子也已經咯吱作響，牆上也有了老鼠的洞，有老鼠在那裏穿來穿去。那可以顯示出，那座塔從來沒有被好好利用過。木蘭搬進這幢房子以後，就趕緊修理那座梯子，並且把那些牆重新加以粉刷。在一道石門裏面有一個磚頭鋪成的圍場，在那扇門的橫石上卻刻著「環山繞河」這四個字。門旁的兩根石柱上卻刻著一副對聯，對聯上的話是新亞和木蘭所喜歡的：

山光水色，
鳥語花香。

木蘭最喜歡山上的光線，湖上景色的變化，鳥的唱和，以及四季不同的花香。那個湖和它周圍的山峰，也往往按照氣候而改變它們的景色。每當天氣有些霧露，或經過一陣大雨之後，四面的風景尤其美麗。

木蘭在廳堂裏掛著她朋友齊先生的幾幅畫，和裱過的幾幅古代名人的墨寶。還有齊先生替木蘭畫的那幅肖像，木蘭都把它掛在自己的臥室裏。這臥室是在房子的後面，比其餘的院子要高一些。在她臥室的外面有一叢青竹林，因此她的房子裏就時常有一陣綠蔭反映進來。當她在北方的時候，她從來沒有見過這樣的竹子，她尤其愛那些竹葉青翠可愛的顏色。那些竹葉的特別式樣，以及那竹竿瘦長的樣子，使她想起一個瘦長而微小的、額上帶著一些瀏海的少女。她也時常想起那些發光的、棕黃色的和青綠色的竹竿，它們是能象徵君子；因爲竹子的筆挺姿態，象徵君子的獨立性，中間的空心象徵君子坦白的胸懷，竹子上堅硬的竹節象徵君子人格上的堅貞。

新亞自己也擬了一副對聯，並託一家裱畫店代請一位書法名家把它寫出來。那對聯的大意是這樣的：

地處幽靜，居停清高；
樹木疏稀，影形交織。

這一副對聯，懸掛在上面一個院子裏的客廳上。

現在木蘭已經到了杭州，就想開始實行她簡單的鄉村生活的夢想。這是她和新亞結婚後最初幾個月內所時常討論的話題。她所最需要的是安靜，一種小家庭裏的安靜。從廣義上來看，這一種安靜可以視爲逃避。不過在不久以後，家裏不幸發生一件小小的風波，幾乎把木蘭熱心計畫著的那種安靜，破壞無餘。這種小風波之所以發生，似乎具有一種諷刺意味，因此木蘭相信了這一句成語：「謀事在人，成事在天」。

木蘭因爲要使自己同她的計畫相符，就完全實行一種新生活。她從北方只帶了錦兒和她的丈夫曹中，以及他們的一個兒子，他是和阿通同年的。這個孩子起初叫作丙兒，但這個名字聽起來好像是「一個小餅」，因此就有人說笑話，以爲這個孩子可以稱爲「糕兒」。小糕這孩子是很喜歡玩耍的，他很喜歡吃和講話。木蘭和新亞都同意家裏頭除了這三個人以外，不再雇用別的傭人，因爲他們搬到杭州來住的原因是要求清靜。從職務方面來講，錦兒的職務是烹飪和縫紉，曹中所擔任的是比較笨重的工作，而小糕所擔任的是雜差。至於木蘭自己也擔任烹飪和縫紉，並且照顧九歲的阿梅。現在木蘭因爲有阿通和阿梅在她身邊，就竭力忘記從前的阿滿，並使她自己滿足現狀。

現在木蘭的服裝已經改換得非常樸素了。她所穿的是棉織品，不是絲織品。她的棉旗袍是用新式的樣子製成的，但她卻放棄以前住在北京大院子時代所用的胸罩和別的裝飾品，因爲自從搬到這種樸素的屋子裏以後，那些東西就覺得不適用了。高跟鞋在那個屋子和廚房裏也覺得不適用了，所以他們就到街上去買杭州的平底鞋。她又把她的頭髮向後梳攏，用夾子夾著，完全沒有鬈曲。她的那種模樣，對於那些能欣賞她的美麗的人，仍覺得她的姿態是動人的，但是鄰居們很少知道這個衣著樸素的女人，從前曾在北京城裏享受過最講究的奢侈品。

新亞是每天早晨上店鋪裏去的，因爲現在杭州城裏所有姚家的鋪子除了當鋪以外，都是他們的了，因此他的事務非常繁忙。阿通現在已到學校裏去讀書了，在晚上回來的時候，他母親就幫他溫習功課；在下午，她也教阿梅念書，她相信她的生活是快樂的。

只有一件小東西在杭州是沒有的，那就是在北京很流行的那種西式糕餅。這些東西在北京是很普通的。還有，木蘭很喜歡在早晨喝一些咖啡。據她自己說當她在北京的時候，只要一聞著咖啡的香味，就會強迫自己起床。但是新亞對於咖啡卻沒有什麼嗜好。現在他們已經搬到杭州過著一種簡單的生活，所以新亞不免嘲笑她，說她還是在喝西洋的咖啡，未免同自己的理想不符。木蘭爲了忠於自己的理想，就摒除咖啡而改吃稀飯，不久也就習慣了。

新亞對於木蘭的人生觀，從來不曾完全同意。他是富家出身的，他愛慕物質上的舒適和社交時節的快樂。最初，他看見木蘭照她所允諾的去實行，並親自到廚房裏去料理飲食，覺得十分高興。後來他就埋怨著說，廚房裏的工作不免使她的手變得粗糙。但木蘭卻愛這種粗事，甚至喜歡拿一柄輕便的鑊鏟去鏟除鑊灰。

「你為什麼不把這些事情交給曹中去做呢？」他說。當他看見她這樣做的時候就這樣說。

「我喜歡這樣做，你知道這樣做是多麼有趣呢！」她歎一口氣說。

「但是你的手不免要起老繭呢！」

「那有什麼關係？我的孩子快長大成人，可以娶親了。」

有時在下午，木蘭甚至和她的孩子到山上去拾取引火柴，並且親自把這些柴折斷。錦兒看見這種情形，不免注意著，微笑著，但在木蘭看起來，這一切都含有詩意，因為這是新工作。後來她的生活越發改變起來，所以她也詼諧似地稱她自己為一個「老村婦」。有時她也穿著一件清潔但簡單的棉旗袍上街去，或是上電影院，並且覺得她自己比一般穿著人造絲服裝的中等女人要高貴一些。她決定要實現她生活的理想，但是在實現的時候，不免矯枉過正，到後來她經過了一場悲慘的經驗，覺得她的這種矯枉過正是一種錯誤。

新亞愛吃美食，喜歡上戲館，並且喜歡遊湖和附近的山嶺。他也喜歡釣魚，所以時常和阿通到湖邊去釣魚。他同木蘭一樣，喜歡吃新鮮的杭州魚蝦，喜歡上街買東西，並在湖濱上賞月。到了春天，他也喜歡遊靈隱寺、天竺和玉皇山，但有的時候，木蘭也能看出她丈夫對於這種遊玩不免感覺厭倦。在她認為完美的，在他卻認為不完美了。

在北京的普通交際場中，客人們在吃花酒的時候，往往每個客人後面都坐著一個妓女，木蘭對於這種習慣並不介意。她甚至於說起過，要替她的丈夫討一個姨太太。但是自從暗香被襟亞娶去以後，她就放棄這個念頭，而新亞本人也沒有想到這一點。現在杭州這個地方，所有妓女都被當地的法律所禁止，因此新亞就不能享受以前在北京所享受過的那種生活。他就時常坐火車到上海去遊玩，因杭州離上海只有四小時的路程，當他從上海回來之後，他對工作就格外起勁了。

「你怎麼樣了？」木蘭問，「難道你討厭你的老妻了嗎？」

「胡說，我在上海有生意呢。」他說。

後來他到上海去的次數比以前更多了。有幾次，木蘭也跟著他同去，也有一兩次她和莫愁約好在上海會面。莫愁是往南去，而木蘭是往北來。從蘇州到上海，坐火車不過兩小時工夫，但是立夫卻討厭上海，所以很少到那邊去。

在姚思安到了杭州和木蘭住在一起以後，莫愁和立夫就到杭州來拜望他。他們倆因為木蘭在生活上的改變，不免覺得驚奇。後來立夫把她的新生活方式，詳細觀察一下之後，就不免稱讚她的這種生活方式。那時莫愁的服裝，雖然比她在北京時樸素得多，但還是採取一種中庸之道，並不穿得怎樣壞，同時也沒有木蘭那種樸素的意味。

當他們在遊廟回來後，莫愁就這樣說：「我喜歡杭州的空曠氣象。原來蘇州像一個富有且聰明，住在一幢大房子裏的寡婦，而杭州卻像一個在湖旁洗衣裳的十八歲姑娘。」

「你的意思怎樣？」木蘭問立夫說。

「我比較喜歡那個富有和聰明的寡婦，因為這裏遊客太多了。」他說。

「他在蘇州是非常高興的。」莫愁說。

「現在你的著作怎樣了？」新亞問。

「快寫完了。問題是，我不知道怎樣把我論文裏的古代字體製版印出來。如果我要把這稿子用石印印出來，那麼，我就得親自用正楷把全部稿子抄正，因為在抄的時候，只要筆畫上稍微有些錯誤，那出入就大了。我不能把這種重要的事情交給別人去辦，但我又恐怕我把全稿抄完之後，我的眼睛也許要瞎了。」

「那麼爲什麼不請陳三替你抄現代的正楷字，而你只抄古代的字呢？」木蘭這樣提議說。

「我也許要這樣做，」立夫說，「我妹妹說，陳三對於政府的反共和屠殺農民的舉動覺得很厭惡。他打算放棄他現在的工作，離開軍隊的生活。」

「石印也許不至於多花錢的。」新亞說，「這部書出版以後，我們至少訂購五十部。」

「當然，但是你不可使你的眼睛太疲累。」木蘭說，「當你把這部書印出來的時候，我們要請你吃一頓飯，以慶祝你的成功。」

就在這一次旅行中，他們中間發生了一件瑣碎的、但又不得不記載的事情。木蘭因爲幾次探望她妹妹，就知道立夫是喜歡吃雞肫的。所以有一天上午，大約是十一點半的時候，木蘭從廚房裏出來，手裏拿著一碟剛燒好的雞肫，搬到上面的院子裏來，這一碟菜是預備在午飯吃的，那時立夫正獨自一人在看書，而木蘭在搬這一碟菜的時候，卻忘記攜帶筷子。立夫看見了這些雞肫就仰起頭來微笑，因爲沒有筷子，就想用手去拿一塊來吃。「啊，我忘記帶筷子了！」木蘭說，接著她就用她的手拈了一塊雞肫，送到立夫的嘴邊說：「你介意這樣吃嗎？」說了這句話之後，她就把那塊雞肫放在他的嘴裏，他就吃了，幸而沒有人看見他們。在吃午飯的時候，新亞很躁急地找雞肫吃，因爲他也喜歡吃這種東西，於是他就問：「雞肫到哪裏去了？」「已經到立夫的肚子裏去了。」木蘭答。當她回答這話的時候，她是坦白地微笑看著新亞的眼睛，但是新亞卻不說什麼，並且也不笑。

立夫和莫愁從杭州回到蘇州以後，新亞就到上海去住了一個星期，並且回來以後態度就非常沉默。木蘭看到他的態度改變，她不知道新亞的這種改變，是不是爲了妒忌立夫贊成她本人的生活方式，還是爲了中年男子的心理問題。一個丈夫過了中年以後，往往就會對妻子冷淡，這個問題也是元朝著名書畫家趙孟頫的妻子所應付過的。

「新亞，」木蘭說，「你不喜歡住在杭州嗎？」

「不，你爲什麼這樣想？」他問。

「不要騙我，」木蘭微笑著說，「我不是趙孟頫的妻子，我也不能寫一首詩來改變你的心。但是我能看出你的不滿意。如果你喜歡娶一個姨太太，我也不會反對，但是你要當心，不要讓外邊人稱你爲一個傻子。」

新亞的心裏從沒有娶姨太太的念頭，因爲這種事情現在已不流行了；如果他照樣去做，人們就不免要說他是舊式人物，他對於目前的家庭狀況還覺得滿意，同時他也喜歡上海的那種舒適生活。

「狂想者啊！」新亞這樣熱愛似地稱呼木蘭說。自從到了杭州以後，他又開始用這種稱呼去叫木蘭了。「你錯了，杭州的生活對我固然是乏味的，而我到上海去也無非想調換一下空氣。我到了上海以後，僅僅在舞廳裏坐坐，並沒有跳舞。你知道我是不會跳舞的，我這樣去坐坐有什麼妨礙呢？」

「當然沒有妨礙，」他的妻子回答說，「但是我要使你快樂，男人的心理和女人是不同的，我是在懷疑，你到了中年的時候，有沒有變成傻瓜。」

「那麼，我就不到上海去好了，除非你和我同去，」他說。

「不，如果你有什麼事，那你儘管去好了。我在這裏，對於目前的生活是很滿意的。」

他們中間自從經過這一次談話之後，新亞就整整有一個月沒到上海去，雖然木蘭一再催他去一下。他的心思似乎被一些東西所佔住，有些心不在焉的神氣，這一種改變，他妻子老早就發現了；但她心裏雖然很煩惱，而口裏卻不說什麼。他時常到店裏去料理店務，並且很晚回家。下午他也不再帶阿通去釣魚。在星期日和星期六下午，當他在店裏閒著的時候，他往往獨自出去，說是去找朋友。木蘭就斷定新亞背後一定有一個女人，並在自己心裏想著該如何去應付這種局面。照她看起來，應付這種局面的方法，完全要看跟著新亞的那個女人究竟是一個怎樣的人。如果新亞姘了一個窮苦人家的少女，並且已生了一個孩子，那麼木蘭就會毫無問題地把她和她的孩子一起接到自己的家裏來。因爲這樣的事，她在她丈夫的家族裏已經見過了，所以她很知道怎樣去應付。還有，她也想到她很有做大婦的把握，也許這件事並不怎樣嚴重，也許根本一點事也沒有。

一天，小糕告訴木蘭，說他看見主人同著一個摩登女子在一家菜館裏吃飯。她聽了這句話，立刻感覺緊張起來。

「你在胡說什麼！」木蘭喊說，「你究竟有沒有看見她？她是什麼模樣？」

「一個很年輕、很好看的時髦姑娘。」小糕說，「她是什麼，鞋跟是很高的，像一個從上海來的姑娘。」

錦兒從隔壁一間房裏聽見她兒子在胡說八道，就跑出來拍他的頭，喊著說：「你是在說謊啊！我把你的嘴封起來！」

「不要，讓他說下去。」木蘭說，「你是否確定你所見的是你家主人？」

小糕聽了這句話，不覺躊躇一下說：「我不知道，我想我沒有看錯。我看見他們一起到一家菜館裏去，但我只不過看見主人的背影。」

「他有沒有看見你？」

「沒有，他們是在靠近那家菜館的那一條街上步行，接著就走了進去。」

「那麼你同他們相隔有多少路？」

「只有幾步路。」

木蘭很奇怪她自己在聽了這一番話之後並沒有驚駭，也沒有發怒。不過在另一方面，她因爲能發現這個祕密的線索，心中倒有一種安慰。現在她知道那個少女至少是很摩登的，而服裝也一定很時尚。

「要是你在家裏的孩子和別人面前洩漏了一句話，那我就會扭斷你的脖子。」錦兒對小糕這樣說。小糕聽得怕了起來。

「這沒有什麼。」木蘭對那孩子說，「但你不可對我的孩子或任何人說起。你把這件事告訴我並沒有錯，」她拍了拍小糕的肩膀，想要減輕他害怕的心理，接著她又添上一句說：「如果你再在館子裏碰見他們，就來告訴我。」

木蘭找出了那家館子的店名，其實這是一家不著名的小館子。她就特地上那家館子去，要想多打聽一些關於這個祕密的消息。據那家館子裏的堂倌告訴她，那位少女也許是一個畫家，因爲他們在吃飯的時候曾經談到她的畫。木蘭就猜想她也許是一個美術學校的教員或學生，因爲在美術學校裏有許多剪髮和燙髮的時髦少女。這個美術學校位於西湖的一個莊子上，而這個莊子是有一條堤同那湖岸連起來的。於是木蘭就提議在星期日同她家裏的人到外面去遊玩。這種行程，新亞有時同去，有時卻不同去。在一個星期日，她主張去參觀那個在西湖堤旁的美術學校。他們到了那邊以後，新亞就顯得心神不寧，並且急於要離開那邊，說是他對於這個地方完全不感興趣。

木蘭並沒有把她所知道的或猜想到的事情告訴她的丈夫。她不過私下和她的老父親商量過，那老父親就問她說：「如果你找到了那個少女，你將怎樣做呢？」

「那是要看情況的，」木蘭回答說。

「我猜想你不至於想到離婚的事，是不是？」

「離婚嗎？這是我所怕的，因爲這對我的孩子沒有益處。」接著她又說了這一句：「我猜想這事不至於嚴重到這樣的田地。」

「那麼，」她父親說，「我給你個忠告，你先到你妹妹那兒去住上兩星期，然後我能幫你的忙。你應當竭力用你的智慧去應付，切不可同他作對。這樣，我們兩人就能合起來一同去對付他。」

因此木蘭就到蘇州去，把她的孩子留在家裏。她對她丈夫說，她想要換換環境，感受一下。她丈夫雖在表面上反對，但並不怎樣認真。莫愁和立夫對於木蘭這一個不速之客很表歡迎，但他們也看出木蘭好像有些心事；接著，她就把她心裏的問題對他們說穿了。

「那麼，你打算怎麼樣呢？」莫愁問。立夫聽了這一段話，不免有些發怒。

「我不知道怎麼辦。」木蘭說，「爸爸叫我暫時離開杭州，到這裏來住。」

「你是否確實知道跟著新亞的那個女人，是一個鬈了頭髮的摩登女子？」

「我從沒有見過她，我也不知道她叫什麼名字。」

「那麼，」莫愁說，「我要告訴你，你自己對於這件事也應當負一部分責任。」

「你這句話是什麼意思？」立夫插嘴問。

「我的意思是說，姊姊，你把新亞孤獨地關在那邊山頂上，同時你也幾乎把你自己打扮成一個鄉下婦人的模樣，當我初次看見你的時候，也不免吃了一驚。」

「這有什麼錯呢？」立夫問。

「你不懂，」那聰明的莫愁對她丈夫這樣說，「新亞是和你不同的；但是如果我的穿著不合宜，你會不會高興呢？」

「穿著合宜嗎？」立夫怒氣沖沖地插嘴說，「有什麼比木蘭的打扮更合宜的呢？難道女人一定要時常穿著綾綢、戴著首飾嗎？難道一個四十歲的男子，還要羨慕癡愚的美人嗎？」

「立夫，」木蘭說，「大多數男子是這樣的，也許妹妹說得對。」

立夫開始咒罵起來，但是莫愁卻勸住他說：「人心裏面原有許多角度，你還不知道呢！」

「我是什麼都知道的。」他反駁著說，「但是我想不到新亞會這樣不知好歹……」

姚思安的眼光很銳利，他能洞悉一切，但卻假裝沒看到。在木蘭離開杭州之後，這個老人就有機會去窺測他女婿的行動。他仍舊認爲這個女婿是一個好丈夫，雖然他有他的弱點。有一天，他故意到那一家現在已屬於他女兒和女婿的店鋪裏去，在無意中，他看見新亞的桌上放著一隻粉紅色的西式信封，是一般女學生所通用的。當他走近一些去看這個信封的時候，他看出那信封上是一個女子的筆跡，那信封的下角上，又畫著美術學校牌樓的一個圖案，這圖案的顏色是紅綠相間的，仔細一看，也好像是出於一個女性的手筆。那信封的下端，只具著一個「曹」字。信封上的字體似乎模仿那圓渾而柔和的趙體，但是筆跡卻非常的細。姚思安在店堂裏停留了一會兒，就很高興地離開了。而新亞卻沒有注意到他的岳父已經看到那個信封了。

現在美術學校的男女學生都到湖濱去寫生了，而姚思安就趁這個機會把自己打扮成一個出家人，並在湖濱上化了幾天的緣，目的是要打聽關於這位曹小姐的消息，並且還想看看她的真面目。

一天早晨，他在學校附近一個花園外面躑躅著，他看見三個女學生帶了幾張畫圖紙和三隻可以摺疊的矮凳從那邊走過去。她們一路上談笑著，他聽見她們中間的一個叫另一個「曹小姐」，那老人家聽見了這種稱呼，就轉過頭去對她看了一下，不料那兩個女生也旋過頭來看著他，因爲他拖著很長的白鬍鬚，戴著道帽，穿著道袍，很能引起人們的注意。

「小姐們，」他說，說的時候立刻裝作一個老道化緣的樣子。接著他又說，「你們肯不肯結一個善緣？」

那些少女們都笑了，並且止了步。剛才不曾轉過頭來的那個少女，現在也旋過頭來望著那個老人。這個少女的樣子比較成熟，身材較高一些，態度也較鄭重些。她穿著一件綠色的旗袍，腳上穿著一雙高跟鞋。當這三個少女停步的時候，那老者就走過去了。

「小姐們，」他重複著說，「你們肯不肯結一個善緣？」

「我們不妨請那老人坐下來，讓我們替他畫一張像，」那個身材較高的女子輕聲地對她的同學說，接著她就向那個老者說：「你要什麼？」

「小姐們，請你們幫助一個苦修的出家人。我是從黃山一直步行來此，化緣重修那個文殊院，你們願意佈施一些嗎？」

接著他就拿出一本捐簿來。

「我們都是學生，你是知道的。」一個女學生這樣說。

「不要緊，照你們的力量佈施一些好了，菩薩會保佑你們的。」

「麗華，你最好捐一些，因爲那菩薩會保祐你的婚事。」另一個少女說。

「我沒辦法捐助太多，」那個高一些的少女回答說，「讓我們一起捐三毛錢吧，我們還要請那個老人爲我們坐一下。」她轉過身來，對那老人說：「我們多少願意捐助一些，但是數目是很少的。我們是學繪畫的，所以想替你畫一個肖像，如果你肯和我們同到樹蔭底下去坐一會兒。」

姚思安不免躊躇了一下。

「這是不是一種交易？」他這樣問，「如果我不照你們的意思坐下，你們就不捐了嗎？這個我不願意答應，我是討厭畫畫的。」

「不要這樣說，」那身材高一些的少女這樣說，「請你過來，我願意捐助一些。」接著她就拿出兩毛錢交給他，並且問他說：「這樣行嗎？」

「菩薩保佑你。」當他伸手拿錢時他這樣說，一方面他翻開捐簿對她說：「小姐，請你把你的芳名寫上吧。」

「為什麼，捐了這樣一筆小錢也要寫名字嗎？」

「是的，每一個銅子都要登記上去的。」

「你是一個好老道。」那少女說，接著她就拿出自來水筆來，在捐簿上寫了「曹麗華」三個字。姚思安立刻認出那少女在簿子上所寫的字體，和他在新亞寫字枱上所看見的那只信封上的字一樣，都是趙體。

「你是一個老道，」其中的一個少女說，「也許你能把她的命運告訴她。」

「我是完全不配這樣稱呼的。」那個老道很謙遜地說，但是這一句話卻更增添了他的神祕性。

「現在請你同我們一起到那湖濱的樹蔭底下坐坐吧。」麗華這樣說。「當我替你畫像的時候，你也許可以對我們講幾個故事。老伯伯，請你答應了吧，我是不會把你逗留得太久的。」

姚思安發現那個少女的形態很不差，因為她有一張端正的臉，和一副聰明的模樣。

於是他就到柳樹底下的一張凳上坐下來，而那些少女就放下她們的小摺凳，並拿出她們的圖畫紙來。

「你要我對你們講些什麼故事呢？」他問。

「請你把她的命運好好地告訴她吧。」其中的一個少女這樣說。

「誰的命運呢？」

「麗華的，是這一位。」

「哪方面的命運呢？」那老者若無其事地問。

「關於婚事的。」她們說。

「她是不是要訂婚了？」他這樣問。

麗華看著她的同伴，似乎有些惱怒的樣子。

「你不妨告訴他，沒關係的。」另一個少女對麗華說，「他不過是個路人。」

姚思安就對麗華仔細地看著，麗華的臉上起了一陣紅暈。

「你想要我將你的命運告訴你嗎？」

她點著頭，但她的臉是朝下的。

「把你的手給我看看。」他說。麗華伸出她的一隻手，他就握著仔細看著。他發現這是一隻肌膚柔軟而手指細長的手。

「你今年幾歲了？」

「二十二歲。」麗華答。

「小姐，你是在戀愛呢！」

那些少女都笑起來了。

「你愛上一個年紀比你大上許多的男子。他是很有錢的，身材是肥胖的，你想我說得對不對呢？」

那三個少女驚訝得叫出聲來。

「但是，他並不是你所要嫁的一個男子。」

麗華的臉本來因害羞而轉過去，現在又轉過來，並且定睛看著那老者。

「我很遺憾，他已經結了婚。」姚思安這樣說。

麗華使勁地把她的手從那老者的手裏抽回來。

「這不是真的，」她這樣喊著說。

「也許我是錯的，不過你自己可以查出來。」他說。

「他不是先知，所以他的話不一定是對的。」另一個少女這樣說。現在麗華就大膽地看著他，並且問他說：「你是不是在騙我，老伯伯？」

「對不起，」姚思安說，「我已經說過，我也許是錯的，我也但願我是錯的。但是，我的孩子啊，我相信你是能碰到比這位更好的男子的。他離這兒不遠。你不妨等上一年，看看我的話究竟對不對？」

這次的談話使麗華感到憂傷，甚至不能提筆畫畫。因此姚思安就靜靜地注視她，同時其餘兩個少女卻在盡力把他的臉部勾畫下來。當他站起來將要離開她們的時候，他就問：「你要我把你的兩毛錢還給你嗎？」

「不，你留下它吧。」麗華這樣說，說的時候臉色非常嚴肅。

「請你告訴我，」他溫柔地問麗華說，「這個人是不是你的初戀？」

麗華仰起頭來，羞怯地看著他，似乎是在說「是」。

「我的孩子，這一次難爲你了，我希望我的話是錯的，再會吧！」

姚思安就到了一個無人注意的地方，換了一套衣服，回家去了。那時恰巧是中午十二點鐘，沒有人注意到他曾經離開過屋子。對於他自己的成功不免覺得稀奇，接著他就寫了一封信給木蘭，叫她回家。

當木蘭從蘇州回來的時候，新亞驚訝地發現她買了許多新衣裳，如絲織的內衣，粉紅色的胸巾，和一批乳液及化妝水，還有幾雙値錢的鞋子。她幾乎花了兩百塊錢。她還買了六罐著名的墨西哥牌子的咖啡。

「怎麼樣，狂想者，你買了這些鞋子嗎？」新亞喊說。

「我是替你買來的，你喜歡看見這些鞋子，是不是？」木蘭說，說的時候她將胸巾和內衣都拋在床上，似乎很瞧不起那些東西的樣子。

新亞在猜想木蘭的這種舉動有什麼意義。在表面上，她對他的態度依舊同平時一樣，並且裝作毫無所知，不過從此她就少到廚房裏去。當他問起此中的緣故時，她就回答他說：「噢，我覺得厭倦了。」

原來木蘭在回來之後，她父親已把一切經過情形詳詳細細地告訴了她。他也告訴木蘭，說是麗華看上去像是一個心地和善的女子，她是和新亞發生戀愛，因她不知道新亞已經結了婚。木蘭對於這件事，只好沉默地等待和注意著。至於新亞這方面，他以爲木蘭之前改變服裝是出於立夫的影響，因此微微地感到嫉妒。這是因爲立夫本人早已改穿一種樸素的服裝，而且當新亞夫婦倆初次到蘇州的時候，立夫對木蘭所穿的那種富麗的衣裳就表示不贊成。但是這一次木蘭的改變，他就想不通了。

新亞在姚思安見到了麗華之後第三天就去會見麗華。原來麗華曾經寫信給新亞，定要當面見他。當他們第一次會見時，是在一天的下午，那時她正在湖濱戶外寫生。新亞對於她的美引起了深刻的印象，於是他就跑過去看看她的圖畫，並且把她的畫讚美了一番。他是一個善於說話的人，因此麗華就在短時間內和他熟悉起來，接著他們就做了朋友，並且立刻覺得他們是在彼此狂戀著。他從沒有告訴她說，他已經結了婚；她所知道的，不過是他茶葉店的地址。而這家茶葉店，她從沒有去過。

現在他們又在一家館子裏會面了。當麗華進來的時候，不免帶著一副憂鬱和嚴肅的神色。新亞見了她，就馬上過去替她脫大衣，並且握著她的手。

「你要和我談的究竟是什麼事？」他說。

「請你坐下，我會對你說的。」

他們就坐下，新亞就叫茶房泡茶來。因爲過一會兒，麗華就要回學校去吃晚飯。

「新亞，我要問你一個問題。」她說，「你必須老實對我說。」

「當然！」

「你今年多大歲數了？」

「剛過了四十，我不能比這個更老了，是不是？」

「我想你比這年輕得多。」她說，「你爲什麼還沒有結婚？」

新亞冷不防她突然提出這樣的問題，一時之間竟訥訥然說不出話來。麗華覺得那個老道對她所說的話也許是對的，於是她很鎭靜地問他說：「你的太太是不是還活著？」

新亞點著頭。

「你爲什麼不早點告訴我呢？」

「我害怕講出來之後，就要失去你了。」新亞回答說，「我很高興能夠和你在一起。但是你要明白，我的妻子是一個……鄉下女人——是老派的，她不過替我燒燒飯、洗洗衣服罷了。你知道她什麼事情都做，甚至於到外面去拾柴，你知道我同這樣一個老派女人結婚，眞是很不幸福的，所以我很想討一位像你這樣的摩登少女。不過這種心事，我是不願意同你說穿的。」

「那麼，你能把你太太的照片給我一張嗎？」

「不，」他立刻這樣說，「你是否打算拋棄我？你怎會問這樣的問題？你爲了什麼事情這樣急著來見我？」

「我碰到一位算命師。」她說，「他是一個從黃山來的老道，拖著很長的白鬍鬚，並且向我化緣，我就給了他兩毛錢。但是我的同學逗我，並且請他替我看相。他看看我的手，說我和一個已經結了婚的人在戀愛，這個人就是你。這是一件最奇怪的事，因爲他說這人的年紀比我大得多，而且身材是胖胖的，你看他所說的話多麼對！」

「你是否確定他是一個老道？」新亞問。

「當然！他手裏還有一本從黃山拿來的捐簿，而且說話的時候，他的口音是很奇怪的。」

「請你告訴我，」新亞放鬆了一些，說：「我雖然結了婚，難道我們不能繼續做好朋友嗎？我是愛你的，而你也是愛我的。」

「但是，你是否準備和你的妻子離婚？」

「不，這是我辦不到的。但是我們可以忘記了當前的世界，盡力地尋求快樂。」

麗華喟然長歎，一時下不了決定。在這個時代，有許多丈夫——做大官的，當大學教授的，當作家的——都在拋棄他們的老妻，而和時髦的少女結婚。在麗華讀書的那個美術學校裏，也有三位教授拋棄了他們的妻子，和他們的女學生結婚。

他們就這樣鬱鬱不樂地分散了。在離別的時候，新亞懇求她，讓他再有機會去見她。那時，他們對於所要做的事也許能夠看得清楚一些了。對於這一點，她是同意的。

兩天以後，麗華意外接到一封信，信封上寫著「曾夫人寄」，而信的內容是請麗華准她私地裏去會見她。這封短簡寫得很客氣又很簡單，字體是男性化的，這在女子之中是不常有的。信上的每一個字，差不多是一寸大的中楷，而且筆畫很長，筆畫之間都是連接著的，顯示出寫這字的人精神是非常活躍的。麗華十分驚訝，因為新亞曾告訴她，說他的妻子是一個舊式婦女，但是寫這封信的女人至少顯示出她在中國舊學方面是有些根柢的。

麗華很想見見她情人的「鄉下老婆」，正如同木蘭想要見見她丈夫的情人那樣。麗華猜想，如果那個妻子不過是一個愚蠢且善妒的女人，她就不會寫信來要求和她會面；而且她在信裏也會毫無禮貌地阻止她去見她的丈夫，因此麗華對於這件事十分困擾，同時也有些害怕。因為她的命運是握在這個妻子的手中，並且要在她們會面之後就決定的。

木蘭在信裏並沒有寫明她家裏的地址，她不過同麗華約在西冷印社一個最高的亭子裏會面，因為這個亭子是公開的。麗華在會見木蘭之前，心中在躊躇著，在見木蘭的時候應當穿什麼衣服？她在木蘭心中要造成怎樣的印象？當她越研究那封短信的字跡時，她就越發猜不透寫這封信的老派女人的相貌究竟怎樣，她究竟有多大年紀，她同她見面時將採用哪一種的接近方式，她又猜想這個妻子一定是很聰明的，但是聰明的女性往往不很嫵媚，或者近於男性，這是可以從她的字體裏看出來的。不過無論怎樣，她去見她的時候，必須把自己打扮得很好，留給對方一種良好的印象。所以她就決定穿一套樸素的、但又莊嚴的時式服裝。

從美術學校走到西冷印社，僅僅需要十分鐘。那西冷印社是由許多詩人組織的一個團體，至今已有百餘年的歷史，它的所在地是西湖風景最佳的地段。進了大門幾步路，就有一個參差不齊的石階，從底下一直通到上面，而這個石階的側面就是一座假山。那亭子是造在湖中一座孤山頂上，從這上面可以望見全湖的景色，這亭子的後面是許多富人的別墅，在別墅旁邊是一個裏西湖，把那座孤山同別墅隔開。在亭子前面是外西湖，湖裏有袁莊和三潭印月。對岸是錢王祠，這裏也稱為「柳浪聞鶯」。在右面遠處有一座隱在雲裏的高山，在左面湖的對岸就是杭州城，在岸旁點綴著許多別墅。在亭子下面的正前方，就是美術學校的一座牌坊，這地方叫作「平湖秋月」。

麗華在那天下午兩點鐘出了學校，直接到西冷印社那邊去，一路上她的心是七上八下、忐忑不安的。她到那邊的時候，剛好在約定時間的前十五分鐘。但她在等待的時候，覺得時間非常慢長。接著她就看見一個穿著很美麗的少婦走上來了。她不敢想這個少婦就是她所要遇見的，她原以爲她所要見的是一個年老而發胖的女人，雖然受過教育，但是面貌卻很醜陋。當那少婦越走越近的時候，她就看到她美麗的姿態和動人的兩眼，不覺引起了深刻的印象。在她看來，這個女人做新亞的妻子實在是太年輕了。也許她是一個到這裏來玩的遊客。

但是木蘭卻越走越近了，並且直接向她走過來。當她看見麗華的時候，她隨意地微笑著說：「這個石階很陡，是不是?我已經爬得透不過氣來了。您是曹小姐嗎?」

這樣的問題，把麗華心中所懷著的「這不過是一個有錢的遊客」的希望完全打消了。

麗華就站起來問她說：「你是曾夫人嗎？」接著她就不能再說什麼話了。

木蘭這次穿著一身富麗而厚實的藍色旗袍，這件衣服是用一疋舊時的貢緞製成的，這種貢緞是她從前嫁妝的一部分。她把這件衣服做得非常時髦，而且還用了胸罩，這是一種最時尚的服裝。她的腰很細，頭髮長得豐茂而烏黑，一副眼睛是水汪汪的，眉毛是細長的，幾乎靠近她的兩鬢邊。

「我是老了，跑了這一些路，已經覺得透不過氣來。」她說，她說話的聲音裏，毫無仇恨的意味，這樣就把麗華的恐懼心減了不少。

「爲什麼，夫人，你還這樣年輕！」麗華說，說的時候不知不覺地用了「夫人」這兩個字，這種稱呼是對於高等婦女和官太太才用的。

「我聽說我的丈夫最近認識了你，所以我也很希望來見見你。」

「你真的是曾夫人嗎?他告訴我……」麗華說到這裏就停住了。

「他告訴你什麼呢?」

「夫人，這件事使我很爲難。我不知道他已經結了婚，所以才敢同他接近。」

「曹小姐，我很高興能見到你。現在我要和你談談，你已經發現他結過婚了嗎?」

「是的，因爲我問過他，而他也不得不承認。他並且這樣說……咳，你同我所想像的，實在太不同了!」

「我猜想他告訴你我是一個鄉下老婦人。」

「咳，不一定這樣說。但是，夫人，如果我早知道，我決不會去……我實在不懂。」

「你不懂的是什麼?」

「我不懂，一個人娶了一位像你這樣的太太，還要去……」

「曹小姐，我的年紀究竟比你大一些，你並不瞭解我可憐的丈夫。現在你既然和他做了朋友，我就不得不告訴你，他實在是一個好人，但是你要知道，世界上沒有一個丈夫看他自己的妻子是美麗的。你有沒有聽過這兩句話:『文章是自己的好，老婆是人家的好。』這在我們北京已經成了一種新的口頭禪。」

這件事雖和麗華本人有關，但她聽了這句話，卻不覺笑了起來;經過了這樣的一笑，她的勇氣就增加了。

「你是從北京來的嗎?你說的是一口純粹的北京話哩。」麗華這樣說。

「是的，一年前我們剛從北京搬到杭州來住。」

「我也是從北京來的，你住在北京什麼地方?」

「我的父親是姚思安，我們住在靜宜園。」

「你是不是住在那個王爺院子裏的姚家幾位小姐中的一位?當我在北京讀書的時候,曾聽別人說起過你們,但是我沒有機會見你們。」

「是的,我就是姚木蘭,是姚家的長女。」

「喔,你就是姚木蘭嗎!但是這怎麼可能呢?你的丈夫說你……」

「沒關係。我的丈夫顯然時常想著你的,所以我覺得我一定要來看你。」

「夫人,我原以爲他的妻子是一個鄉下婦人。我知道你是有孩子的,聽說你的女兒在那次『三月慘案』中被兵士打死了。」

「是的,」木蘭回答說,「人生已經夠悲慘的了,爲什麼我們還要使它更悲慘呢?」

但是木蘭並沒有繼續談論麗華應當怎樣拋棄新亞的問題,同時麗華也覺得時常提起新亞的名字,不免太不好意思。她只不過這樣說:「曾夫人,如果你能原諒我這一次的錯誤,那麼,我就覺得我能同你做朋友,實在是有幸的。」

木蘭也用同樣的態度回答她的話,並且說她也希望能再見到她;接著她們就不再談下去了。現在木蘭對於麗華的爲人,已經知道得更清楚了一些,所以當她們分手的時候,她就完全放心了。如果在這以後不再有其他舉動,那麼她們這一次的會面,就能在一種簡單的,而且是體面的方式中,把這個問題完全解決。

當麗華回到學校宿舍時,她就毫不遲疑地決定與新亞一刀兩斷。現在局勢的發展,對她越發不利了。當新亞對她說「我的妻子是一個舊式的女人」這句話的時候,她還對兩人存有一種希望,無論此中情形是怎樣複雜。她像許多現代的少女那樣,覺得只要雙方之間有真愛,那麼,一個男人就應該娶一個像她本人那樣的少女了。但是現在這種希望幾乎完全破滅了,而且她也覺得有些懊悔，因她竟這樣地發起狂來；在另一方面，她也覺得有些惱怒，因她是被一個男子所欺騙了。

在下星期日，她接到了新亞的一封信，不知該怎樣回覆它。她應不應見他最後一面？見了他，又該對他的謊言說些什麼話？但是這個難題不久就獲得解決，因爲在她收到新亞的來信沒有多久，她又接到一封署名姚木蘭的信。

這是一封極其生動的信，因爲在這封信裏，木蘭寫下了她在口頭上所不願說的話。

親愛的麗華小姐：

幾天前我能和你會面，覺得非常欣慰！尤其使我覺得欣慰的，是我在會見你之後，覺得你的態度很好，你並沒有不願意和我談話，相反地，你對我很親切坦白，因此，我們彼此之間就能像朋友那樣地談下去；但是我們之間有一件事覺得很抱歉，那就是我們不能早有機會彼此認識，你已經聽過我在娘家時的情形，並且已看見我的丈夫，所以我願意對你做一種肺腑之言。

我雖然生長在富家，但我卻抱著同習俗相反的理想。我時常想放棄朱門裏面的生活，而回復像漁翁樵夫那樣的樸素生活，一方面幫助我的丈夫，一方面教育我的孩子，同時自己穿著布裙。但是因為我的公婆已經年老，所以我不能馬上實行我的志願。到了去年，我們才能離開北京，到這裏來過著安靜的家庭生活，並且想藉此實現我心中的願望。現在我親自擔任烹調和縫紉的工作，和社會很少往來。妹妹，如果你相信我的話，我可以告訴你，在幾天前你所看見的木蘭，並不是原來的木蘭。固然，我是一個年老的鄉下女人，或至少想這樣做，但是要知道，天下事往往不能盡如人意。

現在，夫妻之間的關係，不是都能對外邊人說穿的，我所能說的只不過這樣；我丈夫的這種舉動，一部分也是出於我的不是；因為我曾見過許多丈夫，拋棄了比我更好的妻子，所以我能在這種地方瞭解我的丈夫。我也見過許多摩登少女和有婦之夫發生戀愛，同時我也能瞭解她們的心理。我也明白人生的慾望，和慾望所激發出來的煩惱。現在你雖認得我的丈夫，但不知道他已經結了婚，這個，我是不能怪你的。

但是我的妹妹，你是年輕的，我希望你能聽我的話，假使你還沒有捲入戀愛的漩渦中，你就應當用快刀斬亂麻的手段，趕快把這件事了結。時代已經改變了，舊時代的那種關於本分和報恩的觀念，現在已經被戀愛的思想所替代了，現在夫婦之間能夠白首偕老，生活依然融洽的，實在是很少的。但是我曾研究古書和古代的傳統，所以很希望這種理想能夠實現。我現在還有一個兒子和一個女兒，所以，縱然我不替我自己著想，也得要替我的子女謀一個幸福的家庭和前途。

但是，如果你已經深陷於情愛之中而不能自拔，那我就要勸你，把這件事輕描淡寫地去思想一下，不要莽撞。所以在這種情形下，你得要有一些犧牲，或者要經過一種調整。我願意同你討論這一層。你是否願意在星期一，於同時同地再和我會面？

這件事，只可以我們兩人曉得，不足為外人道也。

姚木蘭

麗華對於這種出乎意料的新要求所煩惱，但她卻受了這封信的感動，所以她立刻做了決定。至於那封信裏所提的「調整」，究竟是指什麼呢？她就寫了一封信給新亞，說是那天學校裏的功課很忙，不能如約和他會面；但是她卻準備在那個約定的日子再去同木蘭會面。

這一次，木蘭和她會見時所穿的衣服就比較樸素了。她雖然穿著一件新的衣服，但這件衣服是不會引起什麼印象的，同時她的態度也更爲自然和親熱。

「曾夫人，」麗華說，「多謝你寫那封信給我。」

「你打算怎麼辦？」木蘭問。

「我想照你信裏所說的去做。」

「照哪一種方法呢？」

「我不再同他往來，但我想告訴他我對於他的欺騙作何感想。當然，他仍舊會告訴我，他所以要撒謊，是因爲他怕失去我。」

「謝謝你，」木蘭說，說的時候好像自己已經勝利了。「你要把他拋棄，覺得很容易嗎？」她又問了一句。

麗華聽了這句話，心裏幾乎要恨起木蘭，所以她就說：「姊姊，你不要這樣和我爲難，這個錯不是因爲我的緣故。」

「我知道，」木蘭回答說，「我所以要來看你，是爲了要幫助你解決這個問題，因爲我知道這問題對你或對他都是困難的。如果這裏面有什麼問題要討論，那麼，就讓我們在見到他以前先來討論一番。你要明白，我對你絲毫沒有惡意。我只不過要替我的丈夫在你面前補償一些損失，請你不要想我不過是一個自私的人。」

「這樣講下去有什麼必要呢？」麗華大聲說著，「我知道我應該和他斷絕關係，此外也沒有什麼了。」

但是木蘭仍舊說：「難道沒有什麼可以討論的事情嗎？你是不是確實知道你是能夠懸崖勒馬的，同時你也能認清楚你所走的路？」

「那是很清楚的，」麗華很冷淡地說。

「我恐怕其中也許有別的問題。我很高興聽見你說，你不擔心這個問題。你也許會認爲我這個人是不誠懇的。但是讓我再告訴你：我知道當一個少女愛上一個男人而又失去他的時候，她的心裏是怎樣難受啊！在這個世界上，確有那種偉大的戀愛的。你知道在古代還有另一種解決的方法。一個同已婚男子發生戀愛的少女，往往願意在那個家庭裏屈居妾的地位。但是現在只有極少數的人有這種偉大的愛情，並願意接受這樣的地位。現在你知道我心裏是坦白的，你能不能很坦白地告訴我：如果你有選擇之權，你願意把這件事一刀兩斷呢，還是願意走到你所愛的那個男子的家庭裏去？」

麗華聽了這一番話，覺得很驚奇，並看著木蘭許久。

「不，我不能這樣做。」她終於這樣說。

「我只不過要你知道，你是有選擇的，而無須做出一些很窘的事情來。如果你不相信我是誠懇的，那麼你盡可以問我的丈夫，我究竟有沒有禁止他去選擇一個妾。」

「不，我是情願自由的。」麗華很驕傲地說。

「難道我們不能繼續做朋友嗎？」

「當然是可以的。」麗華回答說。

「那麼你對於我的丈夫打算說些什麼話呢？」

「我會告訴他，叫他不要再來看我。」

「等一等，」木蘭說，「我希望你能同我的丈夫把這件事坦白地談論一下，然後做一個有意思的結論。當然我是不會阻擋你的，現在我有一個想法，但是不要說我異想天開。你願不願意到我家裏，讓我把你當作我的朋友，介紹給我的丈夫？我們是可以繼續做朋友的，而你到了我家裏以後，也會受到歡迎的。你會覺得這件事一經說穿之後，情形就會兩樣的。」

麗華聽了這種新奇的提議，不免覺得驚奇起來。她心中暗想，木蘭真是一個不凡的女人，接著她就贊成木蘭的提議，願意同木蘭和新亞繼續做朋友。因此她首次露出真誠的微笑說：「我想看看當他見到我的時候，他的態度是怎樣的，但是這會不會使他覺得太難爲情？」

「無論怎樣，他是應當忍受的。」木蘭說，「但是我們無須對他太苛刻，我們兩人的態度倒要表現得十分愉快。」

所以她們就同意，在下星期六晚，在木蘭家裏會面。

事情如此解決之後，麗華非常佩服木蘭，因她能用一種鎮靜的態度去應付這樣的局面。

新亞對於麗華態度的改變以及她的爽約，不免覺得煩惱起來。他沒有想到他的妻子已經知道這個祕密。當他在煩惱和沮喪的時候，他覺得她倒是非常高興，並且在服裝方面也比以前講究起來。在星期五那天晚上，她穿上從上海帶來的那件新衣服，和新亞到戲院裏去看戲。這件事使他有些疑心，他覺得她在設法恢復他的情感。但在以前他已經看見她有過許多次的改變，並且把許多空想的事變成現實，所以他對於她這次的改變，並不覺得怎樣驚奇。

「狂想者啊，現在你的腦子裏又有什麼新想法呢？我不能理解！」當他們從戲院回到家裏去的時候，他這樣說。

「胖子，這不過是我的一些幻想罷了。」木蘭回答說，「我的一生都是生活在幻想之中；但是有幾種幻想是能實行的，有幾種是不能實行的。譬如我穿了布裙，做一個鄉下女人的幻想，在我覺得已是不能實行了。」

「爲什麼這個幻想不能實行呢？」

「那是因爲這幻想不能實行！我的另一個幻想是：你應當娶一個姨太太。」

「你的意思是說，你要一個姨太太來和你作伴嗎？」新亞說。

「我覺得我應當放棄這個幻想，因爲你的哥哥已經愛上了暗香。」她忽然這樣說，「你們男人啊！」

「我們男人，怎麼樣？」

「沒有什麼。你們男人往往不把你們心裏所想的事情告訴妻子。」

「什麼事情使你有這種想法？」

「你曾說過，你贊成我採用這種簡樸的生活和服裝，但是現在你卻不贊成了！」

「你認爲我沒有把我心裏所想的告訴你，但是我要問你，我究竟有沒有讓你走你自己要走的路？做丈夫的一種責任，就是時常聽從他妻子的幻想和觀念。」

「你現在還沒有把真實的情形告訴我，例如你沒有告訴我，你究竟要不要娶妾？」

「老實講，我不要。你想我應該娶嗎？」

「照我看，問題在於你究竟有沒有深深地愛上了一個少女，而使你願意採取這一種步驟？或者是說，有沒有一個少女曾經深深地愛上了你，願意忍受社會上的一切非難和屈辱，而來做你的姨太太。」

「你怎麼會有這種怪想法？我爲什麼要和一個少女發生戀愛呢？」

「你應當直接回答我這個問題，如果我替你選擇一個少女，或者你自己同一個少女發生了戀愛，那麼你將怎樣辦呢？你願不願意把她娶過來？」

「你是最不切實際的。我怎麼能這樣做呢？這種事情我也沒有做過。而且，現代的少女是不願意做人家小老婆的。」

「如果你同一個現代少女發生了狂熱的戀愛，那麼她不一定會拒絕你的。」

「那麼，人家會怎麼說呢？人家會怎麼說呢？」

「所以，我看這裏面沒有真正偉大的戀愛，你們男人啊！」

「我們做男子的比你們更合乎實際，今天晚上你爲什麼這樣想呢？」

「我們不要再說下去了。我要告訴你另外一件事，你明天晚上有應酬嗎？因爲我打算請一個從上海來的女朋友到我們家裏來吃飯，這個女朋友是我在蘇州妹妹家裏認識的，我請她到我們家裏來玩，當你看見她的時候，你也許會覺得驚奇。」

「我見過她嗎？」

「不，我猜想你沒有見過她。」

第二天早晨，木蘭就吩咐錦兒預備一桌菜，並且把她自己的計劃祕密地告訴了她。

「今天是星期六，晚上你不妨帶我的兒子到外邊去吃飯、看電影。」木蘭對錦兒這樣說。

「太太，讓我留在家裏吧，我也要看看她。」錦兒說，「而且我還要幫你燒菜。」

「那麼，我就請爸爸帶著孩子到湖邊上去吃飯吧，也叫小糕一起。他可以和我的孩子同去。」

木蘭在事前計劃得十分妥當，使她的丈夫在晚飯前不至於看到麗華。麗華在七點鐘就到了曾府。當她到了門口的時候，就由錦兒把她領到木蘭的臥室裏去。麗華穿的是一套質樸的校服，但她覺得很稀奇，因她看見木蘭所穿的比她還要樸素。

「爲什麼？我幾乎不能認出你來！」麗華說。

「我在家的時候往往是這樣打扮的。」木蘭回答說。

「現在我明白了！」

「所以，我曾經告訴你：我是一個鄉下女人，原來男子們並不看一個女人的心，他們只看女人身上花花綠綠的衣裳。你就可以明白爲什麼……」

「我明白了。」麗華重複地說。

現在新亞已經準備好了，也打算走進他妻子的臥室裏去，不料那房間的門是關著的。

「狂想者啊！你的客人來了沒有？我餓了。」他在門縫裏這樣說。

「她已經來了。」木蘭回答說，「我們馬上就預備好了。」接著她就對麗華說：「他是時常喊餓的。」麗華聽了這句話，不覺微笑著。後來她又輕聲地對麗華說：「你可以先到客廳的後房裏去躲著，等我請你的時候，你再出來。」

麗華聽了她的話，就出了房門到後房裏去，木蘭就去開門，讓新亞進入客廳。

「你的朋友到哪裏去了？」新亞看見了木蘭就這樣問。

「她在房裏，快要打扮好了。」木蘭說。

木蘭就走到客廳裏桌子的旁邊，把那盞煤油燈旋亮一些；接著又走到後房的門口，向裏邊問著說：「你預備好了嗎？」

新亞在後房的一片黑暗裏，看見一個少女攙著木蘭的手一同走出來。

「這位是曹麗華小姐。」木蘭對新亞說。

新亞看見了麗華，不覺吃了一驚。他知道自己上了一個大當，但是爲了禮貌起見，只好結巴著說幾句話。

木蘭說：「曹小姐是美術學校裏的高材生，你知道嗎？」

「是的，」新亞茫然回答說。

「你以前應該不可能遇見她的吧？」木蘭這樣說，說的時候臉上帶著一種狡猾的微笑。

「不……是……我不認爲……」新亞結結巴巴地說。

接著麗華就說：「你曾經告訴我，你已經結過婚——和一個鄉下女人。」

新亞站在那裏，臉上紅一陣，白一陣，他的一雙眼睛從木蘭看到麗華，又從麗華看到木蘭，只是說不出話來。現在他已明白，這是她們倆預先佈好的一個圈套，所以他就粗率地對這兩個女人說：「夠了吧，你們這兩個！是的，我見過她，並且同她戀愛過。」

「曾先生，」麗華走過來對他說，「我們最好能彼此說實話。你告訴我，你娶了一個鄉下老婆子。如果我沒在無意間同你的太太會見，那麼，直到現在我還是蒙在鼓裏。我覺得我很幸運，因為我能在被捲入到更深的漩渦之前，發現這個祕密。」

「我承認我是錯了。」新亞謙卑地說。

接著，那少女就看著木蘭，並且說：「我不明白，為什麼你要對這樣一個太太不忠呢？」

「你知道沒有一個人是完備的，」他說，「我也知道我是不完備的，但是你也是自己肚裏明白！」

木蘭立刻仰起頭來看著她丈夫，並且把他看了好一會兒，因為她肚裏明白他這句話的意思，但是表面上她只沉默著，她不願意再激怒他。她心裏有一種聖潔的祕密，是完全屬於她自己的，沒有人能觸著它，也沒有人能說到它或聽到它。

「你已經饒恕我了，」麗華對木蘭說，「那麼，你不饒恕他嗎？」

木蘭微笑著，並伸出她的手去給新亞，新亞握著它吻了一下。

「謝謝你，」他說，「你救了我，使我不至於做了一件很大的錯事。」

接著，木蘭就叫錦兒備飯，於是他們三人就到外面的一張桌子旁邊坐下，預備吃一桌小的酒席。錦兒看見他們三人談得很高興，不免覺得很稀奇，就說，你們好像戲院裏的一幕戲。新亞還是覺得有些不安，但是木蘭卻嘻笑著，談得很自然，而且故意對許多不重要的事情開玩笑，因此新亞心裏就明白，他已碰到了一個敵手——木蘭。

等吃完晚飯以後，麗華就到後房裏去歇一下，而新亞就對他的妻子說一句含著容忍和懷恨的話：「你這鬼！」他說了這句話，就不再說什麼了。

當他們三人吃完了飯，在另一個房間裏坐著談話的時候，錦兒進來倒茶，木蘭就說：「當爸爸進來的時候，你告訴他，請他也到這裏來談談。」

姚思安對於木蘭的一切舉動，事前都是參與計劃的，所以他知道今晚自己所扮演的角色。當他進來的時候，他馬上把孫兒們送到臥室裏去，接著他就輕輕地走到木蘭的房間裏去。

麗華看見這位老者的眼睛神采奕奕，而且還拖著很長的白鬚，這種印象她是不會弄錯的，所以她一見他進來，就不覺倒抽了一口冷氣，並看著木蘭。

「他是誰？」她輕聲地問木蘭說。

「他是我的爸爸，」木蘭音調清脆地回答她說，說的時候就站起來，把麗華介紹給她的父親說：「爸爸，這是我的好友曹麗華小姐。」

姚思安看見了她，就鄭重地彎了一彎身。

「但他是一個從黃山來的老道呢！」麗華驚呼。

「是的，是的，」姚思安用著一種最沉靜的態度這樣說，「不過你要知道，這裏是我的『黃山』呢。」

「但是，老伯——」麗華開始這樣說。

他打斷她的話：「我知道，我知道。你們這些年輕人，當我替你看相的時候，我並沒有說錯，是不是？但是你無須等了一年，才知道我這句話是對的。」

接著姚思安又說：「再會吧。」他說了這句話後，就對新亞使了一個眼色，叫新亞也一起出去。

當他們出去以後，麗華就對木蘭說：「他真是我所告訴你的那個看相的人，我不明白這件事究竟是怎樣的？」

「麗華，」木蘭很和氣地對她說，「我知道這件事對於你好像是一齣戲，是不是？咳，的確是這樣，而我的爸爸便是幕後的導演！」

他們走到室外以後，姚思安就對他女婿說：「我的孩子，這件事我是完全知情的，但是這卻沒有什麼，我自己也著過迷。當我年輕的時候，我曾做過比這更壞的事情。現在我所做的，無非是想要保全我的女兒罷了。」

「謝謝你，爸爸。」新亞說，「你已經救了我，叫我不至於做了一件錯事，來得罪你的千金和那位曹小姐。」

在麗華回家之後，木蘭就把經過的情形完全告訴了她的丈夫。新亞越想越感激自己的妻子。這一次的經驗，恢復了他們夫妻間的感情，而新亞也比從前更聰明了，能夠按照自然的事理去看當前的事物，並能分辨出什麼是持久的愛情，什麼是一時的激情。

麗華成了他們的朋友，並且時常到他們家裏來玩，後來麗華嫁給了美術學校裏的一位教授。這一件事，新亞也是盡過力的。

木蘭就把這次的事件寫信告訴她的妹妹。到了中秋的時候，莫愁就同著立夫到杭州來拜訪他們。他們重新聽到這件事的經過，並且也碰到麗華。他們都覺得很高興。

「你有沒有把這件事告訴你的妹妹？」新亞問他的妻子說。

「我已經告訴她了。」她說。

「我倒寧願你沒有告訴她。」他說，「因爲這樣一來，你就使我成了一個傻子。」

「這有什麼妨礙呢？」她問，「其實在丈夫裏面，不是只有你才做了這樣的事情，不過他們所做過的沒有像你這樣有趣，而事件也沒有像你的這樣圓滿！」

從此，立夫同莫愁有時也稱木蘭為「狂想者」了。

第四十一章

立夫的著作在一九三二年秋出版，那是在「一二八」淞滬會戰發生後不久。但是這部著作出版以後，社會上的人對它並不十分注意，這是一件意料中的事。立夫在寫這部書的時候，整整花了兩年時間，後來在校正和印刷方面又花了一年。在這以前，陳三已經脫離了軍隊生活，而替立夫謄抄這部稿子。陳三因爲在軍隊裏拿慣了槍，對於提筆寫字的事情早已丟了好久，所以他回來以後，足足花了一個月工夫，才恢復他寫楷書的能力。

在立夫完成了這件偉大工作以後，他就同莫愁到杭州去休息一下。當他們到了杭州，親戚們都爲他特別舉行慶祝。阿非和寶芬也到杭州來拜望他們的老父親，並且順便請他北上，同他的兒媳們住在一起。寶芬就把阿善的新娘慘死的情形告訴了他們：原來這個新娘是在生了一個兒子後去世的；她也說起，曼妮現在負起照顧那個新生嬰兒的責任，正如同她以前撫養阿善那樣。寶芬又說起，曼妮和珊姐這兩個寡婦之間的感情現在是越發親密了，原來她們兩人都已上了年紀，而且各人都領了一個青年做她們的兒子，珊姐所負責撫養的伯牙，現在剛從大學畢業，而且和阿善很友好。曼妮仍舊談起要阿善離開海關，因爲阿善曾告訴曼妮，說是海關裏的職員時常要同一班走私鴉片的壞黨格鬥，如果阿善不幸發生了什麼事，她就要孤單地撫養那個遺留下來的孫兒，但她的年紀已經太老了，覺得不能擔負這種責任。她希望阿善能夠再娶，這樣，她就能夠有一個媳婦可以倚靠。那時寶芬還沒有生兒子，而莫愁還沒有生女兒，因此她們倆就說起，願意交換各人生下來最小的孩子；但是她們雖然這樣說了，而實際上卻沒有實行。

陳三和他的妻子也到杭州去拜望他們的親戚。當陳三聽說阿善在海關裏服務的時候，他就想起他本人也許能到海關的緝私隊裏去工作，這樣他就可以脫離政治生活了。他對於射擊是很有經驗的，並且是一個射擊名手。阿非那時是在禁煙會裏服務，他說他可以幫陳三找一個位置，曼妮也希望陳三做事的地方能夠同阿善的相近。所以，當阿非同寶芬帶著他們的爸爸回北京的時候，陳三和環兒也和他們同去，陳三到了那邊以後，就跟著阿善到海關裏去服務。

在以後數年中，木蘭的生活是比較平靜的。她和她的丈夫對於家庭生活覺得很安定，而且很滿意。新亞與麗華的戀愛事件已經給了他們一個教訓。新亞對他的妻子說，他本人也許是一個傻瓜，但他在那個時候也彷彿覺得不久以後定要發生什麼事情。他說他不是什麼聖賢，並且他時常渴望著一種改變。照他說，他所需要的一種新奇，如同他需要一種新奇的食物那樣。

木蘭對於這句話的意義是明瞭的，所以她就設法使他們倆的婚姻生活裏時常帶著一種新奇的元素，而不是按一定的次序機械似地進行著的，因此她就在飲食、房屋和享樂等方面力求新奇，同時又使這些生活裏含有一種文雅的感覺，使她的丈夫時常覺得驚奇。

從此她在飲食方面力求新奇，例如她把棗子浸在酒裏；把蜜棗和火腿燒在一起；用新奇的方法去烹調美味；用純醬油去燒切碎的鰻魚；同時也煮「八寶飯」，把筍、搾菜和雞肉等放在一起清燉；用滋潤的甲魚湯去燒鴨掌；把鮑魚蒸熟後切片當冷盆；用特別方法去做燻魚、醉蟹和醉蛤蜊。她又想出一種新方法盛裝飯菜，同時她也試驗用本地的用具和那美觀的杭州竹籃。

她也想起以前在北京一家著名的菜館裏用蒙古的方法所烤成的羊肉，並且如法炮製。她在一隻粗糙的盆裏放上一堆炭火，又在炭火上放著一個突出的鐵絲網，然後把切得很薄的牛肉片和魚片蘸了醬油，放上發燙的鐵絲網上去烤，但在烤的時候，她把那盆炭火搬到天井裏，而每個人就拿著一雙筷子箝著他們所要吃的肉片，放在鐵絲網上去烤，等到烤熟以後，各人都拈著那肉片吃下去。

此外她又學習南方人製作「叫化雞」的方法。當他們外出野宴的時候，她就帶著一隻全雞出去，並在事前把雞肚裏的東西取出，把雞毛留著，然後把弄濕的泥塗在雞身上，再把那隻雞放在火上烤著，如同烤洋山芋那樣，大約過了二十分到三十分鐘再取出。時間的長短，須視火力的強弱和雞的大小而定。取出後，她把那烤乾的泥除去。當她把雞身上的乾泥剝落下來的時候，那些雞毛也隨之脫落，於是留下來的便是一隻熱燙白嫩而且蒸熟的雞，味道非常鮮美，因爲裏面的雞汁完全沒有損失。於是吃客們就用手扯開雞翅、雞腿或雞胸，隨即蘸在豆醬裏拿來吃。他們覺得這樣的雞，是他們有生以來從未吃過的最美味的雞，因此她就宣佈說，凡是最簡單的烹調法往往是最好的一種，因爲這種烹調法大半是靠自然，不是靠人工方面的講究。

而一個好廚師就像是一個好的教育家，他的職務在於設法提煉出雞裏的最好元素，並且用最好的方法把它顯現出來，這個恰巧如同一個好的教員把一個青年所有內蘊的才能盡量發展出來那樣。她假定「雞」的裏面本來就有一種很好的元素，但是如果一個做教員的太過加以勸導、灌輸、強迫或加味，結果反而把它樸素的美或德性減少了。照木蘭所觀察的一個最主要的原則，就是把東西燒熟以後馬上就吃，否則食物在離開鍋子的時候，因爲裏面仍舊含有餘熱，烹調的作用仍在繼續進行，這樣，肉或魚或筍尖本來燒得很好，但是等了一下，就變得過老，而把食物的滋味改變了。

這些小玩意兒，在新亞看來覺得很有趣味，雖然對於立夫並不覺得怎樣。木蘭和莫愁姊妹倆性情的相反，在這種地方尤其能夠看得出來。原來莫愁所希望於人生的並不這樣多，而且同她結婚的那個丈夫也是她所崇拜的；因此當她在崇拜和照顧她的丈夫和孩子的時候，她就得了一種充分的快樂。但木蘭就不是這樣，她的本性使她追求理想的生活；但她也覺得滿意，因她已到了中年，而她所已找到的以及她要替自己在生命方面去找的那種美感，是能使她覺得美麗的。在這一方面，她用了一些美術的天份和涵養的工夫。烹調上的快樂對她不過是其中之一，雖然它是她尋求快樂的一種最顯著的和奇怪的方法。在這樣的尋求之中，她是醉心於一種官感的生活，使她能脫離狼狽的生活，或至少使她在消失幻想的時候能夠得到安慰。

自從麗華的事件發生後，她對於普通的家務就慢慢地放棄，而注意到服裝的式樣。現在她又時常改變她頭髮的式樣，如同婚後最初的幾年那樣。有時她也會穿褲子，有時著裙子，有時穿旗袍，這要看她個人的嗜好和季候怎樣而定的。譬如在夏天，她就拋棄旗袍，而穿上一件和內衣相仿的衣服。她在春夏秋冬四季所穿的，在她看來是永遠不同的，這不同之點不僅僅在於氣候的改變方面，她在房間裏所放的花，也是跟著季節而改變的，而這種新花樣也是她丈夫所喜歡的。同樣的，她的情感，如所讀的書、她的職務和她的娛樂等，也是隨著季候而改變的。

立夫的那部著作，是一部關於中國語言學最好和包含最廣的書。許多專家雖然對於他的解釋不完全同意，但他們卻贊成他的精細和博學。語言學時常是一種榮譽的研究，因它對於中國的四書五經有了密切的關係，因此立夫的名氣漸漸爲一班國學教授所知道，不久就有人請他在蘇州附近一家規模較小的大學裏擔任短期的教授，而他對於那個大學的改革就感覺熱烈的興趣。但是不久，他就發現他本人是一種草食性動物，只喜歡單獨的吃草，而有許多人倒是肉食性動物，甚至在教育界的同事裏也有這種現象。他們所特別關心的，便是怎樣去阻止別人安舒的吃草，而不是在個別的田園裏去吃自己的草。

他又發現，一個大學的規模越小，裏面的政治倒是越多，而其中所鬧的政治也越發熱鬧。他們這種器量狹小且委瑣的態度，使立夫很受刺激。其實立夫在那個小規模的大學裏要比其餘的教授傑出得多，因爲他一方面既是個北京大學的專任教授，同時他也寫過一部重要的著作。他還從他那些同事中聽見一種謠言，說是他所以這樣認真的主張改革那個大學，那是因爲他抱著一種做大學校長的野心。他聽了這種謠言，覺得非常驚奇和可笑，因此就決定在假期之後辭去那個大學的教職。這正是他那些同事們所希望的。

有一天當他在南京的時候，他在無意中碰到了儒武，他在前清時代做過御史，曾經彈劾過牛思道，現在是國府監察院裏的一個委員。他已差不多七十歲了，政府方面所以給他這個職務，是因爲過去他有過很好的名聲，他曾經調查牛家的財產，也曾讀過立夫所發表的那篇關於懷玉的醜事的文章。過了一會兒，他們就開始談論彼此所感覺到的事情，接著那位老先生就請立夫幫他的忙。在南京的時候，他曾彈劾過著名的官吏，因此已很出名，他的職務需要許多實地的調查工夫，需要詳細調查的證據，並預備公文；但是他老先生還沒有得到一個特別有才能的青年做他的助手。那個時候，監察院是南京政府的五院之一，是和行政院、立法院、司法院、考試院同等級的。它又是一個獨立的院，並在全國各省設立分院，使地方上的人民可以告發當地的貪官汙吏，而那些分院在接到了這種告發之後，就可遣派代表公開或祕密的到外邊去實地調查了。

「我喜歡這種工作。」立夫對他的妻子說，「如果我加入政府，那麼，這一類型的工作是我樂意去做的。」

「我知道，我知道。」莫愁說，「你是楊繼盛的後裔。我對於這件事不知道應該怎麼說，所以你最好去問你的母親。所有的楊家血統是從你母親方面傳下來的。」

立夫就過去同他的母親商量，但他這位母親和她的先祖楊御史是很不同的。原來她曾聽見她的祖先在三百年前因爲彈劾朝廷裏的權貴而殉難，但她卻接受了她兒子的勸告，說現在是一個民主國家，監察的事情是受憲法保護的，所以在生命方面是沒有危險的。立夫告訴他母親和妻子，說是監察院的事情是完全不受別種官吏的支配的，並且完全受法律保護，使他們可以行使職權。這是政府改革以後一種最好的設施。並且這件事和一個平民寫文章去批評官吏是不同的。那位母親又想到她兒子可以到政府裏去做官，也是一種榮譽；現在他既不喜歡教書，他必得另外去找工作。莫愁也想到立夫的年紀現在已經大一些，在態度方面也比較謹慎，因此他妻子和母親就准許他在監察院裏當一個參事，每月支領薪水三百元。

接著立夫就到南京走馬上任，他對於衞老先生確有很大的幫助，因此衞老先生對他信任有加，那監察職使的人所聽得的，當然是官僚生活的黑暗面，並且常常談論著那些將被彈劾的各種官吏，一方面也在決定在什麼時候提出彈劾的行動。在他們決定提出彈劾之前，在監察院的事務室裏往往引起一種騷動的空氣，如果那被彈劾的官吏地位是很高的。

立夫很喜歡擔任這種偵查工作，他時常把箭放在弦上，並且在發射以前瞄準目標，讓目標中箭跌落。他也注意那個被彈劾的人受彈劾時的情形，以及這件事對於民眾是不是公道的。不過一切彈劾事件的進行，都是用衞武的名義出面的，而立夫本人不過做些祕密工作，但他對於這種工作是很滿意的。

他時常往來於他的家庭和南京之間，有時趁他調查的時候到家裏來探望一下。他的工作進行得很順利，而莫愁因爲時常聽到官僚內部生活的腐敗和對於民眾的欺壓，也相信立夫的工作是重要的，對於國家也是有利的。

進一步說，那時已經有幾件事可以顯現中國已經走上了進步的道路。因爲內戰已停止，內部的建設工作也在積極進行，而且因爲全國的統一和政府的穩定，財政也日漸改善，同時還有一件最可喜的事，就是無論在一般民眾和政府官吏之間，都有一種新的愛國精神和自信。

在華中和全面的中國，雖有顯注的進步，但北京方面的情形仍是很糟的。（北京現在稱為北平了）。有一陣很大的風暴從東北方面侵入進來，帶著種種不能以言語形容的預兆和災禍。大氣中充滿著閃電，每個人的神經都非常緊張，就像在大風雨之前所感覺到的。那時的北京是受一個半自治性的委員會的統治，而這個委員會是南京政府所委派，目的是在做一種緩衝，以便防止日本人從長城那邊衝進來。還有那個由日本所鼓勵和維持的「冀東防共政府」，設立在那個「非武裝」的區域裏，它的統治權一直達到北京東面數英里的通州。

那時北京人民心裏有一種不安的感覺，同時也深感有一種災難將要臨頭。那時的華北既不是中國的，也不是日本人的；既不脫離中央政府，也不全靠中央政府。所謂冀東政府，無非是日本私運毒品者和一班浪人的樂園。那一種已經通過了長城的災禍，以及那源源而來的毒品和私貨一直達到了北京，並且向南達到了山東，向西達到了山西的東南，這就能使人民想到所謂「東亞新秩序」的最初象徵。

一場戰事即將到來，這是中國和日本之間的一種殊死戰。人的力量和遠見已經不能阻止它，正如同他們不能阻止海裏興起的一種颶風。人民有時在納悶爲什麼他們之間一定要有戰爭。但是只要他們研究一下戰爭前的氣氛——例如在法國革命前夕——他們就能明白這種大變動的原因。我們或者可以分析這兩個戰爭的原因，但是我們所做的不過像一個氣象學家在一陣暴風雨之前，讀著風雨表升降的情形那樣，或者像一般地震學家在一次地震之後去分析一個關於地震的表格那樣。

在戰爭發生以前，往往先有一種「神經戰」。那種作戰的心理，自從一九三二年日本佔領了東三省之後，從不曾發生什麼變動。還有那種「東亞新秩序」，已經在一九三二年和一九三七年的戰爭中，在東三省和冀東方面先後成立了。如果我們能瞭解那種「新秩序」和神經戰，我們就能明瞭那次戰爭的原因。

姚思安回到北京之後，不再有意到南方去。他已經七十九歲，並且同他的兒子阿非和媳婦等住在一起。一九三六年五月，木蘭和莫愁從她們的弟弟方面接到了電報，說是她們的父親病得很厲害，叫她們趕緊回去，於是她們就帶了幾個孩子回北方去。立夫因爲在政府裏任職，不能馬上回去，只好過幾天再去。

當她們到了舊時住過的院子以後，她們發現父親病著躺在床上，形容非常憔悴，但神志完全清楚。他的身體機能已像一部機器那樣的用壞了，所存在的不過是他的精神。他的病是從傷風而起的，因爲他堅持開著窗子睡覺。阿非以爲他的病也許有生命的危險，但姚思安似乎能避過這個危險，雖然自從生病以後，他從沒有起過床。當他略微好一些的時候，他仍舊主張房間裏應當有好的空氣和好的光線。他的聲音很微弱，他的胃口越來越差，並且因爲這個緣故而便祕了。當他躺在床上看見他的女兒、新亞，和幾個孫子的時候，心中覺得很快樂。

姚家能夠得著這種重新團聚的機會，一方面固然快樂，一方面也不免悲慘。因爲在經過了這許多變遷之後，親戚骨肉之間還能有一種重敍的聚會，那自然是一件最興奮的事，但珊姐已在前一年去世了。伯牙和一個在北京讀書的上海大學女生結婚，她是一個籃球健將。曼妮已是一個五十歲的女人，她的頭髮已有一半灰白，而且已經做了祖母。他的兒子阿善因爲聽了她的主張，已經續弦，現在天津海關裏服務，只有在週末才回家。她現在是同阿善的妻子和孫子——阿善前妻所生的一個四歲孩子——住在一起。

木蘭見了她的父親以後，就到曼妮的院子裏去長談。

「蘭妹，」曼妮說，「我本來想，我是沒有再同你見面的機會了。你能住在南方是很有福氣的。現在這種時候，住在這裏不是很好的。我每天都覺得害怕，因爲阿善在海關裏擔任危險的工作。每個星期，在他回到家以前，我總是提心吊膽，深怕他碰到什麼事情，但是我又覺得很快樂，因爲現在他還沒有碰到什麼。環兒也時常擔心，因爲陳三是在他故鄉昌黎服務，他的職務是緝私。你也許能夠看出來，我們似乎是處在一種危險之中。阿非在禁煙會裏服務，每天都不免要碰到一些事情，例如把那些不法的私運者監禁起來，或者罰他們一筆款子。我的媳婦和我一樣，也在替阿善擔憂，因此我們兩人都勸他辭去現在的職務，但他卻不肯聽從。當他在星期六回家的時候，你必須幫我去勸勸他。」

「爲什麼這種工作這麼危險呢？」木蘭問，「我以爲陳三和阿非是在一起工作的。」

「不，他們都要執行他們的職務，並且還要徒手去抓走私。因爲這個緣故，日本人和高麗人天天拿了石頭和棍子，甚至於帶了手槍去爲難他們。即便陳三和他在一起，也沒有用，因爲他是不准帶手槍的。」

「爲什麼他不能帶手槍？」木蘭問。

「你去同阿善談談，他會把經過的情形告訴你。日本人不准海關人員帶武器保護他們自己。」

在這時候環兒也進來了，並且參與了她們的談話。她說：「在這星期，陳三就要回家了。因爲我已經給他寫了一封信，說是我的哥哥要回來，他應當告假回來看看你們。但我不知道立夫什麼時候才來呢。」

「他在我們動身的時候曾對我說過，他在一星期當中就要來的。所以我猜想他在幾天後就應該到了。」

「那麼，我的母親是不是和他同來？」

「我想她不會來，因爲她要在家裏照管家務，而且她的年紀也老了。」木蘭說。

曼妮湊近木蘭的耳朵對她輕聲的說了幾句話：「這是我們家裏的事，你千萬不能對外邊的人說。伯牙已經染上了海洛因，現在正在想法把它戒除呢。如果外面的人知道我們家裏有一個人在禁煙會裏服務，而另一個卻吸上了海洛因，那麼他們不知要引起什麼感想。」

「我聽說凡是吸毒的人都有受死刑的危險，這話是真的嗎？」木蘭問，「這件事是很危險的。今年在南方，已有許多人因爲吸食日本紅丸而被槍決了。」

「這也是我替他擔心的，」環兒說，「禁煙的命令現在是越發嚴厲起來了，阿非在一星期當中要抓住兩三個煙毒犯。他說從前已經宣佈，說是從一月一日起，凡是有煙癮的人都要被槍決的。現在又有新的命令這樣說：凡私運毒物和製造毒物的，也要被槍斃。這是指中國人，因爲我們對日本人是無能爲力的。至於對一般吸食毒物的人，政府方面在兩年前已經定了一個六年計劃。凡是吸食毒物的人，必須向禁煙局登記，進醫院戒煙，或在自己家裏請大夫診治。過了一年，凡是戒除的人再犯毒癮，就得槍斃。」

「那麼，爲什麼我們不叫伯牙自己在家裏診治呢？」木蘭問。

「他已在家裏自己治療，但這件事是很麻煩的。」曼妮回答說，「因爲他所染上的是海洛因，不是鴉片。據他自己說，他之所以染了這種惡習，是因爲他吸了日本人的金蝠牌香煙。這種香煙比鴉片還要厲害，因爲在他發現它的危險之前，他已經染上了很深的癮，覺得他對於這種香煙是越吸越多了，否則他的眼睛就要流淚，同時他全身的骨節都很鬆散，彷彿要癱瘓而死去的樣子。」

說到這裏，環兒就插嘴說：「但是你知不知道誰使伯牙下決心戒除這種煙癮？原來是日本的一個水手呢！有一天伯牙和他的妻子在東街的一個商品陳列所那邊走著，你知道那街道平時是很熱鬧的。有一個穿著制服的日本水手走在他們後面，竟用手去摸伯牙妻子的臀部。當她轉過頭去的時候，他還沒有停止他的動作，於是她就害怕起來，輕聲的對她丈夫說。到了第三次，那水手竟向她調起情來，她就尖聲的喊起來，而伯牙就帶著一種怒容轉過頭去看著。不料那個水兵竟老羞成怒，打了他一巴掌，並且笑著走開了。就因爲這緣故，他對於日本人的仇恨就深入骨髓，同時他也覺得使他吸上那種海洛因的就是他們，於是他就下了決心，一定要把這種煙癮戒除。」

「當他被那個水兵摑了臉以後，他怎樣應付呢？」木蘭問。

「他雖然吃了虧，但也沒法子。中國員警對於日本人是不敢碰一下的，因爲他們在這裏是享著治外法權的！」

木蘭聽了這句話，不覺吃了一驚。

「我告訴你，」環兒繼續說著，「這就是東亞新秩序。在東三省是這樣的，現在它已到了北京。這地方現在很糟了。我們這些女人和孩子們出去的時候應該十分小心……在這城裏已經有了幾千個日本人，其中五分之四都是販運毒物的。有幾個機關，在外面掛著醫院的牌子，其實裏面只有幾個庸醫，以極低的代價替人們注射古柯鹼。在陳三回到這裏以後，他會把冀東一帶的情形告訴你們。」

「你認爲陳三會不會辭去他在海關的職務？」木蘭向環兒這樣問。

「不會，他們所碰到的境遇越壞，所顯現的精神越好。他稱這種精神爲他們的『團隊精神』……我要告訴你，這種情形是不能持久的。你想中國和日本是不是現在就決一死戰比較好？我們究竟要成爲一個自由的國家呢？還是願意同一個鄰國維持一種和平關係，而聽任我們的婦女在自己的領土上忍受那樣的侮辱？」

立夫同陳三都在星期五那天到了北京。那時姚思安雖在病中，但他的精力似乎還是很好，所以當他看見立夫的時候，還能同他談一些話。這時木蘭和莫愁都在病室裏。當姚思安問起立夫的著作時，他就對立夫說了這幾句話：「我記得你曾經寫過一篇文章，題目是科學和道教。你應該繼續研究這個題目，並且把它寫成一部著作。這樣，我經過了你的手，就可以對世界有一種貢獻了。你也應該寫一篇題目叫作〈從科學上注釋《莊子》〉的文章，以支持你的那種理論。當你寫這篇文章的時候，應當寫上許多注解，並且引證生物學和別的現代科學，使莊子的思想能為現代人所瞭解。莊子這個人在數千年前已能見到無限的偉大和渺小，但是那時他沒有利用什麼望遠鏡或顯微鏡。你應當說到他怎樣談論著水是不能毀滅的，光是怎樣行動的，自然的聲音是怎樣的，並且也說起事物之可以測量和不可以測量，以及知識的主觀性。他又怎樣提起『以太』和『無限』之間的談話，『光』和『無』之間的談話，『雲』和『星霧』之間的談話，『河伯』和『北海』之間的談話。原來生命是一種永久的流動，而宇宙乃是『陰』『陽』的勢力，『支配』和『退守』的勢力，『積極』和『消極』的勢力之間的一種交互作用的結果。這件事聽起來是很新奇的。莊子在寫下他的思想時，不曾用上現代科學的文字，但他的觀點確是科學的和現代的。」

姚思安在說話的時候，精神仍是很好，雖然他的皮膚已經憔悴得像一個乞丐的屍骨那樣。立夫聽了這一番話，受了深切的感動，他就這樣回答說：「當然，我會照你的話去做的。那篇著名的〈齊物論〉，是一篇提到相對論的文章。莊子說：『……蛇憐風，風憐目……』而我所要做的工作是對那幾句話添上一種注解，說明每秒的光速以及最大風速。但是莊子關於萬物的進化理論，說人是從馬進化出來的，未免近於滑稽。但你知道，我已經放棄了科學。現在我正在研究一種人性的昆蟲。當我每次看見了它的時候，就撲殺它，這就是真正的人生。」

「你是喜歡撲殺昆蟲的，而妹妹卻喜歡拍殺飛螢。」木蘭微笑著說，「所以昆蟲碰到你們兩人，就要完全被消滅了。」

「但是在這世界上有更多的昆蟲，不是你們兩人所能完全撲滅的。」姚思安這樣說，「孩子們，我要警告你們幾句：在我去世以後，中國是免不了要發生戰爭的，而其情形之凶險，將是中國歷史上前所未有的。」

「那麼，我們應該做些什麼呢？」木蘭問。

「我想你們一定要大受其苦。至於你們究竟會碰到什麼，只有天知道。但我並不替你們擔憂，而你們也絕不可以害怕！」

「爸爸，你認爲中國能夠作戰嗎？」木蘭這樣問。

「你的問題錯了。」那年老的爸爸說，「日本是要使中國作戰的，無論它能不能這樣。」他停了一下，又慢慢地說，「你去問曼妮吧。如果曼妮說中國必須要打，那麼中國就會勝的；如果曼妮說中國絕不可以打仗，那麼中國是要敗的。」

那些年輕人聽了這些話，覺得很驚訝。但是木蘭知道曼妮是極度反日的，所以她明瞭她父親這些話的意思。立夫微笑著對他說，「爲什麼您這麼看重曼妮的態度呢？我們和伯牙、阿善，以及孫兒們的想法就不重要了嗎？」

「不要質疑我所說的話，」姚思安這樣說，「只管去問曼妮的想法。至於你們的意思是算不得什麼的。」

「爲什麼我們的意思算不得什麼？」

「你們等著看吧。」

姚思安顯然是以謎語做預言，如同佛教禪宗高僧一般。

現在姚思安已經覺得很疲倦了，所以立夫和莫愁就出去，讓木蘭留在她父親的病榻旁邊。當她獨對她父親的時候，他就問她這一句話：「現在曹麗華怎樣了？」

「她已經出嫁了，而且已經有了一個孩子。」

姚思安微笑著說，「我做得不錯，是不是？在我去世以後，你就要自己去擔任偵察工作了。」他這樣說。

「爸爸，新亞現在已不差了。」木蘭說。

姚思安張開了他的嘴微笑著。

「爸爸，你是否相信長生不老的道理？」木蘭這樣問，「道家是時常相信這種道理的。」

「完全是胡說！」她父親說，「那是世俗的道家所主張的，其實他們並沒有懂得莊子的話。生和死都是生存的原則。每個真正的道教徒是能勝過死的。所以當他死去的時候，比別人更覺愉快。他是不怕死的，因爲照我們所說的，那不過是回到『道』那邊去罷了。你們應記得，莊子在他臨死的時候曾經聲明，他死了以後，不要他的門徒替他安葬。他的門徒生怕他死了以後遺體暴露在曠野裏，不免要被老鷹吃去，就想勸他改變他的意志，但是莊子卻認爲，在地上他是要被老鷹吃去的，但在地下，他是要被蟲蟻蛀掉的；反正他都是要被吃掉的，爲什麼他們要奪去這一方面的機會，而把它給予另一方面呢？至少在我的喪禮上，我是不願意你們請那些和尚來念經的。」

木蘭聽了這一番話，覺得很受感動；當她聽見她父親在提起莊子的時候輕輕笑著的聲音，不免覺得驚訝。

「所以你是不相信長生不老的。」木蘭說。

「我的孩兒，我信。我之所以長生不老，完全是靠著你、你的妹妹和阿非，以及幾個孫兒女。我靠著你們，得以重新做人，正如同你靠著阿通和阿梅而重新做人那樣。所以世界上是沒有死亡的，你是不能戰勝自然的，生命是永遠延續的。」

當莫愁和立夫離開那房間的時候，莫愁對她的丈夫說：「我以為你會更早到這裏的。」

「因為我在天津停了一天。」立夫說，「我在做一件偵查工作。」

「什麼偵查工作？」

「其實我沒有請假，我是負著一種祕密使命到這裏來的。因為我所要偵查的一個案子是關於某人的，但我不能說出他的名字。這件事同上海方面搜捕販賣毒品者的案件有關，在這個案件裏，有一個著名的人也被牽涉在內。你知道在上海和天津之間，販毒非常發達。我所以在天津耽擱了一天，目的就是要在那邊調查一下。當我請假北上的時候，他們叫我順便偵查這個案子，並且叫我對於走私做一個詳細的報告。這走私的事情進出很大，動輒在數百萬元以上，但在中國報紙上卻不准披露這個消息，深怕引起人們對於日本的仇恨。在倫敦和紐約的報紙上，已經連篇累牘的發表這件事了，因為英美兩國的商業已經被這種不公道的侵佔所破壞了。」

「這樣看來，你是負有一種使命的！那麼，要辦完這件事需要多少日子？」

「我不知道，也許需要一個月。因為這個緣故，我不方便出去探望朋友。因為我不要人們知道我人在北方。」

「那麼，你只要待在家裏就可以了。」莫愁說，「阿非、陳三和阿善都可以把各種消息供給你的。」

「那麼，讓我去看一下吧。」立夫說。

立夫因為要得到關於販毒的詳細情形，就親自去看伯牙。那時他正在家裏戒毒，並且已有了顯著的進步。伯牙的模樣很難看，他的臉上表現出恐懼、渴望、仇恨和精神的痛苦。在他消瘦的臉頰、高聳的顴骨，和深陷的眼眶後面，有著一副大而流動的眼睛，那是能夠顯出高度智慧的。他的嘴很闊，並且被短鬚所遮住，但他嘴的樣子卻生得很端整，使人們見了就會想到他母親銀屏。

在他旁邊的一張桌上，放著許多瓶子和碟子，裏面裝著糖果和蜜餞。他就把怎樣吸上了癮的經過情形告訴了立夫。他說，那是在他姑母珊姐去世以後，在天津的一家旅館裏吸上的。那時旅館裏有一個茶房勸他抽了一支日本的香煙，那香煙的頭上藏著一些白粉。他為了好奇的緣故，隨便的吸了一支，不料他抽一支以後，馬上就染上了癮，並且接連的越抽越多了。他告訴立夫說，他看見一般人買了金蝠牌香煙以後，只把煙頭的部分拿下來，放在錫箔上點著吸。

「你應當記得你的母親，這樣，你就能戒除了。」立夫和他告別的時候，對他這樣說。但是伯牙的表情顯示出他並沒有聽見這句話。

等二天下午，阿善回家度週末。在吃過晚飯以後，立夫就準備和他跟陳三長談。在談話的時候，曼妮和幾個太太也在一起。立夫雖不是曾家的人，但阿善對他卻很佩服，不過阿非倒和新亞比較親近。有人問起阿善關於一般的情形，他就這樣解釋著：

「咳，事情是這樣的。我們在海關裏服務的人是不准帶武器的，但我們卻要對日本的走私者施行中國法律，其實他們是不受中國法律束縛的。但我們只能盡我們的力去扣住他們的貨物。在這四、五年當中，差不多每禮拜都要發生事情。鐵路當局也時常碰到許多困難。每天早晨，走私者的專車離開他們的邊境到天津去，到了天津之後，就把貨物堆在車站上，以待當地的走私人員把它們分配掉，或再裝到山東去。他們在卸貨的時候，往往由幾個高麗人和日本人駐站保護。每天到達天津的貨車，不下十輛之多，此外還有許多用載重汽車來的貨物。以前日本人是比較客氣的，因爲，他們所用的特別貨車是由日本軍事當局向我國鐵路當局借用的。如果我們的鐵路當局不答應，他們就給予一種『不誠懇合作』的罪名，並且說他們抱持著一種反日的態度。但是現在那些軍官們不再向我們借用什麼貨車，他們只派武裝的日本人和高麗人，把所有打包的貨物拋在二等車或三等車的車廂裏，把客人們驅逐下車，結果往往把車窗和座位都弄壞了，並且還沿途任意欺侮車役。有時在開車前的最後一分鐘，他們竟要求另外加上一節車或卸脫一節車，因而使車子不能按照規定的時間行駛。」

「那麼，那些路警是幹什麼的呢？」立夫問。

「他們能做什麼呢？」阿善回答說，「那些走私者是受治外法權的保護，所以路警不敢碰他們；他們只是敢怒不敢言。就在這個星期，有一百多名日本人和高麗人強擠到火車上去，並任意腳踢和拳毆鐵路人員和海關職員，因爲那些人不能在車子上找到空位。我有幾位同事被他們在頭上打了幾下，但大多數人因爲受了路警的保護，方能避免受傷。」

「那麼，你們爲什麼不帶武器呢？」立夫這樣問。

「這話說起來似乎近於滑稽，其實倒是很簡單的。去年有大批白銀運到關外去，大概是運往長城以外，那邊駐紮的海關巡邏隊是有武裝的。不料有兩個走私者因從長城跳下去而受了傷，首先是個高麗人，繼而是個日本人。日本軍方就小題大做，要求賠償五千元，作爲那兩個傷者的補償金。同時也要求沿長城一帶不准駐紮海關的巡邏隊。如果不能做到這些要求，他們就要用武力來威脅了。我們爲了避免武裝衝突的緣故，除了答應他們的要求以外，還能做什麼呢？這樣我們就在長城一帶失去了險要據點，並且我們在執行職務的時候，也得謹慎的在長城下面工作，以免發生別的事情。你看那冀東政府實在是屬於日本人的，但海關這機關卻是受中國和外國共管的，因此我們照舊執行我們的職務，但是此中的情形確是非常混亂。」

「去年九月，日本司令曾通告稅務司，為了政局的關係，海關巡邏隊不准攜帶手槍。後來另一個日本司令提出要求海關的緝私船應解除武裝，接著就把他們的機關槍繳了去。幾天之後，又來了一種要求，說是海關的緝私船無論是否帶著武器，須一律離開『非武裝區』邊界三英里。這就是從東三省邊界下來，一直到天津附近的蘆台。但是，這樣的要求似乎還覺得不夠，因此日本海軍當局就不承認中國海關關員有權在十二海里內行使他們的職務，並且也不准他們向可疑的船隻發出信號使其停止。接著海軍當局就警告關員不准干涉日本船隻，無論船上是否掛著日本國旗，否則就要治以在公海上行劫的罪名！」

「因此從山海關到天津的整個海岸，不但已經成為一個自由港，並且也成為一個自由的海岸。大批漁船和輪船，從五百噸到一千噸，都沿著那個海岸停泊，同時還有直接從大連駛來的汽船。」

阿善結束了這個長篇的談話，每個聽著的人對他所說的都很留神。

「這不能稱為走私，」陳三說，「這是『友邦』明目張膽的搶奪中國政府的收入。這件事我親自在海灘上看見過。有一天，我在山海關附近的一個口岸看見停泊著三十八條走私的船。我也看見岸上搭著許多帳篷，情形如同一個小市鎮那樣。有大批人造絲、蔗糖、香煙紙、腳踏車零件、石油、汽車胎、火酒、鐵紗網等等，在白天裏堆積在岸上，每一堆上都插有一支白旗，上面寫著日本運輸公司的名字。在那邊，那些貨物是用載重汽車、負重牲口或挑伕等等搬運到南方去的，在搬運的時候是由高麗人或日本人押送的。我們看見了他們，就想設法阻止。當我們上去的時候，那些中國的車伕往往趕快避開，但高麗人或日本人卻預先在車子裏放著許多石頭來抵抗我們。」

「我曾經聽說，有些國家因為要搶得商機，不惜引起戰爭。」環兒說，「但我從沒有聽過一個國家爲了要做商業上的競爭，就不惜去從事走私的勾當。如果日本不能把那些多餘的石油和鐵砂銷售出去，日本帝國會滅亡嗎？」

「這不是小事呢。」阿非說，「因爲走私的貨物已經到達了長江一帶，並且已經奪取了英國人和美國人的商機。據估計，海關收入的損失，每星期在一百萬元以上。在四、五兩個月走私情形最厲害的時候，每星期收入的損失差不多有兩百萬元。」

「你們除了抓中國人之外，也抓日本人嗎？」立夫問。

「在必要的時候我們會這樣做。」陳三說，「我們也可能誤抓他們。有時日本人裝扮成中國人的樣子，並且改用中國人的姓名。但我們能從他們矮短的身材，黑又濃的小髫髭，彎曲的雙腿，和笨拙的步履上認出他們的。」

「這些必然是日本和高麗的賤民。」立夫說。

「是的，」陳三說，「當一個國家派遣最低級的人民到外國去，不受那外國法律的束縛，並且還給他們正式的保護，在這種情形下，上述那些怪現象自然是要發生的。」

「當你們搜到了日本人的私貨，或抓住了日本人的時候，你們是怎樣應付的？」

「在鄉下的時候，情形就不同了。」陳三回答說，「我們把那些抓住的日本人交給日本領事館的員警。於是日本人就要求領回那些貨物，在這樣的過程中往往會發生若干糾紛。但我們在應付的時候也很小心。如果我們看見一批新到的貨物，上面寫著『軍用品』的字樣，並注明送到日本司令部去，我們就知道這批貨物一定是嗎啡、海洛因或鴉片。對於這些東西，我們是無能爲力的。在過去一年半當中，這樣的貨物已經搜著了幾百箱。」

「那麼，海關稅務司爲什麼不向日本當局提出抗議呢？」立夫問。

「啊，這是最妙不過了。」阿善說，「當稅務局提出抗議的時候，日本的軍事當局就請他去見日本領事館的員警。當我們向日本領事提出抗議的時候，你知道他們說些什麼話呢？原來他們說，把貨物私運到中國來，在他們的法律裏並不算一種犯罪行爲。而且他們也沒有方法去阻止這事的發生。這就是說，凡是被捕的日本人，按照日本的法律是必須釋放的。其次，他們說，走私這件事只會發生在國界上，因此，走私在長城上面是被禁止的，在長城下面就不被禁止了！這是在他們禁止我們在長城巡邏後說的！」

「立夫，」曼妮說，「你不認爲阿善應當脫離海關的職務，派到上海或別的地方去嗎？他是我老年時唯一可倚靠的兒子，而且他有一個年輕的妻子和一個嬰孩。」

立夫看著曼妮，還沒來得及回答，阿善就說：「母親，你不知道。無論在上海、廈門或汕頭，情形都是一樣的。凡是日本人所到的地方，都免不了走私的。還有，如果我離開這地方，同事們就會笑我膽怯。他們的精神非常好，我覺得我不能離開他們。政府終於採取一種嚴格的行動，也許情形可以比從前好一些。如果每個人都離開了這裏，那麼，海關將怎麼辦呢？」

「也許你應當考慮一下這件事。」立夫說，「你應當想想你年老的母親，和你年輕的妻子和孩子。因爲你是曾家的長孫。」立夫覺得他用這一種客觀的語調去勸告另一個青年，自己不免驚奇。當這個家庭聚會結束之時，曼妮以一種感激的眼神望著立夫。

第四十二章

現在姚思安雖然患病，但精神似乎還好，這可說是很稀奇的。原來他身體裏所蘊蓄著的精力能延長他的生命，同時他的胃口也比從前進步了一些。因此木蘭同莫愁就決定在北京住下去。木蘭還打電報給阿通，叫他在畢業之後馬上北上。

現在走私這件事已經成爲全國性的了。中國政府曾向日本抗議，說在四月這一個月內，海關收入損失了不下八百萬元之多。但是日本政府對於這種抗議並未給予滿意的答覆。歐美人士在中國的通商，也受了損害，因此，日本外務省的發言人就在一個會議中，受到了許多關於走私問題的質問。那個發言人的態度是很有趣的，說是中國方面的高稅率對於走私事件的擴大，負有直接的責任；還有，另一方面的錯誤是由於中國的官員「缺乏熱誠」，不加以阻止的緣故。中國的中央政治會議，爲要竭力設法阻止這種局面的發展，就在五月二十日頒布一種新法令，規定任何幫同外國人從事走私的中國人，在被捕以後就要處以死刑。

現在阿非對於北京方面的許多販運毒物者的煙窟，隨時都在進行拘捕或搜查的工作。他因爲政府定了這個新政策，膽子就大起來，並且還加緊他的工作。他又寫信給海關當局，請求把陳三調到北京的禁煙會裏來服務，因爲這個緣故，陳三就被調到北京來幫他進行搜捕的工作。

有一天，他們得了一個報告，說在一條住著美國人和歐洲人的街上，發現了一個製造海洛因的工廠。

「今天下午，你願不願意和我們一同出去？」阿非對立夫說，「因爲我們要去搜捕一個製造海洛因的工廠。」

在下午五時，阿非同立夫帶著陳三和武裝的員警一起出發前往那個工廠，那個工廠位於兩幢高大的洋房之間。因爲這裏是外國人的住宅區，進進出出的都是金髮碧眼的人們，所以沒有人會猜想這裏面有一個製造毒品的工廠。他們就指派陳三到後面的一條街上去，並且在那個工廠的後門埋伏著幾個員警。陳三因爲重新佩帶手槍，心中覺得很高興，並且時常握著那枝槍的木柄。

阿非和立夫帶著幾個員警到前門。由一個化裝的員警去敲那工廠的門，當那扇門打開的時候，埋伏在兩旁的員警馬上就衝進去，並且把那扇門鎖上了。那個開門的僕役就被一個員警抓住了，不准他進去向裏面的人通報。這樣的工廠裏大概沒有武裝的守衛，因爲他們所依賴的是嚴守祕密，和日本人的保護。

立夫看見那個院子裏的地板上放著一排一排的東西，形狀像是包裝得很好的肥皂。阿非就指出，那些一塊一塊的東西都是海洛因，但在外面的紙包上卻寫著「衛生藥皂」、「哥德香皂」，和別的外國牌子。

在後面的一扇不曾糊紙的窗格裏，忽然露出一個人頭的影子，接著就不見了。那些搜查的人就直接到裏邊去搜查。這個工廠是一個平房，在後面向西的地方轉一個彎，可以一直走到裏邊去，它的樣子很像英文字母L，裏面的面積有七個房間那樣大，他們把門推開，阿非就吩咐員警把裏面的人都拘捕起來。在這裏有幾個少女和四個男子，都是嘴上蒙著白手巾，在兩塊長板上工作。在地板上裝著兩只火爐。屋子裏充滿著醉醺醺和令人作嘔的氣味。在一塊長板上放著許多瓶子和大小的調羹，還有在大張的紙上放著大堆白粉。這裏有一個少女在工作著，還有幾個男子在另一塊板上工作，而這塊板上卻裝著一架有輪子的小機器，在那架機器上有尖角形狀的入口和出口，以便把那些白粉混合起來。在靠牆的地方又裝著一台特別的機器，機上裝著一個塗了彩色的頂，目的是要把那些毒品壓成肥皂塊的樣子。

他們又到後面的房間裏去，並且發現了一堆一堆的標籤和各種稀奇古怪的箱子、馬口鐵罐、竹器等等，上面都貼著不同的標籤，如「玉桂堂月餅」、「悅善齋鹹羊肉」、「巴黎玫瑰香水」等，此外他們又用了普通人裝腐乳和鹹菜的、外面有竹篾保護的罎子去裝運那些毒品。在裏面後房的一個黑暗角落裏，他們發現幾只封著口的大缸，據阿非說，這裏面儲藏著製造海洛因的原料。

這時陳三就進來，說是有一個女人想逃進停在後門的那部汽車裏去，但是在她還沒逃脫以前，已經被抓住了，同時她的車伕也被拘捕了。

「把他們帶進來，和其餘的人一起關在前面的房間裏。」

那個女人就被陳三有力的手拉進來。

「不要把我捏得這樣緊，」她抗議著說，「你們到日本領事館裏去辦交涉好了。」

阿非和立夫都站在後屋裏，看見有一個穿著很講究的女人被人拉著，穿過那個院子，往前面的那個房間裏去。

「啊，這是素雲呢。」立夫驚呼。陳三從沒有見過素雲，而阿非也沒有時常看見她，因爲當素雲在曾家當媳婦的時候，阿非年紀還很小，而且素雲時常不在家裏。

他們就到前面的房間裏去，在那邊有一班被拘捕的人都擁在一起，他們也看見有幾個少女因爲恐懼而哭起來。

立夫就告訴他說，這個女人的確就是素雲。她穿著一件米白色的夏天旗袍，在黑暗的房間裏看起來，她的面容顯得蒼白而消瘦。陳三仍用手抓住了她。立夫站在後面不作聲，但阿非卻過去問她說：「你是什麼人？」他在劍橋大學所受的教育，在那時就給他以鎮靜和威嚴。

素雲已經認出了立夫，但她卻不認識這個向她問話的青年人，因此她就傲慢的回答說：「不要管我是誰。長官，請你把我釋放了吧，因為我是無罪的。我到這裏來是為探望朋友，但不幸走錯了屋子。」

阿非就問她的車伕說：「你的女主人叫什麼名字？你跟我說老實話，否則連你也要牽涉在裏面。你盡可以把自己洗清一下，我是可以饒赦你的。」

那車伕看著素雲，並沒有答話。

「這部汽車是私人汽車，車子的照會是天津日本租界的五〇五號。」陳三說。

「你這部汽車停在這裏多久了？」阿非問。

「大概一刻鐘。」那車伕說。

「你趕快告訴我，你是誰？如果你說了，可以省許多的事。」阿非對那女人說。

「如果你到天津日本租界去問，你就會知道我究竟是誰。」素雲答。

「我警告你，不要這樣固執。」阿非說，「照政府的新法令，你犯了這種罪是要槍斃的。」

接著阿非就向著那幾個工廠員工說：「你們這班人都是可以槍斃的。因為照現在政府的法令，凡是替外國人工作去毒害自己同胞的人，都是要受死刑的。」

當他們聽見這句話的時候，那四個少女，其中兩個年齡不過十二三歲，就哭了起來，並且求饒，因為她們從沒有聽見過這種新法令。那些少女和幾個男子都跪在地板上，懇求阿非釋放他們。

阿非轉向那兩個年紀大一些的少女，對她們說：「你們老實告訴我，這個女人究竟是什麼人；假使你們能夠說出來，我可以饒恕你們的。」

「她是這個地方的主人。」一個少女這樣說，「我們稱她爲王太太，但我們卻知道得不太詳細。她是住在天津的，不常到這裏來。」

「你叫什麼名字，王太太？」阿非問。

素雲因爲受了吳將軍的保護，還不曾成爲日本的公民。當她聽著阿非對她所說的話，並且看見立夫靜默的站在背後，她在答話的時候態度就軟化起來，並且說：「我們不要再假裝了，因爲我們都是親戚，站在那邊的是不是立夫兄？我是素雲。」

「真的嗎？真的嗎？」陳三喊著。

到了這個時候，立夫還是不願意說話，他僅僅看著她，接著素雲就對他說：「我知道你是恨我的。」

「不，」立夫說。

「如果我是你，我願意把過去的事一概拋棄。」她說，「否則我們家庭之間的恩怨，還不知道要到什麼時候才能了結呢？這一次你縱然抓到了我，但是還有我的哥哥和別人會替我報仇的。」

「這是一種恐嚇嗎？」立夫冷冷的問。

「我敢恐嚇你嗎？我所要求的是一種公道的解決。請你告訴我，這位長官是誰？」

「他是木蘭的弟弟。我只不過跟他到這裏來，這件事和我無關。」

「我從沒有想到我會在這種地方碰見了你。」阿非用一種官腔對素雲這樣說，「我不過是在執行我的職務。我很抱歉，但我覺得你是應當同他們一起到局裏去的。」

接著他就吩咐員警搜查屋子裏的文件，並且沒收已經搜著的毒品。那工廠裏的幾個雇員再度向阿非懇求，但阿非卻對他們說，他們應當一起到拘留所裏去，如果他們不過是這個工廠裏的雇員，並且能夠把他的問題老老實實的答出來，那麼他們是可以釋放的。

現在素雲就越發害怕起來了。當阿非走出室外的時候，她就對立夫說：「你們將要怎樣對付我呢？」

「我怎麼知道呢？」立夫答，「也許他們要照法律來治你的罪。」

「我求你釋放我。將來我也許可以報答你。我過去並沒對你做什麼，你毀了我的一生，還不夠嗎？你非要把人逼得無路可走嗎？」她說這話的時候，聲音和面容都是很悲慘的。

「我要告訴你，這是禁煙會的事，同我是沒有關係的。我從沒有希望在這裏找到你，但是你為什麼要做這種事呢？」

「說起來話就長了。如果你知道這一切，你就會明白的。要是你不肯替我說話，你肯不肯讓我去同我的前夫說話？也許他會因為我們以前的關係，肯替我說話的。我已經老了，所受的苦也夠了。請你不要再叫我吃苦吧。」

那時阿非的搜查工作已經完畢了，並且走回屋子裏來。當他走回來的時候，他聽見素雲所說的那後面的幾句話，很替她可憐。雖然這樣，他仍舊吩咐把這一干男女都帶到拘留所裏去。那時局裏已經開來一輛有衛隊守著的密閉囚車，可以把那一干人犯和所搜到的毒品一起載到局裏去。

在走進車子之前，素雲轉過頭來問立夫說：「我的丈夫在哪裏？」

「他就住在本城裏，並且已經再婚了。」

「他是不是同那個我在北京飯店舞廳裏所看見的，和他同舞的那個美麗女人結婚呢？請你讓我同他說話，或同她說話。」

她就同其餘的人一起被關進囚車裏，由陳三領著一批衛士，押到拘留所去。

家裏的人聽見素雲被捕的消息，都十分驚訝。

「我們並沒有去找她，這一次，倒是她找上我們。」立夫微笑著對他們說，「襟亞，你對這件事有什麼感想？她現在希望能夠見到你和你太太。」

「爲什麼她要來見我？」暗香這樣問。

「因爲她願意來看你。因爲她說，襟亞也許會因了舊時的情面代她說情。」

「『舊時的情面』啊！」襟亞大聲叫著。

「她說，她要同你的妻子說話——她以爲你太太就是從前在北京飯店裏她所看見和你同舞的那個舞伴。那是愛蓮？還是麗蓮？」

「不是，那是她。」木蘭微笑地指著寶芬說。寶芬微笑。

木蘭對暗香說：「你願不願意同你丈夫的前妻說話？那會出乎她的意料之外，使她大吃一驚呢。」

「我們這班女人怎麼能去干涉禁煙會的事呢？」暗香這樣說。

「我要告訴你們。」立夫說，「我們打算把她押到這裏來同我們會面。所以我提議，你們三個妯娌應該和你們以前的一個妯娌談談，看看她要說什麼。她似乎有許多話要說，所以我也願意來聽聽。」

「那麼你們打算怎樣去對付她呢？」襟亞問。

「我不知道，」阿非回答說，「這是政府頒布新法令以後所遇見的第一件案子。我還沒有研究那些搜集的文件呢。我知道按照政府的新法令，凡是幫同外國人走私的中國人是要處死刑的。這一條法律，對於那些阻止搜查的走私集團首腦也是有效的。但是素雲並沒有拒捕。這個法令還有一個條款：『凡逃避納稅者，其數目若超過六千元以上，應處以死刑。』從這一次所搜得的貨物看起來，她所逃避的稅額一定在六千元以上，所以依我看，情形對她是不利的，而這個生死之權是操在我的手裏。」

「如果你打算把她槍斃了，那麼，我勸你還是不要把她帶到這個屋裏來。」曼妮這樣說。

現在已經到了吃晚飯的時候，所以他們就各自分散去吃飯了；但是這個話題在各人家裏的桌子上，卻是繼續的討論著。

阿非去見他的父親，同他談起這件事，他說：「不要用你的手去殺一個人。把她帶到這裏來，也許我要親自對她說幾句話。」

第二天，家裏的人都準備給素雲一個機會向她的丈夫說話；也許是因為家裏的女人好奇心太強，實在想見見她。而且因為姚思安也想看看她，所以阿非就回局裏經過一番特別的磋商，把素雲帶到他自己的院子裏去。他們認為素雲是一個應當受重罰的罪犯，所以阿非就不得不用他個人的信用向禁煙會擔保，說是出來以後一定還把她押回去，而且押來的時候是帶著幾個衛隊的。

阿非在他的事務所裏把他所搜得的文件仔細的研究一下，結果發現在「天津王太太」名義的管理下，還有好幾個人的通信處。他就審問那些被捕的雇員，並且准他們暫時交保釋放，但他又聲明在這件案子未曾了結以及一切證據未經審問之前，他是不能把他們釋放的，因恐他們在案件未了結以前，走漏了消息。還有，他也非常小心的不讓這次被捕的消息傳到日本使館方面去。阿非已發現這件案子是完全關係中國人的，所以這個「白麵皇后」一定要被槍決，因她的確是同日本人合作；這所謂合作，是可以指為「同謀」的。他說這件案子應當趕快了結，否則這個女人既有相當的地位，結果不免要引起日本人的糾紛。

那天下午，素雲戴著手銬，在警衛的監護下載到了那個院子裏來。那時她穿著一身舊的黑色囚衣。在她到達那個院子前廳裏的一個房間以前，她的雙目是被蒙著的。當她到了那個屋子之後，他們才把她眼睛上的那塊布解下來，她張開眼，看見這個房間裏有許多舊時的親戚。她看見了曼妮、木蘭和暗香，馬上認出了她們。襟亞站在一個邊門口，所以她看不見他。

素雲隨身所戴的首飾已經被搜查去保存著，現在她穿著一件黑色的衣服，沒有化粧，看起來很是清瘦、蒼白和憔悴。她的面容上已經顯露出很深的皺紋，雖然她僅僅比木蘭大了一歲。她低下頭，並沉默著。

阿非走上前去對她說：「你要和你的前夫說話嗎？」

「他在什麼地方？」素雲問。

阿非看著襟亞，而襟亞就避在那個角落裏，不願出來，他只這樣說：「她已經說過，要同我的妻子說話。你們可以叫暗香去同她說話。」

素雲抬起頭來，但她卻沒有看見她所要說話的那個女人。木蘭就指著暗香對素雲說：「你可以同她說話，她就是襟亞的妻子暗香。」

素雲兩眼注視著，顯得很驚訝。

「姊妹們，親戚們。」她慢慢的這樣說，「我盡可以對你們說話的，如果你們想到我同你們舊時的關係，當時我們同住在一個屋簷下，那麼，我就願意同你們說幾句話。如果你們不顧以前的關係，那麼，我也不必說什麼了。如果你們要的是錢，那就請你們說出價錢來，我是願意照付的，而且也能照付。」

「不要認爲我們是要你的錢。」木蘭輕蔑地說。

「我所要的只是我的性命。」素雲說，「我已經活了這許多年，並且知道金錢是算不得什麼的。今天你們看見我戴著手銬到這裏來，一定很高興。但是如果你們要報仇，那我就要問你們，我究竟有哪一點對不起你們？我是被迫離婚，並且受了你們家的羞辱，那還不夠嗎？你們也應當存著一點良心。請你們不要以爲立夫的被捕是因爲我，那是我哥哥幹下的好事，與我個人無關。」

在眾人看起來，他們現在所看見的素雲同他們所知道的那個素雲是十分不同的。但是木蘭對素雲說：「如果照你所說的你不在乎金錢，你爲什麼幹這種可怕的勾當？」

「木蘭，」她回答說，「我知道你是恨我的……」

「我從沒有恨過你。」木蘭插嘴說。

「無論你恨不恨我都沒有關係。我們兩人的年齡都老了，我非常寂寞。」

木蘭聽了這句話，很受了一些感動，使她似乎忘了對她的仇恨。但是曼妮卻說，「你爲什麼要幹這種事？你爲什麼要幫日本人工作來殘害自己的同胞？」

「大嫂，如果你明白一切的情形，你會原諒我的。」素雲這樣說，她忽然用這種稱呼去叫曼妮。「我是逼不得已的，我的錢都存在日本銀行裏，如果我不幹這種營業，那麼我的錢都要充公了。」

「那麼，你爲什麼不讓他們把你的錢充公呢？」木蘭問。

「畢竟，這筆錢的數目是很大的，而且也是我畢生工作的代價。」素雲歎息著說，「我怎麼願意把這筆錢這樣隨便的拋棄呢？我有幾百個人靠我生活。如果我把我的錢拋棄了，那麼我就得離開日本租界，這樣，我的房子和旅館該怎麼辦？像我這樣上了年紀的人，如果沒有錢，還能到什麼地方去呢？我願意告訴你們，因爲你們是我以前的親戚，無論你們還認不認我。我是一個孤獨的老婦人，現在我雖然有錢，但金錢對於我算得什麼呢？記得在幾年以前，你們在北京飯店裏，我看見你們大家團聚在一起，且十分快樂，我就想到我已走錯了路。我並不責怪我的丈夫。暗香，你是一個幸運的女人，我願你幸福！但是請你們饒了我這條性命吧！」

屋子裏的太太們聽見了這番話，都不覺鼻子一酸，流下淚來。素雲這番話是出乎她們意料之外的。她們以為她不過是一個有錢的、驕傲的、成功的和殘忍的女人罷了。

「襟亞在什麼地方？他為什麼不來和我講話？」素雲這樣問。

現在阿非向襟亞打了一個手勢，襟亞就同著他的孩子們走過來。那些孩子們看見了他們的母親，就馬上跑過去，而那母親就用她的手臂抱住了他們，似乎一方面保護他們，一方面替自己壯膽。

「如果你當初知足，就不會弄到今天這種地步了。」襟亞對素雲說。

素雲似乎覺得襟亞在以前對她是一個很好的丈夫，但現在她不過這樣說：「如果你能顧到我們以前的夫妻關係，那麼你就應當代我說情了。」

「媽媽，」暗香一個六歲的孩子這樣喊著，「為什麼爸爸是那個女人的丈夫呢？」

「因為那個女人在我同你爸爸結婚以前，曾經嫁給了你的爸爸。」暗香這樣答。

於是那孩子就走到那個女人的身旁對她說：「你曾經嫁給我的爸爸嗎？」

素雲看見了那孩子，不覺伸出她的手去撫摸那孩子——襟亞的一個孩子。在別種情形下，素雲也許早已有了這樣的一個孩子。

那孩子經她這樣一摸，就向後退了一些，並且問她說：「你是不是中國人？」

對於這個問題，素雲不能回答。

「你為什麼要替日本人做事呢？」那孩子又問。

素雲不覺流下淚來，那時暗香就把她的孩子叫回去。

「你這件事使我很為難。」阿非說，「現在我們已經了解你，但是你知道你的營業每天要殺害數千同胞，難道你還忍心再這樣幹下去嗎？」

「如果你放了我，我可以答應你，以後不再幹這種勾當。同時我也會對禁煙會效力。」她再加上一句說。

「你不恨日本人嗎？」曼妮問。

「我恨所有的日本人。我也恨我的工作，也恨和我同道的人，無論是中國人、日本人和別的外國人。」

「你的哥哥在什麼地方？」立夫問她說。

「他在大連，也是在幹這種事情。除了這，他還能幹什麼呢？」

阿非對素雲說，他的老父親很想看看她。

「爲什麼？」素雲問。

「他要同你說話呢。他現在病得很厲害。我們所以大費周章把你帶到這裏來，目的是讓我們的老父親能夠看見你。這也許是你的運氣。」

接著素雲就進去看姚思安，在進去的時候，阿非只准許幾個法警、木蘭和莫愁等跟著他們到父親的房裏去。但是到了門口，阿非卻吩咐幾個法警站在門外，他們覺得很納悶。

姚思安現在躺在病榻上，晚春的陽光自窗外照射進來，陰影使老人臉上的皺紋顯得十分深刻。

「請坐。」他說。

「不敢當。」素雲說。

「我說，你坐下來吧。」姚老先生又這樣說。

「你是我的一個遠親。」他開始這樣說，「我不知道你願不願意聽從一個不久人世的老年人的話，我的兒子現在正在當這一種職司，而你也碰巧落在他的手裏。這是天意，不是人意，但我已經告訴阿非，叫他不要做一件流血的事，同時我還叫他對你從寬發落。」

「謝謝你，老伯伯。」素雲說。

「你應當聽從一個老年人的話，並且也應當記得『塞翁失馬，焉知非福』這個寓言。在這世界上，禍福是算不得什麼的！你今天的被捕，安知不是你的福氣呢？」

「老伯伯，我不明白你的話。」素雲說。

「什麼事情都要靠自己，如果阿非釋放你……但我要告訴你，在不久以後，中國與日本一定會發生一次空前的大戰。當戰爭發生的時候，你應當記得你是一個中國人。」

說完了這幾句話，那老年人就不再說話，也不再看她。

「再會吧。」他說，說的時候連眼睛也沒有轉。

接著，他們靜靜地從那個房間裏退出來。

那幾個法警就同著陳三把素雲押出來，回到囚車裏去，但是阿非卻吩咐他們不要再用手巾蒙住她的眼睛。現在阿非正在設法釋放素雲，但這件事在法律的觀點上是很困難的。他就把素雲這個案子仔細的研究一下，並且把這個案子提交他的幾個同事，請他們對她從寬處理，因爲這是他老父親臨死前的意思。這是本城裏第一個中國人製造毒品的案件，她是應當被判處死刑的，因此禁煙會裏的人對於這件案子都非常注意。爲了這個緣故，阿非就得預備一篇很長的報告，設法去減輕被查得的毒品的代價，並且說起當她被捕的時候她沒有做任何抵抗；且照所搜得的文件得知，這個工廠完全是中國人開設的，並沒有日本人在內——也就是說，那個法令上所指出同謀的罪名，對於這個案子是不適用的。最後，他也提起那個被捕的人已表示悔過，並樂意捐助國幣五十萬元給禁煙會。接著他又建議對素雲從寬處理，因爲她是一個受環境所迫的可憐女人。

幾星期以後，南京方面來了一個公文，素雲被釋放了。

一天晚上，姚思安在睡夢中歸天了。他的死，是一種簡單和自然的死，因爲他的身體因年齡的增長而逐漸衰弱下來，終至完全耗盡了。他的食量也逐漸減弱，到後來他甚至無法吃稀飯，接著就連湯水也吃不進了。他死了以後，他微弱的脈搏仍舊跳動了一些時候，他的雙目也仍舊睜著。這真是一個道家的仙逝！

現在他的兒子、女兒和媳婦等都站在他的病榻面前，後來就跪下去爲他哭泣。接著他們又替他沐浴換衣，並遵禮將他入殮。阿非請假在家守制，一方面留陳三在會裏工作，因他不過是姚家的一房遠親。木蘭和莫愁以及她們的丈夫，都穿上了白喪服，而曼妮和暗香因是親戚關係，只穿了藍布的素服。

姚思安的出殯在二七以後才舉行。那時傅先生和傅太太已經回到本鄉去了，但是寶芬的父母對於這次的出殯出了相當大的力。杜南輝小姐因爲繪畫的關係，已和寶芬成了手帕交，她也來弔喪。此外華嫂子同齊畫家也來幫忙。阿非因爲是孝子，照習慣並不親自料理喪事，一切均由他的兩個姊夫幫同料理。

這個時候，立夫仍繼續調查關於走私的事情。素雲的被捕，使他對毒品交易有了更直接的觀察，這是他用其他方法得不到的。阿非雖在守制，但仍和立夫討論這個問題，因爲他父親的死，是早在意料中的。同時阿非也提供了一些資料給立夫，例如第一手的消息，海關的正式報告，國際聯盟鴉片交易調查委員會的報告，此外還有英國雷士德女士的調查報告——她描述整個事態，造成全世界的轟動。阿非也告訴立夫，說是天津留美女生同學會也曾調查過國內販毒的情形，裏面所記載的，使人讀了深感憎惡，而所記載的販毒式樣也非常繁多，因此她們覺得不便發表，就把整個報告壓下來了。立夫雖然懂得英文，但在閱讀英文報告的時候不免有些吃力，因此他在翻譯英文的時候就向阿非討教。立夫以前時常開英國留學生的玩笑，就爲了這一點緣故，他同阿非之間的感情並不怎樣親密。但現在他們卻有了更深切的瞭解，於是立夫也改變了他反對英國留學生的成見。

他對於一個報告特別感興趣：一個在天津的外國醫生，從當地日本租界一個學校旁邊的小販那裏買了一些糖果，並且拿去化驗，結果發現那糖果裏含有麻醉劑。

「我簡直不敢相信，」立夫說。

「我可以把這個報告的憑據提供給你。」阿非回答說，「那些販毒的人不管這出賣的糖果是否在學校的旁邊。在日本租界的每一條街上，都有製毒的工廠，或躉批和零售的鋪子，甚至於在最高尙的住宅區裏也是不能免的。這樣，那些販毒的人何必爲一個學校而搬家呢？」

「這就是『亞洲新秩序』嗎？」立夫大喊道。阿非也聽見他惡聲咒罵著——而這種咒罵的話是一個君子人所不肯出口的。

立夫決定再上天津去，並且預先同阿善約好，把自己僞裝起來，請阿善帶他暗暗地到日本租界去調查。立夫懂得一些日文，這對於他的偵查工作很有幫助。

他同阿善去參觀煙窟和煙鋪，這是設立在兩層樓的鋼骨水泥洋房裏面，外面掛著「洋行」的招牌，此外還在門口高高插著日本國旗。他們兩人就進去，看見這裏除了販賣毒品之外，簡直沒有別的東西。在某一條街上，他們發現這種「洋行」有十家至十二家之多。接著，他們就走到在表面上看來完全是住宅的街上去。阿善告訴他說，這是大規模的製毒工廠和躉批發賣的一個區域。在日本領事員警派出所正後面，朝日街一變而成東馬路，這裏顯然——毫不掩飾地——是一連串下等的毒窟，一般衣衫襤褸的赤貧階層常去光顧的地方。

立夫因爲不忍看這許多人類當中的廢物，就掉頭而去。

「那麼，你要不要看一家高等一些的煙窟？頭等的，或中等的？」

「那麼，你就帶我到一家中等的煙窟裏去吧。」

他們就坐了人力車到一家煙窟裏去，一進門，立夫就聞到一陣令人作嘔的臭味。這裏面的房間都很暗，其中放著許多臥榻，在上面坐著或躺著許多姿態不同的癮君子，他們旁邊有中國和高麗的女招待。

「你們要抽呢？還是要插（打針）？」一個女招待這樣問。

「我的朋友是一個外行，」阿善指著立夫對她這樣說。接著又對立夫說：「在這裏有三種吸煙的方法，第一種是抽——就是吸，第二種是插——就是把古柯鹼或嗎啡注射進去，第三種是聞——就是用鼻子吸，這是煙癮深的人所愛好的。」

「替我們裝五毛錢的白麵來。」阿善對一個女招待說。

她就領他們到一張臥榻上去。接著一個中國女招待拿了一張紙包著一些海洛因進來，同時還替他們拿半匣子的火柴。

「我不過是要做給我的朋友看。」阿善對那個站著觀看的女招待說。

「那麼，你要我把吸的方法告訴你嗎？」那女招待微笑著問他們說。

「不用麻煩了。」立夫說，接著那女招待就走開了。

「在頭等煙窟裏，那些女招待有時也兼營一種副業，如果你願意在她們身上花一些錢。他們請你走到一個特別的房間裏去，裏面有女招待來服侍你，在這個房間裏，如果你不打招呼，那是沒有別人會進去的。」

但是現在他們的這個房間卻是半公開性質的，因爲有好幾個女招待跑來跑去，招待她們的煙客供給煙物。

「你看那邊一個吸煙的人，他是在『打飛機』呢！」阿善這樣說，說時還指著那個仰臥在煙榻上的煙客。原來那煙客拿了一張紙頭捲在一支香煙上，裏面包了一些毒品，接著他就用火柴把它點著了，然後仰臉吸著。有的煙客卻用一支小煙斗——以一支毛筆筆管套接在一個竹節上——抽著。還有別人坐在榻上，一面拿一些白麵放在錫紙上用火燃燒，一面用一個紙咬口吸著那冒出來的紫中帶藍的煙縷。

「這就叫作『哈』。」阿善說。

接著又進來幾個新的煙客，其中一個煙客的年齡只有十八九歲。一個女招待見他進來就去招待他，並且知道他要什麼，後來那少年就拉起了自己的短衫，叫她打針。

「打針也有兩種方式：一種是靜脈注射，另一種是皮下注射。」阿善說，「你看那個少年的背部全是針孔，皮下注射如果打得不好，皮膚還會發炎和潰爛。靜脈注射可以使皮膚不至於潰爛，不過這是比較危險的。因爲曾經有好些人在做了靜脈注射之後，馬上倒地身亡。所以多數有煙癮的人都喜歡皮下注射。」

立夫回到北京之後，預備寫他的報告。因爲那時除了海關的報告，中文方面還沒有什麼關於這個題材的詳細研究，立夫因此引用了大量的外國資料。

「天津日本租界是全球海洛因首府，」他寫道，「日本鴉片自大連、奉天、朝鮮運至北美洲和南美洲，天津扮演著出口中心的角色。唐山有全世界最大的海洛因工廠。單單在外圍的一家日本工廠，每天可以生產五十公斤的海洛因，相當於全世界合法需求量的十五倍。史都華・傅樂（Stuart Fuller）在他交給國際聯盟委員會的報告中說：『在遠東，任何日本勢力所及之處，隨之而來的是什麼？一定是毒品交易！』他描述滿洲和熱河二地的毒品情況爲『令人戰慄』。據日本報紙報導，拓展鴉片種植和交易的業務，由朝鮮總督府署下公賣局局長負責縝密規畫及控管。鴉片產業公會接受政府的津貼補助，替公賣局指導罌粟栽培、提供罌粟栽培業者貸款，並負責生鴉片的製造和運送。」

他的結論是這樣說的：「要禁止煙土和其他走私，根本的難題在於日本軍事當局，和治外法權的條約。」

「假如這是目前遠東情勢當中，日本要全世界認清的現實，則此現實簡直叫人難以置信。如果這是一個友好政權的國家政策，則此刻，該是中國有更多敵人與更少朋友的時候了。如果這是亞洲的新秩序，則人類高尚的公義良知，不如全部回復爲野蠻人的未開化狀態，那樣的生活方式至少更文明一些。天津的日本租界，是中國國體上的隱性毒瘤，是日本自身榮譽的汙點，也是整個世界公眾健康的威脅，應該把它從地球上掃除。」

姚思安的出殯很體面，而且很引起人們的注意。自從他雲遊回來後，他的鄰居們都稱他爲「老神仙」。他們既稱他爲老神仙，因此，他們也稱這一次喪事爲「老神仙的喪事」——其實這句話很矛盾，因爲既然稱他爲神仙，爲什麼會有喪事呢？在出殯的時候，除了寶芬的旗人親戚和許多店鋪裏的老朋友之外，還來了許多年輕的後輩朋友和親戚。此外由於阿非的工作性質，使當地的市政府也派了許多代表來送喪，因此參加儀仗的人，差不多長達一里。在出殯的儀仗當中，雇用軍樂隊是一件很通行的事，因此就有幾個團體合起來送他們兩班軍樂隊。姚思安在遺囑上雖吩咐他們，在他死後不准有和尚來替他超度，但是西山某廟裏卻有幾個和尚要來參加姚思安的喪事，阿非覺得這種要求是無法拒絕的，只有接受了他們的好意，但只允許他們參加送喪。結果在這次送喪的隊伍裏就參雜了老派人和新派人，還有那面容憂鬱的僧侶，和那服裝光鮮的軍樂隊相映成趣。那時軍樂隊所演奏的，是柴可夫斯基的「喪葬進行曲」。

月前木蘭回到北京的時候，曾經在車站上看見兩班軍樂隊，他們是幾個官吏合送的，目的是歡送一位省主席。當火車開動的時候，那兩班軍樂隊就同時奏起不同的調子來，結果就變成了奇怪和可笑的雜奏。木蘭因此就告訴新亞，叫他現在當心，預先把兩班軍樂隊奏樂的時間安排好，免得造成一種可笑的現象。

這次的出殯，使木蘭和莫愁有機會看見許多老朋友和親戚。她們也看見素丹，現在她是一個寡婦了。此外她們還看見桂姑和她的兩個女兒愛蓮和麗蓮。她們似乎嫁得很好，打扮也很時髦。黛雲的母親也來參加送喪，她的丈夫已經去世了。她又告訴她們，她的女兒現在又被關在蘇州的監牢裏，原來她打算去參加一個主張聯合陣線的祕密會議，不幸在中途被捕。

阿善因了曼妮的主張，特地請假來參加這次喪禮，雖然他不是姚家的人。這次喪禮是在星期三舉行的，第二天阿善就回到天津去工作了。他回到了天津之後，聽說在前一天有一幫日本浪人，強迫東車站的一節三等客車去裝運兩百包貨物，並且用武力驅逐車上的中國旅客，結果擊傷了許多人。

在六月這一個月中間，同樣的事件已經發生了八、九次。因此海關職員不免有些惱怒。在一個星期五晚上，他們得到一個消息，說是海關已經截獲六部騾車的私貨，這些車子是準備到天津來的，所有貨物已被關員所搜去；但後來又來了三個日本人和三個高麗人，他們衝過來，憑著武力，把那些貨物搶回來。因此阿善事務所裏的人立刻招募志願人員若干人，出去把那些搶去的貨物奪回來。幾個最年輕的和身體最強壯的關員都自動投效，而阿善也是其中之一。他們聽說那些浪人是不帶什麼武器的，所以他們以爲派十二個精壯有力的人就足以應付。這十二個人是不准帶手搶的，他們的目的是要把那些私貨搶回來，並且叫那些走私的人受打擊。

他們已經查明了那些騾車要走的路程，接著他們就帶著繩子，預先躲到一個小的村子裏去。

他們到了村子以後，其中有一個人看見一家鋪子裏放著許多大爆竹，就買了幾個，準備去恐嚇那些走私的人。下午兩點半，他們中間有一個人拿著望遠鏡往田野裏望去，看見那些騾車已經過來了。他們看見第一部騾車上坐著一個身材矮小的人，大概是一個日本人，他坐在一堆私貨的上面，至於其餘押送人員則是坐在最後的兩部騾車上。他們當前的問題是怎樣去攻擊在後的幾個護送人員，同時不讓前面的幾個騾車知道，以免脫逃。此外還有一個問題，就是怎樣使他們的攻擊完全出乎對方的意料之外。於是他們就決定派三個人去對付坐在第一部騾車上的那個日本人，並且乘機去阻止那些騾伕和他們的貨物；其餘幾個人就分成兩隊，分別躲在那條路的兩旁，而一起向那些在後面護送的人員施行攻擊。阿善是這兩隊人員裏的一個。他們躲在一座古老的土牆後面，以避免人們的注意。

當第一部騾車經過的時候，他們的領袖就給他們一個信號，叫他們趕快走攏來。接著那領袖就燃著幾個爆竹，並且把它們拋到騾車那邊去。他們聽見這個信號，就一齊衝出來。那在騾車上的幾個日本人和高麗人大吃一驚，趕緊把他們預先藏在車子上的許多石塊向那班關員拋擲過來。但他們卻不顧一切，跳上了那些騾車，和車上的人做劇烈的肉搏。

阿善是跟著那領袖衝上去的第三個人，但是當他準備跳上那部騾車的時候，有一塊兩磅重的石頭擊中了他的頭，他失卻了知覺，跌到地上。幸而其餘的幾個同事已經跳上騾車，所以日本人不能再拿石頭拋下來。其中有一個日本人隨身帶著一把斧頭，準備向那領袖的手臂上劈下去，幸而他眼明手快，一拳打在日本人的肚子上，把他打倒了，而那把斧頭就落在騾車上。

那些趕騾車的中國人趁機逃走，而騾車也就停了下來。經過一場格鬥之後，後面的兩個日本人和三個高麗人因爲不敵，就被關員縛起來。在第一部騾車上的日本人，本來已經有些半醉了，並且在六月的下午尤其覺得好睡，所以當他看見關員向他攻擊時，他就毫不抵抗地就捕，但他的嘴裏卻罵著幾句使人聽不懂的日本話。

那領袖從騾車上下來以後，看見阿善失去了知覺躺在地上，而且頭皮上流著血，他就吩咐他的人員到村子裏去雇了六個農夫，把那些騾車趕回到最近的一個海關辦事處去。同時他也把阿善抬起來放在一部騾車上。不過阿善僅僅受了一些輕傷，所以後來他們到達海關站頭的時候，阿善的知覺已經完全恢復了。他們就把他的傷口洗滌乾淨，並且用繃帶包紮好。他僅僅在皮膚上割破了一些，所以覺得是不嚴重的。那一班關員因爲這一次的成功，覺得很興奮，就把那幾個被捕的日本人和高麗人押送到日本的員警署裏去。

但是到了下午七點半，有三個日本人走到海關辦事處的外面，向窗裏張望了一下，接著就闖進那間辦事處。他們所要知道的，就是那些被搜去的私貨究竟藏在什麼地方。海關的主任就回答他們說，這些貨物已經運到總署去了，其中一個日本人聽了這句話，就大發雷霆，並且摑了那主任的臉。接著他們就搜查關員的休息室，並且拿走了那把斧頭。在離開那辦事處之前，那無禮日本人還說了幾句蹩腳的中國話去恐嚇那主任，說是如果他的話是不確實的，他就回來殺了他。

第二天早晨，阿善沒上班，並且乘了上午九點的特快車到北京去，在下午很早就到了北京，那是出乎家人意料之外的。

他的妻子看見阿善頭上包著繃帶，不覺吃了一驚，就立刻去告訴曼妮。

「我早就告訴你，遲早有這樣一天，」曼妮對他說，「倘若你被他們害了，那麼，我們做婆媳的該怎麼辦呢？」

環兒同寶芬和莫愁都聽到了這個消息，也到房裏來，因此阿善就把一切經過的情形告訴了她們。木蘭晚一些才進來，聽見曼妮怒氣沖沖地在說話，她是一半在罵她的兒子，一半在咒罵日本人。

「你現在做的是什麼工作？」木蘭聽見她這麼說：「官嗎？又不是個官；強盜嗎？又不是個強盜，而且還要赤手空拳地去同老虎格鬥。我恨死那些矮鬼了。爲什麼我們的關員不能帶武器？而他們卻能夠帶？假如兩國真的要打起仗，也要雙方劃清陣地，擺好陣勢和刀槍，才是一場公平的戰爭……」

「你贊成中國和日本開戰嗎？」木蘭這樣問。

「如果是像我所說的，倒還是開戰的好。」曼妮說，「怎麼能叫阿善徒手去和那些鬼子們格鬥呢？」

木蘭想起她父親對她所說的一句話：「你們去問曼妮吧，如果她說中國是能戰的，那麼中國就得勝；如果她說中國是不能作戰的，那麼中國就會戰敗的。」

「你相信中國能和日本作戰嗎？」木蘭緩緩地問。

「無論中國願不願意，它是不能不作戰的。」

曼妮這樣說。

這就是姚思安所說的，不久在中國將發生一次戰爭，而這戰爭是要戰到最後一人的。

「曼妮，」木蘭說，「那麼你已經對日本宣戰了！」

「我懂什麼宣戰呢？」曼妮說，「我只知道，如果我們是要倒下的，那麼，就讓我們一起倒下吧！讓中國和日本一齊倒下！」

「木蘭，你怎麼想？」環兒這樣問。

「我怎麼能知道呢？我希望我的父親還活著，讓我能問問他。但是他時常說，幸運是存在一個人的品格之中的。所以，如果一個人是有資格去接受幸運的，那麼瓶裏的水就會變成銀子；反過來說，如果一個人是沒有資格去接受這種幸運，那麼瓶子裏的銀子就會變成水。所以，你有了

第四十三章

那一次的戰爭終於在下一年的七月七日於北方爆發了。它是華北的局面所激發出來的，正如同一次地震之後，必有一次洪水一樣地自然。犯罪學家如果發現兩個案件中人所用的方法是相同的，就斷定同一個罪犯已經犯了兩種不同的罪。日本征服中國的計劃，和他們的走私政策是打成一片的；因爲他們所用的方法、性質和動機都是相同的，而且是由同一個軍事機關所鼓動、計劃和指揮的。

日本軍隊自從奪取中國政府的稅收時起，一直到奪取中國的土地時止，所用的方法都是相同的。說也奇怪，人類的心理認爲，奪取一國的土地，比奪取一個女人的皮包更體面、更有藉口。在數千年以前，莊子早已說過這句話：

竊鉤者誅；
竊國者侯。

這一句真理的後半段產生了一個問題，是一班才氣縱橫的經濟專家或國際法學專家在學術論文裏所加以研究、檢驗、診斷、預測、分析、辯論、解釋、辯護、詭辯，並且對於其展望和回顧都加以審慎縝密的討論的。在這種論文中，真理仍然在規避他們的觀察，就像招魂法會中的鬼魂；有人說他們見到了，有人卻發誓不曾看見。

但也許木蘭說得對，日本人的「運氣」是不能改變的。

從科學上來說，那場戰爭可以說是「自然」激發出來的。所謂盧溝橋「事變」，其實不是個事變。原來日本軍隊在晚上演習之後，就要求在夜間四點半，進入一個由中國兵士所防守的城市，說是要搜查一名「失蹤」的兵士，結果他們就說，中國兵士向他們開槍。後來他們並且堅持著說，那個兵士是「失蹤」了。但是在戰前住在中國的任何人，都知道那一次戰事是遲早要發生的。

在日本占了東北後，又侵佔了熱河，並悄悄進入了察哈爾，創造一個「冀東防共自治政府」。現在日本想將北方五省與中央脫離，他們認爲中國會把這片土地給他們的。中國人退透了日本人，但日本人卻愛極了中國的領土。日本人愈愛中國領土，中國人愈恨日本人。因爲這個緣故，兩國之間就發動了一種最可怕的、最不人道的、最殘忍的和破壞性最大的戰爭。

就實際上而論，一種神經的戰爭已經持續進行了好幾年，而現在中國人的神經已準備發作了。中國人爲了不使自己的國家陷入錯亂的狀態中，不惜同另一個國家開戰。中國政府爲了要防止刺激本國人民的神經起見，就不准人民在文字上、言論上、會議上和公開的示威運動中表示反日的情緒，但是過了若干年後，中國人民這種被壓迫的情感繼續膨脹，終於如洪水決堤那樣地爆發出來了。

西安事變幾乎使蔣委員長身陷漩渦。當日本人說中國人是反日的，他們所說的是完全對的，但如果說蔣委員長曾經鼓勵這種反日的情緒，那是錯誤的，因爲他起初原想避免兩國間的衝突。如果日本以爲他們能靠著戰爭去剷除中國人民的仇恨心理，同時又能使這般人在中國人的眼中覺得可愛——那是另一個問題，而且是日本人該用自己的智慧去了解的事。無論是姚思安、木蘭、曼妮，或中國最好的哲學家，都不能在這件事上幫助他們。

從客觀上來看，戰爭的推動，起於一九三二年。侵占東三省是日本對中國的第一次進攻。而一九三三年，在熱河失陷後的塘沽協定，要求劃中國長城沿線為非軍事地區，是日本的第二次進攻。在一九三五年的春天，中國軍隊將共軍趕入西部時，日本人強迫中央政府自河北撤除部分駐軍，這是第三次進攻。且日本與當地軍事當局勾結，鼓吹「自治運動」，並在華北五省創了一個像「滿洲國」那樣的傀儡政權。然而，日本發現許多地方當局與他們合作得不夠誠懇，因此在一九三五年秋天，打算把力量集中在河北、察哈爾兩省，但是中國政府從西部調回軍隊，布防在隴海鐵路沿線。日本人看出了危險，暫時放棄了遠大的計劃，創立「冀東防共自治政府」，抓緊了冀察政務委員會，增加了華北駐屯軍，比庚子條約規定在過去三十六年之中列強認為必需的軍事力量，整整多了四倍。

在一九三六年秋天，日本人又做了第五次的進攻，佔據了北京附近鐵路的交叉點豐台。豐台是南下東去的火車必經之地，而這裏是庚子條約限定外國駐軍以外的地區。在這件事情發生後，緊接著又來了第六次進攻，那就是唆使蒙古偽軍去侵略綏遠，而那時中國政府的軍隊才對他們做第一次的公開抵抗。接著他們又進行了第七次進攻，那就是盧溝橋事變。

道家思想和現代科學都認同：作用力與反作用力是相等的。中國人的抵抗，就是一種反作用力。而一九三一年至一九三七年之間的日本侵華運動，就是引起這種反作用力的作用力。中國人的反抗力量，應當視為戰事發生前日本侵華運動的直接反擊。只有這樣才能瞭解這一次的戰爭。在這世界上，即使是最強大的海陸空三軍力量，也不能把這一條關於作用力與反作用力的原則消滅。

戰事似乎已不可避免，因為兩國都準備在華北發生接觸。他們一方面雖然是遲緩的在磋商停戰，同時那散漫的戰爭卻在繼續。蔣委員長曾在牯嶺召集各省的軍事領袖，替這個和戰問題做重大的決定。那時日本軍隊卻持續的開進來，目的是要鞏固他們沿平津線一帶的防務。在盧溝橋事變後的九天內，據說日軍有五個師，總數達十萬人，進入中國本部和內蒙地區。眾多軍隊補給品湧進天津，分配到豐台及其他地點。所以當真正的戰事在北京附近發生時，日本軍隊已經佔據了離城數英里的險要地點。對於日軍在七月二十六日要求將中國陸軍三十七師撤退到保定以南的最後通牒，宋哲元將軍斷然拒絕，結果就激發了戰事。在二十八日那一天，中國軍隊就大舉進攻，但宋將軍卻在那天晚上十一時離開北京，並臨時委任了一位親日的天津市長代理他的二十九軍，因此二十九軍就在二十九日午夜停止抵抗。這樣，北京至此落入日本人的手中。

木蘭和莫愁在辦完了父親的喪事之後，就同他們家裏的人回到南方去，所以當戰事發生的時候，她們還是分別住在杭州和蘇州。但是，阿非和其餘的人卻仍舊住在北京。在盧溝橋事變發生後，北京城裏充斥著謠言。當南京政府正預備對這件事做重大決定時，北京人民每天希望中國政府派飛機到北京去，但結果它們從沒有到。那時在北京城裏的百姓，一方面有著一種隱藏的希望，說那個城也許是能保全的；但同時也有一種隱藏的恐懼，說那個城是不能保全的。假如心中存有對侵略者的深仇大恨，也在幾百年的耐性下暫時和緩下來。當他們看見日軍的飛機在頭上飛，他們會暗中咒罵，但卻十分謹慎。

那個故都裏的大多數人民，特別是真正的老百姓，卻坐在他們的家裏或茶館裏，泰然自若的談論著戰事的將臨以及那次戰事的結果，生活一切如常。

他們厭惡侵略者，但在這之前，他們早已見過了好幾個侵略者。現在北京城裏住著許多形形色色的居民，年老退職的滿清官僚，年輕的愛國學生，膽怯的官僚，和圓滑的善譏諷的政客，誠實的商人，和那替日本人當間諜的窮苦流氓。但一般人民因爲文化程度提高了，厭惡暴力和戰爭，同時對於在上海發生的那種恐怖和暴亂行爲也是不贊成的。因爲他們是溫和的、含蓄的、愛好和平的，並且是非常忍耐的。

北京古文化的真正繼承者，絲毫不介意現代文明的侵擾；因爲他們的祖先曾經有過這種能力，所以現在他們也有這種能力。在他們的家庭裏，有一種滿足的氣氛，這顯示出他們的人生觀，是保持著一種含蓄的力量，而他們在日常生活中，也能以一種哲學的方式排除時間的觀念，同時他們在日常的談話中也能顯示出一種聰明的優雅的和閒暇的姿態。因爲在舊時的北京，瞬息和永久性是二而一的。在別地方的人看爲幾世紀的，在北京人看來不過是幾個瞬息。這種觀念往往從祖父傳到孫子，同時他們在生活上的傳統也都是一樣的，因爲，北京雖然能夠等著並且老下去，但它卻永遠不老。它雖然被征服了好幾次，但卻從來沒有被征服過，相反的，它卻能把那些征服者改變過來，使他們合乎自己的生活方式。

滿洲人來了，又走了，但北京不在乎。歐洲的白種人來了，且以他們優越的武力洗劫過北京，但北京不在乎。穿著西裝的留學生和燙髮的摩登少女來了，帶來新鮮的消遣娛樂及生活方式，但北京不在乎。許多新式的高大旅館和舊式的平房並排而立，規模宏大的現代醫院和開設已幾世的老藥鋪並肩而立，還有許多摩登女學生和赤膊的賣拳老頭兒同住在一個院子，但北京不在乎。學者、哲學家、聖人、娼妓、政客、漢奸、僧道和尼姑等都寄跡在這個城裏，但北京對於他們卻一樣表示歡迎。北京城裏，人生的樂趣仍持續進行著。例如它的乞丐公所、戲館、兒童戲劇學校、踢毽子俱樂部、售鴨和蟹的菜館、燈市、古玩街，廟會攤子，和婚事喪事等的鋪張，仍照舊進行著。

人們覺得，如果天壇、紫禁城和皇宮等處不幸被炸毀了，那是不可思議的。北京似乎像一個具有魔力的城，所以在日本軍隊所佔據的各城池中，只有北京才得以脫離軍隊的蹂躪。

你在北京不能很起勁的談論政治或時事問題，否則你那北京的文化教養便不完備，你在北京也等於白住了。北京話的發音和別種方言不同，其不同之處不在於它的韻母和聲母，而在於它發音速度的和緩，它從容的音調，以及言語中所含有的幽默和沉思的成分。那些說北京話的人，對於他們自己的語言往往覺得非常有味，因此他們就滔滔不絕的說下去，而忘了時間。他們這一種閒暇的觀念，也可以在他們愛說口彩當中發現的。譬如他們到一家商店去買東西，他們就說他們是在「逛」那家鋪子；如果他們是在月光底下步行，他們就說他們是在「賞」月，他們稱飛機上擲下來的炸彈爲「鐵鳥下蛋」，如果被炸彈炸死了，他們就說「中了航空獎劵頭彩」。如果不幸在頭上流了一些血，他們就說這是「掛彩」！他們稱一個人的去世爲「蹺辮子」，正像一個死在路旁的乞丐那樣。

但在北京至少有一個人是願意受刺激的，這人便是黛雲。她在五月下旬才從監獄裏釋放出來。黛雲是不屬於北京的，而是屬於具有政治意識和作戰精神的中國少年。在她看來，現在所激發出來的戰爭不是一種災禍，而是求之不得的機會。一種長久企望謀國家自由的一個作戰的機會。如果一個人能瞭解過去幾年的問題，那麼，他們就能馬上看出那次戰事的到臨對人們是一種精神上的偉大解放，把人們清明的神志和平衡恢復過來，同時也把人們儲蓄的精力發洩出來。後來又來了一個消息；說是中國政府終於要領導全國去和日本作戰，這個消息好得令人不敢置信。如果，一個人能懂得過去七年全國所感受的一種沮喪，心理上的挫敗和怨恨，以及全國所期待的一位領袖，一種堅定的國策，以及他們所企求的各黨各派的聯合，那麼，這個人就能看出聯合陣線的完成以及作戰到底的決心，對黛雲來說簡直就是她所愛好的夢想的實現。

黛雲的熱誠是具有強大感染力的，它影響了她的姪兒——懷玉的兒子，和懷玉的妻子。那時懷玉已經帶著鶯鶯一起回來了，他們住在一家德國飯店裏。懷玉的父親已經去世，他的子女和他的結髮夫人和黛雲的母親福娘同住著；現在懷玉既已回來，就想把他的子女領去。

一天，他到黛雲的家裏，他現在已經五十歲了，他嘴唇上所留的仁丹鬍已經變白了。他是有錢的，過著很好的日子，並且穿著西裝，還戴著一副金邊眼鏡；但他卻學會了日本人的小習慣，如在牙齒中間發出一種嘶嘶聲，並在招呼傭人的時候拍著自己的手。

懷玉的兒子國昌，現在已三十歲了，他既恨他的父親，同時也藐視他。他向他父親說：「你到這裏來幹什麼？我猜想你是想找機會回去日本軍隊裏做官吧？」

「年輕人，」懷玉帶著一種傲慢的態度對他說，「你懂什麼？中國怎麼能夠同日本作戰呢？」

「那麼，你不贊成抗日嗎？」

「我非常不贊成！這簡直是像飛蛾撲火，自尋死路。你且過來，我要對你說話。」

他把他的長子領到另一個房間裏去。不到五分鐘，國昌的母親在外面的房裏聽見他在裏面呼喊著，接著就怒氣沖沖的從裏面跑出來。

「漢奸！漢奸！」他喊著說。

「什麼事？」黛雲問。

「他是日本間諜，他還要我去當日本的間諜呢！」

接著他的父親就從裏面出來，態度鎮靜，若無其事的樣子。

「亡國奴！」黛雲吼著說。

「你這樣大驚小怪有什麼用呢？」那父親說，「你不尊敬你的父親！我從沒有想到你會做這樣一個逆子！」

「什麼？你——我的父親嗎？我父親早已死了。當我長大的這些年，他在哪裏？我早就不認你了。」接著他就對黛雲和他的母親說：「他要我做日本的間諜，並說每月給我三百元！」

突然之間，他受苦已久的結髮夫人雅琴就喊起來說：「滾出這裏！滾出去！滾出去！」

接著她就拿起一隻玻璃杯向懷玉擲過去，恰巧打中懷玉的金邊眼鏡，眼鏡掉到地上，摔得粉碎。

「你——！」懷玉喊著。

「滾出這裏！」她再次喊著，「離我們母子遠遠的。幸而我們還沒有餓死，你別再靠近我們了。」

「好！好！」懷玉帶著怒氣喊著說：「這個家簡直是反了！」

他又向著他的老妻走過去，擎起他的鑲金手杖，像是要打她的樣子，國昌看見了，趕緊過來把他的手杖奪去。

「你馬上離開這裏！」他的兒子說，說的時候用手揪住他父親的領圈，把他推了出去。

懷玉因爲失了面子，就轉過身來，準備走開。

「簡直是無法無天了！」他喊著，「中國必亡！中國必亡！」

「拿著你的眼鏡，滾出這裏吧！」他的小兒子說，說的時候在他父親的屁股上踢了一腳。

「壞蛋！野種！」當懷玉走到天井裏去的時候，罵道，「將來你們會知道究竟是你們對呢，還是我對呢。反正我們都是替國家出力……」他的喃喃自語轉眼聽不見了。

素雲仍住在天津，那時的天津實際上是在戒嚴狀態中，所以，凡經過租界和華界的人時常被搜查。日本士兵和軍火正進入內地，他們用中國鐵路去裝運日本的軍隊和補給，而宋將軍爲了避免局勢惡化，只好准許他們這樣做。天津城裏的緊張情勢，使許多住在華界的人搬到租界或上海去。在天津，每天都會發生拘捕、暗殺，或類似事件。此外還有許多暗殺事件：日本的間諜暗殺了中國的間諜，中國的間諜殺死了日本的間諜。這幾年之中，天津的一條河裏時常浮著許多屍首，現在這種屍首是越來越多了，因此人們對這種增多的原因不免多所猜測。有一種說法是，除了吸食海洛因的毒犯外，有些中國工人爲日本人在海光寺做軍事工程，因爲怕他們洩密，因此事後被謀殺棄屍。

現在日本人知道戰爭是到來了，他們就把以前布滿在中國的間諜網加強起來。在華北方面，間諜的總機關是設在天津，後來轉移到北京，由一個日本人主持。這個間諜組織，後來就分成幾個派別，並且往內地擴充。他們利用中國人、高麗人、台灣人和大批的白俄。這種間諜組織在中國成立已經有好幾年了，他們所雇用的祕密間諜，大多數是販賣日本藥品的旅行推銷員，販賣毒品的人，其他有以新聞廣告社的攝影記者爲掩護的。此外在中國航空、政治和軍事等機關服務的雇員或僕役，如能用金錢收買過來的，他們就按月給薪水。這些間諜曾經受過訓練，能夠攝影繪製地圖和傳遞祕密消息，同時間諜機關也給他們攝影機、化學品，和無線電收音機。他們的目的是在得到中國的軍事祕密、地圖、國防計畫以及其他有關軍事的消息。凡是被派去同中國軍事長官接近，而乘機探聽軍事消息的人，往往是最優秀和最聰明的，其中有幾個是女人。間諜機關對於那些做了特種工作的人員，往往給予很大的賞賜，以示鼓勵，此外也由機關方面給予辦事人員，由他們差遣。

一天，素雲在天津被召到一個日本人的間諜機關裏去，這機關叫作特務部。當素雲進去的時候，看見一個年約四十歲的男子坐在事務室裏。他長著一副飽滿但又多骨的臉，並且有著一個圓圓大光頭。他蓄著一些短鬚，但不戴眼鏡，看起來面目是聰明的，而且是討人喜歡的。他說著一口還能忍受的中國話，也說一些很難聽懂的英文和俄文。

素雲心中明白爲什麼間諜機關請她到這裏來。原來她在天津日本租界開設了幾家旅館，並且擁有許多財產，同時也是一個有地位的販毒領袖，所以日本人一定會找她來，請她同他們合作。當她在前一年被禁煙會釋放後回到了天津，日本當局早已知道了她這個案子。日本人認爲她是拿出了五十萬元，送給中國禁煙會作爲釋放的代價。後來日本人也知道她在北京的其他公司也被搜查，他們就以爲這是她的運氣不好。他們沒有理由相信這是禁煙會對她暗地裏幫忙，或是她對禁煙會有好感。她還是過著她舊時的生活，因爲她沒有別條路可走，並且也不敢照她所信的去實行。但她不再熱衷於事業，她不過是要維持一個水準罷了。

「牛小姐，你請坐。」那位日本軍官很客氣的對她說，「我們對於女士這樣的同我們合作，很表示感激。在這裏我們要請你擔任一些事情。現在我先要對你表示我們的感激，因爲你的存款完全存在我們的銀行裏。我要先說這句話，免得我把它忘了……說到你的事業，你已開設了許多旅館，且在每一家旅館裏雇用許多舞女。你盡可以在她們中間選出最聰明和最美麗的十二名或十五名，並且把她們帶來見我，以待後命。你知道我們這個部裏很需要她們的服務。但我們也沒有忘記你。我會派你做她們的頭目。你盡可以選擇中國人、高麗人或白俄人做你的助手。我們每月給她們薪水兩百元，對於那些最聰明的，我們願意加到五百元……此外還可以付給特別的用費。這一層你清楚嗎?」

對於這一切，素雲並不覺得稀奇，而這也不是素雲所樂意做的；但是在這種情形下，素雲知道她是不能不接受的，否則就要失去她的財產或生命。

「當然，」她回答說，「我會盡我的力去辦。」

那個長官就站起來，很高興的同素雲握手，素雲也答了禮，可是心裏總覺得厭惡。

素雲回到自己家裏，對於當前的問題很憂心。她覺得她靠販毒賺錢和這件事是不同的，她已經不知不覺入了這一行，且很難改行了。但是現在戰爭既已到臨，而這次大戰爭又是日本人和本國人之間的戰爭。

她要不要做日本的間諜去反叛她自己的同胞呢？她恨自己，恨她的事業和周遭的惡劣環境。但這種恨現在已變成了對日本人的仇恨。她覺得她不能不下一個決心，準備犧牲自己的財產，並失去整個的命運，否則就得服從日本人的要求，而變成一個漢奸。「漢奸」這個名詞無論什麼地方都能發現，而且每天都有漢奸被捕的消息。這樣她的結果將會如何呢？如果她替敵人效勞，而且幸而避免了一切可能的危險，她究竟能得到一些什麼呢？至於金錢，她已經很多了。如果不幸被捕或被槍斃，又有什麼好處呢？她開始緊張起來了。

接著她又想起姚思安對她所說的兩句話：「如果戰爭來了，你要記得你是中國人。」他老人家怎麼會知道呢？難道他是一個「神仙」嗎？尤其使她不能忘懷的，就是暗香的孩子問她的那個問題：「你是不是一個中國人？你爲什麼幫日本人做事呢？」

在這種複雜的情形下，她就假裝答應了日本人的要求，去擔任間諜的工作，以便挽救她一部分的財產，並且等到人家不注意的時候，她就乘機逃走。所以她爲那個特務機關徵求了幾個女人，但其中中國人只有兩三個。之中有一個甚至斷然拒絕她的請求，並且說：「金錢固然是我所需要的，但是叫我賣國，我卻不幹。」其餘被徵得的，大多數是高麗女子和白俄女子。第二天，她領著那些少女到特務部去，給那個長官看看，那個長官竭力稱讚素雲，說她辦事非常敏捷。當那些少女們走開以後，那長官就吩咐素雲暫留一下。

「牛小姐，」他說，「你是一個上了年紀的太太，我對你是完全信任的。現在戰事已經發動，這個你是知道的，日本軍隊在本月內要進北京，實際上我們已把那個城包圍起來了。我們一定要用最能幹的人才，你的任務就是調查二十九軍軍官的政治立場。我們打算不流血的去取得勝利，或者雖然流了一些血，也得犧牲越少越好，我們已經和張自忠、潘毓桂有了接洽。但你以中國女人的資格，盡可以去得到內部的消息，那是不能用別種方法取得的。你可以從那些少女中選出兩個最美麗的，把她們送給張自忠當禮物。當你送去的時候，要裝出那是你自己送去的，而不是我們送的，這樣你就可在暗地裏進行工作。這樣你了解嗎？至於其他少女，我會吩咐她們在華界和英法兩租界擔任別種工作。」

素雲打算離開天津到北京去，她先到她存款的那家日本銀行裏，提取了三萬元，但她不敢多提，深怕引起日本當局的注意。接著她就陪兩個高麗女子到北京去，並且同住在東交民巷的一家外國旅館裏。

現在黛雲已經聽說她同父異母的姊姊素雲曾經被捕，並且因了姚家的援助而得到釋放，所以黛雲在天津的時候，曾去探望素雲，並且稱讚她此番的決心改善，一方面又要求她，從速放棄她的販毒事業，越早越好。素雲在走投無路的時候，就想起黛雲：她唯一可以談心的人。因為她的哥哥懷玉，自從她離開了吳將軍以後，已完全走他自己的路。她也知道黛雲會對她說些什麼話，但又覺得不能不同黛雲說話。因為黛雲和懷玉的妻子及他的兒女等，乃是素雲在這世界上唯一僅有的親人。

到了七月中旬，素雲就到了她妹妹的家裏。懷玉的妻子在招待她的時候雖然很客氣，但不免有些冷淡。她的姪兒們則不知道應當對她做些什麼感想。

素雲把黛雲拉到別的地方去，並且對她說：「我覺得我不能不同你談談。我們的父母已經死了，而且我們都上了年紀，而懷玉也不再是我的哥哥了。你知道我同哥哥曾有過爭吵，因他的事業和我的事業在利益上起過衝突。」

「現在他也在這個城裏。」黛雲說，接著她就連笑帶說的告訴素雲，懷玉在回家的時候怎樣碰了一個大釘子。

「那麼，我也是一個漢奸呢！」素雲微笑著說。

「真正當漢奸的人是不會自己說出來的，會說出來的人絕不會當漢奸的。」黛雲說。

「這不是開玩笑的，我要跟你說……」

「你也是一個『賣國賊』嗎？」黛雲叫起來，「你是不是想向我行賄？」

素雲連忙要她安靜下來。「我需要你的忠告，因爲在這世界上，沒有別的人能這樣勸告我。這是我現在所處的局面，我覺得我還是死了的好！」

她分析她的難題是介乎失去她的一切財產，和因當漢奸而被處死的危險之中。

「真是這樣！」當她姊姊說完話的時候，她這樣說，「沒有什麼問題比這更簡單了。你是中國人呢，還是非中國人呢？這是唯一的問題。姊姊，你只有一條路可走。一個中國人怎能幫助敵人去奴役自己的同胞呢？如果你害了自己的同胞，而使自己更有錢，那麼你能得到什麼益處呢？你很有被槍斃的危險。現在你既對我說老實話，所以我可以同你說老實話。無論什麼地方，現在都有剷除漢奸的團體，他們的目的在於發現漢奸，並且把他們槍殺掉。我也是這團體的一分子，如果姊姊真的去幫助日本人，那我可以把你殺了。你希望有人把子彈打在你的腦袋裏嗎？」當黛雲說完了這些話的時候，不覺笑了起來，她的態度是友好的，雖然她的言語之間帶著一種恐嚇性。

「那麼，你認爲我應該怎麼做呢？」素雲又這樣問，問的時候心裏很躁急，而且很害怕。

「做什麼嗎？那麼做一個愛國者吧！唯一的問題是，你是不是恨日本人？你沒看到每個中國的男子、女子和孩子都在反對日本人，而且中國終必勝利！去他媽的日本人，去他媽的漢奸，你能不能看出我是快樂的，而你是不快樂的？」

黛雲說出這種髒話，讓素雲笑了起來；此外在黛雲輕快的精神裏也有一些成分，使素雲覺得驚奇。

「中國能打勝仗嗎？」

「當然，毫無疑問的。我們也許全都會死，但是能夠和自己的同胞一起死，豈不更好？」

「你確定當你和你的同胞一起死去的時候，你會覺得快樂？」

「當然，我是快樂的。你看不出嗎？」

素雲覺得心裏起了一種新奇的感覺。快樂的感覺已經離她很遠了，而且她也從沒聽人說過，如果她抱持這種愛國信仰，即便死了也是快樂的。

「快樂，快樂，」她輕輕的說著這兩個字，並且要看看快樂這兩個字究竟能不能令她覺得真實。接著她就說：「妹妹，我希望我能時常和你在一起。在那邊我是被一班魔鬼所包圍。我真恨日本人，也恨我的中國同事！」

「你恨他們？」

「我憎恨他們。」素雲靜默了一下，又補了一句，「我也憎恨我自己。」

「那麼，你就脫離他們，跑到中國人這裏來，和我們在一起。」

「你剛才說你加入了鋤奸團？」

「是的，但它只不過是一個祕密團體。如果你願意幫我的忙，那麼，我就願意同你到天津，去請幾個日本人的間諜吃衛生丸。」

素雲聽了這句話，馬上就害怕起來，哭著嗚咽地說：「我是怕死的！」

黛雲的眼神中閃著光芒，她說：「你看！這是救中國的好機會呢。我會帶著我的幾個團員，同你到天津去探訪日本人的祕密。我自己也會扮成一個間諜，這樣你就可以做一個全國的偉大英雄了。你爲什麼怕死呢？」

黛雲那種愉快的精神和膽量，感染了她的姊姊，她張開了她的眼睛，看到一個她半生以來所沒有見過的一個新世界。素雲現在因爲精神上的孤獨，就同她的妹妹很親密，並且因爲時常同她的妹妹在一起，就下了一個很大的決心。

現在她準備同黛雲、國昌和陳三等同到天津去。她準備把黛雲以自己妹妹的身分介紹給日本的特務部。素雲住在日本租界裏，並且時常同特務部接觸，隨時把她所得到的情報傳給華界工作的其餘同事。她也時常向日本銀行提取存款，但每次僅提兩、三千元，以免啓人疑心。

每隔兩三天，素雲就會到日本間諜總部去走動一下。她又得到了麗玲的幫忙，麗玲就是那個不願做漢奸的舞女，她發誓保守祕密。第一天，素雲就把黛雲介紹給特務部主任，那主任對黛雲看了一下，好像有些懷疑，但素雲卻告訴他，這個女子是她的親妹妹。從此黛雲就知道這個特務機關的一切口號，並且也取得了通行證，以便通過日本人的哨兵。

很奇怪的，有許多日本的間諜，包括素雲所徵求的幾個舞女，都被暗殺了，或莫名其妙的失了蹤。

一天，素雲到特務機關去，那主任就問她說：「你知道有關鋤奸團的消息嗎？我們的間諜已經碰到了很多的意外事件。所以，我猜想其中必定有消息洩漏出去。我現在警告你要更加小心一些。對了，我想問你，你怎麼在七月十號那一天從銀行裏提出了三萬元，十六號當你從北京回來之後，怎麼又提了五千元，而十八號又提了兩千元？」

素雲很鎮靜的回答說：「你知道時局很不安定，誰都向銀行裏提些現款，以備緊急之用。那三萬元是付了一筆從大連運到的嗎啡的帳款。如果你不相信，我可以把發票給你看。」

「噢，我只不過是提醒你一下！」

素雲就裝作開玩笑的樣子說：「主任，你叫我做這種工作，準備付我多少錢？我每月至少要一千元。如果我能夠讓張自忠將軍倒戈，你會給我什麼賞賜？」

「你還要錢做什麼呢？你已經是一個百萬富婆了。」

「如果我不是爲了錢，我又爲什麼要工作呢？」

「那麼，給你每月一千元。此外你若做了特種工作，我們還要給你別的賞賜。你認爲那個姓張的將軍是可以用五十萬元買過來的？」

「我試試看！」

這樣的談話暫時減少了那主任對於素雲的懷疑。但是從此以後，素雲就不再向日本銀行提款，她只盡力的去收外邊放出的帳。她又警告黛雲，叫她以後不要再到日本租界去。

現在平津的局勢十分危急。在二十八號那一天，嚴重的戰事居然爆發了，而日本飛機就在平津之間的各要點轟炸中國軍隊。此外日本就派更多的軍隊到北京的前線來。

素雲把一個重要的消息傳出去，說是日本的駐屯軍已經減到兩千餘人，因爲凡是可以調遣的兵士多數已經調到前線去。這個情報是素雲派了麗玲傳給住在華界的陳三。

陳三得了這個消息，立刻去同駐在華界的中國保安隊密謀起事，目的是向當地日本租界做一種出乎意料的襲擊。他們也得了一個消息：那經過日本人訓練的冀東僞軍正計劃在次日在通州反正。此外他們也得到消息，說是國軍準備沿著那條陣線一齊反攻；還有，他們聽到豐台和廊坊已經克復，因此他們就決定一種大膽的進攻計劃，想把日本人逐出天津。

在七月二十九日夜間二時，天津城裏的戰事已經開始了。那天華界方面整日受重砲的轟擊和飛機的轟炸。在華界外面的南開大學也受到了嚴重的轟炸，並且化為平地。一時之間，火勢瀰漫，沒有人能撲滅它。

在十一點鐘，素雲接到了消息，說是麗玲在她第三次回到華界的時候被日本哨兵拘捕，並且被帶到日本特務部裏去。素雲聽見這個消息，非常害怕。在前一天，日本特務部主任已經對她抱持著懷疑的態度，因為顯然他已經從其他間諜方面得到一些消息，知道她已抱著貳心。

素雲就決定逃到鄰近的法租界去。她先化了裝，從屋子後門出去，手裏只拿了一隻小皮包。她先叫了一部人力車。但在她沒有踏上那部人力車之前，一個中國的員警就向她詰問說：「你到哪裏去？」

素雲向那個員警報出祕密的口號，表示她本人是在替日本人服務的。

「噢，你就是牛小姐嗎？」那員警說，「我正想找你，現在你且同我到司令部去。」他給素雲戴上手銬，並且同著她走開了。「你不是一個中國人嗎？」素雲對那員警說。

「是的；但我不能替你的性命作保。」

「請放了我吧，我們都是中國人。」

「你是怕替中國犧牲嗎？」那員警問。那些在日本租界服務的中國員警，大多數是身材高大的，此外他們對待本國人也非常不客氣。他們還以貪汙出名，甚至於要向人力車伕索詐幾個銅子。

「現在，你且拿了我這個皮包，把我放了吧。」素雲對那個員警說，「這裏面有三萬塊現鈔。」

那員警拿了她的皮包，一面是在躊躇著，一面是帶著害怕的心理，他就輕聲地對素雲說話，並且打開皮包來看一下，不料離他們十碼光景來了一個日本哨兵，他看見他們談話，就走過去詰問他們，接著就同他們一起走上去，這樣素雲的機會就失去了。後來素雲又同那個中國員警說話，而那個日本哨兵因為不懂中國話，就打了她一記耳光，意思是叫她不要說話。那個哨兵看見員警手裏拿著一個皮包，就叫那員警把那皮包和鑰匙一起交給他，這樣他們三人就默默的走上去，把素雲押在他們兩人中間。

素雲因為受了打耳光的侮辱，不覺暗暗痛心。她心裏想：「這就是我替日本人服務的結果。」接著她不覺發起怒來，原先的恐懼消失無踪。當她聽見那個員警說「你是怕替中國犧牲嗎？」這句話的時候，心裏就起了一種奇異而混雜的感覺。現在她的一面走著一個中國人，而另一面卻是一個日本人；她覺得在她右面的中國人代表中國，而她本人是準備替中國犧牲的，她知道她的末日到了。

當她到了司令部的時候，有人問她幾個問題，她的答覆表現出公然反抗的態度。後來那司令部的軍官就打電話給特務部。

「把我槍斃了吧！」素雲插嘴說，「我是準備犧牲的，我痛恨你們這班人，並且，也憎恨你們。」

「這樣，你就很應該槍斃了。」那軍官說，「把她拖出去！」

素雲就在天井裏被槍決了。

黛雲、陳三和國昌因為有好些時候沒有接到麗玲和素雲的消息，心中十分納悶。過了幾天，才有人告訴他們，日本的報紙上刊登著一個消息：「白麵皇后」是中國間諜，已被槍斃了。在天津的中國讀者對於這件事很覺茫然，但是因為時局很緊張，他們竟沒有時間去議論這個消息。

中國的保安隊連同二十九路軍的幾個支隊已衝破了日本軍隊的防線，並且已經在日本租界作戰。日本軍隊就派飛機來向華界轟炸，並且用大砲來轟擊，在飛機上用機關槍來掃射。一時之間，日本因爲毫不提防，而且已經把軍隊派到內地去，不免受了一種嚴重的侵襲，而有失去天津的危險。中國保安隊的人數僅有一千人，但他們卻佔領了東車站和總站，並且阻止了日本援軍開到北京前線去。在這以後，保安隊就進一步的去奪取在海天寺的日本兵營。到末了，他們又圍困了東堤，並準備炸燬日本的飛機場。那時有一部分日本人已經退到塘沽去了。但是到了深夜，中國的鐵路工人帶來消息，說是二十九路軍已開始從北京撤退了。

「你們最好放棄這裏。」有一個鐵路工人對他們這樣說，「你們不必做無謂的犧牲，二十九路軍已經退去，你們不能再得到什麼援兵。」

他們得到了這個消息，不覺吃了一驚，結果有幾個隊員仍繼續堅守他們的防地，但大多數人都分散，各自逃難去了。因此日本軍隊又重新走進被佔領的區域，把華界奪過去，並且也佔領了以前的奧租界和俄租界。

日本士兵因爲這次的失敗，惱羞成怒，採取了可怕的報復行動。結果在街上就充斥了各自逃生的男女老幼，情形非常混亂。在這時候，房屋上被日本人澆上了火油放起火來，一時之間，火勢熊熊，阻斷了一般逃難人的去路，同時遭遇了刀槍的刺傷，彼此的踐踏，和空中機關槍的掃射。有些時候，敵人和殘餘的保安隊之間還在做散漫的戰爭，其中有好些人一直戰到了失去武器，還不停止，接著他們就赤手空拳地衝上去，同日本兵士肉搏。

在混亂之中，國昌不幸被一顆流彈擊中。陳三想要援救他，但他只走了不到五十碼，就跌在地上死了。那時情形非常危急，陳三只得把他拋棄，自己逃命去了。國昌在臨死前，曾託陳三轉告他的姑母黛雲去安慰他的母親，並殺死他的父親。

現在黛雲和陳三只得經過鄉間去逃命了。那時的鐵路早已不通，因此他們必須步行到北京。

在路上，他們碰見了許多士兵，他們正打算重新加入向保定方面移動的那支軍隊，在八月三日，他們已聽見了關於通州兵變，以及三百名日本士兵在冀東的通州被人們屠殺的消息。

黛雲和陳三的問題是：怎樣回到北京去和家人團聚。他們知道北京已經落在一個親日的員警廳手裏，而那個員警廳對於一般要進北京城的人都實行搜查。

當他們繼續走去的時候，一路上飽受了風塵、饑渴和疲乏。黛雲聽見陳三在破口大罵二十九路軍和那些軍官的祖宗三代，這些咒罵是她從不曾從一個男子口中聽得的。

「下一步我們該怎麼辦呢？」黛雲問，「你打算幹什麼？」

「幹什麼嗎？接著幹吧。」陳三這樣說，「如果我在北京不能做什麼事，也許我會到南口去從軍；否則我就加入遊擊隊，那批武力將來必是中國軍隊的精華。」

「那麼，我就和你同去吧。」黛雲說。「羅曼現在在西北。我知道環兒也願意去。但是我有一種志願，就是照國昌的遺囑，去把我的哥哥打死，這應當是我們第一件要做的事。現在我的哥哥住在一家德國飯店裏，我知道他和他的安福系朋友已經從東三省回來，要在那邊成立一個傀儡政府。」

當他們幾乎要看見北京城的時候，天已經黑了，所以他們就在一個村子裏停下來。他們知道穿著這樣的服裝是不能進去的。他們曾請求那個村子裏的幾戶人家讓他們留宿一夜，但他們都不敢收留他們。

「那麼，我們應當怎樣辦呢？難道我們要在露天過一夜，而在明天早晨被捕嗎？」陳三微笑著對黛雲說。

最後，有一個老婦人歡迎他們進去，因爲他們告訴她，他們是從天津到這裏來的。在這個時候，陳三和黛雲只得假裝是夫婦。

「你是一個好心人。」黛雲對那老婦人說，「你肯不肯留我們在這裏過一夜，明天一早，我們就要離開這裏的。」

那老婦人就到廚房裏去，替他們溫了一些豆湯。

「你不是當兵的，是不是？」那老婦人問，「你們的樣子看起來很可憐。中國兵士在通州叛變以後，他們殺死了所有日本兵，並且拘捕了殷汝耕，打算把他押到北京交給宋將軍。誰會想到正在這個當口，二十九路軍居然撤退了，而我們那些兵士竟連這個城也不能進去。後來殷汝耕被錯交給了在城上巡邏的那些兵士。誰想得到呢？」

「現在那些從通州來的兵士到哪裏去了？」陳三這樣問。

「他們就繞著圈子離開這裏，我聽說他們已經加入了在永定河那邊的國軍了。」那個老婦人說，「我的年紀已經老了，但是我的牙齒還好。如果我能年輕十歲，我就會到山裏去帶領一個遊擊隊。」

「如果中國百姓都像你這樣，那麼日本用一萬年也不能打勝中國。」黛雲讚美她說。

現在陳三和黛雲知道他們是安全的了，所以陳三就自認在天津的時候，曾經協同中國兵士一起作戰，接著，他就把他藏著的一把自動手槍拿出來給她看。

「那麼你的太太也和你一同作戰嗎？現代的姑娘真了不得！」

黛雲看了看陳三，微微的覺得不好意思，但她回答說：「我是在鋤奸團工作的。現在我們想要出發，並打算拿了這支槍，去打死北京城裏的幾個漢奸，你覺得我們能平安的進城嗎？」

「你們想要安全，那是不能帶這支槍的。」那鄉下老媼說，「要不然，你們就會被捕或者被槍斃。因爲除了西直門之外，所有的城門全都關著，你們必須繞道到城西去。但我想你太太剪了這樣的頭髮，還穿著這種衣裳，那是不容易進去的。」

接著他們突然心生一計，陳三就想把自己化裝為一個鄉下人，肩上挑著一擔青菜，裝作是早晨進城的樣子，而黛雲也裝作幫同他去賣菜的樣子。

「老伯母，」陳三說，「你得幫幫我們。我給你兩塊錢，並且把那支手槍交給你。我覺得，如果我穿了這雙鞋子，也是進不了城的。現在我要同你交換，但是你必須給我和我太太一身鄉下衣服和兩籃青菜。」

「你可以到菜園裏去，自己摘菜。」那鄉下老媼馬上這樣說，「我把你的兩塊錢收下，也把兩套衣服借給你們。但請你不要以為我要你的鞋子和手槍。你應當明白，在城外不知有多少來福槍、手槍或軍裝拋棄在城牆邊，誰都可以去拿的。後來那個新任的員警廳長就派了很大的貨車把它們運去，並轉送給日本人。」

陳三就同黛雲一起出去，到園子裏去摘青菜，老媼就在黑暗之中望著他們。

接著那老婦人就指著一個黑暗的房間給他們看，在這裏面只有一個破炕，這就是他們的床。

「你們必須睡在這裏，」當那老婦人出去以後，陳三對黛雲這樣說，「我自己可以睡在外面地板上。」

「這樣不行，她會懷疑我們的。」黛雲說，「我們就穿著衣服和鞋子，同睡在這裏吧。」

所以那天晚上，陳三和黛雲同睡在那一個破炕上。

在東方沒有發白以前，他們已經起來了。陳三捨不得放棄他的手槍，就決定把它藏在菜籃底下。他拋棄了他的軍鞋，但是找不到一雙可以穿的鞋，他就赤著腳走出去。黛雲紮起了她的短髮，並用黑棉布包起，把她自己打扮成一個鄉下婦女那樣。在天色有些灰白的時候，他們就向那個老媼告別，出發上路。陳三用一條竹槓，把那一擔菜挑在自己的肩上。在西門還沒有打開以前，他們已經到了城門口。但他們怕引起別人注意，就故意退後一些路，以便等候別的鄉下人挑著菜走到那邊去。黛雲看見有幾個女人在賣雞，她就向其中一個買了兩隻，並且把牠們倒提在手裏，彷彿是做買賣的樣子。陳三雜在七、八個農民當中，挑著他的一擔菜經過那城門，同時黛雲手裏提著兩隻雞，跟著他進去。到了城門，他們就被一個親日的潘姓員警廳長所派的員警所搜查，不能馬上就進去。

陳三就停下來，把他所挑的兩只籃放在地上。

那個員警開始搜查他的籃子。當那員警的手摸到菜底下的時候，陳三的心跳得很厲害，幸而那支手槍裝在另一隻菜籃裏，沒有被搜著。

黛雲站在陳三旁邊，非常著急，她覺得片刻之後，那支手槍就要落在員警的手裏。她急中生智，故意鬆了她的手，把一隻雞落在地上，那隻雞就拚命的逃跑，而且咯咯的叫著。

「啊呀，不好了，我的雞逃走了。」她喊著說，一面就追在那隻雞的後面。別的鄉下人看見這種情形，想要幫她捉那隻雞。黛雲就在這時候放去了另一隻雞，以致一時之間，鄉下人和員警便起了一陣哄笑的聲音。這種情形在北京的老百姓中間是很普通的。其中有一個員警還跟著那些雞跑，意思是要幫她捉回來。

「啊，我的菩薩！」黛雲喊起來說，喊的時候故意裝著本地鄉下人的腔調。「要是這兩隻雞給跑了，那我就要三天沒有飯吃。謝謝您，好先生，謝謝您！」

這樣有趣的事使每個人都覺得好笑，連那員警也是這樣，接著他就把那些鄉下人放進城去，不再對他們搜查了，因此陳三就同著黛雲回到本城的家裏去。他們走到屋裏去洗淨他們的腳，並且換了衣服。後來他們告訴家裏人，他們怎樣在今天早晨冒著危險進城，也提起那個好心腸的鄉下老媼怎樣待他們。環兒因爲看見她的丈夫平安回來，覺得非常高興，因爲她們早已聽得在天津有過屠殺和擾亂的事情，並且他們接連有五、六天不曾得到陳三的消息。

在這個時候只有日本的和親日的報紙才得在北京發行。阿非和家裏的人已經從這些報紙上知道素雲因為做了中國的間諜，被日本人槍斃了。但他們起先還不明白這件事，等到陳三和黛雲把她最後自贖的經過告訴他們之後，才徹底明白了。

陳三同著黛雲到她的家裏去，把國昌慘死的消息告訴他的母親雅琴。黛雲把雅琴兒子的最後遺言告訴了她，但卻把遺言裏要殺他父親的話瞞著不說。那個母親知道在天津陷落後的幾天當中，被殺的男女簡直成千成萬，所以她早已預料到有不好的消息傳來，現在她對於這種消息就很勇敢的接受了。

黛雲使她自己鎮定下來之後，就告訴她的姪兒們說，他們在路上是怎樣冒險，素雲是怎樣死的。

「這個城裏的情形怎樣了？」

「你最好小心一些。」他們說，「現在北京是落在一班漢奸的手裏。他們時常到屋子裏搜查，並且把國民黨黨旗、書籍，和中山先生的像拿去燒燬。」

「誰這樣做？是日本人嗎？」

「不，日本人無須這樣做。」雅琴答。「那是當漢奸的潘廳長替他們幹的。他繳了舊時員警的械，把軍器交到日本司令部去當禮物；後來又招了一班流氓、苦力，給他們每人兩毛錢，並且把他們組織起來，去歡迎日本軍隊進城，北京已經被出賣了！」

「怎麼回事？」黛雲問。

「你是否知道在二十八日那一天有勝利的消息傳來？」雅琴說，「全北京人聽到這個消息，都十分興奮。第二天早晨，國棟和他的兄弟們起得很早，想在報紙上讀更多關於勝利的消息，但是沒有報紙送來。阿媽從街上回來說，那幾條街已經被放棄，沙袋也沒有了，兵士們也不見了，無論中國的或日本的。宋將軍已在夜裏離開北京到保定去。國棟就到外面去看看，而且走到一個員警署裏去，他在院子裏只看見幾個員警住著，他們是垂頭喪氣的，也不穿制服。在那整整一天，北京簡直像一個鬼城。商店都關上了大門，哈德門大街充滿了散漫的和受傷的兵士。電車雖然還是照舊行駛，但車上只有司機打著鈴而全車都是空的。因此國棟兄弟倆有幾天不敢到外面去。」

「那個老頭兒有沒有再來過？」黛雲問。

「哪一個老頭兒？」

「我那位好哥哥。」

「他爲什麼要再到這裏來？」

黛雲不再說什麼；她並沒有告訴雅琴，說是她同陳三已計劃去暗殺懷玉。在陳三離開北京之前，這種暗殺行爲就是他在北京的最後一次行動。他的祕密團體裏的多數人員很想去加入共產黨，他們已開始在山西活動了。黛雲是很願意和陳三同去的，因爲自從她被監禁之後，她同她丈夫羅曼就一直分居著。

陳三、環兒和黛雲正準備發動一次暗殺，並預備馬上出發。環兒寫好了一封信，請阿非轉交給她的哥哥和母親，接著她就到黛雲家裏去。黛雲向她的母親告別，在告別的時候，她只這樣說：我們這一隊是打算到西北去同日本人作戰的。她的母親知道她無法阻止她。她除了黛雲之外，並沒有別的孩子，所以更難與她分離了。雅琴的子女自從和福娘同居以後，就稱福娘爲祖母，事實上他們真像她的親孫兒們，而雅琴卻像她的親媳婦。當素雲回到天津去的時候，曾留下一萬元現鈔在黛雲那裏；現在黛雲就把這筆款子交給她的嫂嫂，作爲她母親和這一家的生活費。

懷玉所住的那家德國飯店是在裏城的東南角，離東交民巷不遠。在晚上八時以後，陳三就帶著兩個人暗地裏拿手槍出去，因爲他們知道懷玉是在夜裏出去會見安福系的人員的。他的汽車停在旅館的門前，車頭向著西面。陳三和他的助手就躲在一條南北相通的胡同裏。

過了一會兒，那部汽車就朝著它原來的方向開動了。陳三站在胡同口，避開車上的燈光。那時車子剛剛發動，正想加速離去。陳三因爲躲在角落裏，就拔出手槍來，對準他的目標物射去。那部汽車就歪向左邊，撞在電線桿上，將車上的車伕摔出車外，當場死亡。陳三聽見一個女人呼喊的聲音，後來他又靠著車頭上的燈光在牆上的反照，看見車廂後座上坐著一個女人。他和他的助手就對著那部汽車的後座連放了六七槍，接著他們看見那個女人的頭向前傾倒下來。陳三恐怕那些槍聲被過路人聽見，就吩咐他的助手向黑暗的胡同裏逃跑，自己也跟著他們一起逃走了。

他們逃到了蘇州胡同黛雲家，這個屋子離他們行刺的地方很近。當他們到了那間屋子以後，他們看見黛雲、環兒和別的人在等著他們。

「事情已經辦妥了！」陳三很鎮靜的說。

黛雲的母親看著那三個男子一起進來，不覺倒抽了一口氣，並且心生疑惑。

「你們辦了什麼事情？」她這樣問。

「沒有什麼。」陳三說，「我們已把一切出發的事情全都辦妥了。」

陳三把他的妻子拉到旁邊，對她說，「我相信那被殺的是鶯鶯，不是懷玉。我看見那部汽車裏除了車伕之外，沒有別的男子。」

環兒把這個消息輕聲地告訴了黛雲，黛雲聽了這個消息，就輕聲地讚美那次事件的成功。

那個團體——四個男子和三個女子——決定坐人力車到城門口，然後穿過鄉間到永定河的對岸，因爲在那邊還駐紮著許多國軍。

當他們準備在短時期內離開北京的時候，他們就決定把暗殺懷玉這件事暫且放棄，因爲自從暗殺鶯鶯之後，他們若再在北京住下去是很不妥的。因此懷玉的生命就得保全，而且還曾在王克敏的北京政府底下做過一個重要人物。

說到這裏，我們不得不把陳三、環兒和黛雲這幾個人暫時放開。至於他們怎樣出去，怎樣失散，怎樣團聚，怎樣到山西北部，後來又怎樣得了阿善的加入，怎樣加入那邊的遊擊隊，並怎樣阻止日本人向西北進展，這些事情都要讀者自己去想像了。這一群勇敢愛國的中國青年，他們的精神在最艱難的環境下往往非常活躍，同時他們的樂觀精神和膽量，在這個時候簡直是百折不撓的。

第四十四章

鶯鶯被刺的消息，在北京的報紙上不准登載。大多數的中國日報在這個時候已被封閉，只有一家傀儡報紙叫作「新民報」的，在六月間曾被禁止，現在是復刊了。一種在天津義租界發行的天主教報紙，有幾份被報販偷運到北京去賣，並且賣得好價錢，但是販賣這種報紙的人是有被捕的危險的。那一家傀儡報紙所登載的消息，完全是同盟社所供給的，此外還有從東京來的電報，以及關於「東亞新秩序」的社論。北京已和中國其他部分脫離關係，在城裏只有那些有錢人才有無線電收音機，所以他們很願意開著收音機接聽從南京來的廣播。在北京城裏，那些暗殺黨的蹤跡不是員警所能發現的。懷玉一方面是在害怕，一方面是在惱怒，他就把他的注意力轉到姚家的王府花園。

第二天，就有一隊員警到姚家院子去，對院裏的居戶做詳細的調查，把所有住戶的姓名都抄下來。那時這個院子裏僅僅住著馮舅舅和馮舅母以及寶芬的父母，他們都是上了年紀的人。幸而立夫、環兒和陳三那些人已經不在這裏了。那些員警知道這個院子裏僅僅住著這些住戶，就安靜的在那座房子裏查了一遍，完全沒有驚動他們，接著他們就很客氣的離開了。

阿非已經聽得鶯鶯的暗殺事件，他一半疑心陳三和環兒同這件事有關，幸而他們已離開那裏。他又猜想那次員警的搜查，也許和那暗殺事件有關，也許他們就是懷玉所派來的。後來阿非也聽說員警曾到黛雲的屋子裏去搜查，黛雲的母親就告訴他們，她的女兒早已到天津去了，沒有回來。

在這種情形下，阿非知道他本人和他的家都已在危險的狀態中；第一因爲懷玉已經回來了，第二因爲他做過禁煙會的主任，已經樹立了許多敵人，而且他也是中國政府的一個官吏。他就請寶芬的美國朋友杜南輝小姐搬到他們的院子裏來住，並且另外寫了一張契約，把那個院子在名義上轉讓給她，還請她在門口掛上一面美國旗。他知道她是一個非常誠實的女人，不會利用這機會奪走他們的房產的，所以那張契約不過是一種形式，以便在發生困難的時候交給員警看。還有在院子裏如果住著一個白種人，那麼，當日本的搶劫者、兵士或浪人等進來的時候，對他們就有一種約束的力量。

當員警們進來叫他們塡具報告的時候，他們發現那一家名單上沒有曼妮和阿善的名字；因爲自從盧溝橋事變發生後，曼妮怕日本人來搶劫，決意搬到鄉下去住。她就想到玉泉山附近姚氏的別墅，但是阿善的妻子卻以爲在北京北面有她的一家親戚住著，那地方是比較安全的，因爲那邊離北京更加遠一些。曼妮的母親孫太太在前年冬天已經去世，因此阿善和他母親曼妮，以及他的妻子和一個五歲的孩子，都搬到他妻子的本村裏去。

那個村子距離一個火車站約三英里，在北京陷落的三天前，他們就搭火車到了那邊，並沒有碰到太大的困難。阿善的妻子娘家姓朱，她的本村叫作朱家莊。這個村子不過是個市集，座落於山區，全村的人都是朱姓族人。曼妮一家的到來可成了村子裏的大事。太太小姐出門期間所穿著的樸素衣服，在村子裏的人看起來，簡直就是了不得的奢侈品，因此就有許多村姑農婦趕來，想看看這些從故都王府深宅大院裏出來的太太小姐。

他們所住的那幢房子，是屬於阿善岳母的一個姊妹的。那村子裏的屋子都是用泥土造成的，非常簡陋，但是在這間房子的前面，卻有一個小天井，房子後面有著很大的打穀場，它的圍牆下截，是用山上取來的圓石堆成的，這是它和別的屋子的不同點。

那村裏的姨母把她自己所住的一間很好的房間讓出來，給他們住下，而她自己卻搬到後房去住，一方面還向他們竭力抱歉，說是他們的房子太簡陋了。這個屋裏因爲沒有別的空房可給曼妮住宿，因此阿善就主動提議，願意睡在客房裏，而讓他母親同他的妻子睡在一個土炕上。

他們自從搬到鄉間之後，就脫離了北京方面的煩惱日子，這對於他們是一件樂事。況且那個村子是很安靜的，而且位於一座小山的旁邊，因此在涼快的晚上，阿善就同著他的妻子和小孩到附近的一個溪流旁邊去散步。這樣，他就過了七、八天安寧的日子。接著那些在鐵路附近走著的村人，就看見滿車的日本兵士向北開往長城方面的南口去。他們這村子裏還沒有發生什麼事情。

又過了五天，日本軍隊開始步行通過那邊的鄉間，並且沿著鐵路線走去。他們開始看見農民和他們的家屬，帶著豬雞和其他牲畜，從鐵路線附近的村子裏逃出來，有的是從京城外逃來的。這就是華北鄉間大動亂的最初預兆，將來受災最嚴重的區域裏簡直連一個人、一頭牲畜，甚至一棵樹也不留。那些逃難的女人，往往對村子裏的婦女輕聲訴說著她們受辱的故事。有一個男人爲了將他的妻子自日本兵手中搶回，就被他們用棍子在頭上痛毆了一下。還有那些逃難的男子訴說著他們的屋子裏怎樣駐著日本士兵，他們怎樣殺了村子裏的雞和豬，怎樣把門窗板壁搗毀，怎樣把器具食物當燃料。因爲在華北地區燃料是很少的，所以凡是過路的軍隊給人們的第一個印象，就是他們把任何木製的東西都拿來燒燬。

但是說也奇怪，朱家莊這個村子卻暫時不曾遭遇災難。因爲這個村子是在鐵路線附近的一條溪流的對面，一面靠近山腳，因而地勢也突然的高起來，所以這個地方不是日本軍隊所經過的。那時有消息傳來，說是在南口附近曾經發生大戰，但是這次戰事距離很遠，所以連大砲的聲音也聽不見，他們只能看見成千的日本兵沿著鐵路線穿過鄉間，他們的後面跟著坦克車隊。在晚上，他們也能遠遠望見火勢很大的野火，他們知道這是用村子裏農民的木器、織布機和門框等當作燃料的。然而朱家莊這個村子雖在日本軍隊的視線當中，卻還能在平安中睡著。

但是現在卻有大批難民從北方而來。這班難民也帶來了消息，說是整個村莊怎樣被燒毀，幾百個女人是怎樣逃到礦穴裏去避難，她們躲在那邊挨著餓，沒有東西吃。在這以後，鄉間就有許多流浪性質的土匪隊伍出現。

有一天，阿善看見他們的村子裏沒有什麼兵士經過，他就馬上冒著險，渡過一條溪，到了日本軍隊所放棄的一個村子裏，穿過裏面的幾條街道，看見那裏的情形非常荒涼。在一個牆上，他看見日本軍隊所貼著的一張用中國楷書寫成的告示，這上面是這樣寫的：

大日本皇軍第一號佈告

大日本皇軍H司令，茲對中國人民佈告如下：本軍隊在實現大日本帝國之使命時，只抱一種願望即在東亞建立和平，增加中國人民之快樂和幸福，務使吾等所企求中日共存共榮之目的得以實現。此外並無其他目的。此次戰事，為中國軍隊對本軍挑釁及無禮之態度所激起。本司令現抱一種更大之忍耐心，重新作此佈告，希望局勢不致惡化，以待將來之調解，但中國軍隊並未覺悟其錯誤，亦未停止其挑釁。中國軍隊如此行動，不但予大日本帝國主義以一種侮辱，並且危害和平，使其人民陷於千秋萬世不能救拔之災禍中。因此本軍隊上按天意，下從人願，決定處罰此種不仁愛、不公道、愚蠢和固執之壞黨。但一切不反對吾等之人民，吾等均以親朋看待。吾等且允許，決不驚擾良民，反為彼等謀取永久幸福。希望當地居民均能安居樂業，分辨是非，並瞭解本軍隊之誠意。今佈告爾等，務必不相驚擾，照常從事職業，以待樂園之來到。凡乘此不安時機，滋生事故，或幫同一般叛徒者，當重處不貸此布。

大日本帝國皇軍司令H
昭和十二年七月

阿善從一家鋪子的牆上讀著那張佈告。但那家鋪子已完全沒有人了，它的廚房已經完全空著，地板上散著碎玻璃，並且堆著打翻的桌子，還有一半損壞的門柱斜依在門旁邊。

阿善讀了佈告，對於幾天之後從北方來的難民那邊聽來的一個消息，就更明白了一些。原來從一個村子裏逃出來的兩弟兄對他講了以下這個故事。

他們的村子裏有一個喜歡開玩笑的人，在大日本皇軍佈告上的一個「大」字右角上添上了一點，於是這個「大」字就成了一個「犬」字。因此這個佈告的題目就變成了「犬日本皇軍」，同時在那佈告的文字裏也有幾個「大」字都同樣添上了一點。不料有五十名日本兵經過那個地方的時候，有人請他們的司令注意那佈告上所開的玩笑。那個司令看了之後，勃然大怒，立即派人去把那村子裏的村長召來詢問，村長跪在地上訴說著，他實在不知道這件事，並允諾以後對於同樣事件負責。他又自動的跪在那個佈告之前，以便稍贖愆尤。但那個司令卻一定要把人犯交出來，村長還是訴說著，他是不知情的。

「站起來，」那司令喊著說，「你趕快去找出來。我給你十分鐘的時間。」

但是還不到十分鐘，他手下的兵士就拿了幾罐火油，在街上跑來跑去，向那些房屋放火。結果那整個村子以及村裏的居民都被燒死了。那兩個逃出來的弟兄是躲在一堆東西的底下，過了一天一夜，才敢冒險逃出來，把這個故事講給別人聽。

現在他們也看見幾小隊輕傷的兵士從南口回來。據說有兩萬五千日本兵在攻打南口，戰況非常劇烈。顯然的，那鐵路是不夠裝運兵士的，因爲要裝運軍火、重砲和種種補給。後來局勢就越來越緊張了。有許多隊伍疲乏而散漫的日本兵，開始從附近的那條路上回來。有的兵士就穿過那個村子回來，一般女子就怕起來。無論在什麼地方，戰事總是戰事，破壞總是不能免的，但日本人對於女人的態度，還有待於專家們去研究。

阿善很爲這些事擔憂。他主張避到離開日本兵所經過的路稍微遠一些的村子裏去住。他聽見有一個位置很好的村子，藏在一個冷僻的山谷中，並且離她們所住的村子有幾哩路，所以有一天，他就離開了他的村子到那邊去看看，預備在那邊找一個寄住的地方。結果他就出了相當高的代價，在那邊租了一些屋子。

當他在黃昏回來的時候，他看見他自己的村子裏有一大批居民逃出來。口裏喊著：日本人來了！他也看見做父親的背著年老的祖父逃出來，做丈夫的抱著受傷的女人逃出來，這種情景向他暗示了一個不必用文字去述說的災難故事。

「我家裏的人到哪裏去了？」阿善急著這樣問。

「誰知道呢！人人都自己逃命去了。」他們這樣答。

阿善向他的屋子奔去，他沒有看見什麼人，他只看見幾條狗在無人的街道上徘徊。

他趕緊跑進了自己的屋子，看見外面的一個房間裏有一張桌子打翻了。接著他就跑到臥室裏去，看見他妻子赤身露體的躺在炕上，肚皮上有刺刀的傷痕，她的生命早已完了。他看見了這種情形，一股可怕的戰慄通過了他的脊背，他又看見他的孩子橫躺在地板上，他就把他抱起來，但感覺這是一團冰冷的屍肉，兩道對角線的傷口，十分俐落地交叉劃過脖子和兩肩。阿善把那個孩子抱在懷中，接著又望著他妻子赤裸的屍體，一時之間竟忘了他的所以然，把他手裏的孩屍跌落在地上。他忽然有一種奇異的感覺，覺得他是被罰到一個永遠受磨難的地獄裏去。他並不覺得自己運氣好，不曾遭難，他已知道他是落在一個惡魔的手裏，而無能為力。他沒有哭泣。他覺得他血脈的循環似乎倒轉過來；他的口涎往外流，而眼淚和汗倒是向內直流，他感覺他的兩眼非常乾燥，他的皮膚彷彿是浸在冷水裏，不寒而慄。

後房裏發出一陣呻吟的聲音，把他從一種出神的狀態中召回來。

他趕快到後房裏去看，見他母親曼妮的身體吊在靠窗的一條繩子上；她的衣衫有一部分是凌亂的。他看見這種情形，心裏非常害怕，不覺把眼睛閉了起來。

他又聽見一陣呻吟聲，使他的毛髮豎了起來。

「把她的身體解下來，好好地蓋好。」那聲音說，說的時候似乎非常疲倦。

他張開眼睛，向著床鋪那一面望著。他就看見在那個黑暗和遮著布的一個角落裏，有一個人的身體在蠕動著，這呻吟的聲音就是從那個人的口裏發出來的。

阿善走到床邊去，他看見他妻子的姨母有氣無力地抓著那條蓆子。

「你受了傷嗎？」阿善問。

「把她放下來吧。」那微弱的聲音這樣說。於是他又望著曼妮的可怕形狀，她那從沒有被任何男子看過的身體，現在卻是半裸著吊在那邊。

阿善轉移了他的視線，勇敢的走到他母親的屍體那邊，第一步把她的褲子繫好，然後把她的身體放下來。他覺得她的身體仍有溫度，他就不覺哭起來；這樣，他就覺得他又同人世間發生了接觸。他看著他母親的面孔，覺得她雖然去世，但還是安靜和美麗的，於是他就撫摸他母親軟弱而垂著的兩臂，就是兩隻曾經撫愛過他、抱過他和養育過他的手臂。接著，一陣泉水似的眼淚，從他內心的深處湧流出來，不能遏止。

他不知道他伏在他母親身上究竟多久。當他的眼淚似乎耗竭的時候，他就再想到他年老的姨母，他就起身向那床邊走去。

「你趕快把燈點起來。」那聲音說。

阿善就急忙的去找火柴。他到那放著他妻子和孩子屍體的房間裏去找，但又覺得害怕起來，就退到天井裏，吸了一口長長的氣。後來他想到他是在找一包火柴，就到廚房裏去拿，然後回到黑暗的臥室裏去。當他踱進那臥室的時候，他的眼淚又像泉水般的湧出來，曼妮的屍體對他實在含有一種感動力。

他擦了一根火柴，把一盞小煤油燈點著了。當他點著那盞煤油燈的時候，當前的世界改變了。原來那一匣火柴，那一盞燈，和他自己的手，都已失去了它們的意義。究竟燈是什麼？火焰是什麼？人的手是什麼？他的手指節是什麼？後來他的意識，就從他那種半出神的狀態中恢復過來了。現在他覺得他是在這個屋子裏，他覺得他的妻子、孩子和母親都不在人間。他是孤單的同他的老姨母寄生在這個房間裏，離開北京有好些路。那一種可怕的感覺，透入了他的意識，使他覺得他是孤單地生在這個世界上。

他忽然起了一種衝動，想把那整間屋子付之一炬，以便和他的家屬葬身在火窟裏。但那床底下的聲音又對他說：

「請你給我一碗水。」

這一句話使他回到了現實。他就到廚房裏去，倒了一碗開水進來，走到他的姨母那邊去，並且把那盞燈移到床邊去。他看見她的頭部受了傷。他就把她的身體稍微扶起來一些，並把那碗開水送到她的嘴裏。

「你且躺下；我會把你的傷口洗淨的。」他說。

他又到廚房裏，拿了一盆清水和一塊手帕，他把那塊手帕浸在水裏，然後拿來把她髮部的凝血洗淨，那老婦人不覺尖聲的喊痛，但她的傷僅僅是在表面上。

「請你把經過的情形都告訴我。」他說。

「我真是丟臉啊！一個像我這樣五十幾歲的女人！」她哭著說道，「他們爲什麼不把我殺掉呢？」

「胡說，這算得什麼丟臉呢？」他回答說。

「請你不要把這件事告訴村子裏其他的人。」

「村子裏沒有別人呢！」

「他們到哪裏去了？」

「他們都逃走了，整個村子都是空著。你儘可以把經過的事情告訴我。」

於是她就打起精神，將一切經過告訴他。

「日本鬼子來了，沒有人知道他們是何時來的，也不知道是怎麼來的。他們闖進家中，你的妻子正和孩子在前院玩，一個凶神惡煞般的日本士兵走進來，你的妻子拉著孩子跑進屋內，那個日本兵在她身後追著，她把門拴上，但是那個日本兵把門撞開。曼妮和我跑進最後面的房間，我們聽到尖叫聲，隨後聽見金屬的鏗鏘聲，孩子的哭聲就突然停止了。過了一會兒，聽見你妻子的尖聲喊叫，我爬到床下，但是你母親卻上吊了。日本兵進來了，我被從床底下拖出來，他大發脾氣，打我，把我拋在床上，然後我就昏過去了。當我醒來的時候，屋子裏沒有一點聲音，我看見你母親的身體。你看，就連一個女人死去了，他還要玩弄她！你的妻子和孩子也死了嗎？」

阿善默默地點著頭。他不敢進他妻子所在的那個房間。他只是坐下來，看著那躺在地板上的母親的屍體。說也奇怪，當他每一次看著這屍體的時候，他就有了一股勇氣。她的模樣看起來並不可憐，她不過是死了，而且在他眼中，她就和以前一樣美麗。最後，他鼓起他所有的勇氣走到前房裏去，把他孩子的屍體放在他妻子屍體的旁邊，並且把它們遮起來。

「你想吃一些東西嗎？」他姨母問。

「不，我吃不下。」他說。

「那麼請你將櫥子右首那個抽屜裏的那根人參拿出來，把它燉成一碗湯，我正想提一提神呢。」

他就照她所吩咐的去辦。於是他就到廚房裏，把那支人參切了幾片，用水煎湯。這使他稍微平靜下來，但他仍然覺得他所處的情境是非常奇異的。他覺得他的家人都已死去，而他卻平靜的煎著參湯。每件事似乎都很奇怪，只要有一些常態，就會使他覺得這是不應該的。他看著那煎著參湯的火焰，陷入沉思中。漸漸地、沉默地，他在心裏下了一個決定。

他又回到房間裏去，重新望著他母親的屍體，並大聲對他母親說：「媽，我要替你報仇。我要去殺！殺！殺！」

現在他已失去對死的恐懼，並且也不再顧慮他自己。他突然覺得有一種新的感覺，同他今天早晨所感受的那種感覺相反。他是準備去同日本人拚命，並準備在任何時候犧牲。現在他是無牽無掛了。

他走出去，到附近的屋子裏看一下。他沒有看見什麼活著的人，只見東一個西一個躺著的屍體，但他並不覺得害怕。他再走過去，聽得一陣腳步走動的聲音，原來這個村裏還有幾個活人。他覺得自己就像一個健康有活力的人，行走在鬼的世界裏。他走進了一個黑暗的房間，並故意提起了聲音咳嗽。

但這裏只有一片絕對的靜默。這樣，他對於他自己也不免有些害怕了。

「我是中國人。」他喊著說，「裏面有人嗎？」

他就向那黑暗的空間這樣喊著：「不要怕，鬼子們走了。」

接著，他就聽見一陣腳步移動的聲音和衣服的沙沙聲，並看見有兩個人影從裏邊出來。

「你是誰？」一個女人的聲音問。

「我姓曾，從北京來的。我家裏三個人都被殺了。」

一個女人過去點了一盞燈。

「你們是怎麼活下來的？」他這樣問。

「我們婆媳倆躲在灶後的一個角落裏。」

「明天你們最好去找山裏的親戚，因爲日本人說不定還會再來。」他告訴她們說。接著，他就回到自己的屋裏來，並且躺在地板上。那天晚上，他睡在他母親屍體的旁邊。

第二天，他就幫著他的姨母和兩個婆媳搬到山裏去住。現在，村子裏只剩下他一個人了。他拿了一把鋤頭和一柄鐵鏟，把幾個屍體埋葬在後邊，一直到晚上，他才做完這件事。

接著，他方才覺得餓了。他就到廚房裏去，胡亂地替自己燒一頓飯。吃了飯，他又出去坐在他母親、妻子和孩子的墳上。

他不忍在第二天就離開這地方，所以他就繼續在那邊住了兩天。他是這個鬼村子裏唯一活著的人。

到了第三天早晨，他就在那墳上按照儀式痛哭了一番，隨後就離開了。

他在他的兩個小指上各戴著他母親和妻子的戒指。在把她們安葬以前，又從他母親、妻子和孩子的頭上，各剪了一撮頭髮，藏在他自己的記事簿裏，作爲紀念。

之後，他就動身到遊擊隊那邊去，並加入了他們的隊伍。從此他總是站在最前線，但卻從沒有受過傷。他的性命好像是受一種幽靈的保祐；他的同志不免奇怪，他在作戰的時候爲什麼這樣發狂似的勇敢。他並沒有告訴他們，他母親、妻子和孩子的魂魄是和他同在，使他有這樣的膽量。他們不知道他在這個世界上雖是孤獨的，但另一方面卻不是孤獨的。

在北京的人們得不到曼妮這一家的消息。自從員警在姚家的院子裏搜查以後，他們就請杜南輝小姐搬進去同住，因此在表面看來是平安無事的。但是阿非同寶芬決定離開北京，因爲他是一個政府官員，隨時有被懷玉和親日的官吏所拘捕的危險。襟亞和暗香也覺得如果他們能脫離懷玉的掌握，在生命方面就可以比較安全一些了。

但是除了這些個人原因之外，北京城實際上已經和中國脫離了關係，它已是一個陷入混亂的、不法的，和血腥的空氣中的迷失城。那時日本人還沒有公開的設立市政府，但那些傀儡們已經準備設立一個地方性的維持會，以幫助日本人維持地方秩序，並盡力和他們合作。也有人組織亞洲文化協會，提倡研究日本的文化。學校裏的教科書也準備要修正了。城裏的煙窟，在過去一年中本已漸漸減少，現在卻又興旺起來。日本商人如潮水般地擁入這個城裏來。多數的日本婦女，不是穿著西裝，就是穿著中國旗袍。所以穿著這種長袍，是因爲它叫作「旗袍」，她們爲了愛國而穿著它，以「鞏固與滿洲國的友誼」。不過我們應當注意，這種服飾上的改變，是發生在通州僞軍的叛變以後，而不是叛變以前。在中國人看來，北京在各方面都能顯出它是一個「滅亡的城」。安福系的舊政客王克敏，已經和他的幾個同志設法成立一個政府。

阿非同襟亞討論著怎樣把全家都搬到上海去的問題。伯牙已完全把毒癮戒掉了，他決定和他妻子繼續住在北京。馮舅舅、馮舅母和寶芬的父母都說，他們因爲年老了，沒有離開那裏的必要，所以願意同著杜南輝小姐住在那裏照顧院子。

同時上海方面也發生了戰事，但是天津和上海之間的船隻仍是通行的。只要他們坐上了輪船，平安的離開了天津，就沒有危險了。他們知道從北京坐火車到天津去是有被檢查的危險，但是坐頭等車的客人則比較能避免一些麻煩。在火車上被搜查得最厲害的和最有被捕危機的人，大多數是一般學生和年齡在二十至四十之間，形態像兵士的那些青年人和中國人。就一般而論，商人是容易渡過這個關口的。那時襟亞已經五十歲，實際上是能得到安全的。而阿非還不到四十歲，他就小心地把自己打扮成一個商人，戴著一副舊式的眼鏡，手裏拿著一支水煙管，並且留著一叢鬍鬚，使他顯得越老越好。他們也帶一些與藥鋪和骨董店有關的營業文件。

暗香是很容易扮成一個商人妻子的模樣通過這關口的。但寶芬的樣子卻很時髦，而年齡也輕得多，幸而她坐在頭等車裏，同著一個有錢的老闆和孩子們在一起旅行，所以她也是能通過這個難關的。還有杜南輝小姐也願意同他們坐火車到天津去，他們知道帶了一個美國女人同行，是能使日本人在行動上顯示出「文明」的樣子。

在八月中旬，他們就向那座北京古城告別。當他們的車子經過哈德門大街，並且看見了許多熟悉的店鋪時，阿非同寶芬就握著各人的手，以便壓制他們內心的情緒。當他們經過東一牌樓的時候，阿非就吩咐向東轉到天南門大街，以便再望一下那皇宮的金屋頂。

「謝謝上帝，因爲祂使這座皇宮的建築仍舊保存。在我看起來，這座皇宮就是北京。」杜小姐用英語這樣說。

他們一早就到了北京的車站。那班火車本來打算在八點半開車的。在車站上有一大批年老的和年輕的人，都向著車站前面擁過來，同時也混著許多人力車和堆著行李的馬車。

在進站的時候，旅客們都是要受檢查的，不管他們的年齡和性別怎樣，因此那些等在外面的人須等得很久。他們經過了這種檢查之後，在月台上還得打開他們的箱子和鋪蓋。但是阿非這一批人卻能沒有經過多大困難，就走進頭等車的預定車廂裏去。那時已經是十點鐘，而車子還沒有準備開動。

阿非耐心等著，後來就下車在月台上走動一下，並告訴暗香和寶芬，叫她們把孩子們留在車廂裏。他看見別的旅客仍在被搜查，行李也在檢查當中。

一個中國的員警對那些將要輪到檢查的旅客們說：「把你們的箱子打開來！」接著他就低聲的對他們說：「如果有什麼不能帶的書本和物件，應當趕快把它拿掉。」在這個車站上也有兩三個一隊的日本憲兵，帶上刺刀往來的望著，但沒有動手檢查。

阿非再往前走到三等車廂裏去，看見一大批旅客排著隊伍在受搜查，然後被放進車子裏去，當他們在受搜查之前，他們都自動的解開了短衫的鈕子。有一個女學生不願意解開她短衫的鈕子，因爲據她說，她的衣裳上沒有什麼口袋，所以不能帶什麼東西。

一個日本憲兵就走過來，指著那個少女對一個中國員警說了一些話。

「在這樣的時候，你還是退讓一些好。」一個年近五十歲的商人在旁邊對那少女說。

那少女的臉龐起了一陣紅暈，把她短衫的鈕子解開了，她短衫的下沿上寫著幾個字。日本憲兵就指著這幾個字，盤問她是什麼。

「這是學校裏洗衣的時候所寫上的一個號碼。」那女學生這樣解釋著。很幸運的，那個當翻譯的中國人是從東三省來的，當他替那個女學生翻譯的時候，不免說得客氣一些，所以那日本憲兵就走開了。

在那火車還沒有開動以前，時鐘已經指著十一點半了。這班火車在開動以後，在每個車站都停，甚至於在離開北京城牆之前也停過一次，有兩次，日本兵士後面跟著中國員警，上車來檢查旅客的行李。但他們對於頭等車廂卻是很馬虎的，看了一下就走。

當他們離開北京以後，看見有一隊十架或十二架飛機從他們上面飛到西北去。在南口附近或在南口一帶。戰事是非常激烈的，日本忙著裝運軍需品出去。所以每一輛火車在每個站上都停下來，直到那滿載著大砲的零件、軍火，和戰馬的西行火車經過之後，才能把客車開動。因爲在沿鐵路一帶，戰事非常劇烈，因此在沿鐵路的小村子都顯示出被毀的痕跡。同時他們也看見日本兵士一隊隊盤膝坐在地上，他們的形式並不整齊。他們也看見沿路中國的村子裏在屋頂上插著日本的旗子。在路旁又堆滿著砍下來的樹木，那顯然是日本兵士的一種防禦工事，同時也使中國兵士有埋伏的機會。除非日本兵士能時刻提防著，不讓他們偷進來。

他們一直坐到下午七點半才到了天津，在路上足足經過八小時，在平時，這種旅程只需要兩小時半。

要通過天津的車站是一件最困難的事。

車站上的員警吩咐旅客們說：「你們都從天橋上過去，要走在當中，不要忙！」

他們因爲和一個美國女人在一起走著，在出車站的時候並沒有什麼困難。當他們正說著他們這次真運氣，能夠這樣平安地通過的時候，有幾個員警就上來對他們說：「你們向左去排起隊來。」他們看見旅客們三三兩兩緩緩地向前走過去。有四、五個日本兵士站在左面，把旅客們一個個地提出來，加以仔細的審問。當他們提審的時候，他們不問這裏面的人究竟是商人、學生、女人、男人、有錢的，或窮苦的。只要他們叫他們出來，他們就得站到隊伍的外邊去。

後來輪到阿非和襟亞這一群的時候，日本兵士抓住了襟亞十七歲的兒子，把他從隊伍裏拉出來。杜小姐馬上過去交涉，對那個日本兵說話，但他只對杜小姐看了一下，仍舊吩咐那孩子站到一旁。暗香看見這情形不覺發起抖來。孩子的父親就趕緊在這時候，把那只裝著營業文件的小皮包遞給了他。那日本兵士雖然看見這件事，但並不干涉。

當阿非這一群很著急的等著那孩子回來的時候，不料那孩子竟同著其餘的許多人被帶到車站附近的一個事務室裏去。孩子的父親就安慰他，叫他不要著急，也不要恐懼，並且叫他在答覆日本人的問題時不要含糊其詞，要直截地答出來。他知道有幾個人已經直接被釋放出來，有幾個人卻被扣留了兩三天，同時有幾個露出兵士嫌疑的人就被槍斃了。還有，無論什麼人，在被審問之後如果匆忙地跑出去，往往會被他們抓回去，再受審問。

幸而襟亞的孩子是小心謹慎的。他拿著那個小皮包在排著的隊伍裏很有耐性地等候著，一點也沒有著急的樣子。後來輪到他受審的時候，他就被帶到一個小房間裏去，在那邊有三個日本人坐在三張寫字枱的旁邊，臉上的表情十分嚴肅。接著，他們就對那孩子一連串地問著下面那些問題。

「你是不是反日的？」

「你是不是國民黨黨員？」

「你是不是藍衣社社員？」

「你是不是共產黨？」

「你是不是親美的？」

「你有沒有讀過三民主義？」

「你是不是孫中山的信徒？」

「你是不是蔣介石的信徒？」

「你對於滿洲國抱什麼態度？」

「你是否贊成日、中、滿共同合作？」

「中國聯合某國去反對日本是不是公道的？」

「你是什麼時候出生的？你有幾個姊妹？她們幾歲？叫什麼名字？在什麼學校裏讀書？」

他們對這些瑣碎的問題，用最嚴肅的態度鄭重其事地一個一個審問著，並且把所有的答案審慎仔細地記錄下來。同時日本軍官在審問的時候，也往往保持一種嚴肅的態度，不允許嘴角有一絲笑容。在這種氣氛下，似乎那些答覆問題的人對於前面的幾個答案都要回答一個「是」字那樣。

那孩子就把那皮包打開來給他檢查。那些軍官就把文件拿出來細細讀著，足足有半小時的模樣，接著他們就吩咐那孩子從另一道門出去了。

「你帶著什麼東西？」

那孩子知道他是被釋放了。但是當他從樓梯上下來的時候，故意走得緩緩地，並且走到外面的空地上去，他看見家裏的人很焦急地在門口等著他，現在看見他平安的回來，高興極了。他母親暗香趕緊過去擁住了他，好像他是從死裏復活一般。

他們到英租界，在那邊的一家外國旅館租了房間住下。他們住了三天，才等到往上海去的輪船。杜小姐堅持要和他們同住，直到看見他們平安登上了駁船，把他們載到停泊在塘沽的那條英國船上。寶芬告訴杜小姐，現在他們已經安全了，催她回去，並且很謝謝她在這種困難的時候，對他們表示了這樣的友誼。

杜小姐對於那些住在北京那個院子裏的人們，不免有些掛慮，所以就決定在他們這班人上船的前一天，動身回北京去。阿非和襟亞這一隊人經過了五天的旅程才到了上海，因爲這艘船在每個口岸都停泊了一下。不料到了上海後，馬上聽見在黃浦江兩岸一片震耳欲聾的轟炸聲。原來有一隊日本兵艦停在港口，砲轟中國的市區。他們看見市區起了一陣陣大火，濃煙蔽天。

那輪船把他們載到了公共租界的碼頭上，他們走上了岸，直接到一家旅館裏去住宿，在那家旅館裏發一個電報給木蘭和莫愁，說他們已經平安的到了上海。

第四十五章

當戰事爆發的時候，木蘭一家人都在牯嶺避暑。牯嶺是揚子江邊的山區消夏勝地。

阿梅現在已是個十七歲的少女，正在南京的一所教會大學裏就讀。阿通已經大學畢業，在上海附近的中國電報局真如無線廣播電台服務，這個電台發出的電訊很強，可以越過太平洋到達美國舊金山。阿通此時請了六個星期的假，到牯嶺和家人團聚。

杭州此時是一個龐大公路系統的中心，這個政府大肆修築的公路網，和全國各地幾乎都能聯通。城市後面的錢塘江上，剛建好一座可供火車和汽車通行的大鐵橋，這座鐵橋在鄉下人眼中，簡直是現代工程的奇蹟。新建的一條鐵路已把杭州、南京，和那離牯嶺不遠的江西省省會南昌直接連起來。這條新鐵路穿山越嶺，工程浩大，但是只花一年半就竣工了。國家重建計畫的腳步這樣迅速，其實就是這次戰爭的重要原因之一；從日本方面來說，它知道應當在此時就開戰，否則就永遠別想；而從中國方面來說，既然國家已經產生了新的自信心，對於日本侵犯其主權，自然也產生了抵抗之心。

蔣委員長夫婦正在牯嶺避暑，因爲那時牯嶺已經成爲政府官員避暑的時髦地方。木蘭的房子恰巧在蔣委員長別墅的正上方。蔣委員長的別墅雖然位於圍牆的前面，與屋子後牆之間還隔著約五十碼的山坡地，但木蘭卻能瞥見別墅裏傭役走動的情形。別墅的前門，正當著路，這條路則被一條自上而下的山溝擋著。這條路沿著山溝向前約一百碼有一個十字路口，從這個路口開始便是一條比較開放的公路了。十字路口設有崗哨，只要從崗哨上或越過山溝到對面，都可以看見別墅裏所進行的忙碌活動。那時各省的高級軍事長官和南京的重要官員都絡繹不絕地往別墅裏進進出出，有的是徒步而來，有的是坐著轎子。中國未來的命運是在這個別墅裏決定的——無論中國將淪爲日本的保護國，而至於回天乏術；或起來抗戰，把自己建立成一個自由、統一而獨立的國家。

七月十七日，蔣委員長做了一個重大的決定，他向全國廣播，宣示他的政策：抗戰到底。然而，他也忠告全國人民，說做這種抵抗，一定會有重大犧牲，而且不能中途而廢，否則中國將落得進退失據，還不如現在就修好和解。

「蔣先生這個人是我見過最冷靜、最堅決的人物。」新亞這樣說，「他做了三國時代諸葛亮做不到的事。爲了統一中國，他擔負了世界上不曾有人擔負過的艱苦工作。完成了統一大業後，他又碰到了一個更艱鉅的任務，領導中國對日作戰。他好像一隻海燕，在狂風巨浪的海中找到了自己的本領——而且，可能還樂在其中。如果大家都願意的話，他就會作戰到底。這十年來，我一直注意著他。他這麼瘦骨嶙峋，可是你且看看他那張嘴！他臉上的表情是我見過最古怪的頑強和狡黠的混合體。」

「如果蔣先生是諸葛亮，那麼我願意做他的渡伕。」阿通說。

「什麼？」木蘭驚叫一聲，臉色忽然沉下去。

「媽，怎麼了？你不恨日本嗎？」

木蘭沉默地看著新亞，他也默不作聲。

「你們不贊成嗎？中國需要每一個人。」阿通又說。

但是木蘭靜靜的走開了，沒有作聲。接下來的一個小時，她一句話也沒說。她失去了她的鎮靜態度，突然有了每個母親於戰爭來臨時所有的那種感受。只不過戰事已經逼到了她家門口，爲什麼她以前沒有想到呢？中國是在向她要兒子——她唯一的兒子。

她同她丈夫討論了這事，一小時之後，她和新亞把兒子叫進來講話。

「你是否決定去打仗？」她問。

「如果我不去，那麼我受了這許多教育有什麼用處呢？」他回答：「怎麼了，媽媽，我真不懂你。」

「不，你是不……。我只是問你決定了沒有。」

「媽媽，我已經決定了。」阿通說。

木蘭聽了這句話，心中起了一番劇烈的掙扎，她的眼中湧出了淚水。「啊，阿通，你是我唯一的兒子……」她說著，就放聲大哭。

這時新亞就說：「我的兒呵，你還年輕，你不曾爲人父母……」

「我情願自己死，也不願意看見你死。這樣的事，我受不了。」木蘭叫了起來。

「阿通，你聽著，」他父親又說，「你母親同我商量過了。如果中國要你去，你就不可不去。但是要知道，我同你媽的犧牲反而比你更大。一個年輕的愛國者戰死沙場確實光榮痛快——他有他的戰友陪著——但是留在家裏受苦的，卻是他年邁的雙親。我們並不是要阻擋你，但你應當稍微替家裏想想。」

「國若亡了，家還有什麼用呢？」阿通回答。

「這些我都明白。」他父親很有耐心地說，「如果我像你這樣年輕，我自己也許就會去從軍。但你是獨子，而我們已經有一個女兒——你的姊姊，爲國犧牲了。你母親和我都老了，不可能期望還有另一個兒子。從個人和國家的立場，你是應該去的；但是從曾家的立場來看，你的生命如果不是爲了非常特殊的原因，是不能輕易犧牲的。你的情況很特別。曾家可能因此而絕了後。日本人想把我們滅種，而家庭就是我們的第一道防線。想想你的祖父和祖母。這些年來，我們曾家究竟生了幾個孫子？這三代下來，我們僅僅得了你和襟亞的兩個兒子。阿善並不真正是曾家的骨肉，而且我們也不知道他到什麼地方去了。曾家的血統必須永遠延續下去。你也許認爲這種觀念很迂腐，也許你不想去瞭解，但這就是中國之所以能夠延續四千年的緣故。即使在實行徵兵制的國家裏，不到必要，他們也決不徵調一家的獨生子……」

「爸爸，媽媽。」阿通說，兩隻手焦急地抓緊椅子的扶手，「我知道這件事很爲難……可是我必須去。」

木蘭淚流滿面凝望著阿通說：「好，你去吧！算我命苦！」

「你告訴我，你打算去做什麼？」新亞說，「你是不是打算入伍？」

「我要入伍，軍隊要我做什麼，我就做什麼。我一定要盡一些力。」

「那你爲什麼不繼續待在無線電台工作呢？」他父親說，「雖然不上前線，你一樣在報效國家。」

木蘭抓住了這一點就說：「你說過你情願做一個渡伕。跨越太平洋的無線電正像一艘渡船，你何不就做這個呢？」

「好吧，我可以做。」阿通緩緩的說，「如果這事對國家很重要！」

這麼一來，父母與兒子之間似乎已經有了妥協。但事實上，阿通所服務的無線電台靠近江灣，正處於戰事的中心點。

阿梅這個女孩子不像她的姊姊那樣靈敏。她比較不活潑，但是性情謙和優雅，這天性是不知不覺從她母親那裏得來的。她也敬佩曼妮，並且和曼妮一樣，個性矜持而害羞。在現代女學生中間，她很容易就讓人劃歸好人家出身的一類。

這個時候，在南京金陵女子大學擔任教職的幾個外籍修女也在牯嶺避暑。阿梅是這幾個女教員的得意門生，其中有一位康寧漢女士對她尤其鍾愛。這些教師曾經去過木蘭在牯嶺的家，也邀請木蘭一家人到過她們的住處。當淞滬戰事在「八一三」爆發的時候，幾個大學便面臨了校方應否在秋季開學的問題。如果學校要開學，阿梅絕不願意荒廢一個學期。既然阿通的假期即將屆滿，木蘭便談到想回杭州，在阿通回去工作之前，多和他相聚幾天。康寧漢女士就建議，把阿梅留在她那邊，和她一同回南京。如果金陵女大沒開學，那麼阿梅很方便就可以坐火車回去杭州。康寧漢女士是一個心地和善、性情溫柔的新英格蘭人，木蘭對她頗有好感，就同意阿梅留在她身邊。

在他們回杭州的前一天，木蘭說：「阿通、阿梅，你們兄妹倆現在要暫時分別了。我不知道這次戰爭要持續多久，但是我一定離你們不遠。而阿梅，碰到了麻煩，要馬上打電報給我，而且趕快回家，就別管學業了。如果戰事很快結束，明年我就替阿通找一房媳婦。你看這邊鄉下多麼寧靜啊！我們可以買個幾百畝田，我就看著阿通和我的媳婦定居在田莊上，替我養孫子。」

她說話一半帶著玩笑，然而她的子女都懂得她的心意。

「戰事短期內就會結束的，我們的軍隊已經打到虹口，把日本軍趕到江邊了。」阿通說。

第二天，新亞和木蘭帶著他們的兒子，坐了一條很大很舒服的民船從一個靠近徽州的市鎮動身，沿江一直開到杭州去。這次旅程的風景是最美麗的，特別是那七里瀧的一段。在江的另一面有兩塊大磐石叫作嚴子陵釣台，這地方是兩千年前一個著名隱士的居所。他雖然是漢光武帝的同窗，但他不願意做官。現在這個釣台高出水面至少有六十尺，而他們所坐的那條民船在夜裏恰巧停泊在釣台附近，木蘭覺得很稀奇，嚴老先生怎麼能在這樣高的石台上向江中釣魚。所以他們就推測，經過了兩千年之久，也許這塊石頭已經比以前升高了，或者那江面已比以前更低了。他們因爲這些想法而興致高昂無比。夜晚泛舟，山上明月高掛，江上清風徐來，情境美得難以形容，新亞同木蘭於是隨興之所至，在船上小酌了幾杯。

阿通同他的父母回到了杭州，只在家裏住了兩天就回去上海上班。但不久他的父母接到了他的一封信，說是無線電台和那座架在第一大樓上面的天線高塔已被日本人炸毀，一起被炸毀的，還有江灣市中心區的圖書館、博物館、體育館和運動場。他們已盡可能地修復設備，想去公共租界把無線電台再架設起來。

大批的中國援軍已經開到吳淞，而大規模的陣地戰也在吳淞口一帶發動了。這次戰爭已經轉爲全面，範圍極可能越擴越大。京滬鐵路沿線各城市很容易遭受頻繁的空襲，所以坐火車旅行很危險。而杭州本身已經被轟炸了好幾次了。

滬杭兩地的居民朝著不同的方向避難。杭州的百姓逃到上海外國租界去，而上海的居民則逃往內地躲避日漸擴大的戰區。

在這個時候，木蘭接到了阿非打來的電報，說他們已經到了上海，並且同襟亞一家人住在滄州飯店。但這個電報沒有片語隻字提到曼妮和阿善。他們爲什麼沒有來呢？木蘭對於這件事很擔心，想要到上海去看看阿非、寶芬和暗香，以便探聽一些詳細的情形。

到了九月一日，局勢非常嚴重，所以新亞同木蘭就決定，在情況更壞之前，趕快把阿梅帶回杭州。那時還可以坐火車旅行，雖然路上不免會有些風險和必要的延遲；最不濟走公路，仍舊可以通行。新亞和木蘭因爲不願意對阿梅的安全存有一絲僥倖，就決定由作父親的親自到南京，把她接回家，木蘭說她也要到上海去，因爲她急於打聽關於曼妮的消息。她以爲曼妮也許已經同他們到達上海了。一想到有這種可能性的時候，她就非常興奮。

他們在動身的前一個晚上，接到了阿通寄來的一封信，信裏寫道：

親愛的父母：

我已經入伍了。如果沒有了國，雖有家，亦復何益？如父母所鍾愛的兒子都不願上戰場，那麼中國怎能和日本作戰呢？請不必擔心。在我們尚未把倭奴驅逐入海以前，我是決不回來的。

你的兒子阿通

木蘭讀了這封信，不覺楞住了。她兒子已經從軍，但不知道他是在什麼時候投效的，現在是在哪一師裏服務？爲什麼阿通沒有把這兩點告訴他們？她真急著想自己到上海去，因爲她知道阿通是在上海附近作戰。但是她也想在交通沒有斷絕之前，把他們的女兒從南京接回來，這件事也同樣重要。其實這是一個聰明的行動，因爲如果阿梅繼續留在南京的金陵女大裏，那麼，到了那一年的十二月，金陵女大改爲全城婦女集中營的時候，阿梅也許要成爲那次大暴行的一個犧牲者，這個暴行已顛覆了文明人的想像，也必然使世人於往後一代又一代都看不起日本人和日本軍隊。

新亞和木蘭到了上海，在一間家庭式的老旅館裏找到了寶芬、暗香，和她家裏的人。這家旅館本來由外國人經營，現在則由中國人管理。但是令木蘭非常失望的是，曼妮沒和他們在一起，同時他們也不知道她的結拜姊姊一家人究竟遭遇了什麼，木蘭對於這件事非常焦急。

木蘭與他們住在旅館裏時，新亞就動身到南京接他的女兒回來。從上海坐火車到南京，只需要七個半鐘頭，但是現在因爲要輸運軍隊，所以時常在路上延遲。莫愁曾從蘇州到上海來看他們，現在已經回去了，她很著急，因爲中國軍隊如果再撤退，蘇州必然是下一道戰線。當然他們搬到上海去，也許會安全一些，但立夫是政府官員，在這時候搬家，只會顯出他膽怯。還有從此以後，立夫要回到蘇州去，也會覺得越來越困難。木蘭叮囑他丈夫，叫他經過蘇州的時候，順便下車去看看她的妹妹和立夫，並再勸他們搬到上海來住。

新亞走了之後，木蘭就有時間去弄清楚與她親戚有關的一些消息。素雲慘死這件事使她感慨萬千。她又聽得關於黛雲和陳三的冒險故事，以及他們怎樣到西北去加入遊擊隊。但他們卻沒有曼妮和阿善一家的消息好告訴她。他們深怕曼妮他們也許碰到了麻煩，有許多逃難出來的人曾把北方鄉村被毀和婦女被強暴的恐怖情形告訴了他們。

木蘭的親戚因爲是上層階級的人，所以受戰事的影響到目前還算是最輕微的。但是那個時候上海已經很不平靜；轟炸機每天在頭頂上飛來飛去，高射砲的子彈時常落在屋頂上和街上，爆炸聲日夕可聞。一班好事的人往往聚在江邊，觀看日本軍艦和浦東中國軍隊之間的砲戰；甚至於站在屋頂上觀覽閘北和江灣方面的漫天大火。最糟糕的是，有許多男女老幼從閘北區擁進租界來避難，他們在街頭四處遊蕩，情形煞是可憐。不過，這班從北京來的人，看見了有錢的男女仍舊出入於戲院和舞廳盡情享樂，十分吃驚，就好像完完全全來到了另一個國度。北京人原本隨和、認命而消極，但現在他們至少還沉著臉，垂著頭，而在內心鬱積著忿怒。但是相反的，通商港埠上的有錢人似乎不知道正在打仗，這從他們的行爲就可以看得出來。固然有許多上海人對於難民收容所的工作非常熱誠，他們去探望醫院裏的傷兵，並攜帶物品去慰勞補給不足的戰士，但全市的人顯然分爲兩個階級。一個階級在外國人的保護下照常享受他們的生活，而另一個階級則是一般平民、爲國家作戰的兵士，和那些身受其禍的可憐逃難者。

木蘭現在對於戰事的關心不再純粹是個人的了；她當然不能忘記她的兒子是在隆隆的大砲聲

中替國家效勞。後來她接到她兒子的第二封信，這封信是由杭州家裏轉來的，信裏說他是在楊行前線一個無線電通訊單位服務，希望能夠告一次假回上海來探望父母，或者他的母親可以到他戰地的辦事處去看看他。

到了第三天，新亞就帶著他的女兒阿梅平安地回到了上海。同時立夫同莫愁也全家都到上海來了。

立夫的長子肖夫，也請他的父母允許他去從軍。當新亞告訴他們說，他們唯一的兒子阿通已經加入了軍隊，他們才覺得肖夫的這種要求無法阻止，因爲立夫有三個兒子，他不得不允許。於是立夫和莫愁決定同他們的大兒子和兩個小兒子去看肖夫和阿通究竟能不能在一個團部裏服務，以便彼此照應，減輕他們母親的擔憂。肖夫這個青年剛從南京中央大學畢業，他是一個多產的作家。不過他稍微有點近視，戴著眼鏡，所以從軍以後，也許可以在參謀部裏服務、寫報告、通消息。

他們連襟倆這次的會見，竟使肖夫決定要到前方去，所以這次親戚之間的會見就不覺得怎樣快樂。雖然沒有人在言語上表示什麼，但是當她們姊妹和他們同在一起的時候，氣氛就顯得很緊張了。暗香的孩子也要去從軍，但是他的叔父新亞卻說：「我們應當替曾家留一個種。還有，這個孩子也太年輕了。」

現在的問題是怎樣送肖夫到他表兄所屬的團部裏去。立夫花了一整天的工夫去設法安排。立夫在晚上回到旅館裏來，對他的親戚們說：「我的運氣很好，因爲，我找到了那一團的團長，他是我多年前在北京的學生。他的妻子住在法租界，我見到了她，因此她就打電話給她的丈夫。」

「那個團長允諾特別照顧我們的兒子嗎？」莫愁問。

「他答應了。他說會盡量想辦法，叫他們表兄弟在一起工作。」

「他知道阿通在他的團部裏服務嗎？」木蘭問。

「他說，他會馬上查清楚。」

此時，莫愁突然流下眼淚，她明白她兒子從軍已經成爲定局了。

「我會親自把他送到前線去。」立夫說。

「你自己要上前線？」新亞問。

「是的，如果你要看看阿通，最好也一起去。我們須在明天晚上出發。」立夫說。

「爲什麼要晚上出發呢？」新亞問。

「因爲只有晚上才安全。那團長會派一部軍用汽車來接我們。楊行離這裏很遠，而且平常的汽車是不准開到前線的。汽車來接的時候，隨車有個副官，會來帶領我們。」

木蘭茫茫然地坐著。

「立夫，」她突然說，「女人家也能去嗎？」

「我猜想那位團長會讓你去，但是你不大會受歡迎的。」

「但是我聽說時常有婦女慰勞團帶了東西上前線去。」

「那是不同的。而且她們是自己冒著危險去的。」

「你最好別去。犧牲你的性命沒有用處。」新亞說。

「如果我的兒子不怕在那邊住上幾個禮拜，我爲什麼要害怕去一夜呢？路上要花多少時間？」

「來回也許要花一整夜。」立夫回答，「當然，車燈全部要關得很暗，而且車子必須開得很慢。」

「在路上危險嗎?」木蘭又問。

「你最好同你的妹妹留在這裏。」立夫說，「你也得替家裏其他人著想。」

於是木蘭不再說話。一種恐懼的感覺籠罩著全家，到了第二天，莫愁一直與兒子待在房間裏默默地哭泣。木蘭要新亞去訂四箱橘子，好帶去慰勞兵士。

晚飯時，沒有人開口說話。每個人都讀過當天早上登在報紙上的消息，令人激動，但是沒有一個人敢提起。前線的戰事，幾乎是開戰以來最劇烈的一次。日本人宣稱佔據了寶山，但是中國方面的報導卻說，有一營孤軍在靠近吳淞的那個寶山城裏被包圍，仍繼續抗敵守土。兩天以後，有一個生還者報導，全營的士兵戰到最後一人，一直到耗盡所有彈藥爲止。

十點鐘的時候，有一個穿著軍服，一身泥汙，然而戴著鋼盔，顯得相當帥氣的青年進來旅館，通知他們說，汽車來了，準備接他們到團長的司令部去。接著，那不可免的一幕就上演了。木蘭和莫愁一邊流淚，一邊向肖夫灌輸冗長的媽媽經——一些很簡單，卻叫兒子難忘的話。告別的話說了又說，他們感覺永遠也說不夠。

最後立夫就叫他的兒子上車，接著他們也坐了上去。莫愁向車廂裏窺探了一下，肖夫再一次伸手出去握住他母親的手，直到車子開動把他們扯開才罷。

副官坐在駕駛旁的前座。他們一出了租界，開到房舍漸稀的郊外時，駕駛立即熄了車燈。天上沒有月亮，但這是有利的，因爲這樣，他們可以避免夜間的轟炸。

「天這樣黑，你怎麼看路呢?」新亞問。

「這條路我們很熟。我們的眼睛已經習慣了。而且我們喜歡黑夜開車。前線的夜晚是很美麗的。」

那個聰明而愉快的青年副官開始在路上告訴他們許多故事。

「你難道不怕嗎？」

「怕？」他喊著，「我們等這樣的機會去同我們東鄰的朋友交手已經有好幾年了。到現在我們還能怕嗎？不過剛開始，我們的人不免太過有勇無謀。他們留在壕溝裏總覺得不耐煩，往往衝到上面去，不願聽長官的命令後退。在前線會有一種感染的力量，而且我們也從來沒有這種機會。一個人奮不顧身，別人就會覺得慚愧。有一個從鄉下來的十九歲少年，他的母親才剛剛爲他娶了一個鄉下女孩做媳婦，他就丟下了他的新娘，到前線來作戰。他時常說：『日本人的槍可以射兩千公尺，我們的槍只能射一千五百公尺，所以我們應當向前衝五百公尺，雙方的射程才能夠相等。』他就這樣做，但已經死了。」

「口令！」叫喊聲發自暗處。

那副官報出口令後，有一道手電筒的光，照進了他們的車子，也照到了他們臉上，然後便熄滅了。接著又是那無邊的沉默和怪異的黑暗。

「我們要怎麼走呢？」

「我們就要到大場了。」那副官說：「到了劉行之後，你們會聽見機關槍的聲音；而到了楊行，你們則會聽見大砲聲。楊行再過去是一片無人之地，那邊整天打個不停。」

他們經過大場之後，看見了從日本軍艦上打出來的探照燈，向著天空，四處搜尋打轉。那時除了汽車引擎的輕微聲音之外，他們只聽到田野裏蟋蟀清脆的唧唧聲。

「我聽說在敵軍當中有一些滿洲國的軍隊，是我們中國人。」新亞說。

「是的。」那副官回答，「但是不多。前幾天有一次短兵相接，當我們的士兵前進到與敵軍相距只有四五十碼的時候，我們聽見對方有人用中國話喊：『我們都是中國人，不要衝過來！』原來他們是滿洲人。他們還叫喊說：『你們不要過來，否則我們就要開槍了。』而我方的士兵就回答他說：『哈！你們想嘗嘗我們的槍彈嗎？』接著，對方有一個高個子喊：『我們的槍好多了。』然後我們看見他朝天空放了一槍。不料，他後面來了一個日本人，立刻用刺槍在他背部捅了一刀。這時我們的一個士兵就掃下他的扳機，立即結束了那個日本鬼子的性命，替我們的同胞報仇。滿洲的旗人很爲難，他們是中國人，卻被日本人強迫去殺中國人。」

汽車繼續走，現在他們聽見的是機關槍越來越響的咯咯聲。每隔一分鐘，他們就會看見遠處的地平線出現一道閃光，而大約十秒鐘之後，就會傳來爆炸聲，像遠處在打雷一樣。一條一條的光跡照亮了天空，緊跟著還發出音樂似的呼哨聲和一聲轟然巨響。還有一種尖銳的嘶嘶聲，穿過他們身邊破空而去。

「這是甚麼？」肖夫問。

「只是一顆子彈。」那個副官笑著說。

「你怕嗎？」立夫問他兒子。

「不怕，」肖夫說，不過說得不太堅決。

「你現在還是可以回家去的。」

「當然不回去。」

「我們到達楊行的時候，還能看到更有看頭的，」那司機說。

現在，他們走的是一條曲曲折折的路，並且在他們前面，黑影幢幢，不知何物，因此駕駛把車子減速，慢慢地走。

「口令！」

那副官再報一次口令。接著從暗處又有一道手電筒的燈光向他們照來。

「開步走！」

他們聽見重重的踏步聲。

「是部隊要開拔到戰壕去。」

「就這樣黑漆漆的？」

「晚上行軍最好了。」

在這靜止的黑暗中，他們只聽見人的沉悶腳步聲，此外就悄無聲息。

肖夫隨身帶著一支手電筒。他禁不住拿出來，對著黑黝黝的行進隊伍照射。這個真是奇觀！他看見兵士戴著鋼盔，穿著軍服，肩上掛著步槍，在黑暗中完全無聲無息的前進。這是一班頑強而堅決的、開往前線去作戰的人。

肖夫還沒看多久，就聽一個聲音叫道：「把手電筒關掉！」接著又臭罵：「你媽的！」

肖夫立刻切掉手電筒的燈光。

「你不應該這樣。」那副官很嚴厲地訓斥他。

「看啊，有好看的呢！」那駕駛說。

順著他手所指的方向望出去，他們看見空中有兩道光：一道紅的，一道黃的。那副官說明那是砲兵的信號。

於是砲彈開始在不遠之處爆炸，每一發砲彈打出去都會先發出嘶嘶聲，然後在落地的時候發出砰然巨響。隨著地面的震動，他們的坐車也震了起來。

汽車開始轉許多彎，不久，他們就到了司令部。副官帶他們進去後，新亞、立夫和肖夫都站在門邊等著。

這是一間小小的鄉村屋子。行軍床架在電話機旁邊，床邊的桌子底下有一盞燈。窗戶全是緊閉著的。

團長正在聽電話。

「什麼？全團都完了嗎？我們再派一團來……不……？是，司令。」

接著，劉團長砰的一聲把電話掛上，就站起來迎接客人。

「我等你很久了。」他說，「老師，請坐。」

立夫向團長介紹他的兒子和新亞。那團長微笑地對著肖夫說：「來參加我們嗎？」接著他就派那副官到無線電室去把阿通帶來。

「他已經連續工作了二十四小時不休息，我們人手不夠。」劉團長說，「我恐怕寶山凶多吉少。我們的人員已經發出無線電去討救兵，可惜他們全部都被截斷了。有一營兵已經被圍困在城裏三天，沒有什麼援助可以進去救他們。我們派去的三次援軍，全都被殲滅了。我相信那一營孤軍將要戰到最後一個人。」團長似乎異常激動，幾乎忘記正在接待客人。

過了一會，阿通來了，向團長敬了一個禮。他現在因爲穿了軍服，看起來很不一樣。他的外套和褲子髒兮兮的，但是臉上卻有一種堅定不移的快樂神情，他的步伐已經帶著初成長後的神氣了。

「你的工作怎樣？你喜歡嗎？」新亞問。

「我們只有兩個人在無線電室裏輪班。」他的兒子說，「根本就沒有時間去想喜歡或不喜歡。它是非常重要的。」

「我可以去上廁所嗎？」肖夫突然開口問。

阿通笑著說：「我們初到這裏的時候，也都是這樣的。」

當肖夫被帶到外面的時候，阿通向團長敬了一個禮，請求說：「我可以要一杯水嗎？」

那團長親自從他的熱水瓶裏倒出半小杯開水遞給阿通，阿通慢慢地喝完，一滴也不剩。

「水在這裏非常寶貴。」那團長說。

「我們要怎麼幫忙呢？」立夫大受感動，就問。「我們帶來了幾箱橘子。」

「橘子很好。我們的士兵沒水喝，遠比肚子餓還要痛苦。這裏的村民幫我們很大的忙。不過我不能忍受的，是我們傷兵所處的狀況，每一件事都亂七八糟，死傷的人數非常多。所以請告訴後方的人，送我們繃帶、紗布、藥品和香煙。」

那時新亞與他的兒子在一邊談話。肖夫回來，走到阿通旁邊，立夫也走了過去。

「你們表兄弟倆，無論生病或健康，隨時都要彼此照應，」新亞說，「而且要不斷地寫信給我們。如果你們當中有一個太忙，另一個也可以代筆。」

「那麼，我是不是也可以在無線電室裏學著值勤？」肖夫問。

立夫轉過頭看著團長。

「你帶他去好了。」團長對阿通說，「至少他能夠幫忙照應，如果你們中間有人覺得太累，或太睏的時候。」

「我會教他，他學得很快的。」阿通說，「不會很難。喬治是又胖又愛睡。」

「喬治是誰？」

「是我的同事，一個大一的學生。」

「你運氣很好。」立夫對他的兒子說，「跟阿通工作和學習，彼此要以手足相待……要彼此相愛，如同你們母親、阿姨那樣……」

連立夫也忍不住掉下眼淚，說不出話來，只好掏出了一塊手帕。

「現在我必須走了。」阿通說，「我的十五分鐘已經到了。今天晚上非常忙碌，如果我不去，喬治一定會打瞌睡的。」

接著兩個父親俯身分別親了親他們兒子的前額。

「你們帶六個橘子過去，你們兩個人和喬治分一分。」團長說。「我知道這些橘子是你母親送來的。」阿通聽了眼睛發亮。

電話鈴又響了起來，團長馬上過去接電話：「反攻──五點半。是的，司令！」

新亞和立夫終於和他們的兒子告別，告訴他們在請假的時候要回去旅館看他們，然後就離開了，但是兩人還是各懷心事。一路上，他們聽見蟋蟀、金鈴子和紡織娘在路旁吟唱清脆永恆的和平之歌。聽見了這些蟲鳴，新亞突然想起幼時同哥哥彬亞和襟亞鬥蟋蟀的情景，而奇妙地覺得又恢復了青春。他們到達大場的時候，天剛剛亮。這是一個他們永遠忘不了的晚上。

他們回到飯店的時候，已是清晨四點。木蘭和莫愁兩人一塊兒通宵坐著，等待他們回來。現在，木蘭坐在沙發上打瞌睡，而莫愁則和衣躺在床上。

立夫和新亞躡手躡腳地走進臥室。和平常一樣，莫愁先聽到他們的腳步聲就坐了起來。木蘭仍然睡著。他們小聲地說話。然後他們聽見木蘭在沙發上翻來覆去，並且突然尖叫一聲：「阿通！」

新亞跑過去喚醒她，她已經淚流滿面，她在夢中哭了。現在她仰起頭，茫然又困惑。

「啊！」她喘著氣說，「你們可回來了。我做了一個夢，夢見阿通被殺，在泥地裏翻滾，而──肖夫抱著他。」

他們都安慰她，這時候新亞看了看他的錶，已經四點五十分。

他們吩咐茶房拿咖啡來，大家一面喝，一面聽新亞和立夫說這次到前線去的經過。木蘭默不作聲地聽著，但她的心裏卻很困惑不安。

立夫派一個茶房把早上的報紙統統拿來，他把報上的新聞讀給大家聽，而木蘭卻聽得昏昏欲睡。

「反攻寶山。我軍克復數處失地。寶山孤軍決戰至最後一人。浦東我軍與日本軍艦徹夜砲戰。黃浦江濱續有戰事，那是『八一三』以來最劇烈的戰事。華盛頓電：羅斯福總統令在華美僑全數撤離……。華北戰線自天津延至山西東北部全長二百英里。日本宣稱河北省駐軍已不下二十萬人……自八月十四日至九月一日，在浙、蘇、皖三省被我空軍擊落之日本飛機共計六十一架……」

那一整天，木蘭一直心神不寧，她渴望阿通來信，告訴她那個夢不是真的。她又叫新亞再買十箱橘子，透過中國婦女戰時慰勞協會送去前線慰勞兵士。那時，寶芬正在婦女慰勞協會服務。

莫愁說她們一家人必須趕快回去，因爲立夫的老母親孤單一人在家，而且蘇州也不安全了。那一天她同寶芬閒談。莫愁的幼子和寶芬的幼女同年，都是十一歲。寶芬因爲沒有兒子，就看上了莫愁的幼子，並提議互相認養對方的兒子或女兒。但是莫愁卻說：「不必這樣交換。他們兩個人是姑表兄妹。你可以說，我們這邊要求婚配。這樣，你就把女兒給我做媳婦了。」

寶芬微笑同意了。這件事，她們的丈夫阿非和立夫都聽見了。

第二天，木蘭也打算同她的丈夫和阿梅回去杭州。莫愁和立夫就在真如再過去的那一站搭火車回蘇州，她們姊妹倆和連襟彼此都道了再會。他們不知道這一別，就很久不會再見面。木蘭也對寶芬和暗香道別，而且以爲，阿通放假的時候，她還可以回來上海看他。

在一九三七年九月八日早晨七點半鐘，木蘭同新亞和阿梅到梵皇渡車站搭火車。那一天下了大霧，不過他們心裏也陰霾不散。木蘭沒有再接到阿通的消息。車站已有一大群人等著，行李堆積如山。據說有些難民在前一天已經到了車站，露天過夜，以便等待上車的機會。有許多孩子躺在箱子或鋪蓋上，也有許多人睡在通往月台的走道旁邊。中國員警和租界的巡捕一起在維持秩序。

幸而新亞和木蘭行李不多，而阿梅從南京回來的時候，因為車上很擁擠，也僅僅只帶了兩個小手提箱。新亞付腳伕兩塊錢小費，叫他到車廂裏至少替他們找兩個座位。

群眾摩肩接踵，不過他們終於擠進了一節二等車廂，三個人共用兩個座位。車廂裏連站位都擠滿了。他們對面坐著一個穿白嗶嘰西裝的有錢的中國人，和一個十三歲的男孩。那個父親看來大約三十五歲；他的頭髮梳得很光，中分；他也戴著眼鏡，時常用他的鼻子猛吸氣，在在顯示他的高雅、鎮靜和自滿。那個叫他爸爸的孩子也穿西裝，不過穿著短褲。

一個上了年紀的肥胖商人站在離他們不遠的走道上。火車開了之後，月台上留下來的人顯然和先前一樣多。當火車到龍華靠站暫停，而車廂突然衝撞了一下的時候，那個胖老頭兒因為晃得太厲害，就跌倒在穿西裝的男孩身上。

「你不長眼睛嗎？」穿西裝的中年人叫了起來。老頭兒趕忙道了歉。

火車開動的時候，再來了一次衝撞，老頭兒又晃了一下，但這次他總算把自己穩住了。接著他小心翼翼的，生怕被人注意到似的，開始坐在男孩座位邊的扶手上。穿西裝的中年人望著那個老頭兒，取出手帕，掩著自己的鼻子，表示嫌惡。

這時候，老年人才開口說：「阿弟，請你讓我坐一坐，我是一個老頭兒！」

「你為什麼不早點來呢？中國人真不懂禮貌。假如給外國人看見你坐在扶手上，他們一定會回國去說我們中國人骯髒、不守秩序。」

木蘭聽了，不覺熱血沸騰。

「這種時候，將就些！」她說，顯然是對著那中年人說的。

木蘭戴著一副墨鏡，因爲她的眼睛哭得發腫，所以那個中年人弄不清楚木蘭究竟是不是看著他。接著他拿出了一份英文晨報來看，而且馬上變得好像搬到一個安全的高處，不至於再嗅到人間難聞的氣味。

但這樣和優雅的旅伴同車，也並不是什麼好預兆。木蘭陷入了沉默。現在，那老頭兒看起來似乎有些不講理——不過是否不講理，還要看人怎麼看它。他帶著一個五六歲的孫子，一直抱怨站得累了。那個老頭兒就推他的小孫子去西裝男孩的座位旁擠一擠。

「這算什麼意思？」那個戴眼鏡的中年人說，「你沒看見車上貼著規定嗎？『每排座位限坐兩人』！」

「拜託嘛，」老頭兒懇求著說，「這孩子沒辦法一路站到底。」

那個中年人的兒子倒沒有怎麼反對，但是他父親卻把他拉近一點，免得他被那個鄉下男孩弄髒。

「這是什麼意思？」木蘭說道，「阿梅，你到對面去，讓那個小孩子過來我們這邊坐。」

那中年人抬起頭來看，覺得很意外。

「Thank you.」他用英語說。

阿梅過去對面，坐在那個西裝男孩和坐著扶手的老頭兒兩者中間。她偷偷地跟她母親比手勢，表示老頭兒身上是有氣味的。那老頭兒的小孩過來坐在最裏面，就在新亞旁邊。

現在天是黑下來了，並且微微下著雨。車窗外是綠色和黃色的田野，田野上有連綿數里的油菜花，清朗美麗的鋪陳在秋霧當中。

火車進了松江站的時候，大雨已停了。人山人海的群眾再度擁到火車四周。

這時候須要卸下車頭，駛到後面，推著火車向前走，因爲往後是不可能掉頭的。

那穿西裝的中年人吃著一塊包得很乾淨的三明治。他告訴他兒子說，包裝紙是消過毒的。這時候新亞也把一個裝著蘋果和糕餅的袋子拿下來，並打開。看見他旁邊的孩子顯然很餓的樣子，他就給他一隻蘋果。這時候卻有人大喊：「飛機來了！」

那個中年人聽見警報的時候，口中剛好咬著他的三明治，因此他手裏的三明治就掉到了地上。突然裏裏外外一片大亂。火車停了，每個人不管帶行李或不帶行李，都想從車廂裏衝出去。有些人從窗戶跳下去。小孩的哭聲和女人的尖叫聲、男人的呼喊聲全混合在一起。

飛機的嗡嗡聲變得越來越響了。那個中年人抓住他兒子，匆忙離開座位，面色蒼白，一面咒罵，一面用英語呼喊：「My God！」老頭兒和他的孫子也不見了。片刻之間，車廂內幾乎全部放空。除了木蘭一家之外，只有五六個人還留在裏邊。

木蘭生來性急，而新亞則生性遲緩。

「我們怎麼辦呢？」木蘭喊著。

她用了非常大的力氣，把她右邊的百葉窗拉上。

「快過來。」她喊阿梅，「蹲下來！」阿梅就蜷伏在車廂的地板上。

她還來不及說完這句話，他們就聽到一陣「嘶……蓬！」的聲音。車廂差一點就從軌道上跳出來。車廂裏的玻璃、電燈、碎片和電扇等都四處飛散。機槍在空中發出兇猛的咯咯聲。車廂外面的難民當中，發出了一陣呼天搶地的狂嗥。車廂的另一端有人叫喊，說他要死了。

接著飛機的嗡嗡聲漸漸減弱，機關槍的聲音也停止了。只有車廂外的哭啼之聲還聽得見。

總算有機會可以稍稍喘息。木蘭一家幸而都沒有受傷。

「把另一扇百葉窗也拉上吧。」木蘭說，「我們不死在這裏，就死在外邊，沒有兩樣。」

新亞把百葉窗拉上，還開始把手提箱堆疊在他們座位的右邊和左邊。

「應當躲在座位底下等它過去。」新亞說，「如果砲彈從上面投中了我們，我們就死在一起。但如果是榴彈，或外面打來的槍彈，那就看運氣了。」

不久外面又起了一陣號叫，接著飛機的嗡嗡聲又回來了。

新亞俯伏在中央走道的旁邊，而阿梅同木蘭則鑽到她們的座位底下，阿梅因爲害怕而哭泣。他們又拉了幾只手提皮箱來遮頭。接著聽到一陣巨大的爆炸聲，把整列火車都震動了，顯然前面或後面的某一節車廂被擊中了。接著，空中又來了一陣猛烈的、咯咯咯的機關槍聲。車外的難民，便像遭屠殺的豬一樣，不斷地慘叫。

又有一個炸彈爆炸了。新亞看見一支斷腿從車窗飛進來，落在走道上。恰巧那條腿成直角靠在座位上，鮮血不停地流到地板上。他閉上眼睛，只想作嘔。

後來又有一次帶著金屬聲響的大爆炸，彷彿那附近的水箱已經被炸了。

之後，飛機的嗡嗡聲才慢慢消失，然後他們聽見車外的人說，飛機已經走了。

新亞有種奇特的感覺，覺得大難不死，真是萬幸，他對木蘭說：「飛機走了。你且躺著別動，我先出去看看。」

他站起來。車廂另一頭有一個女人炸斷了腿。她一直哭喊：「大慈大悲救苦救難的觀世音菩薩！……」

他從窗口望出去，在車站裏，在田野中，到處躺著屍體，而受輕傷的人則茫茫然地走來走去，一邊尋找親人，一邊收集行李。

「現在好了，我們都平安了。」新亞說。接著他就把保護他們的手提箱都搬開。

木蘭和阿梅一起鑽出來。木蘭的右褲管被阿梅枕過的地方濕了一大塊，阿梅直到現在還在發抖。

「最壞的情形過去了，我們運氣好。」新亞說。

他們帶著所有的行李下了車。

「好心的人，救救我。」那個腿被炸掉的婦人又說話了，「觀世音菩薩會保祐你們的！」

新亞告訴那個受傷的婦人，答應找人來救她。

車廂外面，整個車站像是一個露天的屠場。如果拿一九二六年屠殺學生的事件來同這裏相比，那就只是一場兒戲。照後來報紙上的報導，一共死了四百多人，傷了三百多人，都是從上海逃往內地去的難民。只有大約五十個人沒有受傷。來轟炸的飛機共有十一架，投下的炸彈有十七個。

一輛救護車來了，但是對這個使人毛骨悚然的災情，簡直無濟於事。火車後面有兩節車廂正在燃燒，冒出陣陣濃煙，無精打采地浮盪在九月灰色的天空。新亞找了幫手來，把車廂內受傷的婦人搬到救護車上去。但是對於傷著，可以幫的忙實在很少。

在過了車站不遠的鄉村道路上，他們看見那位穿西裝的中年人倒臥在地，半個身子浸在池塘裏，他的白嗶嘰西裝沾滿了污水、血跡和爛泥漿。

經歷了重重憂患險阻之後，他們終於到達了嘉興，在那裏過了一夜。第二天他們就雇了一輛汽車，往杭州去了。

木蘭回想他們所經歷的危險，和他們的神奇脫險，越想越覺得稀奇。她還不敢相信他們已經平安的回到了家裏，而且還活著。他們回到杭州之後，接到一封阿通寄來的信，使木蘭因作夢而引起的一場擔憂爲之大大紓解。從此以後，阿通幾乎每天寫信給他們，她活著，似乎是爲了這些從前線寄來的信。

他們這一次在火車上旅行的經驗，使他們未來的旅行計劃產生了一種全新的局面。她也許不能再到上海去會見她的兒子了，即使他能請假回上海。同時阿通也不能到杭州來。

以後會發生什麼，她不知道。目前，杭州似乎是安全的。現在城裏雖然也不免有空襲，但是這些空襲都是虛張聲勢。雖然已經有許多居民開始向內地遷移，但城市裏的生活仍照常進行。新亞叫曹中和他的兒子在他們的後屋地底下掘了一個防空壕。

十月初，阿非把一封阿善的長信轉寄給木蘭，信裏描述曼妮和她一家所遭遇的災禍。這封信的收信人是阿非和木蘭。當她讀到曼妮和她一家慘死的情況時，她就停下來哭，哭好了再繼續讀，如此讀了又哭，哭了又讀，直到讀完最後一行。而這時，整封信已被她的淚水濕透了。她背靠椅子，發了一陣呆，連她手裏的那封信也掉到地上去了。後來新亞進來，看見了。

「怎麼了，狂想者，怎麼回事？」他被木蘭的樣子嚇到，叫了起來。

木蘭用手指著那封信，不能說話。不過她還是站起來，拖著沉重的腳步，走到她的臥室裏，把自己扔在床上，像戰敗的人那樣，無助的哭泣。她躺了整整一個下午，雖然新亞試圖安慰她，但是沒有用。

那天晚上，在午夜的時候，她醒來，點了一盞燈，走到梳妝台前，拿出她的結拜姊姊在山東曾家時送給她的玉桃。她把那只玉桃掛在胸脯上，才上床繼續睡。第二天她就在髮際佩上一個藍絨繩的結，表示她紀念和哀悼曼妮的意思。一連許多天，除非不得已，她都沉默不語。

十月二十七日，那是在中國軍隊以血肉之軀同日本優勢的大砲、飛機做英勇抗戰之後的第七十六天，中國軍隊開始撤退了，而那兩位在前線的姨表兄弟，也隨著他們的同事向北調動了。

莫愁已經全家搬到南京，以便離她的丈夫近些。蘇州的密集轟炸，使得居民不敢再住下去，而且因為劃進了新的防線之內，必然易於遭受更大的轟炸和砲擊。到了十一月二十日，中國政府決定遷都到漢口，並且命令所有和軍事沒有直接關係的官員都把家眷遷到重慶、漢口或長沙去住。於是撤退開始了，大規模出走的難民，用盡一切運輸工具，溯江而上，以逃離節節逼近的日寇。以前碰到最凶險的瘟疫，他們都不逃的。在世界歷史上，從沒有任何居民躲避侵入的軍隊，像中國人躲避日本人這樣。這是世界歷史上一次最大移民的開始。

在十一月二十三日，木蘭接到她妹妹的信，說她同立夫、子女將在一星期內離開南京到重慶去。木蘭明白她會很久都看不到他們了，而他們要到內地去的消息卻引發她的想法。杭州會不會有事呢？

她兒子從前線寄來的信還是收得到，雖然要輾轉繞一些路。阿梅靠外國人特別的郵遞系統，依然同康寧漢女士繼續通信；而阿通寄來託康女士轉交的幾封信，就轉到杭州弘道女校的施克蘭登女士手上，再由施女士交給阿梅。這樣一來，阿梅也就認識了施女士。

只要阿通的信照舊寄來，木蘭就不能決定要不要搬到內地去。其實杭州四通八達，逃往內地各點都很方便。還有，日本軍隊的本性此時尚未暴露出來，所以阿梅的幾個傳教的洋朋友言下仍對日本軍隊的紀律有信心，對於華北所傳來的關於日本軍隊的惡行並不置信。

木蘭照舊一天一天的生活下去，而且每天都在等她兒子的信。但是她已經明白，除非戰事結束，或者她兒子調到內地，她不可能再有機會看到他了。她已經覺得自己是一個失去了兒子的母親，她開始明白陳媽等待兒子回家的意義，期盼似乎永遠是母親生活中的一部分。

當她想起陳媽的時候，她也想起了陳媽的兒子陳三。在她看來，人生似乎從開天闢地以來就一直是這樣，她很想從她父親的道家哲學裏去找一些安慰。

現在她看見她自己的生命已經到了秋季，而她兒子的生命還在春季。秋葉之歌本身就包含著來春的催眠曲和接著的夏天的全部旋律。道的陰陽兩極循環往復，盈虧消長。認真講起來，夏季不從春分，而是從冬至開始的，白天開始變長時，陰衰；反之，冬季始於夏至，白天開始變短時，陽衰而陰盛。人的生命也是按年輕、成熟和老朽的循環運行。陳媽已經過去了，但是陳三卻正當年富力強的壯年，曼妮也已經過去了，但阿善還繼續活著。木蘭發覺自己的生命已經進入了秋季，也真切地感覺到阿通活躍的生命和青春。

當她回顧過去將近五十年的歲月時，她覺得中國也正是這樣。老葉一片片凋零，新芽則欣欣向榮的冒出來。

這些回想使木蘭更加忍耐，更加認命；但是過了幾個月以後，她的膽氣又恢復了。她丈夫看出她的面容已經改變，顯得比較和氣，雖然也比較憂傷和老氣。她已擺脫對於死亡和任何變故的恐懼。

日本軍隊在十二月十三日進入南京，結果卻使他們惡名昭彰，招致舉世共憤。他們由於太放縱了一些，弄得自己簡直沒有力氣繼續前進，只好停下來喘息，而一停就是幾個月。

自從十月底以來，上海南面杭州灣以北的區域就被日本人所佔領。他們進佔杭州似乎是理所當然且輕而易舉的事，因為杭州在浙江省北端，戰略上控制了一個公路網，和通往南、西以及西南方內地的鐵路線。

木蘭心中還是處在沒精打彩聽天由命的狀態中，並不怎麼在乎時局的演變，但此時謠言滿天飛，說中國的軍隊將要撤退，並放棄杭州。沒有人知道謠言是否可信，但到了十二月二十二日，錢塘江上的大鐵橋，和杭州人引以為傲的那座發電廠便被炸毀了。撤退的中國軍隊，乃遵照其「焦土」政策，不留下任何可供敵人利用的東西。那次撤退執行得很徹底，杭州四周的公路和橋樑全部炸毀了。

但是，杭州這個湖市，同北京一樣有幸。杭州沒受到什麼破壞，不曾經歷蘇州、無錫和南京的遭遇。杭州也不曾發生過戰事。因為杭州不設防，所以日本人進佔之後，也沒有理由認定它會受到巨大的破壞。

在十二月二十四日，日本人終於來了！但因為知道城裏沒有中國軍隊，所以軍人都是三三兩兩零零落落地出沒於大街小巷之間，一副疲憊而厭戰的樣子，毫無軍紀和戒備可言。經過了許多天的行軍，他們顯得又髒又餓，一旦到了杭州，就漫無目標地四處尋找食物。

這是日本軍隊的大好機會，可以表現他們的紀律和保護無辜的能力，並且可以讓居民在他們的治理下去過正常的生活。

在起初，那城裏的居民對於佔領軍並不怎麼害怕。木蘭人在城隍山上的家裏，就能夠聽見天主教修道院在聖誕節早晨所傳出來的歌聲。

接著，邪惡的事開始發生了。害怕的女人開始逃往外國人的學校、醫院和修道院去避難。最大的兩幢教士宿舍，本來打算至多收容婦孺一千名，現在每幢宿舍不得不收容兩千五百名之多。所以走廊、陽台和樓梯間，凡是可以坐人的空間，全部被佔滿了。

有一位美國住院醫生，在日本軍隊佔領五個星期之後，禁不住寫道：

「我很懷疑在這裏究竟有沒有一個鋪子或一幢房子仍然平安無事……，恐懼蔓延到此地的每一個地方。在日本人進佔以前，我們要中國朋友不必輕信的那些故事，現在我們只能悲傷的承認，它們還不足以充分描述實際經歷的種種恐怖……現在，他們已經佔領了五個星期，任何人行經城裏任何地方，很難不看見在當局漠視之下，士兵公開進行劫掠的情形……甚至到現在，還沒有一處地方對於女人是安全的。」

千篇一律的全是貪婪和色慾的驚人情節，木蘭說得對：日本人的「天性」是不能改變的。

城隍山正處於制高點上，可以一覽湖和江的風景，山上有幾個日軍崗哨距木蘭的房子不遠，令人惴惴不安。阿梅雖然認識施女士，但是施女士的學校離她們房子很遠；而另一方面，天主教修道院就在山上她們住處附近。施女士寫過一封信給修道院的院長，請求她准許木蘭、她的女兒和一名女傭去修道院避難。

所以在十二月二十六日，木蘭與阿梅和錦兒一起進了那個修道院。男子不准進去，分手頗令人為難，新亞卻覺得十分放心，他對自己完全不擔心，就與曹中和小糕回自己的屋子去了。

在十二月二十七日那天早晨，阿梅吃了早餐以後走到修道院的院子裏去散步。她母親在禮拜堂裏看修女舉行晨禱。那天早晨天氣很晴朗，少女越走越遠，不覺得有什麼危險。

她忽然看見有一個人頭，從十五尺外的一棵樹上向圍牆裏面張望。顯然是一個日本兵，因為他戴著軍帽。

阿梅一面叫喊，一面跑。那個日本兵從樹上跳進圍牆，開始追她。那條路是彎的，當她繞著小路奔跑的時候，日本兵竟從另一頭跑出來，只差了她幾尺。

阿梅用盡吃奶的力氣跑，往環繞樹叢的石階跑上去。日本兵在石階上跌了一跤，但是立刻又挨近了她。

「救命！救命！」阿梅狂喊。

但是日本兵已經抓住了她，而且強吻她。他們現在是在一個院子裏，修女正在附近的禮拜堂做晨禱。木蘭一邊觀看那陌生的儀式和院長的動作，一邊在心裏，想收拾一下最近家裏種種突發的、雜七雜八的變化，要把它們連貫整理起來。木蘭的成長教養中，並未接觸佛教崇拜和通俗的佛教信仰——大部分的婦女都從自己的母親得到此一信仰。但是現在，她對這種異國風的洋神明崇拜，印象非常深刻，它和中國的神明崇拜是如此不同，又如此相似。過去幾個月所碰到的悲慘事件，使她更接近那偉大的「未知者」——她父親所謂的「不可名之道」，而她自己則認為，那不過是命運罷了。現在，一如從前，每每想到道，她就會想起她的父親。那些修女的奇特吟誦和她們潔白素潔的面孔使木蘭有了奇異的感動。她的眼睛不覺濕潤起來，她覺得永生就在自己面前。

突然，她的沉思被打斷了，阿梅呼救的聲音把她嚇了一跳，她自己也尖叫著跑出去。院長暫停她禮拜的儀式，派幾個修女到外面，去看看出了什麼亂子，然後仍繼續祈禱。

木蘭立刻衝了出來，後面跟著四五個修女。她們看見阿梅被日本兵牢牢抓注，無助地亂扯他的頭髮和捶他。木蘭衝過去，在日本兵摟住她女兒的手臂上咬了一口。那士兵放了少女，轉過身來朝木蘭的頭上就是一拳，木蘭被打得頭昏眼花站立不穩。阿梅一面尖叫，一面用力還擊。但在外國女人出現之後，日本兵卻迅速而若無其事地走開，留下披頭散髮的母女兩人相擁痛哭。

修女都靠攏過來，想安慰她們，口裏喃喃地說著她們聽不懂的、柔軟而甜蜜的法國話。木蘭一生當中從來沒有被任何男子、女人，甚至野獸所襲擊。因而對她女兒和她自己受到襲擊覺得憤怒、恐懼和羞辱，她邊罵邊哭的說：「你們這些三島的矮鬼子！你們不得好死！」阿梅拿出手帕，死命地在臉上被吻過的地方揩了又揩，彷彿要把她這塊肉揩去似的。

這時候，早禱已經匆匆忙忙地結束，修女都跑到院子裏來了，但是院長又領她們進去禮拜堂。院長是一個身材矮小、但聲音很大而外柔內剛的女人。她很生氣。她把阿梅摟在懷裏，用中國話安慰她幾句。雖然危險已經過了，但是阿梅反而啜泣，還發抖得更厲害，她的嘴唇也和從前曼妮一樣不斷打顫。後來有一個中國修女過來，用中國話同她們母女倆說話，阿梅才慢慢地停止哭泣。

剛過了十分鐘，那個日本兵帶著另外四個兵又回來了，他要求馬上見院長。

「你想要做什麼？」院長對他們大叫。

「我們要在這裏搜查共產黨和反日婦女。這裏都是這種女人。」有一個士兵說。

「不可以。」那院長堅決的回答。

這個小禮拜堂裏有三四十個女人，她們一見了日本兵，急忙退到內室裏去。那個吻過阿梅的士兵，現在又看見了她和木蘭，於是他說：「就是她們兩個，反日的共產黨！」那士兵捲起了袖子說：「那個女人咬了我的手臂，這是對日本天皇陛下的侮辱。她一定要受罰。」

「你們不可以抓她！」院長說，一面在自己胸前劃十字，並且開始喃喃念著禱文。

那兵士甩了她一巴掌。那院長知道無法善罷干休，就悄悄走開，用法國話吩咐修女，把中國婦女從禮拜堂後門帶出去，並且把後門鎖上，同時，院長自己踏出前門，也從外面把前門鎖了。這樣，那些日本兵在沒有發覺之前，統統被關在禮拜堂裏了。

那院長出來，立刻打電話給美國教會醫院，請他們來幫忙。在幾分鐘之後，一位美國醫生來了，還帶著一位恰巧去醫院拜訪的日本軍官一起到修道院。院長把經過情形告訴了他們之後，才帶他們進去，後面也跟著幾位修女。那日本軍官詰問那些士兵，他們用日語對答，這時先前那個日本兵又捲起了袖子，把他手臂上被咬的痕跡指給那個軍官看。沒想到，那軍官二話不說突然就給他一巴掌，然後才轉向院長說話。

「那個女人和她的女兒在哪裏？」那軍官說著蹩腳的中國話。「我想見見她們。」

院長進去，把木蘭同阿梅帶出來見那軍官。他對她們的美驚訝不已，便用嚴厲的眼光向那個被告的士兵看了看，士兵們明明告訴他說，他們是來搜查共產黨的。

阿梅和院長用勉強可會意的英語和美國醫生講話，而美國醫生就用英語跟日本軍官轉述一次。阿梅把自己的遭遇說出來，接著美國醫生便轉達給日本軍官。日本軍官似乎是一個好人，而且也明白了事情的真相，但是他還想盡量保持日本軍隊的尊嚴，他問了一個問題。

「日本軍官問你們是不是反日的共產黨？」美國醫生說。

「我恨他們。」阿梅說。但是木蘭卻說：「我們不是共產黨，但是反日。自從這個士兵攻擊我的女兒以後，我就反日了。」

「You are angry.」日本軍官直接對著木蘭說。

木蘭懂得英文「angry」這個字的意義，雖然那日本軍官把它讀成「Arm-gli」。於是木蘭對那個完全懂得中國話的美國醫生說：

「你肯不肯替我向那個軍官解釋，叫他不要妄想？他說我在生氣，我確實在生氣。請你告訴他，不要學『無鹽』。」

「『無鹽』是誰呢？」美國醫生問。

「她是中國古代最醜的女人，她的名字叫作無鹽，用英文來說，就是「No Selt」。這個無鹽跑去見皇帝，要求皇帝要娶她、愛她。她真沒有一點自知之明。」

美國醫生微微笑著，他覺得把這個比喻譯出來，未免有些不妥當。不過日本軍官已經聽見了「No Selt」這兩個英文字，就問美國醫生，她剛剛講什麼無鹽，美國醫生卻僅僅說：「她說無鹽很可憐，她很醜陋，沒有人愛她。」

美國醫生呵呵的笑了出來時，日本軍官也笑了起來，表示他喜歡木蘭引用的典故，雖然他完全沒抓住要點。日本軍官以爲木蘭的意思是，那個醜女人都沒有人去理她，所以他便在掌心寫了「無鹽」兩個漢字給木蘭看。木蘭冷笑了一下，那個軍官的嘴巴也咧得開開的露出一個罕見的微笑。那些修女覺得很稀奇，日本軍官居然對中國女人笑得這樣和氣。

「這一次你當場抓到他們了。」美國醫生對日本軍官說。「以前你聲稱不相信這些事情的。」

「我們一直盡力地維持軍隊的紀律和秩序。」軍官回答，「我們這裏的軍紀真的值得誇獎。

你應當看看南京、蘇州和嘉興是什麼樣子！」

那軍官顯然一直在盡力，但是在他權力所不及的地方，他也無能爲力。他轉過來對著士兵，用日本話命令他們出去，而他們就出了禮拜堂的門走了。

「你們最好把這些女人疏散到別處去。這裏地處偏遠，很難監視我們的士兵。」那軍官離開的時候這樣說。

出了這件事以後，美國醫生就和院長決定，因爲地點關係而放棄修道院。婦女都用救護車送到天主教醫院，而避難的人也在當天全數遷出。

木蘭帶著女兒和錦兒，於午前回到了她們在附近的家，出乎新亞和曹中的意料之外。木蘭額角上被打的那地方還在發腫。當她們把經過情形告訴新亞的時候，他們都說：「我們怎麼還能在杭州住下去呢？」他們一致決定要逃往內地去。

他們開始爲前往內地的長期而艱苦的行程做準備。他們的家產現値約十萬元，但是新亞的鋪子和城內其他鋪子遭遇了同樣的命運。這些鋪子都被日本士兵侵入搶劫，店員都逃光了，新亞覺得毫無辦法。在一個月以前，新亞已經攢了現鈔兩萬元，這些鈔票，他們是可以隨身帶著出門的。新亞把一萬元作三份分給他自己、妻子和女兒攜帶；他們把鈔票縫在貼身背心的小口袋裏。因爲錦兒一家打算跟他們一起走，所以他們每個人也分到一百塊錢，用同樣的方法藏起來。其餘的鈔票，木蘭把它們縫在一條棉被裏頭。另外，木蘭又像她老父親那樣，把較值錢的骨董和書畫暗藏在地下室的箱子裏。地下室是以前挖來作防空洞的。她也在隨身的提袋、鋪蓋、她自己的身上以及她女兒的身上藏了許多珠寶。他們知道，必定有一部分路程須靠步行，能否雇到車子根本毫無把握，因此他們帶的衣裳被頭不多，只有錦兒的丈夫和她的兒子小糕挑得動的才帶。小糕現在已是一個強壯的青年，他和阿通同年。

他們已經同施小姐安排好轉遞郵件的方法，木蘭寫信給阿通，把他妹妹的遭遇告訴他。她在信裏怒氣沖沖的寫道：「你要替你伯母曼妮和你妹妹，把那些鬼子一直打到海裏去！」

自從錢塘江上那座花費數百萬元建成的大鐵橋被炸毀之後，他們就決定先往東逃，再轉而向南，渡江搭浙贛線鐵路到南昌。照正常的方法，他們應該向西逃，去搭距離較短的火車到南昌，但西面和西南面都有戰事，穿越這邊的鄉村是很危險的。每一個中國難民身上的現鈔和値錢的東西，都免不了被日本哨兵搜括淨盡，他們藉口這些東西都是掠奪而來，須要交還給物主。

木蘭的一家就在十二月二十九日早晨，拋棄了他們的家，動身加入千千萬萬的難民，向內地前進。他們是三個男人和三個女人，都是成人。曹中和小糕挑著笨重的行李，錦兒挽著包袱，新亞則拎著存放重要文件和貴重物品的小皮箱。現在木蘭這雙沒有纏過的天然大腳可就大有用處了；至於阿梅，雖然身材苗條，倒也很能走路。而錦兒雖然是女人，卻不軟弱，所以在路上，木蘭同阿梅許多事都得仰仗她。他們沒有一個人知道一路上會發生什麼事，因爲狀況是變動不居的。

不久他們到了一條二十尺寬的溪流邊上，溪上的橋已經炸毀了。這條溪只有一兩尺深，錦兒打算要背木蘭和阿梅涉水過去，免得她們弄濕了鞋襪；但是錦兒的丈夫卻說不必她來做，而且小糕還可以背她過溪。於是錦兒就伏在她兒子的背上過了溪，接著曹中和小糕分別去背木蘭和阿梅。很奇怪的，這個時候，主僕之分已經全然不見了。這時只有氣力、智力和忠誠才有用。伏在曹中背上的時候，木蘭還對著已到對岸的錦兒喊道：「錦兒，我應當謝謝你。」

「爲什麼要謝我？」

「因爲你嫁了一個這麼健壯的丈夫！」

新亞也已經站在對岸，他說：「狂想者，你還能開玩笑啊？」

「胖子，爲什麼不能呢？」她高興地叫著。

他們就這樣愉快地繼續往前走。這一天，天氣晴朗，冬日的太陽頗宜於步行——要是他們不穿那麼多的話。不久，木蘭和阿梅就得把她們的大衣脫下來，挽在手裏走。遠處，美麗的鄉野間，點綴著富庶的小村莊和高聳的竹林。在他們休息過的竹林中，有一處竹子竟高達四五十尺。

走了一會兒，他們經過一個村莊，到了一個渡口。渡伕告訴他們，渡口再過去兩英里有一個市鎮，如果運氣好，也許能夠在那裏找到什麼車子。他們繼續走，不久就見到了從東邊和東北邊兩面匯聚過來的難民潮。在鎮上，無論你出什麼價錢，都雇不到任何車輛。人力車、汽車、轎子和負重的牲口，已全數被軍人徵用了，要不然也被走在前頭的人雇去了。但是新亞仍舊期望，只要他們能到達那條通往天台聖山的公路幹線，也許就可以找到車輛。

他們略作休息之後，又再出發，加入難民稠密的人潮當中。他們儘管境遇悲慘，心中仍舊抱持著忍耐和愉快。到處都可看見人力車載著年老的母親或生病的女人。有兩兄弟，讓年老的母親躺在門板上，把門板懸掛在棍子下，兩人則用肩膀扛著棍子走。也有做兒子的把母親背在背上，做父親的挑著擔子，把年幼的孩子放在一頭的籃子裏，另一頭則掛著一些鋪蓋鍋碗。還有一個生病的男子被人縛在水牛的背上牽著走。

數以千計的人拖著沉重而疲累的腳步向內地走，以逃避可怕的侵略者。然而在這班人的臉上，卻顯得鎮靜而堅決。很少人談論過去，未來也一片空白，他們只顧目前立即的需要，例如他們的肩胛累不累，到下個鎮還有幾里路，以及今晚的天氣好不好等問題。他們是一群感覺遲鈍、步履蹣跚的人，也是整個兒被逐出家園的居民，想憑著不屈不撓的勇氣到中國內地去建立新家庭。

木蘭一家人被人潮帶著，一起往同一個方向前進。新亞說過，他們一到達公路幹道，他就會設法去雇一輛車子，即使價錢奇高也不管。但是目前他們必須徒步前進。他們在晚上，和數以百計的人一樣，露天過夜，身上只蓋幾條氈子和外套。

第二天他們來到了一個小鎮，曹中運氣很好，看見人家後院裏有一部獨輪手推車。新亞過去詢問，才知道那農夫剛走了一趟天台山回來，但他可以勸他再走一遭。如此一來，曹中就減少了一部分的負擔，同時阿梅和她的母親也能輪流地坐上那手推車的側座。在一年，甚至於一個月前，搭手推車在木蘭看起來是饒富詩意的事，但是現在，她覺得詩意遠不及真正的舒適和減輕雙腿疲累有意思。

現在他們漸漸接近那條公路了。下午他們在路旁看見一個一歲左右的嬰孩，坐在她母親的屍體旁邊哭泣，那母親顯然是飢寒交迫而死的。新亞和木蘭並沒有說什麼話，就一起向孩子那邊走過去，把她抱起來，並且抱上了小車，叫阿梅陪著她坐，免得跌下來。

那天晚上他們在一個農家找到了棲身之處。

到了第三天，也就是十二月三十一日，他們到達了那條公路。他們已經接近天台山脈的起點。在公路經過的平原上到處矗立著陡峭的花崗岩山峰。公路又寬又直，難民的隊伍延伸得很遠，越過了開闊的平原，沿著公路，像一條移動的人類長城，似乎無止無盡似的，與越過山坡的公路，一起消失在地平線上。

他們在公路上走了不遠，就到了一個公路兩旁矗立著巨大峭壁的地方，這兩面絕壁彷彿是巨人族所建造的大門遺蹟。接著他們就聽見前面遠處，響起了一陣隆隆如雷的聲音。起初這聲音聽起來好像是遠方海洋的吼聲，後來則變得像決堤的洪濤聲。那雜音一波又一波，時起時落，還在山谷裏起了一陣陣回聲。當聲音越來越近的時候，就能聽出這是人聲，又彷彿是在空中撕裂巨帛的聲音。他們都覺得奇怪和害怕，只覺得這聲音很像出自古代作戰或軍隊造反。這時難民隊伍讓出了公路，因爲遠處有一連串黑黝黝的東西向著他們緩緩馳來。接著他們才看出那是載運中國兵的軍用卡車，車上的軍人都高舉著手，對喝采的難民揮舞。一波波的吼叫聲迎面向他們捲去，在山谷間四處回響。原來他們是開赴杭州前線的部隊。

軍車靠近了，士兵自豪地站著，戴著鋼盔，對人群不斷揮手；由於歡呼群眾的激勵，他們便唱起了一首軍歌，歌詞裏反覆重唱的句子是：

保家衛國赴沙場；
山河不復誓不返！

在木蘭四周的每一個人，都一起發出震耳欲聾的歡呼時，木蘭掉下了眼淚。歌聲漸漸遠去，終於消失，淹沒在公路後頭越來越遠的難民的吼叫聲中。木蘭旁邊的一些難民都停下來回頭看，許多人仍舊在歡呼，有些人則在流淚。

一小時之後，大約有五十部軍用汽車開過去，先前的情形又重複上演了一次。這一次還有幾架中國飛機從他們頭上往北方飛過去。接著又響起了群眾的歡呼狂叫和山谷中的回聲。天台山的花崗岩峭壁似乎也加進他們，在峭壁間激盪，以近乎人的聲調，配合士兵合唱的歌詞：

山河不復誓不返！

就這樣，山崗真的說起話來了。

木蘭覺得心中突然有一種釋放感，那種感觸非常深刻，但無法用文字表達。在以前她也曾有過一次這種感覺，那是在大約三十年前的一個中秋夜，當她發現她和立夫在戀愛的時候。但是在第一次的釋放當中，她發現了自我，而在現在這一次的釋放，她卻遺忘了自我。就因爲有了這一新的釋放，她一路上才做了許多事情。

到了下午一點鐘的時候，他們看見了兩個孤兒，一個十四歲的少女同她九歲的弟弟在路上討飯。木蘭馬上就想起自己小時候走失時的情形。

「你們的父母到哪裏去了？」木蘭問。

「他們都死了，」那女孩答。

「你們是從哪裏來的？」

「從松江來的。那邊的房子和街道都被炸了，而且著了火。我們本來不打算逃出來的，但整個城裏只剩下五個老頭兒和幾條狗，他們也幫不了我們。好心的伯母，我弟弟很餓呢。」

「你們從松江一路走到這裏嗎？」

「是的，我們是沿路討飯來的。」

小男孩本來應該是一個健壯的孩子，但是現在則一臉的茫然和無助，所有事情似乎都得仰賴他姊姊。

「我們帶他們走吧。」木蘭說。

「這怎麼行呢？」新亞問。

「把他們放在推車上。」木蘭答。

「好心的伯母，」那少女說，「我們能走，至少我能走。但是拜託給我們一些東西吃。」

「你們過來，就坐在這小車上吧。」新亞說。那姊弟兩人覺得很驚訝，就和小嬰兒一起坐在獨輪車上。

「太太，」那車伕說，「你的心腸真好。但是你若一直這樣下去，你自己就沒辦法坐這車子了。」

「沒關係，」木蘭回答，「這是我們最後收留的兩個了。我們大人都能夠走的。」

「太太，」那車伕喊著說，「回到內地之後，我想在你們府上幫傭。」

那個從松江來的少女是真的累了，而且她同她弟弟都顯得很餓的樣子。錦兒把她們在前面村子買的麥餅拿出來，分一些給他們，姊弟二人埋頭吃，不說話，彷彿已經餓了很久了。

接近日落的時候，他們來到了一條溪流旁邊，過橋時，他們看見橋下河灘上躺著一個女人，旁邊是她丈夫和四五個孩子。

「停下來！」木蘭叫起來。

「又怎麼了，狂想者？」新亞問。

「那個女人正在生產呢！」她立即掉頭往河灘上跑去。那個車伕停下來，很驚訝。

「現在你又有什麼新的怪念頭？又是一個孩子嗎？」新亞跟在木蘭後面大叫。

「我只是通情達理。」木蘭一邊回答，一邊往河灘跑下去。

那個女人躺在空地上，而那個剛剛墮地的嬰孩則躺在她旁邊的一塊藍布上面。她的丈夫用一條舊毛巾想要揩去嬰孩身上的血。但是臍帶還沒有剪斷。這個農婦是自己接生的，她吩咐她的丈夫說：「先把他包起來，胞衣和臍帶放在外面，我只要休息幾分鐘，待一會兒就可以照顧他了。」

現在木蘭同錦兒走到了他們旁邊，新亞和阿梅站得遠一些。那丈夫抬起頭來，茫然的望著他們。

「讓我來幫忙。」木蘭說。

「我們怎麼敢當呢？」那丈夫回答。產婦張開了她的眼睛，看見木蘭穿著一件昂貴的大衣，便說：「好心的孀孀，我停一會就會好的。我們不敢勞煩你做這骯髒的事情。但是你如果能拿一些衣服給嬰孩穿，我就很感激了。因為我們沒準備好。」

錦兒現在已經摸熟了她女主人的心思，一聽了這話，立刻奔上堤岸，取出一件乾淨的背心，把那個嬰孩包起來。

「把剪子拿來。」木蘭對錦兒說。

「請你不要用剪子。」那產婦說，「用剪子對嬰孩不好，給我一隻碗吧。」

她丈夫拿出一隻飯碗來。

「把它打破。」產婦說。那丈夫就把碗打破。木蘭看不太懂，就問，「做什麼用？」

「我打算用剛打破的碗片割斷臍帶。」

「我來替你割。」木蘭說，「你躺下來休息吧。」

於是，木蘭挑出一塊邊緣乾淨而銳利的碗片，彎下腰，替新生的嬰孩割臍帶，還再把嬰兒肚子上的一小段臍帶打了一個結，然後用錦兒拿來的毛巾把肚臍小心的捆紮起來。那丈夫把胞衣丟到河裏時，木蘭正好也走到河邊洗手，那個男人站在旁邊，卻不知怎麼去感謝面前這位不認識的好心太太。

但是那個產婦卻說：「太太，你是一個好心人，我願意把這個嬰兒送給你，如果你願意收留他。我們家裏人口太多，而且正在逃難當頭，情況很艱難。他是個男孩，你看到的。」

錦兒和木蘭兩人面面相覷，兩個人都彎下腰去看看那個嬰孩。

「收下來吧。」錦兒說，「我願意照顧他。」

木蘭轉身對產婦說：「你當真嗎？他是個漂亮的孩子呢。」

那產婦費力坐起來，想抱抱她的嬰兒，木蘭把嬰兒遞給她，她接過來，緊緊的摟了一下。然後她就勇敢地看著木蘭，並且說：「好心的嬸嬸，如果你收養了我這個孩子，我知道這是他的福氣。你們一定很有錢。如果我帶著這個孩子，我不知道他還能不能活下去。我們在路上甚至還吃不飽呢！」

新亞一直看著，他看見木蘭跪在地上，伸出雙臂去接那個嬰孩。那母親先抱著孩子偎依自己的臉頰，然後流著淚，面帶微笑地把嬰孩交給木蘭。嬰孩的父親沒說話，嬰孩的哥哥和姊姊都靠過來，要看看這麼快就被有錢太太領去收養的新弟弟。

於是木蘭站起來，解開大衣鈕扣，把嬰孩包進懷裏，讓他保暖，然後才走上岸。新亞來到河灘上，詢問那對父母幾個關於他們原籍的問題。

「把我們的地址告訴他們。」木蘭在上面叫喚。

「哪個地址？」

「就是我們杭州茶葉店的地址。」他太太說，「告訴他們，戰爭結束以後，我們是要回去的。」

接著她吩咐錦兒，拿十塊錢鈔票，到河灘上交給產婦一家人，然後他們才繼續上路。

那車伕還是覺得好玩，就說：「你在兩天之內就撿了四個孩子。照這樣下去，不久，你就會有一百個孩子。」

「這的的確確是最後一次了。」木蘭回答。

「如果全中國的人都像你，」那車伕說，「那麼，日本鬼子就拿我們沒辦法了。我前一趟路看過三個女人像那樣在路邊生孩子。鬼子殺了我們一百萬，我們還有四億四千九佰萬，而且每天還有更多的孩子誕生呢！」

錦兒和阿梅輪流抱著那個嬰孩，有時坐在獨輪車上，但大部分時候用走的，因爲手推車上面已經坐著一歲的孩子、九歲的男孩，和一些行李。木蘭思索車伕剛剛說的話，對新亞說：「你記不記得我們告訴阿通的一番話？中國人的血脈一定要綿延不絕的繼承下去，無論這血脈是我們自家的或別家的！」

嬰孩哭了。木蘭有一個急救小藥箱，她拿出一些乾淨的棉花，浸在糖水裏，然後拿棉花給嬰兒吸吮。

那天晚上，正是國曆除夕，他們在天台山山麓的一座廟裏歇腳。這邊的鄉間是浙江風景最美的區域，不過在公路未開通以前，一般旅行者是難以見到的。在遙遠的地平線上，他們看見幾座險峻的花崗岩山峰，突兀地拔地而起，直插雲霄。

那座廟幾乎塞滿了難民。廟祝聽說他們是杭州那著名茶莊來的，就說，他認得他們父親姚老先生，也因此對他們格外熱誠。雖然廟裏已經如此擁擠，他還是從他自己的內院，騰出一個房間給他們。

木蘭向廟祝要一些蜂蜜，說是要來給嬰孩吃的。廟祝給了她三瓶，因爲蜂蜜是當地的土產。錦兒本來打算晚上陪嬰兒睡，但是木蘭覺得心血來潮，就說：「不，今晚讓我來照顧他。你去陪那一歲的孩子睡，也照顧那一對姊弟。」

「狂想者，今晚你需要好好的睡。」新亞說，「明天還要趕一段路呢。」

「就讓我再任性一次吧，」木蘭回答，「以後，我會讓錦兒陪嬰兒睡的。」

晚上，在嬰兒哭的時候，木蘭就拿一塊棉花沾蜂蜜，塗在自己的奶頭上，使它發甜，然後把嬰兒抱在懷裏，讓他吮著乳頭慢慢睡著。木蘭從這件事得到非常美妙的快感，她覺得就算哺餵一個嬰兒，她所做的也不是為了個人，而是為了長遠的中國——使中國民族生命得以延續下去。現在這個嬰兒，對她來說，乃是種族綿延不絕的象徵，遠比她收藏的古玉和獸形琥珀還有意義。

這是一九三八年元旦的早晨。新亞提議在那一天稍作休息，而且老廟祝也勸他們暫且留下來。因此，他們就在廟裏度過了一個沉靜的早晨。

木蘭又想起了小時候逃避拳匪、洋兵，和過去的一生。從幼年到現在，不知經歷了多少世事！她的親戚已散居各處：立夫和莫愁已在她們前頭千里之外的四川西部；陳三、環兒和黛雲在山西；她弟弟阿非和寶芬，以及襟亞和暗香都在上海。曼妮已經死了，但她總覺得，曼妮的精神始終與她同在。如果能夠與他們在一起，從頭再活一次，則無論什麼東西，她都願意放棄！最重要的，她想到在軍中的兒子阿通和他的表弟肖夫，她想像他們英勇而微笑的樣子，像她在路過的軍車上看見的那些士兵一樣，從容赴義，以使他們的子子孫孫成為自由的男女。中國人民親身的經歷，宛如史詩，是何等的悲壯，而她本人就是其中的一份子。

而這一天，他們在廟裏休息的時候，她開始把她第一次逃難的經過，以及那些已經作古的親戚——迪人、銀屏、紅玉、阿滿、素雲和曼妮——的故事告訴了阿梅。阿梅尤其喜歡聽木蘭講述她外祖父姚老先生的事蹟，他的精神似乎仍在引導和影響他們的生活。

在木蘭說故事的時候，錦兒間或略作更正和補充，新亞、木蘭和阿梅對時間突然有了一種奇異的感覺，覺得它彷彿是一條永遠流動不止的，莊嚴的，萬古不變的河。在他們看起來，自己的一生，對於古老而又長春不老的北京，不過是一瞬，不過是假時間自己之手所寫下來的一則故事。

大約中午時分，他們聽見廟宇外又有排山倒海似的隆隆人聲傳過來。木蘭馬上跳了起來。

「走，我們去加入他們吧！」她叫起來。「我們必須跟他們繼續走。你還好吧？肸子。」

「狂想者，我的腿還瘦瘦疼疼的，但是我們須得走了。」新亞說，「我們必須儘快趕到鐵路那邊去。」

「現在走還有多遠？」木蘭問。

「也許要走上四五天。」她丈夫回答，「我擔心很難找到車。但是就算我們雇到一輛車子，又有什麼用呢？你馬上就會用孤兒把它塞滿了！」

他笑一笑站起來，叫九歲的男孩跟他一起走。錦兒抱著一歲的女嬰，阿梅則把那個初生的嬰兒縛在她的大衣裏。十四歲的女孩跟著他們用走的。他們過去向老廟祝告別，很誠懇的致謝，老廟祝把他們送到大門口。

「你們爲什麼一定要在新年元旦這樣早就走呢？」那廟祝很客氣的問。

「我們必須馬上趕到那條鐵路上去。」新亞回答。

「你們打算進入內地多遠？」老廟祝又問。

「我們還不知道呢。也許到重慶，去看看我妹妹。」木蘭回答，而她一想到抵達重慶，也可以看見立夫，心中不覺生出了一股暖意。接著她又對老廟祝說：「也許到了那裏之後，我們全家還要一起繼續前進。」

那老僧站在廟宇外門門口，望著他們下坡。離開山坡沒多遠就是公路。轟隆如雷的嘈雜聲浪越來越近了。

「趕快過去迎接他們吧。」老僧聽見木蘭的叫喊。他看見她把嬰兒從她女兒那裏抱過來，急急忙忙跑下去。

在廟下面，有成千成萬的男女和孩子，都在這燦爛的元旦早晨，穿越美麗的田野，並且在軍車經過的時候歡呼喊叫。士兵的歌聲又響起來了：

山河不復誓不返！

木蘭因爲與他們挨得很近，心中突然被一種新奇的情緒牢牢抓住。她覺得，那是一種幸福的感覺、一種光榮的感覺。她從未如此感動，人只有在忘我地沉浸於偉大的運動之中才會如此感動。她記得在北京觀看孫中山先生的移靈儀式時，內心也曾有過這樣的感動；不過雖然同這一次很像，但不像這次，強烈到她的身心都大受震動。震撼她的，不僅是那些士兵，還有這個移動的偉大行列，包含她在內的廣大人群。

她的國家意識從未如此鮮明強烈；她也覺得，一個民族，只要忠誠團結，雖在逃避共同敵人之際，依然是堅強持久一如萬里長城的民族。她聽說華北和華中的所有人民都在逃難，四千萬男女同胞如何西遷，形成世界歷史上最大的一次移民，爲的是在中國大後方，建立一個新的現代化國家。她覺得這四千萬人是按照一個基本的韻律前進的。處在這些極端窮困和痛苦的難民間，她卻從沒聽過一個人埋怨政府的抗日政策。她看見，這些人全都寧願作戰，而不願意當亡國奴；曼妮就是一個例子，雖然這一次的戰爭摧毀了他們的家，殺害了他們的親戚，除了留下個人僅存的碗筷，他們已一無所有。這就是人類精神的勝利。再大的災難，人類的精神都能克服且超越其上，並把它轉變成偉大和榮耀的事。

木蘭眼前景物改變的時候，她的內心也隨之改變。她已失去了對所有空間和方向的感覺，甚至失去了對她個人身分的感覺，她覺得，她已成爲偉大百姓的一員。過去，她時常希望自己是個尋常百姓，現在她確實是其中之一了。她父親憑藉坐禪達到無我相境界，而現在，她卻憑著與眾多男女老幼的接觸，也辦到了。以前她自己在杭州城隍山山頂悠然隱退，現在看起來，此事對她似乎是無意義的。這一大群流動的難民已無貧富之分，戰爭和戰事的摧殘已經把他們都削平了。她看過一個有錢的女人想賣掉她的皮襖，換幾個現錢去買食物。她忽然想起松江火車站的那個穿西裝的中年男子。她知道這一條人河往內地流得越遠，中國的抵抗精神就越強大。因爲中國真正的人民都根植於他們所愛的土地上。現在木蘭也在其中，踏上了屬於她的那一方土地。

遙遠的地平線上矗立著雲霧蓋頂的天台山群峰，在道教徒的神話中，這是座聖山，它也是姚老先生靈魂寄託的所在。那時，在廟前，老廟祝仍然佇立在外門門口。有一陣子，他還能認出木蘭、新亞、他們的女兒，和與他們在一塊兒的幾個孩子的身影。然後他們漸行漸遠，終至不可復辨，消失在那煙塵滾滾的、朝聖山蜿蜒前行的人河中——而山外，就是大內地了。

關於《京華煙雲》

林如斯

我站在這個地位很難寫書評，女兒批評父親的書或者也從來未聽見過。那又何必寫呢？因為好多話藏在肚子裏非說不可。可不用說我替父親吹牛，也不用罵我小子為何如此膽大，因為我要用極客觀的態度來批評，雖然情感也不可無。我知道父親每晨著作總是起來走走吃吃水果，當他寫完紅玉之死，父親取出手帕擦擦眼睛而笑道：「『古今至文皆血淚所寫成』，今流淚，必至文也。」有情感又何妨。

《京華煙雲》是一部好幾篇小說聯成的長小說，但不因而變成一部分散無結構的故事，而反為大規模的長篇。其中有佳話、有哲學、有歷史演義、有風俗變遷、有深談、有閒話，加入劇中人物之喜怒哀樂，包括過渡時代的中國，成為現代中國的一本偉大小說。（非吹也，心底話也。）

《京華煙雲》在實際上的貢獻是介紹中國社會於西洋人。幾十本關係中國的書不如一本道地中國書來得有效。關於中國的書猶如從門外伸頭探入中國社會，而描寫中國的書卻猶如請你進去，登堂入室，隨你東西散步，領賞景致，叫你同中國人一起過日子，一起歡快、憤怒。此書介紹中國社會，可算是非常成功，宣傳力量很大。此種宣傳是間接的。書中所包含的實事，是無人敢否認的。

然此小說實際上的貢獻是消極的，而文學上的貢獻卻是積極的。此書的最優點不在性格描寫得生動，不在風景形容得宛然如在目前，不在心理繪畫的巧妙，而是在它的哲學意義。你一翻開來，起初覺得如奔濤，其次覺得幽妙、流動，其次覺得悲哀，其次覺得雷雨前之暗淡風雲，到收場雷聲霹靂，偉大壯麗倏然而止。留給讀者細嚼餘味，忽恍然大悟；何爲人生，何爲夢也？而我乃稱嘆叫絕也！未知他人讀畢有否此感？故此書非小說而已！或可說「浮生若夢」是此書之格言。小說給人以一場大夢的印象時，即成爲偉大的小說，直可代表人生，非僅指在廿世紀初葉在北京居住的某兩家人家的生活。包括無涯的人生就是偉大的小說。

全書受莊子的影響；或可說莊子猶如上帝，出三句題目教林語堂去做，今見林語堂這樣發揮盡致，莊子不好意思不賞他一枚仙桃囉！此書的第三部題爲「秋之歌」（即第三個題目），取莊周「臭腐化爲神奇，神奇化爲臭腐」生死循環之道爲宗旨：秋天樹葉衰落之時，春已開始，起伏循環，天道也。故第三卷描寫戰爭，可謂即描寫舊中國的衰老，就是新中國的萌芽。故書中有「晚秋落葉之歌中，可聽出新春的詞調，及來夏的壯曲」之語。

又有一段論人之永生與寶石之永生，我認爲非常重要。可說人之永生是種族的，而寶石的永生是單獨的，木蘭遊觀始皇無字碑那一段尤說得詳盡。那一塊石頭無情無感，故永遠生存，人爲有情之動物，故個人死去而家族卻永遠流傳。有人說，這不過爲要人充滿求永生之慾望，強爲解釋，但我說有深道理在內，非妄言也。

木蘭的生活變遷，也很值得考究：從富家生長享用一切物質的安適，後變爲村婦，過幽雅山居的生活，及最後歸回民眾，化成爲忍苦、勇敢、偉大的民眾大海中的一滴水。父親曾說：「若爲女兒身，必做木蘭也！」可見木蘭是父親的理想女子。

書中人物差不多可以代表中國社會各種人物。此書內可以看見舊派人物慢慢的消滅，新式的人物跟著出來。代表最舊的是牛夫婦、曾老爺；代表新的是環兒、陳三、黛雲。祝你們勝利！

這部小說雖然是用英文寫成，卻有許多奧妙處非中國人看不出來。西洋人看書比較粗心，也許不會體悟出來。中國奇特的心理非中國人不能瞭解。又如書中談《紅樓夢》之處，當然非未讀《紅樓夢》者所能領賞的。也有幾處諷刺某一派人，也得中國人才能領會。

一九三八年的春天，父親突然想起翻譯《紅樓夢》，後來再三思慮而感此非其時也，且《紅樓夢》與現代中國相離太遠，所以決定寫一部小說。初兩個月的預備全是在腦中的，後來開始打算而把表格畫得整整齊齊的，把每個人的年齡都寫了出來。幾樣重要事件也記下來。自八月到巴黎時動筆，到一九三九年八月擱筆。其中搬遷不算，每晨總在案上著作有時八頁，有時兩頁，有時十五頁，而最後一天共寫了十九頁，成空前之紀錄。其中好多佳話或奇遇，都是涉筆生趣，臨文時杜撰出來的。

父親不但在紅玉之死後揮淚而已，寫到那最壯麗的最後一頁時，眼眶又盈滿了淚水，這次非爲個人悲傷而掉淚，卻是被這偉大的民眾所感動。眼淚再收也收不住了。作者寫得自己哭了，怎叫讀者就忍著眼淚兒嚥下去呢？

《京華煙雲》是一本可以隨時翻看的小說，並不是一定要有閒才看。最好是夜闌人靜時獨自個兒看；及倦時，起來喝口清茶自問道：「人生人生我也其中之一小丑否？」

林語堂作品精選：2

京華煙雲(下)【經典新版】

作者： 林語堂
發行人：陳曉林
出版所：風雲時代出版股份有限公司
地址：10576台北市民生東路五段178號7樓之3
電話：(02) 2756-0949
傳真：(02) 2765-3799
執行主編：劉宇青
美術設計：吳宗潔
行銷企劃：林安莉
業務總監：張瑋鳳

初版三刷：2022年1月
ISBN：978-986-352-501-1

風雲書網：http://www.eastbooks.com.tw
官方部落格：http://eastbooks.pixnet.net/blog
Facebook：http://www.facebook.com/h7560949
E-mail：h7560949@ms15.hinet.net
劃撥帳號：12043291
戶名：風雲時代出版股份有限公司

風雲發行所：33373桃園市龜山區公西村2鄰復興街304巷96號
電話：(03) 318-1378
傳真：(03) 318-1378
法律顧問：永然法律事務所 李永然律師
　　　　　北辰著作權事務所 蕭雄淋律師

行政院新聞局局版台業字第3595號 營利事業統一編號22759935

定價：350元

國家圖書館出版品預行編目資料

林語堂作品精選：2 京華煙雲(下) 經典新版 / 林語堂著. -- 初版. -- 臺北市：風雲時代, 2017.08　面；　公分

ISBN 978-986-352-501-1（下冊：平裝）

857.7　　106012278